黑女巫

THE BLACK WITCH

[美] 劳里·福里斯特（Laurie Forest） 著

万斯佳 译

GUANGXI NORMAL UNIVERSITY PRESS
广西师范大学出版社
·桂林·

黑女巫

HEINÜWU

图书在版编目（CIP）数据

黑女巫 /（美）劳里·福里斯特（Laurie Forest）著；万斯佳译. —桂林：广西师范大学出版社，2018.9

书名原文: The Black Witch

ISBN 978-7-5598-1067-0

Ⅰ. ①黑… Ⅱ. ①劳… ②万… Ⅲ. ①长篇小说－美国－现代 Ⅳ. ①I712.45

中国版本图书馆 CIP 数据核字（2018）第 165086 号

广西师范大学出版社出版发行

（广西桂林市五里店路 9 号　邮政编码：541004
网址：http://www.bbtpress.com）

出版人：张艺兵

全国新华书店经销

广西广大印务有限责任公司印刷

（桂林市临桂区秧塘工业园西城大道北侧广西师范大学出版社集团有限公司创意产业园内　邮政编码：541100）

开本：880 mm × 1 240 mm　1/32

印张：16.5　　字数：440 千字

2018 年 9 月第 1 版　　2018 年 9 月第 1 次印刷

定价：59. 00 元

目 录

N
毛洛里安
阿尔法西格精灵王国
帕伦群岛
卢布林北方部落
加德纳王国
马尔康宁湾
瓦尔加德
韦尔蒂克海
罗西尔城
西部
菲亚群岛
卢布林南方部落
凯尔塔尼亚

西部王国地图

北部森林
北方嘎里多尼亚山区
哈利法克斯
阿扎玛卡部落
北方脊柱山脉
东部通道
韦帕西亚
林顿城
南方脊柱山脉
南方嘎里多尼亚山区
南部荒原
（毁于战火）
韦帕大学城
污塘女巫军事基地
加德纳王国军事基地

献给我的母亲

艺术家、富有创造性的天才、知识分子

玛丽·简·塞克斯顿（1944—2015）

第一卷

序　言

林海松涛，寂静如画。

树林里的每一棵树，都是我的朋友。我抬起头，它们在对我微笑。

我蹦蹦跳跳地走着，踢着路面上干枯的松针，一边唱着歌，一边紧跟着埃德温叔叔的脚步。他比我走得快一点，时不时回头冲我笑，好像在鼓励我，示意我跟上他。

我今年三岁。之前，我从来没有跟叔叔走到过这片森林的深处，我的心里涌起一种对冒险的渴望。事实上，这是我第一次走进这片森林。埃德温叔叔只带了我一个人，我的两个哥哥都被留在我们山脚下的小屋子里。

我跌跌撞撞地跟上叔叔的脚步，跳过盘曲的树根，躲过低矮的灌木丛。

不知道过了多久，我们终于在山谷深处的一条清澈见底的小溪旁停了下来，耀眼的阳光洒落溪间。

“艾洛琳，快过来，”叔叔一边说，一边单膝跪在溪边的一块石头上，“给你个东西。”他从他的斗篷里抽出一根“树枝”，抓着我的手。我的手攥成拳头，握紧了这根“树枝”。

这是给我的礼物吗？

这根“树枝”很特别，很轻很细。我闭上眼，脑海里突然浮现出一幅画面：一棵参天大树拔地而起，枝干纵横，它的树叶沐浴在阳光下，它的根深深扎在泥土里。我睁开眼睛，手抓着这根“树枝”

上下晃动，它轻得如同羽毛一般。

叔叔又从他的口袋里掏出一根蜡烛。他站起身，把蜡烛放在我们面前的一截树桩上，转向我。“艾洛琳，像我这样握着这根魔杖。”他一边温柔地说着，一边弯下腰，握住我拿着那根“树枝”的手。

我有点担心地看着他。

他的手怎么抖得这么厉害呢？

我紧紧握住魔杖，努力按照叔叔的要求做动作。

“没错，艾洛琳，就是这样，”叔叔耐心地说，“接下来我们要念几句好玩的话，你可以跟着我念出来吗？”

我听话地点点头。当然可以，这可是我最爱的埃德温叔叔。

叔叔念了几句我听不懂的话，但听起来一点也不难，我心里还有点得意。尽管这些话我从来也没听过，但我很容易就能跟着再说一遍。我肯定能念得很好，我心想，然后叔叔就会把他藏在口袋里的蜜糖曲奇给我吃了，早上出门的时候，我看到他悄悄塞进了口袋里。

我伸出手，手臂直直的，按照叔叔教我的手势，用这根魔杖的尖尖的一头指着蜡烛。我知道叔叔就站在我身后，仔细地观察我的一举一动。

我开始重复叔叔刚才说过的话。

随着奇怪的语句从我的舌尖滚落，我觉得有一股热浪从脚底涌上全身，这股热浪是从脚下的石头里升上来的，是从周围的树木里涌出来的。

我觉得体内有一股巨大的能量冲击着我，向我手里的魔杖涌去。

我的手剧烈颤抖着，魔杖的尖头射出了一道耀眼的火花。随着炸裂的声音，魔杖开始喷火，我们周围的树木立刻被一片火海吞没。火海中，我不断尖叫，我脑海里全是树木被撕裂的声音，还有烈火燃烧的巨响……

叔叔一把夺走魔杖，扔到一边。他把我抱起来，紧紧护在怀里。我们周围的树木开始倾倒，叔叔抱着我大步往外跑。

从那以后，我对森林的感觉就变了。

我能感觉到那片林海对我的排斥，我觉得很压抑。慢慢地，我不再喜欢到森林里去。

又过了段时间，我的那段记忆都变得模糊了。

后来，每次我做噩梦梦到那熊熊燃烧的火焰和火海中的森林时，我都会惊醒。叔叔总是柔声安慰我："是梦而已，不要怕。你那次是不小心在有闪电的夜晚迷了路才会那样。别再想了，赶紧睡觉吧。"

我当然相信叔叔，他是我最信赖的人，我有一万个理由相信他。

似乎连这片林海也在附和叔叔，树木沙沙作响，它们好像在说："睡吧，睡吧。"

时间飞逝，我的记忆逐渐模糊，这件事就像一颗石子，被投入了沉静的、黑暗的深井里，被投进了沉寂的暗夜里。

直到十四年后……

第一章
哈利法克斯

“受我一剑，你这个愚蠢的伊卡利亚人!”

听到这声喊叫的时候，我正坐在一块石头上，身边整整齐齐地码着刚刚采来的蔬菜和草药。温热的阳光下，一阵夏末的微微凉意向我袭来。我略带戏谑地往下探头，想看看邻居家的两个小男孩的把戏。

艾莫特·加弗尼和布莱南·加弗尼是一对六岁的双胞胎兄弟，他们有着浓密的黑发，瓷器一般光洁的皮肤，还有一双惹人喜爱的蓝色眼眸。我们整个加德纳魔法世家的人都对这两个娃娃的外表啧啧称奇。

两个小家伙从他们的打打闹闹中回过神来，满怀期待地回头看着我。他们坐在一片洒满阳光的草地上，玩偶散落一地。

那是一堆彩色的木制人偶，里面有各种经典的角色：加德纳士兵玩偶都有浓密的黑发，暗黑色的束腰军装上镶嵌着光彩夺目的银球，士兵们一个个手握魔杖或是利剑，栩栩如生地站立着。艾莫特和布莱南把这些人偶摆在一块平坦的大石头上，按军队的方阵排列。

当然，人偶里也少不了反派人物——邪恶的伊卡利亚魔鬼。他们怒目圆睁，面带诡异的微笑，黑色的双翼完全展开，手中握着火球，给人一种压迫感。艾莫特和布莱南用树枝和绳子做了一个小弹弓，把这些魔鬼人偶放在一片木板上，准备从士兵所在的方向向魔鬼发动“巨石攻击”。

人偶里还有一些相应的配角：长发飘飘的美丽加德纳少女、半狼半人的邪恶变形狼族、黑暗精灵，以及凶恶的污塘女巫。这些都是我小时候听过的故事或者歌谣里的人物。他们对我而言，就像是我床上铺的那床缝缝补补了很久的被子一般，格外熟悉。

“你们俩怎么在这里呢？”我一边问，一边朝山谷里加弗尼家的庄园和广阔的农场望过去。爱丽丝·加弗尼一般不会让她的两个孩子走得太远。

“妈妈一直哭！”艾莫特眉头一皱，把一个变形狼族人偶的头扯了下来，“砰”的一声，扔到地上。

“别瞎说！”布莱南厉声喝止了艾莫特，“爸爸会拿鞭子抽你的！他不让我们说！”

对于布莱南所说，我一点儿也不惊讶。法师沃伦·加弗尼是个很严酷的人，他的妻子和孩子们都惧怕他。自从他十九岁的女儿赛格意外失踪后，他整个人变得更严酷了。

我带着满满的忧虑，又看了加弗尼家的房子一眼。

“赛格，你在哪儿呢？”我闷闷不乐地猜测着。她已经失踪一年多了，她可能遭遇了什么事情呢？

我叹了口气，然后又转头看向两兄弟，试着安慰他们：“没关系的，你们可以在这里再待一会儿，还可以留下来吃晚饭。”

两个小家伙眼睛一亮，看起来开心得不止一点半点。

“艾洛琳，来和我们一起玩吧！”布莱南愉快地拉住我的衣角恳求道。

我被他逗笑了，伸手揉了揉他的头发，“晚点儿再说吧，我得帮忙做晚饭呢。”

艾莫特高喊道：“我们要打败这群伊卡利亚人！”说着，他朝其中一个伊卡利亚人偶丢了一块石头，石头打到一个恶魔人偶，人偶旋转着飞进了草地里。“猜猜看，我们能不能把他们的翅膀打下来？”

我拿起一个小人偶，用大拇指摩挲着它未涂色的底座。我深吸一口气，闭上了眼睛，脑海中出现一棵参天大树的模样，茂密的树冠，下垂的枝丫，还有精致的白色花朵。

结霜山楂树。呵！用这么稀有的树种给孩子做玩具。

我睁开眼睛，不去回想脑海中的画面，把注意力放到这个小玩偶的橙色眼睛上，努力克制自己不再去想象那棵树。我知道怎么控制自己的这种怪异的天赋。

任何一块木头，只要我拿在手中，闭上眼睛，就能想象出它的母树的样子和关于这棵树的一切细节。我可以看到这棵树生根发芽的地方，可以闻到它树根下肥沃的土壤的芬芳，我还能想象阳光星星点点地洒落在它的树叶上的画面。

当然，这一切不能让别人知道。

我的这种天赋听起来很像是“混血魔法师”才有的能力。埃德温叔叔警告过我，永远不能告诉别人。我们加德纳族是纯正的魔法师种族，血统不会被其他异教魔法种族玷污。而我的家族在加德纳族里，又有着最强大、最纯正的魔法师血统。

但是我常常想，如果这是真的，为什么我会有看到这些树的能力呢？

“你们应该稍微爱惜一下这些玩偶。”我轻轻地责备了他们一句，然后把这个木制人偶放到地上，努力抹去脑海里的那棵树的印记。

我往家里走去，两个小家伙打打闹闹的声音逐渐远去。我和埃德温叔叔还有我的两个哥哥一起住在一间小屋里。小屋旁边有一个马厩，我的视线穿过马厩前面那片宽敞的空地，吃了一惊。

那里停着一辆宽敞、华贵的马车。车身上画着一个金色的字母“M”，字迹高雅流畅，这个标志是加德纳的最高政府——魔法委员会的核心阶级的象征。

四个守卫正坐在旁边吃东西，他们简直就是艾莫特和布莱南的士兵人偶的真人版——身材魁梧，穿着黑色的军装，胸前装饰着银球，身侧配有魔杖和利剑。

这一定是我姑姑的座驾，绝对不是别人的。她是魔法委员会的核心成员，外出时总是带着一批随行人员。

我有点儿兴奋，不由得加快了脚步，心想是什么风把我那权势遮天的姑姑吹到这偏僻的哈利法克斯来了呢。

我从五岁之后就再也没见过她了。

那时，我们住在加德纳繁华的首都瓦尔加德，那是一座港口城市。我们当时住的地方离她挺近，但很少见到她。直到有一天，姑姑突然出现在叔叔的小提琴店门口。“你给孩子们测试过魔法能力了吗？”她的声音很轻，眼睛像寒冰一般冷静。我还记得，我躲在埃德温叔叔身后，紧紧抓着他的长袍，被我眼前这位姑姑的优雅所吸引。“当然，测了，”我叔叔结结巴巴地回答道，“测了几次。”

我一脸震惊地抬头看向叔叔，我怎么不记得自己什么时候接受过魔法测试。尽管我知道加德纳家族的每个孩子都得接受这个测试。

“你有什么发现吗？”姑姑接着质问道。

“瑞夫和艾洛琳没有魔力，但是崔斯坦身上有一些魔力。”叔叔一边说，一边转过身子，把我挡在他的阴影里，也挡住了我望着薇薇安姑姑的视线。

“你确定？”薇薇安姑姑追问道。

“是的，我确定。”

从那以后，姑姑就经常出现在叔叔家了。

不久之后，叔叔没跟任何人打招呼，决定放弃城市生活。他带着我和两个哥哥搬到了我们现在住的地方——加德纳东北部边境的哈利法克斯小镇。

一个没什么人知道的小地方。

在我绕过小屋墙角的时候，我听到屋里有人提到了我的名字，声音从厨房的窗户里飘了出来，我不由得停下脚步。

是姑姑的声音飘了出来，“埃德温，艾洛琳不是小孩子了。”

我把蔬菜和草药放在地上，蹲了下来。

叔叔并不认同，他反驳道：“她还太小了，没到缔结魔杖之约的时候。”他声音里透出一丝紧张。

魔杖之约？我的心不由得一紧。我知道许多和我差不多大的加德纳少女，这个时候都已经有了魔杖之约，从此与一个加德纳少年永结同好。但是我们所在的哈利法克斯小镇被群山环绕，好像被孤立了一般。我唯一知道的已经定下魔杖之约的女孩子就是赛格，但是她失踪了。

“十七岁是最正常的年龄！”姑姑听起来有点生气了。

“我不管什么正常年龄，她就是太小了！她这个年纪根本不知道自己要什么，她还没真正见识过这个世界……”叔叔的声音越发坚定。

“那是因为你不让她见识这个世界！”

叔叔刚想开口反驳就被姑姑打断了，“埃德温，别说了。赛格·加弗尼的事情给我们所有人敲了个警钟。我要把艾洛琳带走，只有我才能保护她。我会把她介绍给最优秀的加德纳青年，确保她顺顺利利地选择其中一个缔结魔杖之约。我会和魔法委员会的成员一起教她魔法。埃德温，你必须要重视她的未来！”

“薇薇安，我比谁都重视她的未来！但是她还太小了，现在决定太早了！”

“埃德温，”姑姑悦耳的声音里带着一丝挑衅的意味，“你这是在逼我吗，我非得管这事儿不可！”

叔叔冷静地反驳道：“薇薇安，你忘了吗？我是这个家族里最年长的男性，我有权决定艾洛琳的一切。即便是我死了，接替我的人也该是瑞夫，不是你。”

我眉头一皱，我知道埃德温叔叔心里是一万个不情愿说出这种话的。他无数次跟我抱怨过加德纳人的权力结构对女性是多么的不公平。他是对的。加德纳女性很少能拥有魔杖和魔法，我的奶奶是个例外。我们族几乎所有的大魔法师都是男性，我们的魔法在男性血脉中得到更好的传承。这也使得男性掌握了族里族外的话语权。

埃德温叔叔觉得这一切都太过了：除非魔法委员会批准，女性无权继承魔杖；家族事务的最终决定权永远掌握在最年长的男子手中；政府中的最高职位——魔法委员会最高法师，永远只能是男性。还有目前最困扰我叔叔的一点——加德纳少女们缔结魔杖之约的年龄越来越小。

姑姑反驳道："你不可能照顾她一辈子！如果有一天你死了呢，所有适龄的男子又都与别人缔约了呢?!"

"她要有自己的选择权，她要在这世上走出自己的一条路来。"

听到这话，姑姑大笑起来。她即使是大笑都是这么优雅，她的笑声让我想到潺潺的流水。要是我的笑声也能这么好听就好了。"那么，她要怎样才能'走出自己的一条路来'呢?"

"我准备送她去读大学。"

我深吸了一口气，久久不敢喘气，震惊得一动不动。屋子里也是一片沉寂，可能姑姑跟我有一样的反应。

和哥哥们一起，去上另一个国家的学校——韦帕大学！我做梦都不敢想的事情，竟然成真了。

姑姑不相信一般，震惊地问道："送她去学什么?"

"学药剂贸易。"

我内心喷涌出的喜悦使我晕眩。多年来我一直恳求叔叔送我去学药剂贸易。小镇上的图书馆和我们山里的这点草药已经满足不了我了。我一直十分嫉妒可以在韦帕大学念书的崔斯坦和瑞夫。

韦帕大学在韦帕西亚繁华的首府，拥有众多的药剂实验室和温室，传说中的图书馆汗牛充栋。韦帕西亚作为中央贸易之路的中心，各种药剂材料南来北往，从西到东，流经这里。

想到这些令人兴奋的可能性，我就开心得打转。

"开心点，薇薇安，"叔叔开始讲道理，"别这么无精打采的，药剂科学是很适合女孩子学的，尤其适合艾洛琳这种安静的书卷气的女孩子，比魔法委员会适合多了。她很喜欢在花园里捣鼓，也喜欢制药什么的，她很擅长做这个。"

一片死寂。

“埃德温，既然你一定要这么干，那我别无选择，”姑姑的声音变得低沉而坚定，“如果艾洛琳没有缔结魔杖之约，我不可能为她读大学出一分钱。”

“我早就猜到了，”叔叔的声音也很冷酷，“我准备让她去厨房打下手，挣学费。”

“真是闻所未闻！”姑姑立刻反驳，她的声音变得紧绷而愤怒，“你把孩子们培养得像是凯尔特的农民似的，老实说，埃德温，家族的脸都被你丢尽了！你忘了我们是什么样的家族了吗？我从来没有听说哪个加德纳女孩会在厨房给人打下手，更别说是艾洛琳这样来自显赫家族的女孩子了。那些活儿是尤瑞斯科人、凯尔特人干的，不是艾洛琳这样高贵的女孩子干的。她的大学同学们都会感到难以置信吧！”

突然，我觉得自己被一个巨大的东西撞了一下，我吓得跳了起来。转头一看，是我的大哥瑞夫。他趴到我的身边，咧开嘴大笑。

“吓了一跳吧，妹妹？”

我实在想不通，为何一个如此高大健硕的人走起路来竟像只猫一样无声无息。也许他这种天赋得益于他长期在野外狩猎的习惯吧。他显然刚从外面打猎回来，一边肩膀上搭着他的弓箭，一边肩膀上倒挂着一只死了的鹅。

我瞥了他一眼，伸出一根手指，示意他别说话。叔叔和姑姑又开始争论魔杖之约的事儿了。

瑞夫好奇地挑了挑眉毛，依旧微笑着，把脑袋朝厨房的窗户凑了凑。“哈！”他用肩膀撞了下我的肩膀，轻声说，“他们在讨论你的终身大事呢！”

“你错过了最精彩的部分，”我小声驳回去，“刚才他们还说，等埃德温叔叔过世了，你就是我的主人呢。”

瑞夫笑了出来，“是的，那时候我就要开始铁腕统治了，我要让你把我所有的家务都承包了，尤其是洗碗。”

我白了他一眼。

“我还要把你嫁给加雷斯。”瑞夫继续调侃我。

这下换我目瞪口呆了。加雷斯是我们从小玩到大的好朋友，对我来说，他就像哥哥一样，我对他没有半点其他的心思。

瑞夫笑了，“怎么？不愿意？你的表情还可以更憋屈点儿。”他看着我的身后，好像看到了什么更好玩的东西，笑得更欢快了。“你们也在这儿呢，加雷斯，崔斯坦！”

崔斯坦和加雷斯正绕过小屋的墙角，朝我们走过来。我的目光与加雷斯相遇，他的脸立刻红了，表情也有点不自然。我有点不好意思，他一定也听到了瑞夫的戏谑。

加雷斯今年二十岁，比我年长几岁。他身材高大健硕，与其他加德纳青年一样，有一双蓝色的眼睛，一头浓密的黑发。但唯一不同的是，他的黑发里夹杂着一缕银丝。银丝在加德纳家族里很少见，因此有些人认为加雷斯的血统不够“纯正”。这种猜测给加雷斯带来了无穷无尽的嘲笑。“杂种”“妖精”“混血人”等，其他孩子给他取了一堆外号。作为一个船长的儿子，加雷斯默默地忍受了这些嘲讽。他经常和父亲出海，大海可以带给他慰藉，或者来我们家，和我们几个待在一起。

我的脸上也泛起不自然的潮红，我喜欢加雷斯，就像喜欢一个哥哥一样。但是我不想跟他缔结魔杖之约。

我的另一个年纪稍小一点的哥哥崔斯坦看到我和瑞夫都趴在窗户下面，疑惑地问道：“你俩干什么呢？”

瑞夫笑着回答：“我们在窃听。”

“窃听什么？”

“艾洛琳要被嫁出去了。”瑞夫答道。

“我才不嫁呢！”我朝瑞夫做了个鬼脸，然后看向崔斯坦，按捺不住心里的喜悦。“我要去上大学啦！”我咧开嘴笑了出来。

崔斯坦惊讶得眉毛都飞起来了，“真的假的？！”

“当然!”瑞夫愉快地回答。

崔斯坦赞许地看着我。我知道我这个安静善良的小哥哥喜欢上学。他是我们几个当中唯一有魔法能力的人。而且，他在制造弓箭方面也极具天赋，十六岁时就被加德纳武器协会提前录取，接受军方的培养。

“太好了！我们可以每天一起吃饭了，艾洛琳!”

瑞夫佯装生气地让崔斯坦小声点，然后又往窗户边挪了挪。

崔斯坦听罢，弯腰蹲了下来。加雷斯也有样学样。

“埃德温，你错了。你不能在没把艾洛琳许配出去之前就让她去读大学。”姑姑原本坚决的语气里出现了一丝迟疑。

“为什么不行?”叔叔挑衅地反问，“她的两个哥哥都没有定下终身大事，艾洛琳也不是个傻孩子。”

姑姑的声音完全沉了下来，“赛格·加弗尼也不是傻孩子！你比我还清楚韦帕大学的招生情况，他们什么学生都招，凯尔特人、精灵族，他们今年还招了两个伊卡利亚人。你没听错，伊卡利亚人!”

我又一次目瞪口呆。伊卡利亚恶魔？上大学?！这怎么可能呢！凯尔特人或者精灵族的人就罢了，伊卡利亚人？我一脸震惊地看着瑞夫，但他只是耸耸肩。

姑姑一脸嫌恶地继续说道：“也不必大惊小怪，韦帕西亚委员会里到处都是杂种人，他们的大学里也是这样。他们执行所谓的‘融合’政策已经到了癫狂的地步。老实说，这种情况是很危险的。”姑姑忧虑地叹了口气，“不过一旦马库斯·沃格当上了大魔法师，这种情况就会有所改观了。”

叔叔简短地反问道：“如果他赢不了呢?”

“不，他一定会赢的，他的支持率一直在升高。”

“我看不出这些和艾洛琳有半点关系。”叔叔用一种前所未有的严肃语气打断了姑姑。

“这当然与她有关系。你现在让她去上大学，就是把她置于一群危险的、不适合她的结婚对象中，这可能会毁了她的未来，甚至对整个家族造成巨大的打击。但是，如果她现在像大多数加德纳女孩一样，跟般配的加德纳青年缔结魔杖之约，那么她当然可以更安全地去读大学……”

“别说了，我不会改变主意的。”叔叔十分坚定。

接着是一片沉寂。

姑姑不置可否地叹息了一声，“看来你心意已决。那最起码让她下周跟我待在一起，从这儿去韦帕大学反正是要经过瓦尔加德的。这样安排也合适。”

“好吧。”叔叔疲惫地投降了。

姑姑的声音明快了一点，“好的，总算达成了一项共识。如果我的侄子侄女们可以不要再趴在窗户下面，进来与我见上一面，那我会更高兴的。”

加雷斯、崔斯坦和我大吃一惊。

瑞夫转过头，剑眉一挑，满脸堆笑地看着我。

第二章
薇薇安姑姑

当我走进厨房的时候，加弗尼两兄弟从我身边嚷嚷着跑了过去。此刻厨房里充满了友好、喧闹的声音。我的姑姑背对着我，亲吻了瑞夫的两颊，向他问好。叔叔与加雷斯握手问好，双胞胎几乎挂在了崔斯坦身上，同时举着自己的玩具给他看。

我姑姑放开了瑞夫，不再一个劲儿地夸他怎么长得这么高了，她优雅地转身看向我。

她的目光凝视着我，一动不动，她的眼睛越睁越大，仿佛看见了幽灵一般。每个人都将注意力转向我们，好像在奇怪我们之间发生了什么，整个屋子都安静了下来。只有我叔叔看起来并不困惑，他的脸色变得古怪、阴沉，写满担忧。“艾洛琳，”薇薇安姑姑深吸一口气，“你已经长得和你奶奶一模一样了。”这是非常高的赞美，我很想相信这是真的。奶奶不仅是整个家族最强大的魔法师之一，也是公认的大美人。

“谢谢。”我害羞地答道。

如果说有任何人和这间小厨房格格不入的话，那就是我姑姑。她站在破损的木制家具之间，汤锅和炖锅挤在我们的厨房里，一束茅草从我们的天花板外钻进来。姑姑站在我的身边审视着我，她的目光落在我穿的朴素的麻布衣服上。

她像一幅挂在农贸市场摊位上的精美的油画。

她穿着一条长长的黑裙子，华丽大气、裁剪得体的丝绸罩袍，上面绣有细腻卷曲的葡萄藤，手腕上戴着黑色的圆环手镯。我的姑姑是加德纳女性的标准形象，及腰的黑发，瓷器般的皮肤，天蓝色的眼眸。

我突然对自己的外表感到一点自卑。我现在十七岁，身材高挑，与姑姑一样，我也有一头黑发、白皙的皮肤和蓝色的眼睛。但这是我跟姑姑仅有的相似点了。我穿着一件宽大的棕色羊毛长裙，没有化妆，我根本没有任何化妆品。我的头发随意绑成凌乱的丸子头。我的面部线条很锋利，不像姑姑那般柔和而美丽。

姑姑往前走了一步，她拥抱我，显然没有被我的外表吓住。她亲了亲我的脸颊，然后退了回去，但她的手还是抓着我的手臂。“你长得太像你奶奶了，简直难以置信!”她惊讶地说道，眼睛睁得老大，“你要是见过她就好了。”

“我也这么想。”我在姑姑的怀抱里感受到了温暖。

薇薇安姑姑的眼睛闪闪发光，“她是一位伟大的魔法师，是史上最好的魔法师，当她的后人是很荣耀的一件事。”叔叔开始在厨房周围忙来忙去，他摆出茶杯和盘子，摆放的声音乒乒乓乓。他也不看我，低头收拾东西，他的表现很奇怪。加雷斯就站在柴火旁边，他那粗壮的手臂抱在胸前，目不转睛地盯着我和姑姑。

“这么远过来一定很累吧!”我对姑姑说。我在她的怀抱里感到又紧张又兴奋。“快坐下来休息会儿。我去拿些饼干给您配茶。”

于是我去准备食物，薇薇安姑姑和瑞夫、崔斯坦一起坐在桌边。埃德温叔叔为所有人倒茶。

“艾洛琳，”姑姑停止拨弄茶杯，“我知道你听到了我和埃德温的对话，我很高兴你听到了。你觉得，上大学之前缔结魔杖之约怎么样?”

“坚决不行!”埃德温叔叔打断了这句话，差点把茶杯扔了，“你这么问没有任何意义。我告诉你我不会改变主意的。”

“对，对，你说得对。但是问问艾洛琳自己的看法总没有坏处，对吧?你自己怎么看呢，艾洛琳?你知道，像你这么大的姑娘都已经缔结了魔杖之约啦，或者即将缔约。”

我觉得脸上火烧火燎的。“我，呃……我们从来没有谈过这件事情。”我此刻十分羡慕瑞夫和崔斯坦，他俩坐在那儿和双胞胎兄弟玩玩具。为什么不问瑞夫呢，他都十九岁了！

“好吧，”姑姑略带不满地看了叔叔一眼，“其实这个问题你们早就该讨论了。你刚才也听到了，我明天带你走。你跟我在一起待几周，我给你讲讲什么是魔杖之约，讲讲我知道的韦帕大学。等我们到瓦尔加德的时候，我给你置办几件新衣服，到时候你的哥哥们可以跟我们见上一两面，你觉得呢？”

明天就走，去瓦尔加德，去韦帕大学？！一想到可以走出与世隔绝的哈利法克斯小镇，我就无比兴奋。我看了看叔叔，他神色紧张，嘴唇紧抿。

“我非常愿意，姑姑。”我礼貌地回答道，尽力克制内心的激动。

加雷斯警告地看了我一眼，我不明所以地朝他昂了昂头。

我姑姑眯了眯眼，看着加雷斯，“加雷斯，”她愉快地说，“你的父亲退休前，我有幸与他一起担任海事协会的领导职务。”

“他没有退休，”加雷斯纠正了这句话，语气里有僵硬的挑衅意味，“他是被迫辞职的。”

厨房里突然安静下来，连双胞胎都感觉到空气中突然的紧张。埃德温叔叔凝视着加雷斯的眼睛，叔叔轻轻转了转头，好像很是小心翼翼的样子。

“嗯，”姑姑仍然微笑着，“你坦白地说出了你的想法。不过，政治话题还是留给我们这些已经走出校园的人比较合适。”

“我要走了，”加雷斯转向我，低沉地说道，“艾洛琳，等你到瓦尔加德，我会来看你的。有机会我可以带你出海。”姑姑正仔细地端详我的表情。我脸红了，我想她一定对我和加雷斯的关系产生了错误的猜测。我不想过于热情地回应加雷斯，给姑姑留下错误的印象。但我也不想伤害加雷斯。

“好吧，瓦尔加德见，”我告诉加雷斯，“但我可能没有时间出海。”

加雷斯厌恶地看了我姑姑一眼。“没关系，艾洛琳。我可以带你去跟我的家人打个招呼，我父亲很希望看到你”。

我瞥了一眼姑姑。她正在冷静地喝茶，但是在提到加雷斯的父亲的时候，她的嘴角抽搐了一下。

“我也很想见他，”我小心地说，“我很久没有见过他了。”

“好，那么，”加雷斯的神色紧张，“我先告辞了。”

瑞夫起身送他，他的椅子往后推时，在地上划出刺耳的声音。

崔斯坦也站了起来，然后叔叔和双胞胎也站了起来。所有的男性都离开了厨房。我坐了下来，感到有点忸怩。

现在厨房里只剩姑姑和我了。

她安静地品着茶，用她睿智的眼睛观察我。“亲爱的，加雷斯好像对你很有兴趣。”她沉吟了一下说道。

我的脸又红了，“不，不是这样的，”我结结巴巴地说，“他只是我的朋友。”

姑姑的身体向我这边前倾，她伸出美丽白皙的双手握着我的手。“你不是小孩了，艾洛琳。你的未来将更多地由你选择的伴侣决定。”姑姑意味深长地看着我，然后又坐了回去。她的表情显得轻松了些，“你叔叔终于开始理性地思考这件事了，终于同意让我跟你独处一段时间。我认识一些优秀的年轻人，我很希望你跟他们见一面。”

晚饭后，我把剩饭剩菜收拾出来，喂家里养的几头猪。白昼越来越短，夜晚越来越长，寒气悄悄潜进小屋里，驱散了阳光的温度。

白天，一想到将要进入大学校园，我便迫不及待想要开启这场冒险。但随着夜的浪潮慢慢涌现，我开始感到一丝担忧。

尽管我渴望看到更广阔的世界，可是我内心的一部分，仍然喜欢在小镇上和叔叔在一起的平静生活。照料院子和小动物，制作药物和小提琴，看看书，缝缝衣服。

这样的生活是那么安宁。

我的目光穿过远处，穿过双胞胎玩的花园，经过加弗尼家的农场和庄园，穿过蔓延的荒野，看着远处的山脉。远处的山脉葱郁，夕阳西下，山脉投下的影子遮住了周围的一切。

还有森林，原始而古老的森林。

我眯起眼睛，看到几只从森林里飞来的外形奇怪的大白鸟。它们和我以前见过的所有鸟都不一样。它们长着巨大的翅膀，又如此之轻，似乎还在闪闪发光。

当我看着它们的时候，我被一种奇怪的预感笼罩了，就好像脚下的土地在转动。

我看得出神，一不小心打翻了喂猪的泔水桶，一些蔬菜残渣掉在地上，发出一声闷响。我瞥了一眼，把它们收回桶里。

当我再次站起来的时候，奇怪的白鸟已经不见了。

第三章
告　别

那天晚上，我坐在安静的卧室里，书桌上的台灯投射出柔和的光。在我收拾行李的时候，我的手穿过一片阴影，我停下手头的活儿，看着自己的手。

像所有加德纳人一样，我的皮肤在黑暗中闪着微光。这是“第一圣子”的标记，是我们的上古先贤留在我们身上的印记，标志着我们是阿夕亚大地合法的主人。

至少我们的圣书——《先贤之书》上是这么写的。

薇薇安姑姑带给我的大行李箱在我床上摆着。我突然想起来，我从来没有离开过叔叔超过一天。自从我的父母在王国战争中遇害，三岁的我和哥哥们被送来和叔叔住在一起，我就没有离开他一天。

王国战争长达十三年，血腥残忍，最终以我的奶奶在战争中死去告终。但这场战争又是必要的。战争伊始，我们可怜的加德纳王国一直遭受外族的攻击和洗劫。后来，加德纳人与阿尔法西格精灵结成了联盟，扭转了局势。战争结束时，加德纳王国的国土面积猛增了十倍，成为整个阿夕亚大地新的掌权者。

这一切多亏了我的奶奶，伟大的黑女巫。

我的父亲瓦勒是受人尊敬的加德纳士兵。我的母亲特茜拉在探望我父亲的时候受到了凯尔特军队的偷袭。我的父母在激战中双双身亡。叔叔很快就把年幼的我和哥哥们接到了他那里。

我的小白猫伊莎贝尔，轻巧地跳进了行李箱，努力地去拽我那条缝缝补补过的被子上的线头。这是我母亲在怀着我的时候缝的，它是我所拥有的关于母亲的唯一生动的记忆。每当我把自己裹在被子里时，我就可以听到母亲的声音，她在给我唱一首摇篮曲，我几乎可以感觉到她的手臂环抱着我。无论我的心情有多糟糕，只要把自己裹在这条被子里，我就得到了爱抚，无可比拟的爱抚。

母亲好像把她的爱缝在了被子里。

我的行李箱旁边是我的药剂师小工具箱，里面整齐地码放着小药瓶、消过毒的工具和精心准备的药品。我从母亲那里继承了对草药的亲和力。母亲是极有天赋的药剂师，她调制出的众多滋补剂和炼金药使她声名远扬。我的小药箱旁边摆着我的小提琴，琴盒开着，琥珀色的琴身反射着台灯的柔光，我的手指忍不住轻抚它光滑的表面。

这把小提琴是我亲手做的，我无论如何都不舍得离开它。我本来不能学习制作小提琴的方法，因为女孩子不能成为乐器师傅。叔叔一开始不愿意教我，但慢慢地，他发现了我的天赋，并且越来越感到放心。

我喜欢小提琴的一切。我的手被木材吸引，抚摸着它光滑的表面，我可以感知树木的品种，感知这棵树的健康状况，我还能感觉出它能发出什么类型的声音。把原木制作成外形优雅的小提琴的时候，我常常沉迷在雕刻、打磨的过程中，一干就是几个小时，无法自拔。

有时候，叔叔和我一起拉小提琴。特别是在冬天的夜晚，在壁炉温暖的炉火旁，我们会一起拉琴。

“咚咚”，一声礼貌的敲门声打断了我的回忆。我转过头去，看到叔叔正站在门外。

“现在有时间吗？”叔叔的脸在昏暗温暖的光线中显得比平常更柔和。不过，他的语气听起来并不柔和。

“有，”我回答道，“我正在收拾行李。”

“我可以进来吗？”他犹豫了一下。我点点头，坐在床上。床上没了被子，看起来光秃秃的，有点陌生。叔叔坐在我旁边。

“你可能还没搞明白今天发生的事情，”叔叔说道，“几个月前，你姑姑给我捎信过来，她可能挑个日子来看我们，谈谈你将来的事儿。所以我开始安排你上大学的事情，以防万一。我知道有一天她可能会来找你，但我以为这一天是几年以后。”

“为什么呢？”我非常好奇，薇薇安姑姑为什么突然对我这么感兴趣，为什么叔叔这么震惊。

叔叔的双手交握在一起，“因为我不认为你姑姑安排的未来对你来说一定是最好的。”他停顿了一下，深深地叹了口气，“你知道我很疼爱你和你的哥哥们，你们就像是我自己的孩子一样。”

我靠在他的肩上，他的羊毛背心有点扎人。叔叔搂着我，他的碎头发和胡子扎得我的脸颊痒痒的。“我想要庇护你，保护你，”叔叔继续说，“如果你爸妈在天有灵，我希望他们理解我的决定。”

“我也爱你，叔叔。”我的声音开始颤抖，泪水盈满眼眶。

我一直想去看看外面的世界，但我好像突然意识到，我要很长很长时间不能看到叔叔，不能看到我可爱的小屋了。下次回来也许要等到春天了。

“怎么哭了呢？”叔叔拍着我的肩膀安慰我。

“一切都这么突然，”我擦擦眼泪，“我想去上大学，但是……我会想念你的，叔叔。我也会想念伊莎贝尔。”伊莎贝尔好像感觉到我需要安慰，跳到我的腿上，安抚着我。

我不希望我走了之后，叔叔一个人，孤孤单单。

“好了，现在别哭啦，”叔叔说着把我抱得更紧，“别哭啦，我会照顾伊莎贝尔的。你很快又会看到它。你很快就会回来，到时候你肯定有很多好故事和精彩的冒险可以讲给我听。”

我擦了擦眼泪，抬头看着叔叔。我不明白叔叔怎么突然转变了态度。他一直很不情愿让我去任何地方，总是想让我在家里。为什么突然答应让我出去了呢？叔叔可能看出了我眼中的疑惑，他深深地叹了一口气。

“只要我和瑞夫在一天，你姑姑就不能强迫你缔结魔杖之约，但她可以在你上学的问题上施压，除非我先她一步。所以我替你选了学校。我在韦帕大学的药剂师学院有一些熟人，在那儿给你找个容身之所还是不难的。”

“那你为什么不让我在薇薇安姑姑的魔法委员会学习呢？”

“因为那里不适合你，”叔叔边说边摇头，“我希望你去追求一种……”他犹豫了一下，“一种宁静的生活。”他满怀深意地看着我，好像想要传达某种秘密的希望，又或是某种不言而喻的危险。叔叔伸手抱住伊莎贝尔，伊莎贝尔把头靠在他肩上，舒服地发出咕噜咕噜的声音。

我看着叔叔，对他突如其来的嘱托感到有点困扰。

“如果他们问你魔法能力测试的事情，”叔叔全神贯注地看着伊莎贝尔，“你就告诉他们，我已经测试过了，你没有魔力。”

“我知道，但是……我不记得什么时候接受过测试了。”

“这很正常，”叔叔抚摸着伊莎贝尔，心不在焉地说道，“你那时候太小，而且魔法能力测试又没什么特别的，再说你也没有魔力。”

只有崔斯坦有魔力。大多数加德纳人都没有魔力，少部分人有很弱的魔力。崔斯坦就不一样了，他有很强的魔力。而且他还接受了武器方面的魔法训练，这是一种特别危险的魔力。但是，由于叔叔不允许在家里使用魔杖或咒语，崔斯坦从来没有告诉我他能做什么。

叔叔与我视线相交，他的表情暗了下来。“艾洛琳，我希望你答应我，”叔叔用一种非常紧迫的语气说道，“答应我，无论你的姑姑怎么施压，你都不会离开学校去魔法委员会。”

我不明白为什么叔叔要这么严肃地说这件事情。我想像母亲一样做一个药剂师，而不是去什么魔法委员会。我点点头。

“万一有什么特殊情况，你也不能急着缔结魔杖之约，你必须先完成学业。”

“但是不会有什么特殊情况的。”

“不，不，一定不会有什么事的，”叔叔好像在自我安慰一般，

"但是不管怎样，你先答应我。"

我心头又涌上了熟悉的忧虑。叔叔近年来身体一直不好，容易疲劳，有关节炎，肺也不太好。我和哥哥们都不想谈这件事。一直以来，叔叔就像是我们的爸爸，是我们真正记得的唯一的爸爸。我根本不敢想象失去他的生活会是什么样子。

"好的，"我答应道，"我会等到合适的时候再缔约的。"

听完我的话，叔叔脸上凝重的神色逐渐消失。他轻轻地拍拍我的肩膀，站起来的时候关节啪啪作响。他顿了一下，手抚摸着我的头。"去上大学吧，学习药剂贸易。然后回哈利法克斯，在这里学以致用。"

原本临行前的忧虑此刻消退了一些。

听起来也不错。也许我会遇见一个男孩子。我的内心其实是希望有一天可以缔约的。也许在我缔约之后，我们可以定居在哈利法克斯。

"好的。"我再次点头同意。

这一切都是如此突然，如此意想不到，但这一切又正是我所希望的。一切都会是最好的结果。

"睡一觉吧，"叔叔说，"明天还有很长的路要走。"

"好的，明天见。"

"晚安，好梦。"

我看着他转身离开。房门轻轻关上，把叔叔内敛的、柔和的微笑挡在门外。

第四章
白魔杖

早晨，我被一阵尖锐的敲击窗户的声音吵醒。我坐起来，朝着窗户望去，惊讶地发现窗外有一只巨大的白鸟坐在树干上，盯着我看。

这是我昨天傍晚看到的从山里飞出来的白鸟。它的双翼在黎明前的蓝色幽光里反射着白光，看起来好像来自另一个世界。我爬下床，看看我可以靠近它到什么程度而不至于惊扰它。可我刚下床，那只鸟就默默地展开了巨大的翅膀，飞出了我的视线。我赶紧跑到窗边，像是被迷住了一般。

在那儿！我还是可以看到它。它也盯着我，好像示意我跟着它。

它飞过田野，盘旋在我家和加弗尼家的庄园之间的长围栏附近。

我赶紧套上衣服跑出去，我周围瞬间被奇异的蓝光覆盖住了，平日里熟悉的景色在这蓝光里仿佛都变成了缥缈的幻境。

那只鸟依然盯着我看。

我走向它，周围光怪陆离的颜色让我觉得好像在做梦。

我离它越来越近了，它却倏地一下飞走了。它飞过花园，原本立着的围栏也消失了，只剩一丛丛浓密的灌木和树林。

我一路跟着它，感觉这是一场很刺激的旅程。我就像是一个玩捉迷藏的小孩，转过角落跑进了一片绿色的小树林。但是当我看清眼前的时候，一下子惊得跳了起来，几乎立刻就想往反方向逃。

刚才那只白鸟的旁边多了另外两只白鸟，它们栖息在一根长长的树枝上。树下站着一个身穿黑色斗篷的人，她的脸隐藏在巨大的帽檐下面。

“艾洛琳!”这声音很熟悉，我停下了准备开溜的脚步。

等我反应过来这人是谁的时候，整个人诧异万分。

“赛格?”我既震惊又诧异，我的心脏由于恐惧跳得飞快。

我们邻居家失踪的大女儿赛格·加弗尼。她就站在围栏外面。

我小心翼翼地向她靠近，知道那几只白鸟在头顶上注视着我的一举一动。我越走越近，我能够在蓝光里看清她的脸。她憔悴、惊恐的表情吓了我一跳。在我印象中，她是一个那么健康快乐的女孩子。她在念大学，她爸爸是加德纳王国最富有的人之一。她们家有很强的宗教信仰，在她十三岁的时候，她嫁入了加德纳的名门望族，与托比亚斯·瓦西里斯缔约。赛格拥有加德纳女孩梦想的一切。

但后来，她在大学开学不久后就消失了。她的家人找了一年多都没有她的音讯。

而在这里，她就像死而复生了一样。

“赛格，你，你去哪儿了?”我结结巴巴地说，“你爸妈四处找你……”

“声音小点儿，艾洛琳!”她命令道。她的眼中充满恐惧，不安地四处张望。她背着一个大背包，似乎准备逃跑。她的斗篷下面好像有什么东西在动，而她正背着那个东西。

“你的斗篷里是什么东西?”我疑惑地问。

“我的儿子。”她脸上浮现一丝轻蔑的笑意。

“你和托比亚斯有个儿子?”

“不，”她严厉地纠正了我的话，“他不是托比亚斯的孩子。”她提到托比亚斯的名字的时候带着一种深深的厌恶。她把这个孩子往里藏了藏。

“你需要帮助吗，赛格?”我压低声音，不再讨论她的现状了。

“我有东西给你。”她低声说着，颤抖着从斗篷里掏出一个东西。她拉出一根长长的白色魔杖，雕刻精美的手柄向上旋转，它的顶端是如此洁白，让我想起了白鸟的翅膀。但是我的视线马上转移到了她的手臂上。

她的手臂上布满了深深的、血淋淋的鞭痕，从手腕往上延伸，消失在她的斗篷的袖子下面。

我惊讶得喘不过气来。“天哪，到底发生了什么？”

她的眼神里先是充满了绝望，继而又恢复了强硬，脸上挤出一个苦涩的笑容。“我没有遵循我的魔杖之约。”她低语道，语气里满是酸涩。

我听说过违背魔杖之约的后果，但是亲眼见到它还是……

“艾洛琳！”赛格的脸上又露出恐惧的表情。她把魔杖推到我身上，仿佛想让我把它拿走。“求你了，没有时间了！我奉命把它给你。它想要你。”

“什么意思，它想要我？”我疑惑地问，“赛格，你从哪儿得到的这根魔杖？”

“拿着它！”她坚持地说道，“这根魔杖法力无边，你不能让他们得到它！”

“他们是谁？”

“加德纳人！”

我震惊地倒吸了一口凉气。“赛格，我们就是加德纳人。”

“求你了，求求你，拿着它！”

“噢，赛格，”我连连摇头，“我没有理由拥有这根魔杖。我没有魔法……”

“没关系！它们希望你拥有它！”她用魔杖向上指着树枝。

“这几只鸟？”

“它们不只是鸟！它们是守望者。它们出现在无边的黑暗降临的时代。”

我根本听不懂她在说什么。“赛格，和我一起回家，”我尽量让声音听起来平缓，“跟我叔叔讲讲……”

“不，”她咆哮着，“我跟你说了，它只想要你！”她的表情变得绝望，“这是白魔杖，艾洛琳。”

我在心里叹息着，“噢，赛格，那是个哄小孩的传说。”

每个加德纳的孩子小时候都听过这样一个充满宗教色彩的传说——正义对邪恶，白魔杖对黑魔杖。白魔杖拥有一种纯粹的正义的力量，在远古时期帮助被压迫者，对抗邪恶的魔法和黑魔杖的力量。

“这不只是一个传说！”赛格反驳道。她咬紧牙齿，眼睛瞪得大大的。“你一定要相信我。这是白魔杖，这就是白魔杖！”她再次举起魔杖塞给我。

她疯了，彻彻底底地疯了。她很激动，我想让她冷静下来。我伸出手拿着魔杖，让她放心。

魔杖手柄苍白的木头光滑而冰凉，奇怪的是我竟然感知不到它源自哪一种树木。我把它放在我的斗篷下，装进口袋里。

赛格看起来立刻松了口气，就像卸下了一个沉重的负担。

我看到远处有东西在移动，就在野草丛生的地方。在黑暗里有两个人骑着马，但是很快又消失了。我有点怀疑是自己眼花了，毕竟在早晨这个时间点，怎么会有这么多奇怪的黑影。我抬头瞥了一眼，想看看白鸟。我连眨了两次眼，树枝上还是什么也没有。

它们飞走了，悄无声息。我四处转了一圈，想要找到它们。但是哪儿也没有。

“它们走了，艾洛琳。”赛格说道，她的眼睛再次紧张地上下搜寻，好像感觉到了即将到来的厄运。

她紧紧地抓住我的手臂，把指甲掐进了我的皮肤。

“保守秘密，艾洛琳！答应我！”

“好的，”我同意了，想让她放心，“我保证。”

赛格叹了口气，放开了我。“谢谢你，”她看着我的小屋的方向，“我要走了。”

“等等，”我恳求她，“别走！无论发生什么事情，我都想帮你。”

她一脸哀伤地看着我，好像我很幼稚似的。“艾洛琳，他们想要我的孩子。”她的声音颤抖，眼泪从她的脸颊滑落。

她的孩子？“谁想要你的孩子？”

赛格用颤抖的、布满伤痕的手擦了一下眼泪，瞥了一眼我的小屋。“他们！他们想要我的孩子！”她转头看了自己的家一眼，眼里满是痛苦。“我希望我可以向我的家人解释，让他们亲眼看到事情的真相，但是他们就是不相信。”她眉头紧锁，凝视着我，“魔法委员会是来抓我的孩子的，他们认为他是邪恶的。这也是你姑姑来这里的原因。”

“不是这样的，”我摇头，“我姑姑是来跟我说缔结魔杖之约的事情。”

她坚决地摇了摇头。“不是这样的。他们想要得到我的孩子！我必须在他们到达这里之前离开。”她有一瞬间的失神，好像在拼命地让自己冷静下来。她把手藏到了她的斗篷下面，安抚睡在背包里的孩子。我不知道她为什么不让我看他。

我伸出手摸摸她的手臂。“赛格，这都是你臆想出来的，没有任何人会伤害你的孩子。”

她愤怒且沮丧地看着我，好像终于丧失了理智。“再见，艾洛琳，”她以一种惋惜的口吻跟我说，“祝你好运。”

“等等……”赛格沿着围栏走向无边的旷野，我一边跟着一边恳求她。她的步伐很快，围栏把我们隔离开来。我的手穿过围栏，想要抓住她。但她却只留给我一个背影，幽灵般的身影穿过了黎明前的最后一道薄雾。

森林投下的阴影把她吞噬在黑暗中，太阳升起的一瞬间，原本令人毛骨悚然的蓝色的梦幻世界遍洒阳光，又恢复了往日的模样。我用手在斗篷下摸索着魔杖，心里有点希望它不见了，希望我是在梦游，希望这一切都是我臆想出来的。但是，我摸到了魔杖，光滑而笔挺，非常真实。

我赶紧往家跑，天越来越亮。

我的内心十分震惊，我想马上找到叔叔，他一定知道怎么办。我绕过一棵大树，惊讶地发现薇薇安姑姑正站在门口，她看着我，而我看不穿她的想法。

一瞬间，我有点不知所措。但是我立即放慢脚步，努力让我的表情变得平静，好像我只是刚刚晨跑回来。但我的脑海里还是一团糨糊。

我想到赛格手上的那些疤痕，它们真的好吓人。也许赛格是对的，也许魔法委员会正计划把她的孩子带走。

在我越走越近的时候，姑姑斜了斜头，认真地打量我。“东西都收拾好了吗？我们准备出发了。”

姑姑站在门口，挡住了我进去的路，我只能尴尬地站在她面前。“嗯，我收拾好了。”我的手不由自主地抓紧了魔杖。姑姑的眼睛看向加弗尼家的农场的方向。“你刚才和赛格·加弗尼在一起？”她正对着我，好像在鼓励我向她坦白一切。

我十分震惊。姑姑怎么知道赛格在这里？我回头看着那片荒野，我的心怦怦直跳。赛格是对的，姑姑不只是为了我来的。很明显，她还是为了赛格来的。但她应该不会伤害一个孩子吧？

姑姑叹了口气。“没事，我知道她在这里，我知道你看到她成了那个样子一定很难过。她……遇到了麻烦，我们想帮她，但是……”姑姑悲伤地摇了摇头，“她怎么样了？”她的语气里有着关爱。我紧张的心情平复了一些。

“她非常害怕，”我脱口而出，“她觉得有人想伤害她的孩子，委员会的人要把孩子从她身边带走。”姑姑对我的话似乎并不感到惊讶。她的神色变了，每当大人要跟小孩子说点什么沉重的事情的时候，都是这种表情。“委员会的确是来接管她的孩子的。”

我惊讶地眨了眨眼睛。

姑姑拍拍我的肩膀，“艾洛琳，这个孩子变异了，他需要医生的照顾，还有很多其他事情你不知道。”

“这孩子怎么了?”我深吸一口气，有点害怕听到答案。

姑姑看着我的眼睛，迟疑了一下。我知道，这一定是件很严肃的事情。“艾洛琳，”她严肃地说，“赛格生了一个伊卡利亚恶魔。”

我惊得说不出话来。不可能，绝对不可能！太可怕了。生了个长着翅膀的人，生了个奇怪的恶魔。难怪赛格不让我看到她的孩子。

远处传来了马匹的嘶鸣，我看到另一个委员会的法师的马车正沿着山谷驶向加弗尼家的庄园，后面跟着八个骑着马的加德纳士兵。

“我们可以帮帮那个孩子吗?”我看着马车和士兵靠近加弗尼家，我的声音震惊不已。“委员会会尽力的，”姑姑安慰我道，“我们会拿掉他的翅膀，魔法师会竭尽所能去拯救这个孩子扭曲的灵魂。”她停下来，仔细地端详我的表情。“赛格还对你说了什么呢?”

这个问题很简单，但是有些话堵在我的喉咙，让我内心感到一种说不出的恐惧。赛格已经有很多麻烦了，这根魔杖肯定是赛格偷的。这一定不是传说中的白魔杖，但它显然是一根很昂贵的魔杖，可能是她未婚夫托比亚斯家的。

我会等这一切都尘埃落定，再找到一种方法把它交还给托比亚斯。我没有告诉姑姑，赛格已经跑进了树林里，我相信委员会有自己的方法找到她。“她没说什么别的了，”我说谎了，“我都告诉您了。”

姑姑点了点头，叹了一口气。“那么先这样吧。我们还要赶很远的路呢。”

我挤出一个小小的、乖巧的微笑，偷偷藏起了赛格的秘密，也藏起了我的内疚。

第五章
海豹人

我坐在姑姑宽敞舒适的马车里，窗外的景色逐渐从广袤的田野和偶尔出现的农庄，变成了四通八达的小城镇。我和姑姑对坐在绿色丝绸质地的坐垫上，两侧是宽大的玻璃窗。一条红色的流苏自天花板上悬垂而下，轻轻一拉，就可以和车夫交谈。

我的手指沿着坐垫下抛光过的木材轻轻地滑动，光滑的质地让我的心立刻平静了下来。我的脑海中立马浮现出了这块木材母树的模样——这棵树树形纤长，棱角锋利的叶片在阳光下闪耀着金色的光芒。

是星形红枫。

我做了一个深呼吸的动作，集中注意力来感受这棵树。

从早上到下午，姑姑都坐在桌边，批示魔法委员会的文件。

薇薇安姑姑是第一个坐上魔法委员会执政席位的女魔法师。

不包括最高魔法师的话，姑姑是委员会十二位大魔法师之一。只有重要人物才能进入魔法委员会，委员会成员一般是法术强大的牧师或公会领导人。比如沃伦·加弗尼，他就是农业公会的领导人。但薇薇安姑姑的地位高于常人，因为她是黑女巫的女儿。

姑姑把一支笔尖锐利的钢笔浸在墨水瓶里。她的字迹如同专业的书法家一般优雅。

姑姑抬头看了我一眼，朝我笑了笑，然后看完了手头的文件，把文件放进一本大大的黑色皮革文件夹里，文件夹的封皮上用烫金大字写着一个“M”，这是魔法委员会的标志，这个文件夹一看就很重要。

姑姑把桌上的文件整理好，把折叠书桌收进马车墙壁，又理了理她的裙子，终于看向我。

“好啦，艾洛琳，”姑姑心情不错，“我们很长时间没见啦，也有很长时间没好好聊聊了。你叔叔非得要把最重要的事情拖到最后来说，我可真受不了这点。你现在一定还没转过弯儿来吧。有什么问题想问我吗？”

我思忖了一下，赛格那伤痕累累的手臂在我脑海里挥之不去。

我犹豫了一下，开口道：“今天早上我看到赛格的手臂受伤了，她伤得特别严重……”

姑姑看起来有点吃惊。她叹了口气，一脸严肃，“艾洛琳，赛格违背了她的魔杖之约，跟一个凯尔特人私奔了。”

我吃了一惊。凯尔特人杀了我的父母。他们压迫了加德纳人几百年。赛格那么温和、善良，怎么可能跟一个凯尔特人私奔了呢？

姑姑眉头紧皱，叹了口气，“我知道你们以前是好朋友，你一定觉得很惊讶。但是魔杖之约是我们加德纳人非常神圣的誓约，所有违背誓约的人，都必须承担严重的后果。”

姑姑看到我悲伤的表情，神色有一丝怜惜，“别难过，艾洛琳，”姑姑安慰我道，“事情还是有转机的，托比亚斯愿意接受赛格回到他身边，她的孩子也有治愈的希望。加德纳的上古先贤是宽大仁慈的，只要我们真心地忏悔，诚心地祈求，他一定会饶恕赛格的。”

我还记得赛格轻蔑的眼神，我觉得她不太可能乞求任何人的宽恕，至少她不会祈求托比亚斯的宽恕。我把赛格的白色魔杖藏在我的行李箱的夹层里，最起码不能再给她添一个盗窃魔杖的罪名。

“缔结魔杖之约的过程不疼吧？”我有点担心地问。

姑姑笑了，探出身子，握住我的手。“傻孩子，当然不疼啦。祭司会让缔约的男女紧握彼此的双手，然后他会挥舞魔杖，默念几句咒语。整个过程都不会产生疼痛，但是会在你手上留下一个印记，你以前也见过。”姑姑说着伸出了她的手，上面有一个优美的黑色旋涡印记，一直延伸至她的手腕。

埃德温叔叔终身未娶。而大多数已婚加德纳人的手腕上都有一个印记，每对夫妇手上的印记都有独特的形状，这个印记的形状还会随着他们的感情变化而变化。姑姑的这个印记非常优美，尽管姑父在王国战争中阵亡，她的印记丝毫未随着时间的流逝而褪色。

“不要让赛格的事儿影响你对魔杖之约的看法，”姑姑严肃地说，“魔杖之约是神圣美丽的誓言，旨在保持我们种族的纯真和圣洁。艾洛琳，邪恶力量的诱惑是强大的。魔杖之约能让你这样不谙世事的孩子保持高尚、保持纯洁，也让我们不至于沦落为周围的异端种族。”姑姑张开双手，靠近了我，“这就是为什么我希望你能找到一个你喜欢的人，找到一个适合你的人。等你到了瓦尔加德，我准备在周末办个舞会。如果看上哪个不错的男孩子，告诉我。”姑姑看着我，露出一抹狡黠的微笑。

我的心头涌上一阵喜悦。

要是我在舞会上刚好遇到一个我喜欢的人呢，他会邀请我跳舞吗？要是能跟他在香气迷人的花园里散步也是极好的。

哈利法克斯也有很多男孩子，但是我一个也不喜欢。这一路上，一想到可以遇到瓦尔加德的男孩子，我就兴奋不已。

到瓦尔加德需要几天的时间，我们经常停下来更换马匹，伸伸腿脚。晚上，我们会找个舒服的地方歇息。姑姑一路上只选最贵的宾馆，房间里摆着美食，书桌上放着鲜花，松软的被褥垂到地上。

在我们吃饭和赶路的间隙，姑姑会跟我讲讲到时候出席舞会的年轻人，她说了他们的成就和家庭背景；也给我介绍了几个年轻女性和她们的丈夫；她还谈到希望马库斯·沃格可以成为我们的最高魔法师。现在的最高魔法师奥尔德斯·沃斯辛年纪大了，明年春天就要退休了。

马库斯·沃格这个名字引起了我的注意。我记得埃德温叔叔前几天和瑞夫谈到了这个人。埃德温叔叔希望沃格下台，他在这件事上表现出少有的强硬，称沃格为“极端的狂热分子”。

“但是现在委员会一半的委员支持菲尼亚斯·卡尔南，”薇薇安姑姑的声音压低了一些，“这个人没有脊梁。他忘记了自己的信仰，他忘记了我们民族差点遭到灭族的灾难。”姑姑不满地摇摇头，“如果他上台了，我估计我们加德纳人又得成为别人的奴隶，或者少不了跟异族通婚，成为杂种人。”姑姑拍了拍我的手，可能觉得我被吓到了，“没事儿，明年春天才公投呢，沃格的支持率一直在增长。”

我对政治一无所知，但是我很喜欢坐在姑姑的身边，听着她的悄声细语。姑姑见我听得入迷，讲得也越发投入。姑姑是非常好的旅行伙伴，她迷人而活泼。她口中的每个人都那么鲜活灵动，我想我一看到他们马上就能对号入座了。

姑姑好像特别喜欢一个叫卢卡斯·格雷的年轻人。他是一个五级魔法师，法力强大，他也是加德纳军中冉冉升起的明星。

“格雷是魔法禁卫军的最高指挥官的儿子，也是韦帕大学的优秀毕业生。”姑姑跟我说这句话时，我们的马车正行驶在波涛汹涌的韦尔蒂克海海边，下午的海面在阳光的照射下闪着刺眼的光。

我好奇地问：“他学什么专业？”

“军事历史与语言。”姑姑笑着回答道。

每次姑姑提到他，眼神中都满是赞许，我猜他一定是姑姑心里我的首选缔约对象。我有点怀疑，这样一个备受瞩目的年轻人，会喜欢一个小镇上来的普普通通的小丫头吗？但听姑姑这样热情洋溢地讲讲他的故事，也是令人身心愉快的。

“他才毕业三年，已经是中校了。”姑姑赞许地说，“我听人说，再过一年，卢卡斯·格雷可能成为禁卫军史上最年轻的司令。”

姑姑继续跟我介绍着格雷和其他年轻人的事儿。在她说话的时候，我把头扭向窗外，看着风景。渐渐地，我们路过的城镇的建筑物变得越来越高大，越来越雄伟，街道上街灯明亮，迎接着黄昏。路上的马车越来越多，我们的行进速度也不由得放缓。翻过一座山，穿过一个树木繁茂的地区，突然之间，我们面前出现了一条倾斜的山谷，这条山谷直接通往加德纳的首都——瓦尔加德。

瓦尔加德环绕着闪闪发光的马尔康宁湾而建，像一条精美的项链。落日的余晖中，海面波光粼粼，万物也都染上了一丝火红的颜色。海面上还点缀着条条小船，停船的瓦尔加德码头弯弯的，像一根长长的鱼骨头。

我都不敢大声喘气，因为我全身心沉入了眼前的美景中。城市在落日的余晖中闪闪发光，万家灯火，如同漫天的萤火虫一般星星点点地散布着。我们的马车穿过山谷，不久之后，就到达了首都的心脏。

我拉开车窗，向外眺望。

奢华昂贵的铁木建造而成的高楼拔地而起，高楼顶层由雕花乌木柱子支撑着。翠绿的棚架弯弯曲曲，郁郁葱葱，已经开花的葡萄藤从棚架的两侧伸出楼顶，倾泻下来。

我闭上眼睛，感受着铁木的气息。传统的加德纳民居都是用这种木材建成，外观像森林一般，象征着加德纳的上古先贤用神圣的铁木树的种子创造了加德纳民族，赋予了我们统治丛林与旷野的权力。

我们穿过一个露天餐厅，餐厅的长廊里摆放着各式餐桌，餐桌周围环绕着装饰精美的果树，每棵树上都挂着镶钻的小灯笼。桌上摆放着各色食物，烤羊肉、腌咸鱼，还有土豆片，食物的香气飘进车厢里。

一个小型乐团正在一棵李子树下演奏交响乐。

我被这优美的音乐迷住了，我以前从来没听过交响乐。我转头问姑姑："这是瓦尔加德交响乐团吗？"

姑姑哈哈大笑，"傻孩子，这些只是餐厅的员工。"姑姑戏谑地看着我说，"你想听交响乐吗？"

"嗯，当然啦！"我深吸一口气。

街道两侧是各种各样的商店、咖啡馆和市集。我之前从未见过这么多的加德纳人，男人们统一的黑色服装显得优雅而引人注目，女人们的黑色丝绸长袍上点缀着闪闪发光的宝石。我知道圣书里说，我们加德纳人应该身穿夜晚的颜色的衣服，来铭记我们漫长的被压迫的历史。但是当我环顾四周的时候，我很难将眼前的场景与圣书上令人忧伤的说法联系起来。因为这一切是如此奇妙，如此盛大。我脑海里闪现了一个念头，我想要成为这种盛大场景的一部分。我看着自己身上普通的黑褐色羊毛外衣，我开始遐想，我要是穿上好看的衣服会是什么样子呢。

马车晃荡了一下，我们拐了个弯，沿着一条狭窄而黑暗的道路向下驶去。这条路上的建筑物不像主干道上的建筑那样明亮活泼，街道两侧的商铺的窗户都朦胧得难以看清里面是什么样子，只透出红色的昏暗光线。

“我让车夫抄了条近路。”姑姑一边翻看委员会的文件一边跟我解释道。周围暗了下去，马车车灯中的黄金流明石在黑暗中逐渐亮了起来。

我心中赞叹流明石丰富而又神秘的光芒。精灵流明石是非常昂贵的，黄金流明石最为稀有。我以前只在回家的路上见到过加弗尼家走廊上挂着的取自沼泽地的绿色的流明石灯。

姑姑叹了口气，放下了一扇百叶窗。“这一带算不上是瓦尔加德城里繁华的地段，但是咱们还得从这儿走一段。艾洛琳，你还是把窗户拉上吧，外面没什么好看的。说实话，我觉得这里应该推倒重建。”

我探出身子，把窗户关上，准备拉上百叶窗。这时，我们的马车慢慢地停了下来。自从进了城，交通变得拥堵，我们的车总是走走停停。

就在我准备拉上窗帘的一瞬间，一只白鸟的翅膀“啪”的一声拂过车窗。它飞得那么快！我发誓我看到了它刚才飞走的那一瞬间的样子。我把脸贴在窗户上，想要追踪它的去向。

“它们不只是鸟，它们是守望者！”赛格的话在我脑海中回荡。

也就在那一瞬间，我看到了她。一个距离我只有几米远的年轻女子。

她是迄今为止我所见过的最奇特、最美丽的人，尽管她只穿着一件简单的白色长袍。她长长的银发闪闪发光，像一丛银色的瀑布，半透明的皮肤是如此苍白，几乎透出一种蓝色的光。她的体态轻盈优美，双腿被折向一边，全身的重量只能由她纤细、白皙、如同蜡像一般的手臂支撑。

她的眼睛是最奇特的。这双明亮的眼睛是灰色的，如同暴风雨来临时的海面，眼里满是惊恐。

她被关在一个笼子里。笼子锁着，刚好能装下她。她坐在里面，无法站立。两个男子站在笼子边观察着她，时不时说点什么。在笼子的另一边，两个男孩用一根长长的棍子在戳她，想要以此刺激她做出反应。

但她好像根本没有感觉，直直地看向我。她的目光笔直地锁定我，她的表情是一种绝望的惊恐。我努力把自己从她的那股纯粹的绝望中拉出来，我的心怦怦直跳。

她猛地向前，双手死死地抓住铁栅栏，张开了嘴。眼前的一幕让我惊呆了。她的脖子两侧露出了一道道细长的银色裂缝，这些裂缝随着她嘴巴的开合而收缩。

我的天哪！她有鱼一样的鳃！

她发出了震耳欲聋的尖叫声，我从未听过如此高亢的尖叫，我不知道她在叫什么，我也不知道她的声音怎么了，但是她的目的很清楚——她在向我求救。

两个男子听到这尖叫声，嫌恶地捂上耳朵。两个男孩儿哈哈大笑，以为是自己把她弄哭了。他们再次用棍子戳她，这次戳得更用力。但这一次，她没有反应，只是直直地盯着我。

我看到她的笼子上方贴着一个标签：深海明珠。突然，载着她的马车往前走了，她不见了。

“姑姑!”我带着哭腔，音调又紧张又高亢，“那儿!有个笼子……一个姑娘!她，她有鳃!”我指着窗户外面，心跳得更快了。

姑姑飞快地往窗外扫了一眼，表情里有轻微的厌恶。“是的，”她叹了口气，“我也听到尖叫了。”

“但是，但是到底……是什么……”我说不出完整的话来。

“艾洛琳，那是海豹人。”姑姑打断了我，显然不想进一步讨论。

我被姑姑的冷漠吓到了。“她在笼子里!”我再次指着窗子，仍然不相信我刚刚看到的东西。

“看事情不能只看表面，”她板着脸，“如果你要进入更广阔的世界，你就要学会这一点。”姑姑看到我困扰又悲伤的表情，知道不跟我讲清楚我又得胡思乱想了。“艾洛琳，他们只是看起来像人而已，他们不是人。”

刚才那个女孩子悲伤无比的眼神在我的脑海里挥之不去。“那他们是什么呢?”我十分震惊。

“他们是海豹，非常凶猛的海豹。”姑姑停下手里的活儿，身子往后靠了靠，倚着精致的绣花垫子。“很久以前，海豹人受到了海之女巫的蛊惑。每逢月圆之夜，他们就会上岸，褪下海豹皮，幻化成人的样子，他们伤害了很多水手，拆毁了很多船只。总之，他们的行径非常恶劣。”

“可是她看起来很虚弱。”

“我刚才说了，看事情不能只看表面。一旦海豹人重新穿上海豹皮，他们比法力最强大的法师还要厉害，是非常危险的捕食者。”

“那要是他们没有海豹皮呢?”

“非常好，”姑姑看起来很高兴，“你找到了问题的核心。他们没有了皮肤，就可以轻而易举地被控制。”

“为什么?”

“因为他们失去了力量，因为没有海豹皮他们就不能变回海豹，就不能回到海洋。作为野生动物，无论他们在陆地上待了多长时间，他们都渴望回到大海。他们不是人，这只是一个错觉。不要因此感觉困扰。”

“但是为什么她在笼子里？”

姑姑好像不喜欢这个问题，她的表情看起来就像闻到了什么不好闻的怪味。“有些人喜欢把他们当成宠物。”

我仔细看了看姑姑的表情，她没有看我，她不耐烦地看着窗外。

“她……她看起来受到了惊吓。”我难过地说。

姑姑的表情柔和了一些，“把动物关进笼子里圈养不算是什么好事情，我一直很反对海豹人贸易，我也会尽力去消除这种现象。”姑姑安慰地拍拍我的手。

我心里好受了些。

“我觉得与其把海豹人关在笼子里，或者强迫他们像人一样生活，不如采取其他更人道的方法。”姑姑一边轻声解释，一边伸出一只手，仔细观察她美丽精致的指甲。

我很高兴姑姑会这么想，我知道我的哥哥们一定也会同意这种观点。他们特别讨厌虐待动物的行为。尤其是瑞夫，他特别讨厌虐待动物或者残杀动物的事情。

“那么你会帮助她吗？”我追问道。

“当然了，艾洛琳，我会的，”姑姑不耐烦地拉直袖口，“一旦马库斯·沃格成为最高魔法师，这件事就能有个了结了。”

我想要从姑姑的话语中获得一丝安慰，可是我心里还是很难过。

姑姑看了我一眼，“艾洛琳，别被扫了兴，我带你来瓦尔加德可不是来看这些野生动物的。这里有这么多好玩的事儿。”

于是，姑姑开始给我介绍她最喜欢的商店，还有沿途的名胜古迹，我都默默点头。但是那个海豹人悲伤的面孔一直萦绕在我的心头。我的心里感到一阵凉意，这种凉意一路上都挥之不去。

第六章
瓦尔加德

我们到达的时候，已是满天星辉。马车行驶到姑姑家的三层建筑前，圆弧形的窗户擦得锃亮，宽大的黑色木梯一直从楼上铺到我们脚下。

郁郁葱葱的花园从大门口延伸到屋前，我坐在车里，呼吸着花园里飘来的浓郁甜蜜的芬芳。正是铁木树开花的时节，朵朵花儿点缀得整条小道都是柔和的蓝色。

我们的马车缓缓停下。

我下车的时候，车门两边已经各站了一个尤瑞斯科女仆。她们紫罗兰色的长发绑成整齐的辫子；她们的耳朵非常小，只留出小小的耳蜗；她们的皮肤是柔软的薰衣草色。她们的肤色太特别了，我以前只在加弗尼家的农场见过在那儿做苦力的尤瑞斯科人。她们的皮肤、头发和眼睛都是深红色，那是最低阶层的尤瑞斯科人的颜色。这些高阶层的尤瑞斯科妇女则穿着笔挺的衣衫，灰色的长裙上披一件雪白的短褂，个个都是面无表情的样子。

我突然意识到，连姑姑家的仆人都比我穿得好多了。我忸怩地抓紧了自己粗布做的衣服的下摆，抬起头仰望。这栋房子好高啊，我深吸一口气，再次感受到了自己的渺小和卑微。

姑姑家的豪宅是典型的瓦尔加德建筑风格——一座由铁木建造的洋楼，上层建筑由弯曲的木柱支撑；屋顶上是个宽敞的花园，里面摆满了盆栽树木，各种各样的藤蔓从墙壁上悬垂而下。

整座房子就像一棵参天大树。

房子坐落在一片高地上，屋后是美丽的海景，山下是繁华的瓦尔加德，屋子旁边是马尔康宁湾。这里的景色真的太美了。

我跟着姑姑的脚步走进了家门，她轻轻地走上楼梯，两名尤瑞斯科仆人缓缓为我们打开大门。姑姑体态优雅，拾级而上，我学着她的样子，调整了自己的步子，跟上她的步伐。我很好奇，如何才能像姑姑一样，即便是穿着细细的高跟鞋，还能走得这样轻快优雅。她那飘逸的长裙的裙摆在脚边拂动。

要是我穿这么高的鞋子，一定会摔倒的。

我现在穿的这双靴子，是平时干农活儿和照看牲口的时候穿的。我心里其实还是很想试一试高跟鞋的。

我们在一个最美丽的门厅停了下来：桌子上摆放着新鲜的红玫瑰花束，我脚下的瓷砖是黑绿相间的几何设计，彩色玻璃门上是蜿蜒的葡萄藤图案。

在这样一种奢华的环境里生活，想想就好激动。

姑姑背后的侍女手上托着一个银盘，里面摆着几份文件。姑姑扫视了一下，抬头对我说："艾洛琳，你恐怕得自己去放行李了。"她说着，又低头扫视文件，"芬妮尔林会把你带到你的房间，你放好东西，然后咱们吃晚餐。"姑姑放下文件，期待地对我笑了笑。

"当然可以了。"我热切地答道。我环顾四周，露出一个大大的微笑，我的内心越来越想得到姑姑的赞许。"这里看起来……看起来真的很棒。"我磕磕巴巴地说，心里竟然有点紧张。

姑姑好像突然对我失去了兴趣，只是点点头，然后转身上楼了，她的高跟鞋在光滑的地面上发出清脆的敲击声，三个仆人跟在她的身后。还剩下一个仆人站在原地，她应该就是芬妮尔林吧。

姑姑突如其来的冷淡让我有点失落。

如果我有法术的话，姑姑会对我稍微感兴趣一点儿吗？我发出一声轻叹。一路上，姑姑不止一次表达过对我不会法术的失望，她说我只继承了奶奶的容貌。但是我一直安慰自己，不管怎么说，姑姑肯带我来到瓦尔加德，已经是我很大的荣幸了。

我跟在芬妮尔林后面穿过一条长长的走廊，走廊两侧是两排小小的盆栽，走廊尽头是个宽敞的中央大厅。我停下脚步，被眼前的金碧辉煌惊呆了。

一座中央旋转楼梯从一楼缠绕而上，楼梯中间是一棵参天大树。铁木雕花材质的楼梯设计成葡萄藤的样式，每一层都伸出一个弧形的露台。

芬妮尔林向楼上走去，我赶紧跟上。我抚摸着一片片雕刻得栩栩如生的叶子，被它们迷住了，我拾级而上，手指轻轻拂过这些雕花。

水橡树。

我的脑海中立刻浮现了这块木材母树的模样，树叶如夏日的阳光般轻柔，苔藓覆盖的树枝弯弯曲曲。

我默默地跟着芬妮尔林到了三楼，她走到一扇厚重的木门前停了下来，伸手推开了门。

我走进房间，难以置信地眨了眨眼。

房间里有一个熊熊燃烧的壁炉，不断往外喷吐着热量。墙壁上装饰着各类树枝和树干，这些都是铁木的树干，房间里散发出一股浓浓的蜂蜡的香气，圆顶的天花板上画出了星空的效果。我一走进房间，立即就被包裹在这片芬芳的温暖中。

一切都准备得如此妥帖，无可挑剔。

两扇水晶玻璃门在灯光和火光的映照下闪闪发光。

床上挂着的丝绸顶棚上，金色的流苏垂坠而下，我有点不敢伸手去触碰，生怕弄脏了。红色的丝绸被面上绣着复杂精致的树叶图案。

我走到水晶门边，推开门，一个宽敞的露台映入眼帘。整个露台的墙壁都是玻璃做的，站在这里能看到美丽的海景，头顶是几何形状的玻璃天花板，漆黑的夜晚在这里一定能看到最美丽的星空。两只雪白的小猫正在露台中央玩一团毛线球。它们的毛蓬蓬的，浑身雪白，眼睛是蓝色的。它们长得真像我自己的猫——伊莎贝尔。

我被它们逗乐了，抱起其中一只。它用锋利的小爪子开始挠我，不住地发出嘤嘤的呜咽。而另一只猫还是专注地玩着它的毛线球。

“这是为您准备的，加德纳法师。”芬妮尔林笑着对我说。她身材纤细，一双大大的杏仁形眼睛，瞳孔是紫水晶的颜色，一头紫色的秀发用一根灰色的丝绸带子绑住，“达蒙法师担心您会思念您的那只小猫。”

我的胸膛涌上一阵暖流。姑姑真的考虑得太周到了。

我把小猫抱在胸前，小家伙的脑袋在我的下巴下面乱动。我转身对着芬妮尔林，“你可以叫我艾洛琳。”我露出了一个大大的笑容。

她愣了一下，笑容僵了僵。“谢谢您，加德纳法师，但是这样是对您的不尊重，”她优雅地点了点头，微微鞠了一躬，“请允许我称呼您的敬称。”

看着这样一个美丽优雅的尤瑞斯科人说着一口标准的加德纳官话，感觉怪怪的。而看到这个看起来比姑姑还要年长一些的女子对我毕恭毕敬的样子，感觉更怪。我觉得有点儿别扭。

我犹豫了一下，只好答道：“你想这么叫就叫吧。”听到这话，芬妮尔林如释重负一般地笑了。

她愉快地说道：“如果您有任何需要的话，只要拉响那个铃铛就行了。”她说着向门口走去，门后用金色的丝线悬挂着一个铃铛，“我稍后过来叫您去用晚餐。”

“谢谢。”我点点头。

芬妮尔林安静地退了出去，我深吸一口气，环顾四周。

我把小猫放在它的篮子里，让它跟同伴一起玩耍，然后打开了通向露台的门。

我走到露台上，微咸的海风亲吻着我的脸颊。露台的边缘弯弯曲曲，是不规则的形状。汹涌的波涛拍击着崖下黑色的岩石。我趴在露台边缘的栏杆从上往下看，一楼是一个更大的露台，仆人们正在那里忙碌。

他们在准备我和姑姑的晚餐。我既不需要自己煮饭，也不需要帮着收拾桌子。

我又深吸了一口气，感受着咸咸的海风。

我必须要适应这样的生活了。

我走回房间，房间的一面墙里镶嵌着一个书架，书架上摆满了各种药剂学相关的书籍。我的手指从一排排书脊上划过，内心惊讶又兴奋。

姑姑给我打造了一个专属书架。

我记得在路上的时候，姑姑往家里派了一只送信鹰通知我们要一起回来的事情。但是我没想到，短短两天，她特地为我做了这么多。

我从书架上抽出一卷书，随手翻开，崭新的皮革封面翻起来还不太顺手。书里的各种草药都是手绘出来的，栩栩如生，我几乎可以闻到它们的气味。

不知道姑姑能不能让我把这些书带到学校里去呢，它们对我来说都是很有价值的书。

床的另一侧摆着一张镶嵌着玫瑰花边的桌子，桌上摆着镶金的梳洗套装，梳子旁边摆着几瓶崭新的香水，香水瓶子用深色绢丝绣花包裹着。

我头一回见到这么多充满少女气息的东西。之前在叔叔家，家里都是哥哥们的那些男孩子的物件。

我拿起一瓶香水，喷了喷，深吸一口气。

嗯，闻起来是香草和玫瑰的香气。

随着雾气的消散，我的目光落到墙上的一个架子上，架子下面是一个柜子。柜子上摆着两座大理石雕像。

我走到柜子旁边，拿起其中一座雕像，大理石的材质传来一阵凉意。这是我奶奶的雕像，她的腰间系着魔杖，正带领着一群加德纳孩子奔赴某个地方。孩子们仰着头，一脸崇拜地看着她。我的手指在雕像的面庞上摩挲，她面部棱角很锋利，她的鼻子纤细挺拔。

我跟这雕像长得可真像。

第二座雕像还是我的奶奶。这一次她的形象英气十足，她把精致的魔杖举得高高的，头发迎风飞扬，一个伊卡利亚恶魔被她踩在脚下。

伊卡利亚恶魔，赛格的孩子也长这样。

我愣了一下，眉头紧锁。可爱的猫咪，典雅的装饰，在这么温暖奢华的环境里看到个伊卡利亚恶魔，真是太刺眼了。此刻我只想赶紧把雕像藏在壁橱里，看都不想看一眼。

我不去想脑海中黑暗的一幕，收拾了一下，准备去和姑姑共进晚餐。

我下楼去，走到一楼的露台。姑姑正坐在餐桌旁边，她对我露出一个灿烂的笑容，“喜欢你的房间吗？”芬妮尔林优雅地鞠了一躬，转身退下了。

“特别喜欢，谢谢姑姑，”我回答道，有点眼花缭乱，“我从来没有见过……”我环顾四周，看了一眼波涛汹涌的海面，“这里的一切我都没见过。”

姑姑笑了，“这是你与生俱来的权利。好好享受一下。你跟着你叔叔过得太苦了。”她轻轻摆了摆手，示意我坐下，“来，坐下，咱们聊聊。”

我高兴地坐在姑姑对面的椅子上，我们的脚下铺了一条深绿色的地毯，覆盖着露台的灰色岩石地面。露台上挂着很多盏灯，灯光打在精致的瓷器上，反射出星星点点的金色的亮光，将餐桌上的氛围营造得格外温馨。

我的面前摆放着餐盘，餐盘里摆着一只柠檬野鸡，鲜嫩多汁的野鸡旁边点缀着柠檬配菜、坚果和小胡萝卜。餐桌中间摆放着一叠面包，黄油被雕刻成一朵花的形状。桌上还摆着一壶薄荷水和一小篮水果。靠近墙角有一张小桌子，桌上摆着一壶清茶，一座点心堆成的塔，点心塔旁边的水晶花瓶里插着一束红玫瑰。

不远处站着一个仆人，她安静地托着茶具。那是一个蓝色皮肤的尤瑞斯科人，她的眼睛如同闪烁的蓝宝石，面无表情，目光直视前方，如同一座雕塑一般。她是如此的安静。

姑姑抿了一口茶，目光在我身上逡巡。

我发现自己很期待得到姑姑的认可。我坐得笔直，两只手叠放在膝盖上，模仿姑姑优雅的姿势。我的衣服可能很简朴，但至少我可以模仿姑姑优雅的体态。

“明天我送你去瓦尔加德最好的裁缝师那儿，给你做一柜子合身的衣服，”姑姑微笑着说，“正好可以带到学校里穿。”

姑姑好像一眼就能看出我在想什么，我的心里满是感动。以前在叔叔家，我们从来没有多余的钱买衣服。我感觉一股暖流涌上脖颈，脸热得发烫。“谢谢你，姑姑。”

“就是不能送你去裁缝店了，”姑姑放下茶杯，“魔法委员会还有些事情要我处理，但是我给你安排了三个同伴，到了学校里你们就是同学了。”

“好的。”一想到要见到新朋友，我感到又紧张又兴奋。我吃了一口鸡肉，肉质鲜嫩，入口即化，夹杂着新鲜的柠檬和草药的芬芳。

“你一定会跟佩姬·斯诺登和艾荷·弗拉德成为好朋友的，”姑姑吃了一口她的食物，又用餐巾擦了擦嘴角，“她们的父亲都是魔法委员会的成员，可爱又率真的两个姑娘。”

但是，刚才姑姑明明说三个同行的伙伴。我有点困惑地眨眨眼，难道是我听错了？

“第三个呢？”

姑姑的嘴巴抿了抿，神色阴沉下来，“那是法伦·巴恩，但是我不认为你会喜欢她。”

我认真地看向姑姑，“那……为什么呢？”

“她的父亲麦肯·巴恩是军事指挥官，在魔法委员会影响力很大。他也是个五级魔法师。”姑姑的语气很严肃。我一边默默记在心里，一边从放面包的篮子里拿出了一块热乎乎的面包。

五级魔法师并不常见，我的哥哥崔斯坦就是一个五级魔法师，所以他才十六岁时，就能担任武器协会的魔法师。

“麦肯·巴恩的孩子都是五级魔法师。”姑姑继续说道。

我震惊了，面包和切黄油的刀都僵在手里。“他女儿也是五级魔法师？”

姑姑点了点头，“法伦·巴恩和她的两个哥哥都是五级魔法师。”我们两个人都陷入沉默。

我瞪大了眼睛，“一个女性能有这么强的法力吗？”在整个加德纳，法术高强的魔法师几乎都是男性。当然，我的奶奶除外。

姑姑神色凝重，“这种天赋本来只在我们家族之间代代相传，而且孩子的法术高低往往跟孩子与母亲的外表的相似程度有关。”她摇摇头，眉头紧锁，“现在即便是崔斯坦，也无法与法伦·巴恩抗衡。尽管崔斯坦很有天分，但是他起步得太晚了。都怪你叔叔，根本不重视早期培养。”姑姑叹了口气，淡淡地看了我一眼，“法伦才十八岁，但她在五级魔法师里面已经非常拔尖了。你奶奶在她这个年纪，也是这么出色。”

我仍然保持着这个僵硬的姿势，“她就是下一个黑女巫吧。”

姑姑的眼神阴沉下来，“不可能，绝不能是她。将来你的孩子或者崔斯坦的孩子都可以继承这个荣耀。这是独属于我们家族的荣耀。无论法伦·巴恩还有他们家的那些人如何虚张声势，黑女巫都只可能从我们家族里产生！”

我的眉头皱得更紧了，“即便她不是黑女巫，她的法术也是很强大的，而且您又不喜欢她，那为什么还让我跟她一起去做衣服呢？”

我表示不解。

姑姑身体前倾，直视我的眼睛，好像有很重要的事情要告诉我，“因为，有时候，在这个世界上，你得了解你的对手。”

“我不明白。”

姑姑眯了眯眼睛，“法伦·巴恩对卢卡斯·格雷情有独钟。”

啊，又是这个卢卡斯·格雷。

“那他们在恋爱？”

“不，”姑姑淡定地说，“依我看，卢卡斯对她没有什么兴趣。”姑姑露出一个轻蔑的笑容，“即使法伦一个劲儿倒贴，卢卡斯也不会喜欢她。”

这下我才听明白了姑姑的意思，我的脸颊火烧火燎的。卢卡斯就像一座奖杯。姑姑正在积极地给我出谋划策，希望我从法伦·巴恩那儿赢得这座奖杯呢。

“您要我跟法伦一起玩，是希望我了解对手，赶上她的步伐吗？”我感到不可思议。

姑姑的眼睛发亮，“这是个机会，艾洛琳。”

我很担心，我可能不喜欢这个卢卡斯·格雷。除此以外，我内心还有更多发愁的事情。

我放下面包和刀叉，与姑姑四目相对。

“姑姑，您已经帮我做了很多了，我不想让您失望。”我此刻又紧张又沮丧，我不想失去姑姑对我的爱护。我从小到大一直渴望一个母亲的角色来指导我。所以我必须如实告诉姑姑，“我没有社会经验。我不知道怎么……怎么融入周围，怎么适应这个卢卡斯·格雷，或者其他任何人。”这就是最大的问题。我感到沮丧，目光落到姑姑漂亮的发髻上。我好想知道这么好看的发髻要怎么编出来。“我甚至不知道怎么编辫子，不知道怎么化妆，我什么都不知道……”要是我有妈妈就好了……

姑姑拍拍我的手，给我一个温暖的慈爱的微笑，“亲爱的，你什么都不用学，”她轻轻地握着我的手，“我会把你庇护在我的羽翼之下，这里是最安全的地方。你只要乖乖待着，听我的就行。”

我羞涩地笑了起来，心里受到了鼓舞。我的手紧紧抓住了姑姑光滑的、冰凉的手。

第七章
法伦·巴恩

“你跟他接吻了吗?”

“你说什么?”

“我说，你跟加雷斯·凯勒，接吻了吗?”

我对面坐着的三个女孩子，就是姑姑给我挑选的大学同伴。此刻，她们都瞪大眼睛盯着我，等着我的答案。

这真是我被问过的最尴尬的问题。

在哈利法克斯，没人会问这种不合时宜的私人问题。我心里暗自感到一阵不悦。

这是我来到瓦尔加德的第一个早晨。此刻我们正坐在姑姑的马车里，前往加德纳首屈一指的裁缝店。马车平稳地前行，车子四周守卫着十二个加德纳士兵。

没错，十二个。

他们是来保护我们的下一代黑女巫——法伦·巴恩的。姑姑可能内心不想承认这一点，但是从如此戒备森严的护送队伍就能看出，大多数加德纳人的观点跟姑姑不同。

法伦是我迄今为止遇到过的最美丽的年轻女子。她长得明艳动人，性感的唇部线条，卷曲的黑色头发垂到腰间，一双大眼睛闪耀着蓝色的光芒。她穿着一件特地改良过的女款军装，传统的平纹灰色丝绸上衣，下面配的不是马褂，而是一条灰色长裙。她的衣服的胸口位置绣着一个银色的阿夕亚标志，军装的袖子上别着五级魔法师的银色徽章。法伦的眼睛直直地看着我，双腿张开，在车厢里霸占了很大一部分空间。

刚才那个问题是法伦问的，她脸上挂着一抹戏谑的笑容。我心里感到一阵不舒服，脸也唰的一下红了。她似乎被我的反应逗乐了，似笑非笑地看着我。

“你为什么要问我关于加雷斯的事儿？”我辩驳道。

“你姑姑说你认识他。”

“我们确实认识，”我告诉她，“他是我的朋友。”

法伦回头看了一眼艾荷和佩姬，给了一个意味深长的眼神，又转头问我，“你仔细看过他的头发吗？”

我气得头发都竖起来了，心里对法伦充满了厌恶。“看过，他的头发是黑色的。”

法伦扯了扯嘴角，“那么……如果你没有亲过加雷斯的话，你亲过别人吗？”

我努力使自己冷静下来，不要被她的挑衅激怒。“当然没有，我还没缔结魔杖之约。”不像你，只会粘在别人身上。

法伦又意味深长地回头看了艾荷一眼，这个举动让我更讨厌她了。她又戏谑地看着我，以一种高傲而又优越感十足的口气告诉我，“艾洛琳，你现在不是在你们乡下了，在我们瓦尔加德，女生是可以亲吻男生的。”

艾荷听了这话，似乎有点不悦，“还是有人遵循公序良俗的，即便是在瓦尔加德也是如此。”

法伦发出一声不屑的嘲笑，眼睛一眨不眨地盯着我，好像我跟她认识很久了似的。

艾荷表情十分严肃，她用那双猫头鹰般的眼睛仔细打量着我，好像在看我到底是什么来头。她的装扮具有浓浓的加德纳传统风情，黑色双层外衣，衣领非常高，脖子上挂着一条银色项链，项链上挂着阿夕亚样式的吊坠。她的头发没有任何点缀，只用了一个发夹别向一边。

也许是注意到了法伦和艾荷的不友好的表情，车厢里的另一个姑娘佩姬对我露出了善意的笑容。她是车厢里唯一心情愉快的人，她那卷卷的黑色头发从她的宝石发饰间泻下，垂在她圆圆的粉色脸颊旁。

法伦看到佩姬的笑容，戏谑道："佩姬的初吻已经不在了。"她的语气充满了不友善。

佩姬脸上的笑容立刻就消失了。"嗯……"佩姬结结巴巴地说着，看着自己垂在膝盖边的双手上的记号，"我已经缔约过了。"

"她十三岁就缔结了魔杖之约。"法伦凑到我的耳边轻声说道，好像在诉说一个美丽的秘密。

"十三岁？"我很惊讶。十三岁真的是很小的年纪。但是我想到了赛格，她也是十三岁就缔约了。

"是的……我和法伦的哥哥西勒斯缔约了。"佩姬嘟囔道，听起来并不怎么高兴。

法伦伸出一只手紧紧抱着佩姬，脸上挂着虚伪的笑容，"我们马上就是真正的姐妹了！"

佩姬温顺地看了法伦一眼，挤出一个乖巧的笑容。

我注意到艾荷的手上也有一个标记，"你也缔约很久了吗？"

艾荷的目光还是淡淡的，"五年前，跟巴塞·多恩。"

我看着艾荷，想要揣摩出她对这件事是什么看法。但她还是表情冷漠，像一座无法解读的雕像。

我的目光扫到法伦的手，"所以……你还没缔约。"

法伦的表情冷了下来，她挑衅地盯着我。"暂时还没有。"她好像把缔约当作挑战似的。

"法伦喜欢卢卡斯·格雷。"佩姬笑着抢答。法伦扭头盯着佩姬。佩姬立马敛起了笑容。"嗯，我的意思是，你，你确实，喜欢卢卡斯。"

我还记得姑姑对卢卡斯青睐有加，他应该是姑姑最希望我缔约的对象。我心里暗暗好笑，姑姑竟然觉得我可以跟法伦·巴恩竞争任何东西，并且还能赢过她。

“卢卡斯真的很帅，”佩姬接着说道，“他的父亲是整个魔法禁卫军的最高指挥官。他家世显赫，他也是一个五级魔法师。”

法伦正密切注视着我的表情，脸上露出了一个阴沉的笑容，就像她已经赢得了胜利一般。

“你什么时候跟卢卡斯缔约？”我问。

法伦的笑容僵住了，她盯着我的眼睛，“很快，很快就会缔约了。”我看懂了她的表情，她在说，离卢卡斯远点，他是我的。

我不知道为什么她有这么强烈的不安全感，她知道薇薇安姑姑希望把我许配给卢卡斯吗？我突然对姑姑准备举办的舞会充满了期待，终于要见到那个神秘的卢卡斯·格雷了。

我的视线落到了从法伦腰间露出来的魔杖上，“听说……”我朝魔杖做了个手势，“听说你法术很强。”

她笑了笑，“会一点法术。”

我从艾荷和佩姬的表情看出来，法伦这是在讽刺我。

“我从来没见过魔法。”我告诉她。

她笑得更欢了，“那你不会魔法？”

我摇摇头，不喜欢看到法伦那种表情。

法伦一个流畅灵巧的转身，抽出了魔杖，她把魔杖直立，开始念咒语。

随着一声巨大的碎裂声，法伦的魔杖爆发出强烈的蓝光，艾荷、佩姬和我都被弹到了各自的椅背上。这声巨响吓到了我，我喘着气，看着那道蓝光迅速凝结成一个旋转的、发光的球体，漂浮在魔杖的尖端上方。碎裂声是如此有节奏，嘶嘶声如同锯齿一般摩擦着我的耳膜。车厢里的温度骤降，车窗上开始出现霜冻。

“快住手，法伦，”艾荷愤怒地盯着法伦，“你会冻死我们的。”

法伦发出轻蔑的笑声，又喃喃地说了几句古怪的咒语，冰球瞬间爆裂，变成一片寒冷的无色无味的薄雾，最后散成一阵白色的蒸气。

法伦坐了下来，咧嘴一笑，眼中闪闪发光。

“太神奇了！”我深吸一口气，吐字艰难。

“这都是小意思，”佩姬眼神发亮，“她的法术强大着呢。她是五级魔法师。整个禁卫军中法术最好的一个。”

“听起来你和卢卡斯很般配。”我坦诚地说道，希望她把我从潜在竞争对手名单里剔除。

姑姑想要把我许配给卢卡斯的想法真是异想天开。她这么做就是把我放在法伦·巴恩的攻击名单里。

听到我这么说，法伦很高兴。她满意地点点头，将魔杖放回腰间，放松地坐在她的座位上。

艾荷不高兴地看了法伦一眼，又看到我那双没有任何标记的手，皱起了眉头。“你怎么还没有缔结魔杖之约呢？”

“我叔叔希望我再长大一点再说。”我答道，心里并不喜欢艾荷这种评判式的追问。

再说了，法伦看起来跟我差不多大，她不也没缔约呢。

“你会遇到很多好玩的事情，”佩姬一脸激动，“有舞会，有人邀请你跳舞，你也会献出初吻。”

“那你有喜欢的人吗？”法伦又试探性地问，显然是担心我会和她争抢卢卡斯。

“没有，”我摇摇头，“我在哈利法克斯的时候没机会认识什么人。那是个与世隔绝的小镇，这是我第一次来瓦尔加德。”

法伦的兴趣一下子重燃了起来。她眯着眼睛，“除了加德纳人以外，你有没有遇到其他人？”

我眉头一紧，我觉得我自己越来越容易被她激怒。“你是什么意思？”

法伦挤出一声笑。“我的意思是，你身边有没有，凯尔特人，有没有精灵，或者……卢布林狼族？”

我惊讶地看着她。“学校里没有卢布林狼族吧？”这是一件非常危险的事，卢布林狼族是半人半狼的种族，比最强的加德纳法师还要强壮。关键是我们的魔法对他们完全没用。

“恐怕还有。”法伦回答道，脸上是一个严肃的表情。

“太可怕了。”我摇摇头。但是我想到了姑姑和埃德温叔叔的谈话，她对韦帕大学的种族融合制度感到愤慨，因为即便是伊卡利亚恶魔也可以在那里读书。

佩姬担心地咬紧双唇，瞳孔紧缩。

法伦慢慢靠近我，她的声音仿佛嘶哑的耳语。“卢布林狼族是不结婚的，他们喜欢谁，就把谁拉到树林里，在树林里交合。”

“像动物一样。”艾荷愤慨地补充道。

“真的吗？”这真是太恶心了，真令人担心。

“我听说，”法伦继续说道，“有时候他们抓住年轻的女人，把她拉到森林里，和狼交合，就像狼一样！”

佩姬惊呆了，一只手惊讶地捂住嘴巴。

“这是真的吗？”我问道。

法伦笑着回到座位上，“离他们远点。”

“他们并不总是在树林里……”艾荷一边说，一边转着她的球形吊坠。

听到艾荷的话，佩姬的手放了下来。大家都盯着我，大家都在等我问这个明显的问题。我眨了眨眼。

这真是我遇到过的最令人讨厌的谈话，尽管我自己也很想知道问题的答案。“哪里……那他们在哪里……”我的手比画着。

艾荷看到我羞于启齿的样子，似乎还挺欣赏的。她身体前倾了一些，说道：“我父亲曾经是加德纳驻卢布林的大使，他曾经去过卢布林狼族的领地。我有一次听到他和我母亲谈论他们。他说，卢布林狼族的男子在我们这个年纪的时候，他们会把整个狼族的人叫到一起，就像一群狼聚在一起。他们站在族人面前，挑选一个他们喜欢的女人，然后当着所有人的面与她……”

我的脸变得滚烫。这是我迄今为止听到的最肮脏羞耻的事情。“和他们一起上学不会有危险吗？”

“学校里只有两个卢布林人。”法伦轻声说道，“一对双胞胎兄妹。”

我的心放了下来。还好只有两个卢布林人，那两个卢布林人会有多危险呢？

“那么精灵族呢？”我问，哥哥说精灵族的学生占学校总人数的四分之一，“精灵族怎么样？”

“完全相反，”法伦摇摇头说，“他们非常拘谨。”她嘲笑着哼了一声，“像他们这样的种族竟然会有后代。他们非常保护自己种族的女人。如果别的种族的男孩不小心碰到精灵族的女人……”

“好像谁想碰她们似的。”艾荷也嘲笑道。

“我觉得精灵族的女孩子很漂亮。”佩姬乖巧地说。法伦飞快地扫了她一眼，一脸不悦。“她们的确很漂亮啊，”佩姬继续说，“她们长着小巧的耳朵，尖尖的。她们还长着一头银发，穿着白色的衣服……跟我们刚好相反……”

“是跟我们相反，”艾荷打断了她的话，“她们是异教徒。”

“精灵族不是我们的盟友吗？”我也加入了对话，努力使自己的声音保持中立。

法伦看了我一眼，“现在是。”

好吧，现在是。

“那凯尔特人呢？”我看着艾荷，“他们是什么样的人？”

艾荷沉默了一下，手指紧紧攥着她的球形吊坠，“他们的血统一点也不纯洁，混杂着各种种族的血，尤瑞斯科人，甚至还有伊卡利亚人的血……”艾荷停了下来，好像要根据我受惊吓的程度决定是否要继续说下去。

我脑海中立刻浮现了赛格和她的伊卡利亚宝宝的样子。我记得赛格是那么的绝望和惊恐。她孩子的父亲是凯尔特人，他们是在大学相遇的。

“沃格法师说，凯尔特人已经被逐出高等人种的行列了，”艾荷继续说道，“他们默默地和异端邪教为伍，就像那些沙漠里的异教徒和尤瑞斯科人一样。”

“要小心尤瑞斯科女人，”法伦在旁边警告道，“她们一个个看起来不谙世事，实际上就喜欢跟在我们加德纳的男人后面。”

我听说沃伦·加弗尼就已经娶了几个尤瑞斯科女人。实际上，尤瑞斯科女性别无选择。加德纳政府在王国战争期间杀死了所有的尤瑞斯科男子。

尤瑞斯科男子都是强大的风水师，能够利用岩石和宝石里蕴藏的极具破坏性的力量。他们的存在会对我们国家构成严重的威胁。但是尤瑞斯科的女子就不同了，她们没有法力，可以留在加德纳做仆人。

一想到很多尤瑞斯科男婴被杀死在襁褓之中，我的心里就十分不安。这也是一个我从来不能与埃德温叔叔讨论的话题。每次我稍稍提及这个话题，叔叔就会显得十分不安与悲伤，仿佛胸口被撕裂一般哀痛。

尽管尤瑞斯科男子掌权的时候那么卑劣地袭击了我们的国家，试图把我们毁灭，但是想到这件事，我还是十分难过。

艾荷叹息道：“最起码尤瑞斯科的杂种人只有很弱的魔法。”

佩姬认可地点点头。但是法伦好像完全没听到她们的话，她正静静地看着我。她的眼神如此冰凉，看得我汗毛都竖起来了。我对她的厌恶又加深了一些。

“要小心这些杂种人。”法伦说道，脸上挂着一种狡猾的微笑。我意识到她又在暗示加雷斯头发里的银丝，不禁十分愤慨。她的手指在魔杖上摩挲着，“杂种人无处不在，你可要小心了。”

第八章
丝绸缎面

“站直了，对了，好的……”

海罗茜·弗拉里正拿着一把皮尺测量我的腰围，我别扭地站着。弗拉里法师看起来六十岁左右，是这家裁缝店的店主。她身穿一条精美的黑色长裙，灰色头发在脑后梳成一个球形的发髻。她的两只眼睛像两盏深蓝色的探照灯，任何细节都无法逃过她的双眼。

我正站在试衣间的正中央，法伦、艾荷、佩姬站在我身边。但是我只穿着内衣！

“好了，把手臂举过头顶……”

弗拉里又拿着皮尺开始测量我的胸围，她将胸上围和下围都量了量，然后向一旁的一个安静的尤瑞斯科女仆报出了两个数字。那个女仆看起来和我差不多大，她仔细地把数字记在一张羊皮纸上。法伦站在那女孩身后，探头看了一眼羊皮纸，然后又转头向佩姬和艾荷说了点什么。她用手捂着嘴，脸上挂着一抹狡猾的笑容。

想也不用想就知道她是在评价我的身材，我的脸上一阵火辣辣的。

我转头四处打量这一屋子像海一样的深色的绫罗绸缎，试图转移一下弗拉里法师在我全身上下量来量去的尴尬。这间屋子的每一面墙上，从地板到天花板，整齐地码着奢华的面料，面料上都绣着复杂的花纹。我从来没有想过黑衣服也可以有这么多种花样：颜色从最深的黑夜一般的黑色到灰色一应俱全；材质也十分多样，从亮得可以照出人影的丝绸，到奢华的哑光天鹅绒，各式各样都有。

“你身材很好，”弗拉里法师看着我的胸口说道，“但是你竟然把这么好的身材藏在这种‘衣服’下面。”她用脚轻轻地拨了拨我堆在地上的衣服。

我感觉自己的脸越来越烫，但这次脸红一半是因为尴尬，另一半又是因为不好意思。法伦听到了这声赞叹后，看着我的眼神中多了一点酸涩。

我其实知道自己的身材还不错，但是我从小和叔叔、两个哥哥生活在一起，以前从来没人对此当面评价过。而且我一向都穿着加德纳传统服饰，从脖子到手腕再到脚踝，全都遮得严严实实的。我以前从来没在公开场合露出过脚踝。后来等我长得更高了一些，我的衣服都是自己缝的。

终于量完了，弗拉里让我穿上衣服，然后叮嘱了那个尤瑞斯科女仆几句，做了一点改动。我目不转睛地看着这个尤瑞斯科女孩，她是如此的与众不同，又十分可爱。她和姑姑家那些上等仆人一样，也有淡紫色的皮肤，一对长而尖的耳朵，瞳孔闪烁着迷人的紫色光芒。她的紫色头发编成了一条长长的紫色的辫子，身穿一条白色的亚麻布长裙，外面罩着一件白色的短上衣。

我又想到了那些在加弗尼家的庄园干活的尤瑞斯科妇女，她们的皮肤是深红色的，说着奇异的尤瑞斯科语言。她们只在农忙时候出现，干完活儿就消失了。因此她们对我来说总是显得很神秘。而且她们都是被嘲笑和歧视的对象，她们跟这个尤瑞斯科女孩一点都不一样。

女孩把羊皮纸交给弗拉里法师，弗拉里拿起挂在她珍珠项链上的半月形眼镜，眯着眼睛研究了半天。“很好，斯帕罗，”弗拉里满意地点点头，“去叫埃弗瑞吧！”

斯帕罗点了点头，安静地退下了，她的举止温柔而优雅。几分钟之后，另外一个紫色皮肤、紫色头发、紫色眼睛的小女孩窜进了房间，在弗拉里的面前突然停住。斯帕罗静静地站在她的身后。小女孩看起来八岁左右。

弗拉里不信任地看了这个小丫头几眼，然后派她去拿一些面料过来。几分钟之后，小丫头回来了，抱着两匹重重的布料。一匹是绣着金色丝线的乌黑色的布料，另一匹是哑光的蓝黑色布料。两匹布料都缠在重重的实木螺栓上，小姑娘看起来很吃力。

弗拉里不满地叹了口气，“埃弗瑞，我想要真丝缎面，真丝的！”

小姑娘眼里充满了惊恐，感觉马上就要哭了。

“算了，还是简单点儿吧，”弗拉里说，“给我拿样本的册子过来就行了，册子不沉。”

埃弗瑞立刻冲出了房间，好像想要赶紧纠正自己的错误。

弗拉里转向我们，摇着头，“小姐们，真不好意思，她是新来的，怎么说也没用，就是不仔细听我说话。”法伦听到这话，哼了一声，“就她们那耳朵，能听见就不错了。”

我猛地转头看向法伦。弗拉里、艾荷和佩姬也惊讶地看着她。

法伦对我们的诧异不屑一顾。就在这时，埃弗瑞跌跌撞撞地跑了进来。她一只手抱着厚重的样本册子，册子边缘露出一段磨损的织物。法伦大笑起来，指了指埃弗瑞，“哦，所以我们要假装看不见？难道她长得不像一只巨型蝙蝠吗？”

埃弗瑞不安地停在原地。她抬头瞥了法伦一眼，嘴唇颤抖，皱起了眉头，耳朵似乎往下垂了点。此时斯帕罗正站在法伦的身后，我看见她朝埃弗瑞做了一个严肃的表情。埃弗瑞立刻低头，看着自己的脚尖。

“小丫头！”法伦生气地朝埃弗瑞呵斥道。埃弗瑞吓了一跳，立刻把头抬起来。法伦朝她轻蔑地勾勾手指，“把册子给我。”

埃弗瑞低下头，恭敬地递上册子。我注意到她的手正在颤抖。

“谢谢你。”我轻声对埃弗瑞说道。我不满地看了法伦一眼，她怎么能这么粗鲁。

弗拉里朝法伦做出了一个愧疚的表情，埃弗瑞把册子递上去之后，弗拉里赶紧让她退下了。毫无疑问，弗拉里对法伦也是敬畏三分，毕竟人人皆知她是继我奶奶之后的新一代黑女巫。

法伦把样本册子放在木架上，慢慢翻着。在她翻阅的时候，所有人都在一旁默默等待。最后，终于有一种材质入了她的法眼。“艾洛琳，这块儿不错。”法伦用一种甜得发腻的声音呼唤我。她从册子里抽出一片黑色布料，把它举了起来。

这是一块粗糙的、丑陋的黑色羊毛，当然，质量比我的衣服要好。“我觉得这块布料很适合你，”法伦眼睛一挑，“很适合在舞会上穿，佩姬，你觉得呢？”佩姬眉头紧锁，她看了一眼布料，又瞥了我一眼，眨了眨眼。“嗯……也许……比较合适吧。”

我不知道法伦是否在开玩笑。她应该是闹着玩的吧。“我想选一种……选一种不一样的材料。”我说道。

法伦眼睛睁大了，满是嘲弄，“但这可是古尔丹羊毛。这种风格很独特。”她说着，朝佩姬和艾荷眨眨眼，为她的恶作剧感到得意。

我还没来得及说话，她就“砰”的一声合上了册子，把那块羊毛布料递给了弗拉里法师。“你就用这种料子给她做一套衣服吧，”她咧开嘴，笑着说，“其实我觉得她所有的衣服都应该用这种料子来做。”

我的内心涌起一股愤怒，心跳变得很快，就跟刚才看到法伦的法术时一样怦怦直跳。“等一下，”我直直地看向弗拉里法师，“我想自己做主。”

法伦的笑容僵住了，“行啊，艾洛琳，”她环顾了一下四周，“反正都是黑色的。”

我正视着她的眼睛，“我还是想自己看看。”房间里很安静，安静得连一根针掉在地上都能听得清清楚楚。

法伦盯着我，我也盯着她。她那双深蓝色的眼睛里暗潮翻涌。她的眼神让我想到冰山，她的目光如同锋利的长矛。

在我们俩对峙的空隙，弗拉里法师把样本册子放到了另外一张桌子上，“你当然可以自己挑啦，”她一边说，一边小心翼翼地向法伦眨了眨眼，“去吧。”

我翻开了册子，法伦冰冷的目光让我感到一阵不舒服。我抚摸着这些面料，突然，一块紫罗兰色的天鹅绒面料吸引了我的目光，它的质感好像小兔子的绒毛一样柔软。

“太美了！”我感觉有点喘不过气，甚至都忘了法伦的存在了。我的视线又转向另一块布料，这块黑色的丝绸在灯光下，一会儿发出红色的光，一会儿是黄色的。“太神奇了。”我把这块丝绸转来转去，就为了看它变色的样子。我还把它拿到壁灯旁边，好看清它的颜色。

弗拉里满意地点点头，“伊卡斯坦金丝，”弗拉里说着，解开了上面的结，“从东部沙漠运过来的，里面织的是真正的黄金，非常珍贵，非常稀有。”

我低头看了看自己棕褐色的羊毛上衣。这两种布料之间的差距就好像全世界最精美的小提琴和粗制滥造的乐器之间的差距。

弗拉里笑着对我说：“加德纳法师，您的品味很独特。”

我继续翻阅着，突然，我的眼前一亮，我看到了迄今为止我最喜欢的一款绸缎。午夜黑的丝绸缎面，巧妙地编织着葡萄藤的图案，但是你得仔细观察才能看出来。我抚摸着这款丝绸，光滑的纹理从我的指尖滑过。

“真是太美了。”

“萨利斯丝绸，”弗拉里激动地说道，语气里带着虔诚，“特地从萨利斯小岛运过来的，这些缎面的刺绣师傅都是真正的艺术家。”

我看了她一眼，“您能用这款料子为我做衣服吗？”

“当然，加德纳法师。”她显然很欣赏我的选择。

法伦一把按下布料，“你不能用这款丝绸！”她的语气不善。

我被她这么大的反应吓了一跳，“为什么？”

“因为，”她提高了音量，“我要用这种料子做衣服。”

“啊，太可惜了，”弗拉里叹了口气，她同情地拍拍我的肩膀，

“没事的，我还有很多跟这个一样好的布料。”

我深吸一口气，手紧紧攥着布料，盯着法伦的眼睛说：“我不想要别的，我就想要这款。”

所有人都盯着我。

法伦身子朝我倾斜过来，露出一丝笑容，“它是我的。”

我的手在微微颤抖，我模仿着她嘲讽的语气，“这有什么，反正都是黑色的。而且裁剪肯定不一样。”我看着弗拉里，她的眼睛瞪得和其他人一样大，“您能给我们俩裁剪出不同款式的礼服吗？”

法伦不屑地哼了一声，“我的衣服不在这里做，我有自己的裁缝。”

“那就好办了，”我转向弗拉里，“您可以用这款料子给我做一件礼服吗？”弗拉里看了我一眼，又打量了一下法伦，好像在思考如何抉择。弗拉里扬起了她的下巴，“当然了，加德纳法师，我可以为你制作一件独一无二的礼服。”她又转向法伦，冷笑着说道，“亲爱的，你能不能告诉我你的礼服是什么样的？我保证跟它完全不同。”

弗拉里法师竟然会支持我，这是我一开始没想到的。但是当我再看向法伦时，她的笑容吓了我一跳。那是一种满怀恶意的笑。她把手从样品上拿开，她看到我十分畏惧她的样子时还挺得意。“我走了！”她盯着我说。

艾荷和佩姬赶紧跑到她身边，说服她留下。

我翻阅着样本册子，没有看她。我知道这个时候最好什么也别说。我刚才就是替那个尤瑞斯科小姑娘鸣不平，实在咽不下这口气。

“别担心，法伦，”我没有看她，努力使自己的声音保持镇静，“你可以让你的裁缝再给你做一件古尔丹羊毛材质的礼服，一定会非常特别。”

我瞥了一眼法伦，她的表情里是毫不掩饰的敌意。她紧紧地握着她的魔杖，大步走出了屋子，“砰”的一声把门关上了。

我的视线扫到角落，斯帕罗的脸上露出了一个大大的笑容。

第九章
黑女巫

“你长得和卡尼莎·加德纳一模一样，美得无懈可击。”

我站在一面华丽高大的穿衣镜前面，盯着镜子里的陌生的自己。佩姬看着我，刚才那句话脱口而出。

我俩现在正在我的卧室里，镶嵌着水晶线条的大门和窗户都大敞着，夜晚平静的海风从露台吹进卧室，白色的小猫正在我的床上玩耍。过去几天，我和佩姬常常在一起玩。我和她陪姑姑在市中心吃过两次饭，她陪我逛过一次街。跟法伦和艾荷相比，我更喜欢和佩姬待在一起。

过去的一小时里，弗拉里法师一直在我身上比画，我姑姑双臂交叉，站在一旁看着。姑姑不时给弗拉里提着意见，好像是一个艺术家在修改自己非常重要的作品一般。她们是如此投入，以至于后来我的思绪都飘出了房间，飘得很远。我看着镜子里的人，根本不相信那是我。

我那一头凌乱的头发被编成一个很复杂的辫子，垂过我的肩膀。我的眼睛画了浓重的眼影之后显得又大又神秘。我的眉毛也修了一下，衬托得眼睛更加深邃。我的嘴唇涂了口红之后显得红润而饱满，我的两颊也打了腮红。令人惊奇的是，我之前显得刚硬而尖锐的面部线条经过一番修饰反倒在优雅中透出一份坚毅。此外，我的耳朵和脖子上都戴着用黄金点缀镶边的祖母绿宝石；弗拉里为我量身定做的礼服更是令人叹为观止。

随着裙摆的摆动，裙裾上绣着的葡萄藤若隐若现，上衣是另一层薄纱，罩在裙裾外面格外轻盈灵动。

我的奶奶被认为是加德纳姑娘美貌的集大成者。她被我们的敌人称为“黑女巫”，她是加德纳有史以来最强大的法师之一。惊才绝艳，足智多谋，倾国倾城，以上这些词用来形容她都不为过。

我不仅是长得像她，我跟她简直是一个模子里刻出来的。

“可以了，”姑姑松了口气，“终于八九不离十了。”姑姑满意地起身，露出一个灿烂的笑容。“艾洛琳，再过一会儿，属于你的舞会就要开始了。佩姬会陪着你。”她又转头向佩姬说道，“带她从中央的楼梯下去。有一个入场仪式。”姑姑又看了我一眼，然后跟弗拉里有说有笑地走出了房间。

我回头盯着镜子里的自己，还是没缓过神。

“艾洛琳，你一定感到特别自豪，”佩姬几近虔诚地说，“你奶奶是如此伟大的魔法师，你一定继承了她的衣钵。上古先贤赐予你这样一副容貌，一定是对你寄予了厚望。下楼去让宾客们一睹你的风采吧!”

我跟着佩姬穿过蜿蜒的走廊，走廊里都是忙忙碌碌的尤瑞斯科女仆，她们匆忙而过，根本无暇顾及我们。

我们踏上一个樱桃木的空中夹层。我觉得喉咙有点干。我停在旋转楼梯的顶部，俯瞰着宽敞大气的圆形大厅。

楼下好像站着不少加德纳的重要人士，他们清一色都穿着黑色正装。大概一半的人穿着军装，看起来军衔都很高的样子。还有一些人穿着象征拥有强大魔法的银边斗篷。

一些好奇的目光向我们这边投过来。有人惊讶地深吸了一口气，整个大厅都静了下来。

大厅的主灯是一盏硕大的水晶灯，灯的四面伸出四条雕刻精美的树枝状灯臂，每条灯臂上都插着数百根蜡烛，每根蜡烛上都挂着树叶形状的水晶。水晶灯的光晕旋转变幻，照耀得整个大厅略显不真实。

我的目光穿过大厅，与站在大厅中央的一个男子的目光相遇。他身材高大，身形苗条，穿着漆黑如夜色一般的魔法师长袍，他的胸前绣着一只白色的鸟的图案。他看起来比大多数魔法师更年轻，他长着一张棱角分明的脸庞，饱满的前额，苍白的皮肤，一头黑色的长发垂在肩膀上。他的眼睛是深蓝色的，蓝得如此纯粹，蓝得如此透彻，以至于我觉得他的瞳孔里有一团火焰在燃烧。

他盯着我，好像认识我似的。他的眼神一下子把我攫住了。

我的脑海中突然出现了这样一幅画面：一棵被烧焦了的参天大树，黑色的树枝向上延展，背景是一片贫瘠的天空。

脑海中的那片黑暗好像要把我吸进去，我不由自主地抓紧了楼梯的扶手。

那棵树突然剧烈地抖动起来，然后一切归于沉寂。

我眯着眼睛看着水晶吊灯，深吸一口气。可能是灯光太炫目了，我才会出现幻觉。一定是因为灯光，一定是的。

我的心怦怦地跳，我看了他一眼。他仍然盯着我，目光令人十分不安。姑姑正站在他身边。姑姑身穿一条黑色的长裙，裙子上点缀的蓝宝石熠熠闪光。她做了一个优雅的手势，示意我走到他们身边去。

佩姬轻轻地拍了拍我的肩膀，她的声音温柔而有力，“去吧，艾洛琳。”

我抬脚迈出了第一步，左脚紧跟着右脚，楼梯嘎嘎作响。我强迫自己把注意力集中在脚下的翡翠色的地毯上。多亏这条地毯掩盖了我慌乱的脚步声，也让穿着高跟鞋的我不至于摔个大跟头。我的双手紧紧抓着光滑的木制扶手。还好，樱桃木的扶手，一如它的母树一般坚实，我慢慢冷静下来。

当我走下最后一级台阶时，原本围绕在扶梯两旁的人群自动让开了一条道，很快，我就站在了这个年轻的魔法师面前。脑海中那棵枯死的树一瞬间又变得生机盎然。我又一次被震惊了。我用力地眨了眨眼，这幅景象立刻烟消云散。

一定有什么不对劲的地方。我感觉自己站在一片幽深的森林面前，一切看起来都是那么祥和安静，但是丛林中却潜伏着一只狼。

我终于对上了他那震慑人心的眼神。

“艾洛琳，”姑姑面带笑意，伸手示意了一下，“这是马库斯·沃格先生，他跟我一起在魔法委员会共事，并且是呼声很高的下一任最高魔法师人选。沃格先生，这是我的侄女艾洛琳·加德纳。”

马库斯·沃格优雅地伸出手，他握住我的手，低头亲吻了一下。他的目光里是浓浓的好奇。

我努力克制自己不把手收回来。

他的手出奇的热，甚至有点烫。

他正在看我，他好像能够透过我的眼睛看到我脑海中那棵正在燃烧的树的样子。

“艾洛琳·加德纳。”他笑着念出我的名字。他的声音意外沙哑，有一种微妙的诱惑力，我的内心深处好像有一股热流被召唤了出来，我感到一种令人毛骨悚然的入侵感，我努力地反抗这种感觉。

沃格闭上眼睛，微笑着深呼吸，“你的血液里流淌着她的魔力。”他睁开眼睛，凝视着我的手。他伸出手指轻轻地摩挲着我的皮肤，我觉得十分别扭。沃格抬眼看我，声音里满是诱惑，“你能感觉到这种魔力吗？”

我觉得快要被他迷惑住了，坚定地想要抽出手，“我感觉不到！”但是他紧紧抓着我的手。

“你们测过她的魔法吗？”他用蜂蜜一般醇厚的嗓音问我的姑姑。“测了，我们给她测过好几次，”姑姑答道，“她没有魔法。”

“你确定吗？”他问道，眼神十分平静，波澜不惊。

平日里自信高贵的姑姑在他犀利的凝视下显得矮了一截。“确……确定，”姑姑有点结巴，“她叔叔跟我说过，去年还给她测了一次。”

我看着姑姑，对她的回答感到十分震惊。叔叔去年没有给我做魔法测试。从我很小的时候开始就没人给我做魔法测试了。

叔叔为什么要说谎？

沃格看着我，我感觉到一种黑色的压抑感。我打心眼儿里抗拒这种感觉。

他为什么要在姑姑和其他人都对他毕恭毕敬的场合给我这么大的压力呢？

沃格终于放开了我的手。我赶紧抽回手，紧握拳头，试图摆脱他施加的这种不安的感觉。

"可惜了。"他叹了口气，伸出手来摸摸我的脸。我抑制住想要扭头的冲动。他歪了歪头，深深吸了一口气，"但是，她还是有几分卡尼莎的气质。"

"啊，对，"姑姑笑着说，"她确实有几分像母亲。"姑姑颇为自豪地介绍了我在音乐方面的天赋，我很容易就获得韦帕大学的录取资格等等。

沃格一边听着，一边用目光扫过我的手腕，"你还没有缔结魔杖之约。"他用一种平静得几近奇怪的语气对我说道。

我内心的倔劲儿一下子被激发了，盯着他说："你不也没有！"

"老天爷呀，你这个小孩子胡言乱语！"站在一边的另一个魔法委员会成员赶紧喝止了我，他的长袍上绣着象征魔法委员会的"M"标志，"沃格法师是牧师，他当然没有缔约。"这位委员摇了摇头，对沃格露出一个表示歉意的笑容。

沃格忽略了他。"她一定得找个好人家缔约。"他对我的姑姑说，眼睛紧盯着我。

"当然。"姑姑肯定地回答。

"她见到卢卡斯·格雷了吗？"

姑姑靠近沃格的耳边说了些什么，她笔挺的裙摆在地上发出沙沙声。周围的其他人也在各自的圈子里聊了起来。

我几乎听不清他们在说什么，因为我低着头也能感觉得到沃格的目光。

门口传来的一阵喧闹声终于吸引了我的注意。

法伦走了进来。她被一群帅气的军校生包围着，他们穿着灰色的军装，她身边还有一些军警和穿着黑色制服的军官。这么一群帅气的小伙子周围都是年轻可爱的小姑娘。

但她们没有一个比法伦更漂亮。

法伦虽然也有那块布料，但她却没有穿那身礼服。她此刻穿着一件闪闪发光的礼服，完全无视了晚宴要求嘉宾穿深黑色礼服的要求，她的这条裙子，虽说是使用了黑色的绸缎，却发出紫色的光。她旁边站着的两位军人，不管是身形还是面容，都与她如出一辙。这一定是法伦的两个哥哥了。其中一个长得高的身穿全黑的军装，而另一个穿着军校生的灰色制服。他们肩膀上都有五条银色的肩章。

法伦也看见了我。她抬起手，一阵五颜六色的烟雾立刻弥漫在大厅四周，仿佛在嘲笑我不会魔法一般。顷刻间，满场的注意力都集中在她的身上，人群中爆发出阵阵惊叹。只有我身边一位年长的军人面露不悦。军校生只有在得到许可的情况下才能使用魔法，否则可能被开除。

姑姑身边的一位军事指挥官拍了拍那位年长军人的肩膀，示意他睁一只眼闭一只眼。我感到有点头疼了。显然，法伦·巴恩不仅法力高强，她还能游刃于所有规则之外。

法伦挥了挥她的魔杖，彩色的烟雾消失在变幻的火花之中。周围的年轻人都笑着鼓掌。法伦收起魔杖，眯起眼睛望着我，她转头向穿着黑色衣服的哥哥喃喃地说着什么。而她身穿灰色衣服的哥哥也侧耳倾听。他们听罢，都转过头来看着我，目光里满是戏谑的鄙夷。

我僵硬地夹着我的脚趾，心沉了下去，天知道她又跟别人说了我什么。

第十章
预　言

姑姑离开了大厅，佩姬带着我继续往前走。她挽着我的手，拉着我穿过一扇华丽的门，进入了一个巨大的舞厅。悠扬的交响乐顷刻间把我们包围，我马上就沉浸在这片音乐声之中了。

一进舞厅，我们就被一群衣着华贵的加德纳人包围了，他们有些人已经在舞池里旋转着，有些人微笑着看着我，向我所代表的“加德纳最尊贵的家族”致以诚挚的祝福。一些身着白色短衫的尤瑞斯科女仆托着装满点心的小巧的金色托盘四处走动。还有些尤瑞斯科人站在一张巨大的桌子旁边准备着食物，桌上摆着各式各样的点心，桌子四周点缀着娇艳欲滴的玫瑰花，还有树枝形状的烛台，照得一切影影绰绰。

佩姬带着我穿过人群走到放食物的桌子旁边。刚刚站定，法伦和她的朋友们就走了进来。佩姬匆忙抓了两个盘子，往里面扔了几块点心，就拉我躲到一个不起眼的角落去了。这个角落被一盆巨大的盆栽挡着。

“法伦旁边那个是西勒斯吗？”我一边接过佩姬递过来的盘子一边问她。

佩姬眉毛一拧，一边咬着一个醋栗一边回答，“没错，就是他了。”

我咬了一口蜜饯樱桃，向她投去同情的目光。如果西勒斯·巴恩像他妹妹一样，对于生性温和的佩姬来说，可不是什么好事情。

佩姬在盘子里挑挑拣拣，手上不一会儿就沾上了各种果酱。我扭头四处打量。突然，我看到了两张熟悉的面孔，眼睛不由得瞪得老大。

“这不是……赛格·加弗尼的爸妈吗?”我惊讶地向佩姬喃喃道。

他们在宽阔的走廊旁边，穿着平日里常穿的高领服饰，高贵又典雅。他们的表情庄严肃穆，周围的人向他们投去关切的目光。我在大厅里搜寻加弗尼家的其他人，看到了他家的长子肖恩。他身穿士兵制服，站在摆食物的那张大桌子的另一端，另一盆盆栽的旁边，人群中的他显得卓尔不群。

佩姬小心地拉住我的手，“艾洛琳，你不能提她的名字，你也不要上前找他们说话。他们家出了一些变故……”

“我知道他们家出的事情。但我为什么不能提她的名字?”

佩姬咽了口口水，眼里闪过一丝不安，“她已经被放逐了。”

“被放逐了?”我的脸变得煞白，惊讶地张大了嘴巴。“放逐”是加德纳的一种宗教仪式，类似于葬礼的仪式。对于那些严重违反族规的人，他们的存在将被抹去，以维护家族的荣誉和血统。“但是，姑姑说她们在想办法帮她。”

“我觉得赛格不想要我们的帮助。”佩姬看着加弗尼家的人，眼神满是哀痛。

我又想起了赛格疯狂的样子。的确，生下一个伊卡利亚恶魔，这件事足以让任何人疯狂。我记得小时候，赛格带着我用丝草和小花儿编花环，她还让我跟她家的小山羊玩耍。后来，我再长大了一点，赛格耐心地教我怎么绣出那些复杂的图案。我们总是坐在她家的庄园和我家的小屋之间那棵巨大的橡树下，静静地缝制花纹绲边。我多么羡慕她优雅的动作和她的艺术天分。

我把手里的盘子放了下来，“我要和她的哥哥谈谈。”

佩姬显得有点焦虑。我知道她不想这样做，她应该是不想掺和到加弗尼家这摊浑水里。但是当我穿过舞厅走到肖恩身边时，她并没有阻止我。

肖恩正紧紧握住手里的水晶杯，好像随时都准备把杯子扔出去。他比这里的大多数年轻士兵都要矮，但是他精瘦的体形和有力的肌肉弥补了身高上的弱势。

“肖恩，”我靠近肖恩，环顾四周，低声说，“我听说了赛格的事情。”

他的表情扭曲了一下，“你不知道她的名字现在是禁忌吗？”他用杯子指了指他的家人，脸上露出一副恶心的神情，“他们也可能会放逐你的。”

我瞥了一眼人群中的加弗尼夫妇，心烦意乱。“她怎么了？她还好吗？”

肖恩忧心忡忡地摇摇头，“我不知道，艾洛琳。我不知道她在哪里。谁也不知道她在哪里。她把我们的小妹也带走了。”

把小妹也带走了！我一下子喘不过气来。我还记得赛格那天消失在旷野里的样子，我的心里感到一阵刺痛。哦，老天爷啊！我应该早点跟大人们说这件事的……

肖恩难以置信地摇摇头，“他们派出了整个第五师去找，但怎么都找不到。她们好像凭空消失了。”

第五师是加德纳最好的侦察部队，他们在王国战争中一战成名。不管是敌人的秘密基地，还是危险的“杂种人”的藏身之所，都逃不过他们的眼睛。有传言说，第五师最顶尖的士兵可以追踪到树林里一周之前留下的足迹。我之所以知道这些，是因为这几年他们一直在热切地邀请我哥哥瑞夫加入他们的队伍。

“你不也是第五师的吗？”我问肖恩，“你怎么没出去找她？”肖恩跟瑞夫一样，是一个出色的侦察兵。

肖恩的脸因为痛苦而扭曲，“艾洛琳，他们觉得我没有勇气杀死自己的亲妹妹。”

我的脸一下变得煞白，“杀了她?!”

肖恩的表情更痛苦了，“她不仅是生出了一个伊卡利亚恶魔这么简单，他们认为她生出的是预言里说的那个伊卡利亚恶魔！”

我整个人都僵住了。

我们都知道那个预言。加德纳最伟大的预言家、已故的魔法师阿特里安·卢因的预言：

“伊卡利亚翼人降生之际，黑暗遮蔽天地。夜以继日，一如日以继夜。黑女巫也将应运而生，与之为战。当其相遇，苍穹怒，山河崩。宿命之战主宰阿夕亚大地。”

卢因是我们公认的先知，他的预言被所有虔诚的加德纳人谨记在心，神圣程度仅次于《先贤之书》。我还是小孩子的时候他就去世了。据说他出殡的那天，瓦尔加德人人面色悲恸，都来为他送别。

卢因法师准确地预测了我奶奶的掌权以及她与伊卡利亚恶魔的战斗。在我奶奶去世和王国战争结束之后，他宣布了上述预言，这也是他最后的预言。整个加德纳都为之震惊。我们都认为伊卡利亚恶魔已经兵败如山倒，他们再也不可能卷土重来了。然而，卢因法师却说，更大的威胁就在眼前。

“就是这个时间，”肖恩嘶哑地低语道，“教会的法师们都确认过了，就是现在这个时间。不仅仅是加德纳教会，其他种族的预言者也感知到了。他们都感知到了那个伊卡利亚恶魔降生了。这个恶魔，长着翅膀，还拥有强大的法力。王国战争之后，我们俘获了所有的伊卡利亚男子，并且斩断了他们的双翅。你还不明白吗？现在整个阿夕亚大地上只有一个男子拥有翅膀，他就是赛格的孩子！”

不，不可能！我绝望地摇头，试图反驳这一切。太诡异了！那么善良的赛格，怎么可能生出那么邪恶的伊卡利亚恶魔呢！“这不可能……”

但是我从肖恩的神情里看出，这真的有可能。

肖恩低头看着自己的酒杯，几乎不能遏制他的痛苦。“你知道他经常打赛格吗？”

“谁？谁打她？”

“还能有谁？托比亚斯。他就那暴脾气！”他看向四周，痛苦地说，“我妹妹那么乖，她按部就班地过日子。托比亚斯在她刚上大学之后就开始折磨她。所以她才会跟着那个凯尔特人跑了！”肖恩用力地抓着手中的杯子，我觉得它下一秒就要被捏碎了。“他侵犯了她，”肖恩的眼中喷涌着怒火，“这种畜生的行为和凯尔特人有什么区别？他强迫她……如今……”他说不下去了，眼眶里满是悲愤的泪水。

我伸出手想要握住他的手，但他躲开了。

“肖恩，不会的，”我强忍着悲伤，“预言可不光说了伊卡利亚恶魔，预言里还有黑女巫呢，没有任何人有那么强大的法力……”

肖恩鄙夷地看了我一眼，“当然有黑女巫，她一定会出现的。”他意味深长地看着大厅里的巴恩一家人。

我喉咙一紧。法伦·巴恩，下一个黑女巫。她会杀死赛格的孩子吗？这简直是一场噩梦。

我转向肖恩，声音很低，“你真的觉得法伦·巴恩就是那个黑女巫吗？”

“是的，以她法力现在的增长速度，就是她，”肖恩低下头，声音里不抱任何希望，“艾洛琳，一切都完了，我妹妹的一切都完了。你别再插手这件事了，这不关你的事。”

我看向法伦。

她抽出了她的魔杖，指着一个军校生。军校生一下子僵住了，脸色苍白，她身边的人也一下子陷入沉默和紧张。

这种行为是明令禁止的！军校生绝不允许用魔杖互相指着对方！

我惊呆了。整个大厅里的军官只是指指点点，却没人敢公开指责法伦违反规矩。

法伦笑了起来，收回了她的魔杖，原本剑拔弩张的气氛好像一下子被打破。旁观的人发出一阵尴尬而紧张的笑声。那个瘦小的军校生挤出一个苍白的微笑，然后飞快地溜走了。

法伦看着他离开，然后把视线定在了我身上。她缓缓地露出一个坚决的笑容，这个笑容的含义显而易见。

小心了，艾洛琳·加德纳，下一个被指着的人，可能就是你。

第十一章
艾林恩·格里尔

肖恩走了。我走到茶点桌旁，想要喝点东西平复一下心情。我拿起杯子，发现我的双手在颤抖。装酒水的器皿和我手里的水晶杯碰撞，咣当作响。我往杯子里倒了点酒，红色的液体里点缀着几片花瓣。西勒斯刚才把佩姬叫走了，她虽然心不甘情不愿，也不得不留下我一个人待在这儿。

突然，我感受到了一道目光的注视。

转头一看，角落里一个脸色苍白、十分瘦弱的女孩子正看着我，她有一双蓝色的大眼睛，闪烁着智慧的光芒。她的腿上摊着一本书，双手支在书上。她没有化妆，像艾荷一样穿着一条保守的多层连衣裙，胸前挂着一个银色的阿夕亚魔法球。我发现，她支在书上的手腕上没有任何标记。这就有点奇怪了，从她的衣着可以看出她来自一个非常正统的家庭，但她却还没有缔结魔杖之约。

“法伦似乎并不喜欢你。”她的目光投向法伦，后者正在笑着和她的朋友一起吃东西。她对我同情地笑了笑，眼神亲切而温柔，“在选择敌人方面，你很勇敢。”

“你也不喜欢她吗？”我惊讶地问。

女孩子摇摇头，“法伦？她尖酸刻薄得像一条毒蛇，她的哥哥们也是半斤八两。”她谨慎地看了我一眼，“对了，我刚才说的话，别跟其他人说。反正你说了我也不会承认的。”

我挑了挑眉毛，舒了一口气，终于见到了一个法伦的朋友圈以外的人。我伸出手，“我是艾洛琳·加德纳。”

她笑着拉过我的手，“我早就认出你了，久仰大名。”

“让我猜猜我是怎么出名的，是因为我长得特别像我奶奶？”

“不，”她笑道，“我听说你小时候一直住在北方疾苦之地的山洞里。但是我觉得你真正出名的原因是，至今都未与别人接吻过。”

我的脸一下子红了，我叹了口气，伸手揉了揉额头，“当初我就不应该告诉她。”

“没事儿的，”她好像是想安慰我，“我早就接吻过，没什么了不起的。”

我停下我揉额头的手，“真的吗？”

“真的，两个人一起漱口，品尝对方的口水，而且很可能尝出对方刚才吃的是什么。你仔细想想看，是不是很无聊？”

我轻声笑了起来，“你不是个老古董吧！”

“我的确不是很浪漫，”她点点头，语气里甚至有点自豪，“浪漫只会使生活复杂化，让人产生一些不切实际的幻想。”

她端端正正地坐着，穿着打扮一丝不苟，又长又直的黑色秀发用两条银色的丝带绑成发辫。

“可能你只是还没遇到对的人吧。”

“不啊，我遇到了，”她语气淡定，“我们年底就要缔结魔杖之约了。他在那边。”她用下巴指了指大厅门口的方向，“刚刚在门右边的那个人。”

他跟大厅里的其他年轻人没什么不同，方方的下巴，漆黑的头发，蓝色的眼睛。

我转过头，“所以你和他接吻啦。”

“是啊，顺理成章的事情，”她有点无奈地叹了口气，“加德纳的男孩子就是这样，喜欢卿卿我我、搂搂抱抱的。我觉得，他们恨不得每天都这样。”

“但是你不喜欢这些。”

“也不是啊，这种体验也不是很糟糕，还是可以勉强忍受的。”

她无精打采的样子让我忍俊不禁，“怎么接吻被你说得像做家务似的!”

“嗯，我觉得就是跟做家务差不多。”她幽默地一笑。

“既然是这样，你还愿意跟他缔约，嫁给他吗?”

她耸耸肩，“我的父母替我选择了他，我相信我的父母。”

“你的意思是，在这件事上面，你没有话语权吗?”

“我不需要话语权。我相信我的父母。我知道他们一定会为我挑选适合我的人。我的姐姐们的缔约对象也是我父母亲自挑选的。”

我对于她的态度感到很惊奇，“你不想选择你自己喜欢的人缔约吗?”埃德温叔叔永远不会给我指定缔约对象。他可能会介绍很好的人给我，但他一定会把决定权留给我。

她又耸耸肩，“选谁其实并不重要，大多数缔约对象都是一样的。你看看这一屋子的男生，”她不情愿地看了看大厅里的人，“你都分不清他们谁是谁。”

她说得挺对。我环顾四周，真的没有哪一张脸让我觉得与众不同。

“你在看什么书?”我看了一眼她手里的书。

她脸一红，“我在预习下学期的课本。”我看了一眼封面——《加德纳历史》。然而，我多扫了一眼，封面和内文的大小好像不那么匹配。

“你真的在看《加德纳历史》?”我戏谑着试探。

她的眼睛一下子瞪得圆圆的，整个人往椅背上一靠，叹了口气，把书递给我，“你千万别跟别人说。”她压低声音说道。

我接过书，偷偷揭开封皮看了一眼，“情诗!”我低声笑了起来，把书还给她，“想不到你还是浪漫的人呢。”

“现实中不是浪漫的人，”她摇摇头，“我只是很喜欢浪漫的意象，但也觉得浪漫只是无聊又无用的幻象。”

“你很有趣。”我微笑着说。

她把头偏向一边，“你也和我想象的完全不同。我是艾林恩·格里尔。我的父亲和你姑姑都是魔法委员会的成员。我们以后就是同学了。”

“艾洛琳，这么快就交了新朋友。”

我转过身去，姑姑正向我们走来。

“晚上好，达蒙法师。”艾林恩赶紧用手捂住书的封面，毕恭毕敬地跟我姑姑问好。

“晚上好，艾林恩，”姑姑回答，“我刚才还和你父亲说话呢，见到你真高兴。”

姑姑又转身对我说，“艾洛琳，快去拿你的小提琴。沃格法师想看看你的琴艺。”

我整个人都惊呆了，“现在？看看我的琴艺？”

“你叔叔整天跟我夸赞你的艺术天分呢。”

“对不起，姑姑……我……我不行……”我从来没有在一群人面前拉过琴，光是想想我就头脑空白。

“傻孩子，胡说什么呢！”姑姑不以为意，“赶紧去拿你的小提琴，别让未来的最高魔法师等太久。”

第十二章
卢卡斯·格雷

我终于逃离了拥挤喧闹的大厅，走到了通向我的房间的僻静的走廊。我觉得鞋子有点磨脚。有那么一瞬间，我真的产生了溜之大吉的想法。

但是等我一进房间，不由得屏住了呼吸。

我的床上躺着一把小提琴。那是一把精致的毛洛里安小提琴，它安静地躺在绿色的天鹅绒铺就的琴盒里。这是阿夕亚大地上西部诸国中最昂贵的一种小提琴，由毛洛里安山脉北部的精灵族精心打造而成，原料是最珍贵的阿尔法西格云杉。琴弦下方有一张卡片，上面是姑姑熟悉的娟秀潇洒的字迹：让我们为你感到骄傲。

我坐在小提琴旁边，仔细地凝视着它。姑姑从哪里得到这么珍贵的一把琴呢？我已经忍不住想象它的声音了。当我小心翼翼地把它捧起来的时候，我觉得自己怀里的是一件神圣的物件。我轻轻地拨了拨弦，一座倾斜的山坡上一棵挺拔的云杉树立刻浮现在我的脑海里。

调音很完美。

我把琴托到颈下，绷紧琴弓，试了试一弦的声音，一瞬间，我的内心盈满喜悦。

空气中飘过了一个完美的音符，听起来如同纯净的蓝色湖泊。

我大喜过望，小心地放下了琴，到我的行李箱里翻翻找找，很快就找到了我最喜欢的谱子——《冬夜》。当我翻开那被我翻了无数遍的羊皮纸，看着熟悉的谱子时，灵动的音符早已在我的脑海中翩翩起舞了。

然而，等我看了一眼房门，幸福感一下子就幻灭了。一想到要在众人面前表演，我的心里就像压了一块大石头。

即便如此，我还是在心里默默对自己说：既然要在半个瓦尔加德面前演奏，那么我的演奏也要对得起这把举世无双的小提琴。

我小心地拿好小提琴，一只手夹住乐谱。脚下这双鞋子真的是我穿过的最磨脚的鞋了，我努力让自己的步子更沉稳一些，推开门，走了出去。

再一次回到拥挤的宴会大厅。刚踏进去的一瞬间，我整个人莫名地紧张起来。我觉得口干舌燥，肚子里翻江倒海，最可怕的是，我的手开始不由自主地颤抖。

姑姑正在和沃格法师以及其他的委员会成员说话，我向她走去。马库斯·沃格全程都全神贯注地盯着我。我感觉自己都要被他看穿了。

“姑姑，谢谢你送我这么、这么贵重的小提琴。”我声音颤抖地说。

“傻孩子，别客气，我们就等你表现啦!”

姑姑指了指旁边的一座金碧辉煌的交响乐舞台，舞台上摆着一架一看就价值不菲的木制钢琴，钢琴的四条腿被精心雕刻成树干的样子，支撑着满是树枝、树叶雕刻的宽大的琴面。

姑姑带我来到舞台中央。交响乐乐团的成员都微笑着向我致意。我伸出手去打开小提琴的琴盒，手抖得更厉害了。

“这是恩尼，”姑姑身边站了一个年轻的尤瑞斯科女孩，她长着一双蓝宝石一般的眼睛，浅蓝色的皮肤宛若透明，“她可以为你翻页。”

“翻页？”

姑姑一脸无奈地看着我，“给你的曲谱翻页。”

“哦！对对对。”我拿出手臂下面夹着的羊皮纸递给恩尼。她感觉到我颤抖的双手，不由得担心地蹙起眉头。

越来越多的人注意到舞台边的这一幕，原本喧闹的大厅一下子变得十分安静。

“今天，我想向大家介绍我的侄女，艾洛琳·加德纳。”姑姑姿态得体，语调悠扬，“想必有的人已经见过她了，有的人即将跟她一起入读韦帕大学。”

我抬头看了一眼台下，突然发现法伦正带着她的一大票朋友向这边走过来。

我伸手想要翻开曲谱的第一页，但是一个不小心，把整本曲谱都打翻了，谱子掉得到处都是。

“对不起。”我声音有点沙哑。

我赶紧蹲下来收拾，那个尤瑞斯科女孩儿也来帮我。我清楚地听到法伦和她的朋友们试图用咳嗽掩饰的嘲笑声。

终于把谱子都捡起来了，我觉得这个过程像一个世纪那么久。恩尼小心地抓着谱子，生怕我会再把谱子撒一地似的。

我再次拿出小提琴，放在颈下，用下巴固定住，我努力让自己的手不要发抖。

法伦和她身边的那帮人用看热闹的眼神看着我。艾林恩·格里尔也来了，她给了我一个肯定的眼神。

我觉得不能再磨蹭了，再不开始我就要紧张得吐出来了。我得赶紧开始。

然而，我的琴弓刚碰到琴弦，就发出一阵刺耳的声音，连我自己都想要捂住耳朵。我咬着牙继续演奏，却是完完全全地走音了。我觉得双手越来越不受控制。

我停了下来，小提琴仍然架在脖子上，眼眶里却蓄满了泪水，我羞愧得不敢看台下的人。

法伦那边又爆发出一阵阵嘲弄的笑声和咳嗽声。

听着她们刺耳的嘲讽，我暗自问自己：难道就这样完成这把琴的首次演奏吗？

那一刻，小提琴的木制琴身传来一种让人感觉轻松的温暖。我仿佛看到了粗糙强壮的树干，它好像在鼓励我，稳住，稳住。

这一次，我强迫自己集中注意力。这一次，当我的琴弓划过琴弦，发出的声音似乎不再跑调了。这一次，琴声好像越来越稳定……

开始了。

钢琴的伴奏加入了进来。

那琴声不仅仅是钢琴的声音，那是动人美妙的音乐，与我的小提琴遥相呼应。

我简直不敢相信。

钢琴声不紧不慢地配合着我。在我演奏缓慢的地方，钢琴也相应地舒缓；在我忘记某些音符的时候，钢琴及时地补上。一种温暖的氛围，蜿蜒的树枝仿佛从我的心头轻拂而过。

我一点一点地放松下来，我的手越来越稳，音准越来越稳。我闭上眼睛，我不需要看谱子，那早已烂熟于心。

眼前的人群逐渐消失。此刻，仿佛这天地之间，只有这把小提琴，这架钢琴，还有这棵参天大树。

我不再依赖钢琴的伴奏。我的手越来越放松，旋律越来越悠扬。我继续沉浸在音乐的世界里。后来，钢琴声渐渐弱下来，整个大厅只回荡着小提琴婉转悠扬的琴音。

如泣如诉的琴音击中了我的内心，我的眼中蓄满了泪水。音符轻轻地拂过琴弓，再由琴弓流淌到琴身，最终，以一段悲伤的曲调收尾。

我垂下琴弓，眼睛始终紧闭。整个大厅犹如沉静的湖面。

一瞬的寂静过后，大厅里爆发出潮水般的掌声。睁开眼，舞台边已经聚集了很多人。转过头，乐团成员正以赞许的目光看着我。

不过，也许法伦的表情才是对我的表演最好的评价。她站在那里，嘴里喃喃着什么，眼神里是不忿的怒火。而她身边的朋友们此刻看着我的眼神中却多了一份肯定。

我转身想要看看刚才帮了我大忙的钢琴手是谁。然而，就在转身的一瞬间，我的呼吸都停滞了。

他是我这辈子见过的长得最好看的人，刀削般坚毅的面庞，沉静如水的蓝色眼睛，还有那一身加德纳军人笔挺的军装。

他正微笑着看着我。

不用猜我就知道他是谁。

卢卡斯·格雷。

他从钢琴座椅上优雅地起身。他的肩膀很宽，身材非常健美，一袭黑色的军装上有五道银灰色的肩章。他走路的样子让人联想到姿态优雅的猎豹正在觅食。

他缓缓向我走来，法伦·巴恩突然扑上来抱住他的手臂，转过头来用一种挑衅的目光看着我。

卢卡斯惊讶地看了看法伦缠在他身上的胳膊，无奈地笑了笑，他抬头朝我挑了挑眉毛，好像这是场心照不宣的闹剧。姑姑不知道什么时候也站到了卢卡斯身边，她满面笑容地看着法伦道："亲爱的，我和沃格法师有话想跟你说。"

法伦的脸色一变，神色甚至有一丝惊慌。她的眼神在我、姑姑还有卢卡斯身上徘徊。她张开嘴，好像想要抗议，但是最终什么都没说。卢卡斯还是满怀笑意地看着我，似乎觉得眼前的这个场面更好玩了。

"走吧，亲爱的。"姑姑催促道。姑姑指了指沃格法师的位置，他正站在一处明亮的地方，周围围着一大群人。我小心翼翼地跟沃格法师对视了一下，他朝我点了点头。

法伦不情不愿地放开了卢卡斯的手，好像那是全世界最珍贵的宝藏。"我马上就回来。"她经过我身边时，恶狠狠地扔出这句话，脸上满是愤怒。

法伦终于被姑姑带走了，只是她一边走还一边回头看看我们，脸上是毫不掩饰的愤怒。

我转向卢卡斯。

他长得真的很好看。

“谢谢你。”刚才真的多亏了有他在。

他随意地把一只手搭在钢琴上，半个身子倚靠在上面。“能跟如此出色的音乐家一起合奏，是我的荣幸。”

我紧张地笑了起来，“我不是什么音乐家。我一开始拉得可糟糕了！”

他的眼睛很明亮，“一开始是有点紧张，但是后来越来越好。”

他站直了身子，礼貌地伸出手来，“我叫卢卡斯·格雷。”

“我认识你。”我握住他的手，他的手温暖而有力。

“你认识我？”他又挑了挑眉毛。

“刚才法伦抓住你的手臂的时候，我就知道你是谁了。法伦说，你们马上要缔结魔杖之约了。”

“哦？她现在还这么说吗？”他又笑了起来，“你缔约了吗？”

“还没有。”

“法伦很早就跟我说过关于你的事情。”他微笑着说。

“她说了什么？”

“很多啊，比如你跟你的奶奶长得一模一样。”他一边说着，一边向我靠近，我都可以感觉得到他的呼吸。“我看过黑女巫的画像，但是你更加动人。”

我愣住了，没想到他会这样评价我。

我觉得自己的心跳越来越快，脸也越来越红，“她还说了什么？”

“她还说，你跟加雷斯·凯勒两情相悦。”

我尴尬地笑出声来，“她可能真能编。”

“所以，你们没有在一起？”

“我们之间根本没有什么，”我生气地抬头，“我们只不过是一起洗过澡！”

卢卡斯闻言尴尬地咧嘴笑了。

“不，只是共用过一个浴缸而已！”我努力想要解释清楚，却发现越描越黑。

“这小子很幸运嘛。”他笑着抬起眉毛。

“不，不，不是你想的这样！”

“我现在更加羡慕加雷斯·凯勒了。”

“我们那时候还都是小孩子，”我快急哭了，拼命地想打断他的胡思乱想，“我们从小就认识，我们一起长大。加雷斯对我而言就像是一个哥哥。”

他只是站在那里，微笑着看我，好像很喜欢看到我手忙脚乱的样子。

我无奈地叹了口气，“法伦还说了什么？”我已经放弃挣扎了。

“她还说，你从来没有接吻过。”

我睁开眼睛，羞愧不已。“我当初就不该告诉她的，我猜现在整个瓦尔加德的人都知道这事儿了！”

他满怀深意地看着我，“嗯，想要补救也很容易。”

“怎么补救？”我傻傻地问。

他笑着向我伸出手，“把手给我。”我的视线扫到在大厅角落的法伦，看到这一幕的她脸色已经变得非常难看。

我的心怦怦跳，但还是一把抓住了卢卡斯的手，跟着他悄无声息地穿过人群，溜出了大厅。

我穿过门厅的时候，佩姬也在。她见状惊讶得眉毛都竖了起来，不住地摇头，嘴里说着什么，但我没听清。我知道，在法伦的地界，卢卡斯是神圣不可侵犯的“物件”。但是，像现在这样，被他牵着，在众目睽睽之下溜走，是我这辈子做过的最刺激的事儿了。

我努力跟上卢卡斯的步子，差点被绊倒。他带领着我绕过无数的门厅和宴会厅，一路经过长长的走廊，沿途是一大片壮丽的风景——

无数的水晶吊灯，墙壁上挂着我奶奶的巨型肖像画，窗外是绵延的韦帕西亚山脉和宁静的韦尔蒂克海。

不一会儿，卢卡斯带我拐进了一条僻静的走廊，周围的装饰风格一下子变了，深红褐色的地毯，酒红色的墙壁点缀着零星的水晶壁灯，四周淹没在一片柔和的琥珀色光芒里。走廊空无一人，舞会的喧闹到了这里已经近于无声，变成浮华缥缈的背景音乐。卢卡斯放慢脚步，带着我一直走到了走廊尽头。

卢卡斯停下脚步，转过头看着我，依旧是一脸笑意。我有点不知所措，看到他腰间的乌木质地的魔杖，下意识地往后退了一步。然而背后是墙壁，退无可退。

他慢慢向我靠近，一只手撑在我背后的墙上，另一只手突然伸到我的耳边，把一缕凌乱的头发捋到我的耳后。

我的世界只剩下自己的心跳声。

“你真的没有接过吻吗?”他的声音充满魅惑。

我张开嘴，想要告诉他，我真的不知道接吻为何物。然而我还没来得及说出一个字，卢卡斯突然抬起我的下巴，拉近，他的唇就这样轻轻地覆盖住了我的唇。我的脑海一片空白，所有的想法都飞到了九霄云外。

他在我的嘴唇上停留了片刻，往后拉开了一些距离。他轻轻挪到我的耳边，低语道：“现在你知道接吻的滋味了。”

我整个人都懵了。接吻的感觉跟艾林恩之前形容的一点也不一样啊。

我有点眩晕，伸手搭在他的肩上。透过丝质长袍，我可以感觉到他的体温。

“你真美。”他再一次靠过来。

这一次，他的唇更加坚定。在他的怀里，我感觉到了一种奇妙的温暖。他的手滑到我的腰间，把我拉得更近一些。被他亲吻的感觉真好，好得要命。比光滑的水枫树还美妙，比韦帕西亚榆木天鹅绒般的树皮还美妙，比我这辈子经历过的所有东西都美妙。

这种感觉越来越强烈，一瞬间，好像我周围的每一块木头都被点燃一般。这股火焰自下而上地穿过我的全身，直达我的嘴唇。我的脑海中突然浮现了一片原始森林。

我喘着气，往后退了一步，火苗立刻熄灭，原始森林的景象也消失了。

卢卡斯有点惊讶，他睁开双眼，双手依旧紧紧地搂着我。

“我听说，”我大口喘着气，被这种喜悦和惊讶裹挟着，“我听说，你的法力很强大……”

卢卡斯眯了眯眼睛，“的确如此，”他一边回答一边仔细端详着我的表情，“但是也许你更厉害，我能感觉到你的法力。”他的手指轻轻地在我的背部跳跃，“只有你自己不知道自己的法力吧？”他盯着我的脸，眼神更深邃了几分，“果真如此。”

他的手在我衣领上方的皮肤上轻轻摩挲着，我感到又兴奋又沉迷，整个人呼吸困难。

我摇摇头，“我只是长得像我的奶奶，我根本不会魔法。”

“真的吗？”卢卡斯沉思着把头偏向一边，他的手放松地搂着我的臀部，“你拿过魔杖吗？”

“我不记得拿过没有了。”

他的表情沉静了几分，嘴角上扬。

“我知道了，”他似乎很高兴得知这一点，“我会处理好的。”

他的手在我的腰间收紧，“你，一定要跟我缔结魔杖之约。”

“卢卡斯！”走廊尽头突然传来一个男人的声音。我的身体一下子僵硬，脸也红了。但是卢卡斯却不为所动。

是西勒斯·巴恩。

谢天谢地，还好不是法伦·巴恩！

当西勒斯看清楚了我的脸，他的眼睛眯成了一条缝，嘴角露出一丝轻蔑的笑容。“我当是谁呢，原来是艾洛琳·加德纳法师！卢卡斯，你小子还是这么速战速决啊！佩服，佩服！”他轻蔑地笑了笑，“要是法伦知道了……”

我觉得脊背发凉。法伦知道了一定会杀了我的！

“你这么粗鲁地打扰我们，是有什么重要的事情吗？”卢卡斯语气冰冷地问。

西勒斯的笑容一下子敛了起来，“我们，我们等下准备出去。我以为你也想一起去。当然，你要是太忙了就算了。”

卢卡斯叹了口气，朝我挤了个鬼脸。

他转向西勒斯，“一会儿门厅见。”

西勒斯向我露出了一个得意的笑，似乎赢得了一场比赛似的。我终于能喘口气了。

卢卡斯斜靠在墙上，一条手臂轻轻地挽着我的腰。

我仔细地端详着他，“你跟法伦·巴恩在恋爱吗？”

他歪了歪头，狡黠地一笑，“我以前曾经短暂地追求过她，很久以前。”

“怪不得。”我终于了解了状况。

他叹了一口气，“我跟法伦的五行线是相克的。我早就看出了这一点，但是她好像还没有。她的五行线是冰线。”他的手指在我的后背轻轻跃动，所到之处燃起一阵阵奇异的热。他绽放出一个笑容，“我更喜欢火。”

我盯着他的眼睛，觉得自己马上就要沉溺在这片蓝色之中了。

我哥哥崔斯坦之前跟我说过，加德纳的魔法师都有“光、气、水、火、土”五种五行线，每个魔法师都由属于自己的五行元素组成，各自占比不同。五行线会与法师的法力相结合，互相交融，互相影响。

我哥哥崔斯坦的五行元素之中，水和火的比重就大一些。

我可以感觉到卢卡斯的法力之中，火的成分很明显。

卢卡斯沉默片刻，好像在思考什么事情，“跟我一起参加雅乐舞会吧，做我的舞伴好吗？”

“雅乐舞会是什么？”

“所有在韦帕大学读书的加德纳学生和毕业生每学期都要参加这个舞会。做我的舞伴好吗？”

我吞了口口水，觉得自己好像在做梦。

“好的。”我点点头。

他笑了起来，伸出手来拨弄我的头发。“我们得回去了，”他有点不舍，“你姑姑会担心自己的侄女被拐跑了的。”

“应该不会吧，”我很享受他的抚摸，“姑姑看到我们一起从大厅溜出来的时候，好像很高兴。”

实际上，她老人家可以说是喜出望外了。

“这样最好。”他笑着说。他张开自己的双臂，我扑进了他的怀里。我的内心对自己这样不矜持的行为感到诧异，可我就是不想离开这里，就想这样一直待在这里，就想一直感受他火焰般热情的双唇。

当我们到达门厅时，那里已经站了一堆军校生了。西勒斯老远就看到了卢卡斯。隔着人群，我看到了我哥哥瑞夫。他快步向我们走来，目光不住地在我和卢卡斯的脸上来回打量。

“艾洛琳！”哥哥开心地唤着我的名字。

我放开卢卡斯的手臂，给了哥哥一个深情的拥抱。

“崔斯坦在哪里？”见到哥哥真的太高兴了，但是我还记得卢卡斯站在我的身边。

“崔斯坦和加雷斯他们家的人在一起，”瑞夫微笑着说，“他最喜欢这种场合了。”

我哈哈大笑，“崔斯坦跟我说，你每次来瓦尔加德都要去一位女眷的房间，房间在哪里？”我开起了哥哥的玩笑。

他也咧嘴大笑起来，“我刚从那儿回来。”

瑞夫转向卢卡斯，他的笑容不再那么随和，倒是像是一只老虎在磨牙，“你刚才带我妹妹去逛了逛？”

“差不多。”卢卡斯神色自若。

虽然瑞夫还是面带微笑，但是他的右手握成了拳头。

“你的胳膊怎么样了？”卢卡斯突然问瑞夫。

“跟以前一样好使。”

卢卡斯好像看不出这紧张的气氛，转头跟我说：“我一直让你哥哥跟那些军校生一起训练。他非常出色，是最好的侦察兵，也是最好的枪手。他是我见过的最出色的狙击手。杀伤力很强。”

“卢卡斯，我杀伤力可一点儿也不强，”瑞夫依旧笑着，“但是有人要是敢打我妹妹的主意，我可第一个不同意。”

卢卡斯笑着说：“我倒是觉得，她不需要你的保护。”

瑞夫疑惑地看了我一眼，目光又回到卢卡斯脸上。

这时，远处有人在催促卢卡斯快一点。

“你们兄妹俩说会儿话吧。”卢卡斯牵起我的手，轻轻地吻了一下，唇上一抹笑意。他的吻让我又喜悦又紧张，我努力克制自己。“很高兴见到你，艾洛琳。”他的视线锁定了我。

他又转过身，朝瑞夫点了点头，“再见！”算是打招呼。

“再见！”我哥哥冷冷地回应了一句。

卢卡斯带着他的手下和一群军校生走远了。

瑞夫转向我，明显放松了很多，“听说你今晚出尽风头，”他的脸上露出戏谑的笑容，“你是谁？你把我那羞涩保守的妹妹弄到哪里去了？”

“我是她的双胞胎姐姐。”我笑出声来。

门厅现在差不多空了，只剩下我们俩。舞会好像接近尾声，喧闹声逐渐归于平静，音乐声也停止了。

“艾洛琳，”哥哥唤着我的名字，少见的严肃，“我从来不干涉你的事情。”

我好奇地看着他，哥哥怎么突然这么说。

瑞夫深吸了一口气，好像在组织语言似的，“我知道姑姑急着给你找合适的缔约对象，但是，答应我，别跟那个卢卡斯·格雷在一起，好吗？”

我脸红了，耸了耸肩，“我没有。”

“我认识卢卡斯很久了，”瑞夫警告我，“我知道你很聪明，但他也很聪明。而且他，他可是情场老手。”

我有点不高兴地噘着嘴。

瑞夫长长地叹了口气，无奈地捏了捏鼻子，“答应我，小心点，好吗？”

“我知道啦。”我赶紧应了一声。

听到我的回答，瑞夫终于松了口气，又变成了往常随和的样子。“好的好的，”他举起双手，假装投降的样子，“这个一晚上过度紧张的大哥终于可以休息一下了。”

“当然啦。”我也松了口气，试着不去想瑞夫刚才说的那些话。

这时，我发现不远处的门厅，一群美丽动人的女孩子挤在门边，一边嬉笑打闹，一边望向瑞夫。

“对啦，瑞夫，你见过艾林恩·格里尔吗？”

“没正式打过照面。”他挑了挑眉毛。

“我今天刚认识她，我觉得可以介绍你们认识。”

他笑了起来，“你想撮合我们俩吗？”

“行吧，你可能轮不到我操心。”我瞥了一眼那些女孩子。估计一会儿我一走，她们马上会冲上来围住瑞夫。“我觉得艾林恩跟她们很不一样……她人很好。”

“这样吧，”瑞夫咧开嘴一笑，“每学期都有个雅乐舞会，你和加雷斯一起去，我就跟艾林恩·格里尔一起去。”

“我不能答应你，”我有点犹豫，不想扫我大哥的兴，“我已经答应了卢卡斯了。”

“艾洛琳，”瑞夫听到这话，伸出手抓住我的手臂，语气又一次严肃起来，“我不是在开玩笑的。离那个卢卡斯·格雷越远越好。他的法力强得你根本无法想象。你这是在玩火！”

也许，我就是想玩火啊。

“谢谢你的忠告，端夫。”我含糊不清地答道。

十三章
魔杖之约

“我今天早上收到了一封信。”我们坐在露台上吃早餐的时候，姑姑突然说了这么一句话。

露台的三面都是拱形的透明窗户，窗外的景色一览无余。餐桌上，一束红玫瑰娇艳欲滴，与窗外乌云密布的天气形成了鲜明的对比。

银质刀叉轻轻划过镶金丝边的瓷盘，发出了极其细微的声响。姑姑正把煎蛋卷切成整齐的小块，并且加上了几片水果，旁边的盘子里放着她吃了一口的司康饼。不管是用餐、穿衣还是写字，姑姑永远都是那么优雅。待在如此完美的人身边，很容易发现自己的笨拙和鲁莽。我低头看了一眼自己的餐盘，盘子周围掉了一堆碎屑。

“谁写的信？”我有点好奇，一边问一边用指尖去拨弄着这些碎屑。

“卢卡斯·格雷的父母。”

我的刀叉停顿了一下。抬起头来，只见姑姑一边阅读着信件，一边优雅地啜了一口茶。

“您跟他们认识吗？”我试图让自己的声音听起来平稳一点。

姑姑好像被我的问题逗乐了，笑着说：“傻孩子，我跟他们家交情很深。”

我吃了一小口食物，试图装出一副事不关己的样子。

“显然，”姑姑把茶杯放回原位，“卢卡斯昨晚跟他们说了，同意与你缔约。”

我被煎蛋卷呛到了，“什么？”

姑姑露出了一个意味深长的笑容，就像一只刚吃了金丝雀的猫，“看来你昨天令卢卡斯印象深刻。”

“他，他想跟我缔约？”我话都说不好了，煎蛋卷屑都从嘴里喷了出来。

她好奇地看着我，“这有什么，艾洛琳，你是大姑娘了。很多跟你差不多大的加德纳姑娘早就缔结魔杖之约了，还没缔约的也快了。”

“但我们才见过一面！”

“大惊小怪！”姑姑不以为意地摆摆手。

我睁大眼睛看着姑姑，是我大惊小怪了吗？

“我们要尽快给你们安排缔约的事情了，”姑姑的语气很坚决，“恩尼！”

姑姑转过身叫那个昨晚在音乐会上帮助过我的尤瑞斯科小姑娘。她正静静地站在墙角，像一尊安静的雕塑。

“在，主人有什么吩咐？”恩尼十分乖巧。

“你去给格雷家捎个信，告诉他们艾洛琳欣然接受了卢卡斯的邀约。我们可以商量一下缔约的事宜，越快越好。我看不如就在明天的教会祈祷之后……”

“等等！”我请求道，“我还不能嫁给卢卡斯！”

姑姑原本在切食物的手悬在半空，“你知不知道自己在说什么？”

恩尼也惊讶地瞪大了眼睛，那表情，仿佛我刚才朝她俩身上泼了一桶果酱。

“我才见过他一面啊！”老天爷啊，不知道卢卡斯会怎么看我。

“艾洛琳，”姑姑深吸一口气，放下刀叉，“像卢卡斯·格雷这样的年轻人，这样的家世背景，这样的优秀出众，可不是每天都会向别人求婚的。”

“对不起，”我摇摇头，“我不能答应他。我只见过他一面，而且……我答应了埃德温叔叔……”

“答应他什么?”

“我要等到大学毕业后才能缔约……”

姑姑惊讶得嘴都合不拢，“那可是两年以后!”

“我知道。”

“艾洛琳，”她压低了声音，“你这回要是拒绝，你就是天底下最大的傻瓜!”

我的决心更坚定了。“如果他真的这么喜欢我，他可以先跟我相处看看。”

姑姑的眼神强硬了几分，“也许我应该让格雷夫妇考虑一下他们一开始的计划。”

“什么计划?”

“让卢卡斯跟法伦·巴恩缔约。”

我惊住了，“但是卢卡斯说，他绝对不会娶法伦的。”

姑姑嘲讽地轻笑了一声，“艾洛琳，你真的觉得他会永远等你吗?”姑姑目光一转，“我相信法伦会非常乐意取代你的。”

我的脑海中立刻浮现出这样一幅景象，卢卡斯正和法伦靠在墙边，他背对着我，热切地依恋着她。而法伦则注视着我，脸上露出得意的笑容。法伦一定会立刻接受他的求婚的!

但是才相识一天就要缔约，太夸张了吧!

我还想起了哥哥的反对，他早就叫我离卢卡斯越远越好。

“你想一辈子都孤身一人吗?”姑姑向我靠过来，“你不想要缔约吗?你不想组建自己的家庭吗?你知道吗，女孩子如果不在合适的年龄缔约，以后就越来越难了!”姑姑又坐回去，“当然了，大学毕业之后也会剩下几个选择。但是那些都是别人挑剩下的，你真的想要跟这种人缔约吗?”

姑姑的话穿透我的心，我开始怀疑自己是不是犯了一个巨大的错误。

我从骨子里感到寒冷，这种寒冷跟窗外潮湿的海风无关。我突然非常想念埃德温叔叔。

“我，我真的不能答应……”我小声说出这么一句话。

姑姑眯起眼睛望着我，“告诉我，艾洛琳，我要怎么回复卢卡斯的父母呢？”

“跟他们说，”我觉得喉咙好像被什么东西堵住了，“我非常感谢他们的邀约，我会非常认真地考虑，但是我需要时间去进一步了解卢卡斯。”

“亲爱的，昨天晚上你们不是互相了解得挺透彻了吗？”姑姑啜了一口茶。

我的脸一下子红了。

“你觉得家里的仆人会瞒着我这些事吗？”姑姑撇了撇嘴，“如果你喜欢这种亲密行为，你就赶紧跟他缔约，越快越好！”

我只觉得羞愧难当。

“你觉得我会让你就这么到韦帕大学去，就像赛格·加弗尼似的找个妖魔鬼怪在一起吗？我会让这种有辱门楣的事情发生吗？那你太不了解我了。”姑姑放下茶杯，身子前倾，“你也许不知道，韦帕大学的校董会成员跟我是老朋友，学校里的很多教授和学监也是我的熟人，只要我想，你在学校里的生活就不会那么轻松。”

姑姑理了理自己的情绪，无奈地叹了口气，“艾洛琳，我这么做都是为你考虑，也为我们的家族利益考虑。你只要答应跟卢卡斯缔约，那么什么麻烦都没有。”

姑姑刚才对我的威胁，就像是冰凉的针，扎得我生疼。“我不是说我不会考虑，我真的没办法这么快接受他，我需要时间跟他相处。”

如果埃德温叔叔在这里，他一定会站在我这边的。

“艾洛琳，”姑姑冷冷地说，“你这么说让我很难办。”

我也不知道哪里来的脾气，“那么幸好你不是我的法定监护人。”

一阵沉默。那个尤瑞斯科女孩惊呆了，眼睛瞪得大大的。

姑姑眯了眯眼，“亲爱的，识时务者为俊杰，我哥哥在这方面尤其不擅长。要是早知道，早知道……我绝对不会让他把你带去抚养!”姑姑话说了一半，眼神里的愤怒透露着一些不友善的情绪。

“知道什么?”我追问，绝不允许别人诋毁我最亲爱的埃德温叔叔。

姑姑身体前倾，几乎是咬牙切齿地说：“要是我早知道你会变成这个样子！竟然拒绝了所有加德纳女孩这辈子打破头都想要嫁的人的求婚!”

姑姑的表情变得十分骇人，我从来没有见过这样的她，整个人不由自主地往后缩了缩。

但是仅仅片刻，姑姑又恢复了她惯常的优雅，她的真实想法恐怕永远都隐藏在厚厚的帷幕后面吧。

“我只需要找到某种方法来帮助你回心转意就行了。”她的声音再次平静下来。她轻轻地敲了一下茶杯，恩尼马上走上前来帮她续满。恩尼的表情十分专注，仿佛倒茶这件事就是她的全世界。

姑姑许久不说话，只是默默地往茶里一点点地倒牛奶，“我发现，只要方法得当，你可以说服任何人，让他们做出正确的选择。”

我用一种前所未有的警惕的眼神看着姑姑，她正用纤长而优雅的手指提起瓷杯。“每个人都有致命的弱点，每个人都有。艾洛琳，不要逼我找出你的那个。”

第十四章
伊卡利亚人

第二天早上，我和姑姑一起乘马车前往教堂，马车外面是姑姑的私人侍卫，车厢里安静得让人觉得压抑。瓦尔加德上空乌云笼罩，一场暴风雨正在酝酿之中。我的脸颊贴在车厢的窗户上，冰冰凉凉的。此刻我多希望自己是和哥哥们还有加雷斯在一起。

姑姑正冷冷地注视着我，也许在考虑怎样才能让我回心转意吧。我跟姑姑待在一起的这半个月里，每天都能感受到她带给我的缔约压力。这种压力在昨天那场无休止的争吵之后，变得越发明显。姑姑抓住和我在一起的每分每秒向我施压，费尽了心思让我在入学之前和卢卡斯·格雷缔约。

我们在晨祷开始之前早早抵达了瓦尔加德大教堂，这样姑姑就有时间跟沃格法师商谈事宜。但是姑姑坚持要我跟她一起参加晨祷，十有八九是想让我在晨祷的时候碰到卢卡斯和他的家人。一想到要再见到他，我的脸就红成一片。

晨祷之后，我就要独自出发去学校了。瑞夫、崔斯坦和加雷斯今天一大早就骑马动身了。

我多想跟他们一起走啊。我现在根本不喜欢穿这些花哨又复杂的衣服，因为这样一来，我就得乘坐慢得不行的马车。我多想尽快摆脱姑姑无处不在的监视。我多想和哥哥们还有加雷斯一起策马扬鞭，前往韦帕西亚和有趣的大学。

快了，我提醒自己，马上就可以离开这里了。

林立的高楼尽头出现了一个开阔的圆形广场，广场中央伫立着我奶奶的巨型大理石雕像。我凝视着这尊雕像，努力想要在上面找到一点自己的影子。但是它太远了，我看不清。

走近广场，马车突然右转，瓦尔加德大教堂就这样映入眼帘。眼前的建筑比我印象里的还要雄伟壮观，我几乎喘不过气来。

无数根粗壮的石柱拔地而起，最终汇聚成一个尖顶，支撑着一颗闪烁的阿夕亚银球。整个建筑结构由铁木制成，是古朴大气的棕黑色。教堂入口处由一个巨大的中央拱门与两个较小的相邻的侧拱门组成，门上雕刻着《先贤之书》中的故事图画，栩栩如生。

马车就停在大教堂前面，我凝视着眼前这栋巨大的建筑，觉得有点眩晕，下车的时候差点被绊倒。我努力地仰起头，才能看到大教堂的顶端，阿夕亚银球在漆黑的天空的映衬下显得格外耀眼。

姑姑带着我走进大教堂，走过无数精雕细刻的长椅。

“你就坐这儿。”她指着一条长椅冷冰冰地说了一句。

姑姑的高跟鞋轻轻踩着地面，她走过宽阔的台阶和祭坛的过道。两个祭司正站在祭坛两侧，手中托着蜡烛和香料。他们黑色的长袍在黑暗中飘动，闪着幽光。祭坛上方挂着另一个阿夕亚银球。

姑姑走近祭坛，与他们进行了一场安静的谈话。他们时不时地朝我的方向看一眼，我听不清内容，只觉得胃里一阵翻江倒海。

过了一会儿，他们一起从一扇侧门离开，把我独自留在了空旷的大厅里。

我感到空落落的，把手掌平放在长椅上。

但是不久，长椅的木材带领我进入了一种平和的状态。大教堂大厅众多的柱子里，有的是直的，有的是对角线型，有的弯弯曲曲地伸向一个不规则的天花板，上面覆盖着十字交叉的拱形天窗。我就像是坐在一棵巨大的、奇异的参天大树的根系之下。

我闭上眼睛，把手掌对着木头，呼吸着琥珀的香味。

突然，我摸到了一本书，我睁开眼，原来椅子上放着一本《先贤之书》。

我拿起这本黑色皮革封皮的书，手指摩挲着烫金的封面。我太了解这本书了。埃德温叔叔似乎不喜欢宗教，所以我把奶奶的《先贤之书》旧本藏在我的枕头下。那本书还是我很小的时候，姑姑给我的。在悲伤来袭的长夜里，在父母去世后沉痛难忍的孤寂里，那本《先贤之书》总是在我感到最艰难的时刻，给我力量，让我坚强。

一声惊雷在天边炸开，我翻开了书的第一页。

创世纪

造物伊始，宇宙虚空混沌，唯有先贤一人。先贤于此混沌中创造日月星辰与伟大的阿夕亚大地。

先贤使阿夕亚大地诞出水与土，万物乃生：植物、飞鸟、野兽、森林。俯瞰阿夕亚，先贤甚悦。

但先贤并未停手，于神圣的铁木树种中孕育出第一批圣子。从此，圣子的第一缕呼吸飘扬在阿夕亚大地上。圣子居住在阿夕亚大地；天使族居住在天堂。

起初，相安无事，和谐共生。

世间万物对先贤景仰、膜拜、唯命是从。日久，天使族自觉无须再奉先贤旨意。以其自视优于先贤，故图谋先贤之居所。天使族派使者下凡，妄图游说圣子族，改旗易帜。圣子不从，怒而拒之。天使族大怒，使大批邪灵降生于世。入夜，异形者攻击圣子，双足飞龙从天而降，邪恶女巫散布谣言，圣子陷入混乱。

先贤察觉圣子之苦难，天使族因背叛先贤，纯良秉性不再。先贤震怒，发配天使族于大荒：

“从今往后，汝族人不再为吾后人，改名为伊卡利亚人，品次位列所有生物之末。汝族人将浪迹于大荒之上，居无定所。吾之后人圣子族，将击汝之族人于荒野，折汝之羽翼于蛮荒。”

而后，圣子汇聚，大败天使族于荒野，先贤崇拜乃续。

创世纪乃止。

大教堂的彩色玻璃窗在廊柱之后闪烁着光芒，窗户上栩栩如生地刻画着书里的每一个故事，但在昏暗的天色的映衬下显得诡异阴沉。

第一扇窗户上描绘了一只优雅的白色的鸟，它象征着上古先贤，给阿夕亚大地送来了第一缕光。这熟悉的场景让我感觉温暖，我深吸了一口气。

四周所有的窗户上画的都是这些故事：女预言家加里亚娜，手握白魔杖，跨坐在一只巨大的喷火的乌鸦身上，领导我们的子民抗争；圣子接受了先贤赐予的深蓝色铁木花，象征着接受先贤的庇护，这些铁木花保护人们免受地狱之火的侵袭。

我低头看了一眼自己的袖边，上面也绣着铁木花的花纹，不由得感到一阵安心。

接下来是可怕的战斗的图像：圣子杀死了双掌喷火的伊卡利亚恶魔；圣子与各种凶残的变形人浴血奋战，变异狼人、变异狐狸，甚至还有眼睛被撕裂、舌头伸长出来的变异飞龙。在所有这些场景之上，先贤的光芒普照大地。

正当我回忆小时候读过的这些宗教故事的时候，彩绘玻璃旁边一个活动的东西吸引了我的目光。变异飞龙的头部上方的那块玻璃非常清晰，透过这块玻璃，我看到一双眼睛，一眨不眨地盯着我。突然，这双眼睛一闪而过，露出一个巨大的银色的喙，然后……不见了。

是守望者。

我好奇地站了起来，走向教堂的后面，通过那扇巨大的门走出了教堂。

走出教堂，大门在身后摇摆，这时我才意识到空气中有种奇怪的电流。我的目光在空旷的广场上逡巡，到处寻找那只白色的鸟。

此刻的广场十分安静，平日里吵闹的海鸥不知道飞到哪里去了。天空的色彩变得有些奇异。我听到一声轻微的雷响在很远的地方炸开。头顶上的乌云不断往教堂上方聚拢。

在下到广场石阶的一半的时候，我看到了那只鸟。它飞过广阔的广场，落在祖母的雕像后面。我走到祖母的雕像边，慢慢地绕着它走，想要找到那只鸟。很快，巨大的大理石雕像就完全挡住了大教堂。我在它的影子中停住了脚步，仿佛被它定住了一般。

雷声隆隆，越来越近，像鼓声一般打破寂静。

祖母的雕像超出常人大小，但是一看就是大师精雕细琢过的作品。她翻滚的长袍的每一个褶皱都被完美呈现出来，如此逼真，以至于我觉得长袍在飘动。她的左臂高举，在头顶上方画出一道优美的弧线，握着魔杖的右臂直指着一个俯卧在地的痛苦不已的伊卡利亚怪物。

从我这个角度望过去，祖母的魔杖指着的好像是我。

乌云从祖母的头顶向教堂的方向移动，让人觉得不断移动的好像是她。我觉得祖母好像在不断向我靠近，责备地看着我这个徒有其表的复制品。

你永远不可能成为我。

白鸟站在祖母的雕像的肩膀上，满眼警惕地盯着我。它的头转来转去，好像通灵了似的。

突然间，一只强壮有力的大手猛地捂住我的嘴巴。另一条手臂环绕着我的腰部，把我的手肘锁在腰部两侧。我倒在了一个硬邦邦的身体上。一时间，一股腐肉一样的恶臭扑鼻而来。

我一时间竟然忘记了害怕，就像当你猛地触摸特别特别烫的东西的时候，你要过一会儿才能感觉得到疼痛。直到我的耳边突然响起一个刺耳的男声时，我才回过神来。

“黑女巫，不要做无用的喊叫，没有人会听到你的呼救的。”我疯狂地挣扎着，努力地掰着他的手臂，不断地踢他，但他力气太大了，我根本没办法挣脱，也不能转头看清他的脸。

雷声更响了，狂风大作。我拼命地尖叫着，目光扫视广场，希望能寻求帮助。但是四周一个人也没有。

突然，一个人影从附近两座建筑物的阴影中走了出来，他的四肢修长得几近病态，从头到脚都是光秃秃的，他的肌肤苍白而憔悴，胸部和手臂上有多个凹痕，好像被重重击打了无数次。他的脸上扭曲着邪恶的微笑，红色的嘴角露出腐烂的尖牙。

但他的眼睛……哦，他的眼睛，是旋转的，乳白色的两只眼睛，没有人性，没有灵魂……就像活死人一样。他的肩胛骨上各有一根怪诞的树桩。随着他不断地前进，两根木桩在他的身体里有节奏地进进出出。突然，一个可怕想法涌入我的脑海：

他曾经有翅膀。

他是一个伊卡利亚恶魔。当我瞥见他手中的那把匕首时，我的尖叫变成了惊恐的抽泣。

我举起手掌做出一个祷告的手势，我觉得自己已经无力站立，只能做出这种绝望的无声的请求。

这个骷髅人以惊人的速度敏捷地向我走来，他抓紧了我的手腕，长长的指甲嵌入了我的皮肤，刺入我的肉里。我没忍住，闷声哭了出来。

他紧紧地盯着我，他那没有灵魂的眼睛瞪得老大，“是她！她真是黑女巫!”

“那还磨蹭什么!”我身后的人咆哮道，“杀了她，维斯图斯！在她变得像她奶奶那样之前，杀了她!”

当这个名叫维斯图斯的怪物把他的匕首高举到头顶时，我的膝盖不由得弯曲了下去。天空中一时电闪雷鸣。

“历史将被重写，黑女巫!”维斯图斯尖叫着说道，“预言将被打破，伊卡利亚人将会复活，你们会迎接死亡，我们将走向重生!”

一切似乎都成了慢动作画面。这个骷髅人突然退后了一步，准备进攻。突然，一柄更长的剑刃刺破了他的胸膛。一股鲜血喷涌而出，喷洒到我的脸上。我感到自己在慢慢倒下，我身后的那个怪物也慢慢倒下，他不再束缚着我。我倒在了冰冷而坚硬的地面上，空气中弥漫着可怕的血腥气。

然后，一个士兵出现在我面前。

卢卡斯！

他把剑从地上的这个伊卡利亚人身上拔了出来，他的脑袋被砸开一道恶心的裂缝，这一幕就发生在我眼前。

我匆匆转过身，看到姑姑的一个侍卫把我身后的那个伊卡利亚人扯了下来，他的身体比另一个更高，肌肉更发达，但他也已经倒在血泊之中，不再动弹。风声呼啸，雷声震耳欲聋，我的衣服被血浸透，贴在我的皮肤上。

但是在姑姑的侍卫的身后，在广场后面的一条黑暗的小巷里，我瞥见另一个伊卡利亚人正在看我，但是他一瞬间就消失了。

突然，又一双强壮的手抓住我的手臂。我猛地跳起来，只看见卢卡斯在对着我大喊大叫，但是我什么也听不见，世界一片安静。我紧闭双眼，不住地摇头，努力地让自己回过神来。当我终于能再次听到周围的声音时，我睁开了双眼，各种声音像水坝开闸后的洪流般涌入我的耳朵。

“还有一个！”我指着小巷向卢卡斯喊道。

卢卡斯掏出魔杖，朝着那个方向攻击。他的魔杖的尖端闪出一根蓝绿色的闪电长矛，冲进了胡同里。这道闪电击中了两边建筑物的墙壁，发出一阵噼里啪啦的声响，尖锐的声音刺得我耳膜疼。

另外四名法师的魔杖全部拿了出来，斗篷边上闪耀着一排排银光。

卢卡斯一声令下，四名法师都向小巷子里跑去。

卢卡斯紧张地大叫道：“你受伤了吗？”此刻，天空的乌云散开，瓢泼大雨倾泻而下，雨水与伊卡利亚人的血液混合，地上形成了黑暗、腥臭的水坑。我点点头，卢卡斯扶着我站起来。他用一条强壮的胳膊支撑着我的腰，另一只手仍然握着他血迹斑斑的剑。卢卡斯带着我穿过广场，我用一只手按住了自己不断颤抖的手腕。

当我们快速走回大教堂的时候，狂风大作，电闪雷鸣。广场上涌现出大批加德纳士兵。大教堂门内站着一堆人，里面有我的姑姑，还有艾荷·弗拉德，人们满眼惊恐地看着广场上发生的一切。

马库斯·沃格站在人群中间，眼神中似乎聚集着一场风暴。

而那只白色的鸟则栖在教堂墙外一个不知被什么挖空的缝隙里，就像是大教堂自带的装饰一般。

它也盯着我。

卢卡斯像一头困兽一样在房间里来回走动，时不时看我一眼。他的下巴紧绷，脸涨得通红，眉头皱起，脸上写满了愤怒的焦虑。他身上也满是雨和血，他的剑已经收入身侧的剑鞘。姑姑的一个侍卫走进来跟他说了些什么，打断了他的踱步。他们两个说话声音太轻，我听不清他们讲话的内容。卢卡斯双手叉腰，对这个侍卫说着什么，两人都显得非常紧张。卢卡斯好像下了一串命令，只见这个侍卫恭恭敬敬地应答着，然后做了一个严肃的遵命的姿态，退出了房间。

此刻，我正坐在沃格法师在大教堂圣殿的一把木椅上，四周都是黑袍祭司，我浑身不住地颤抖，感到茫然和恐惧。

沃格离我越来越近，他伸出双手抚摸我的头顶，眼睛紧闭，嘴里念诵着难以理解的古老的咒语。我的脑海中立刻闪现出邪恶的伊卡利亚人和枯萎了的树木，我感到一种极恶毒的寒意。

沃格左边的牧师挥舞着一个金球，金球里塞满了燃烧着的香料。浓浓的烟雾不断从金球中冒出来，一股刺鼻的味道，我觉得胃里一阵翻江倒海。

即使他们闭着眼，我也能感觉到沃格的精力都集中在我身上。

艾荷坐在我旁边，紧紧握住我的手。

“他在做什么？”我还没回过神，总觉得这一切不可能是真的。

我一定是做了一场噩梦。这一切都不是真实的。

“别说话，艾洛琳，”她握住我的手，温和地低语道，“你刚才看到了伊卡利亚人的眼睛。他们会污染你的灵魂。沃格法师正在驱除这些污点。”

刚才那个伊卡利亚人的手掐进了我的肉里，现在手腕火烧火燎地疼。

“我想要我叔叔。”我呜咽着，眼泪落了下来。我在这些陌生人中间感到不知所措，我也很怕这个所谓的灵魂净化仪式。

而且，我害怕沃格。

我姑姑和两个满头白发的牧师站在门口。他们用平静的语气交流着，表情严肃。

我把脸埋在手中，开始抽泣。当沃格法师无声无息地施法时，我颤抖得越来越厉害。他那遥远的念诵声和无尽的黑暗在我周围旋转着，把我包围了。渐渐地，念诵声弱下去，黑暗一点一点消退，但我还在抽泣。恍惚间，房间里只剩下卢卡斯和我。

四下一片安静。

“艾洛琳，看看我的眼睛！”我听到卢卡斯严厉的声音，他强壮的手抓住我的手臂。我坐直了身子，手从脸上拿了下来。

他单膝跪下，盯着我的眼睛，满眼怒火，“别哭了！”

他尖锐的语气令我惊愕又沉默。

我把眼泪逼了回去，对他的态度感到非常愤怒。他刚才不是也在现场吗？他没有看到那些东西吗？一股愤怒涌上心头，取代了我的恐惧。

当我瞪大眼睛愤怒地看着卢卡斯的时候，他才大声说道：“这样子好多了，你不是软弱的人！”

“你怎么能这么说？”我喊出这句话时，恨不得打他一下，“你错了！”

“不，我没错，”他一边反驳一边抓着我，“艾洛琳，我可以感觉到你的力量。你长得跟你的祖母一模一样，你的血管里流淌着她的血液。你叔叔之前从来没有为给你做过相应的魔法训练，才让你今天遇到这样的事情。”

“你竟敢这么说我叔叔！”我哭了，拼命把我的胳膊从他身边抽出来，但他抓得紧紧的。

“不，艾洛琳，我就要说！你之所以会像今天这样毫无还击之力，就是拜他所赐！”

一个不安的疑问在我脑海中升起。我把它按了下去。

“你对我叔叔一无所知，”我坚定地说，“你从来没有见过他！”

“他们去过你叔叔家，艾洛琳。”

我不停地尝试着把他的手从我身上挪走。“你这话是什么意思？”

“那些伊卡利亚人去过你叔叔家。刚才的几个伊卡利亚人从瓦尔加德大教堂逃跑之后，加伦抓到了一个，逼问出了口供。他们中有一个感应者。那些伊卡利亚人从一个认识你姑姑的工人那里得到了你的消息。他们正在等待，等待下一个黑女巫的出现。他们直奔你叔叔家，但你当时已经离开了。他们到的时候，你叔叔正在睡觉，但是感应者通过触摸他，得知了你的下落。如果你的姑姑没有把你从那里带出来，你现在就死定了！”

我瞪着他，眼睛睁得大大的。不，这不是真的。“我根本不会魔法。为什么那些……怪物会认为我是黑女巫？”

卢卡斯没有回答。他只是坚定地凝视着我。

不过，我已经知道了答案。因为我的血。那个怪物从我身上感受到了——她的血。我看起来跟她一模一样。

“第三个伊卡利亚人，”我终于说出话来，我觉得喉咙被勒得死死的，“找到了吗？”

卢卡斯深吸了一口气，“没有。”

“那我叔叔呢？”我问道，压低了声音。

“他很好，”卢卡斯的声音突然充满愤怒，“你还不明白吗？他们不是在追你叔叔，艾洛琳。他们要的人是你，是你！”卢卡斯的手突然松开，从我的手臂上滑落。“我们已经派警卫到你叔叔的家里警戒起来了。”

“那瑞夫呢？还有崔斯坦？”

“我已经派了士兵去找他们，如果他们还没到韦帕西亚的边界，士兵会护送他们过去。”

“那要是他们已经穿过了边界呢？”

他笑了起来，“一旦过了边界，你更不必担心。这道边界是魔法结界。韦帕西亚的军事力量非常强大，那里还有污塘女巫驻守。你也会安全的，你现在就很安全。伊卡利亚人不堪一击，他们的翅膀很久以前就被截去了。你姑姑的侍卫和我会护送你去大学，而且我们已经就此事通知了学校的委员会。”

我感到手腕上一阵刺痛。

好难受啊，我把手腕翻过来看了看，那个怪物抓我的地方留下了血淋淋的伤痕。我觉得卢卡斯应该会表示一下同情。

他盯着我的眼睛，温柔地拿起了我的手，表情却非常坚定，“你很幸运，”他停顿了一下，“这些伤痕，都是战斗留给你的。它们提醒你，时刻做好战斗的准备。”

“你非要这么冷血吗？”我哭着把手腕从他手里抽了出来。

“因为，”他握住我的椅子的两侧，挤出这样一句话来，“你并不是弱不禁风的小孩子！”

“你根本不了解我！”

他摇摇头，叹了口气，“你错了。”他的声音很低。他站起身来，他的外衣上有一道长长的血迹，几缕黑发贴在他的前额上。我们两个现在都是浑身湿漉漉的，分不清是雨还是血。卢卡斯杀死伊卡利亚恶魔的那一幕又闪现在我的脑海中，我突然不再生气了。

他救了我的命。

卢卡斯伸出手，我伸手抓住了他的手。

“艾洛琳，这就是你的宿命。”他把我扶起来。

我抬眼看着他，“卢卡斯，我不是黑女巫。”

他深深叹了口气，无奈地看了我一眼，只说了一句，“走吧。”

几个小时后，我和卢卡斯换了身干净的衣服，坐在一辆马车里，前往韦帕西亚。刚才回到家后，姑姑指挥几个尤瑞斯科仆人把我的东西快速地装进旅行箱，还给了我一个额外准备的大箱子。“有卢卡斯保护你，你在韦帕西亚会更安全。”

今天发生的一切，使得我和卢卡斯的关系更紧密了，姑姑显然对此十分满意。但是我现在六神无主，之前对姑姑的怨怼早就不见了，只剩下对她的感激和对卢卡斯的感谢。

我现在回想起来姑姑和其他人之前就告诫过我的事情。今天发生的一切，真的就和《先贤之书》里写的一样，真的就和大教堂的彩色玻璃窗上画的一样。伊卡利亚人邪恶而丑陋，必须全部被歼灭，否则遭殃的就是我们的族人。而赛格的孩子，假如他真的变成了伊卡利亚恶魔，那么魔法委员把他从赛格身边夺走，剥夺他的翅膀和法术，也是完全正确的决定。

他们甚至会，杀了他。

想到那些法力强大的恶魔，我就不寒而栗。假如今天攻击我的那个伊卡利亚人有翅膀，我肯定不能活到现在。

姑姑也许是对的，她一开始就要我离开叔叔家。也许她在其他事情上也是对的。也许海豹人也跟伊卡利亚人一样，一旦拥有了皮肤，就跟他们一样可怕。甚至，在缔约这件事上，姑姑也可能是对的。

卢卡斯正静静地坐着，透过雨帘凝视着窗外。我的心里一阵温暖。

但是，我最亲爱的埃德温叔叔，为什么你要让我陷入今天这种境地呢？你知道这一切吗？你为什么不保护我呢？想到这些问题，我的内心痛苦不已。

但我突然意识到，叔叔根本不知道这一切。叔叔对于外面的世界是一无所知的，他待在哈利法克斯小镇，与他的蜂箱、小提琴和善良为伴，与世隔绝。

我有多爱埃德温叔叔，我就不得不承认他有多无知，而且他在很多事情上的坚持可能是错误的。

也许姑姑才是对的。

而我必须自己查出真相。

第十五章
韦帕西亚

我坐在马车里，凝视着窗外如帘的大雨，受伤的双手缠上了绷带。马车就这样往前走，我们都已经忘记了在这条路上走了多久，只是沿途的农场和城镇早已淹没在雨水之中。卢卡斯跟我一样沉默，陷入了深思。

我的恐惧已经变成了焦虑不安。我看着卢卡斯，想知道他在想什么。他虽然沉默着，看起来拒人于千里之外，但我却从他的沉默里感受到了一种亲切，让我感到不那么孤单。

最终，马车慢了下来，我拿出了我们军队的通行令牌，一个披着斗篷的士兵挥手示意我们通过。

“我们到边界了。”卢卡斯告诉我。

三条贸易路线在这里会合，我们逐渐被大批车队挡住了去路，其中大部分车队都运载着重重的货物。

一道闪电划破天空，我紧张地望向大雨里。一队长长的象牙白色的马车从我们旁边经过。周围有一大群穿着象牙色披风的士兵，他们满头银发，双瞳也是银色的，骑着白色的马。

“黄金商人。”卢卡斯见我很感兴趣，解释道。

我惊慌失措的恐惧被惊奇所代替，“他们是精灵吗？”

“你从来没有见过他们？”

我摇摇头，回头继续看他们。精灵是那么空灵、白皙、纯净，仿佛这暴风雨天的污垢和黑暗根本无法触及他们。

突然，我的眼睛被风吹得生疼。

我终于看到韦帕西亚西部边境的“脊柱”是什么样子了。这是韦帕西亚西境与加德纳王国接壤处的一条山脉，山顶灰白色的巨岩直指天空，似乎能触及此刻正在下雨的云，随着雨水的冲刷，多座山峰消失在暴风雨中。几处悬崖上有多座守卫塔，这些守卫塔是在岩石上凿成的。每座塔里都有身穿灰色制服的隐秘的弓箭手，他们像一只只灵活的山羊，钻进守卫塔里，似乎正在密切关注每个通过此地去往韦帕西亚的人。

我们的马车门打开了，一个弓箭手把头探了进来。

他的肩上挂着一把弓，雨水从他的兜帽边缘不断地滴落。他看起来像一个精灵，眼睛闪闪发光，但头发却是深褐色的。

“格雷中校。”他恭敬地说道，说话带有浓重的口音。他瞥了我一眼，脸上突然露出了微笑。他滔滔不绝地念叨着几句埃夫伦精灵族的语言，语气满是震惊。

“奥林，”卢卡斯温和地打断了他，好像想要让他冷静一下，“这位是艾洛琳·加德纳。”

“原来不是她复活了？”奥林深吸了一口气，目光紧紧地锁住我。

卢卡斯笑了起来，“只是长得像而已。”

然后，我感到吃惊的是，他们用埃夫伦精灵语开始了严肃的对话。有好几次，奥林转向我，表情里满是诧异。虽然听不懂，但我还是被奥林语气里的严肃给弄愣了。

卢卡斯丢给奥林一个难以置信的表情，“如果她有法力，你真的认为我会把她带到这里吗？”

我惊讶地瞥了一眼卢卡斯，他不止一次告诉我，他怀疑我有法力。我的心提到了嗓子眼，马上意识到这里有危险，而他正在保护我。

奥林银色的眼睛眯成了一条缝儿，最后扫视了我一眼，把门关上，放我们过去了。

我松了口气，然后转向卢卡斯，一脸惊奇，“你会说埃夫伦精灵语?”即便他精通语言，我也实在想不通他为什么会学埃夫伦精灵语。

卢卡斯狡黠地一笑，“我有个奇怪的天赋，学晦涩的语言反倒学得更快。”他别有深意地看着我，“你对埃夫伦精灵族了解多少?”

我想了一下，“他们是有山魔血统的混血精灵，对吧?我之前看过一点关于他们的记载。”

“这组合真不错，”卢卡斯双手摊在他椅子的扶手上，沉思着，“他们是掌握了完美的平衡的致命射手。阿尔法西格精灵恨这些混血精灵，这对韦帕西亚真是件好事。阿尔法西格人竟然把这些混血精灵从自己的土地上赶了出来，真是蠢得可以。”他指着守卫塔和那些敏捷的士兵，“他们，就是韦帕西亚能够控制这道进出边界关口的重要原因之一。当然，还有污塘人，”卢卡斯继续说道，“那些法术高强的污塘女巫。”

我看着卢卡斯，对他这种实事求是地讨论混血精灵和污塘女巫的方式感到惊讶。他对混血精灵的态度十分友好，也让我大感诧异。大多数加德纳人都像阿尔法西格人一样对混血种族十分不信任。这是可以理解的——有几次我们几乎被他们灭族，而且我们要保持我们种族的纯洁和完整。

在我们周围的混血精灵族士兵开始穿过冰冷的雨幕对那些车队进行检查。他们时不时翻看防雨蜡布下面，打开加油桶，还不断盘问马车车夫。一些士兵的身边还站着全副武装的妇女，她们身穿黑色衣服，脸上棱角分明，黑色的眉眼都是斜向上的。

“这些污塘女人是士兵吗?”我看着那些充满异国风情但却杀伤力十足的女人，问卢卡斯。

卢卡斯点点头，带着尊敬的目光看着她们。“她们是这里的盟军，通过韦帕西亚脊柱山脉控制这个连接东部和西部的关口。王国战争之后，各方签署了一份协议，她们是根据协议的要求来到这里的。”

“我还是头一次见，”我惊奇地看着污塘女巫们，她们身边悬挂着弯曲的长剑，胸前是一排排闪亮的银色星星徽章，“头一次见女士兵。”

卢卡斯似乎觉得有点好笑，“污塘族的男子没有任何法力。但是相信我，他们族的女子可不仅仅是有法力这么简单。”

一个高大的污塘女子骑在马上，静静地审视着一群凯尔特人。她的脸庞刚毅坚硬，制服上有一排圆形的徽章，闪着白色的光。一个身材娇小的污塘女子，只有一只袖子上有发光的徽章，她检查着凯尔特人的鞍袋。

“她们在找什么？”我好奇地问。

“走私贩子。”

“走私什么呢？”

卢卡斯耸耸肩，“武器、烈酒……喷火龙。”

走私烈酒并不让我吃惊。我们的教义禁止大家饮酒，酒精在加德纳是非法物品。《先贤之书》中的许多段落都讲到了酗酒是一种恶习。但是他提到龙的时候，我的眼睛睁大了。

“喷火龙？”

“那是一种特别恶毒的龙，”卢卡斯解释说，“可以当作武器，也可以当作娱乐消遣。”他从窗口转过头来看我一眼，“但是它们是纯种龙，不会变身。”

我只见过两次龙，两次都在哈利法克斯。龙高高地翱翔在天空中，它们是加德纳的黑龙，用于军事运输，有时候也作为强大的武器。我听说在王国东部也有一些龙，那是会喷火的双足飞龙，它们可以幻化成人形。还有一种巨龙，可以喷射闪电，控制天气。

我们的马车好像撞到了什么东西，一下子把我从思绪里拉了出来。马车停留了片刻，但很快路上不再拥堵，我们便继续赶路。

几个小时之后，雨势渐小，我松了一口气，韦帕西亚脊柱山脉南北高耸的山峰顶部变得清晰可见，它们就像围绕着韦帕西亚的天然城墙上的一座座塔楼。我从来没有见过眼前这些白雪皑皑的山峰，美丽得令人心颤。

随后的路程，我的眼睛直勾勾地盯着窗外。这些闻所未闻，见所未见的未知，点燃了我的好奇心。

我们经过了一个繁忙的马匹交易市场，里面都是各种各样的外族人。由于道路拥堵，我们的马车几乎是以步行的速度前进。我被眼前的一切迷住了，不住地打量着。

精灵们正在展示他们象牙色的马匹，他们的尖耳朵从帽子里优雅地露了出来，长长的银发绑成了细辫子。精灵周围站着许多肌肉发达的女人，她们的皮肤各色各样，有象牙白，也有棕灰色，还有尤瑞斯科人的彩虹色。所有这些女人都像男人一样，穿着皮裤、长袍和靴子，她们像污塘女巫一样全副武装，面部的文身也十分奇特，甚至还有怪异的穿孔。一个像弯曲的爪子一样的钩子从她们的鼻子底部穿了出来，她们尖尖的耳朵露在外面，上面穿着许多黑色的金属耳环。

“阿玛扎卡人，”卢卡斯告诉我，“嘎里多尼亚山脉的女骑手。”

我睁大眼睛盯着她们，“她们和污塘女巫一样危险吗？”

卢卡斯笑着说：“差不多吧。”

“这两种人看起来不像是一个种族。除了她们都穿着同样的衣服。”

“阿玛扎卡人允许任何种族的女性加入她们，”他笑着看着我，马车也向这些人的方向驶去，“你要是想加入，她们也会同意的，还会训练你使用这样的斧头。”

我看着他，又回头看看那个最高大的阿玛扎卡人。她的脸上文着密密的黑色文身，背上背着一柄闪闪发光的大斧头。当我看向她时，她的目光也落到我身上，她的眼睛眯了起来，释放出危险的信号，我感到全身汗毛都立了起来。我匆匆避开她的目光，心怦怦地跳起来。马车稍微前行了几步，我才得以离开她的视线。

马车继续往前，很快隐入森林。沿蜿蜒曲折的道路慢慢走着，雨开始越下越大。前面是一小片林中空地，韦帕西亚脊柱山脉的南段随之映入眼帘，我们逐渐走出了森林。

雨雾笼罩的韦帕城逐渐出现在我们面前，大学城中无数的圆顶和尖顶建筑完全填满了巨大的山谷，万千灯火投下的金色光辉被笼罩在阴暗的雾中。这是一座封闭的城市，周围是石墙，城门被守卫塔包围。

我瞪大了眼睛，又兴奋又紧张。

卢卡斯转过身来，露出微笑，“欢迎来到韦帕，艾洛琳。”

第二卷

序　言

“我们不能让黑女巫拥有白魔杖。”

“卡姆，白魔杖会选择它的主人。干涉它的选择是会导致灾难的！”

两名女子站在韦帕城城门处的警卫塔内。她们通过一扇高高的拱形落地窗观察着窗外，一辆优雅的马车正沿着一条蜿蜒的道路向大学驶去。拉车的马顶着瓢泼大雨和狂风，埋头前行。

每隔一段时间，雷声就在远处轰隆作响。

其中一名女子是加德纳人，她一动不动地站着，乌黑的头发在脑后绾成了一个整齐的圆形发髻，表情宁静淡然，当她透过钻石镜片的望远镜往外观察时，她的眼睛在金边眼镜后面眯成了一条缝。

另一名女子是一个污塘女巫，她身穿黑色衣服，胸前挂着好几串闪耀的银色星星，身旁挂着一把弯曲的长剑。她黑色的眼睛斜飞入鬓，脸色苍白，棱角分明。她按照污塘女巫的习俗，把头发盘成了一个圆圈。

“如果她真的是那个人，我们需要马上把她制服，”污塘女巫情绪很激动，“在她意识到自己的力量之前，我们还有时间。”她冷冷地注视着那辆马车，一道闪电在天空中炸开，她身旁的剑射出冷光。

在她凝视着马车的时候，旁边的加德纳女子伸手表示反对。又一声惊雷在头顶炸开，“耐心一点，卡姆，别着急。我们必须给这个女孩一次机会。”

女巫狠狠地转过头，看着她的同伴，“你忘了预言是怎么说的了吗？”

“预言是模糊的。这个女孩可以做出自己的选择。我们亦然。她的未来不是板上钉钉的事情，她不一定会选择黑暗的道路。”

“那这个女孩的祖母呢，她是什么？”女巫的脸色变得很难看，“她曾经不也只是一个女孩吗？一个有选择的女孩，一个选择杀死成千上万我们族人的女孩！”

加德纳女子深吸了一口气，缓缓地转过身面对女巫，她神色肃穆，满是同情，“我知道你受了多少苦。”

女巫的脸因为痛苦而显得狰狞，“不，你根本不懂！”

两个女子彼此对视，空气一时都凝固了。

加德纳女子把一只手放在女巫的手臂上，以示安慰，但是女巫的身体仍然是僵硬的，她的双手紧紧握着她的剑，仿佛已经按捺不住，随时准备拔剑。过了一会儿，加德纳女子放开手，转身回到窗边。西边的天空再次响起隆隆的雷声。

加德纳女子沉吟了一下，说道：“现在还没到需要制服她的时机。白魔杖选择了她。我们需要一点时间才能弄明白那是为什么，顺便摸清这个女孩到底是什么来历。她在这儿的日子不会那么容易的。但是有意思的是，她的姑姑似乎也支持我这么干。”

女巫疑惑地挑了挑眉毛。

“薇薇安·达蒙出于自己的考虑，想给这个女孩施加一些压力，”加德纳女子解释说，“她是为了魔杖之约的事情。她希望这个女孩尽快嫁给卢卡斯·格雷。”

“加德纳军队里一颗冉冉升起的新星，多般配。”

加德纳女子没有理会这句评价。

“我手下的刺客可不安分，”女巫暗暗地告诫道，“万一他们觉得你的处理方式太过大意，抑或是他们发现了这个丫头的奶奶对我们族人所做的事情之后，我可不敢保证她还会安然无恙。如果当初不是伊卡利亚人分散了黑女巫的精力，她指不定还会做出什么事情。至于这个丫头，”她用尖尖的下巴指了指马车的方向，“如果她确实是那个人的话，她的杀伤力只会比卡尼莎·加德纳更大，她可能是世上法力最强大的法师。”

加德纳女子的嘴唇抿成了一条细线，她静静地凝视着马车，钟声在寂静中回荡。“我理解你的担忧，”她终于开口，挺直了身子，目光从窗外收回，转到了污塘女巫身上，“如果白魔杖选择离开艾洛琳·加德纳，或者如果她敢与任何阿玛扎卡人接触，骇然神兽会立刻攻击她。”她的眼睛眯了起来，看着女巫。

女巫的眼睛眨都不眨，对视着加德纳女子的目光，“目前看来可以先这么办”，她回答道，“但是她得小心了，我们不会一直这么有耐心的。”

第一章
韦帕大学

一个急转弯后，我们的马车从蜿蜒的山路一路向下，进入了山谷。灯火中的韦帕城像珠宝一样熠熠生辉。

我们的马车在韦帕城的城门入口处放慢了速度，两座巨石制成的守卫塔将入口包围了起来，我仰起头，只见塔楼的顶部连在一起，有一扇拱形落地窗，窗框镶着碎钻。透过玻璃，我看到了窗后两个静静站立的人影。她们脸色苍白，身穿黑衣，但雨水沿着玻璃流下，玻璃窗后面的人脸因为毫无规则的水流显得模糊不清。

“我马上回来。”卢卡斯安抚我道。他走下车去，与一队面无表情的污塘女巫说了些什么。但是我的眼睛总是不由自主地想要看塔楼上的那两个身影。

“她们是边界守卫，”卢卡斯告诉我，他回到马车里的时候，肩膀和头发被雨淋湿了，“别担心，你不会有事的。”

我们的马车穿过城门进入大学城，把塔楼上那两个人和楼下的这群污塘女巫留在了身后。

即便是在今天这样寒冷的雨天里，一进城，我也立刻因韦帕城的浓郁的异域风情而感到热血沸腾。

街道两旁的建筑鳞次栉比，大多由采自韦帕西亚脊柱山脉的岩石建成，建筑外墙上是学校各个公会五颜六色的徽章，明艳的色彩与灰白的天空和岩石形成了鲜明的对比。鹅卵石铺成的街道非常狭窄，车窗离路边的商店、小酒馆和路人非常近。在道路两边，加德纳人、凯尔特人、韦帕西亚人、埃夫伦精灵、尤瑞斯科人和阿尔法西格精灵在雨中匆匆而过，他们中有的穿着森绿色的长袍，弯着腰低着头向前奔跑，犹如我们马车前面的马一般。

我第一次见到这么多不同种族的人，不由得瞪大了眼睛。

商店、小酒馆和小吃店里摆满了各色食物。

有卖玻璃的、卖奶酪的、卖加德纳魔杖的，还有热情好客的旅店老板，甚至还有伊什卡特商人。我看到一个围着深红色头巾的商人，在一间露天棚子里售卖针织地毯和黄金珠宝，我正想要摸一摸其中一件彩色刺绣长袍，稍不留神，鼻子竟撞到了马车冰凉的车窗。

接着，我看到了一家闪闪发光的药店，这家店的门外画着一个大大的加德纳公会的徽章：黑色盾牌上画着白色的研钵和捣槌，捣槌上还悬挂着银色的阿夕亚球，整个盾牌被绿叶环绕着。整齐的药瓶一排排地陈列在窗口，我可以看到店里长长的天花板上悬挂着的一束束草药。店里站着一位面带微笑的加德纳女子，她的头发绾成了一个柔和的发髻，在跟一位顾客谈话。

我的兴趣一下子被提起来了。有这样一家药店，这位店主一定不简单。

不一会儿路就开阔了，我们穿过锻铁制造的镂花大门，进入了学校。

韦帕大学，终于出现在眼前。

我们驶过了几条狭窄的街道，这里的人群更加密集，更多的绿色长袍映入眼帘。马车逐渐减速，我们来到了一座巨大的、纯净的雪花石雕凿成的多层建筑门口，这就是韦帕大学的中央白厅。白厅的圆顶边缘滴下几滴雨水，飘落到了我的脖颈上，一阵令人倍感舒缓的凉意。

“我的哥哥们也在这儿吗？”我转身问卢卡斯。

“他们应该在，”他停下来对我说，“我会带你去找他们。然后你得跟我去离这里很远的北方脊柱山脉，我会为你进行魔法测试。”

他的表情和语气都非常冷静，不容人辩驳。

我点头同意。卢卡斯满意地笑了笑，伸手拉了拉马车里头顶的线，我们的一个警卫为他打开车门。他走出车厢，转身伸出手来扶我。

我伸手握住他的手，把身上的斗篷又紧了紧。

我跟着卢卡斯，走到一个宽阔的楼梯前，楼梯尽头是一扇高大的拱门。一想到门后的人，一路奔波疲累的我一下子打起了精神。瑞夫、崔斯坦、加雷斯，他们在这儿，就在门后。

卢卡斯为我拉开这扇沉重的门，他又向我们的车夫和警卫打了个手势，于是马车在身后渐行渐远。我走进这座庞大的建筑的大厅，大厅里燃烧着熊熊的火炬，但是转瞬间，大厅里的景象便让我怔住了，我不由得高度警戒起来。

一大群加德纳战士、埃夫伦弓箭手和污塘女巫涌了上来，包围着我们。

卢卡斯的手紧紧地搂着我的胳膊，他把我拉到身后，另一只手抽出了自己的魔杖。

一声声刺耳的金属碰撞的声音划破凝重的空气，所有的污塘女巫都咒骂着抽出了她们弯弯的长剑，埃夫伦精灵们也调转箭头，全都瞄准了卢卡斯的脑袋。

“放下武器！”一个埃夫伦精灵对卢卡斯大声呵斥道，他身穿灰色的制服，胸前有一道蓝色的条纹。

“怎么回事？”卢卡斯质问我们面前一个表情严肃的加德纳将军，他的手臂戴着一条银色的袖章，黑色斗篷的下摆绣着精致的银边——从他的制服可以推断他是魔法委员会的成员。

拉克伦·格雷。卢卡斯的父亲。

我的心怦怦地跳了起来，我试图在这个老人的脸上寻找一点与卢卡斯的相似之处，但除了那棱角分明的下巴和那双深邃的蓝眼睛，我没有找到他俩之间任何相同的地方。

“看来艾洛琳·加德纳法师从来没有正式接受过魔法测试！”拉

克伦气愤地对卢卡斯说道，语气里难掩愤怒。

“不，不是的！我早就接受过魔法测试!”我颤抖地反驳道，“我叔叔给我测试过好几次。”

虽然我记不清他什么时候给我测过了，虽然叔叔欺骗大家说，去年对我进行了正式的魔法测试，我还是这样辩驳道。一阵恐惧像蠕虫一般爬遍我的全身。

卢卡斯紧紧地搂着我的手臂。

那个埃夫伦精灵指挥官向前走了一步，“她现在在韦帕的地盘，我要把她抓起来!”他无视我的抗议，向拉克伦·格雷喊道。

卢卡斯把我拉得更近了。

拉克伦盯着这个埃夫伦人，一字一顿地反驳道：“她是加德纳公民，这儿还轮不到你放肆。”

埃夫伦精灵不肯退让，“她很可能是加德纳王国最强大的武器!”

我的心跳得快要飞出来了，心脏像被铁锤锤击一般痛苦。疯了吧。我根本不是什么武器。我根本没有法力。

“拉克伦，叫你儿子放下武器，”一个污塘女巫也加入了对峙，“你们寡不敌众。”

拉克伦·格雷不为所动，“我一定要把她带回加德纳。”

“可以，先给她进行魔法测试再说，”这个埃夫伦人开口道，“现在，就在联合护卫队的眼皮子底下测。”

一个联合护卫队？为了测试我？我无助地看着卢卡斯，他仍然紧紧地搂着我的手臂。

拉克伦·格雷的目光四处打量，很明显，他在计算我们在这么多埃夫伦精灵和污塘女巫的包围下杀出重围的可能性。“卢卡斯，放下武器。”拉克伦最终还是妥协了。

卢卡斯环顾四周，脸上露出我从未见过的凶狠模样。他依然紧握着魔杖，而我觉得自己快要站不住了。

拉克伦愤怒地盯着卢卡斯，再次一字一顿地命令道：“格雷中校，放下武器！”

时间似乎停滞了很久，卢卡斯慢慢放下了他的魔杖，但是仍然紧紧抓住我的手臂。

我觉得下一秒我的心脏就要从胸口跳出来了。

“拉克伦，还是你聪明，”那个污塘女巫开口道，“把这么个小丫头藏在哈利法克斯这么多年。”

“温将军，请你相信我，”拉克伦瞪着卢卡斯，回答道，“这完全是无心之失。”

“我没有躲躲藏藏！”我忍不住尖叫着反驳。

卢卡斯飞快地看了我一眼，示意我不要说话。

“如果测出她有强大的法力，”埃夫伦精灵对拉克伦说，“我们将把她囚禁起来。”

“不，”拉克伦坚决反对，“万一你们杀了她怎么办？”

杀了我？我觉得五脏六腑都被人紧紧攥着，惊恐得哭不出声。我向卢卡斯靠去，紧紧抓住他的外衣。

埃夫伦精灵说：“我们可以把她安置在高塔里，由联合护卫队看守，直到我们就此事达成一致。”

“命令你一半的士兵放下武器，我就同意你们给这个丫头进行魔法测试。”拉克伦终于妥协。

温将军戏谑地看了看拉克伦，用她尖锐的下巴指着卢卡斯，“您先让他放下武器，我们就同意解除一半武装。谁不知道，您家这位公子，一个人能对付十个我们这种老骨头。”

拉克伦的目光在卢卡斯和污塘女巫的人手身上打了几转，“很好。卢卡斯，放下武器。”

卢卡斯一动不动。

“求求你们了，”我恳求他们，“我想见我的哥哥们。”

“闭嘴！”温将军朝我咆哮道。她的敌意让我内心更加不安。

“卢卡斯，”拉克伦坚定地说，他的目光里隐藏着一种强硬，“你陪同温将军的士兵回到她们的西部基地。”拉克伦抬头看着污塘女巫，“您认为如何？”

温将军点点头。

卢卡斯紧紧地盯着父亲的眼睛。他的手慢慢松开了我的手臂。

我不肯放开他的外衣，几乎不能呼吸。“不要走！不要让我一个人在这里！”

他转向我，双手放在我的手臂上，“艾洛琳，他们会测试你的魔法，然后他们会谈判。这里有足够的加德纳法师来确保你的安全。”

“不！”我试图抓住他，但身后有力的手把我拉开了。

卢卡斯眼中闪过一丝犹豫，但随后他的表情变得刚硬严肃，他转身离去。我绝望地看着他走出大厅，身后跟着数十个污塘女巫和一队埃夫伦弓箭手。

铺天盖地的绝望把我淹没。我想要反抗那双控制着我的手，但没有半点力气。泪水刺痛着我的眼睛，“让我走！我的哥哥们在这里。我要去找他们……”

然后，温将军走到了我的面前。她盯着我，眼睛眯成了一条缝。

我停止挣扎，往后退了一步。

“艾洛琳·加德纳，”她开口，眼睛里是钢铁一样的冰冷，“你必须跟我们走！”

第二章
魔法测试

他们把我带到一个地下军械库里，这个巨大的圆形房间里摆满了各式武器，石墙上挂满了刀剑、可怕的镣铐，以及其他残破的物品。

“艾洛琳·加德纳，”沉重的大门在我的身后逐渐关上，卡姆·温将军冷冷地说道，“跟我们说说你接受过的训练。”

“训练？”我的嗓子有些沙哑，她在说什么？

这个污塘女巫又习惯性地眯起了她的眼睛，“是的，你的训练。你在法术方面接受过什么训练？”

“我……我不知道你在说什么。”我结结巴巴地回答，心里十分困惑。

她抿着嘴，开始踱步，黑色的长斗篷在身后飘荡，但她的目光一直落在我身上，仿佛我是一个危险的、不可预知的怪兽。

“你现在魔杖使用得怎么样了，加德纳法师？”她继续逼问。

我完全懵了。“我没有……我们从来没有用过魔杖……”

她停下脚步，尖尖的指甲指向我，“加德纳法师，回答问题！我再问一次，你现在魔杖使用得怎么样了？”

“我没有魔杖！”我哭着伸出双手，举起来。

“那魔剑用得怎么样？”她狡猾地问道，好像在和我玩游戏。

“我也没有魔剑！”我依然反驳，“你为什么非要……”

“魔刀呢？”

“那是什么东西？没有！”

“嘎里多尼亚格斗术？”

“不会！”

“阿斯特罗斯长棍？”

“没听说过！”

她连续说了二十多种奇怪的东西，我这辈子都没听过这么多种武器的名字。除了茫然还是茫然。

“没有，没有，都没有！”我终于无奈地哭了起来，“我从来没听过你说的这些东西！”

她停顿了一下，眉头紧皱，紧紧盯着我，“你叔叔，他没有给你进行过任何武术训练？”

我困惑地尖叫起来，“不，当然没有。叔叔是一个小提琴家！”

“但他一定会给你一根魔杖。”

我拼命地摇了摇头，“他甚至不允许家里出现魔杖。”说这句话的时候，我脑海中闪过赛格给我的那根白魔杖。

女巫不相信地看着我，一只手叉在腰间，“艾洛琳·加德纳，别跟我玩捉迷藏的游戏。你叔叔肯定以某种方式教给了你魔法。”

“他没有！埃德温叔叔非常厌恶暴力。”

温将军一动不动地站着，像听不懂我的话似的，面带一种奇怪的表情看着我。

“什么？”她牙缝里挤出这两个字。

“埃德温叔叔非常讨厌……”

“我听到你说的话了！”

“那你为什么……”

“那你这么多年都在干什么？”

“什么意思？”

“你在你叔叔的家，都在干什么？！”

我瞪着她，沮丧的感觉涌上心头，“照料花园，照看牲畜。”我故意不提小提琴的事儿。在加德纳，女子不能学习制琴，我不想让埃德温叔叔惹上麻烦，“我看书，捣鼓草药。有时候我会做木制玩具……”

“玩具？”

“大部分都是小动物雕像，”我耸耸肩，“有时也做娃娃的家具，我叔叔再把它们拿到市场上去卖……”

那个从始至终都冷静地站在我身边，冷冷地注视着我的埃夫伦精灵和温将军对视了一眼，脸上满是怀疑。

“你在逃避问题！”女巫咧嘴一笑，伸手指着我，“加德纳法师，拿出你的战斗状态来！”

温将军的下属向前走了一步，递给我一根打磨光滑的红橡木魔杖。

温将军指着房间的一张桌子，桌上放着一个黄铜支架，上面有一截小蜡烛，“你，把这根蜡烛点燃。”

我低头看着手中的魔杖，然后回头看着她，傻眼了，“怎么点？”

“加德纳法师，别给我装蒜！这是最简单的咒语！”

“我没学过任何咒语！”

“乔伊，给她一本咒语书。”女巫对她的下属叫嚷道。

乔伊给我拿来了一本书，并翻开破旧的书页，僵硬地指导着我，“拿着你的魔杖，念出这些咒语。”

我看着这些咒语，这些文字对我来说，又模糊，又似曾相识，像是我梦中出现过的东西。一个有火的梦。

我笨拙地举起魔杖，把它指向蜡烛，“光明……”我开始念咒，我的声音又尖锐又颤抖。

温将军感到一阵不耐烦，“艾洛琳·加德纳！”她咆哮着，“你连魔杖都拿错了！你的手掌要和它接触，否则魔杖的能量不能通过你的全身！”

我重新握住魔杖，使魔杖的底端压在我的手掌上，我的手颤抖着再次指向蜡烛，念起咒语。

念完咒语，我感觉到一种纯净而微弱的能量从我的脚底开始升腾，一棵参天大树的形象突然涌现在我的脑海中。我喘不过气来，突然，体内一股巨大的能量冲击着我，又朝着魔杖猛扑过去，然后这股力量又疯狂地反击回来。

我松开手，魔杖滚落在地，在地板上擦出尖锐的声音。

我惊呆了，再看蜡烛。

什么也没有发生，甚至连一丝冒烟的迹象也没有。但是我的胳膊疼得好像刚才全身都被火烧过一样。

拉克伦·格雷和其他加德纳士兵看起来都很失望。污塘女巫们和埃夫伦精灵族似乎松了一口气。只有温将军还是一脸戒备，眼睛紧盯着我。我赶紧揉了揉自己那条拿过魔杖的手臂，实在是太疼了。

“那么，”温将军脸上恼火的表情转瞬即逝，她转身面向卢卡斯的父亲，一脸冷漠，“看来，加德纳法师绝对不是下一位黑女巫。”

“我早就告诉你了啊。”我嘟囔了一声，手臂上的酸痛已经变成了刺骨的疼。但是刚才那股可怕的力量，是什么？

“艾洛琳·加德纳，”卢卡斯的父亲郑重地说道，“现在我宣布，你是加德纳魔法等级的一级水平。”

最低的水平——没有任何魔法。

我盯着他，内心升起一股确信，这种确信如同一池黑色的死水。

我可能无法获得法力，但它的确就在那里。来自黑女巫的召唤，深深地藏在我的体内，在我的血液中流淌。

静静地等待被释放出来的那一天。

第三章
入学仪式

当艾荷进入房间的时候，负责看守我的士兵看起来似乎松了一口气，赶紧把我送到她手里。

我的头脑一片混乱，“艾荷，你怎么会在这里？为什么我哥哥没有来找我？加雷斯呢？”

“卢卡斯送我来的。”她解释道，沉静的双眸里写满担忧。

“我的哥哥们呢？”我不知所措地追问，“他们在哪儿？”

“他们被风暴困住耽误了行程，加雷斯的马受了惊，把他摔下马背，他的腿受伤了。他们不得不返回瓦尔加德找人治疗。”

“为什么会这样……”我努力把眼泪逼回去。我想跟家人在一起，我不想一个人在这里。

“来吧，”艾荷轻声说，把手放在我的肩上，“全校师生正在举行入学仪式，我们也得出席。”

我紧紧挽着艾荷的手，走进中央白厅。

这是我所见过的最大的大厅，无数的学者聚集在这里，羊毛和灯油在潮湿的空气中散发出浓烈的气味。我们站在一条弯曲的走道里，整个大厅被数十条这样的弯曲走道连接在一起。我们脚下用岩石铺就的地板斑驳潮湿，留下了重叠的脚印。

大厅的穹顶高耸在我们头顶，一只蝙蝠在那里飞来飞去，穹顶正中央还绘制着夜空中的星座图案，穹顶下方有无数彩色的拱形玻璃窗。各个公会五颜六色的徽章悬挂在每一个窗口下面，有透明的，有银色的，也有金色的，还有一些标有用异国卷曲文字书写的外来词的徽章。

我的目光落到药剂师公会的徽章上，不由得眼前一亮。加德纳公会的徽章在黑色的背景下显得格外显眼。

长长的、弯曲的过道把四周外部区域连接到一个中央凸起的台阶上，如同数十根车辙齐齐汇聚到车轮的中央。在那里，一位留着长长的白胡子的老人正站在讲台前。他深绿色的长袍上点缀着金色的饰品，他正安排两个迟到的凯尔特人坐在前面的空座位，虚弱的声音在石室上空回响。

艾荷注视着老人，微微颔首，“阿本特斯校长。”

一排排身穿绿袍的教授围绕在校长旁边，他们虽身穿统一的长袍，但是肤色和种族各不相同。

“来吧，”艾荷一边往前走一边轻轻地跟我说，“我给咱们占了座。”

我点头，目光不住地转来转去。窗外暴风雨后的暮色似乎正在墙壁上一点点地渗透，长长的看台旁边的过道里，灯光与小蒲公英灯笼的光辉对抗着夜色。

学者们是按照种族划分座位的，身穿黑衣的加德纳人对面是精灵族人，精灵的象牙白色斗篷照亮了他们所在的区域。

我们在一条通往加德纳区域的左侧道路上走着，凯尔特人在右侧的区域。一路上，我不断听到有人小声嘀咕祖母的名字，加德纳那侧的声音是惊叹，凯尔特人一侧则是阴森森的怒视。我突然意识到自己又引起了不必要的关注。

当我跟着艾荷沿着黑色的加德纳区域往前走的时候，我的视线被吸引到一群身穿灰色制服的加德纳人身上。

加德纳军校生。

在他们的分区域内，还有一个穿着制服的女性，身穿黑衣的加德纳战士围坐在她身边。

法伦·巴恩和她的卫兵。

我们经过的时候，我感受到了她的目光，胃又开始不舒服了。

她狡黠地一笑，小心翼翼地把手伸到腰间的魔杖上。她把魔杖对着我，轻轻地挥了挥。

突然，我感觉到脚下有块坚硬的东西，但是已经来不及了，我惊呼一声，猛地摔倒在潮湿的地面上。

惊讶声此起彼伏。

地板很冷，地上有砂砾，闻起来像潮湿的靴子的底，我的手在地上蹭得生疼。我一时愣住了，觉得又羞又恼。

突然，一只强壮的手抓住我的胳膊，毫不费力地把我拉了起来。

我站起身，看到了一双最独特的眼睛，那双眼睛比精灵族甚至海豹人的眼睛还要特别。它们是明亮的琥珀色，散发着玄幻的光芒，看起来几乎不是人类的眼睛。

这双眼睛的主人是个长相朴实、皮肤黝黑的年轻人。他平静而友善的表情与那熠熠生辉的双眸形成了鲜明的对比。

“你还好吗？”他温和地问道。

“我没事，谢谢。”我的心怦怦跳着，转过头想要看看是什么绊倒了我。地上什么都没有，过道里空无一物。我瞥了一眼法伦，她充满恶意地咧嘴笑了。我心里不得不警惕起来。

是她绊倒的我。

当法伦看到我脸上越来越恐惧的表情的时候，她的嘴角又上扬了几分。

我转过身来对着这个陌生的年轻人，心里一阵感激。

“放开她的手，”艾荷生气地盯着他，“我会扶着她的。”

他的眼中闪过一丝讶异，随即换成了一脸防卫的表情。他立即松开了手。

艾荷抓住了我，使劲儿拖着我往前走。

“是他帮了我，”我低声说道，内心很不解，“怎么了？他是谁？”

她瞥了我一眼，眼神锐利，“卢布林狼族。”

我大吃一惊，回头看去，此刻这个陌生的年轻人和凯尔特人一起坐在最后。他对我露出了一个小小的微笑，这减轻了我的恐惧，也激起了我的好奇心。在他旁边坐着一个非常漂亮的女孩，长着一头金色的长发，尽管衣服很朴素，但她也长着一双琥珀色的眼睛。她坐在那儿，下巴高高抬起，像是一个皇室贵族。

原来是一对卢布林狼族双胞胎。

我一下子想起了之前听过的那个关于卢布林人喜欢赤身裸体，并且会在公共场合交合的可怕传说。听说卢布林男子会追求一切他们觉得合适的女子。想到这里，我又回头好奇地看了他们一眼。但是心里又为自己在想这么难以启齿的事情感到羞愧。

终于，艾荷把我领到了我们的座位。我的位置在她和艾林恩·格里尔之间。

我坐下之后，艾林恩伸手递给我一堆文件。

“这是什么？”我一边问一边接了过来。

“地图、你的课表、住宿和劳动分配。我听说了你的事情，帮你去教务处那里拿的。”

“谢谢你！”我感激地看着艾林恩和艾荷。

艾荷轻轻拍了拍我的胳膊，然后集中注意力开始听入学仪式的校长致辞。

我回头看向法伦所在的方向，但是她被厚厚的人墙挡住了。

“刚才我在过道里，”我对艾林恩耳语道，“我觉得法伦·巴恩用魔法绊了我一跤……”

“我一点也不惊讶，”她严肃地盯着我，“她不喜欢看到……卢卡斯和你……在一起。”

卢卡斯在哪里？我把文件放在膝盖上，担心地咬着嘴唇。他在做什么？他会在某个时候来找我吗？我不断在心里问自己。

“法伦可以凭空变出一个隐形的东西吗？”我焦急地问道，“她可以变出一个隐形的东西然后把人绊倒啊？”

“她是五级法师，”艾林恩好笑地看着我，“她当然可以。”也许是看到了我的不安，艾林恩轻轻地拍着我的肩膀，“艾洛琳，她不会太过分的。毕竟你是卡尼莎·加德纳的孙女，如果她伤了你，她会被法师队伍除名。”她悲伤地看着我，“只是……你离卢卡斯远点吧，好吗？”

我点点头，对法伦这种突如其来的恶作剧感到非常愤怒。但说起来容易做起来难。姑姑一心想让我和卢卡斯缔约，我要怎么远离他呢？

接下来我们都不说话了，因为阿本特斯校长开始对学校里每一位教授进行冗长的介绍。他详细列举了教授们最近的成就，于是大厅里礼貌的掌声与外面哗哗的雨声交融在一起。大厅太大了，我要仔细听才能听到校长在说什么。

我没有听一会儿，就大胆地朝着过道对面的凯尔特人那里扫了一眼。他们长得都十分有特点，瞳色和肤色也各不相同。

凯尔特人不像加德纳人讲究种族的纯洁，他们接受与外族通婚。

我注意到，凯尔特人的服装也是多种多样的，那些统一服装的人身上穿的也不是太好。有些人穿的是工作服，那是穿最适合做家务的衣服。我在家里做农活儿穿的也是这种舒适的衣服。

我突然觉得有点难过，被困在这周围满是昂贵的丝绸华服的大厅里，被困在这里。

我多想念埃德温叔叔和我温暖的小屋。

叔叔知道我受到袭击的事儿吗？姑姑有没有派出送信鹰告诉叔叔这一切呢？叔叔知道我现在一切安好吗？

想着想着，我的眼睛被一个坐在我们对面的严肃的凯尔特青年吸引了。他身材瘦长，一头棕色的头发，一张棱角分明的脸。他拼命地向前看去，好像要花很大的力气才能把注意力集中在校长身上。

突然，他转过头，用一双带着强烈的仇恨的眼睛盯着我，我不由自主地往后缩了一下。

我快速转身，脸上越来越热，被他翡翠色的瞳孔中隐藏的暴怒吓住了。

“艾林恩，”我低声问道，“坐在我们对面的凯尔特人是谁？他盯着我看，好像要把我吃了似的。”

艾林恩小心翼翼地看了一眼那个年轻人。

他已经转过头了，再次集中精力看着校长，但他的拳头已经握紧。

“那是伊万·古里尔，”她告诉我，“别去招惹他，他非常讨厌加德纳人。”

尤其是我，我揣测，尤其是黑女巫的孙女。

我又大胆地看了一眼他的方向。他仍然盯着前方，但下巴紧绷着，似乎在压抑某种愤怒。我在那里坐了一会儿，一阵令人不安的情绪在我身上徘徊。我的脚仿佛还能感受到那块隐形的绊脚石，我拿过魔杖的手臂仍然止不住颤抖，我被伊卡利亚人撕扯过的手臂的血管里还流淌着我的血。我还活着，这真是一个奇迹。

可是这个伊万·古里尔甚至不认识我，他为什么这么讨厌我？我越想越气，但除了生气地瞪着他，也没有其他办法了。

“你还知道关于他的其他事情吗？”我有点沮丧地问艾林恩。

“小声点，”艾林恩靠过来，“他去年差点被开除了。”

“为什么？”

“没有得到公会的批准就炼药。还拿尤瑞斯科人做实验。他还只是实习医师而已。”

我又看了一眼伊万·古里尔，被这个陌生人毫不掩饰的厌恶惊呆了。他仍然注视着前方，脸上充满敌意。

我决定无视这个讨厌的凯尔特人，目光落到了后排一个比所有人都高出一个头的年轻人身上。他光滑的黑色头发系成了很多精致的小辫子，他的皮肤是桃花心木的棕色，耳朵有点尖尖的，上面穿着一排排黑色的金属耳环。他的整张脸上都文着旋涡形状的黑色图案，其中最引人注目的就是他下唇处的那块儿，露出的牙齿如同猛兽的獠牙一般令人害怕。他的坐姿端正，一动不动，像严守纪律的军人一般。

“那个高高的、文文身的人是谁?”我小声地问艾林恩。

“嘘!”我们前面的一个加德纳人转过身来，不耐烦地对我们做出了噤声的手势。

我和艾林恩都往后缩了缩身子，我的脸一下子红了。于是我们很久都没说话。

“那是安德拉斯·沃尔亚，”艾林恩终于低声说道，“他是阿玛扎卡人。”

我想起了我在韦帕西亚马匹市场看到的那些文着文身的女人，很困惑。

“但是……他不是女的啊。”阿玛扎卡部落是由女子组成的，任何进入她们领地的男子都会被杀死。我凑近艾林恩，“而且我听说，她们会用巫术，确保自己只生女孩子。”

“她们的确是这么干的，”艾林恩点点头，“但是也有意外情况发生。”艾林恩用下巴指着大厅的前排，“那是他的母亲——沃尔亚教授。”

我扫视了一下坐在校长后面几排的身穿绿袍的教授，发现了一个棕色皮肤的女人，她的耳朵也是尖尖的。

艾林恩解释道：“她因为拒绝遗弃安德拉斯，被阿玛扎卡人赶出了部落。她和安德拉斯在树林里住了一段时间，然后才来到了这里。大约十年前吧。如今安德拉斯已经长大了。”

“她教什么?”

“当然是马匹研究啦，还有化学课。那是你的必修课哦。”艾林恩伸手从我的膝盖上抽出一张纸递给我，“我也选了这门课。”

我开始研究手上的这张课表：

药剂学专业课程表（第一学年）

药剂学实验（一）——公会法师艾露斯拉·洛瑞尔教授

冶金学实验（一）——公会会长菲亚·雷尔教授

植物学（一）——教士法师巴斯洛维·斯密特尔教授

高等数学——公会法师约瑟夫·克林曼教授

加德纳历史——教士法师巴斯洛维·斯密特尔教授

化学实验（一）——公会会长阿斯特丽德·沃尔亚教授

原来是她，我回头看了一眼安德拉斯。

“她的儿子怎么样？”

“他很安静，”艾林恩看着他低声说，“他的每项运动都非常出色，击剑、掷斧、射箭之类的。而且他和他妈妈一样是一个天生的驯马师，那是他的工作，他照顾学校里的每一匹马。阿玛扎卡人可以用自己的思想与他们的马匹交谈。他也是一位熟练的兽医。去年，有个加德纳军校生故意捉弄他的马，把他的马绊了一跤，马的腿摔断了。那匹马性子很烈，所有人都没办法靠近。但是安德拉斯不仅可以靠近它，还能帮它疗伤。一周之后，那匹马又活蹦乱跳起来。”

“你怎么什么都知道？”我对她说的这些感到惊讶。

艾林恩笑了，“我自己的生活太无聊了，只能关注一下别人的事儿，找点乐子。”她停下来，叹了口气，“我想，等我和兰道结婚之后，我得继续这么自娱自乐了。他是我见过的最无聊的年轻人。”

很快，校长的演讲结束了，我们前排的老师们开始起身离开。艾林恩和艾荷也站了起来。我手上抱着一堆文件，艾林恩从这堆文件里帮我抽出来一张，“你等下要去见副校长，我带你过去。”

我只能不情愿地跟艾荷告别，跟在艾林恩后面往外走。一路上，我都在努力忽略来自伊万·古里尔敌视的目光。他那双炯炯有神的绿眼睛一直盯着我，目光里满是愤怒和厌恶。

第四章
副校长卢克丽霞·奎伦

我到的时候，副校长卢克丽霞·奎伦正坐在她的办公桌前，高效地处理一些信件，她挥了挥手示意我进来。她也是加德纳人，黑色的头发被束成一个紧紧的发髻，黑色的外袍做工十分精细。

她的办公室位于中央白厅的高处，外框镶钻的玻璃窗后可以一览五光十色的大学城全景。

我瞪大了眼睛，惊叹于整个山谷和陡峭的北方脊柱山脉的壮丽景色。天空中，灰色的云稀稀疏疏，点点星光穿透云层洒了下来。站在这里可以看到无数建筑的圆顶，从这个角度看鹅卵石铺成的街道，那就如同蜿蜒的林中小径。中央白厅的三楼伸出了一架天桥，与对面另一座建筑相连。

到处都是石头，我心里感叹道，但还是很漂亮的。

办公室里安静得让人觉得压抑，安静得我可以听清副校长身后的书架上时钟嘀嗒嘀嗒的声音。墙上挂着东部王国和西部王国的地图，当然，还有韦帕城的地图。窗户下面的一排书架构成了一个小型藏书室。天花板是穹顶式的，与中央白厅的建筑风格非常相似，并且这间办公室的穹顶也绘制了星空的图案。

一天的奔波过后，我又紧张又累，头疼得厉害。

副校长终于放下了她的笔，透过她的金丝边眼镜仔细地观察我，“加德纳法师，今天你经历了很多事情。”她的声音里透着一种不容置疑的权威。

我听到自己心跳加速的声音，“我觉得不太容易。”

“我猜也是。”

“要是我哥哥也在这儿就好了，我会很高兴的。要是能睡一觉也很好。”

副校长递给我一串项链——一枚金色的金属圆块挂在一条金链子上。“这是你的公会徽章。有了它，你可以自由进入药剂师档案馆。”

我把手中的圆形金属翻过来，不断摩挲着它粗糙的表面。以后我就是药剂师公会的正式学生啦，我内心感到温暖而兴奋，开心地把链子挂到脖子上。

“你今晚要跟学校厨房的负责人见面，”她平静地补充道，“她会给你分配工作任务。”

我匆匆翻了翻艾林恩给我的文件，找到了详细说明我的劳动任务的文件，递给副校长查阅。她冷笑一声，说早就熟悉了我的劳动安排，不需要再看。我把这张纸又放了回去。

“我应该是住在一个叫‘北塔’的地方？”我怯怯地问。

“啊，是的，”她说道，转过身来，指着身后的窗户，“在大学城的北部，过了马厩就是了。你站在这里就能看到它。”

我看到了。在大学城北部很远的一座光秃秃的山上，一座阴气沉沉的石塔，再往后就是大片的荒原和北方脊柱山脉了。

“看起来像一座守卫塔。”我有点失望，我还记得跟卢卡斯进城时看到的那些宽敞明亮的学生宿舍。

副校长撇撇嘴，“你迟到了，学生宿舍都满了。但是不管怎么说，你不会孤单的。我们还安排了另外两个学生住那里。”

“艾瑞·海文和温特·厄尔林？”我在文件上看到了室友的名字。

副校长的眼睛眯了一下，嘴边挂起一个微笑，“是的，她们是你的室友。”

“她们是加德纳人吗？”厄尔林是一个奇怪的姓氏，我从来没有听说过。

副校长脸上的表情变得神神秘秘的，这个表情我觉得很熟悉。姑姑给我介绍海豹人有时候也被当作宠物的时候，也是这副表情。

“艾瑞·海文是加德纳人，”她慢慢地说道，“温特·厄尔林是精灵族。”

一个精灵。真是出乎意料。尽管我此刻头痛欲裂，手臂也很酸，但是我一想到自己要跟精灵成为室友，就觉得很有趣。

副校长还在仔细端详我，好像在试图弄清楚什么事情。“你姑姑希望你将来能追随你祖母的脚步，”她语气有点强硬，“显然，你达不到这个要求。”

那可怕的魔法测试经历又涌上心头。也好，至少真相大白了“我想，是因为我长得很像祖母……”

“不是很像，你看起来和她一模一样。”她纠正了一下。

“我只看过她的雕像，祖母去世的时候我才三岁，所以……”

“所以你记不清她长什么样子，不过我可是记得清清楚楚呢。”她停顿了一下，凝视着我，嘴唇紧紧地抿着。

我的眉头困惑地皱在一起。为什么她提到我奶奶的时候好像有点厌恶呢？奶奶可是我们最伟大的法师，人民的救星，大多数加德纳人都非常崇拜她。

她突然站起身来，朝门口指了指，“很好，加德纳法师，你该去厨房完成劳动任务了。”

我一下没明白过来，在沙发上呆坐了一会儿，才眨了眨眼睛，意识到自己可以走了。我收拾了一下文件，离开了副校长的办公室。

第五章
北　塔

我按照地图的指示来到了中央白厅旁边的一座狭长的建筑，我穿过了长长的用餐区，一直往后走，走到尽头是一扇门。

门旁边的墙壁上挂着一块木制标语牌，上面写着“主厨房”。

我推开门，厚重的铁铰链摆动发出沉闷的声音。眼前的走廊上摆着好几个堆满了清洁工具的货架，空气中弥漫着浓重的肥皂味。我向前走到另一扇门边，通过门上的圆形小窗户往里看。

温暖的光线从厨房里散出来洒在我的身上，像一张舒适的毯子一样，食物的味道和熊熊的火焰让我感到安逸又暖和。

这味道闻起来像家一样，和叔叔的小屋里的厨房味道一样。好像我闭上眼睛，再睁开的时候，我就到家了，接着叔叔会给我泡一杯蜂蜜薄荷茶。

在我面前的一张大大的木制桌子旁，一位胖胖的老年尤瑞斯科妇女正忙着揉面呢，旁边还有三个尤瑞斯科女子在干活儿，她们四个在小声地说话。她们几个长得和加弗尼家的农场里的工人很像，皮肤、头发和眼睛都是红色的。即使在尤瑞斯科人眼里，她们的身份也不高。

但女工们每时每刻都在欢笑。厨房的茅草屋檐窜出来几株草药，整个厨房就像一片友善的森林。一些年轻的凯尔特人在洗盘子，生火烧菜，或者准备明天的饭菜，他们也时不时地互相开开玩笑。一个活泼的尤瑞斯科小女孩蹦蹦跳跳的，厨房的工人走到她身边时都放慢了速度，就怕把热汤不小心洒到她身上，或者盘子不小心砸到她。小女孩看起来不到五岁，拿着一个铁丝拧成的环和一个小瓶子，时不时停下来对着人们吹泡泡，面包师一边笑着嘘她，一边趁着泡泡还没落到面团上之前把它们吹破。

当我看着这些温情场景的时候，一股暖流涌上心头。

我一直以为薇薇安姑姑给我安排的工作会很可怕，但是现在看来完全相反。我喜欢这份工作，削马铃薯，洗盘子，还有友善的人们。

然后，我看到了他。

伊万·古里尔。

那个愤怒的凯尔特人。那个一看到我就十分愤怒的人。

他坐在一个很远的角落里。和他坐在一起的是四个年轻女子，其中三个是尤瑞斯科人，还有一个是一脸严肃的金发凯尔特女孩，她们看起来跟我差不多大。

他们面前摆着书籍和地图，伊万正指着某页纸上的东西在讲话，好像在讲课一般。每隔一段时间，他都会停下来，而那几个尤瑞斯科女孩则在面前的羊皮纸上抄写一些东西。他每次说话的时候，有两个尤瑞斯科女孩会一边点头，一边认真听他讲话。

这两个女孩跟大多数在厨房里工作的女工一样，也是红头发，她们穿着围裙工作服，头发简单地绑了个马尾辫。但是第三个尤瑞斯科女孩不同，她让我想起了阿玛扎卡人。她身姿挺拔，头发也编成了精致的小辫子，眼睛和伊万一样是祖母绿色。她的头发和皮肤像她的眼睛一样，也是青翠的绿色。

那个吹泡泡的尤瑞斯科小女孩跑到他们的桌子旁，伸出双手搂着伊万，几乎把一整瓶肥皂液都倒在了他棕色的羊毛衫上。

我不知道他会是什么反应，生气还是暴怒。

但让我惊讶的是，他站起来，用一只手温柔地抓住了还缠在他身上的小手臂。于是小女孩开心地咧嘴笑了起来，伊万也转过头对她微笑。

我愣住了。

如此灿烂的笑容把他变成了另一个人，一个完全不同于我之前看到的那个愤怒的年轻人。他的气质很独特——比卢卡斯要孩子气，但却非常英俊。厨房的灯洒下一片橙色的光，更照得他棱角分明。他那双非比寻常的绿色眼眸，如今再看，盛满了温柔和善良。我就这样看着他，胸中突然冒出一团暖意。

他对那个小女孩说了些什么，并亲切地捏了捏她的手臂。小女孩点点头，微笑着从他身上跳下去了，手上还抓着她的肥皂水瓶子。

有一刻，我不能把目光从他身上移开。我在想，收到这样一个笑容是什么感觉呀。

友谊，炊烟，孩童，这一切都太美了。

还有，蛋糕上的糖霜，一只大灰猫在地板上走来走去。这一切都让我想起了我的小屋。

而且我确信，伊万了解我以后，他会发现我不是一个坏人。

一切都会好起来的。

我鼓起自己仅剩的一点点勇气，推开门，走进厨房。

然而我一进去，所有友善的谈话在那一瞬终止了，就像一根蜡烛突然被冰冷的雨水浇灭。

我短暂而幸福的一瞬间蒸发了。

伊万猛地站了起来，差点把椅子撞倒。他的脸上露出仇恨的神色，眼睛瞪着我。那个孤傲的金发女孩也毫不掩饰地用带着厌恶的眼神瞪着我。桌子上的另外两个红头发的女孩看起来很害怕，她们看到面前的书籍和地图，好像是被抓了现形的小偷。

我奇怪地眨了眨眼。

这里不允许看书吗？那么地图呢？他们为什么这么害怕？

其中一名较年长的尤瑞斯科女人把小女孩拉到她的裙子后面，仿佛是怕我伤害她。房间里的每个人都开始偷偷摸摸地瞟对方，好像在试图弄清楚该怎么办。

除了伊万，我只能感受到他冲天的怒火。

我努力不退缩，但是脖子和脸颊都紧张得泛红。

那个胖胖的揉面的尤瑞斯科女人站了出来，脸上挤出一丝勉强的笑容，两只沾满面粉的手握在一起。在白色的面粉的衬托下，她粗糙的皮肤透着深红色。“亲爱的，你有什么事情吗？”

“呃……”我尴尬地微笑着，递给她文件，“我是艾洛琳·加德纳。这是我的劳动任务。”

金发凯尔特女孩惊讶地张大了嘴巴。在她旁边，另一个尤瑞斯科女孩满脸敌意地看着我，躲在围裙后面的小女孩忍不住探出头来看热闹。

这个胖胖的尤瑞斯科女人听到这话，吞了吞口水，开始阅读我的劳动任务文件，好像不敢相信似的。她研究了好久好久，仿佛我出现在这里是一件非常恐怖的事情。我觉得头痛的感觉从自己眼睛后面蔓延到了太阳穴。

我能感觉到伊万的目光。他比我原先想象的更高，此刻也更为吓人。

“我要找弗里妮亚·哈松。”我主动说。

“加德纳法师，正是在下，”老妇人一边说一边小心地把文件递给我，再次挤出一个勉强的笑容，“我是厨房的负责人。”

“哦，呃……我已经准备好工作了，”我微微一笑，避免与伊万目光接触，“有什么需要我帮忙的吗？”

“噢，加德纳法师，您穿这身衣服真的不适合干活儿。”弗里妮亚指了指我的衣服。

“是的，我知道，”我抱歉地说，“我刚刚报到，还没时间换衣服。”我低头看着我复杂的绣花裙子，“我的姑姑给我买了这些衣服，它们看起来不太实用。”

“你姑姑？”弗里妮亚脸色一白，就像做了个噩梦。

“是的，我姑姑……薇薇安·达蒙。”

弗里妮亚和其他一些厨房工人一听姑姑的名字，似乎都颤抖了一下。伊万的眉毛拧得更厉害了。

“是的，”弗里妮亚轻声说道，“我知道她。”她耸耸肩看着我，“我不该带我孙女来这儿，加德纳法师。”她朝着孩子的方向做了个手势，“她妈妈生病了……我今天得看着她。”

“没关系的，”我安慰她，“我喜欢孩子。”

为什么孩子不可以在这里呢？我有什么理由不允许她在厨房里？

其他人还是屏住呼吸。

“还有，伊万，”她紧张地指着他解释道，“他的成绩在学校名列前茅。顶呱呱的好学生。但是我跟他说了，他还是得挑个时间把自己的活儿干了。厨房里是不应该有书的，汤汤水水都会洒到上面。”

我微笑着点点头，试图让大家接受我。

“我也想在学业上名列前茅，”我转过身，迎上伊万强烈的敌视的目光，“现在看来，我已经落后了……”

他瞪大了眼睛，好像有点不敢相信。

但我还是感受到了他那无缘无故的仇恨。我努力把眼泪逼回去，转向弗里妮亚。

先别管他，我跟自己说。

“那么，我可以帮到什么忙呢？”我再次问道。

弗里妮亚的目光飞快地扫视四周，好像希望立刻找出一件能让我做的事情。

“不如教一教加德纳法师怎么搬泔水桶吧？”刚才那个面色不善的尤瑞斯科女孩用缓慢而谨慎的语气说。

弗里妮亚的目光落到她身上，又看了看我。又一个谄媚的笑容浮现在她脸上，“布莱德，这主意不错。”她接着朝我说，“加德纳法师，要不您跟着布莱德去干搬泔水桶的活儿，您不介意周围有动物吧？”

“不，不介意的，”我热情地回答道，“我很喜欢动物。”

“好，好，”弗里妮亚紧张地把双手交握在一起，“那劳烦您就跟着布莱德出去吧。我们有点剩菜要拿去喂猪，她会告诉你该怎么做的。”

我放下了我的书和文件，跟着布莱德走出厨房，进入后院。感觉伊万和房间里的其他人一样都舒了一口气。

后院的空地上，一些装满食物残渣的大木桶被排成一排。

“你拿两个木桶，跟我来。”布莱德冰冷地命令道，杏仁形状的眼睛眯成了一条狭缝。我发现地上还有很多的木桶要搬，但她就是光说话不动手。

布莱德重重地踢开了门，木门猛地撞到了厨房后院的外墙。

门外是一片草地。布莱德拿了一个挂在门旁边钩子上的灯笼。现在不下雨了，但是一切都是湿冷的，我可以感觉到鞋边上的草丛冰凉的湿气。

似乎马上就要下霜了，初秋的空气中闻得到冷冽的味道。

当我们朝着那一排低低的谷仓和牲畜栏的方向挪步时，那一刻，我想起了妈妈给我缝制的小被子，想起了我干燥温暖的小屋。

很快就结束了，这样的日子很快就结束了。瑞夫、崔斯坦和加雷斯就要来了，他们会帮我解决眼前这些乱七八糟的事情。

暴风雨后的乌云裂开，变成了细长的黑丝带，露出满月的一角。不一会儿，满月又躲到了云后面，再过一会儿，又探出了头，就像一双带着恶意的眼睛躲躲藏藏。随着云的移动，月光忽明忽暗，天空看起来非常低，给人一种压迫感。在空旷的草地上，我突然感觉暴露在黑暗中的我那么渺小。这个躲躲藏藏的月亮，让我想起了上次偷袭我的伊卡利亚人，一阵寒意顺着我的脊背慢慢爬了上来。

布莱德走得飞快，我们之间的距离越来越远，我赶紧追上她，不想独自留在黑暗之中。

我跟着她走进了猪圈，那里有一排宽宽的食槽，里面有泥土、新鲜的青草和食物残渣。由于光线不好，我几乎看不清脚下的路。

布莱德打开其中一条食槽门上的门闩，指着一个角落，那儿有一头母猪正在给一群流着鼻涕的小猪喂奶，小猪们挤在一起，彼此争夺一席之地。

“那儿，”她指着那个角落说，“把泔水倒在那里。”

我紧紧抓住两个泔水桶，走进猪圈，我脚下好像踩到了什么软软的东西，我迫使自己不去想那是什么。

我等一下再清理吧，而且我不想让这个严苛的尤瑞斯科女孩觉得我是一个不能自食其力的娇贵大小姐。她们很快就会发现，我跟她们一样能干。

我抬起一只脚，鞋底发出踩到黏糊糊的东西的声音。

突然，我的膝盖窝被人重重地踹了一脚。我一下子摔在了猪圈里，泔水桶从我的手中掉落，在地上翻滚，食物残渣散落在四处，我的一只鞋也从脚上滑落。小猪一下子凑了上来，争先恐后地吃着地上的食物。

我撑着地，努力坐起来，转向布莱德，心脏跳得很快，“你刚刚踢了我吗？”我有点难以置信地问。

布莱德此刻正靠在墙上，嘴边挂着一抹似有若无的笑。

“你为什么踢我？”我一边质问她一边站起来。

刚才那个和布莱德一起站在厨房里的金发碧眼的凯尔特女孩也走了进来。

“她踢了我！”我指着布莱德，向那个金发女孩喊道。

“我没有踢她，”布莱德冷笑道，“她自己太笨了，这都能摔倒。”

“我没有摔倒！我被人踢了一脚！”

凯尔特女孩不住地摇摇头，“倒打一耙，你们加德纳人可不都是这样！”

“他们都是一路货色，”布莱德点头附议，“一群黑蟑螂。”

她们在嘲笑加德纳人的传统黑袍。我气极了，我想她们一定是疯了！我转过身去穿鞋子，背后猛地又被踹了一脚，倒在了满是泔水的地上。

“你们为什么要这样？”我哭着朝她们吼道，心脏好像随时都要跳出来。一只好奇的小猪跑过来，在我的裙子上蹭来蹭去。

“天哪，又摔了一跤！”布莱德假装惊叹道。

“真是蠢到家了。”那个凯尔特女孩点头同意。

“我觉得必须给她重新安排劳动任务。”

“那种不用走路的任务。”

她们说着放声大笑起来。

我惊呆了。她们为什么要这样对我，我没有做过任何伤害她们的事情。

“看，看她那漂亮的裙子！”布莱德得意地叫道。

“你们走开！”我挣扎着再次站起来，每一块肌肉都绷紧了，“如果你们还不走，我就……我就报告给主管。”

“闭嘴！”凯尔特女孩咆哮着，冲进猪圈，她的双拳紧握着。

我不由得往后退了一步。

“加德纳！”她咆哮着对我说，“不要以为我们不知道你来这儿的目的！”

“我来这儿是为了挣学费！”

话音刚落，我就被打了一个重重的耳光，整个人倒在猪圈的草垛里，我有点懵，长这么大还没被人这样对待过。

“我说了，闭嘴，黑蟑螂！”她皱起眉头。

布莱德站在她身后，假笑着。

“你觉得我们有多傻？”金发女孩继续说，语气尖酸刻薄。

“你到底在说什么？”我哭了，愤怒的眼泪夺眶而出，“我来这儿就是为了赚学费，跟你一样！”

“撒谎精！他们派你到这里来监视我们，是不是？”

监视？我是来到了什么样的疯狂世界！

“我不知道你在说什么！”

我想起了刚才摆在她们面前的地图和书本。难道她们在密谋什么？

“看着我！”金发女孩朝我吼道。

我担心她再次出手，只能抬头看她。

金发女孩伸出一根手指，“如果你敢跟任何人说你在厨房看到了一个小孩，或者我们的地图和书的事情，我就打断你的胳膊和腿。”

“我觉得她不敢，”布莱德的语气听起来十分轻蔑，“她看起来很虚弱，跟柳絮似的。”

“确实不堪一击。”金发女子同意。

“她什么也不会，你知道吗？她只是一级法师，哈哈哈哈！”

“太丢人了。”

“她奶奶知道怕不是要气死。”

当她们提到奶奶的时候，我感到一阵愤怒。但是我强忍住怒火，狠狠地盯着她们俩。

我们对视了很久，我不知道她们会不会继续打我。我靠在墙上，已经筋疲力尽，全身脏兮兮的，我只能强忍着眼泪。

“不管怎么说，”这个金发女孩终于开口，“我们的意思已经说得很明白了。艾洛琳·加德纳，咱们厨房见。”

“记得把桶拿回来，”布莱德说着，跟金发女孩一起离开了，“记得别再摔跤。”

内心的愤怒将恐惧燃烧殆尽，我深吸一口气，拖着身子回到了厨房。

我一进门，厨房里又像我第一次进来的时候一样沉默。

布莱德和金发女孩正围着弗里妮亚说着什么，一脸得意。

伊万看到我这副样子，好像一下子愣住了。

弗里妮亚和其他人似乎也感到非常震惊，但他们很快就恢复过来，换了一副若无其事的表情。

只有伊万的眼睛里仍然积蓄着一场风暴。

我注意到孩子已经走了，桌子上的书和地图也不见了。

“她们踹倒了我，打了我一巴掌！”我指着布莱德和凯尔特女孩，朝弗里妮亚喊道，声音充满了愤怒。

“法师，您一定是搞错了，”弗里妮亚拿腔拿调地说着，但是她眼中有警告的神色，“我敢肯定布莱德和艾里斯绝不会伤害您。”

“她们打我，威胁我！”

“不，法师，”弗里妮亚纠正道，“是您自己摔倒了。”

我盯着她，愣住了。我早就该想到她们是一伙儿的，都想看我的笑话。

我觉得天旋地转，心里想着现在要怎么办。我可以去见校长，把她们所做的一切告诉她，但我必须先安全地离开这里。

“加德纳法师，要不您今天先休息一下？”弗里妮亚“恭敬”地提议，但她从容的语气背后有一种命令式的威严，“先回去安顿一下吧，明天下午三点您要再来这里劳动。”

我的愤怒一下子哑火，只剩下疲惫不堪的痛苦，周围的一切都变得模糊起来。弗里妮亚把我的书本递给我，我一把抓住，但是这一次，我毫不掩饰愤怒，望了一眼伊万。

他没有看我，双手叉腰，下巴紧绷，全身都绷得紧紧的。

他们都要看我笑话。

这么想着，泪水又忍不住在眼眶里打转，我转身逃离了这个可怕的地方。

我跌跌撞撞地在路上走着，眼泪终于无声无息地流下来，我在朦胧的泪光中努力寻找通向北塔的路。

一间小屋，我现在只想要一间小屋。一个可以让我睡一觉，一个不让我受到攻击的地方。明天，明天我就可以去找哥哥们寻求帮助了。

夜空中的云越来越薄，现在像数百条缓慢游动的黑蛇，月亮被蛇群包围着。我穿过蜿蜒的大学城街道，遇见一小群披着斗篷的陌生人，经过各式各样的公会大楼，然后穿过大片大片湿漉漉的田野。晚风凛冽，我的心绪反而渐渐平静。

沿途有些地方是羊群的栖息地，还有淹没在泥泞中的食槽，而另一些地方是马场，旁边是长长的马厩。

我终于走过了这一切，眼前出现一大片荒地。我的脚步停了下来，这陡峭的山地莽原，荒芜而贫瘠，风声到了这里都成了细细的蚊吟。

北塔就在前方了。

这座塔就在荒野尽头，一条斑驳的石头小径通往它的门口。像森林的看门人一样，这座破旧的军事高塔曾是守卫来自它背后的荒原的袭击的最后一道军事堡垒，它高高的屋顶上仍保留着一座风化的炮塔。

这就是我的新家。

这里的一切都是脊柱山脉上的岩石做的，没有木头。石塔显得那么寒冷、颓败、恐怖，根本比不上埃德温叔叔温馨的小木屋。看到石塔的时候，我的心又沉到了谷底。

我不情愿地朝它走去，当我靠近的时候，那座塔的阴影逐渐笼罩着我。

我打开塔底唯一的那扇门，“吱”的一声，门开了，露出一个小小的门厅，左边是螺旋形的楼梯，右边是一个储物间。储物间的门是开着的，在灯笼昏暗的灯光下，我看到里面装满了水桶、耙子、多余的灯笼，还有各种各样的清洁用品。我很惊讶地发现我的旅行箱和小提琴也在这里。

我长舒了一口气。看，一切都会好的，我安慰自己。而且我要跟一个加德纳人和一个精灵住在一起，不是可恨的尤瑞斯科人或凯尔特人。一切都会好的。

我决定暂时把我的东西留在储物间里，先上楼去看看。鞋子在光滑的石头台阶上打滑，我有几次差点滑倒，整个安静的塔楼里回响着我的脚步声。

我来到二楼，有一扇门是开着的，门后是一条短走廊，走廊的一面有壁灯，另一面靠墙放着一张石凳，走廊的尽头有两扇窗户，月光透过窗户洒了进来，透过窗户可以望见周围的田野。墙上还钉着一架铁梯子，通向塔楼的瞭望台，但是从天花板的入口看，似乎很久没人上去过了。走廊尽头还有一扇门，我想那一定是我的新宿舍了。

我不知道两个新室友是睡觉了还是不在，因为门缝没有任何光线透出来。我慢慢走过空旷的走廊，走到门口，四下安静得让我感到一丝不安。

我瞥了一眼窗外，月亮依旧挂在那儿，仿佛在冷漠地注视着这一切。我盯着它看了一会儿，直到乌云变幻，月亮再次被遮住，外面的世界陷入了更深的黑暗之中。我转身回到门口，握住冰凉的金属把手，把门推开。

房间里面漆黑一片，但我可以隐约看到房间一侧有一扇巨大的椭圆形窗户。

“你好。”我轻声说，不想惊醒可能熟睡的室友。窗外的乌云飘动，月光又洒进了房间。

就在这一秒，我突然看到有个东西蹲在窗户下面！

一个有翅膀的东西！

我觉得全身的血液都一股脑涌到了脸上，我完全被恐惧攫住了，愣在原地，根本不能动弹。

一个伊卡利亚恶魔！

我不知道她怎么会出现在这里，而我，即将面对死亡。眼前这个伊卡利亚恶魔和在瓦尔加德袭击我的恶魔一样，全身都散发着一股腐肉的气味。

她慢慢地站了起来，展开了她破破烂烂的黑色翅膀。而且她不是独自来的，在她的右边，我看到梳妆台上有东西在动。另一个长着翅膀的身影，也蹲在那里，似乎在等待向我发起攻击。

天哪，有两个！

“艾洛琳·加德纳，”窗户下面的伊卡利亚恶魔突然用一种刺耳的声音开口说道，“欢迎来到地狱……”

第六章
艾　瑞

眼前的这个伊卡利亚人一步一步朝我走来，我浑身一激灵，终于从惊恐里反应过来。

我吓坏了，赶紧转身就跑，还撞到了走廊里的石凳，我管不了那么多，一步三跳地飞跑下了楼。

好不容易逃到楼下，我突然意识到一个可怕的事实。

没有安全的地方。

如果她们能出现在这里，那么就可以出现在任何地方，也许她们现在就在外面等着我。

我躲进了储物间，把门关上，用一个旧的木架子和我的旅行箱抵住门，然后又用脚拼命地抵着箱子。我坐在冰冷的地板上，惊恐地发抖，周围漆黑一片，只有昏暗的光线从门厅里透进来。

四下是那么安静、死寂，以至我沉重恐慌的呼吸声和急促狂乱的心跳声听起来格外响亮。我知道，她们正在外面等着我。

“我不是黑女巫！”我尖叫道，唾沫从口中飞出也顾不上了。

一时没有回应。更安静了。但是那个声音终于来了，还离我很近。

“哦，是的，你就是黑女巫。”她发出嘲笑的嘶嘶声。

天哪，她就在储物间外面。

我不住地颤抖，我开始一遍又一遍地背诵《先贤之书》里的祈祷文。

“最古老的神啊，在天堂之上的神啊，请把我从邪恶的魔鬼那里解救出来……”

当我在默默祈祷时，恶魔开始用她长长的指甲划木门。一下，又一下，她划得非常缓慢。

然后又安静了。

突然，她开始用力撞门，我的箱子和腿都感受到了那股力量。

我吓哭了，开始啜泣。

“我会杀了你的，”门外的声音咆哮道，“我会一点一点地杀了你。”

她的指甲又开始划门，但这次声音更加尖锐了，好像是用刀在门上一道一道地划。

“加德纳，你总是要睡觉的，”门外那残忍的声音冷笑道，“等你睡着了，我就把你切成碎片。”

划门的声音越来越强烈，我可以感受到腿上的压力。这个伊卡利亚人在拆门，一旦她把门划开，我就死定了。

我的脑海中涌现出了无数疯狂的想法，就像一匹脱缰的野马。我在想，瑞夫、崔斯坦和加雷斯发现我被伊卡利亚人撕碎在这个储物间里会是什么反应；叔叔要是知道了我在这里遭受的一切，会怎么想；法伦·巴恩要是知道这件事，该有多高兴；赛格给我的魔杖被恶魔们发现了要怎么办……

魔杖！

我在黑暗中摸索了一圈，凭着感觉打开了我的旅行箱。我拿出魔杖，扯下包裹在上面的布。赛格说，白魔杖法力无边——也许，强大到连我这样手无缚鸡之力的人也可以用它打败强敌。

我用温将军教的方法握住魔杖，魔杖的一端压在我的手掌上，指着门外的恶魔。我不记得任何咒语，只能记住小时候听的神话故事里的一些魔法词汇。我尝试着念了念，泪流满面。

没用。

我把魔杖丢在地板上，茫然无助。我感到自己逐渐陷入一种冰冷的、令人窒息的恐惧之中。门外的摩擦声一直持续到深夜，在这种折磨里，我仿佛在不断地下坠，下坠，直到坠入一片黑暗中。

我穿过北塔楼上的走廊。

我看不清走廊尽头的窗外是什么东西。但我来到了我的房间门口。这一次，门是开着的，房间里透出一道诡异的红色的光。我的心跳得厉害，我鼓足勇气走了进去。

赛格·加弗尼正站在窗户旁边，桌上点着一根蜡烛，蜡烛的火焰红得像血，在房间里投下长长的阴影。她面色苍白，双眼被掏空。

“赛格，”我困惑地问，“你为什么在这里？”

她没有回答，只是打开她黑色的斗篷，露出隐藏在下面的那个东西。那个紧紧包裹的毯子里面有东西在动，她把那个东西递给我。

我小心翼翼地接近她，那个动来动去的小东西就像一只迫不及待想要爬出来的小蜥蜴，即将冲破它的软蛋壳。我感到一阵强烈的恶心。

她的孩子。

伊卡利亚人。

出于可怕的好奇心，我犹豫了一会儿，伸手拉开了毯子。

他的头和在瓦尔加德攻击我的那个伊卡利亚恶魔长得一模一样，眼珠是白色的，毫无生机。他展开了黑色的翅膀，咆哮了一声，后退一步，做出了进攻的姿势……

“不要，不要！”我尖叫着挥舞双手。一个女人的声音叫醒了我，“孩子，快醒醒！”

这个梦如同黎明时分的雾，转瞬即逝。取而代之的是一个跪在我面前的尤瑞斯科老太太，她圆圆的橙色脸庞布满皱纹，像粗糙的葡萄干，灰白的头发用棕色的头巾包裹住。

我从那双紧紧抓住我肩膀的僵硬的双手里挣脱。她放开我，斜跪在地上，表情满是关切。我摇摇头，想要弄清楚到底是怎么回事。

我，死了吗？

我迷茫地四下张望。

我是做了一场噩梦吗？

尤瑞斯科女人看了一眼我右边的地板，“你的魔杖掉在地上了。”

我的心差点从喉咙里跳出来了。

我拿起魔杖，把它放回我旅行箱的内衬下面，松了一口气，她好像没有对我拥有一根这么昂贵的魔杖起疑。

“我被伊卡利亚恶魔袭击了。”我气喘吁吁地告诉她。

她并不感到惊讶。相反，她歪着头，很平静地说：“我想您说的是艾瑞小姐。”

我激烈地摇了摇头，“不是的，她们是伊卡利亚恶魔，我敢肯定。”

“艾瑞小姐和温特小姐都是伊卡利亚人。”她还是一脸平静。

我困惑地看着她，摇摇头，拒绝相信，“不可能，副校长告诉我，艾瑞·海文是加德纳人，而温特·厄尔林是个精灵。”

她抬起眉毛，“您说得对，但她们也都是伊卡利亚人。”

我的脸色一下煞白，感觉天旋地转，“怎么可能！她们，她们怎么可能是我的室友！她们想杀了我！”

“冷静一下孩子，”她低声道，“你别这么害怕。温特小姐连苍蝇都舍不得打死一只，她很温柔。但是，艾瑞小姐，第一次见到陌生人的时候，可能有点可怕……”

“有点可怕？她整晚都拿指甲划这扇门，说要杀了我！”

“我敢肯定，她不是这个意思。”她安慰我。

我简直不敢相信，她怎么会这么偏袒伊卡利亚恶魔呢！

“她们人呢？”我看着门厅。

“走了，应该是去上课了。”

“她们也是这里的学生吗？”我哭了，眼前这一切是真的吗？但是我记得姑姑曾经说过，有两个伊卡利亚恶魔也在韦帕大学。

原来她们是我的室友。

这个想法在我脑海里打转。尤瑞斯科女人从地上爬起来，伸出手来扶我。

我不理她，自己站了起来。我可不信任她。我现在不相信任何人。

她放下了手，瞥了我一眼，拿起拖把和水桶，蹒跚着走进门厅里去了。

我有点犹豫地推开储物间的门，害怕伊卡利亚人就蹲在门后，直到我看见这个尤瑞斯科女人放下拖把和水桶，哼着一首自己的曲子时，才把头探了出去。

门厅是空的，只有我们俩。

阳光穿过螺旋楼梯顶部的半圆形窗口洒进来，我可以看到蓬松的白色云朵飘在蓝色的天空中。我摇摇晃晃地走出了储物间，呼出一口气，专心地听着周围的声音。然后，我转身关上储物间的门，立即感到头晕目眩。

门上全是划痕——昨晚的一切都是真实的。

门上全是一些尖锐的工具或者指甲留下的划痕。那个伊卡利亚人在门上写满了“仇恨”和“去死”，还有其他不堪入目的词。

我转身看着那个尤瑞斯科女人。

她停止了哼唱，撑着拖把，平静地端详我。

“你看见了吗？”我问她。

她吐了吐舌头，头晃来晃去，“看起来很像艾瑞小姐的作品。”

她怎么如此冷静？

“艾瑞，”我怀疑地重复，“我的新室友，是个恶魔。”

“她只是有点亢奋，加德纳法师。”

亢奋？这里是大学还是收容所？

“您不用担心，”她嘀咕道，“我会把那扇门换下来的……”

我再也受不了她那令人恼火的冷静，以最快的速度逃出了北塔。

第七章
秋季锦标赛

我终于来到了阳光下，猛地见到这么明亮的光线，眼睛都有一点不适应。

这是一个明媚的清晨，昨晚灰暗的田野此刻青翠欲滴，而森林里的树木略略染上了几许秋意。

这片宽阔的田野将北塔和牧场隔开，我一口气俯冲下去，眯着眼睛看着太阳。

我匆匆而过，惊动了田边地头吃草的羊群，脚下是湿润的土路，空气中是泥土和青草的芬芳。远处的纺织公会传来女子温柔的交谈声和织布机工作的声音，她们开着门，这样新鲜的空气就能灌进屋子里去。金发碧眼的韦帕西亚女孩和黑发的埃夫伦精灵女孩们来来往往，新来的女孩都提着五颜六色的纱线篮子。我从她们身边跑过，不一会儿就到了大学城的鹅卵石街道上，偶尔有学者、工人和教授从旁边经过，诧异地看着我。

沿街的各种建筑物上挂着各式各样的旗帜，有的人甚至把旗帜或徽章挂在皮带和马鞍上。韦帕西亚灰色的四星旗帜出现频率最高，加德纳那画着银球的黑色旗帜也随处可见。街上人潮涌动，行人们看起来都很欢快，还有穿着各色军装的士兵在街上游走。

我突然想起来，这周，韦帕大学城的秋季锦标赛就开始了。我哥哥曾经跟我说过这个，从射箭比赛到剑术比赛，从编织比赛到玻璃球比赛，应有尽有。选手们来自阿夕亚各地，使出浑身解数博得各大公会的青睐。

我被眼前热闹的景象吸引住了，在一栋宏伟的公会大楼前面停下了脚步。这家公会的门口，黑色的加德纳家族旗帜和白色的精灵家族旗帜迎风招展。来来往往全是过路的人，我被人潮推搡着，试图努力找到自己的方向，可还是迷路了。

“你还好吗？”

我转过身去，看到一个埃夫伦精灵士兵，他用那双明亮的银色眼睛望着我。

“你需要帮忙吗？”

我继续环顾四周，“我需要找管理住宿的主管。”

“她就在街对面，”他指着一座矮矮的挂着加德纳旗帜的房子，“就在那儿。”

我穿过人来人往的街道，来往车马很快淹没了我瘦小的身影。费了好一番功夫，我终于来到了住宿主管西尔维亚·艾伯纳西的办公室门口。

她也是加德纳人，一定会理解情况的严重性，我相信她会帮助我的。

我坐在一间闷热的办公室里，艾伯纳西法师就坐在办公桌后面，她的身后挂着一面巨大的加德纳旗帜。听完我的故事，看到我这副模样，她好像一点也不吃惊，只是面无表情地看着我，简直跟北塔那个尤瑞斯科女仆一模一样。

“您会帮我，对吗？”我镇静下来，恳求道。

她的笔尖顿住了，“这完全取决于你自己。”她说完，又开始写什么东西。

“我不明白您在说什么。”我努力保持镇定。

“加德纳法师，”她心不在焉地回答，“你姑姑已经和我联系过，她也了解你的住宿安排，她昨天早晨还派了一只送信鹰来报信。当然，也可以帮你换一间寝室，换几个友好的室友。”

“友好的室友?”

我被安排在一个伊卡利亚人住的房间里！她们差点杀了我！

我强迫自己深吸一口气。即使这里所有的人都疯了，我也需要保持冷静。

“我什么时候可以换寝室?”我努力使声音保持平稳。

她停下了笔，双手交叉，正对着我的目光，“你缔约之后就可以换房间了。”

哦，薇薇安姑姑！我想起她曾对我说的——每个人都有一个致命的弱点，艾洛琳，不要逼我找到你的弱点。

“我现在还不能缔约。”

“那么，你需要自己想办法来处理现在的情况。”

我心中升起一股绝望，“我要告诉我叔叔。”

她仿佛早料到我会这么说，“你姑姑还让我通知你，你叔叔生病了，是心脏病，现在很虚弱。”

“什么?”我几乎说不出话来，姑姑怎么能瞒着我这件事，“他还好吗?他病了多久了?”

“他看起来没有大碍，有一位当地的医生照顾他，但是你姑姑觉得把这些乱七八糟的事情告诉他不利于他康复。”她直勾勾地盯着我，看起来她说的不像是假的。

我也瞪着她，痛苦在心底慢慢升级成愤怒。

“那么，我需要跟教委会谈一谈了。”我的声音很坚决。

她轻嘲一声，“教委会是不会关心这样的小问题的。此外，你姑姑早就跟副校长打过招呼，我想大家关于这件事早就统一了立场。”

天啊，这就是我目前的处境——

不能离开韦帕大学，因为我随时可能被当初那个逃脱的可怕的伊卡利亚恶魔杀死；不能换室友，只能跟那两个长着翅膀的随时可能杀了我的伊卡利亚人住在一起；我干活的地方，那些工人粗暴地对待我，还威胁要打断我的胳膊和腿。

或者我也可以给叔叔施压，违背他的意愿，嫁给一个我还不了解的男人。

我摇摇晃晃地站起来，愤怒让我全身颤抖。

“谢谢您，现在我明白了。”

“别客气，”她还是坐着，“如果你还需要帮忙，记得告诉我。”

我的腿站不稳了，我转身要走。

“对了，如果你姑姑问到你的近况，我要怎么说呢？她会把消息捎给你叔叔。”

我转过身，直视着她的眼睛，“告诉她，”我的声音很冷，“我很好，告诉我的叔叔，把我送到大学城是他做过的最正确的事情。”

她静静地看了我一会儿，然后又把注意力移回到了住宿簿上，继续写着什么。

我不知道该去哪儿，只能漫无目的地在大街上徘徊。经历了昨天可怕的一切，我现在的样子糟糕透了，我甚至都没来得及换一身干净的衣服。但我没有心思理会别人奇怪的目光，只是跟着人潮走。

我很快就走到了秋季锦标赛中央赛场的外围，绕过一堆大楼，最后来到了拥挤的一系列比赛场地前方，各种各样的旗帜在风中飘扬。前面好像在举行射箭比赛，一队精灵弓箭手都保持着相同的姿势，而周围的场地早就被观众挤得水泄不通。突然，他们大喝一声，箭离弦而去，射中正前方细杆上的椭圆形靶心。

“卡尔·厄尔林！”裁判高喊道。

一位年轻的精灵族男子骑着白马向前一步，领取了属于他的奖品。

我只想快点找到哥哥们，便穿过热闹但陌生的人群，四处寻找熟悉的脸。然而，好不容易有个熟人闯入眼帘，却不是我想要找的那个。

加德纳的军校生正在隔壁的场地准备参加一场魔杖技巧比赛，参赛选手中间的一名女生吸引了我的目光。她是唯一的女生，其他八名穿黑色军装的法师都是男子，他们都穿着代表五级法师的银色星条外袍。

法伦·巴恩。

九个人的魔杖都瞄准他们对面的一头木制公牛的眼睛，火焰从一位法师的魔杖中喷出，猛冲向那头牛，一个小小的摇摇欲坠的火球在牛眼中爆炸开来。

周围响起了一阵掌声和欢呼声，喝彩的主要都是加德纳人。一群凯尔特人也在围观比赛，不过他们双臂交叉在胸前，眼神游移不定。

剩下的男法师也轮流向那头牛施法，牛眼中燃起熊熊火焰。

最后是法伦。她举起手臂，等待着人群安静下来。然后，她向前伸出胳膊，向那头牛甩出一道白色的冰矛。

矛头一闪，如同一把刀一样刺入了牛的身体，牛身瞬间变成一个巨大的白色雪球，冰矛继续飞动，没入牛身，雪球粉碎，撒了一地。

冰冷的雪堆落在被摧毁的木头碎片上，现场一片沉默。

“鼓掌！”裁判终于反应过来，“冠军是法伦·巴恩法师！”

加德纳人爆发出阵阵欢呼声，一些军校生用吵吵闹闹的声音唱起了我们民族的歌曲，尽管被他们唱得有些不成调。

我觉得很累，从拥挤的人群里跑出来，找到了远离喧嚣的一棵郁郁葱葱的大树。我坐在了潮湿的草地上，把头埋在膝盖之间。

“艾洛琳。”

有人拍了拍我的肩膀。

我抬起头，原来是艾林恩和艾荷，她们俩蹲在我身边，表情充满关切。

我不知道该说些什么。千头万绪。

“发生了什么？”艾林恩问，“我们一直在找你。早饭你就没来吃，我们很担心你。”

她伸手轻轻地抚摸着我的脸，眉毛紧紧皱起，“天哪，艾洛琳，你受伤了！有人打你了吗？”

她们俩陪我坐在旁边潮湿的草地上，我抽泣着把在厨房里的遭遇告诉了她们。

“我简直不敢相信你的姑姑对你这么残酷。”

“这是一个考验！”艾荷严肃地告诉我。

“我知道这是一个考验，”我的两只拳头激动地拽着草地，“看看我有多大能耐，我能坚持多久不嫁给一个几乎还不了解的男人。”

“不，”艾荷摇了摇头，她的眼神平和而沉重，“这是上古先贤给你的考验。你是卡尼莎·加德纳的后代，你长得像她是有原因的。你也要经历千难万险，就像《先贤之书》中记载的范恩一样。还记得他所经历的坎坷磨难吗？但那都是考验。范恩依然如故，最终获得了先贤的嘉奖。你命中注定也要对付这些邪恶的人，你会打败他们的！”

“艾荷，我不是黑女巫，”我擦了擦眼泪，“我是一级法师，跟你一样。我怎么可能打败伊卡利亚恶魔呢？”

“上古先贤与你同在，”她安慰我，“只要你听从他的教导，你一定能取得胜利！”

但这样的安慰没有任何作用。

我需要更实际的帮助，最好是一个五级法师的帮助。

我脑海中灵光一闪，坐直了起来问：“卢卡斯在哪里？”

艾林恩的脸上闪过一丝光芒，“我知道他在哪里，”她说着，站起来，也向我伸出手来，“我刚才见过他。他来监督第二师的军校生，要在这里待几个星期。兰道也在第二师，你跟我来。”

第八章
武　器

我依偎着艾林恩穿过比赛场地，一副魂不守舍的样子吸引了不少好奇的目光。

突然，我看到了不远处的卢卡斯，心里既紧张又欢喜。

他正和一名埃夫伦精灵中校比试击剑，他们被一群人围着，一旁的加德纳军校生不时地为他加油打气。此刻的卢卡斯目光如炬，好像一只发现了猎物的鹰，他的剑指向对手，嘴角挂着一抹若有似无的笑。

当我们走近时，卢卡斯的视线突然与我的相遇，他眼神闪烁了一下，有一瞬间失神。对手抓住时机，剑势一转，电光石火之间，剑尖距离卢卡斯的心脏只有咫尺之遥。

一时间，围观的军校生发出诧异的惊呼，而他的对手似乎也不敢相信自己竟然这么轻易就取得了胜利。卢卡斯似乎对此充耳不闻，他歪过头来，深情地看了我一眼，转身和他的对手握手，并对他低语了几句。那个埃夫伦精灵哈哈大笑起来，用我听不懂的语言回应了几句。卢卡斯套上剑鞘，大步流星地向我们走来，另一位加德纳的中校接替了他的位置。

"艾洛琳，你怎么了？"他问道，"怎么会弄成这副样子？"他猛地低下头，"有人欺负你？"

"我现在的处境真的不妙，"我气喘吁吁地告诉他，"我不知道该怎么办。"

他眯起眼睛，瞥了一眼艾林恩和艾荷，"我可以借一步说话吗？"

“当然。”艾荷爽快地答道。艾林恩给了我一个小小的鼓励的微笑，也离开了。

她俩走后，卢卡斯带我到附近的花园里，我们俩就坐在一棵大树下的长凳上。我看着他的剑，这就是那把在瓦尔加德杀死了那个伊卡利亚人的剑。而他的魔杖，正系在腰带上。看到他全副武装，我有种莫名的安全感。

“我遇到的人总是跟我不对付，”我告诉他，“之前在厨房的时候，我去领劳动任务……”

“等等，”他打断了我，“你为什么要到厨房去领劳动任务？”

“我姑姑，”我解释道，“她不愿意为我出学费，所以我需要勤工俭学……”

“为什么？”他困惑地打断了我。

我有点犹豫要怎么回答。卢卡斯正专注地看着我。算了，早晚要说的。我深吸一口气，“除非我答应跟你缔约，否则，她不会付学费的。”

他了然地点点头，“可是……”他低声嘀咕道，“你不想跟我缔约吗？”

我伸出双手抓住卢卡斯，“这不是我个人的决定，卢卡斯。我叔叔病了，我答应过他，最近两年不会结婚……”

“两年？”卢卡斯难以置信。

“等我大学毕业再考虑这件事。”

卢卡斯的想法清清楚楚地写在他脸上：他觉得叔叔的这个决定非常愚蠢，而我会答应这个要求，则是蠢上加蠢。

“卢卡斯，我们几乎还不了解对方呢。”

他沉默许久，一时间气氛有些紧张。

“我不想伤害你，”我的手轻轻地攥住他的衣角，“我答应我的叔叔，不可能还没了解一个人，就草率地决定自己的终身大事。”

卢卡斯端详了我很久，挑了挑眉。

“你的父母会不会不高兴？”我打破沉默。

“很明显。”他直截了当。

“我并不想伤害……”

“他们不知道你这么保守。你知道吗，现在加德纳姑娘十三四岁就可以缔约了。”

“我最近才知道这件事。”

“大多数人缔约之前从来都没见过彼此。一切听从父母之命，直到缔约当天才见第一面。”

“我……我不知道。”我的手一下一下地抠着木质长凳的边缘。

“艾洛琳，我们早就不是小孩子了。你多大了？十八岁？”

“我还有几个星期就要十八岁了，”我回答道，“但是就像我说的那样，我甚至不知道你多大了。我们只是见过一面，根本不了解彼此。”

卢卡斯笑了笑，“哦，是吗？”他嘴角上扬，“我们两个似乎相处得很好。”

我的脸唰的一下红了，想起了宴会上发生的一切。他的唇，热情似火，压着我的唇。

这一切似前尘隔海，但明明只是几天之前的事。

我的心理防线几乎要全线崩溃。

“你多大了，卢卡斯？”

“二十。”

“你好像也一直在逃避缔约的事情。”我并不客气。

他的脸色变得有点难看。很明显，他不习惯被挑战。

他为什么对这件事这么敏感？他为什么拖到今天还不缔约？

“谁欺负你？”他直接忽略了我的问题。

“一个叫艾里斯的凯尔特女孩，还有一个叫布莱德的蛮横的尤瑞斯科女孩。”我原原本本地讲了在厨房里发生的一切。

“我还以为是多大的事情，”他轻蔑地挥了挥手，“还有其他什么吗？”

我一下子沉默了，对于我这么糟糕的处境，他是有多自信一定能扭转局势呢。

“我还受到了两个伊卡利亚人的袭击，”我继续说，“艾瑞·海文和温特·厄尔林，她们是我的新室友。”

他眉头紧皱，“经历了瓦尔加德那件事之后，他们还让你跟那两个伊卡利亚人一起住？”

我悲伤地点点头，“除非我立刻缔约，不然不能搬宿舍。”

他发出一声短促的笑声，仿佛被姑姑的固执逗乐了，“看来你姑姑非常希望咱俩缔约。”

“这还用说。”

“你知道吗，如果我们俩现在到艾伯纳西法师面前，告诉她你同意缔约，那么所有这些问题都会消失。你不需要勤工俭学，也不需要担心住宿的事情了。”

他的爽快让我非常不解，脑海中一片空白，毕竟他也是一个不想太快缔约的人，他也拖到了二十岁还没有缔约。但是他为了我，愿意放弃自己抗争了这么久的自由。这一切让我幸福得难以置信。

但还是太快了。

“对不起，”我摇着头说，“这些条件都很诱人，但是我做不到。”

他不住地叹息，“好吧，那咱们先不说这件事儿。”他支支吾吾了一下，还是开口，“你看起来不太好，你是摔倒在粪坑里了吗？”

我这才意识到，我，一个前一天晚上还倒在猪圈里的人，竟然拒绝了加德纳最有魅力的年轻人的求婚。

我被卢卡斯逗乐了，看了他一眼，“是啊，是猪粪。”我把头埋在膝盖里，安静了一会儿。我感觉到卢卡斯坐得离我更近了一点，感觉到他手臂的温度。

他问道：“那两个伊卡利亚人伤害你了吗？”

我看着他，“我才不会给她们任何机会呢。我在储物间里躲了一晚上。”

卢卡斯又是一笑，只是把手放在剑鞘上。

“小问题。”

“小问题？”我惊讶地说，“她们是怪物！”

“不，她们不是怪物。”

“她们有翅膀！说明她们有法术！她们比我那天在瓦尔加德遇到的伊卡利亚人还要可怕。”

“不，她们不是怪物。”他重复了一遍。

我觉得头大，“为什么呢？”

“首先，厄尔林是精灵族皇室的后代……”

“我不在乎她是不是什么皇室，反正她想杀了我。”

“厄尔林没有什么杀伤力的，”他冷静地说，“她身上的邪恶法术可能跟我差不多。”卢卡斯笑了起来，“可能比我还少一些。”

“你不信仰我们加德纳的神明吗？”

“不完全相信。”

我惊呆了。

“你父母知道吗？”

“不知道。”

他的坦率令我惊讶。

“那你为什么要告诉我？”

“我也不知道为什么，”他飞快地说道，语气里似乎对自己充满愤怒和无奈，“在你面前，我不想撒谎。我也说不清为什么。”他抬起头，靠在长椅靠背上，看向了远方，似乎在想自己的心事。过了一会儿，他转过身来，脸上露出一丝妥协的神色。

我把额头靠在他身上，“如果你一直在这里，你为什么不在魔法测试之后来找我呢？”我努力使自己的语气听起来没有责备他的意思，“如果你当时和我在一起……”

“艾洛琳，我也刚回来。”卢卡斯好像被我的样子逗乐了。他靠得离我近了一点，“有个小姑娘引发了一场小小的外交危机。埃夫伦精灵因为我拒绝离开你而心存不满，我父亲也不同意我跟你走得太近。他们还就是否要囚禁你进行了一场谈判。”

“原来是这样。”我有点难过，注意到他换了一身军装，袖子上银色的五级法师的标志变细了一些，紧密地连在一起。“你的军装，跟之前的不一样。”我的手指慢慢地抚过这五条银线的边缘。但是片刻之后，我就意识到这个手势有多亲密。我愣了一下，赶紧把手抽回来。

我抬头看他，卢卡斯正含笑看着我，目光里是戏谑的温柔。他微微抬起手腕，看着这几条银线，“我因为一些平常的原因被降职了。”他的声音像天鹅绒一样华丽。

我吃了一惊，“为什么？”

他的笑容黯淡了一下，“违抗军令。”他轻抚我的手背，“而且，我还被罚待在这儿两个月，训练加德纳最不上进的一批军校生。”

“对不起。”我嗫嚅着。他的手一直轻轻地握着我的手，温暖而潮湿，我觉得有点恍惚。

卢卡斯笑了一下，坐直身体，好笑地看着我。

我深吸一口气，“所以你认为温特是不会伤害我的。”

“根本不会。她就像是一个艺术家，把所有的时间都花在绘画、雕刻、写诗上，连话都很少说。她恐怕连自己的影子都怕。另一方面，艾瑞·海文……”

“就像一个恶魔。”我接过了他的话头。

他笑了，但我不觉得有什么好笑的。

“她真的很讨厌，”卢卡斯继续说道，“她早就应该被送回瓦尔加德收容所了。”

“送回去？”我吓了一跳。

“她的整个童年几乎都是在那里度过的。”

“天哪……”

“去年，她差点被开除了。因为她喜欢放火烧东西，还喜欢烧那些惹恼了她的人。”

我的脸一下子变得煞白。

“放轻松，艾洛琳，她不会放火烧你。”

我瞪着他，有些愣住了，“你怎么能这么说？我昨天在储物间里躲了一晚上！她在外面叫嚣了一晚上要杀了我！”

“那是你自己的选择，你选择让她占了上风。艾瑞和温特一样脆弱无害。她只是装腔作势而已。而你，完全中了她的计。”

“她有刀！”

“你也有，”说着，他把剑拔出来递给我，“你的更锋利。”

我把剑推回他身边，“我不知道怎么用。”

他熟练地把剑放回剑鞘里，“艾瑞用刀的水平跟你用剑的水平差不了多少。”

“她是个疯子。”

“可能吧，但是我觉得今年她根本不敢伤害任何人。因为一旦她这么干，就会马上被逮捕并送回瓦尔加德收容所。她会被折断翅膀扔进牢房，在阴冷潮湿的监狱度过余生。艾瑞早就明白这一点，所以别让她的虚张声势吓到你。”

“我不明白魔法委员会怎么还没有砍下她的翅膀，赶紧把她锁起来。”

“韦帕西亚受几国签订的条约约束，只会把伊卡利亚男子交给加德纳王国。因为预言里说的那个恶魔是男性。”

“而她不是男性。”

卢卡斯无奈地点头，“囚禁伊卡利亚女性是很主观的事情，主要由她所在的公会决定。目前，魔法委员会有一些人对伊卡利亚人改邪归正还抱有浪漫的幻想，但这些人正在逐渐被清除出委员会。”

“就算是这样，”我摇了摇头，“那么，为什么艾瑞的家族不把她锁起来呢？”

“艾瑞的父亲，想用艾瑞的翅膀来时刻提醒自己妻子的不忠。因此，艾瑞的母亲必须面对这样一个残忍的事实，因为她的一时邪念，就生下了这样一个恶魔。”

“太可怕了”，我深深吸了一口气，“太疯狂了。”

“那温特的父亲是个精灵？精灵族怎么看待她呢？”

“如果你向精灵家族抱怨温特，她会被赶出精灵的土地，永远不能回来。精灵族比加德纳人还要讨厌伊卡利亚人。她至今没有被赶出去的唯一原因是她有一个爱护她的哥哥。”

“还有些隐情，你可以加以利用，”卢卡斯眨眨眼睛，“艾瑞非常维护温特，自诩是她的守护者，不让任何人伤害她，也不会离开她。你看，现在，你占上风了。”

我差点没从凳子上滑下去，“我真不觉得我占了上风。”

“艾洛琳，你不能在这里示弱。在这个弱肉强食的世界，你的外表，你的家世背景，只会让你树敌更多。”

“但是我没有任何法力。”

一个没有法力的一级法师。尽管在魔法测试的时候，我还是感应到了那股力量，那股来自大地的力量。

他思考了一会儿，“你的测试结果确实出乎我的意料。”卢卡斯耸耸肩，“我的预感很准，而且我能感觉到你的法力。我认为它还是在你体内，也许是处于休眠状态。”

“你才刚刚认识我。”我一点也没觉得自己强大。

“没关系，”他摇了摇头说，“我能感觉到。我可以在你的音乐中感受到你的力量，而且……”他犹豫了一会儿，继续用低沉的声音说道，“我可以从你的吻里感受到你的力量。”

我又脸红了。记忆中的那个吻，那个火热的吻。我低下了头。我的裙子上都是土，还有其他那些乱七八糟的脏东西。我的手腕、头和脸都隐隐作痛。

现在不是亲吻卢卡斯的时候。

我把头埋了下去，“那么我该怎么办？”

他沉默了一会儿，“魔杖不是唯一的武器，”他的声音很平静，“找到你敌人的弱点。此外，让自己变得强大起来。”

第九章 权　力

下午晚些时候，卢卡斯陪我一起去了厨房。这么一个五级法师，又是魔法委员会成员的儿子，让我莫名产生了一种有人撑腰的感觉。

早上跟卢卡斯长谈之后，他把我带到了艾林恩的住处，我收拾了一下，穿着艾林恩干净的黑色长裙，外面套着一件她的黑色外套。我的身材比艾林恩丰满一些，所以胸部和臀部有一点紧绷，但其他位置都很合身。

卢卡斯带着我穿过储物室，来到厨房。他大步流星走到门前，毫不迟疑，一脚踹开了木门，门猛地撞上了墙壁，发出“砰”的一声巨响。我们走进厨房，里面的人又一次突然安静下来，只是他们脸上的恐惧比昨天看起来还要明显。

只有伊万没有被吓倒，他慢慢从灶台前站起身，就像一个看到了猎物的猎人。

很明显，他们都知道卢卡斯是谁。

今天没有书，没有地图，也没有小孩子跑来跑去。空气里弥漫着浓汤的香气。

卢卡斯环顾四周，他那双冰凉的蓝眼睛没有放过任何一个细节。

“下午好。”他终于开口了，语气和神态暴露了他的情绪。

“下午好，格雷法师。”弗里妮亚谄媚地回应道。

卢卡斯看了她一眼，“叫弗里妮亚·哈松、艾里斯·摩根和布莱德·阿特纳出来一下。”

弗里妮亚紧张地把手中的面粉擦干净，想先捯饬捯饬自己。艾里斯和布莱德一边走过来一边用威胁的眼神盯着我。我能感觉到她们毫不掩饰的敌意，我打了个冷战，看了卢卡斯一眼。他倒是摆出一副对眼前的一切浑然未觉的样子。

“我不太喜欢浪费口舌，”卢卡斯开门见山，“那我们就直说吧。艾里斯·摩根，你父母还在农场务农吧？”

我愣住了，惊讶地看着卢卡斯。他说这些干吗？

艾里斯好像也没想到卢卡斯会这么问，眉头紧皱，想了想还是小心翼翼地答道：“是的。”

“据我所知，他们的农场就在加德纳边界？”卢卡斯继续说。

“是的。”

“要是没记错的话，应该是在埃塞克斯军营旁边？”

“是的。”

每个人都一头雾水，不明白卢卡斯想干什么。只有弗里妮亚看起来非常惊恐，而伊万看起来更加愤怒了。

卢卡斯似乎并不打算解释，“想必你也听说了，最近加德纳政府和你们国家发生了一点小小的摩擦，双方的关系有点紧张。”

艾里斯沉默不语，她的脸上出现了惊恐的神色。

卢卡斯继续盯着她，“如果加德纳军方决定征用你父母的农场，那真的是太不好意思了。要是军事演习的时候，不小心魔杖挥偏了，令尊令堂的产业不慎遭殃，那可就是加德纳军方的罪过了。不过也不用太担心，这种情况发生的概率非常小。但是偶尔也有意外就是了。”

艾里斯的嘴张开了好几次，好像想说点什么，但是她一句话都说不出来。

卢卡斯似乎觉得艾里斯的倔强很有趣。

连我都觉得背后一阵发凉。

“我会把令尊令堂的农场位置告诉我的父亲，加德纳高级军事指挥官拉克伦·格雷，让他多多关照关照。”

“谢谢……谢谢你，”艾里斯好像在尽力克制自己，她的声音现在抖抖索索，完全没有一点当时的趾高气扬，“谢谢你，格雷法师。”

卢卡斯点点头，对她的回应很满意，然后转向布莱德，“而你，布莱德·阿特纳，你母亲在菲亚岛干活儿。”

布莱德眯起眼睛，脖子上的血管变得更加明显，她的表情紧张起来，身体变得僵硬。很明显，她正在努力遏制住愤怒。

“我听说，老人家最近身体不太好？”卢卡斯并不担心激怒布莱德。

布莱德没有回答他，但是她的嘴角扭曲了一下，眼睛里充满了杀气。

“如果有人发现她在劳工之间散布反动言论，可就不太好了，”卢卡斯接着说，“她可能会被发配到帕伦群岛。就是身强力壮的男子被送到那里，都未必能活下来。你母亲的身体，恐怕够呛。”

我脑海中一片混乱。帕伦群岛，那个暗无天日的军事监狱，是加德纳人用来关战俘的地方。

布莱德的表情终于崩溃了。卢卡斯嘴角一挑，好像一只逗弄老鼠的猫，“你也不要太担心了，”他安慰道，“即使你的母亲行为不检点，我相信如果她的女儿表现出色的话，加德纳政府说不定会给她颁发劳动勋章呢，到时候很多事情就一笔勾销了，你觉得呢？”

“是……”

卢卡斯抬起头来，好像没有听清的样子，“是什么？”

布莱德努了努嘴，“是的，格雷法师。”

卢卡斯笑了起来，“这次听清了。”

我有点佩服卢卡斯，又有点抵触。佩服的是他轻而易举就解决了我觉得是天大的事情。抵触的是他怎么能这样用自己的权力压制其他人。

卢卡斯转向弗里妮亚，“你呢，哈松女士，听说你的孙女也经常来这儿？”这时厨房后门突然打开了，弗里妮亚那个叫弗恩的小孙女一溜烟跑了进来，咯咯地笑着，怀里抱着厨房里那只灰色的猫。但是片刻，她好像感觉到了紧张的氛围，脸上的微笑也消失了。她把猫放到地上，半个身子躲到她祖母的裙子后面，紧张地盯着我们。原本趾高气扬的弗里妮亚此刻好像一下子被打倒了。

我的心里涌起一股内疚。

但是她们打你，威胁你，而弗里妮亚没有阻止她们，我对自己说。

“格雷法师，请不要这样，”弗里妮亚恳求道，“这孩子的妈妈生病了，她没人照看。而且我叮嘱过她，不要打扰大家干活儿……”

卢卡斯温和地微笑着，“别紧张，孩子可以留下来。我觉得她在厨房能帮到不少忙。我不会把这件事说出去的。”弗里妮亚深吸一口气，顺从地鞠了一躬，“谢谢，格雷法师，您真是个好人!”

“你误会了，我的意思是，她这个年龄的孩子，小手很灵巧，发配到菲亚岛上，肯定能干很多活儿。”

小弗恩开始抽泣，绝望地望着她的祖母，拉着她的裙子。弗里妮亚目不转睛地看着卢卡斯，就像看着一只非常危险的动物。“弗恩，别出声!”她咬紧牙关。

弗恩可能被她奶奶严肃的语气吓到了，停止了抽泣。

卢卡斯看了看周围的人，他的表情显得严肃又毫不在意，“我今天来主要就想说一件事，如果加德纳法师再不小心摔倒了，或者不小心被热水烫了，或者不小心又把鞋子弄脏了，这孩子立刻就会被送到菲亚岛上去。我说得够明白吗?”

他低头看着弗里妮亚，她此刻直视着他，内心却有着不小的恐惧。“听明白了，法师，我们都明白您的意思。”

卢卡斯点点头，“好，”他转向我，表情柔和了一些，“艾洛琳，等你轮班结束了我再来看你，相信一切都会很顺利。”

“谢谢。”我目送他离开，内心却掀起一阵波澜。

弗恩轻轻地啜泣着，两只手抓着弗里妮亚的裙子，小小的拳头紧紧地攥着。“不要让他把我送走……”她呜咽着。而弗里妮亚的表情看上去像是刚刚经历了一场败仗，用一只饱经风霜的手抚摸着小女孩的头，“嘘，没有人会把你送走。”

弗里妮亚转向我，脸上仍然有恐惧的阴霾，“加德纳法师，您看起来很累，劳烦您把这些香草奶油和霜糖涂到蛋糕上去。”

我无声地点了点头，走到棕色的蛋糕旁边。我的肚子里难受得紧，身边没人理我，每个人都沉默地做着手头的工作。

接下来的时间，没人愿意看我一眼。

除了伊万。

每次他抱着一大堆木柴给炉灶添柴的时候，就把木柴推到炉子里，猛地踹上铁门。他的眼神像刀一样锋利，我发现自己在他仇恨的目光注视下非常难受。

弗恩很快被带走了，想到这，泪水终于止不住，夺眶而出。

我多希望卢卡斯刚才没有如此无情地威胁每个人——特别是孩子，我多希望他刚才没有拿家人的安危去威胁他们。

我干活儿的时候，一股负罪感涌上心头。小弗恩流泪的脸庞又映入眼帘。

但是还有什么别的办法呢？让他们欺负我？让他们打我一巴掌，再以暴力威胁我？不，如果他们现在怕了我，我其实什么都不用做。

我可能没有魔法，但我是卡尼莎·加德纳的孙女，薇薇安·达蒙的侄女，还受到卢卡斯·格雷的青睐。我试图用恐惧和愤怒来说服自己强硬一点，我不断为卢卡斯的行为辩解，希望能减少内心的阵阵罪恶感。

我很小心地不跟任何人对视。

尤其是伊万。

第十章
冲　突

换班结束后，我默默离开了厨房，没有跟任何人说再见，也没有人跟我说再见。

厨房外面长长的餐厅里已经坐满了学生和教授，一大群军校生围坐在桌子旁边，整个大厅里回荡着嘈杂的交谈声，银质餐具相互碰撞发出的叮当声，吵吵闹闹的。

暮色逐渐降临，窗外穿梭的人流渐渐变成黑暗的轮廓。一名尤瑞斯科工人把墙上的火把和桌上的台灯逐一点燃。我扫视了一圈宽敞的餐厅，有点焦急地寻找卢卡斯的脸。

就在这个时候，我看到了那两个伊卡利亚人。

她们坐在大厅的角落，周围的学生好像都对她们避之不及。

我的室友艾瑞·海文和温特·厄尔林。昨天晚上我没看清楚她们的脸，但我知道就是她们。

温特的外表与大厅里的精灵女仆非常相似。她也有一双银色的眼睛，长长的银发编成了小辫子，她的皮肤苍白，优雅的尖耳朵露了出来，身穿象牙色的衣服。与女仆不同的是，她漂亮的衣服后背稍做了修改，为她那双黑色的翅膀腾出了空间。她坐在那里，翅膀像毯子一样缠在身上。

温特看起来虚弱而悲伤。

另一边，艾瑞看起来像是一场噩梦。她穿着标准的加德纳服装。紧身的黑色上衣，身后的系带为翅膀留出了空间，使她看起来像是一只备受折磨的乌鸦。她穿着男式的长裤，笨重的长靴子，头发剪得短短的，以一种奇怪的角度贴在油腻的黑色翅膀上。她的眼睑是黑色的，使她那双淡蓝色的眼睛看起来几乎和瓦尔加德的那个伊卡利亚人一样苍白无力。温特的翅膀低低地垂在身后，但艾瑞的翅膀展开来，好像在迎风飞翔。她蹲在那里，好像在逃避什么似的，眼睛眯起来，生气地扫视着房间。

她们在那里，那两个折磨我的人，正坐在那里，吃着我做的香草蛋糕。

昨晚的一切都回到了我的脑海里——艾瑞疯狂的叫嚣，她用指甲和尖刀划着门，当时我一度以为自己活不下去。

卢卡斯也许对厨房的工人过于苛刻了，但是这两个伊卡利亚人——她们完全是自作自受。

愤怒在我身上迸发，我忘记了恐惧。我握紧拳头，穿过一边的过道，冲到桌子旁边抓起蛋糕。她们都瞪大眼睛看着我。

“地狱的恶魔不配吃蛋糕！”我咆哮着，心跳加速。

艾瑞猛地站了起来，坚硬而细长的手臂撑着桌面，她的手指上有刚刚愈合的刀伤。她的表情突然扭曲了一下，向我冲过来。

我迅速闪开身子，艾瑞一下子失去了平衡，撞上了桌子，盘子和食物散落在各处。温特赶紧举起手挡住四处飞溅的食物汤汁，旁边的桌子上传来一阵惊呼。

“这是怎么回事？”身后响起了一个沉稳的声音。

我环顾四周，跟一位身穿绿袍的教授打了照面，他有一头褐色短发，衣着凌乱不修边幅，是个戴眼镜的凯尔特人。

教授的表情有一秒的诧异。

我跟祖母实在太像了。他如此震惊，我几乎可以猜到他在想什么。

宽敞的餐厅此刻鸦雀无声，除了一些惊讶的耳语，几乎每个人都盯着我们。

被食物的汤汤水水包围的艾瑞从桌子上站起来，用她长长的指甲指着我，“她拿了我们的蛋糕!”

教授的震惊先是变成失望，然后是隐藏不住的愤怒。

他瞪着我，“把蛋糕还给这位同学!”

“这位同学”？他在开玩笑吗？

“不，”我直接拒绝，离他远了一点，“她昨天扬言要杀了我，今天凭什么吃我做的蛋糕!”

教授转向艾瑞，怀疑地看着她，“艾瑞，这是怎么回事？”

艾瑞？这个老师怎么如此亲切地称呼她的名字。

“这不是我的错!”艾瑞哭着说，“她昨天晚上突然闯入我们的房间，说她不能住在肮脏的厕所，她把自己锁在储物间里！我想让她出来，但她不停地大喊大叫，她说她是加德纳的孙女，她是高贵的加德纳人，她不能跟伊卡利亚人或者精灵混住，我们会污染她纯正的血统！她一直说加德纳人是高贵的种族，其他种族都是劣等种族，她说自己是下一个黑女巫!”

我一时惊得说不出话来。

凯尔特教授转过身来，脸上的表情先是有点奇怪，再后来就变得面无表情。

“她在撒谎!”

艾瑞站在他身后，刚才还楚楚可怜的脸上立刻做了一个鬼脸。“她跟踪我！还恐吓我！我只能躲在储物间里！可她大半夜还一直用小刀在储物间的门上一刀一刀地划!”

教授回头看看艾瑞，然后又回头看着我，他的眼神很冷，嘴唇紧紧地抿在一起。

我不知所措。当然，他肯定站在她那边，他是个凯尔特人啊。

“艾洛琳·加德纳法师!”他的脸紧绷，好像我的名字让他很痛苦。他知道我的名字，我一点都不奇怪，大家都知道我的名字。“把吃的还给这位同学吧。”教授命令道。

为什么我总是遇到这种事！“好啊!”我咆哮着，把蛋糕扔在桌子上，蛋糕在桌子上翻滚了一下，更加狼藉了。

“克里斯蒂安教授，谢谢您！”艾瑞一脸无辜的表情。

我真想揍她一顿。

“艾洛琳，”身后响起了一个熟悉的声音，“你该换班了吧？”

我转过头去，卢卡斯正向我走来。他扫了一眼大厅，眼神里闪烁着一丝不屑，然后又回到了我身上，他的剑和魔杖在他身旁。我站直了身子，抬了抬下巴。

好，终于有人来帮我了。一个五级法师，也不是一个早就站在伊卡利亚人那边的凯尔特老师。

我转头看了看克里斯蒂安教授，他正冷冰冰地看着卢卡斯。

卢卡斯向我伸出手，我挽着他的胳膊，头也不回地走了。

卢卡斯陪我走回北塔，我们两个在一座院子中央的小树林附近停下来。

我靠在身后的树干上，我的手摸到了干燥的树皮。我闭上眼睛，深呼吸，树木的清香让我放松下来。

嗯，是岩石枫树。

虽然野外让我害怕，但森林里的这些孤独的树木，抚慰着我，把我心中的愤怒和委屈的锋利边缘熨帖成平静的水面。

当我睁开眼睛的时候，卢卡斯正紧紧凝视着我，他的表情很好奇，他的手也放在树干上，手指轻轻地揉搓树皮。

“你能感觉到这棵树的树根吗？”

我咽了咽口水。我不应该告诉他我的这种奇怪的能力。

但显然，卢卡斯也感觉到了它们。“这棵树的根扎得非常深。”我犹豫地回答。

他对我微笑，“嗯。”

“谢谢你，”我抚摸着树皮，身后的树干粗壮有力，“你，你一直很懂我。”

他大胆地看着我，然后狡黠一笑，“因为，我有别有用心的动机。”

我抬眼看他，又低头叹了口气。他笑了一下，我也忍不住笑了起来。

但是，我还是有个萦绕在心头的牵挂。

“卢卡斯？”我犹豫地问道。

卢卡斯正靠在强壮的树干上，他的剑柄折射着附近的灯光。

“嗯？”他低头看着我，他的脸在这黑暗中几乎看不清，但他的皮肤发出微光。

“威胁孩子真的合适吗？”

他眯起眼睛，“我只是帮他们一个忙。”他快速地看了一眼，确定四下无人，然后转身回到我身边，他的声音很低，“那个孩子在这里是违法的。他们得仔细地把她藏起来才安全。”

“原来如此，”我说，“我竟然没有想到这一点。”

但是他威胁艾里斯的家人和布莱德生病的母亲又要怎么说呢？

“艾洛琳，你总要选择的，”他摇着头说，“这世界一直是这样，永远都是这样。要么支配别人，要么被别人支配，你必须选择。当所有人都认为你好欺负的时候，你是什么处境？有人对你表示出哪怕一丁点同情吗？”

他是对的，他当然是对的。但我脑海里小弗恩流泪的场景挥之不去。

“她很害怕被遣返回菲亚岛。”自从王国战争之后，菲亚岛一直是加德纳王国的一部分。

我们让尤瑞斯科人在那里定居，为他们提供住所和工作。可为什么弗恩这么害怕呢？

一想到她的恐惧与我也有关，我心中的负罪感更强烈了。伊万寒冰一样的目光又浮现在我眼前。

夜晚，秋天的寒意悄然而至，我觉得有点冷，伸出双臂环抱着自己。

卢卡斯若有所思地看着我，“菲亚岛是加德纳王国的一个殖民地，尤瑞斯科人在那里需要没日没夜地工作，非常辛苦。但是你要知道，现在尤瑞斯科女人们的日子已经比她们自己的男人掌权的时候好得多了，也比西德·菲亚统治他们的时候好得多了。”

“但是她们现在的日子看起来过得也不怎么样。”

卢卡斯看起来有点生气，“那这些尤瑞斯科人、菲亚人或者凯尔特人掌权的时候又是怎么对我们的呢？”

我知道这个问题的答案。他们穷凶极恶，对我们无所不用其极。

菲亚人征服了尤瑞斯科人，后来，凯尔特人又征服了菲亚人，看起来像是一场无休止的战争和暴力的循环。在这过程中，我们的人民都遭受着这三个民族的虐待和压迫。

直到近几十年才有所改观。

“也许你我都不想让尤瑞斯科人在菲亚岛的劳教所工作，”卢卡斯继续说道，“但相信我，这对很多尤瑞斯科人来说已经是求之不得了。”

“我知道得还是太少了。”

不管是关于这么多种族，还是关于这个世界，我都有太多要学的东西了。

“你总有一天会懂的，”他向我保证，“很快了。”他瞥了一眼黑漆漆的四周，“天色不早了，你又要准备面对那两个伊卡利亚人了。”

一想到那两个人，我的胃就疼得打结。“卢卡斯？”我试探性地问道，抬头看着他。

他疑惑地抬起头。

“不用跟我缔约，你是不是觉得松了口气？”

他英俊的脸上浮现出一个笑容，“不，我并没有松了一口气，”他停顿了一下，“我可真后悔，没有趁你被欺负得七零八落的时候赶紧跟你缔约。”

我不自觉咽了咽口水，他的脸离我的脸越来越近，我的脸上绯红一片。我的眼神掠过他的挺阔的胸膛，再落到了他腰上系着的光滑的魔杖上。我想起了法伦的冰球。“给我看看你的法术吧，”我指着他的魔杖，“我还从来没见过呢。”

他慢慢露出一个笑容。一个优雅的动作，魔杖已经在他的手中。他松松地握着魔杖，退后一步，指着我，用古老的咒语喃喃地说着什么，然后深吸了一口气，直起身子，似乎有一股力量从他的脚尖涌起。

半透明的黑色线条从魔杖尖端蜿蜒而出，绵延着向我涌来。我紧张地吸了一口气，因为这些线条竟流动着，把我的身体包裹了起来。

起初，我感受到它们温柔的压力，它们在我的皮肤上挠痒痒一般戏弄着我。

然后它们忽然收紧了。

当我的腰、手臂和腿部都被这些丝线拉动着时，不顺着它们的方向往前走是不可能的。

我觉得他的法力既令人兴奋又令人不安。这些黑色丝线不断涌动，我的脚也在草地上滑行，片刻之间，我就站在了他的面前。只见他轻抬手腕，黑色的线条顷刻就消失了，他伸出手来搂着我的腰。

“太神奇了。”

卢卡斯只是微笑，慢慢低头吻上我的唇。

卢卡斯把我送到北塔的时候已经很晚了。

我目送着他远去的背影，他在大学城闪烁的灯光下向斜坡走去，身上的披风如同黑色的翅膀，在风中猎猎飞舞。

我不自觉地伸手摸了摸嘴唇，此刻我的唇依旧发烫，似乎还残存着他的温热。

但是当我看着卢卡斯逐渐从视野中消失的时候，我的幸福感开始像烟雾一样消散。我深吸一口气，转身进入塔楼。

我走进房间的时候，天已经全黑了，我知道她们已经在那里等着我了。我可以看到艾瑞的轮廓，她跟昨天晚上一样，蹲在窗户下面。温特正蜷缩在她的床上，仿佛她很不想在这张床上，她银色的眼睛盯着她的翅膀，满是恐惧。

我迟疑了片刻，温特的恐惧让我犹豫了。

不要心慈手软，我告诉自己。她们不是孩子，她们是伊卡利亚恶魔！

我没有看艾瑞，径直走到其中一张书桌上的油灯旁边，用打火石迅速地点亮了它，打火石擦出红色的火花。

一种可怖的红色光焰很快覆盖了整个房间，使得艾瑞看起来更可怕了。她慢慢地向我走来，也许以为我还会是昨天晚上那样的反应。我转过头，手平放在桌子上，冷静地注视着她，试图控制我内心深处的愤怒和手的颤抖。

"如果加德纳女孩在睡觉的时候被烧死了，那多丢人啊。"艾瑞一边低声说，一边展开她那残破的黑色翅膀，一步一步地向我靠近。"被灼烧一定是非常痛苦的吧，她会尖叫多久呢？烧死一个加德纳人需要多久呢……"

当艾瑞突然向前冲时，我内心有些不安。我奋力把她从我身边推开，她倒在了地上。

看到她倒在地上挣扎，我也吓了一跳。我这辈子还没有推倒过任何人，我对自己的暴力行为感到害怕。

艾瑞发出了嘶嘶声，眼睛紧紧地眯成了一条可怖的缝。

"离我远点！"我一边警告一边往后退，不小心碰到了一根床柱，"如果你敢靠近我，我就去找魔法委员会。他们会把你扔回收容所，折断你的翅膀。你就在空空的牢房中腐烂吧，到时候你恐怕比现在更疯癫！"

"那你去啊！"她咆哮着，奋力吐出毒液，"但能听到你尖叫求饶，也值了！"

“我也会去找精灵家族！”我尖叫着指着温特，“我会告诉他们，温特·厄尔林也攻击了我！”

“温特不可能攻击你！”艾瑞尖叫着，“但是我会。”温特在床上发出一声啜泣，转而大哭起来。

“委员会才不管呢！”我威胁说，“你能让克里斯蒂安教授拉偏架，我也能让委员会无条件相信我的每一句话。”

果然，艾瑞带着一脸惊恐倒在了地上，她的翅膀软塌塌地落在她身后。

她害怕我，就像卢卡斯说的那样。

“我要睡在床上。”我赶紧乘胜追击，指着身后的床。艾瑞匆匆走过去，拿走她的东西，用力扔在温特旁边的床上，她嘴里一直阴沉沉地嘀咕着什么。

她转过身来看着我，“加德纳，我可能伤不了你，但是你记着，我恨你！”

“彼此彼此！”我嗤之以鼻。

我把艾瑞的床单扯下来，我讨厌睡在任何曾经触及伊卡利亚人皮肤的东西上，我把床单用力朝她扔过去，然后从楼下的储物间里取出我的东西，放在床上。我拿了笔和一些卷起来的羊皮纸，放在我的书桌前。

即使卢卡斯说我很厉害，我现在还是不觉得自己强大。在这样的午夜，我内心有一种渺小、害怕和恐惧的情绪。我可以感受到那两个伊卡利亚恶魔的目光。我的眼泪灼痛了眼睛，我开始提笔写信：

亲爱的姑姑，

请让我换一间宿舍吧。我知道您正在努力做您认为对我好的事情，我很感激，但是伊卡利亚人是非常可怕也非常危险的，她们比我想象的要危险得多。

我同意跟卢卡斯·格雷以缔约为目的进行订婚。我从来没有说不愿意嫁给他。我知道这不是您想要的结果，但恳请您不要让我和这些可怕的人待在一起。

我请求您。

艾洛琳

我晾干墨水，折好羊皮纸，用蜡封住，然后吹灭了灯。

那天晚上，我在哭泣中入睡，我梦见自己走到了离北塔很远的地方。在我的梦中，我强势而坚毅，周围的人都害怕我。

我的名字是卡尼莎·加德纳。

我在一个黑暗的地牢里锁了一个大铁笼，我手里拿着一捧黑色的钥匙。地牢里漆黑如夜，唯一的光线来自墙上挂着的一些昏暗的埃夫伦流明石，在大理石地面洒下一片沼泽般的绿色荧光。

笼子里关的是伊卡利亚人——艾瑞、温特，还有瓦尔加德的那个伊卡利亚人。厨房里的艾里斯和布莱德也在里面。

当铁笼内部的金属钩互相啮合时，我听到一阵尖锐的声音。我确认过他们都被牢牢地关在地牢里，正要转身离去时，一阵小孩的啼哭打破沉寂。我眯着眼睛看着笼子的一角，小弗恩和海豹人正蜷缩在地板上。海豹人抬头看着我，她的眼睛里满是悲伤。

我向她走去，想要把钥匙插到锁里，“你们两个可以出来。”我告诉她们，我摆弄着钥匙，用了很长的时间也打不开锁。

海豹人没动，她躺在地上，搂着哭泣的孩子，“太迟了，”她悲伤地说，“你已经把她锁住了。”

我出了一身冷汗，因为笼子里的其他人消失了，只剩下海豹人和这个尤瑞斯科小女孩。“来得及！”我继续尝试着开锁。

但怎么都打不开。

一定是搞错了，一定是搞错了。

我听到身后有声音，转过身来，是一个守望者，它栖息在一块裸露的石头上，白色的翅膀在绿色的荧光中闪闪发亮，它的眼睛里也充满了悲伤。

我回到海豹人和孩子身边，“一定来得及，我会把你们救出来的。”

整个晚上，我都在跟锁做着斗争，但是不管我怎么试，它就是打不开。

第十一章
加德纳人

第二天早晨，我被敲门声惊醒了。

我摇摇头，吓出了一身冷汗。我的心怦怦跳着，环顾四周，好像不知道自己在哪里。当我看到艾瑞的翅膀摊在床上的时候，还是往后缩了一下。温特把自己蜷缩成一个圆球，深深地埋在她那床脏兮兮的床罩下面。

“艾洛琳？”

我听出门外是瑞夫的声音，整个世界似乎一下子亮了起来。我从床上跳起，冲到走廊，一把抱住了他。

瑞夫大笑着，差点被我撞倒，但他很快就站稳了，紧紧地抱着我，“艾洛琳，你一直都很擅长把事情弄得天翻地覆，对吗？”他一边咧开嘴笑一边看着我。

终于又回到了家人的身边，我又哭又笑。突然之间，似乎所有烦恼都烟消云散。

瑞夫看着我，脸上露出了笑容。他伸手轻轻抚摸我的脸颊，“有没有涂点药膏？”

我把头靠在他手上，“没事啦，好多了。”我的视线穿过他，扫过狭窄的走廊。“崔斯坦在哪里？加雷斯呢？”

“楼下呢，他们和艾林恩还有艾荷在一起。”

“他们让我跟伊卡利亚人一起住。”我低声说道，转头看了看门的方向。

他冷酷地点点头，“艾林恩和艾荷都跟我们说了。”

我擦了擦眼泪，笑了，“你们来了，我真高兴。”

“先去穿衣服，”瑞夫拍拍我的手臂，“你脸色看起来不太好，我们带你去吃点东西吧。”

昏暗的灰色房间在白天看起来非常脏，满是污秽和臭味，跟瓦尔加德的那个伊卡利亚人身上的味道一模一样。

她们俩也醒了。艾瑞正蹲在角落里，像一个一动不动的鬼魂，她仔细地看着我的眼睛。温特蹲在大圆窗的窗台上，她那薄而黑的翅膀紧紧地包裹在她身上，只露出了头顶的一小部分，看起来像只大大的乌龟。

她们看起来有气无力的。

这间屋子看起来也就比猪圈好一点。壁炉乱成一团，柴火的灰烬撒到了地板上。破烂的黑色衣服、书本和其他杂乱的东西散落在房间里。地板上还有白色的鸟粪，我眯着眼睛看着天花板和椽子，想找一找鸟类生活的痕迹，但是什么都看不清。

我的床紧靠着左边的墙，在浴室附近。艾瑞和温特的床靠在对面的墙上，把壁炉包围了起来。房间里的家具看起来都用了很多年，是很多种并不搭配的家具胡乱拼凑起来的。地板上没有地毯，墙上也没有挂毯可以阻挡秋天的寒气。昨晚，我不得不把自己包裹在羊毛大衣和妈妈做的小被子里，才勉强觉得暖和一点。

这里简直就像树林里的一个山洞。

我觉得这座老旧的塔楼是最适合安置这两个伊卡利亚人的地方，可以把其他学生，尤其是加德纳学生跟她们隔开，毕竟加德纳人都不会喜欢看到长着翅膀的伊卡利亚人。

显然，我的姑姑不在乎这一点，她只要我答应跟卢卡斯·格雷缔约就行了。

但我对姑姑的埋怨并没有掩盖这样一个事实：总有一天，我要深切地了解自己的信仰所在。我需要坚强，让自己变得强大。我已亲眼看见了尤瑞斯科人、伊卡利亚人和凯尔特人的真面目。他们认为我是敌人，而我需要自己的盟友来对抗他们——加德纳的盟友。我要让自己看起来就像是一个强大的加德纳人。

想到这些，卢卡斯的话又在我脑海中盘旋：要么支配别人，要么被别人支配。

我翻了翻自己的旅行箱，拿出几件姑姑给我买的华丽的加德纳服装——一条闪亮的缟玛瑙色丝绸长袍和一条长裙子。

我快速洗漱，在浴室里梳理好头发，简单地化了个妆。我看着镜子里的自己。虽然脸上还残留着一块青紫的手掌印，脸色苍白，但当我穿上干净漂亮的加德纳传统服装之后，我看起来和高贵的祖母一模一样。

我走到卧室，收好书和文件，把它们塞进书包里。我在收拾的时候，发现艾瑞看了看我的小提琴盒。

这把琴是我亲手做的，我绝不会把它单独放在艾瑞身边。我抓住琴箱的把手，决定把它暂存在别的地方，然后匆匆逃离了这令人厌恶的房间和更令人讨厌的室友。

崔斯坦、瑞夫、加雷斯、艾林恩和艾荷已经在门外等我了。我的哥哥和朋友们都来到了我的身边。

清凉的露水洒在田野间，像成千上万面小小的镜子，反射着早晨的阳光，草地上闪着银色的光泽。加雷斯黑发中的银丝随着露水滚落，闪烁了一下，他现在还需要靠崔斯坦扶着走路，他的右腿还打着石膏。

我冲到崔斯坦身边，他穿着灰色军装，袖子上有五条银色条纹。崔斯坦给了我一个拥抱。“艾洛琳，你没事吧？”

我点点头，头发在凉风中飞舞。我伸手拥抱加雷斯，他把我拉到了他温暖的怀里，亲了亲我的头顶。

“我们很担心你。”他揉了揉我的头发。

我看着他毛茸茸的羊毛外套笑出声，“我也很担心你。你的腿怎么样了？”

他微笑着，突然一阵山风吹来，他差点站不稳。崔斯坦见状赶紧扶着他。“最近估计不能跳舞，”加雷斯苦笑着，“但治疗师说我几周后就可以独立行动了。”

“我们应该早点来的，”艾荷严肃地告诉我，她的声音在风中显得非常细，“但是我们要避免跟伊卡利亚人见面。”她担心地抬头看着塔楼，“你晚上跟我和艾林恩去做晚祷吧，牧师可以驱除邪恶。”

我摇摇头，“艾荷，我和她们住在一起。我每一天都浸泡在她们的邪恶气息中，那我恐怕需要成千上万个牧师帮忙了。”

我又想起瓦尔加德那些给我驱邪的牧师了，他们哼唱着咒语，点燃香料。我很害怕。

还有沃格法师。

我眯着眼看看北塔，它在灿烂的阳光下几乎变成了白色。我们离开的时候，风向变了，冷冷的山风扑面而来。

餐厅已经有很多人了。尤瑞斯科女工在长木桌上摆放了各种热粥、面包和奶酪。空气中弥漫着浓浓的温暖气息，混杂着茶水、热苹果酒、烤栗子和坚果粒的香气。

我把斗篷扔在长凳上，放下我的书包和小提琴。冻了一晚上之后，我终于可以休息一下了。我在餐厅里找了一个壁炉暖手，壁炉的管子沿着低矮的天花板走线，弯弯曲曲的许多条。炉火的温暖让我的肌肉渐渐放松，我全身上下都暖和透了。

大厅里，加德纳人、韦帕人、埃夫伦人、精灵族和凯尔特人分散在各个角落，但彼此绝不混着坐在一起。我看到弗里妮亚放下了一大篮子的卷饼，看着她，我的内心又生出歉意。

崔斯坦帮助加雷斯坐下，并把他的双腿支撑在板凳上，瑞夫则去帮我们拿吃的。我坐在艾林恩身边，紧挨着壁炉。艾荷却一直站着，我有点惊讶，“你不跟我们一起吃吗？”

她不安地看了看加雷斯，她的手缠着自己的衣服搅来搅去。“我不能……我得先走了。”她瞥了一眼房间，指着大厅里另一群年轻的加德纳女子，她们的衣着跟艾荷一样华美，“艾洛琳，恭喜你跟家人团聚了。”她转身离开，原本淡淡的笑容消失了。

我的心一沉，我知道艾荷为什么突然走了。

加雷斯的银发。

艾荷加入了不远处的一群年轻女子，她们互相窃窃私语起来，对着加雷斯的方向指指点点，但加雷斯的注意力似乎都在他的腿上。崔斯坦则给我做了一个了然的表情。

我内心对艾荷的偏见非常不满。加雷斯是加德纳人。那么，即便他的头发夹杂着一点银色又怎么样呢，他是我们中的一员。

“你的‘朋友’来了。”艾林恩低声说，把我从思绪中拉了出来。她的语气里带着警告。

我顺着她的目光，看到法伦进入了大厅，她身边还有她哥哥，另外还跟着四个加德纳战士。

这一刻，餐厅里一排排木制的椅子蹭着大理石地板，发出整齐的声音，在场的每个加德纳军校生，除了崔斯坦，都将拳头放在胸前，向她致礼。

我目不转睛地盯着她。

别害怕，艾洛琳，她是黑女巫又怎样。我喃喃自语。你的哥哥都在这里，崔斯坦也是五级法师呢。

法伦和她哥哥西勒斯都穿着灰色的军校生制服，与达米恩·巴恩正式的黑色军装不同。

我问艾林恩：“法伦的大哥是怎么样的人？”

艾林恩向我小心翼翼地做了一个噤声的动作，“达米恩？跟他相比，法伦简直就像一只猫咪，”艾林恩咬了咬嘴唇，“他喜欢……虐待别人。”

我看着达米恩抓住了一个经过的尤瑞斯科女孩的手臂，把她向后一拽。她惊讶地发出一声惊叫，差点把手里的一大篮子松饼扔到地上。达米恩和西勒斯低头挑选了一些松饼，达米恩不友善地笑了笑，然后接着跟西勒斯聊天，就好像那个女孩不存在一样。

达米恩抓起松饼，放开女孩的手臂，带着狂躁的笑容把她推开。

我吓了一跳，转回艾林恩身边。

“也许你应该快点嫁给加雷斯，”她低声说，看了看加雷斯，“这似乎是最安全的做法。假如跟卢卡斯·格雷缔约，你就是跟整个巴恩家族作对。要是拖得太久，你最后只能嫁给达米恩·巴恩这样的人了。”

我正准备抗议，崔斯坦却叫住了我。

“他的夹板松开了。”崔斯坦说着跪了下来，蹲在地上帮加雷斯系好绷带。

我看着加雷斯，他的情况似乎更加严重了一点。我正准备提议带他去看校医的时候，温特无声无息地走进了大厅。她黑色的翅膀紧紧贴在身后。我还是第一次在白天见到她。

“她来了，”我轻轻说，“我的一位室友。”

艾林恩、崔斯坦和加雷斯都顺着我的目光看去。

温特正准备向一张桌子走去，她低着头，眼睛全神贯注地盯着脚下的地板。精灵族的人向她投去轻蔑的目光，他们用双手挡住嘴巴，窃窃私语。加德纳人给她腾出了很大的地方，他们没有看她，而是右手握拳，先放到头顶再放到胸前，这是一个驱除邪恶的祷告动作。

温特拿起一个碗，怯生生地走到一位尤瑞斯科女仆旁边，老太太面带讥讽，把一些鲜绿色的粥倒进了她碗里。

我见过他们在厨房里准备埃夫伦橡子饭，那是精灵族的谷物。厨房里还有许多奇怪的闻所未闻的食物，各种奇异的气味和香料，因为每个种族都有自己偏爱的某些食物和菜肴。

温特转过身来，手里拿着碗准备找个地方坐下，大厅的一角有一张空桌子，她准备往那儿走。

法伦、西勒斯和达米恩不约而同地盯着温特。

法伦向西勒斯耳语了什么，他们咀嚼着松饼，都笑了起来，眼中闪着残酷的笑意。

法伦伸手，她的魔杖轻轻地向温特的方向一挥。温特还在往前走，突然，她的粥洒到了地上，自己也滑倒在上面。

我几乎是出于本能站了起来，对法伦的行为感到非常愤怒，我的脑海里又浮现出那天她施法绊倒我的画面。在这么多人面前摔倒，太丢人了。

但是……那个可怕的夜晚，当艾瑞袭击我的时候，温特没有为我说一句话。

所有人都对温特避之不及的时候，正坐在我对面的瑞夫没有任何犹豫，大步上前，跪了下来，轻轻地抓住温特的胳膊帮她站起来。他碰到她的一瞬间，温特吓得抬起了头，眼睛瞪得大大的。

"加德纳人，离我妹妹远点！"

食堂一下子安静了下来，一个精灵族男子推开身边的学生，飞快地向他们这边走来。他也有帮手，是两个年轻矮小的精灵族小伙子，他们两个背着弓箭，肩腰带上绑着精灵族的刀。

埃夫伦弓箭手——阿夕亚大地上最危险的人之一。

我不由得有点担心。瑞夫当然也可以熟练使用各种武器，但是他肯定不是精灵族的对手。

瑞夫立刻放开了温特的手臂。她已经坐起来了，象牙色的衣服上满是绿色的粥，睁大眼睛看着瑞夫。

"离我妹妹远一点！"那个年长一些的精灵咆哮着，他朝瑞夫迈了一步，伸手去拿刀，"离我们族的女子远一点！"

瑞夫拍拍他的肩膀，"放松，朋友，我只是……"

"我不是你的朋友！"精灵族男子咬牙切齿。

瑞夫小心地退后一步，然后鞠了一躬，"我只是想帮她，并没有冒犯她的意思。”

“你们的族人根本不懂什么是尊重！”

瑞夫深深吸了一口气，他小心翼翼地看着精灵，又转身问仍然跪在地上的温特：“你还好吗？”瑞夫这次小心地注意不碰她。

温特抬头看着他，缓缓地点点头。

温特的哥哥推开瑞夫，扶着温特站了起来，然后盯着瑞夫，“不要再和她说话，明白了吗？”

“你已经说得很清楚了。”瑞夫冷静地回答。

精灵丢下一个威胁的眼神，带着温特走出了餐厅。他们身后跟着另一个埃夫伦弓箭手。

法伦看着温特，脸上露出一个笑容，她的哥哥们已经失去了兴趣，正在闲聊。

然后，她转过头直视我，她脸上的微笑让我脊背发凉。法伦歪过身子又向她的哥哥们说了些什么，接着轻轻地拍了一下魔杖，我吓得往后退了一步，法伦哈哈大笑了起来，同她的哥哥们一起离开了餐厅。

我松了一口气。

过了一会儿，瑞夫也坐了下来，他手里拿着一堆小碗和一大碗热腾腾的燕麦片，上面盖着烤栗子、蜂蜜和甜黄油。

“别去招惹埃夫伦精灵。”崔斯坦在帮加雷斯弄绷带的时候，语重心长地说。

瑞夫模模糊糊地答应了一声，帮他们摆好了木碗，然后把燕麦片倒了进去。

崔斯坦警告说：“你早晚要吃到他们那些长箭的苦。”

“这就是你帮助伊卡利亚人的结果。”当艾林恩接过瑞夫递过来的一碗燕麦粥时，我没好气地说。

“这个女孩的哥哥是有点粗鲁，”瑞夫说，他递给我满满一碗粥，“但是他的敌意并不是完全没有道理的。”

“你怎么能这么说呢?”我嗤之以鼻,“他应该感谢你。谁都知道,她不配得到你的帮助。”

瑞夫眉头紧皱,他停了下来,“我以为艾瑞才是袭击你的那个人。”

“是艾瑞欺负我,但是温特看着我被恐吓了一晚上,什么也不做。”

“即便如此,”瑞夫一边说,一边从一个陶瓷罐子里给自己倒了一点热苹果酒,“她被精灵族、加德纳人和凯尔特人嫌弃,处境很艰难。她哥哥只是想保护她。”他坐下来,搅拌他的燕麦片,“我不该碰她的。我忘了他们的礼节是与我们不同的。”

“离这些外族越远越好!”我愤愤不平地说。

瑞夫和崔斯坦都给了我一个责难的眼神。

我的脸红了,“我不是说加雷斯。加雷斯,你知道我肯定没在说你。你是加德纳人呀。”

崔斯坦拉紧了绷带,加雷斯疼得脸上都扭曲了一下,“没关系,艾洛琳,我知道你不是在说我。”

我希望崔斯坦也没有生气。我这个安静的二哥总是静静地倾听,一般很少评论。崔斯坦给了我一个小小的鼓励的微笑,但是瑞夫依然担忧地看着我。

“他们恨我,”我有点迷茫,为自己辩护,“他们都恨我,仅仅因为我看起来像我们的奶奶。”

瑞夫深吸一口气,跨过桌子把手放在我的手上,“艾洛琳,很抱歉那一切发生的时候我们不在你身边。”

“我知道。”我嘟囔着。

瑞夫温柔地捏了捏我的手,微笑着,沉默了一会儿。他低头看了看桌子,表情又变得沉重起来,“艾洛琳,埃德温叔叔……”他说不下去了。

“我听说了,住宿主管跟我说他病了。你打听到什么消息吗?他好点了吗？”

“姑姑派了医生照顾他。艾洛琳，叔叔的右半身瘫痪了。”

我的脑海里轰隆一声响，我可以感觉到自己的脸色变得苍白。

“他还能好起来吗？”我挤出这句话。

“也许吧。能好转一点点。”

我咽了咽口水，嗓子有点干，“好到可以再次制作小提琴？”

瑞夫顿了一下，“不能了。”

“不，不可能的……”我努力仰起头，怕眼泪落下。

艾林恩急忙从口袋里掏出手绢，我心不在焉地接过了它，脑海里全是从小到大的回忆。叔叔用他灵巧的手教我做辫子面包，叔叔握着我的手拉小提琴，叔叔在寒冷的冬夜陪我升起炉火时的温柔。

现在叔叔病倒了，不能再经营他的生意了。而我们几个从来没有做过生意，这意味着以后我们会更穷困，恐怕只能靠姑姑接济了。

这样一来，也许我没有选择，只能跟富有的卢卡斯缔约。

“两年后，崔斯坦就能拿到一份武器法师的工资，而你将会成为一个实习医师，”瑞夫好像看出了我在想什么，“你赚的钱也不会少。而且你现在已经在打工赚学费了。”

“瑞夫，”我的声音很低，“卢卡斯·格雷……他想跟我缔约。”

瑞夫的脸色一下子沉了下来，“你要是为了钱嫁给卢卡斯·格雷，你就是最大的傻瓜！”

“我已经拒绝他了。”暂时拒绝。对哥哥撒谎，我感到非常内疚，但很快我便觉得这是我对他不分青红皂白的绝对强硬的一种自我保护。

他的表情缓和了一些，“那就好。”他拍拍我的胳膊，“等两年再缔约，这也是叔叔的想法，除非……”瑞夫向加雷斯瞥了一眼。崔斯坦现在正给加雷斯重新绑绷带，加雷斯也没空看我们这边。

我也看向加雷斯。

跟一个水手缔约吗？但我并不爱他。

我的确也想缔约。但不是跟一个我一直以来把他当作好朋友和哥哥的人缔约。我想跟一个我深爱的人缔约，一个从各个方面都让我无可救药地爱上的人。

我转头看着瑞夫，我知道他能看穿我的想法。

“别着急，等到你真的确定了心意也来得及。”

“我带他去校医院，”崔斯坦对瑞夫说，他站起身来，“我简直越帮越忙。”

我也站起身，但瑞夫做了个手势让我留下来，“艾洛琳，你留下，吃点东西。我们会照顾加雷斯的。”他对我微笑，“也许他这次才肯听医生嘱咐了。”

“你打算怎么办？”我担心地问瑞夫。

“我的话，”他站直了身子，“我要完成这一年的学业，然后去参军。我知道叔叔不赞成这样做，但当下我们也没有别的选择了。我和崔斯坦几周后会去看望叔叔。”瑞夫安慰我。

“我也想去。”

“艾洛琳，你必须留在这里，只有这里是安全的。”

泪水刺痛了我的眼睛。因为伊卡利亚人，我必须留下来，就因为从瓦尔加德逃跑的那个伊卡利亚人，那个跟踪我的人。

“好吧。”我悲伤地叹了口气。

我目送崔斯坦和瑞夫离开餐厅，加雷斯靠着他们走出去。此刻，愤怒赶走了我的悲伤。

伊卡利亚人，都是他们的错。如果不是他们，我就可以去见我的叔叔，我就不会住在地狱里。

艾林恩抱着我，“没关系，艾洛琳，你会看到叔叔的。”

我几乎听不到她的声音，我内心的仇恨在燃烧，将我对温特·厄尔林的最后一丝怜悯烧尽。

第十二章
冶金学与数学

我盯着绘制在粗糙的羊皮纸上的大学城的地图，韦帕城的布局就像一个错综复杂的车轮。中央白厅是它的中心，从白厅辐射出无数条像象牙一般弯弯的路线，这些路线都是韦帕的鹅卵石小径，路的两边分布着不同的教室、实验室和大厅。

每个种族的学生和身穿绿袍的教授都聚集在中央白厅宽阔的大厅里，他们的谈话声和脚步声在空旷的天花板上回荡，晨光沿着圆顶从圆拱形的窗户流泻下来。

我循着老师的声音，手握地图，很快就找到了走廊上刻有一个金盘子标志的金色大厅。

我已经背下了今天所有要上的课，冶金学实验，然后是数学、历史、植物学和化学，最后是去厨房劳动——没有休息时间，也没有午餐时间。我把早餐吃的烤饼和奶酪留了一点，用布包好，塞进了我的长袍口袋里。

我有点赶时间，一路小跑时，繁复的裙摆在脚踝处飘动。

我面前的三个精灵开始沿着螺旋状的楼梯往下走，我紧紧跟在他们后面，穿过韦帕这条长长的岩石铺就的地下小路。我还记得崔斯坦在家过暑假的时候，他教我一起研究地图，我当时就惊叹于大学城地下错综复杂的道路网络，四通八达的地下小路上错落有致地分布着不同走廊和讲堂的入口。

当我进入冶金学院的讲堂时，映入眼帘的是错综复杂的雕花石拱门，在门厅两侧呈螺旋状排列。

弯曲的天花板由厚厚的紫色水晶制成，我仿佛走进了一个巨大的晶体里，水晶闪耀着灿烂的光芒，也反射出大厅的灯光。

我兴奋了起来。

这才像一个魔法世界。

我的左手边，玻璃橱柜嵌入墙壁之中，柜子内部镶嵌着彩虹晶体、石块和金属块，一排排十分整齐。我的右手边是一张长长的桌子，上面摆满了实验设备，各种形状的玻璃小瓶和蒸馏器，还有三个最高配置的铁匠炉，它们的烟囱直通水晶天花板。

空气中飘浮着白垩特有的矿物质气味以及伯爵燧石的刺鼻的味道，但我被脊柱山脉岩石凉爽干净的香气所吸引，毫无保留地大口呼吸着。

为了给我的厨房工作腾出时间，我只能被安排到这个时间上冶金课。我扫视四周，发现自己是课堂上唯一的女生。

大厅里有一半是精灵族，他们整整齐齐地坐了一排。左边是一小群凯尔特人和埃夫伦人，还有不少加德纳军校生，他们穿着灰色的军校服。有些人站着，有些人坐着，他们看到我，表情里就带着几分冷漠和警惕。

我认出他们了，心不由得一沉，他们是法伦的朋友，我在舞会上也见过他们。

我坐在一个加德纳青年旁边，他看起来非常悠闲，胳膊伸到椅子的后边，非常舒服地坐着。我拿出了笔、羊皮纸、文件夹和课本，他看到后露出一个轻松的笑容。

“你好啊，艾洛琳·加德纳法师。”他非常热情地打招呼。三个站着的军校生不满地扫了他一眼。他只是对他们笑了一下。

他长得很英俊，一双深蓝色的眼睛灵动至极，一张开怀的笑脸。我瞥了一眼，他的手腕上有缔约的标记，似乎我们这个年纪的大多数加德纳人手腕上都有这个标记，除了少数人是例外。

不得不承认，薇薇安姑姑是对的，所有好的人选都快被抢走了。

我叹了口气，伸出手来，“很高兴遇到……”

他立刻伸出自己的手，亲切地抓住了我的手，“柯伦。我叫柯伦·戴尔。”他袖子上的四条银色丝线非常齐整。

我坐下来，看着远处那几个不怀好意的军校生，“我想法伦肯定宣传过我的事迹了。”

他笑了，“的确如此，在她口中，你可能是阿夕亚大地上最差劲的人了。”

我再往椅子里躺了一些，“哦，那可太好了。”

他又夸张地看着我，开玩笑地说：“你没有继承你奶奶一丝一毫的法力，简直是不孝顺。”

“我姑姑已经跟我说过很多次了。”我气愤地说。

他又笑了起来，目光充满戏谑，“我觉得你就是个……就凭你怎么可能阻挡法伦对卢卡斯·格雷那种移山倒海的攻势呢。”他突然严肃，“就像狮子和它的猎物，你们俩的力量就是那么悬殊。”他又一次笑了起来，然后越来越严肃地看着我，“说真的，你还是离卢卡斯远点。要想和法伦·巴恩对着干……”他深吸了一口气，摇了摇头，“对你不是什么好事。”

我觉得脖子后面发凉，这股寒意甚至能穿透我的喉咙。

“这里有点冷。这么多石头，又是这么深的地下。”

他疑惑地看着我，“这里明明很暖和啊，四处都是韦帕特有的榆木壁炉……”

他的话被门铰链的吱吱声和大理石地板上轻快的脚步声打断了。

我们一起坐好，面向前方。

身穿绿衣的教授走了过来，他身后长长的黑发如同黑暗的火焰一般飞舞，我有点困惑。

我翻了翻入学仪式上拿到的文件。菲亚·雷尔教授是精灵族，所以他应该是一头银发呀。

教授从讲桌后转过身子，面对着我们，整间教室的学生都在暗暗惊叹。他有着精灵标志性的长发和光洁的面容，一对优雅的尖耳朵和银色的眼睛。但他的皮肤也是黑色的，令人难以置信的漆黑，像冬天的夜色。一眼看上去，他就像一片无月的夜空，两只眼睛像夜空中的星星。从长袍下面露出的一点精灵族风格的外衣是深紫色的，衣服边角是黑色刺绣，而不是传统的阿尔法西格精灵服饰的银色绲边。

他是星夜精灵，黑暗精灵的一种。

我呆呆地看着柯伦，而此刻他也目不转睛地盯着教授呢。

黑暗精灵是矿地精灵。他们是被埋在地下的精灵，也是最危险的犯罪精灵。他们被阿尔法西格精灵锁在地心深处，并受到矿地炎魔和地下巨龙的控制。

我从来没有见过黑暗精灵。

所以这个教授是怎么从地心逃出来的？黑暗精灵是如何站在讲堂前的呢？眼前的他分明穿着教授长袍。

我伸手把斗篷从椅子后面拉了过来，这里实在是太冷了。

“我是费咏·哈克温教授。”他的声音非常有磁性，明星般的眼睛里充满了坚硬灼热的光芒，两只耳朵都穿了一排金属耳钉。“由于我被奎伦副校长任命为韦帕的老师，菲亚·雷尔教授辞职以示抗议。如果你们谁想退课的话，去找主管教务的老师就行了。”

只见一道白光，精灵族的学生们都悄悄地溜出了讲堂，整个讲堂左边几列现在都空了。加德纳军校生则不安地互相低声嘀咕。

黑暗精灵似乎不为所动。

哈克温教授的目光在我们房间的一侧冷冷地扫过。他突然看到了我。眼前一亮，就像博尼尔火石被点着了。

“看起来咱们班还有个名人，”他的语气有些奇怪，嘴角抿起，眼睛紧紧地盯着我，“黑女巫的孙女。”

一种无形的恐惧笼罩着我，越积越重，我被一种真正的危险所吞噬，好像黑暗中，有什么东西正在舔舐自己锋利的牙齿。我把斗篷拉得更紧了些，盯着眼前这个黑暗精灵。

“艾洛琳·加德纳法师，我可不会偏爱任何人。”

这话是事实，再真实不过了。“我本来也没想要优待。”我的声音在空虚的寒冷中显得软弱无力。我看了一眼离我最近的炉子，红色的炭燃烧着，但我几乎感觉不到它的热度。

即使黑暗精灵把视线挪开之后，我还是有一种恐惧的感觉，就像我正在被监视一样。

“我们将从第四部分开始，黄金合金，”他直截了当，翻开了讲台上的书，“从下一节课开始，我会按照每个人的公会给你们分组，并相应调整你们冶金学这门课的学习进度。你们会被分成武器制造、铁匠、珠宝商和药剂师这几组。”他的眼睛冷冷的，“加德纳法师，你跟我一组。”

“好的。”寒冷和恐惧在我的身体里不断滋长。

他开始在身后的黑板上写下黄金合金的清单，我正准备记笔记，把笔伸进墨水瓶里。

笔头好像戳到了什么很硬的东西，差点打翻了瓶子。我感觉自己好像戳到的是坚硬的玻璃，而不是黑色的墨水。我很奇怪，拿来墨水瓶想一看究竟，但是我一碰到瓶子就把它扔回去了，瓶身的玻璃太冷了，我的指尖好像被冻住了一样疼。我越发觉得情形不妙，将身子前倾，把笔伸进墨水瓶里，瓶子里墨水居然冻住了。

柯伦歪着头看了我一眼，“你怎么了……”

这么一问，我们俩都吓了一跳，因为柯伦的手臂也在变白，也像被冻住了一样。

我明白了几分，目光四处搜寻，果然，在我们后面两排坐着个年轻女子，她脸上露出了一个邪恶的笑容，眼中燃烧着复仇的快意。

法伦·巴恩。

我迅速转身，心跳很快。哈克温教授的粉笔在黑板上敲出了断断续续的节奏，我又感到一道冰冷的丝线轻轻地缠绕着我的喉咙。

下课后，我赶紧跑出了教室。我发现柯伦也是一刻都不想多待，我们两个人都避免与她接触，把她看作一个发狂的动物。我不自觉地感到，寒冷一直环绕着我的喉咙，寒意并没有消散，直到我离开了冶金学院。

我走向数学课教室的每一步都充满了沮丧，原本心里拉响的警报，慢慢让位于愤怒。

我的第一堂课，因为法伦·巴恩的报复，我没有记任何东西，只能放学后凭记忆去弥补。

她不敢真的伤害我。我自言自语道。一旦她这么做，她会被赶出大学，逐出军队，立即被送进监狱。对一个加德纳同胞使用魔法是重罪。

我咬紧牙关，决心永远不再像今天这样灰头土脸地溜出课堂。

我在数学课教室坐下的时候，仍然很生气。但还是松了一口气，前面坐了很多加德纳年轻人，他们都不是军校生，而且法伦也不在。

没有人注意我的存在。我的目光落在了房间里唯一的凯尔特人身上，他坐在我前面两排，棕色衬衫和我们的黑袍形成了鲜明对比。

他转过身来，我们都看到了彼此。当他绿色的眼睛仔细眯了眯看清了我时，他的姿势变得僵硬起来。

哦，太好了。简直是双喜临门。

是伊万·古里尔。

伊万转过身去，我只能抱着头，感叹自己怎么这么倒霉。

第一节冶金课就看到法伦·巴恩，现在数学课又遇到伊万·古里尔。接下来还有谁？

我看着他强壮的后背，他的手紧紧地抓住书桌边缘，肌肉紧绷着。

我几乎可以感受到他内心仇恨的炽热，它不断触碰我内心的伤口，直击要害。可我始终不明白，这些仇恨背后的原因。

第十三章
加德纳历史

数学课后，我努力地避开了伊万·古里尔充满仇恨的眼神，抓紧时间去上历史课，我实在是受够了和这些人待在一个课堂上。

我从中央白厅走了出来，阳光照射着我的脸，真是一种解脱。

历史课的讲堂是一栋明亮的房子，位于一座加德纳式建筑大厅的旁边。我终于逃离了法伦那可恶的冰魔法和伊万仇恨的眼神。

一走进大厅，我立即被欢快友善的同学们包围。他们认出了我是谁，眨着眼睛，喃喃低语，然后温和地朝我微笑。

这里都是加德纳人，没有可恶的凯尔特人，也没有加德纳军校生。

最重要的是，没有法伦·巴恩。

我身上每一块肌肉都放松了下来。

厅里坐着的学生有男有女，每个人手腕上都有弯曲优雅的黑色条纹。很多人左手都拿着热气腾腾的茶杯，右手拿着一块小餐巾，上面放着几块点心。

我好像从一个硝烟弥漫的战场，进入了一个温馨的下午茶派对。

"欢迎你，艾洛琳·加德纳法师。"一位年轻的高个子女生热情地说。她脖子上挂着一个阿夕亚银球，还有一个象征三年级药剂师身份的名牌。她指了指茶点："我们很高兴你跟我们一起选这门课，请用一些茶点吧。"

我看了一眼茶点桌，桌上摆着不同类型的奶酪、提子饼干、一碗葡萄、切片面包、黄油玫瑰花卷、各种果酱，还有一些燕麦饼干。

一切都会好起来的，我安慰自己。法伦就是纸老虎，她不能伤害卡尼莎·加德纳的孙女，薇薇安·达蒙的侄女。

对于情况的好转，我满怀感激。我把书放在桌子上，从旁边精致的瓷茶壶里倒出一些香草红茶。瓷茶壶壶身描绘着精致的葡萄藤，当温润饱满的茶叶滑过我的嘴唇时，我的手和神经都开始变得放松。

“我是艾琳。”我倒完茶，朝课桌走去，那个高个子女生对我说。她介绍了在场的其他人，把我引入他们愉快的圈子里，我点头微笑，努力记住每一个名字，慢慢地，刚才那种围绕着脖子的寒气消失了。

法伦不能伤害你，随她去吧。我对自己说。

我瞥了一眼大厅，我要在这里上加德纳历史和植物学，这两门课的老师都是斯密特尔教授。大厅长长的货架上摆放着许多形状奇特的兰花花盆，拥挤地靠着拱形玻璃窗户下面的一整面墙壁。窗户向上延伸到屋顶，屋顶是大大的天窗，阳光透过玻璃洒在我们身上。五颜六色的兰花在墙壁上留下影影绰绰的身姿，墙上还挂着反映加德纳历史上一些重大事件的油画。一面墙壁全部由书架组成，书架上摆放着数不清的厚重的历史学和植物学书籍。墙上还有一扇玻璃门，门外通向一个小圆屋，里面种满了花草。

加德纳建筑都是木制的，每一处都是木制的，不冷，不像韦帕西亚冷冰冰的岩石。

我贪婪地呼吸着空气中铁木的浓郁气息，一朵淡粉色的兰花身姿绰约，散发着幽香。我瞥了一眼离我最近的那幅油画，最后的签名是巴斯洛维·斯密特尔。

这位教授竟如此才华横溢。看来，他不仅是著名的历史学家和植物学家，还是一位颇有成就的艺术家。

一个苗条的尤瑞斯科女孩又端上了一份装在四层玻璃碟上的茶点拼盘。艾琳和我周围的其他人突然安静了下来，他们静静地瞥了一眼这个耳朵尖尖、皮肤蓝蓝的女孩。

那女孩顺从地低下头，沉默地退了出去，离开时几乎没有在空气中留下一丝痕迹。

微笑和谈话声又恢复如初。

他们这种对那个尤瑞斯科女孩微妙的集体厌恶情绪，让我觉得恼火，我不由得想起了自己在厨房里的遭遇，我努力不去回想那种感觉。

这时，大厅的门打开了，一个戴着眼镜的黑发教授走了进来，他那略显臃肿的身材以及眼角的笑纹暴露了他的年纪。他把书整齐地放在桌子上，然后抬头看着我们，好像我们是他多年未见的孩子一样。

教授穿着加德纳牧师的传统衣服，一件长长的黑色外衣，上面绣着一只白色的鸟，这是上古先贤的象征之一。

他看见了我，目光里闪烁着一种欣喜。他突然绕过桌子，沿着过道往下走，来到我的身边，单膝跪地，双手轻轻地放在我的手臂上。

“加德纳法师，”他的声音很低沉，“您的祖母救了我的全家人，愿上古先贤与她同在。”他停顿了一下，仿佛在寻找合适的措辞，“当时我们全家即将被敌人处决。是她和您的父亲，他们冲进来，解救了我们，将我们带到了瓦尔加德。伟大的黑女巫救了我们的命，现在，她的孙女在我的课堂上，成了我的学生，我多么荣幸！”他起身，拍拍我的手，向我微笑，然后，仿佛为了克制某种情绪，拍了拍我的肩膀。

听到教授这么说，我的心一下子就被打动了。可以轻松地成为加德纳人中的一员，并为他们所接受，是多么幸福的事。

斯密特尔教授环顾四周，好像看到我们每个人都很高兴，“请各位翻开历史课本的第一页。”

我翻开书的第一页，上面写着标题和作者的名字，巴斯洛维·斯密特尔。

他张开双臂，仿佛拥抱了我们所有人。“现在让我们开始上课吧，从阿夕亚大地的创立开始，从我们站立的这片土地开始，这里有圣子的故事，有善与恶的故事，这里有上古先贤给我们留下的馈赠，有你我的故事。”他的声音沙哑而有磁性，仿佛蕴含一种极具感染力的真正的热情。

我内心很喜欢斯密特尔教授，在他的课堂里，我感觉自己被卷入了加德纳历史的长河中。

第十四章
卢布林狼族

历史课下课后，我老远就看到了艾林恩，在中央白厅里追上了她。

“法伦·巴恩也选修了冶金课，伊万·古里尔竟然跟我一节数学课!”我气喘吁吁地把所有发生的事情都跟她说了一遍。不过回到了朋友身边，终于可以松一口气了。我们周围是从各个教室里走出来的刚刚下课的学生，他们抱着书，急匆匆地前往下一个教室。阳光从穹顶倾泻而下。

我跟她说了法伦用冰魔法的事情。

艾林恩一手扶额，一手紧紧地抱着她的书，她肩上还挎着一个重重的书包。我的这个好朋友呀，就跟图书管理员似的，天天在一个小型图书馆里待着。她这些书要是叫一头骡子背着，恐怕也要累坏了。

“你离卢卡斯·格雷远一点。”她再次提醒我。

“呃，真的很难啊，”我反驳道，“我姑姑简直把促成我跟他缔约的事情当成了终极人生目标。”

艾林恩摇摇头，“艾洛琳，真的不要招惹法伦·巴恩。”

“她把我的墨水冻住了。”我愤怒地说。

“如果你不离开卢卡斯，她恐怕就不只是冻住你的墨水这么简单了。”艾林恩关切地警告道。

我眨了眨眼睛。我该怎么跟我的这个好朋友描述被卢卡斯亲吻的感觉呢。当然，这也不是最重要的，最重要的是，法伦·巴恩凭什么想欺负谁就欺负谁。

“我的家族势力也很强大，”我想要反驳，“甚至比她还要强大呢。”

“那是从前，”艾林恩理智地叹了口气，好像我是一个不听话的孩子，她把手伸在火炉边烤火，“她可能是下一个……”

“黑女巫，我知道。”我伤心地打断了她，我没有继承祖母的哪怕一点点的魔法，我也很沮丧。我深吸一口气，回头看看艾林恩，“我的冶金老师是个黑暗精灵。”

艾林恩挑了挑眉毛，“怎么可能呢？”

我摇摇头，“我不知道，但我得跟着他学习。”黑暗精灵奇异的外表在我脑海中盘旋，“你有没有过这种感觉，在深夜的树林边缘，你能看到一圈黑影中闪烁的光芒。”

艾林恩点点头。

“他给人的感觉就是这样的，令我觉得非常不安。”

“那就马上退课，”艾林恩强调说，“阿尔法西格精灵把这种黑暗精灵锁在地下是有道理的。”她的表情变得很严肃。

“可是我不能换课，”我抱怨道，“我的日程表没有时间选别的课了，我必须跟着这个黑暗精灵教授上课，每节课还要忍受法伦·巴恩的折磨。”

艾林恩眼神中很是同情，我感觉好了一点。

“历史课怎么样呢？”她终于问道。

“历史课简直太棒了，”我一边说一边从一个口袋里掏出一个小餐巾布包，“我多拿了几块饼干。在历史课上，我遇到了很多新朋友。”我感激地微笑着，递给她一块燕麦饼干。

艾林恩也给我一个甜美的微笑，然后轻轻咬了一口饼干，“咱们得赶紧去上课，要迟到了”。

我和艾林恩朝着化学课的教室一路小跑。我们跟着灯光的指示穿过许多地下隧道，下去一层楼梯，再穿过长长的拱形走廊。我一直密切关注着四周，就怕法伦·巴恩突然出现。

到了实验室外面，学生们正三三两两聚集在一起——大部分是加德纳人，只有少数的凯尔特人和韦帕人。

法伦·巴恩不在。我松了一口气。

有些学生正坐在走廊的石头长椅上，有些则围成一团站在一起讨论着什么东西。他们都显得很激动，平静的谈话充满了愤怒。他们惊讶地看了看我，但很显然，此刻他们讨论的事情比我的出现更值得关注。

一个衣着保守的加德纳女孩从我们身边经过，表情非常不高兴。

“发生了什么事，萨瑞？”艾林恩困惑地问，“你要去哪里？”

女孩停顿了一下，看了我一眼，好像认出了我。她努力挤出一个微笑，然后转向艾林恩，“卢布林狼族，”她生气地指了指实验室方向，“他在里面。”

艾林恩惊得叹了一口气，“不可能的。”

“里面真的有卢布林狼族的男子，”她坚持道，“我要退课了。艾林恩，你也退课吧，你们两个都赶紧退课吧。”

女孩说着跑开了，不只是她一个人，有好几个加德纳人和凯尔特人也在往外走，其中大多数是女生。

我通过实验室的门往里看。

他们都在那里——金发的卢布林双胞胎。他们在跟阿斯特丽德·沃尔亚教授说话。这位阿玛扎卡教授身材高大，一对尖尖的耳朵，还文着文身。实际上，主要是那个女孩子在说话，她的手傲慢地叉在腰间。年轻的卢布林男子站在旁边，用充满野性的眼神看着她们两个。

我转向艾林恩。她脸色变得苍白，看起来要哭了。

“你还好吧？”

“怎么可能呢，”她盯着卢布林人，眼睛一转不转，“不可能的！我必须要修这门课。没有这门课，我不能完成档案研究。”她转向我，声音变得颤抖，“我不能和一个卢布林男人一起上课。我父亲决不会允许的，说不定会直接把我拎回家。我不能在年底之前就离开学校。我一回家，他们肯定要把我嫁给兰道。我必须在结婚之前完成我的学业。否则……否则他永远也不会再让我上学了。”她好像在拼命忍着不哭出来，嘴唇已经开始颤抖。

我抚摸着她的手臂，“别哭啦……”

她从口袋里掏出一条手帕，揉了揉眼睛，“我是家里唯一一个可以上大学的女孩。”

“为什么成为一名档案管理员还需要上化学课呢？”在我看来，档案学研究主要是文字工作，天天跟档案打交道。

艾林恩擦擦眼泪，“图书和档案的保存需要用到化学，这对我们很有用……”她转过身，悲伤地看着教室，“最起码……要求是这样的。”她又转过身来，表情充满了渴望，“艾洛琳，我喜欢书，有时我甚至希望……”她的声音渐渐消失，脸色变得暗淡，好像正在心里做很难的抉择，“我希望我没有这么早就缔约。”

我为她感到难过，可无奈她已经陷入了这样的困境。

“假如你没有缔约，你想做什么？”我温柔地问道。

她眼中闪过一丝火花，“我想在大学档案馆工作，我会策划展览。阿尔法西格档案馆正在展出莱恩斯植物学系列展览，这是阿夕亚所有植物学史上最令人惊叹的作品。精灵族拥有独特的绘画技巧……他们可以以三维的方式捕捉光线。你一定要去看看！”艾林恩做了一个手势，就像一朵盛开的花，“你几乎可以从纸上摘下鲜花。但这些花朵是真实的，它们在页面间跳跃。”她停下来，捂住脸，“天呀，不要把我对你说的话告诉任何人。”

“为什么？”我疑惑地问。

她盯着我，仿佛答案一目了然，“因为精灵族是异教徒。这听起来就像是……就像是我很崇拜他们的文化。”她给了我一个微笑，“至少，父亲会这样说我。”

我被她家人的严格规定吓了一跳。埃德温叔叔从来没有限制我和哥哥们喜欢什么，我们没有这样的束缚。

“艾林恩，我相信只要我们走进教室，肯定有办法的。沃尔亚教授看起来比他们更可怕。而且那个卢布林男孩子，他在法伦用法术绊倒我的时候，把我扶起来了呀……”

“你不应该因为这种小事就降低警惕，”艾林恩无动于衷，“他们非常强大。哪怕是一个卢布林男子，都能轻易控制住整个班的学生。”

她是对的，卢布林狼族非常强大，而且魔法对他们无效。

艾林恩眯着眼睛瞪着教室里的卢布林人，“你知道吗，艾荷和法伦被迫跟卢布林女孩住一个房间。”

“怎么可能！”

艾林恩摇了摇头，“佩姬也跟她们一起住。艾荷跟我说，她……”艾林恩停顿了一下，不安地看了一眼卢布林人，脸颊泛红。

“她什么，她说了什么？”

艾林恩靠近我，眉头紧皱，“她告诉我，”她的声音很低，“卢布林族的女子，赤裸身体在宿舍走来走去……”

我惊讶得合不拢嘴，“一丝不挂吗？”

她点点头，“他们很疯狂，像动物一样。他们的男人是不道德的，也很危险。我不知道该怎么办了。”

我深吸一口气，“好吧，但是我没有选择。我也没办法选别的课了，我还得去厨房帮厨。不管卢布林人在不在，我都得选这门课了。”我瞥了一眼实验室的门，先确定卢布林人不会和伊卡利亚人一样可怕。

剩下的学生逐渐走进教室了，我转向艾林恩，“我觉得我们可以偷偷摸摸地坐在靠后的位置。我估计狼人根本不会注意到我们。”

艾林恩瞥了一眼双胞胎，仔细观察了一下。

“我父亲这几个月都去别的国家巡视，”她说着，盯着那两个狼人，似乎在权衡风险，“等他回来的时候，我们也结课了。”她颤抖地转过身来，擦去了眼泪，“我们进去吧。”

我们悄悄地走进去，经过沃尔亚教授和那两个卢布林人身边，朝着教室的后面走去。我们很快就走到了一个年轻的埃夫伦精灵助教旁边，他的脖子上挂着一个化学学科的名牌。

“名字？”他冷冷地问道，手上拿着一张班级名单。我们悄悄地告诉他我们是谁，便继续往前走。

长桌上摆着一排蒸馏瓶，不断冒出咕嘟咕嘟的声音，我立刻被这些玻璃器皿迷住了。桌子最末端的蒸馏瓶装的是一种油性的黄色液体，散发出轻微的硫化物的酸味。对面墙上的一组拱形窗户也被一排架子挡去了一部分。架子上全是装满化学物品的瓶瓶罐罐。实验室的桌子也少不了各种玻璃器皿和燃烧器具，实验室里的一切仿佛都带着化学物质的味道。

到目前为止，大部分学生都默默地站在墙边，眼睛盯着卢布林人。

埃夫伦精灵助教在房间里走来走去，静静地指挥学生坐到他们的座位上，两个人坐一张桌子。

“太奇怪了，”卢布林女子对沃尔亚教授说道，她的声音非常傲慢，“为什么我不能和我的哥哥一桌？”

沃尔亚教授用她炭黑色的眼睛盯着她，我相信这样的表情会让大多数人感到恐惧。沃尔亚教授长得非常吓人，她的身材非常壮硕，比卢布林人还要高。她身上有无数的穿孔，脸上文着很重的文身，特别是她眉毛上的花纹，让她的脸看起来更可怕了。

“戴安娜，”她咬牙切齿地说，“如果你们只跟彼此说话，你们俩就不能坐在一起。”

戴安娜一只手叉腰，把金色的头发甩在肩上，抬起下巴，“如果他是唯一值得与之交谈的人呢？”

沃尔亚教授站直了身子，她比戴安娜高多了。

“乌尔里希小姐，这是我的班级，我会按照自己的意愿分组。”她从助教那里拿来名单，扫视了一眼，嘴巴抿得紧紧的，“选课的人减少了，那分组就更快了。”她看了一眼戴安娜，“戴安娜·乌尔里希，”她一字一顿地说道，语气让人难以反驳，“你的同桌是艾洛琳·加德纳，乔德·乌尔里希，你和艾林恩·格里尔一组。”

艾林恩的眼睛瞪大了，她那显而易见的恐惧让我感到担忧。她张嘴想说些什么，但似乎什么都说不出来。她呆呆地站在一排石桌之间，助教指着后排两张相邻的桌子时，她也浑然未觉。

乔德正密切地注视着艾林恩，他的眼神炯炯有神，我好像看见他的鼻孔收缩了一下，但我读不懂他脸上的表情。不过，我还记得他是多么善良，当时他扶了我一把，我一直记得。

我走到分配给我的桌子边，许多人向我投来同情的目光。戴安娜站在我旁边，生气地哼了一声。我看着艾林恩，乔德坐在她旁边，此刻的她脸色是那样苍白。

沃尔亚教授打开一个大大的文件夹，开始讲课。

我用余光瞟到乔德不时地看着艾林恩，眉毛微微皱起。艾林恩努力把注意力集中在讲台上，双手紧握着，指关节都变成了白色。

与卢布林男子同桌，可不是什么好事。

我瞧了瞧自己的同桌，她正瞪着沃尔亚教授，脸上一脸愤怒。

这个女孩有点傲慢，但她的哥哥对我很友善。我想，也许这些卢布林人并不像我们想象的那么糟糕。而且，内心一味地抗拒也没有用，也许最好的解决方式就是好好跟他们相处。

“我是艾洛琳·加德纳。”我向戴安娜耳语，伸出一只手，急于想摆脱这种尴尬。

她转向我，疑惑地看着我伸出的手，好像不知道该怎么办。她骄傲地甩了甩头发，站了起来，面对我，她的椅子在地板上擦出响亮的声音。戴安娜清了清喉咙，“我是高夫族的戴安娜·乌尔里希，”她大声说着，“我是首领甘特·乌尔里希的女儿，也是首领夫人丹妮卡·乌尔里希的女儿，我是乔德·乌尔里希的妹妹，肯德拉·乌尔里希的姐姐，还是……”

沃尔亚教授停了下来，长长的黑色眉毛挑起，满脸惊讶。我简直想躲到桌子下面去了。戴安娜细数了她的祖上三代，就像一位讲述自己贵族血统的女王，直到她的哥哥乔德打断了她。

“戴安娜。”

她转过头看着他，有点生气自己被打断了，“干吗？”

“他们这儿没有这种习俗。”

“什么习俗？”

“问候的时候自报家门，连报三代。”

她眨了眨眼睛，“为什么不呢？”她显然很惊讶。

“他们没有这种习惯。”

她把手臂放在胸前，哼了一声。

“另外，”他低声说，指着教室的前面，沃尔亚教授耸耸肩，似乎在寻找“解决”戴安娜的最迅速的方法，“我们现在应该集中注意力听课。”

“为什么？”戴安娜简直像一个被宠坏了的小朋友。

“因为，”他挑起眉毛，“教授已经开始讲课了。”

戴安娜皱起眉头，看了看讲台上的教授，又看了看其他人，终于又坐回到位置上。沃尔亚教授再一次严厉地扫了她一眼，又继续回到了讲义上，开始讲解蒸馏技术。

戴安娜转过身来对我窃窃私语，“我早就看过这本书了，”她抱怨道，“真是懒得听她翻来覆去地讲同样的内容，简直是浪费时间！”

我不知道该和她说些什么。但是她那双琥珀色的眼睛真的让我转不开视线，它们是那样深邃而迷人。

“今天的森林多美呀，不是吗？”她一脸渴望地望着窗外，秋日的阳光里，树木沐浴着温柔的金色。她叹了口气，“我最喜欢一年中的这个季节了，这个时候的树木都很好闻，地上干枯的树叶都有甜蜜的味道。我多希望现在跑进森林里，这种天气真是太适合打猎了。艾洛琳·加德纳，你会打猎吗？”

“不会，”我努力忘记自己身边坐着的是一个会变形的狼人，“但是我的哥哥瑞夫会打猎。”

“是吗？”她好奇地问道。

“他是一个出色的射手，”我低声说，“你有弓吗？”

戴安娜笑了起来，她笑得有点太大声了，沃尔亚教授又恼火地扫了她一眼。“我不需要弓箭。”她笑得有点开心。

“那你怎么打猎呢？”我问。

她那双野性十足的琥珀色的眼睛此刻盯在我身上，“我用我的牙齿。”她咧开嘴，露出了长长的、闪亮的獠牙。那一刻，我觉得脖子后面的汗毛都竖了起来

“哦，”我紧张地吞了口口水，“你是说，当你变成狼的时候，你可以用牙齿捕猎？”

“不一定需要变身哦。”她说，笑容里隐藏有一种危险。

我吸了一口凉气，不敢再看她，转身面朝教室的前方。

第十五章
蒂尔尼·卡里克斯

好不容易熬到化学课下课，我气喘吁吁地跑到药剂学的主教学区，却沮丧地发现教室竟是一间天花板矮矮的房间，里面塞满了木制的实验桌。教室里已经来了很多女同学，她们低头忙着捣弄着些什么，蒸汽的嘶嘶声以及低沉的液体沸腾声在空气中柔软地相遇。

和化学课的实验室一样，这里的桌上和墙边的架子上也摆满了玻璃罐、蒸馏瓶和试管。但空气里并没有化学物质的味道，相反，药剂学的教室里弥漫着一种包罗万象的泥土香味，我像是走进了一片森林之中，周围满是草药、鲜花和树皮的味道。闻着这浓郁的香味，化学课上的不安得到了缓解，我在脑海中一一区分它们——松树树汁，桦树灰，杉树屑，还有悬挂起来的一捆捆草药。我深呼吸，哦，是荨麻，荆棘花，还有黑樱桃树叶。

我的内心好像被这一切抚平，归于宁静。可惜的是，这种宁静转瞬即逝，一个年轻女人怒气冲冲地朝我走过来。

“你迟到了！”她气急败坏地对我说，首席助教的金色名牌在她的胸前摇摆。两个站在旁边实验桌旁的女生也轻蔑地扫了我一眼。她们三个都穿着长长的黑色实验室围裙，围裙下面露出了一截绣着精美花纹的丝绸长袍。

“我很抱歉。刚才的教室有卢布林狼人……”

听闻此言，教室里的女生都从她们的工作中抬起头来，房间里传出细碎的交谈声。这里没有凯尔特人，没有精灵，也没有埃夫伦人。选修药剂学的全都是加德纳的女子，而且她们大多数人似乎都有法师身份。

“别找借口，”助教并没有耐心听我讲完，“哪怕你身后跟着一支卢布林军队也不关我们的事。洛瑞尔教授不允许任何一个人迟到。作为惩罚，你下课留下来打扫教室。”她的眼睛直勾勾地盯着我。这个眼神，我隐约觉得在哪里见过。

一种不舒服的感觉又使我感觉沮丧。我还是第一次有这种感觉，绝望的感觉。现在埃德温叔叔生病了，我必须学好药剂学。那么，我首先需要让这个首席助教喜欢我。

“好的。”我赶紧翻开课件，想要找到她的名字。

“巴恩，”她的声音有意强调了一下，“吉斯妮·巴恩。”

我的心又沉了一点，声音也不那么洪亮了，我看着她腰间的魔杖，“也许您是……”

“我是法伦·巴恩的堂姐，”她挤出一个微笑，“我们关系很好。”

这时，教室的门突然打开了，教授大步走了进来，所有的人都转过头去，刚才的窃窃私语立刻消失了。吉斯妮也摆出一副恭敬的样子。

我们的教授，公会法师艾露斯拉·洛瑞尔教授把一叠厚厚的植物学课本放在讲桌上，然后低头查阅吉斯妮递给她的文件。她敞开的教授长袍下是一条保守的加德纳长裙，胸前的银色链子上悬挂着一枚阿夕亚银球，还有一个代表药剂师公会会长身份的金色吊坠，一副细长的银色眼镜架在她细细的鼻梁上。

“加德纳法师，”她看着文件，停下来瞥了我一眼，点了点头，“很高兴你能和我们一起选修这门课。”但是在她的声音里，我听不出半点愉快，只有冷静。她转向了吉斯妮，眼中闪过一丝责备，“为什么加德纳法师还没开始研制止咳的药剂呢？”

“我迟到了，教授。”我快速地解释了刚才发生的事情，以及我迟迟不能说服化学教授给惊恐万分的艾林恩换一个同桌的经过。洛瑞尔教授的下巴收紧了，“我不能容忍迟到，”她猛地摇了摇头，仿佛在重新考虑，“但是你刚才是在帮助加德纳同胞，这是值得赞扬的。所以这次迟到先忽略不计。”

“谢谢您，洛瑞尔教授。”

她回过头看着手中的文件，“今天晚上，你把药剂学课本的第一章到第三章通读一下，明天准备个演说。”

我的下巴差点没掉到地板上，“演说？”

一切好像都静止了。洛瑞尔教授慢慢地抬起头，眼神很严肃。不过，她的声音却很柔和，“前三章中每一种药物，你都要记住——包括它们的成分、用途和炼制方法。明天早上复述一下。”

洛瑞尔教授向助教轻轻地挥手，“吉斯妮，给她安排个组。”

我跟着吉斯妮走到教室后面，教授就开始讲课了。

“在那里，”吉斯妮的一只手轻轻一挥，仿佛把我扔向一个垃圾桶，“你跟蒂尔尼·卡里克斯一起坐。我们是按魔法等级安排座位的。”她又轻蔑地笑了起来，“后排坐的都是不会法术的菜鸟。”然后她转过身去，踩着高跟鞋走到教室前面去了。

教室里其他几个女生不时地看看我，有些人脸上写明了对我的厌恶，有的表情里是警惕或担心。我的心像一块被扔进湖里的石头一样不断下沉，我在这个班上肯定会被法伦的助教表姐不断折磨了。

我迷迷糊糊地走到实验室的后面，对自己没有魔法的事情感到有点尴尬。尽管在加德纳社会中，很多人都是不会魔法的，但这里不同，这些人未来都是最好的药剂师。教室里的大多数女生都戴着军装式的银色箍带，她们几乎都是二级法师。

走到教室后面，我终于看清了同桌的样子。到目前为止，蒂尔尼·卡里克斯是我所见过的最丑的加德纳女孩。她瘦得出奇，脸色苍白，鼻子扁扁的，头发非常油腻，梳得也不整齐。她的背部扭曲到一边，变成一种奇怪的、不可理解的样子。她看到我的时候，往后瑟缩了一下，就像一只蜘蛛保护着她的巢穴，她用不满的眼神瞪着我，伸手护住她的实验桌。

我把书包放下来，跟她打了个招呼。她无视我，眼睛盯着桌上的设备，仿佛它能在我们之间形成一堵墙。她把书翻到了止咳制剂的一页，脸绷得紧紧的，好像巴不得我离她越远越好。

我坐在桌边，把小提琴放在桌子下面，非常生气地把药剂学课本拿了出来。

“你也站在法伦·巴恩那一边，对吗？”我低声挑战她。但是一开口我就后悔了，因为我的声音听起来一点气势也没有。

她用灵活的手指毫不费力地从一大堆玻璃浆果中挤出汁液，看了我一眼，“我和她住在一起。”

“哦，太好了。”我暗暗地说，接着拿起一些浆果和一个陶瓷碗，把她的书往她那边推了推，为自己腾出一些空间。我试图模仿她熟练的挤压玻璃浆果的动作，但不管我怎么做，碗里的浆果汁液都混杂有太多的果肉，达不到要求。

我嫉妒地看了蒂尔尼一眼，她已经挤了大半碗，用完的浆果被整齐地丢弃到一边。她以前肯定挤过很多次。我有点沮丧，瞥了周围一眼，许多人都拿出了魔杖，用法术顺利地收集了很多浆液。

我翻开课本，想跟着上面的步骤一步一步来。看来，我低估了准备工作的复杂性。而很显然，洛瑞尔教授是希望我们自学成才，制作止咳剂这种药水的步骤包括冷水浸渍和复杂的蒸馏过程，以及研制八种不同粉末构成的汤剂，但她都未作讲解。“百日咳”是一种可怕的疾病，很多婴儿出生后会感染，而且往往是致命的。得这种病的患者会咳出黑色的痰，因此它也被称为“黑色咳嗽”，而我们今天正在准备的制剂是目前唯一已知的治疗药方。

我抓住一些黑种树的枝叶，我的手指对它已经很熟悉，脑海中立刻闪现了蜿蜒的黑色树干和深紫色的树叶。这棵树可以抚慰你，它的汁液如同温暖的糖浆一样丰富。

我几乎是本能地想到了它的果实。我把枝叶切成小条，再捣碎成细细的黑色粉末。我又看了看蒂尔尼，发现她的准备工作做得不够细致，她的黑种树枝叶都是块状的，还夹杂着斑驳的树皮。

蒂尔尼抓起了我研磨的细粉，把它撒入一锅沸腾的水中。然后，她把浆果液倒入一个个球形玻璃瓶中。为了跟上她的节奏，我点燃了第一个蒸馏瓶下面的酒精灯，随着浆果汁不均匀地沸腾起来，蒸馏瓶开始不停摆动。

“我知道你和卢卡斯·格雷的事情。”蒂尔尼边说边搅拌逐渐变成了深紫色的药水，空气中弥漫着一种熟透了的李子的香味。

“如果你和法伦住在一起，那就不足为怪了。”我移动着酒精灯，发现自己无法让蒸汽朝正确的方向移动。

蒂尔尼从我手中接过酒精灯，把它放在更高的位置，她毫不费力地就把它放在了正确的位置上，一股强劲的、稳定的蒸汽冒了出来。

我沮丧极了，感觉房间里的每个人都比我更厉害，我身边这个同样不会法术的女孩也不例外。

我坐在那里，心情低落，看着蒂尔尼忙前忙后。

“我希望你跟卢卡斯缔约。”蒂尔尼边说边搅动紫色的液体，调整酒精灯的火焰。她的声音太低了，我想一定是我听错了。

我向她靠近了一点，惊讶极了，“对不起，你刚才说什么？”

蒂尔尼用量筒量出了一些蓟油，然后倒进紫色液体中，深紫色迅速变成靛蓝，并发出酸味，飘出了一股柠檬的香气。“我希望法伦亲眼看到你们两个人在一起，”她低声说，“假如她这样的人也有心的话，我希望你能把她的心撕成碎片。”

我眨了眨眼睛，不知所措。

她并不管我，继续工作，有条不紊地测量药剂的有效成分，调整酒精灯的火焰。

“哦，我还没有自我介绍，实在是太无礼了，”我伸出手，虽然还是有点茫然惊讶，“我是艾洛琳·加德纳。当然，你已经知道了。”

她怀疑地看了我一眼，并没有握我的手，但她确实挪了一下身体，好像决定给我腾出点地方。

“你负责研磨粉末，”她勉强地说，“我来管馏出物。”

她刚吩咐完，我便立即行动起来，用石杵捣碎牛蒡根，再研磨成细粉。

下课之后，我留在后面，用细细的钢丝刷擦洗玻璃反应器，我手上很快沾满了油性残留物。这时，我的肚子也开始咕咕叫，胃好像打了个结，疲惫的感觉几乎要把我拖垮了。

我抬起头，看到一个用蜡封好的小瓶子滑到我面前。

“毛茛膏，”蒂尔尼说着，指着罐子，皱起眉头，在脸颊上打手势，“可以快速给你的脸消肿。”

我惊讶地眨了眨眼，“谢谢。”

她露出一个微笑，温顺地皱起了眉头，“你千万不要以为我喜欢你，”她嘲笑道，“我只是想让你变得漂亮，一定要比法伦·巴恩漂亮。”蒂尔尼的表情变得越来越阴沉，“我恨她，我要让她失去卢卡斯，我希望你能赢！”

第十六章
冰的碎片

在药剂实验室里干完活儿，吉斯妮助教让我送些药去校医院，我把一小摞药瓶夹在胳膊下面，向校医院走去。

快走到校医院的时候，我看到了旁边天文学会会馆的圆顶天文台，不由得放慢了脚步。通过天文台，我可以更近地看到天上的月亮和星座吗？这么一想，几乎是沉浸在泥泞里的低落情绪也为之一振。

我瞥了一眼药瓶子，又看了看天文台，一瞬间做出了决定。

我只是偷偷看一眼月亮和星空，能有什么坏处呢？

天文台的天花板上画着许多大型星座，突出的蓝色背景下，众多深邃的旋涡几乎让我眩晕。大厅地板上标着一个巨大的玫瑰形状的指南针，宽阔敞亮的大厅里错落有致地摆放着许多大型望远镜。夕阳的余晖里，透过窗户可以看到闪闪发光的北部和南部脊柱山脉的全景，我不由得屏住了呼吸。

我的手指摩挲着一个光滑的漆黑的望远镜，觉得新奇又兴奋。

几乎是下一秒，有人走了进来，竟然是法伦·巴恩！她身后还跟着四个加德纳军校生，还有她的护卫。

我兴奋的情绪一下子就被浇灭了，赶紧缩回望远镜后面，心里默默祈祷法伦不会发现我。

“他们竟然让你跟卢布林人一个房间！”法伦在望远镜之间走走看看，其中一个军校生在跟她说话。

“她在这里待不长的。”法伦坐在窗台边上，乌木的魔杖在她的腰间闪闪发光，“她简直跟个火药桶似的，一点就着。”

“你在挑衅她吗？”这个年轻人似乎觉得法伦的大胆行为很有趣。

“我喜欢挑衅不属于这里的人，”法伦无聊地看了一眼自己的指甲，“卢布林人，暗黑精灵……”她突然直视着我的方向。

我几乎是条件反射般地往望远镜后面躲得更低了一点。

法伦的嘴角露出一个邪恶的笑，“还有艾洛琳·加德纳。”

我强迫自己走了出来，努力不被她吓倒。

“跟你的新室友相处还愉快吗？”法伦调侃道。

我内心愤怒，“没有跟卢卡斯一起度过的时光愉快。”我毫不犹豫地回答，我自己都被这句话惊到了，觉得这时候招惹她简直是给自己找麻烦。

围着她的几个人都静了下来，眼睛瞪得老大。

她眼中闪过一丝凶狠的愤怒，但她迅速调整了表情。她嗅着空气，鼻子皱了起来，“你闻起来好臭，”她嘲笑道，“简直和伊卡利亚人一样臭烘烘的。”

那几个年轻人也笑着，一个瘦瘦的军校生甚至开始放声大笑，另一个故意用手捂着鼻子。

我偷偷闻了闻，发现法伦是对的，我的衣服上确实沾着一点艾瑞的味道。

我不仅要和伊卡利亚人一起生活，现在我也沾上了她们的气味。

看着法伦得意的样子，我的脸越来越热，气不打一处来，“好吧，至少我的臭味是暂时的，不像你，卢卡斯永远也不会对你有兴趣。”

法伦哼了一声，笑了起来，手里握着她的魔杖。

说完这句，我觉得自己笨死了，心沉到谷底。艾洛琳，你疯了吗？

法伦转向她的同伴，“这丫头嘴皮子挺厉害的，”她瞪着我，又盯着那几个年轻人，最后目光移回到我身边，“用她做一个冰雕一定很漂亮，你们觉得呢？”她的语气很恶毒，“还能治好她的臭味和……毒嘴。”

我被激怒了，瞪了她一眼，“用法术来威胁另一个法师是违反加德纳法律的。”

“哦，你几乎不算是法师吧。”她厌恶地看着我，“一级法师？你的家族一定为你感到骄傲。”

我觉得我一定是困极了，所以才会在这里口不择言。一个一级法师对一个五级法师出言不逊，而且她还有两个五级法师的哥哥。

法伦恶狠狠地转过身来，又把注意力集中在那几个军校生身上。这时候开始陆续有学生走进来，这门课的长胡子加德纳教授也走了进来，我趁着人多赶紧往外跑。

我冲下楼梯，穿过会馆昏暗的走廊。

匆忙中，我走错了路，我很快发现自己迷失了方向，跑到了天文学会会馆的一个偏僻的地方。四周漆黑的城墙上描绘着许多夜空的图案，在火光的照射下发出淡淡的光。我听到前方的拐角处传来一点声音，只能往前走去。

突然，脚下的地面突然变得难以置信的光滑，我的脚因此扭了一下，完全站不住了。我向前倒在一堵石墙边，书籍和报纸散了一地，夹在胳膊下的玻璃药瓶碎了一地，药剂的气味冲击着鼻子。我的胳膊狠狠地撞到了地板，我惊讶地发现自己倒在一块坚冰上。

我抬起头，发现法伦正靠在不远处的墙上，满脸笑容地看着我，她灵巧的手指转动着乌木魔杖。

“你们就这点能耐，”我还是没学聪明，“你们传说中的五级法师的法力就这样？只会冻住别人的墨水，或者想出一千种法子绊倒别人？”

她再次举起魔杖，低声念出了一些无法理解的咒语，她看着我，就像一只看着猎物的鹰。突然，空气中出现了一些半透明的东西，悬在她周围。

下一秒，四根锋利冰冷的冰柱向我飞来，它们绕住了我的头发，向我身后的石墙撞去，冰柱撞到坚硬的石墙，发出刺耳的碎裂声。

我吓坏了，赶紧把头发从冰柱里拔出来。

法伦一只手把玩着她的魔杖，嘴角微挑，“艾洛琳，我们不必成为敌人。”

“我们不是敌人？”我大声反驳她。

“当然不是。”她低声说。

她令人讨厌的语气激起了我的愤怒，“如果你真想交朋友，你这交朋友的方式可不太对。”我瞪着她，“在我们那儿，大家可不会向朋友扔冰刀。”

她的嘴唇轻蔑地卷起，“很简单。只要你离卢卡斯远点，我也不会来找你，明白了吗？”

我难以置信地咳嗽了一下，摇摇头，感觉怒火要从脖子里喷出来了，“你应该感谢我，你知道吗？”

她不置可否，“凭什么？”

我找到支撑点，慢慢站起来，“如果没有我的话，卢卡斯可能根本不会多看你一眼。我可以肯定地说，你连一点多余的被他关注的价值都没有。”我直起身子，看着她的眼睛，“虽然现在他也不会多看你一眼。”

我眼前飞过一个白影，她的魔杖已经架到了我的脖子上，我吸了一口气，紧贴在石墙上。

“跟我玩，你玩不起，”她冷笑，“你就等着看这场游戏怎么收场吧。”

楼梯上传来脚步声，有人朝我们这儿走过来。

法伦笑了一下，把魔杖从我喉咙处拿开。

是法伦的护卫。

他们也看到了我的书本散了一地，药品撒了一地，正站在一摊冰水里。

“噢，亲爱的，”法伦轻哼了一声，一边叹了口气，一边看了一眼小瓶子。“洛瑞尔教授要是知道你这么笨，可能会不高兴的。你还是赶快收拾一下你的烂摊子吧。”

她露出一个邪恶的笑容，然后轻快地转身上楼了。

第十七章
小提琴

当我做完厨房里的杂活儿走出来的时候，天已经黑了。干了一天令人疲惫的活计，还要忍受其他人的敌意、沉默和不情不愿的礼貌，我恨不得飞奔出去。我去图书馆预习了几个小时药剂学，但我实在是太困了，全身每个细胞都在叫嚣着让我睡一会儿，根本看不进那些复杂的公式。

筋疲力尽之后，我拖着疲惫的双脚走到瑞夫、崔斯坦和加雷斯住的地方。加雷斯跟他们一起住到这周末，之后他就要跟其他海军军校生一起回瓦尔加德了，他们即将出海远航。

哥哥们住的房子是一座长长的建筑，由木材和石料搭建而成，屋子有好几个烟囱，往夜晚寒冷的空气中喷吐着带有枫叶气息的烟雾。

一进去，我就被一股温暖包围。公共区域的墙上挂着柔软的挂毯，墙里镶嵌着一个壁炉，里面正燃烧着熊熊的炉火，大厅里放着几张长桌和一些椅子。地上铺着木地板，而不是石头地面，清新的木地板舒缓着我疲惫的双脚。男生宿舍里住的大部分是加德纳人，他们有的在讨论问题，有的在吃东西，有的在学习。眼前的场景真是让我嫉妒。

哥哥们可以住在这么舒服的地方，而我只能听姑姑安排，只有同意跟卢卡斯缔约，才能跟大家住一样的宿舍。

算了算了，我摇摇头，不去想姑姑的话，也不去想卢卡斯温热的吻。

我走到楼长的办公桌旁边，他准许我和哥哥们见一面。沿着昏黄的走廊往前走，按宿舍号找到了哥哥们的房间，我轻快地敲门。

门开了，我按捺不住喜悦。

伊万·古里尔！他的棕色头发乱七八糟，简直像是被野人扒拉过。

从他的表情中，我可以看出他跟我一样惊讶。

“你在这里干什么？”我努力在他的敌意面前保持冷静。

“我住这儿！”他严厉地回答。

猜到了，我伸长脖子环顾一眼他的房间，“我哥哥在哪里？”

他没有回答，只是瞪着我。

“好吧，如果这是我哥哥的宿舍，我需要把我的小提琴暂存在这里。”我拿起装乐器的箱子，淡淡地说。

“你的小提琴？”他冷笑，就像我说了些无礼的话。

“这样我的那位伊卡利亚室友就不能把它烧了。”我僵硬地解释道，试图忽略伊万那张跟卢卡斯一样好看的脸。

他抬了抬下巴，他那双深绿色的眼睛盯着我的眼睛。

“我可以把它留在这里吗？”我有点生气了。

他不情愿地把门打开，仇视地瞪了我一眼，然后背对着我，坐在一张宽桌前。他的桌子被一盏小灯照亮，面前摊着一本厚厚的医学书，旁边估计是他正在写的论文。

我认出了瑞夫的东西，把小提琴放在他的床下。

“谢谢你的款待。”我对着伊万的背影做了个鬼脸，反正他看不见，然后重重地摔上身后的门走了出去。

走出宿舍的时候，卢卡斯正倚在一棵隐藏在黑暗之中的树上。

“很显然，昨天晚上你一定扳回了一城。”他的声音像丝绸一样。

这里太黑了，我差点没认出卢卡斯，只有他佩剑的金属柄和披风的镀金边缘反射出一点点微弱的月光。我的眼睛逐渐适应了黑暗，几乎无法辨认出他皮肤上那种微妙的幽光。

"是呀。"我很平静。

"那么，那些伊卡利亚人现在肯定很怕你?"

"是的。"

"很好。"他从树上起身，朝我走来。

我退后一步，举起手来阻止他，"别过来，我得离你远点。"

他大笑着，"你不能这么对我。"

我退后一步，"我必须离你远点，否则法伦要杀了我。"

"她不会杀了你的，她只会给你使绊子，但是我觉得还是挺值得的，你说呢?"

我还没来得及反驳，他摇了摇魔杖，我立刻被什么东西束缚住了，被径直拉到他怀里。他一把抱住了我，亲吻着我的脖子，困住我的力量消失了。我半推半就，拒绝卢卡斯的决心似乎被这凉爽的夜空中的晚风带走了。

"她怎么对你这么着迷啊?"我气喘吁吁地问。

"你真的想知道?"

我皱着眉头，推开他一点，"我觉得是你们的亲密关系出现了问题。"

他点点头，"是这样的，我之前也跟你说过。但是她认为这是异国情调，而我觉得这是水火不容。"

"那我们呢?"我好奇地问，他的手抚摸着我的背。

他把我拉得更近，他的呼吸在我耳边留下温热的感觉，"天雷地火，我们简直是天作之合，你说呢?"

我的呼吸有点急促，手掌抵在他胸前。他的身体好烫。

卢卡斯咧嘴一笑，向我伸出手。

"你要把我带到哪里?"

"相信我，我带你去的地方比有伊卡利亚人的地方还要疯狂得多。"

我们穿过灯火辉煌的大学城街道，路过无数学生宿舍和工匠的会馆，终于来到了一座优雅的建筑物前面。这里有令人印象深刻的木雕装饰，每一扇拱门上都雕刻着《先贤之书》里提到的场景。

加德纳艺术博物馆。

当值的年轻军校生一眼就看到了卢卡斯，递给他一把钥匙。

我们很顺利地进入了博物馆大楼，卢卡斯带着我穿过宽敞的展览走廊。所到之处，他的魔杖把墙壁上的火炬一一点亮。我跟随他穿过摆放有无数雕塑和绘画的走廊，进到一个圆形展厅。

当卢卡斯照亮房间时，我被这里陈列的各种乐器惊呆了，大大小小的展品都被厚厚的玻璃箱子保护着。一架大钢琴矗立在大厅中央，琴身上面覆盖着树木，不同种类的鸟儿在黑色乌木树枝上跳跃。

我被一把放在玻璃箱里的小提琴吸引。

“这是戴索罗萨的小提琴。”我惊讶得屏住呼吸。这是阿夕亚最昂贵的小提琴，用魔法调音，用阿斯特罗斯的马鬃做琴弦，用纯金制成的旋钮装饰。

卢卡斯掏出魔杖，喃喃念出了一个咒语。一道细细的绿色光线点亮了玻璃罩的锁。他抬起玻璃盖，拉开琴盒，把小提琴递给我。

我连忙摆手，“不行，不行!”

他把小提琴推向我，坚持说：“这把琴的宿命是被演奏，而不是被放在一个玻璃盒子里展览。”

我松了口气，接过小提琴。我抱着这个像新生儿一样脆弱的精美乐器，感觉自己像是一个刚刚获得了最渴望的节日礼物的小孩。

卢卡斯走到钢琴边，示意我跟着他。

“我们合奏哪一首呀?”我气喘吁吁地问。

他微笑着用手指轻轻滑过光滑的琴键，“你肯定能听出来。”

我当然能听出来。菲尔雅的《森林深处的梦》。

每个人都知道这首作品，但用这些乐器演奏，琴声相互协调，就变得完全不同了。我丝毫没有在姑姑派对上的那种紧张。在这里，我独自一人，深入音乐的最深处，钢琴和小提琴的声音交融在一起，仿佛我们已经是相伴一生的合奏者。悠扬的琴声好像一个漫长而缓慢的吻，他的手指在琴键上划出深沉的音符，我一时忘记了时间。

不知道过了多久，卢卡斯做出一个完美的收尾动作，我放下小提琴，向他微笑。他也报以微笑，我可以感受到他目光里的炙热。心慌意乱，我转身，轻轻把小提琴放回琴盒。

我轻轻地抚摸着琴弓的时候，卢卡斯来到了我的身后，他搂着我的腰，呼吸温暖地抚摩着我的脸颊，“太美了。”他轻声说。

我的手停滞了。他开始用一只手抚摸我的脖子，另一只手搂着我的腰，轻轻地把我的头发拨到一边，从侧面亲吻我的脸颊。

我觉得自己心跳很快，无法呼吸。

我的手松开了弓，转身，靠在钢琴上。

他再次伸出手拥抱着我，他的唇离我的唇越来越近。我的脑海中还回荡着刚才的那支曲子，我渐渐放任自己陷入他热烈的情感之中，陷入他温暖深沉的爱抚中。当他亲吻我的时候，我的脚底升起一种奇妙的刺痛，仿佛有一丛荆棘绕着我的脚踝，翩翩起舞。卢卡斯把我拉得离他更近一些，我沉浸在这种美妙的感觉中。他闻起来像是森林深处美丽的松树枝。我叹了口气，让自己陷得更深一些。

我的手指穿过他的头发，我可以感觉到他在微笑，我轻轻地抚摸着他耳侧的碎发，然后是他耳后裸露的柔软皮肤。卢卡斯呻吟了一下，更投入地亲吻着我。

突然间，脚踝周围的荆棘收紧了，一棵树的形象仿佛一道闪电一般闪现在我的脑中，从脚底到指尖，涌出一股激烈的能量。我不寒而栗，尖叫了一声。

我把卢卡斯推开。

“那是什么东西?”我喘着气，一团黑色的火焰在我的心中燃烧，我的双腿几乎站不稳。

卢卡斯看着我，他的眼中充满了惊喜，“我也不知道，”他的声音很低沉，有点沙哑，“我也从来没有过这样的感觉。”他的表情从惊讶转变为一种邪魅。

他更用力地靠近我，吻上我的唇，他的身体几乎要嵌入我的身体。

我喘着气，卢卡斯的双手在我的全身游走。脑海里那棵树的形象又出现了，漆黑曲折的树枝在我的身体里蜿蜒而行。

太快了，太快了。我就像陷入了海底。

我试图离开他，推开那团黑色的火焰，但他紧紧抓着我。我扭开头，大口喘着气。

“卢卡斯”，我挤出这句话，“住手，我要走了。”

他终于收手，此刻的他看起来如此野性，我第一次看到这样的他，瑟缩了一下。

我的眼睛紧张地盯着出口的方向。

突然，卢卡斯从我身上起身，眼神中充斥着不加掩饰的掠夺性意味。他举起双手，好像是投降一般，嘴角慢慢卷起成一个阴沉的笑。他弯腰，非常绅士地伸出一只手。

我有点犹豫，充满警惕。激烈的冲突过后，我才意识到自己在他面前是如此不堪一击。

我把手放在他的手中，不知道他会做什么。卢卡斯并没有说话，只是径直牵着我走出了博物馆。我们经过那个年轻的卫兵，走进了清冷的夜色之中。

第十八章
不可饶恕

当我回到北塔时，两个埃夫伦精灵正在房间外面的走廊里等着我。

温特的哥哥和今天早上那个和他在一起的瘦弱的精灵，他们俩正靠在窗台上。看到我之后，两个人都站起身，他们肩上背着的弓箭微微抖动。

温特的哥哥先开口叫住了我，“艾洛琳·加德纳，”他的表情非常严肃，说话带有浓重的口音，“我是温特·厄尔林的哥哥卡尔·厄尔林，这是我的下属，里斯·托里姆。”他做了一个轻微的、极不情愿的颔首，“我有几句话要跟你说。”

我的心跳加速，“请你离开这里，”我紧张地看着身后的门，“你们不应该出现在女生宿舍。”

卡尔不为所动，“我妹妹跟我说，你威胁她，”他向前一步，“今天我来，是想请你离我妹妹远一点。”

他一定是在开玩笑。

“如果伊卡利亚人希望不被打扰，那么她们最好不要老是攻击别人。”我指着我们的房间反驳道。

他的眼睛瞪大了，一副不可思议的表情，“我妹妹她攻击你？温特从来没有攻击过任何人。事实上，我从来没有见过她这样一个不善言辞的人会攻击别人，她对那些欺负她的人都不会恶语相向。”

又是一个拉偏架的。“我到这儿的第一个晚上，艾瑞·海文就攻击我，我在楼下那个储物间里躲了一晚上，我差点以为自己要死在那里了，而你的妹妹从头到尾都没有出手阻止她！”

“我的妹妹……”卡尔试着用一种看起来很努力的方式来缓和自己的语气，“你熟悉了就知道了，她非常优雅，非常温柔。伊卡利亚人，我们称之为邪恶一族。你也知道，精灵族跟加德纳人一样痛恨他们。我们的圣书《埃夫伦之书》讲述了那些带翅膀的恶魔的邪恶。我们很多族人都希望把她永远流放。有些人希望把她终身监禁，甚至……她之所以在这里，是因为她无处可去。如果你为她惹了麻烦，或者你散布关于她袭击别人的言论，没有人会站在她这一边的，除了我和里斯·托里姆。”

我犹豫了片刻，内心挣扎。但是，我清楚自己的弱点。我不能软弱。

要么支配别人，要么被别人支配。我几乎可以听到卢卡斯在我耳边窃窃私语。

我狠下心，“不管怎么样，一切都是我说了算，不是吗？”

卡尔呆住了，愤怒在他的眼睛里闪烁，“我真是蠢到家了才会指望一个加德纳人有同情心。”

听到他的话，我更生气了，“你早该知道这点了，当我被那个伊卡利亚人虐待的时候，我就决定有一天要报复她！”

卡尔显然很愤怒，但是里斯的眼睛里却充满了悲伤，他让我的心跳暂停了一拍。

“艾洛琳·加德纳，你已经说得很明白了，”卡尔冷冷地说道，“我们不会再占用你的时间了，再见。”他敷衍地鞠了一躬，两个人一起离开了。

“为什么宿舍里有一只鸡？”当我走进房间时，吓得尖叫了起来。

一只鸡在房间里跑来跑去，饲料四处散落，地上全是鸡粪。

艾瑞用仇恨的眼神瞪着我，把鸡抱起来，并把它护在胸前。

“赶紧把鸡从这里赶出去！”

艾瑞跳起来，把鸡抱在怀里，“休想！你敢靠近法嘉半步，我就烧光你的东西！”

“它还有名字？你还给鸡起名字？你从厨房的家禽饲养处偷的吧？”

“我警告你！离我的鸡远点，不然我就烧了你的床！”

“来啊，放火试试！”我挑衅地说，“巴不得你马上就被开除！”

艾瑞走向我，不为所动，“我只有把你烧死，才会被开除，”她愤怒地说，“但是烧你的东西，可不会被开除！要不是法律不允许，我早就烧死你了。”

我知道自己不能退却。不管我受到什么威胁，都应该占上风。但是我真的觉得很累了。“好！”我松了口气，厌恶地看了她一眼，“我不管你这只该死的鸡了。反正这个屋子也不能更恶心了，简直就像住在一个谷仓里。”

“因为这里住着一只加德纳猪！”艾瑞咆哮着。

“闭嘴，伊卡利亚人。”

温特闻言皱起了眉头，她大大的银色眼睛从合拢的翅膀上面朝我这边看了过来。当我看着温特畏缩时，我觉得非常羞愧，但是愤怒和疲惫已经凌驾于我的良知和忍耐之上了。

我会想到办法让艾瑞闭嘴的。我要好好睡一觉了。

半夜，我被歌声惊醒了，不用睁眼就知道是谁干的。

艾瑞正坐在床上，轻轻地对着鸡唱歌，她不住地嘀咕着。她一贯邪恶凶横的眼神不见了，她的整张脸都像孩子一样温和。那只鸡正盯着她，发出满足的、低低的咯咯声，好像在向她嘀咕什么。

这画面非常和谐，甚至让我感到有点不安。

温特坐在床边，一张白色羊皮纸放在她面前的一块薄木板上。她正在画画，画的是艾瑞和那只鸡，她那薄薄的黑色翅膀整齐地折叠在身后。温特手里拿着一支闪亮的白色手写笔，以一种奇怪的角度握着它。她的画美得出奇，这种不寻常的艺术工具不仅能够绘制多种颜色，而且能够捕捉到火光，它们在页面上闪烁着。我还记得卢卡斯说过温特是一位艺术家。

停下来。我告诫自己。

我强迫自己回想一下那个恐怖的夜晚，想想艾瑞是怎么恐吓我的，想想我是怎么缩在储物间里不敢出来的，想想温特是怎么坐视不管的，再想想瓦尔加德的那个伊卡利亚人是怎么差点杀了我的。

我让自己不要再胡思乱想了，继续睡觉。

这天晚上，她又来到了我的梦里。

那个海豹人。

她在树林里跟着我，试图跟上我无情的脚步。我每走一步，都有秋叶飘落。

我看着自己身上黑女巫的印迹，长长的、优雅的斗篷在身后翻飞。

那个海豹人正拼命地用一种我听不懂的语言告诉我一件事，可惜我毫无兴趣。她跑到我身边，但我并未停下来；她无数次摔倒，爬起来，可我还是没有停留。我眼睁睁地看着她不停地爬起来，跌倒，又爬起来，还是跌倒，终于消失在我的视线里。

当周围再次漆黑一片的时候，我有一种不舒服的感觉。我因为拒绝停下来看着她，失去了一些东西。

一些至关重要的东西。

第十九章
螺旋式下降

我的日常生活充斥着无休止的工作，极度的睡眠不足和被人无情的捉弄。

每次冶金学课上，法伦都会冻住我的墨水，所以我一般都带着几支削好的铅笔。我有一次忘记带铅笔了，还好柯伦·戴尔悄悄地递给我一支。他虽然明面上没有说不喜欢法伦·巴恩，但我还是能看出来的。

法伦一看不再能够阻止我做笔记，她也就不只是冻住我的墨水那么简单了。有时候，她把我的椅子冻结在地板上，所以我得小心翼翼地站起来，有时候，她把我的斗篷冻在椅子上，或者忽然把我好不容易生起来的火焰一下子浇灭。她每次都悄悄地动手脚，教授根本不会注意到，所以我拿她毫无办法。

她全程都是一副得意的笑，好像在玩有趣的猫捉老鼠游戏。

药剂学的课业非常繁重，我每天要花费数小时死记硬背或者准备药剂，还得在环境恶劣的厨房里工作，忍受着伊万·古里尔那双探照灯一样的绿眼睛，还有法伦的堂姐布置的一大堆额外的工作。

“我会离卢卡斯远一点的。”一天下午，我洗刷着一堆课上用剩下的小瓶子，里面塞满了用过的木炭，我气喘吁吁地对吉斯妮说。

她抬起头来，不以为意，“我们只要让你一直闲不下来，你想接近他也没时间啊。”

除此之外，我和室友之间的关系还是一团乱麻。

每天晚上，艾瑞都会保护着她的鸡。哪怕我只是靠近一点点，她都会高声尖叫一些我听不懂的东西，说什么把我关进笼子，烧死我之类的。她完全没有理智，她发疯的时候，会把事情弄得一团糟，她有时候无精打采地用刀子慢慢地割自己的肉，直到血流了一床，手臂上都是长长的疤痕。如果她发现我在看她，就会发出嘶嘶声，做一个可怕的鬼脸，然后把刀扔在地上，转过身子面对着墙壁。她腐臭的翅膀耷拉在床上，像腐烂的枯叶。

在她的床底下，藏着一些散发着恶臭的黑色浆果。我从来没见过这种浆果，我想等有空了一定要看看是什么。艾瑞有时候会一边咀嚼着这种浆果，一边盯着天花板，她能盯上好几个小时。其他时候，她似乎沉迷学习畜牧学课程，那些书里好像讲的都是如何照料鸟类。

温特仍然是一个令人不安的幽灵的样子，她经常栖息在窗台上，躲在翅膀里。她从来没有在我面前说过一句话，我觉得她可能永远也不会跟我说话。

她们两个似乎从来不怕冷，也懒得生火。即使我都冻感冒了，也尽量避免去那个肮脏的壁炉那里，因为它在房间另一边，而且我不想惹到艾瑞。但是随着秋意渐浓，房间里越来越冷，我已经把所有能找到的冬衣都盖在被子上了，可还是觉得冷。

几乎每天晚上，在瓦尔加德见到的那个海豹人都会出现在我的梦里。而我总是会在一身冷汗中醒来，感到迷惘，孤单又害怕。每每这样的时刻，唯一能够给我安慰的就是我的被子，以及被安全地包裹在我母亲怀里的记忆。

还有魔杖。这支白色的魔杖。

我把它藏在我的枕套里，它就像是我的护身符。我的手隔着麻布抚摸着它，一开始我并不能感知这根魔杖的材质，但是现在魔杖逐渐向我展示它原本的样子。每天晚上，魔杖都把雪白的枝条延伸到我的脑海里。它们慢慢蔓延，消除了我的担忧和恐惧，我就像是一只白色的鸟，躲在魔杖秘密的空心里。

有时我会幻想，如果这真的是传说中的白魔杖呢？

亲爱的艾洛琳，

我收到了你的信，我很清楚你正处于一个相当可怕的境地。

我已经安排人让你搬到巴特厅的女生宿舍去。在那里，你有自己的独立房间，但是你还有两个室友，一个是文静的加德纳女孩，还有一个是精灵族的女孩（韦帕大学为了实现所谓的“民族融合”也是费尽心思）。

你在房间里和公共区域都可以看到韦帕中央花园的景色。你会有自己的女仆，以及一个私人用餐区，想吃什么由你自己决定。巴特厅里温暖舒适，我觉得应该跟北塔很不同。

你搬家之后，所有的学费由我来承担，你再也不用去厨房干活儿了。

你只需要与卢卡斯·格雷缔约。

一旦你太太平平地与他缔约，你就可以把这些不幸的经历抛到脑后，这些只不过是我们加德纳人所面对的现实世界里必要的一课而已。

在你决定缔约之前，不用再给我写信了。但是一旦你决定缔约，住宿主管已经接到了我的指示，她会立刻给你安排换宿舍的事情。

关心你的姑姑

薇薇安

姑姑的信不期而至。我把这封信揉成一团，扔到走廊的窗外去了。

世上的路有千万条，我偏要选一条最困难的前行。

有天晚上，我正在厨房帮忙，透过玻璃门，我看到了卢卡斯与法伦的身影，她的护卫与两人保持着距离。我感到非常嫉妒，手里提着的华夫饼差点滚落一地。

你没有理由嫉妒她，我暗暗自责，你有什么资格去管卢卡斯跟谁在一起呢？

法伦也看到了我，她清楚地看到了我那时的模样——气喘吁吁，汗水浸湿了头发，手上沾着华夫饼的绿色饼浆。她向我展示着胜利者的姿态，把手放在了卢卡斯的肩膀上。

也许卢卡斯最终也认为法伦是有异域风情的吧，我暗暗想。上次见到他还是两个多星期之前了，我当时被他带有侵略性的吻和火热的魔力吓到了，再加上法伦对他宣示的绝对主权，我发誓要离他远点。

卢卡斯转过身来，看着我的眼睛。

我还记得他的那个吻，那么温暖，那么诱人，还有他的魔法里蕴藏的压倒性的力量，我的胃紧紧地拧成一团。我不想让他看到我受伤的模样，我强迫自己从他的视线中匆匆离开。

几天之后的一个晚上，我回到北塔时，二楼走廊的石凳上放着几份小提琴乐谱。我很喜欢这个作曲家，卢卡斯知道的，而且这几份乐谱都是这位作曲家亲手写的，每页最后都有签名。

我们是如此适合彼此。火焰与火焰的结合。就像紧紧缠绕的树枝。

我想起了卢卡斯对我说的，又想起了姑姑的信，只要我答应与卢卡斯缔约，情况会大不相同。

但那团黑火那么强势。

我一边翻着乐谱，一边摇摇头。

没有用的。瑞夫说得对，不管是否般配，卢卡斯都太强大，太不可预测。他跟我不是一个世界的人。

他属于法伦·巴恩。

第二十章
报 复

“伊卡利亚人把邪恶和痛苦带来人世间，这是他们的本性。”斯密特尔教授的声音温和而沉稳。我又一次在下课之后被他叫住了，听到他这么说，我轻轻拭去了泪水。

我很喜欢历史课。如果说洛瑞尔教授是公正而严格的，那么斯密特尔教授则正好相反。他总是面带微笑，对所有的事物都怀有真切的兴趣，小到一株小草，大到加德纳的恢宏历史。

他不仅是一位热心又有耐心的老师，也是我的精神支柱。在我心里，他就像埃德温叔叔一样值得尊敬。

我抽泣着，看着斯密特尔教授身后的主报告厅墙上的油画——两个加德纳战士，手持魔杖，英勇地与对面的四个伊卡利亚人对峙，恶魔长着血红的眼睛和黑色的翅膀。伊卡利亚恶魔总是人多势众，跟我遇到的情况简直一模一样。我在心里嘀咕。

我再次抽了抽鼻子，点点头，意识到自己已经精疲力竭了，此刻的我就像沉没在海洋深处的锚，“那些伊卡利亚人恐吓我，我晚上都睡不好觉。”

教授非常理解地点点头，拍了拍我的胳膊，“艾洛琳，坚强一点，黄金时代即将到来，黑女巫即将崛起，她将击杀所有异类，无论是伊卡利亚人、凯尔特人，还是变形狼族。”

是的，但如果黑女巫是法伦·巴恩，她也可能会伤害我。

教授的目光定格在我身上，希望我能理解预言的全部重量。我揉搓着手腕上的疤痕，我想用他的话来安慰自己。我多希望会有另一个黑女巫，带领我们走向一个没有残酷和邪恶的世界。

我可以慢慢感觉到，自己陷入了越来越深沉的忧郁之中。尽管我不愿意违背叔叔的意愿，但我知道如果没有什么意外的话，我最终会放弃并妥协，还是会跟卢卡斯·格雷缔约，或者跟姑姑安排的其他人，仅仅作为从北塔搬出来的筹码而已。

晚上，当我昏昏沉沉地醒来时，我发现自己倒在厨房的桌子旁边，脸压在一个蓝莓馅饼上。刚才我还在和面，谁知道睁开眼睛时，黏稠的果酱已经弄得我满脸满身都是了。我不知道自己已经在那里躺了多久。大家都走了，除了艾里斯。这时，伊万也从外面走进了厨房，他手中抱着一大捆柴火，估计是明天生火要用的。我僵在原地，不想让他们看到现在的我。

伊万把柴火放在柴火堆上，艾里斯已经看到了他，“尝尝这个。”她俏皮地调笑道，递给他一块糕点。

“我的手很脏。”他微笑着说。

“你只要张嘴就好啦。”她靠在他身上，把食物放在他嘴边。

他笨拙地顺从了。艾里斯把食物放进他的嘴里，拇指在他的下唇上徘徊，轻轻地擦去一小块浆果。

我发现，当伊万不盯着我看的时候，他非常迷人。他饱满的双唇与他锋利的脸庞显得有点不协调，他的眼睛像透过了绿色玻璃的阳光。

但我立刻提醒自己，他是一个凯尔特人，可能和那个引诱赛格违背魔杖之约的男人没什么两样。另外还有一个不可否认的事实，他非常讨厌我。

“好吃吗？”艾里斯仍然倚靠着他。

“很好吃。”他的嘴里还有蛋糕，眼睛紧盯着她。

“你还想吃吗？”艾里斯的语气暧昧而温柔，似乎指的不仅是糕点而已。

伊万咽了一口食物，好像被迷住了。

“呀，你的下巴上粘到了一点。”她喃喃道。

伊万往后退了一小步，“没事的。”

她一点也不羞涩，用一只手抚摸着他下巴上的面包屑，然后靠在他的怀里，调皮地摸着他的脖子。

他的脸涨得通红，看起来像是在努力克制某种强大的情绪，“艾里斯……”

看着他们如此甜蜜，我竟然有点羡慕。

此刻的我，整个脑袋都像是一个蓝莓馅饼，我的舌头被药酒染成了淡蓝色，这样才能在晚上稍微抵御一下冰窖一般的北塔里的寒冷。现在的我看起来一片混乱，即使是穿着姑姑给我买的得体的衣服也不能掩盖我乱七八糟的状态。看着曾经欺负过我的艾里斯·摩根跟难得温柔的伊万·古里尔这么浓情蜜意，我又有点生气，这种情绪连我自己都觉得莫名其妙。我想要放声大哭，我还想朝他们泼一碗果酱。

他们似乎是觉察到了我有这样的念头，伊万的目光转移到了我的身上。我的脸窘迫得红了。

艾里斯也看见了我，她的眼神中闪过一丝戏谑。她在伊万的耳边低语着什么。

“不，我不知道她在这里。”他说，眼睛仍然紧紧地盯着我。

艾里斯又说了什么，然后暴风骤雨一般地走了出去，“砰”的一声关上了身后的门。

伊万仍然用他标志性的眼神盯着我，毫无疑问他一定很喜欢看我这种七零八落的样子——卡尼莎·加德纳的孙女，竟然会沦落至此。

我瞪了他一眼，眼泪在眼眶里打转，嘴唇在颤抖，此刻只觉得无力掩饰自己的脆弱。

伊万的表情发生了微妙的变化，似乎在挣扎着什么，他的眼神里竟然出现了一丝担忧。

他那生动的绿色眸子里的柔软，激起了我内心深处一阵强烈的酸痛。我想到艾里斯和他，想到他们一群人，悲愤充满胸腔。

我感到不安，挣扎着擦掉自己的眼泪，拿起一块湿布，胡乱地把脸上的果酱擦干净。

我才不会让这个凯尔特人看到我哭呢。

周围的一切开始变得模糊，我扔下抹布，飞快地跑了出去。一路跑回冰窖一样的北塔，把自己扔到床上，闭上眼睛不去看身边那两个可恶的伊卡利亚人，哭着睡着了。

第二天早上，一阵嘈杂把我吵醒了。我又从有海豹人的梦中惊醒，精神萎靡。我环顾四周，艾瑞和温特都走了，但是艾瑞的那只鸡在我的桌子上，它在啄我的笔和纸，我的东西掉得到处都是。我顺着往下看，发现爸爸妈妈的陶瓷塑像倒在地板上，已经碎成了好几块。

那是我留存的关于他们唯一的记忆。

那一刻，我觉得自己像一座雪崩了的雪山。我飞奔下床，弯下身子，拿起一小块瓷片，透过朦胧的泪眼，我还能看到母亲和善的眼神。

我再也见不到爸爸妈妈的面容了。

我的愤怒不断积蓄，直到形成一股怒潮。

现在，是反击的时候了。激怒艾瑞，让她想要烧死我。然后，我就可以去告状，让学校把她关进收容所去。也许，这一切都值了。

我站起来，胡乱套了件衣服。

我拎着艾瑞的鸡，把它扔到北塔外面，秋日的草地上凝结了一层淡蓝色的霜。我知道她宝贝的这只小鸡很可能在大学里活不久，很可能有人会把它抓回去，还可能被过路的人抓走吃掉。

我克制住内心一丝丝的内疚，上课去了。

今天，课上的时间异常漫长。听了一天的讲座，做了一天的实验，我还是没能打败内心的那丝内疚和不安。

这是她应得的，我愤怒地提醒自己。我一边想着，一边帮吉斯妮准备一种新的蒸馏试剂。何况那只是一只鸡，很可能是从家禽场偷来的，早就该宰了做早餐或者炖鸡汤了。

那天下午晚些时候，我回到北塔，想着先把沉重的书包放到屋里再去厨房干活儿。我爬上一个长长的小山坡，冰冷的雨水刺痛着我的皮肤，想着早上的那一幕，我每走一步，对艾瑞的恨意就更深一分。

当我终于走回北塔时，我心里已经准备好迎接一场恶战了。

我爬上塔楼，每爬上一级台阶都让我的内疚少了一分。

她应得的。她应得的。我不断说服自己。

当我终于走到了楼上，穿过奇怪而安静的走廊时，我闻到了一种奇怪的烧焦的味道，就像什么旧东西被点着了。我紧张不安地握住冰凉的把手，拉开门。

当我看到房间里的一切的时候，所有的血液都涌到了我的脸上。

我的被子，我最心爱的东西！

它躺在空荡荡的房间中央，变成了一堆烧焦的棉布，还有一小部分仍然在燃烧，火焰还在爆裂，干燥的织物越来越少。

我大步跑过去，从喉咙里扯出一声哭喊。我拼命抓住剩下的最后一块碎片，拍打着上面的火焰，根本顾不得手指会被灼伤。当仅剩的碎片在我的手中碎裂时，我差点就要晕过去了。

她烧了我的被子。

她毁了我跟妈妈唯一的联系，我跪在灰色的碎片之前，放声大哭。

“我想让她走。”卢卡斯转过身来，他正看着一排长长的军校生队伍，他们在初秋阴凉潮湿的空气里练习射箭。暮光中，靶场附近的火炬都被点燃了。当卢卡斯看到我的表情时，显得有些吃惊。

“让谁走？”他眯起眼睛问道。

“艾瑞。”卢卡斯盯着我看了很久，然后牵起我的手，带我离开了靶场。

“发生什么事了？”他问。

“没什么，我就是要她走。不管是用什么办法。”

我猜他可能会让我自己处理这件事。那一刻，我暗暗告诉自己，如果他这么说，我一辈子都不会再多看他一眼。

他迟疑了一下，“想赶她走，唯一的方法就是让她攻击你。”

“我无所谓。”

他深吸了一口气，向附近的一条长凳走去。

“那么，”一个黑色的微笑挂上他的嘴角，“坐下。告诉我你对艾瑞·海文所了解的一切。”

经过和卢卡斯的长谈，我确信他会找到一种方法帮助我把艾瑞从大学里赶出去，并且永远也无法靠近我。我似乎得到了一丝宽慰和希望，但孤身一人的时候，我还是会想起妈妈留给我的被子，又迅速回到痛苦之中。

我在绝望中走进厨房，心烦意乱，我连简单的活儿都做不好了。弗里妮亚让我搅拌一锅肉汁，当我站在巨大的铸铁锅旁边，眼泪怎么也止不住。

艾里斯和布莱德难以掩饰幸灾乐祸的心情，看到我被打倒，两人相视一笑，脸上的表情得意极了。

“看啊，蟑螂伤心了。”布莱德低声嘲弄我，她们两个越来越大胆，仿佛在试探我的底线。

艾里斯瞥了一眼布莱德，脸上挂着假模假样的同情，她一边从大盘子里拿出热饼干，一边把它们放在旁边的几个篮子里。

布莱德则用特别大的力气去剁一只鸡。砰，砰，砰，我被吓了一跳，这个尤瑞斯科女孩阴险地笑着，眼睛眯成一条缝。

艾里斯也笑了起来。

伊万走进厨房，手里抱着一大堆木头。他看到我，绿色的眼睛亮了一下，他惊讶地站住，“你怎么哭了？”他的声音有点严厉。

我的眼泪不断滚落，声音断断续续的，“我母亲留给我的被子被烧了。”我不知道自己为什么要跟他说这些，他可能并不是真的关心。

他的脸上写满了厌恶，“你就为了一床被子哭鼻子?”

“是的!”我呜咽着，我讨厌他，讨厌艾里斯和布莱德，我讨厌他们这一群人。

“加德纳人一定都很幸福，”伊万讥笑着关上炉子的铁门，朝里面扔了一些柴火，“少了一床被子就哭得昏天黑地的。”

“是啊，”我故意跟他唱反调，“我们的生活就是这么幸福。”

他的嘴唇卷起一个讨厌的冷笑，“您的损失真是太重大了。”

“离我远点，凯尔特人!”我生气地大喊。

“求之不得!”伊万瞪了我一眼，他把更多的木头塞进炉灶，关上了铁门。

第二十一章
亲　人

那天晚上，我拖着沉沉的书包一路走回北塔。仇恨仍旧灼烧着我的心，每靠近北塔一步，我对艾瑞的恨意就增强一分。我恨不得一拳打在她的脸上，我甚至想扯下她的翅膀。

我紧紧握着拳头，冲上了螺旋状的楼梯。但一走进房间，我就呆住了。

艾瑞躺在地板上，她的翅膀软趴趴地铺开。温特摇晃着她，用精灵语飞快地说着什么。她抬头看着我，睁大眼睛，惊恐万分。

艾瑞的鸡已经死了。

卢卡斯不知道怎么找到了它。

它被挂在门上，两根木桩刺透了它的胸部，只剩下头还在晃来晃去。它的翅膀被斩断了，挂在身体的两侧。血溅在门上，地板上也流了一地。

"这不是真的，"我吸了口气，"天哪！"

"艾瑞晕倒了，"这是温特第一次对我开口说话，她沙哑的嗓音听来有点奇怪，"这对她而言太残忍了。法嘉……这只鸡……是她的家人。"

我不明白她在说什么，"她的家人？"

"凡是有翅膀的动物，我们可以通过意念和它们交流。"无声的眼泪在温特苍白的脸上滑落，"艾瑞很喜欢它，艾洛琳·加德纳……你怎么可以这样？"

我的喉咙有点干，"我……我从来没有想过会发生这种事。"

“这可能会击垮她。我们得尽快让她回魂。”

“让她回魂？”

艾瑞突然在温特的怀里痉挛起来，她的身体在扭动，脸上极其痛苦。突然，艾瑞的眼睛睁大了，她转身看着我。起初，她看到我瑟缩了一下，但很快，她的眼睛里又充满了可怕的光芒。她慢慢地把自己从温特身边推开，目光紧紧地盯着我，温特用精灵语向她疯狂地低语，但艾瑞充耳不闻。

她的翅膀慢慢展开，艾瑞站了起来。

我退了一步，心跳飞快。

“我！要！杀！了！你！”艾瑞把温特推到一边，跳了过来。她一把把我压在地上，她的拳头一下子砸到我身上，她拼命地抓我，打我，踢我。我也拼命地抵抗，我从没被人这么对待过，嘴巴里都是艾瑞血液的铁锈味，真是恐怖极了。温特疯狂地对艾瑞嚷嚷着什么，试图把艾瑞从我身上撬开。但是，艾瑞非常固执，力气也极大。我奋力挥舞着双手，也只能稍微抵挡一下，根本阻止不了她。

突然，艾瑞跪在了我的身上，我的双手紧紧地捏住她的手腕，但不知道为什么，艾瑞突然放弃了。她冰蓝色的眼睛像水面上的霜一样凝结，嘴唇卷起，发出可怕的嘶嘶声，然后她的眼睛又变得透明。那双眼睛就这样一会儿蓝一会儿白，我吓呆了。

这时候温特一把抓住艾瑞，挣扎着把她往后拖，一直拖到冰凉的石板地上，离我远了一点。艾瑞的身体非常僵硬，眼睛又恢复了正常。她似乎再次昏迷了，仿佛迷失在可怕的地狱中。当温特把她拉过门边时，艾瑞的眼睛突然睁开了。

“把它放下来！”艾瑞尖叫着，指着她死去的那只鸡。她挣扎着站起来，跪坐在门外，双手抓住血迹斑斑的木头。

“我的法嘉！”她尖叫道，“他们都对你做了什么？”

温特向我走来，眼睛睁得大大的，“艾洛琳·加德纳，你赶紧走吧。”

当我起身的时候，一瞬间头晕目眩。温特伸出手来扶我。

温特的手刚接触到我的胳膊，她的嘴巴就张得老大，眼睛因痛苦变得狰狞，她倒在地上，抓住自己的手臂，仿佛被灼伤了一样。

“怎么了？”我吓了一跳。

“我只要碰到别人……”她那细细的声音渐渐消失，她的眼睛里充满了恐惧。

我吸了一口气，“你能感知别人的想法？”我记得在瓦尔加德遇到的那个伊卡利亚人，只要接触一个人，就能读懂那个人的思想。

所以这就是为什么瑞夫碰到温特的时候，她哥哥会那么生气的原因吧。

她慢慢地点点头，但仍旧心慌意乱。

她为什么如此害怕我？她看到了什么？

温特惊恐得僵在那里，但随即被艾瑞的尖叫声打破了，“你赶紧走吧！”温特大叫。

我猛地站起来，感到脑袋里天旋地转，一下子摔倒在了楼梯上，心扑通扑通地跳。我靠在墙上，两腿打战，视线模糊。我沿着冰凉的石头台阶滑下来，看不清眼前的东西，只能感觉到眼眶肿了起来。我伸手摸了摸，都是血。

这是我的机会，是我自己问卢卡斯要来的这个机会。

如果我现在去学校委员会，艾瑞立刻就会被开除，被遣送回瓦尔加德的收容所，她的翅膀将被折断。人们会感谢我除掉了韦帕的这个祸害，以后北塔住起来会更加舒服。

突然，一阵翅膀轻轻扇动的沙沙声打断了我的思绪，我抬起头。

是守望者。

它安静地栖息在拱形窗户的窗台上。

我凝视着守望者宁静而悲伤的眼睛，它们就像两汪如水晶般清澈的池水。

我记起来了，那些我拼命想忽略的东西这一刻都变得清晰起来。

那些夜晚，艾瑞抱着她的法嘉唱歌，她温柔地抚摩着它。入学这么久，我看到艾瑞在学校里处处受欺负，不管走到哪里，她总是遭到冷眼和嘲笑。所到之处，众人都会扭头不看她。

过去的一个月里，她从没有获得过家人的关怀，甚至连温特都比她幸福。除了温特和克里斯蒂安教授，从来没有人替她说过一句话。

她是恶魔。我心底有一个声音告诉我。她没有什么好的。

但是她照顾那只叫法嘉的鸡的时候，是那么温柔，那么平和。

艾瑞，她真的是十恶不赦的坏人吗？

即使我努力地克制自己，不要去想这个问题，可还是会不断想起。

我意识到，其实我不知道这个问题的答案。守望者悲伤而深邃的目光让我突然下定决心，在左右艾瑞的命运之前，必须先找到这个问题的答案。

“你怎么能这样折磨她的宠物？”

我在餐厅找到了卢卡斯，他正和其他一些加德纳军校生待在一起。周围的士兵和学生看到我这副挨打后的模样窃窃私语起来，人群中骚动不安，厨房工人也注意到了我，教授们从他们窗边的长桌往我这边看过来，可我没有心思管这些。

卢卡斯从座位上站起来，上上下下打量着我，露出一个小小的笑容，“目的达到了，不是吗？”

“这太残忍了！”

我能读懂卢卡斯脸上的表情，他在责怪我，一开始是我求他把艾瑞赶走的。他握住我的胳膊，用力地把我拉到一边。

“是你来找我的。”他提醒我。

我把手臂抽出来，“但是这太过分了！”

他靠近我，“昨天是你告诉我，不管用什么方法，你只要她走就行。接下来就看你的了。这是你的机会。你只需要去找校方，告诉他们谁攻击了你。然后你马上就能把她赶走了，这里没有一个人会对她恋恋不舍。”

我甚至不需要专门去找谁，因为一些教授已经从他们的位置上站了起来，朝我们这里走过来，其中包括副校长奎伦。

“天哪！”斯密特尔教授惊呼一声，他的黑色长袍在他身后扬起，“艾洛琳……这是谁干的？”

我粗粗地打量了一下四周。伊万、弗里妮亚、艾里斯、布莱德和厨房的其他几个工人都从厨房里跑了出来，他们估计都想看看被打得落花流水的加德纳人。

“加德纳法师，谁敢攻击你？”奎伦高声说。

我看着她那双冰蓝的眼睛，我必须用力咬住脸颊两侧的肌肉才能让自己保持冷静，我觉得整个餐厅的人的目光都被我吸引过来了。他们在等待我的回答，每个人都格外沉默。我必须说点什么。得赶在卢卡斯开口之前，说点什么。

“我摔了一跤。”

斯密特尔教授简直难以相信，“你……就只是摔了一跤？”

我点点头。

“在北塔的楼梯上摔的。我太笨了，第一天到厨房的时候就摔了一跤。”我朝着厨房工人们那边走去，眯了眯眼睛，“不信您可以问问他们。”

伊万的眼神充满惊讶，艾里斯和布莱德也都不解地看着我。

“你需要去看大夫。”斯密特尔教授走过来，轻轻地拉起我的胳膊，“我带你去。”

当教授领着我走出餐厅的时候，我回头看了一眼卢卡斯。

我知道我们之间无法挽回了。他的行为太过分了，我想我永远也不能原谅他。

卢卡斯仿佛读懂了我的想法，生气地看了我一眼，大步走向一边。

那天晚上，我手里拿着一个麻袋走进了鸡棚，在黑暗中摸索着找到了笼子。即使经过治疗，我的左眼仍然微微肿胀，它跟我的头一起，一跳一跳地疼。

“你在干什么？”

伊万把我吓了一跳。我一下子就认出了他高大瘦长的身影，他的两只手里各拿着两个大铁桶。

“我想偷一只鸡回去，”我的心怦怦跳得飞快，“给艾瑞偷的。”

“那个伊卡利亚人？”他很平静，好像不相信。

“她可以用自己的方法和它们说话。”

他那高大的身影在那里停留了很长时间，我甚至可以慢慢看清楚他那深绿色的眼睛了。

“你打算去揭发我，还是放我走，”我并不怕他，“反正你也没有别的选择。”

他眉头紧皱，仿佛被什么深深困扰着，他张开嘴想说些什么，但最后还是紧紧闭上了。

“我犯了一个错误，”我的声音有点沙哑，不再怒气冲冲的了，只剩下深深的自责，“我错了，我其实不想……”

我不说话了，害怕自己又会忍不住哭出来。我的脸紧绷着，望向黑夜里。

当我回头看伊万的时候，却发现他的眼神也没有了防备，我感到一阵短暂的温暖，这种短暂的亲近感，是这么强烈。

伊万紧张地摇了摇头，好像要阻止我。但是他盯着我看了一会儿，眼神里好像有激烈的冲突，最终，他还是转身走了。

当我回到北塔时，温特正坐在艾瑞的床上向她嘀咕着什么，温特轻轻地抚摸着她的头。艾瑞懒洋洋地躺在那里，背对着我。

那只被叫作法嘉的鸡不见了，但门上的血迹仍然提醒着我发生的一切。

我从麻布袋里放出自己抓的鸡，它立马向温特和艾瑞跑去，站在了艾瑞的旁边。

温特惊讶地看着这只鸡。她又抬头看着我，脸色柔和了下来。

我坐在床上，被内疚折磨着，“我没想到事情会变成这样。”

“我知道。”温特的表情很痛苦。她叹了口气，低头看着艾瑞，“她的身世太可怜了，”她转过身来再次看着我，“也不能全怪你。只不过在艾瑞可怜的人生里，总是有各种各样挥之不去的阴影。”她回头抚摸着艾瑞的头发，“她的母亲在她还是个小孩子的时候，就把她送到了瓦尔加德收容所。她母亲吓坏了，自己怎么会生下了一个‘邪灵’，或者像你们说的，‘伊卡利亚人’。收容所的人把她关在笼子里，那时候她才两岁。”

我禁不住深呼吸，喉咙干干的。我原本不想看她，但还是把头扭了过去。

“我能为她做些什么吗？”我沙哑地问。

温特回头看着艾瑞，悲伤地抚摸着她的头。

这也是我现在唯一能做的事情了。

温特用精灵语给艾瑞唱歌时，我在旁边静静地坐着，和她们待在一起，房间里静静地点着一盏灯，守望者似乎从房檐一闪而过。

我们一直留在艾瑞的身边，等着她好过来。

温特唱歌，我默默祈祷，我们俩都默默等待着。

天快亮的时候，艾瑞的蓝眼睛才终于眨了一下，但依旧满是茫然。

第二十二章
诗　歌

今年，我比过去的任何一年都深切地感知到了季节的变换。每天早上，当我从北塔气喘吁吁地赶到学校的时候，都会喷出一小团一小团的白气，在深秋寒冷的空气中飘散，我的膝盖也常常冻得打战。

当然，那也许是因为我们实验室的工作强度太大了。秋天是药剂师最忙碌的日子，“黑咳嗽”、肺部感染、冻疮、气喘、“红流感”，都是这个寒冷季节常见的病症。尤其在学校这种门窗紧闭的拥挤闷热的空间里，这些疾病最容易传播。

在冶金学课上，黑暗精灵教授要求我一刻不停地工作，这使得我几乎没有时间来制备药剂学课上要用到的螯合剂金属粉末，而且他给我打的分数还非常低，勉强及格的样子。他对班上的所有加德纳学生的厌恶都是非常微妙的，但他对我的讨厌显而易见。柯伦时常把笔记朝我这里斜一点给我看，或者悄悄地分享他的实验结果，因为这些小小的善意，我的日子稍微好过一点，这些举动在法伦接连不断的捉弄下显得尤为珍贵。

数学课和化学课的要求也很高。只有历史课的斯密特尔教授对同学们保持着宽容的态度，我们在他的课上，常常感到轻松愉悦。

姑姑倒是经常给我写信了，信里说的无非还是那些事，“只要我跟卢卡斯缔约，我的生活难度系数将立刻降为简单模式”。可是我还是选择在冰冷的北塔里紧一紧我的斗篷，把每封信都团成一团，扔进杂乱的壁炉里，利用微弱的火光来温暖我的双手。

最近的清晨有一种奇怪的寂静，仿佛整个世界都屏住了呼吸，等待着什么。只有排成“V”字形的大雁，打破了沉默，从远方呼唤。

凛冬将至，赶紧逃命吧。

有天化学课上，艾林恩问我，最近跟伊卡利亚人相处得怎么样。

法嘉遇害一个星期以来，北塔宿舍还是那种紧张但是沉寂的氛围。我的瘀伤和抓伤都好得差不多了，多亏了斯密特尔教授的私人医生的精心治疗以及我自己在药剂师实验室研制的强效愈合膏。

“我回去只是睡觉，”我告诉艾林恩，“艾瑞变得很安静。大多数情况下她只是躺在床上。她从来不跟我说话，也从来不看我。”我偷偷摸摸地看了看四周，现在实验室没什么人，有学生陆陆续续走进来，我小声说，“她好像挺喜欢我给她的那只鸡。”

“你认为你在她周围是安全的吗？”艾林恩一脸关切。

“我不知道，”我拿出一些羊皮纸和笔，“温特一直在她身边，她似乎能让艾瑞在一定程度上保持冷静。”

温特跟我说话的次数越来越多，虽然我一般注意跟她保持距离，不想让她看出我的想法。她好像也有所顾忌，会尽量不碰到我。我们两个就这样保持着妥善的礼貌。我对温特越来越好奇。而且我喜欢在她画画的时候找借口到她身边转悠。她也不再等我睡着才开始画画了。我偷偷看过几眼，她的作品主要还是艾瑞和鸡或者埃夫伦弓箭手。

“我几乎没见过艾瑞出现在北塔之外的任何地方，”我告诉艾林恩，“但是她几天前好像去上数学课了。”

艾林恩的眼睛睁大了，“你在开玩笑吧。”

我摇摇头，“确实令人意想不到。”

“发生了什么？”

于是我给她讲了事情的经过。

约瑟夫·克林曼教授的粉笔在墙上的石板上敲出断断续续的节奏

时，窗外的大雨正刷刷地击打着长长的拱形窗户，我安静地坐在教室最后一排。我的高等数学课教授是个加德纳人，我觉得自己已经很幸运了。但是他很严肃，我很少见到他笑。当他看着其他种族的学生的时候，我总是不自觉地意识到他冷静的蓝眼睛里所呈现的那种残酷的光芒。

我刚刚把钢笔、墨水和羊皮纸放好，周围的加德纳学生都长长地吸了一口气。怎么了？我抬起头瞥了一眼。

艾瑞竟然站在门口，她的翅膀激动地扑扇着。

克林曼教授转头看了一眼，然后迅速移开了视线，好像艾瑞脏了他的眼睛似的。学生们也不高兴地彼此嘀咕。

“艾瑞·海文，你凭什么打断我上课？”克林曼教授质疑道。他说话的时候声音很平静，但是没有看着她。他同情地看着讲台下的加德纳学生，而他们也避免跟艾瑞有目光接触。

“他们说我现在的课程对我来说太简单了。”艾瑞自言自语似的说道，她好像知道大家的顾虑，所以她的视线飘忽不定，她的两条腿不安地交叉着。我可以看到她努力忍住不用双手去抱住自己，她习惯了用这个姿势让自己不被攻击。她向克林曼法师递过去一张羊皮纸，教授一定是用余光看了一眼，他的嘴唇抽搐了一下，转过了身。

“我怎么知道你这个伊卡利亚人没有用什么诡计欺骗我。”他似乎兴趣不大，“我听说你们种族的人都非常狡猾。”他嘲讽地一笑，仍然没有看艾瑞。

我确实见过有人故意避开艾瑞和温特的眼睛，但只是跟她们擦肩而过的时候才会避免眼神交流，从来没有人在谈话中这么做。这种感觉太奇怪了，就是对她们刻意的贬低，让我心里很不舒服。

“您应该看着我说话！”艾瑞尖叫了起来，她长着痘痘的脸涨红了，双手紧握成拳头。

“你说什么？”

“我在跟您说话！您应该看着我！”

克林曼教授轻声说道，“为什么我要看着你呢，这有什么要紧的吗?”他看着其他学生，好像他们在说什么笑话，一个只有艾瑞不懂的笑话。

“因为我正在和您说话!”她哭着说，眼神中羞愤难当。

一些加德纳学生毫不掩饰地笑出声来。克林曼教授似乎也在忍着笑，“好了好了，伊卡利亚人，你要知道，跟你有眼神交流会违反我的宗教信仰。你很清楚这一点。这不是我个人的行为，跟你对视是很愚蠢的。所以你不应该把你的翅膀张得这么开。”他的目光一闪而过，转向加德纳学生，眼睛里闪闪发光，学生们似乎笑得更厉害了，但每个人仍避免与艾瑞对视。

艾瑞退缩了一下，好像撞到了什么东西，然后转身冲出了教室。

我站了起来，准备去追她，然后想起她恨我，我又慢慢地坐了回去。

我从来没有见过这样的事情。

我惊恐地听着周围同学的笑声，突然觉得一阵恶心。我转向坐在过道对面的伊万，他是教室里唯一没有笑，也没有嘲讽艾瑞的人。他看起来和我一样，厌恶这一切。

也许感觉到我的目光，伊万转向我，他的眉毛紧皱在一起。那双深绿色的眼睛与我对视的一刹那，惊讶地眨了眨，可能他以为我会像其他人一样嘲笑艾瑞吧。我们两个似乎无形中结成了某种联盟，我们都很讨厌这种令人作呕的假笑。我们对视了很长一段时间，我看到伊万脸上的愤怒逐渐变成一种惊愕。

就好像他是第一次见到我一样。

“一直不看别人，真的是很不好，”当我告诉艾林恩数学课上发生的事情后，她眉头紧绷，沉思了很久，“我以前从来没有想过会发生这种事。”

“现在，伊万不再那么讨厌我了。他还是不会跟我说话，但是有一天，我在厨房干活儿的时候，提着一大桶水，他竟然帮了我一把。当时周围没有别人，他提起水桶就走了。他还哼了一声，好像在跟自己生气一样。但是他生气归生气，还不是帮了我呀。”

“真奇怪。”

“我也觉得。”

其他学生陆续都进来了，沃尔亚教授也走进了实验室，我们停止交谈，把注意力转向讲台。

艾林恩和我现在不仅是朋友，还是研究伙伴。她不想跟卢布林人搭档，第二天就把凳子搬到我旁边，尽量离乔德·乌尔里希远一点。戴安娜什么都不说，只是默默地坐在她哥哥旁边的座位上，对着教授做了个鬼脸。沃尔亚教授虽然不满地蹙眉，但还是决定不理睬这种小事情。然而，乔德的表情还是非常紧张，整节课都没有放松过。

艾林恩不喜欢花太多时间记笔记，所以我一般都把自己的笔记给她看。相反，艾林恩喜欢在她的化学课本里藏一本经典小说或者诗歌，每节课都偷偷看。我们现在的这节课和其他任何一节都没有什么不同，在沃尔亚教授开始讲课之后，艾林恩假装摆出一副好学的表情，然后便躲进她的小世界里去了。

我赶紧刷刷刷地记着有关精油蒸馏的笔记。大概过了半小时的样子，从卢布林人座位的方向扔过来一张叠得很整齐的羊皮纸，我好奇地打开，纸上工工整整地写着：艾林恩收。

我觉得很困惑，瞥了一眼卢布林人。戴安娜好像在为什么事情生气，表情不太高兴，而乔德似乎在专心听讲。

我用手肘撞了撞艾林恩，把纸条递给她。艾林恩一脸疑惑地接了过去。

她飞快地打开纸条，上面写着：你在看什么？乔德·乌尔里希。

我们俩面面相觑，艾林恩的眼睛睁得大大的。我们一齐瞥了一眼卢布林人。乔德正全神贯注地盯着沃尔亚教授，一脸闲人勿扰的表情。

我觉得艾林恩应该不会回复他。毕竟，她很害怕他。乔德有两次都想帮艾林恩的忙，有一次是艾林恩的书掉了，还有一次是她洒了一瓶奥特纳粉。每一次，乔德都是默默地出现在她身边，帮她把东西收拾好。但是每一次艾林恩对他的举动都显得很害怕，样子很不舒服。

可是这次她让我感到惊讶。

艾林恩很快就把诗歌的名称写在纸上，然后把纸条递给我，好像她必须在恢复理智之前赶紧把这件事搞定。我看着她，目瞪口呆，她是不是疯了啊。艾林恩用尖尖的下巴朝着卢布林人的方向点了点，我们默默相持了几秒钟，但她依然非常坚决。我不情愿地投降了，深深地叹了口气，难以置信地瞪了她一眼。沃尔亚教授再次背对着我们的时候，我拿起纸条，把它扔到了戴安娜的课本上。

戴安娜瞪着我，不赞成地睁大眼睛，然后把纸条递给她哥哥了。

乔德面无表情地接过纸条，目光并没有离开沃尔亚教授。他打开纸条，没有低头，只是飞快地扫了一下，表情也没有什么变化。紧接着，他拿出一张新的纸条，低头写着什么，装作是在记笔记的样子。我和艾林恩用余光看了他一眼，他把纸条折起来，放在了他妹妹面前。戴安娜怒气冲冲地抱着肩，不为所动。她生气地瞪着她哥哥，但是乔德表情依旧平静。我偷偷看了半天，都快等得不耐烦了，这时候戴安娜终于妥协了，把纸条扔给我。

我立即把这张纸条递给艾林恩，她急切地打开。“这是什么?”我低声说。

她的脸上流露出惊奇的神色，“诗歌!”她喘着气。

我看了看乔德。他还在假装专心听讲。艾林恩翻着她的书，惊讶地咬着嘴唇，直到找到了她要找的东西。然后，她把纸条夹在书里，用手肘慢慢把书推过来，让我可以看得更清楚。

乔德写的这首诗，是对秋天之美的赞颂，与书上的这首一模一样。我再看看乔德，此刻他的嘴角挂着一个小小的微笑。艾林恩仔细地把乔德的纸条叠好，把它当作一个书签夹在书里，她也假装把注意力集中在课堂上，但眼睛里充满惊喜。

“我简直不敢相信你正在和一个卢布林男子交谈。”下课之后，我盯着艾林恩，“我以为你害怕他们。”

艾林恩转向我，她那挂着银色阿夕亚球的项链闪烁着光芒，她的眼中闪烁着挣扎与抗拒，仿佛刚刚来到了一个突然变得清醒的世界，“搞错了，一定是搞错了。”她望了望乔德和戴安娜的方向，再回头看我，摇摇头，她的目光又变得坚定起来，“艾洛琳，一个邪恶的人，一个野蛮的人，是不会喜欢佛莱明的诗歌的。我确信这一点。”

我看着乔德，他也在望向我们这边，小心翼翼地看着艾林恩的目光，报以微笑。艾林恩羞涩地笑了，脸也红了，然后迅速转过身，把她的诗歌集紧紧地贴在胸口。

第二十三章
魔　杖

“你和所有的木制品之间似乎有种奇妙的联系。”

听到这句话的时候，我的手顿了一下，沾上了一点艾斯敏树树皮的粉末。

只有从蒸馏管中滴下的冷凝液，滴答滴答地打破了冷清的实验室里的沉寂。现在已经很晚了，实验室里只剩下我和蒂尔尼。由于没有魔杖的帮助，我们俩总是要花上别人两倍的时间才能完成作业。

我早就知道蒂尔尼已经注意到了我的这个奇异功能。我自己也感觉到身上有什么东西在苏醒，它们不仅仅是我血液里对祖母法力的继承。我一直对树木的本源有着奇特的感知能力，而且我待在药剂师实验室的时间越长，特别是在实验室后面的温室里的时间越长，我这种奇怪的感知能力就越强烈。

蒂尔尼注意到了这一点。

有一次在温室里，从偏远的西北森林里移植过来的小乔木盆栽，在我的抚摸下开出了小小的花朵，她看到了。还有一次，一棵小小的蕨菜在我的手指上缠缠绕绕，卷成可爱的小卷，这株小小的植物温柔的感觉传遍了我的全身，她也看到了。她知道我现在不用刻意去死记硬背任何药剂的成分了。我已经学会了直观地观察混合物，并且我推导的合成公式越来越高效简单。

我把目光投向了蒂尔尼，“是的，但是你好像和所有的水源之间都有种奇妙的联系哦。”

蒂尔尼的脸上闪现一丝忧虑。

我知道蒂尔尼一直偷偷地观察我，我也知道她并没有意识到我也在对她做着同样的事。有几次，我大半夜守着实验室做实验的时候，看到了奇怪的东西。我甚至怀疑是不是因为自己严重缺乏睡眠，所以出现了幻觉。蒂尔尼当时心不在焉地玩着一串水珠，水珠快速转动，像嬉戏的小猫一样在她的手指间绕来绕去。蒂尔尼可以用手指指挥水蒸气的移动方向，她还可以造一个水球，在手心把玩。

我觉得自己不得不面对一个事实，毫无疑问，我和蒂尔尼的血统都不纯净，就像加雷斯一样。

我们都有菲亚人血统。

空气凝滞，蒂尔尼和我凝视着彼此很长一段时间。

“你有没有注意到，”蒂尔尼突然开口，“我们俩是班上唯一没有戴白袖章的人？”

越来越多的加德纳学生开始戴这个袖章，表示他们支持马库斯·沃格在春季公投上当选魔法委员会的最高魔法师，法伦·巴恩就是第一批戴袖章的人。哪怕戴这个袖章对融入大家再重要，我也不会戴的。一想到沃格会成为我们的下一位最高魔法师，我的心里只有说不出的巨大恐惧。

“噢，我不参与政治，”我轻轻地告诉她，“那是我姑姑擅长的事儿。”

蒂尔尼狠狠地看了我一眼，嘴角泛出冷冷的嘲笑。

这让我感到很不舒服，就像我正在遭受她严厉的批判。

“我需要你的帮助，”蒂尔尼话锋一转，“帮我拿几个瓶子，我的背太驼了，只能抱几个。”

我点头，急于让我们两人都忘掉刚才的话题。我拿起一碗粉末，摇摇晃晃地倒进我们面前的糖浆里，雪松和丁香的浓郁香味使空气变得芬芳。

“瓶子在我的房间里。”她又说了一句。

我把树皮粉擦掉，为难地咳嗽了一下，“我不能去你的房间。如果法伦在那怎么办?”

“不会的,”蒂尔尼摇着头说,“她晚上一般都要去参加军事演习。”她的表情严肃,“武器训练。”

我不禁暗笑,“哦,武器?她成天就搞这些?多练练,那样才能在教室里捉弄我,直到杀了我。”

蒂尔尼挑了一下眉,平静地看着我,仿佛在等我把这个笑话讲完。

我长叹了一口气,“我不能跟她碰面。”

“法伦训练的时候很投入的,”蒂尔尼的表情依旧没什么变化,“这会儿她肯定不在宿舍,我敢保证。”

我盯着戴安娜,眨了眨眼。

她正倒在蒂尔尼拥挤的宿舍里的一张床上打瞌睡,她趴在床上,一只手臂挂在床边,大声地打着呼噜。

一丝不挂。

蒂尔尼从两个长方形木箱中拿出了几件柔软的衣服,把每一个小瓶都包裹了起来。她注意到我在看戴安娜,耸耸肩,“我一开始也吓了一跳,现在我已经习惯了。”

戴安娜嘴里无意识地咕哝着什么,翻了个身子,双腿张开了。我的脸一下子红了,赶紧转过身。

蒂尔尼朝我笑了一下,“我马上就好。”

我好奇地看着蒂尔尼的房间,“法伦是哪张床?”

蒂尔尼哼了一声,给了我一个难以置信的表情,“你觉得大小姐会在这里跟我们一起睡吗?”她伸手指了指里面的房间,“她的床在那儿。”

当蒂尔尼开始包裹第二排瓶子的时候,我小心翼翼地走到了旁边的房间门口。这个房间的装饰风格果然跟我猜的差不多,非常浓墨重彩,整个屋子都是深红色搭配黑色的物件,中间是一张巨大的四柱床，床上铺着奢华的白色床单，上面撒了半盘没吃完的水果。

我内心偷笑，想不到法伦·巴恩是个懒虫。

我轻手轻脚地走进房间，感觉自己像是一个小偷，但此刻好奇心还是占了上风。法伦房间里的东西足以令韦帕的每一个学生羡慕，崭新的魔法宝典，皮革外皮上还镶嵌着精致的黄金浮雕，被整齐地放在一个带锁的书架上，带铁质边框的钻石形玻璃窗闪闪发光。书架旁边，手柄镶嵌着宝石的银色刀剑和帅气的长弓在墙上挂着。房间里还有一个宽敞的壁炉，里面摆着龙爪形状的耙子，壁炉架上还挂着一个真正的龙的头骨。

我走到她的床边，伸手抚摸柔软的羽绒被，每晚都在这种奢侈的温暖中入眠，真叫人嫉妒。当我看到她床头柜上摆着的一个小小的陶瓷塑像时，嫉妒的爪子彻底探了出来。

卢卡斯·格雷。

真的很像他。有时候，太过好看的外表也是一种罪恶。

突然，我的身后传来一声惊叫，我吓了一跳，拿在手中的陶瓷塑像一下子掉在大理石地板上，一阵尖锐的碎裂声。是奥莉，她是厨房里的尤瑞斯科女仆，皮肤是淡淡的薰衣草紫色，这在尤瑞斯科人中很少见，跟绿皮肤的布莱德一样，也很醒目。她站在门边，胸前抱着一堆折叠好的干净床单。

“求求你原谅我，法师。”她伸出手，低下头。

“没关系，”我结结巴巴地说道，“没关系。”

我觉得，她是一个脆弱而容易受到惊吓的女孩，看起来似乎只有十四五岁。我注意到她紫水晶一样的眼睛周围泛着病态的红色。

我的眼睛闪过卢卡斯的塑像，现在正四分五裂地倒在地板上。

天哪，这可千万不能被法伦看到。

我拿起卢卡斯塑像的陶瓷碎片，对奥莉微笑，装作若无其事的样子把这些碎片塞进斗篷的口袋里。

外面传来了开门的吱吱声，然后是一阵嘈杂的嗡嗡声，一个熟悉的声音，盖过了其他人的声音。

“天哪！她真是无处不在！”

我的心直接蹦到了嗓子眼，是法伦！

我躲到门后，双腿现在软得走不动路，我能清楚地听到自己的每一次呼吸。

她会是什么反应？我的心下一秒就要从胸膛里跳出来了。我从门缝里往外看，艾荷、佩姬和法伦都站在房间里，我更紧张了。蒂尔尼站在她的书桌旁边，吓得说不出话。

奥莉看上去也很害怕，她很快意识到我不应该出现在房间里。

“我真是受不了！”艾荷生气地尖叫着，指着床上赤裸裸的戴安娜，“看看她，太恶心了！我们是加德纳人！我们不是肮脏的妓女！”

法伦朝戴安娜身上扔了一条毯子。戴安娜哼了几声，翻了个身，继续打呼噜。“行了，”法伦对艾荷说，“这样可以了吗？”

“根本不行，”艾荷继续说，“只有她从宿舍里搬出去才行。”

法伦笑着，把披风扔到附近的椅子上，“她看起来像是一头猪。”

当她看到蒂尔尼冰冷的表情时，法伦的笑容消失了。

“你在看什么？”她很不满，“天哪，你看起来就像一个食尸鬼。”

我朝门后又躲得更深了一点。

法伦环顾四周，好像感觉到一些异样，她的眼睛盯着奥莉，神色变得很生气，“你在这里干什么？”

奥莉睁大了眼睛，但没有发出任何声音。

法伦叹了口气，好像在跟一条不守规矩的小狗打交道，“过来。”她指着自己面前。

奥莉走向她，低着头，抱住床单。

法伦盯着尤瑞斯科女孩，摆弄着魔杖，“我对你提了什么要求？”她冷静地问道。

女孩嘟囔着什么，眼睛死死盯着地板。

“我听不清。”法伦说。

“做个隐身人。”女孩喃喃道。

“说什么？”法伦拎着她的耳朵，大声问。

“隐身人。”奥莉嘟囔着，声音响亮了一些，她的声音充满了恐惧，“请原谅，巴恩法师，我没想到您……”

“不，不，”法伦慢慢地挤出几个字，“要做个隐身人，首先就是不能有声音。你发出声音了吗？”

“是的，是的，我的意思是，没有声音，没有声音。”女孩结巴了。

“到底有还是没有？”

女孩站在那里，一脸茫然。

“滚吧！”

我很生气，愤怒地盯着法伦。要是我有一根魔杖，我又会魔法就好了。

女孩立马抱着干净的床单跑了出去。

法伦发出一声厌恶的声音，靠在桌子上。她举起魔杖，喃喃念着咒语，心不在焉地在魔杖的顶端制造出一团蓝色的烟球。

我对她随意使用魔法的行为感到畏惧。蓝色的烟球瞬间变成蓝宝石色的旋涡，然后化作一团灰烟，消散在空气中。

法伦转向艾荷，带着一个狡黠的微笑，“你认识嘉斯妮·帕塞尔吗？”

“不认识。”艾荷回答。

法伦脸上露出恶意，“她要跟人缔约了，跟利安德·斯塔克。”

蒂尔尼抓着小瓶子的手顿住了。

谁是利安德？

“那个玻璃匠？”佩姬也加入进来，“他不是蒂尔尼父亲的学徒吗？”

蒂尔尼的表情突然变得痛苦万分，这时，外面的雨突然倾盆而下。

“对啊，就是那个人，”法伦嘲笑蒂尔尼道，“我知道你喜欢他。”

我气得脖子快要冒火了。

蒂尔尼没有动，也没有抬头看法伦。一个闷雷在天空中炸开，一片雨水遮蔽了窗外的景色。

“他吻了她。”法伦转身对佩姬和艾荷说道。

蒂尔尼抬起头，眼中燃烧着仇恨。窗外一瞬间电闪雷鸣，雨下得更大了。

法伦叹了口气，“她说，利安德的嘴唇像丝绸一样柔软。”

又一道闪电划过，窗户的雨哗哗哗地响，好像下一秒就会被风吹进来一样。蒂尔尼紧紧地抓住桌子的边缘，她的眼睛像暴风雨来临时的夜晚一样黑暗。我担心地看着窗外，甚至有点怀疑是她的心情突然影响了天气。

“别担心，蒂尔尼，”法伦冷笑一声，“我听说缔约马上就要变成强制性的了，到时候委员会好歹能给你安排一个。”法伦转向艾荷和佩姬，哈哈大笑，“他们想要惩罚谁就把谁安排给蒂尔尼吧！”法伦笑得不能自已，佩姬也咯咯傻笑着，艾荷摇摇头，仿佛觉得她们俩非常幼稚。

我的心里感到又震惊又恶心。

缔约要变成强制性的了？这是什么时候决定的？

法伦对蒂尔尼失去了兴趣，她打开带进来的包裹，“看看我带了什么。”她一脸神秘地撕下包装纸，解开棕色的绳子。

一件新的暗黑色的军装，不再是灰色的军校生制服了，衣服的袖子上还绣着五条宽宽的银色条纹。

“天哪，法伦，”佩姬惊讶地叫了起来，“你有了新的制服！新披风呢？”

法伦把制服挂在墙上的钩子上，然后展开了另外一条绣着五条银线的新披风。

她披上披风，在大厅里转悠了一圈。

法伦看上去很有魄力，很强大而且异常美丽——这一切都与传说中的黑女巫不谋而合。

她得意地笑了起来，“他们预备年底把我提升为正式军官，在第十二师。”

“那不就是卢卡斯的师吗！”佩姬兴高采烈起来，“你们又能在一起了！”

当然，他们会的，我暗地里想，他们在强权意识和残酷天性上可谓天作之合。

“你提前升职是顺理成章的事情，”艾荷也附和道，“我们需要我们的黑女巫，而你是我们最大的希望。总得有人镇压这场可怕的反动运动，以免局面不可收拾。”

不可收拾？我不知道官方镇压秘密反动运动的事进行得怎么样了。

“他们上周攻击了第六师基地，”艾荷继续说道，“他们竟然打扮成我们的士兵的样子！”

法伦不屑一顾地笑了，“放心，我们会搞定这些异教徒的小动作的，”她双手叉腰，“如果他们还负隅顽抗，我们就一把火点了几个凯尔特人的村子，死几个人，马上就能结束战争。”

我的胸膛因为生气而起起伏伏。

法伦又走了几步，在佩姬的床上趴下了，“他今天走了。”

“天哪，那你怎么受得了？”佩姬带着哭腔。

“你们马上就要缔约了，”艾荷安慰她，“根本不用担心艾洛琳·加德纳，我早就跟你说过不要在意那些流言蜚语。”

法伦愤怒地瞪着艾荷，“哦？你有阵子可是跟她走得很近。”

艾荷咬了咬嘴唇，“的确如此，但那时候我还不知道她执意要跟一个杂种人做朋友。”

她们对加雷斯的嘲讽让我非常生气，我也顾不上害怕了。

法伦拔出她的魔杖，一串水晶冒了出来，“别给我逮到，不然我就冻住她的血。”

“法伦！”艾荷严厉地责备道，“不要开玩笑。她是一个加德纳人。”

“她闻起来就像一个伊卡利亚人。”法伦呵了一口气。

戴安娜哼了一声，依然睡着，但是把毯子蹬到一边。

艾荷惊恐地盯着戴安娜，“她太恶心了！还非常自大！”

“还有她的头发，编的那些辫子！”佩姬见缝插针。

法伦起身，从桌子上拿起一把剪刀，对着艾荷咧嘴笑了起来，“我认为是时候教训教训这个卢布林人了。”

佩姬紧张地咬着她的嘴唇，“天哪，我觉得还是不要吧……”

法伦咧嘴大笑，她把披风扔在地上，像只猫一样朝戴安娜走去。她单膝跪地，抓起一把戴安娜的头发。我屏住呼吸，看着她把剪刀放在了辫子上……

就在那一瞬间，戴安娜快速地跳下了床，我还没看清，她就把法伦摔倒在地。佩姬发出一声尖叫，而蒂尔尼和我都吓得坐在地上。

接下来我只看到法伦倒在地上，戴安娜骑跨在她身上，一手抓住法伦的两条手腕，一手抓住剪刀。戴安娜把法伦的胳膊扭到她的身后，把剪刀往墙上扔去，一下刺穿了法伦的新制服。

“你敢攻击酋长的女儿？”戴安娜咆哮道，“你个蠢货！我就是睡着了也能感觉到有人胆敢戏弄我。”

戴安娜腾出一只手在法伦脸边晃了晃，我惊恐地发现，她的手变成了一个弯曲的爪子，毛茸茸的，像是野兽的掌。

“再有下次，我就给你留个印记，提醒你得罪酋长的女儿会是什么下场！”戴安娜把手伸到法伦身侧，抓住她的魔杖，“别没事儿就用你这根破棍子嘚瑟！”她竟然把法伦的魔杖折断成两半，扔在一边。

当戴安娜抬起手，想要给法伦一巴掌的时候，法伦尖叫了出来。戴安娜的手顿住了，她缓缓站起身来，看了看法伦。法伦也强迫自己站起来，脸涨得通红。她抓住自己的胳膊，痛苦地挣扎着。

法伦眼中充满杀气，她看了一眼戴安娜，“我们走着瞧！”便哭着和艾荷还有佩姬一起走出了房间。

戴安娜站起来，把她金色的头发朝肩膀一甩，坐回到床上。她嫌弃地看了一眼毯子，扔得老远，然后趴在床上继续睡觉了，她光洁的背对着我们。

蒂尔尼对着我的藏身处，声音沙哑，“她走了。”

“当然，她走了，”戴安娜抱着抱枕嘀咕道，“没有那根棍子，她就是个懦夫。你现在可以出来了，艾洛琳·加德纳。”

我的头猛然一顿，惊讶地看着戴安娜的背影。

“艾洛琳！”蒂尔尼把一盒瓶子推给我。她用下巴指着门，眼神很紧张。我的腿不稳，拿起瓶子，让蒂尔尼带我走出了房间。

“谁是利安德？”一回到空无一人的实验室，我就问蒂尔尼。

我们急于完成教授布置的任务，加上蒂尔尼做事一直有点马虎，我们弄得每个小瓶里都有药剂糖浆。

现在这些瓶子都黑乎乎的，就像实验室拱形窗户外的黑夜一样。

“谁也不是。”她并不看我，表情缓和下来，“他在我父亲那里当学徒，”她耸耸肩，嘴巴在颤抖，“他对我来说，什么也不是。”她的嘴唇又颤抖了一下，哭了起来，然后变成了抽泣，她的头低垂在肩膀里面，“他谁也不是……我不在乎，我不在乎他发生了什么事……”她用手捂住了眼睛，一时语无伦次，“他们为什么要这样做？”她呻吟着，“他们为什么要把我弄得这么丑陋！”

突然间，实验室里几个敞开的容器里的水沸腾了，水滴溅到蒂尔尼身边，飞速地在她周围打转。

我赶紧举起手挡住脸。这些旋转的水滴突然凝结成了一片大大的云，模糊了我的视线。

我可以在白色的阴霾中辨认出蒂尔尼幽灵般的脸，她瞪大眼睛，好像被吓坏了。

菲亚人，她是一个血统纯正的菲亚水妖。这是唯一的解释了。

蒂尔尼说有人“丑化”她，这意味着有人把她的真面目刻意隐藏起来了。她真正的头发可能是蓝色的，她的皮肤应该也是蓝色的。

根据加德纳和韦帕西亚的法律，我理应揭发她，包庇菲亚人同样会被处以监禁。可当那片云朵落到地上，化作一个惨淡稀薄的水坑时，我强迫自己不去想这些，不去那么做。

也许她不是菲亚人，也许她和我一样，和加雷斯一样，我们所有人都是加德纳人，只是血统不那么纯正。就是这样的，她的加德纳血统只是……非常不纯正罢了。

但蒂尔尼也可能就是菲亚人。一旦她的身份被发现，她将被送到帕伦群岛。

可她没有做任何错的事情。

“艾洛琳……”蒂尔尼开口叫我，她的声音非常嘶哑，她平时那副玩世不恭的样子不见了，看起来那么弱小、可怜又无助。

“不，”我伸出手打断她，“你不必向我解释。不管你是谁，我们以后都不要提这件事。”

我看进了她的眼睛里，此刻她的脸上满是惊讶的感激。

那一刻，我们之间的关系发生了一些转变，我可以感觉到我们之间，一种真正的友谊开始扎根。

“好了，”我一边说一边拿起一块布，“我帮你把这里清理干净。”

蒂尔尼僵硬地点点头，忍住了眼泪。她无言地捡起一块破布，弯下腰来，跟我一起擦拭地板。

当我们走出实验室时，雨已经停了，空气中飘散着薄薄的冷雾。一个佩戴着第十二师徽章的年轻加德纳军校生拦住了我们。

他鞠躬，递给我一封信，“我奉命把这个交给您。”说完，他又僵硬地鞠了一躬，然后离开了。

我低头看着信封，优雅干净的字体书写着我的名字。我撕开第十二师专用的河橡树的蜡封，把信抽出来，蒂尔尼站在我身后看着我。

我要重回埃塞克斯军营。我会回来找你的。期待雅乐舞会与你共舞。

卢卡斯

我的心跳加快，脸红了，继而是愤慨。

他还是这么傲慢。

在艾瑞的事情之后，他凭什么觉得我们还可以一起去跳舞呢？而且，我们两个是如此不搭调，他怎么还这么执着。

“雅乐舞会？”蒂尔尼的声音把我从思绪中拉了回来。

“就是学校的舞会，”我内心矛盾，“我之前答应跟他一起去的。”

蒂尔尼的眉毛惊讶得飞了起来，“哇！法伦·巴恩肯定会后悔没早点冻死你。”

第二十四章
戴安娜·乌尔里希

戴安娜·乌尔里希把她的书“砰”的一声砸在了化学课的讲台上，艾林恩和我都吓了一跳，睁大眼睛看着她。

现在是第二天早上，一会儿就要开始上课了。有两个凯尔特学生走进教室，他们看起来还没睡醒似的，后面还跟着一个埃夫伦精灵。

戴安娜生气地哼了一声，坐到她的位置上。

乔德抬起眉毛好奇地看了一眼。

“你知道我今天早上遇到了什么奇怪的事情吗？”她大声向她哥哥控诉道。

前排的凯尔特人听到她大声嚷嚷，不满地回头看了一眼，旁边的埃夫伦人也没有好脸色。

乔德倒是非常冷静，“怎么了？”他问道。

“我被学校警告了。”

“为什么呢？”

“当然是因为法伦·巴恩，那个愚蠢的加德纳女人，我根本不想跟她住在一起。”

我和艾林恩面面相觑，惊讶地看着对方。

乔德一脸困惑。

戴安娜哼了一声，“昨天晚上在我睡觉的时候，那个蠢货，想要把我的头发剪下来，她大概觉得这件事儿很好玩。”

乔德听了，先是轻轻一笑，然后自言自语，“可怜的法伦。”

“到底是谁可怜？”戴安娜愤愤不平，“今天一大早我就收到了学校的警告，说什么‘影响不同文化之间的和平交流’，但是是那个蠢货想在我睡觉的时候剪我的头发！”乔德刚想说点什么，戴安娜就把他打断了：“我觉得父亲对于这些加德纳人的政策完全是错误的，我根本没有办法跟他们一起生活，他们这些人不仅弱小，而且可怜、毫无价值。”

戴安娜说话的时候，艾林恩的眼睛不安地四处张望。

乔德清了清喉咙，瞪着他妹妹，他有点不好意思地看着我和艾林恩。

“怎么了？”戴安娜不耐烦地打断他，乔德叹了口气，摸了摸自己的额头，朝我们这边指了指，“我们就坐在加德纳人的旁边呢。”

戴安娜倒没觉得有什么不妥，她瞥了我们俩一眼，“我不是说艾洛琳和艾林恩，她们俩可不是弱小、可怜又毫无价值的人，我跟她们相处很愉快，不像跟其他加德纳人那样。”

乔德这下不摸他的额头了，他把整个头都埋进了自己的手里。

对于戴安娜这样突如其来的肯定，我觉得很惊讶。还有乔德，他会特意去制止妹妹说出这样的话，我也觉得很奇怪。我转向艾林恩，她对于戴安娜和乔德的反应同样惊讶万分。

乔德朝我们这里瞥了一眼，表情里带着些许歉意。从开学到现在，他一直对我们非常和善，也注意不跟我们起冲突，现在再跟他刻意保持距离似乎有点没有必要了。

“没关系，”我对乔德说，“有时候连我都要注意一下，因为法伦确实是一个攻击性很强的人。”

乔德看了看我，似乎很惊讶我会直接开口跟他说话。

“她虽然是个恶霸，”戴安娜轻蔑地挥了挥手，“但是在我面前她什么都不是。”

戴安娜停了下来，她那双琥珀色的眼睛盯着我的脸，“法伦似乎对你格外上心。”

“是吗？”

“她非常不喜欢你的长相，因为你长得几乎跟你的祖母一模一样。而且她还非常喜欢卢卡斯·格雷，一直觉得卢卡斯是她的人，天天盼着能和他缔约，又害怕你会把卢卡斯抢走。”

戴安娜的直言不讳令我意想不到，我的脸一下子红了，“我才认识卢卡斯几个月而已。”

“那有什么关系？”戴安娜冷冷地哼了一声，“我父母第一次闻到对方的味道的时候，就知道对方是那个命中注定的人，他们在认识的第一天，就在一起了。”

“真的吗？”我对于她的直率感到很震惊。

戴安娜点点头，“那是二十五年前的事了。”

“那确实过了很久。”

“对了，艾洛琳，我希望你能跟卢卡斯缔约，因为我觉得法伦就是个傻瓜。虽然你们都是加德纳人，但是你看起来人还不错，艾林恩看起来人也不错，你们比其他加德纳人好太多了。”

我突然想到了艾瑞的那只鸡，心情一下子跌到谷底，那都是我一手造成的。

所以戴安娜说错了，我根本不是个好人，即使我真的要嫁给卢卡斯，我也觉得跟他结婚就像在与一条龙斗智斗勇。

傍晚，我结束了一天的工作，走出厨房，心里还在盘算着戴安娜在宿舍遇到的事情，不知道她解决得怎么样了。外面已是皓月当空，夜晚的空气格外清新凛冽，我把披风又拉得紧了些，好让自己不那么冷。

我走在一片田野边的小路上，这片田野靠近一排男生宿舍，从这里走，我还可以听到男生宿舍里传来的声音。远处还有几个人，在男生宿舍外面说笑着。宿舍里温暖的灯光透过玻璃窗照出来，给人暖洋洋的感觉。我眯起眼睛向远处看去，想看看我哥哥在不在那群人里。

突然，身后的森林里传来了一阵窸窸窣窣的声音，我转头，看见戴安娜正坐在一棵树上，一丝不挂。

戴安娜看见我，咧嘴露出一个大大的笑容，走了过来，完全没有注意到路上已经有两个加德纳人停下来对着她指指点点。月光照在戴安娜裸露的皮肤上，那几乎是一种透明的蓝色。

她身材纤细，全身都是精瘦的肌肉，身体的曲线足以激发任何人的兴趣。她慢慢走近我，丝毫察觉不到自己这样裸露着有什么不妥。“嗨，艾洛琳，你也在这儿。”她很随意地跟我打招呼。

我的嘴张得老大，“你，你为什么没穿衣服，就在这里。”我有点结巴。

她低头看了看自己，好像不明白我为什么要这么问，“我刚从树林里跑了一圈回来。”她似乎觉得这个理由已经很充分了。

“你不穿衣服就在森林里面跑吗？”我的声音有点激动。

戴安娜笑着看我，好像我还是个孩子，“我在树林里的时候不能穿衣服，因为我一旦变身的话，那些衣服都会被扯得稀巴烂。”

但我还是被她赤身裸体的样子吓到了，眼睛不住地看向远处的那些男生，我赶紧把自己的披风脱了下来，盖在她身上，“快，快穿上，我跟你一起回去。”

“我不需要你的披风，我自己的衣服就在长椅上呢。”她一边说一边指着不远处。

“你是说你刚才在这里脱的衣服，在男生宿舍前面的这条长椅上？”

“这有什么呀！”戴安娜似乎不为所动，她的脸上露出笑容，扬着脖子，抬起头，深深地吸了一口夜间凉爽的空气，一边说一边往长椅的方向走去，“你今天也应该去森林里看看，今晚的月色太美了，月亮又大又圆。从这里跑过去大概一个小时，有一个很美的湖，月光洒在湖面上，就像一层碎银子。在那里狩猎，真的太美了……”戴安娜咧嘴笑了起来，她洁白的狼牙在月光下闪闪发亮，就像一串危险的珍珠。“可惜啊，你不能亲眼看到，那月光真的太美了。”

远处的一小群男生已经注意到了戴安娜，他们都停止了交谈，眼睛一眨不眨地盯着戴安娜，其中一个男生还呼唤屋里的同伴出来看。顿时，我觉得有点害怕。“赶紧披上我的披风吧，那些男生正盯着你看呢！”

戴安娜似乎这时才注意到远处有人，不屑地瞥了一眼，“这有什么！”她轻蔑地说，伸出手在脸前扇了扇，“哎呀，我刚才跑得太快了，先让我凉快凉快。”

“不行，戴安娜，你马上把披风披着！”天哪，她怎么这么固执。

戴安娜好像有点被我惹怒了，“为什么我非要穿衣服不可？不就是几块布而已，对你们这些人好像多重要似的，真是太可笑了！”

“因为我们每个人都穿衣服，你要是不穿的话，可能会被开除。你知道不穿衣服意味着什么吗？”

“意味着什么？”

“意味着，你想跟他们睡觉。”我说完这话，自己都感到非常羞愧。

“我现在不想睡觉，我每次打完猎以后总是精神满满的。”

“不是，我不是这个意思，我的意思是，他们可能以为你想和他们在一起。”

戴安娜还是一脸茫然地盯着我，“你在说什么，我不明白。”

“我的意思是，你这么干，他们可能会觉得，你可能，想要跟他们……”我的脸烧得通红，平时在人前我说不出这些话来。

戴安娜把手叉在腰间，向越来越多的看热闹的人群走去，“你的意思是，他们觉得我会从他们当中选一个伴侣吗？”

“对对对，就是这个意思！”我激动得快哭了。

“天哪，你在开玩笑吧，他们这些人，我一个都看不上。他们都太瘦弱了，我这么强壮，我希望我的另一半能够跟我一样强健有力。而且，你们这儿的男人总是有些稀奇古怪的想法，我根本搞不明白。”

“求求你了，快披上我的披风吧！”我有点绝望，但她根本没有管我，继续朝前走。

这时，艾荷和其他一些年轻的加德纳女子也从拐角处走了出来，估计想看看男生们凑在一起都在看什么热闹。她们往前探了探头，看到了赤身裸体的戴安娜，还看到了惊慌失措的我，她们赶紧捂住眼睛，飞快地逃离了这里。

我张开嘴巴，想要为自己辩护些什么，却什么也说不出来。我要怎么解释，我该怎么解释自己跟一个一丝不挂的卢布林狼人在一起呢？

我赶紧往前走了几步，赶上已经站在长椅旁边的黛安娜。她高高地伸出双手举过头顶，又弯下腰，一脸满足地看着月亮。就在这个时候，我哥哥瑞夫，绕过人群走了过来，他背着弓箭和狩猎包。

他看到戴安娜的时候，眼睛一下睁大了，然后又环顾四周，大概看明白了是什么情况。他眯了眯眼睛，赶紧穿过人群，朝我这里走了过来。我的脸越来越红，越来越热，我都不知道要往哪儿看。

“艾洛琳。”哥哥还是像往常一样跟我打招呼。

“哥哥……”我的声音很微弱，非常羞愧，“戴安娜，这是我的哥哥瑞夫。”

“你就是那个卢布林女孩？”哥哥的表情非常平静，就好像他面对的不是一个赤身裸体的女人。

眼前发生的这一幕就像做梦一样，我从来没有想到这种事情会在我身上发生。戴安娜深深吸了一口气，闭上眼睛，过了一会儿，她睁开双眼，一眨不眨地盯着瑞夫，“你闻起来真好，你身上有森林的味道。”

“嗯，可能是我前几天去了山里狩猎吧，我是他们的狩猎指导员。”瑞夫说着，朝山的方向指了指。

“那你看到今晚的湖泊了吗？就是西边的那个湖，从这里跑过去大概一个小时的样子。”戴安娜兴奋地说。

于是，接下来他们的话题从森林里美丽的景色开始，换到哪些好玩的游戏，又换到了哪个地方狩猎最好，我整个人都傻眼了。我哥哥专心跟戴安娜交谈着，好像完全没有注意到她没有穿衣服，他只是盯着她那双琥珀色的眼睛。

过了一会儿，瑞夫看了一眼旁边那些看热闹的观众。戴安娜顺着他的目光，看到了人群，有点生气，“他们这些人怎么还在盯着我看！”

瑞夫温和地说：“你可能不知道，在我们这里，不穿衣服就出门是完全不能被接受的。”

“是吗？我刚准备穿衣服呢，”戴安娜不慌不忙地说，“刚才太热了，我只是想凉快一下。”

“我知道，”瑞夫接过话头，“我读过一些书，了解一些你们民族的风俗，所以我不觉得奇怪，但是在这里，我觉得你还是穿上衣服吧，现在就穿。”

戴安娜眯起眼睛看着他，好像在判断这事情到底有多严重，尽管在她看来是这么荒谬。

“好吧。”戴安娜最终还是妥协了，但她的目光一直紧随着瑞夫，我赶紧把披风裹在她的身上。只听到旁边那些围观的男生，发出一些失望的叹息。在我的催促下，戴安娜终于走进了旁边的树林，穿上了衣服。她再走出来的时候，已经穿戴得整整齐齐了，围观的男生们发出一些不满的声音，然后很快就散去了。

“我渴了。”戴安娜随意地说道。

于是瑞夫提议去餐厅喝点东西。

“在我们这里，大家都不能不穿衣服。”当我从厨房里端出热腾腾的茶和干果的时候，瑞夫对戴安娜说道。

“对，我知道，但你不觉得这很可笑吗？”戴安娜反驳道，“如果你们一直穿着衣服，那怎么洗澡？如果不洗澡，你们会发臭的，而且我的室友很奇怪，她每次洗澡的时候不能让任何人进去，这有什么大不了呢！”

瑞夫笑着说：“是的，除了洗澡的时候，其他时候都必须穿衣服。”

“所以连小孩都要穿吗，甚至是婴儿也要穿衣服？”

“是的，每个人都要穿衣服，尤其是年龄比较大的孩子，还有成年人。并且，永远都不能在异性面前赤身裸体。”

“永远都不能？”戴安娜露出了一个难以置信的表情，“那你们要怎么做爱呢？你不会告诉我说，你们不需要那么做吧。”

瑞夫笑了一声，他被茶呛到了，“我觉得，可能有时候也会不穿衣服吧。我知道这对你来说似乎是很可笑的，但我们的宗教绝不允许你干这样的事情。”

“什么事情？”

“大庭广众，赤身裸体。”

“宗教信仰？”

“是的，”他告诉她，“有些人会认为，因为你喜欢裸体，所以没有道德……并且你会……与任何人做爱。”

“简直荒唐，”戴安娜说着，挥舞着手，“我们那样做是为了生命的延续。”

“我知道，但是在这里，有些男人并不是出于神圣的延续生命的目的而与你交合。他们甚至不需要喜欢你。”

戴安娜张大了嘴，盯着瑞夫看了很长时间，“这种行为是不道德的，怎么能这样呢。”她不赞成地撇了撇嘴，非常生气地盯着我哥哥，“你们这些人可真奇怪。”

这时候餐厅里有人好像认出了戴安娜，她举起双手，示意那个人过来，“乔德！”她大声地喊着她哥哥。

乔德看到她，微笑着走到我们的桌子旁边。

“我听他们说，这儿的人真的会跟不喜欢的人上床睡觉。”戴安娜单刀直入，没头没尾地就是这么一句。

乔德显得非常惊讶。

瑞夫摆摆双手，似乎暗示不包括自己，“我的意思是只有一些加德纳人和凯尔特人会这样做，但不是所有人都这样。”他赶紧澄清了一下。

乔德在戴安娜旁边的一张椅子上坐了下来，一脸震惊，“真的吗，他们真的是会这样干吗?”他好像有点替我们感到不好意思，“我以为那是谣言呢。”

“是啊，我以前也这么以为，”戴安娜点点头，“我以前以为是爸爸太夸张了。”她又转过头来看着我，“那你呢，艾洛琳，你跟别人那样做过吗?”

我一口茶差点没喷出来，“我没有，我从来没有……”我的声音越来越小，每个字都越来越不清楚。

“那你呢，”戴安娜又用手捅了捅瑞夫，“你也跟你不喜欢的人上床了吗?”

“没有!”瑞夫赶紧为自己辩护，他又把两只手举了起来，“我跟我妹妹一样，我也没有过。”

戴安娜的姿势放松了一些，朝后躺在椅子上，深深地叹了口气，“我也没有考虑过有关伴侣的事情，但还是非常期待能够找到一个真正喜欢的另一半。”她的脸上露出一个期待的微笑，然后用手指着她的哥哥，“我哥哥也没有找到心爱的人呢。”

乔德对我们哈哈大笑，“对呀，我也非常期待自己的真命天女。”

“艾洛琳，你应该也是这样吧，”戴安娜说，“你也差不多到这个年纪了。”她和乔德一起对着我微笑。

我从来没有在大庭广众讨论这种问题，脸一下子变得很红，恨不得躲到桌子下面。

“对了，”瑞夫身体朝戴安娜前倾，“我也非常认同你的观点，我觉得不喜欢一个人就跟他……就跟他‘在一起’是不道德的，所以我只是想澄清一下。”

我打断瑞夫，对乔德和戴安娜说：“我也听说了不少关于你们卢布林狼人的事情呢。”

他们俩都非常感兴趣，朝我这边倾了倾身子，“真的吗？”戴安娜问，“哪种类型的谣言？”

话一出口我就后悔了，接下来的这个问题我要怎么问呢，真是太尴尬了。

我深吸一口气，“我听说你们有时候会像狼一样交合？”

他们俩的眼睛都扑闪得像蝙蝠的翅膀似的。

“这是真的，”戴安娜回答，“我和瑞夫出生的时候都是小狼崽的样子，”她笑着说，“这也是为什么我是如此出色的猎手的原因。”

“那倒是真的，”乔德笑着点点头，“戴安娜是我们整个家族里最出色的猎手之一。”

我犹豫了一会儿，心想反正已经问了很尴尬的问题了，不如再问一个，于是继续开口问道：“我还听说，有时候，你们族的男人在交合的时候保持狼形，而女人则还是保持人形，是这样吗？”

他们两个面面相觑，嘴巴张得老大。

乔德惊讶地转向戴安娜，一脸难以置信，“你觉得这样的谣言真的可信吗？”戴安娜盯着我，“这太荒唐了。”她终于挤出这么一句话来。

“看起来你与一些传统的加德纳女孩进行了一些非常好玩的对话哦。”瑞夫戏谑地嘲笑我道，我有点生气地瞪了他一眼。

“让我猜猜是谁说的，是那个艾荷吗？”

“不是，是法伦。”

“嗯，这挺像她说的话。”瑞夫笑着说。

“那你还听说过关于我们的其他谣言吗？比如，刚才的那个问题就非常有创意。”

“对不起，我不是故意要冒犯你们的。”

戴安娜淡淡地挥了挥手，“没关系，你们的无知影响的是你们自己，并不会影响我们。”

“我，我还听说你们在整个部落的人面前……”

于是他们两个再一次面面相觑，“怎么可能！”戴安娜这次好像很生气。

“那是一件非常私人的事情。”乔德补充道，觉得这个问题好像太蠢了。

“她们是从哪里听来的这些关于我们的奇奇怪怪的流言蜚语？”戴安娜非常困惑。

“我觉得可能是你们喜欢赤身裸体，那些人就产生了许多奇怪的联想。”瑞夫说。

“好吧，”戴安娜叹了口气，“那我还听说很多关于你们的谣言呢。”

“都有哪些？”我非常好奇，不知道他们听到的流言是不是和我们听到的关于他们的一样五花八门。

她身体前倾，声音低低地告诉我：“我听说你们强迫十三岁的女孩嫁给别人。”

“确实有这种情况，”我心里想到了佩姬，“这是我们所谓的‘传统’，就是把一个年轻的男子和一个年轻的女子缔结在一起，叫作‘缔约’。所以你会看到许多加德纳女孩手上都有一个黑色的缔约文身。”

乔德和戴安娜都惊呆了，他们两个严肃地盯着我，戴安娜摇摇头，“但是你不可能在十三岁的时候就选出合适的人生伴侣啊！”

“一般都是别人为你选好的。”我又想到了艾林恩。

戴安娜和乔德不满地互相看了一眼，“那要是你不喜欢他怎么办？如果你不喜欢他的气味呢？”戴安娜似乎对这件事情感到非常不高兴，“那你还必须跟他们在一起生活吗？”

“是的……”我说道，我意识到这件事情对他们来说听起来非常可怕。

“太可怕了吧！”戴安娜先看看我的手，又看看瑞夫的，“但是你们两个都还没有缔约。”

我快速地看了哥哥一眼，“因为我们的叔叔希望我们晚一点再缔约。”

“你们的叔叔是对的。”戴安娜一边说一边点头。

“我还听说你们族的男子会跟海豹人上床，即便他们已经有了自己的妻子，是这样吗？”乔德终于忍不住了。

“乔德！”戴安娜转过头去，叫住了她的哥哥，脸上居然有一点羞愧。

“我只是说出我所听到的而已。”乔德一边耸耸肩，一边说道。

瑞夫叹了口气，“我们族的一些男人的确会这样做，海豹人在我们这里又被称作‘赛尔吉斯’，他们可以幻化成人的样子。”

“有这种事？”我大吃一惊，“可是姑姑跟我说，人们只是把他们当作宠物而已。”

瑞夫朝我挤了挤眉毛，“他们不是宠物。”

太恶心了，这件事真是太恶心了。

戴安娜低着头，“如果你一开始就找一个与你般配的、你喜欢的人交往并且结婚的话，以后就不会发生这种事情了，你们的所谓的‘缔约’实在是太有违常理了。”

“但是也有感情非常好的加德纳夫妇呀，”我反驳道，“我的父母在世时就非常恩爱。”

“所以你和你哥哥人都很好，不像你们族的其他人。”戴安娜强调。

“你的父母怎么了？”乔德抓住了我话中的那几个词，轻声问道。

“在我们很小的时候，父母就过世了。”我低头看着手里的茶，悲伤地回答。

当我抬起头的时候，戴安娜的脸上已经充满了悲伤的表情，“我很难过。”她小声地说。

我只是耸耸肩，一时有些不知所措。

此时我才意识到天色已经很晚了，我才感觉到自己忙碌了一天有多疲惫。我又想起了妈妈留给我的被子，我多希望这床被子现在还是好好的，这样我就可以把自己包起来了。戴安娜用手轻轻碰了碰我，“下次我和哥哥回家的时候，你跟我们一块儿去我们部落看看。”她的声音非常温柔，“我们部落的人会非常喜欢你的，你在那里可以遇到好多新朋友。”

我惊讶地发现，自己的眼眶里突然蓄满了泪水，我努力把眼泪忍回去，保持镇静，“谢谢你，谢谢你邀请我去你家玩。”

戴安娜抱了抱我，我抬头看着她，她的表情和乔德一样，都像一本敞开的书，毫无秘密，也没有那些阴谋诡计。

“我们以前可能对他们有误解。”

后来的一天晚上，艾林恩和我一起坐在教室外面的长凳上，看着月亮，讨论着卢布林人。我们把重重的书包摆在脚边，把披风紧紧地裹在身上。一阵寒风吹过，枝头的秋叶在风中乱颤，贴着那棵参天大树更紧了一些。

“我知道。”我点头同意。

“但实际上他们的一些行为确实让人感到很震惊。”艾林恩又说。

“可他们并不是我们以为的邪恶种族呀！”

艾林恩沉默了片刻，似乎在思考这句话，“但是我不明白，因为我有一次听到我父亲跟我母亲说，魔法委员会派他出使一个北方部落。在那儿的时候，他遇到一个卢布林男子，突然向整个部落宣布要和其中一个女子交合，然后他就把她拖到了树林里。为什么我的父亲会说出如此可怕的事情呢？”

“我也不知道！”

“可能他们北方部落比较野蛮吧，”艾林恩说，“说不定乔德和戴安娜的部落是更加文明的呢！”

“也许吧。”

“我根本无法想象，乔德也会做出这样的事情来！”

我抬头看着月亮，此刻，它的周围有几朵小小的灰云，懒洋洋地移动着。

“你知道吗，”艾林恩有点不好意思，“乔德今天给我写了一首诗，是关于月亮的。”

我一点也不惊讶。他们两个早就开始在化学课上秘密通信。后来，戴安娜懒得当信使了，我和她都重新换了位置，于是乔德和艾林恩两个人就都靠着过道了。

艾林恩打开一本藏得很好的书，把一张叠得整整齐齐的羊皮纸拿了出来，递给了我。我展开信纸，在淡淡的月光下阅读乔德流畅的字迹。

这是一首关于孤独和渴望的诗，月亮只是这种情绪的见证而已。

“这首诗真美。”

“我也觉得。”艾林恩的声音很梦幻，很遥远。

“艾林恩，”我犹豫了一下，还是开口，“我上次看到你和乔德在一起了，在档案馆里。”

当时他们两个坐在一起，头靠着头，手牵着手，面前摊着一本书。他们似乎忘记了周围的世界，沉迷在彼此的目光里。当他们用平静温柔的语调跟对方说话时，两个人的脸庞都被照亮了，都害羞地微笑看着彼此。

艾林恩的脸红了，她低下头看着自己的脚，耸了耸肩，“我想，我们是某种意义上的朋友，这感觉有点奇怪，对吗？我，竟然有一天会跟一个卢布林狼人成为朋友。”她抬头看着我，“但我们之间什么都没发生。乔德今年暑假就要被他爸爸带去北方部落物色一个适合他的姑娘了。而我，你也知道，早就跟兰道缔约了。我们俩只是朋友。”

“我知道，我有点担心而已。”

艾林恩的眉头皱了起来，“如果我的家人知道我跟一个卢布林人说话的话，会立刻让我退学，所以我们只能在晚上见面。我们都非常喜欢看书，我很高兴可以跟别人一起讨论文学。而且，他看过那么多的书，在很多问题上都非常有见解。”

“他看起来跟你一样喜欢读书。”我同意。

“艾洛琳，你知道吗，”艾林恩的声音有点犹豫，“每次我跟乔德说话，我都有种感觉，可能，我们以前对他们真的有一些误会。”

我沉默了一会儿，抬起头，看向树梢后面不远处的天空，一个熟悉的星座在夜空中闪烁。“我懂你的意思。”

我们沉默了一会儿，又抬头看着星星，我的手滑进了口袋里，摸到了一个冰冷的东西，那是坚硬的锯齿状的陶瓷碎片。

卢卡斯的塑像。我已经完全忘了这事儿。

我把它从口袋里掏了出来，放在掌心。

我把两块碎片拼在一起，卢卡斯那英俊的容貌又出现在眼前。

艾林恩挑了挑眉毛，“你还有卢卡斯·格雷的塑像？”

我点点头，“这是法伦的，我不小心在她的房间里打碎了，只能把它拿出来了。”我告诉了艾林恩那天在房间里发生的一切，包括戴安娜赤身裸体地睡觉，以及她怎么好好教训了法伦一番。

艾林恩努力地憋着笑，结果是我先忍不住哈哈大笑起来。

艾林恩转头，“只是，如果法伦·巴恩发现的话，她一定会用法术冻住你的血。”

我又把这些碎片收回到口袋里，拍了拍披风，“只要我藏得好好的，她永远都不会发现。”

我的手指又摸到了瓷器碎片的边缘，心里涌上一股担忧。

让她永远不会发现，这怎么可能呢。

那天晚上我回到房间的时候，艾瑞终于跟我说话了。

我们的房间已经跟以前完全不一样了，我和温特把里边好好打扫了一遍，除了艾瑞所待的角落，房间里的大部分地方现在都已经整整齐齐、干干净净了。

艾瑞的床边放着一个我哥哥做的鸡窝，里面放着两只我偷来的鸡，还有一只猫头鹰。这只猫头鹰的翅膀受伤了，艾瑞一直在帮它治疗。

我非常喜欢这只猫头鹰，它的脑袋能够非常灵活地转来转去，我也喜欢看它那双美丽而深邃的眼睛，我从来没有这么近距离地看过一只猫头鹰。

艾瑞对于畜牧业特别感兴趣，此外，她桌上还堆着一些杂乱无章的医学书籍。虽然她对人非常冷漠，但她对动物却非常友善，而且很有一套。她尤其喜欢鸟类，甚至到了拒绝吃鸟类的地步。

房间里非常温暖，我懒洋洋地躺在自己的床上看书。我的周围堆着一摞书和笔记，壁炉里熊熊的火焰在燃烧，照得整个房间里散发着柔和而温暖的光芒。

猫头鹰和两只鸡都在艾瑞的床边休息，温特正坐在地板上，一笔一画地勾勒着猫头鹰。

“你本来可以把我赶走的。”艾瑞突然开口，她粗犷的声音把我吓了一跳，温特的手也顿住了。

我愣了一下，“我知道。”

“我打了你，”她很坚决，“当时你整个人浑身都是血，你本来可以把我送去……那个地方的。”

“我知道，”我再次开口，感到非常惭愧，“我想了想，还是没有那么做。”

她生气地盯着我，“你当时全身都是血。”

“我跟大家说，我在楼梯上摔了一跤。”

艾瑞的眼睛里突然充满愤怒，“但是我还是非常恨你！”

我咽了咽口水，点了点头，“当然，你当然可以恨我。”是我活该。

她毁掉了我一件非常珍贵的东西，但是我却害死了她最心爱的宠物鸡，“我不指望你不恨我，”我终于开口，“但是我想让你知道，对于那件事我很抱歉，我不知道卢卡斯会这么做，我没有想到……我非常抱歉。”

“没关系，”她平静地打断了我，翻了个身，茫然地盯着天花板，“它死了要比待在这儿舒服多了，我甚至希望死的是我。”

“不要这么说。”

“好啊，”艾瑞继续说，嘴角卷起一个冷笑，“那我希望死的是你，我希望其他人都去死！除了温特。”

好吧，我能理解这种情绪，没有再说话。温特悲伤地看了一眼艾瑞，然后又转向了我，她的表情里有一种对我的肯定。

我把注意力移回到书上，竟然有一点点感动。虽然觉得很奇怪，但这是我入学以来第一次，第一次感觉到能和她们和平相处。

第二十五章
崔斯坦

“瑞夫呢？”

“他出去了。”

崔斯坦懒洋洋地躺在床上，并没有从他那本巨大的物理书里抬起头来看我。

十一月悄悄地来了，霜降的凉意也如期而至，突然之间，好像所有的树木都变得光秃秃的。北塔里必须要生火才能睡着了。

最近我沉迷于研究加德纳历史的课本，把书读了一遍又一遍，脑海里产生了一些疑问，所以想跟瑞夫聊聊。

我们是加德纳人，是受到上天庇佑的种族，我们是圣子，我们纯洁，我们高贵，而其他的所有种族都是邪恶的，应该被诅咒。但是生活似乎永远不会像我们所想象的这样简简单单地把人分类。

我的脑中一片混乱。

“所以瑞夫现在在干什么呢？”我问道。

崔斯坦还在看书，“他去山里徒步了呀，他以前不也老是徒步吗。”崔斯坦有点心不在焉。

“好吧。”我有点失望，瑞夫最近总是出去，我老是遇不到他。

“他和戴安娜·乌尔里希在山里徒步呢，”崔斯坦好像突然想到了什么，“他这周每天晚上都和她一起出去。”

“真的吗？”

崔斯坦抬起头看看我，好像觉得我大惊小怪。

“戴安娜是卢布林人！”

“我知道。”崔斯坦非常平静，仍然低着头看书，似乎觉得瑞夫和狼人待在一起那么久并没有什么问题。

我突然想到那天晚上在餐厅里，瑞夫和戴安娜之间的互动，还有戴安娜走之前，看了瑞夫一眼，当时他的表情奇怪极了。

“你不觉得有点奇怪吗？”我激动地说。

“人生本来就充满了奇怪的事儿呀。”

我更加担心了，瑞夫肯定不会对其他种族的人产生兴趣，他当然知道卢布林人和加德纳人之间水火不容的情势，而且戴安娜肯定也明白这一点。

“你觉得他们喜欢彼此吗？”

“可能吧。”崔斯坦还是非常淡定。

我眼睛瞪大了，这下是真的很担心了，“但她是一个狼人！”

崔斯坦的眉毛都竖起来了，“你的意思是她是个很邪恶的人喽？”

“天哪，”我咽了咽口水，语气听起来有点尖锐，“我当然不觉得她是邪恶的人，但是瑞夫不能跟她在一起啊！我们两个种族根本就不一样！”

崔斯坦笑了起来，他的语气里充满苦涩，“所以你觉得，所谓的两国外交比真正的爱情还要重要，是吗？”

“那当然，尤其是有可能关系到我们民族未来的时候。”

崔斯坦翻了个白眼，继续看书了。

“你怎么一点都不担心？”虽然我这个哥哥大多数时候总是很淡定，但是他现在的这种态度简直让我抓狂。

“艾洛琳，他们也许只是普通朋友。”

我嗤之以鼻，“你有没有见过戴安娜？”

“没见过。”

“好吧，戴安娜脾气很大，非常傲慢，”而且非常勇敢，非常善良，但是她会让瑞夫陷入危险之中，而且，“她平时喜欢赤身裸体地走来走去！”现在，她可能会把瑞夫从我们身边夺走，尽管我越来越喜欢戴安娜，甚至很佩服她，但我还是强迫自己，把对她的喜爱抛到脑后。

我对刚才所说的关于戴安娜的话感到非常羞愧，但没有办法，因为他们两个在一起可能真的会导致非常严重的灾难。

崔斯坦的眼神在书后闪烁了一下，他看着我，就好像我疯了似的，“你真的觉得有人可以把瑞夫偷走吗？”

“但是她可以用她的美丽迷惑他呀！”

崔斯坦看着我的眼睛，“他们可能只是去树林里走走而已。”

他怎么不听呢？“不是的！她现在就把爪子伸向了瑞夫，我是说真正的爪子！”

崔斯坦哈哈大笑，之后便继续看书了，好像我不存在似的。

我就一个人坐在那里生闷气。

就在这时，伊万走了进来。他的肩膀上扛着一大包东西，里面应该是书。他看到我的时候愣了一下，然后停在了原地，表情又变成了平时看到我的那副样子。

“干吗？”我生气地瞪着他，被他那张不友好的脸惹得不高兴。

他没有理我，只是尴尬地站在那里，屋里的灯光照得他的脸有一点红。这时候我才突然意识到我正坐在他的床上！

“对不起！”我赶紧道歉，抓起我的书包一下子站了起来。我的脸也变得红彤彤的。

加德纳女孩和凯尔特女孩都不能坐在除了兄长之外的男子的床上，所以我刚才的行为非常不合适，而且违背传统礼仪。

伊万僵硬地脱掉黑色的羊毛斗篷，把书包放在了床上，好像在标记自己的领地一样。

他那双幽深的绿眼睛还是一眨不眨地盯着我。他拿了几本书和几支笔，到桌子旁边坐了下来。

我挪到了崔斯坦的床上，背靠着墙，脸还是红扑扑的。我觉得房间里有点闷，但还是想留下等瑞夫回来，好问清楚他和戴安娜的事情。

我把自己的书也拿了出来，于是房间里的三个人都假装痴迷于各自的书中。

我偶尔偷偷抬头看看崔斯坦，我惊讶地发现，他正盯着伊万的后背。他的表情有点奇怪，眼神飘忽不定，好像在梦游似的。

崔斯坦有几次感觉到了我的目光，于是赶紧低头看书。我用余光看见，伊万也在偷偷地看着崔斯坦，好像想弄清楚崔斯坦到底在看什么。

伊万用一只手扶着额头，身体有点僵硬。他好像在看医学课本，打开的书上是一幅人体骨骼图。

伊万的身材真的很好，虽然我很不愿意承认，但是他身形高大而瘦削，帅气得惊心动魄。

我在厨房工作的时候，目光越来越多地被他吸引。他是如此的有力，又是如此的优雅而轻盈，我的思绪常常会跑到他那里去，而且我的心一想到他就会扑通扑通地跳得很快。我总是不禁想起，第一天到厨房的时候，伊万对着小弗恩的那个微笑。那个笑容是那么温暖，那么明媚。那是我第一次发现，他竟然长得这么好看。

我生气地嘟起嘴。这个人怎么长得这么好看！而且他很明显不喜欢我，那我为什么老是看他呢？更何况，他还是一个凯尔特人！

但是最近我也注意到，他对我的敌意好像越来越弱。我在厨房的时候，他会用那双绿色的眼睛盯着我，有时候我总能感觉到，他好像试图在人群里找我。但我们每次见面不久，他就又露出那副怒气冲冲的样子。

就这么沉默着过了一个小时，伊万突然合上了书，站起身，一下子走出了房间，“砰”地关上了门。

他走后，房间里那种紧张压抑的氛围一下子就消失了。我长长地舒了一口气。

“我真是不明白你怎么能忍受这样的室友，”我跟崔斯坦抱怨，“他给人的感觉太压抑了。”

崔斯坦什么也没说，好像还在低头看书。

“哥，你刚才为什么老盯着他？”

崔斯坦还是不说话，好像他今天跟那本书没完了似的，我等得都有点不耐烦了。

“因为他很好看咯。”许久过后，崔斯坦终于开口。他的声音低沉而沙哑，似乎像一声轻语。

这句话似乎漂浮在我们两个之间，但我却觉得身上有千斤重，我突然产生了一种奇怪的、不舒服的感觉。

一种长久以来被我刻意忽视的东西此刻竟绕不过去了。

“什么意思？”我慢慢地问。

他没有回答我，身体僵硬了一下，仍旧埋头在书里。

我肯定是误会了，一定是我误会了！伊万确实好看，他确实好看呀。崔斯坦只是说了句实话而已。

但是他说这句话的方式，让我觉得很奇怪。

我的脑海里突然联想到了一些连自己都不能接受的事情。从小到大，我看到瑞夫追求过很多女孩，而且，每年冬天我们去逛年市的时候，他身边的漂亮女孩儿都不重样。但我从来没有看到崔斯坦单独和哪个女孩子在一起过，他倒是愿意跟加雷斯粘在一块儿。

崔斯坦的眼神扑朔迷离，表情里有忧伤，又掺杂着不屑。

我几乎不能呼吸了，嘴巴张得老大，“天哪，你的意思是，该不会是……”

他的嘴抿得紧紧的，表情非常痛苦。

“你怎么能说他好看呢？你不能真的觉得他好看呀，崔斯坦，快，告诉我，你不是这个意思！”

他没有回答我，眼睛还是紧紧地盯着书。

我的内心深处涌出一股不安的情绪。

天哪，伊万知道吗？他应该不知道吧。

“我觉得他应该知道，”崔斯坦的语气还是很僵硬，“因为他在我面前从来不会脱衣服。”

“可这样是不对的……”

“我知道。”

“魔法委员会会把那些人扔进监狱里！”

“这我也知道。”

“你不能这样！你真的不能这样！一定要改过来！”

崔斯坦似乎跟那本书杠上了，依旧没有抬头，“我觉得我改不过来了。”他的声音很轻。

“那你千万不能告诉任何人，不能让任何人知道。”

“你觉得我会不知道吗？”他的声音依然平静，但我还是听出了一丝痛苦。

“还有谁知道这件事？”

“我觉得瑞夫已经知道了。”

“瑞夫是什么反应？”

崔斯坦长叹了一声，“你也知道，瑞夫本来就是一个特立独行的人，他也会鼓励别人走自己的路。”

“那叔叔知道吗？”

“我不清楚。”

“那加雷斯知道吗？”

“知道。”崔斯坦的回答很简短。

“你告诉他了？”

为什么哥哥宁愿告诉加雷斯，也不告诉我呢？我心里有点难过。

“是他自己发现的。”

我沉默了片刻，继续问，“那……他是什么反应？”

“他说对不起，他只喜欢女孩儿。”

我们对视了很长一段时间，就像我们之间有一场风暴正在酝酿。

我揉了揉额头，惊讶地发现，我虔诚信仰的宗教突然变成了一种武器，而它攻击的目标就是我的哥哥。“如果有人发现你……他们会把你当成邪灵的。”

“我知道。”

“我觉得我最近总是遇到这些人。”

“遇到邪恶的人吗?”

“伊卡利亚人，卢布林人，”还有一个隐身的菲亚水妖，“现在又是你。”

崔斯坦耸耸肩，他突然看起来非常疲惫。

我轻轻地拨了拨他的脚，“我肯定知道你不是邪恶的人呀!”

他点点头，回头看了我一眼，似乎无言以对。

我又长长地叹了口气，把头靠在墙上，望着温暖的壁炉和天花板上摇晃的灯影。“这些东西都是无所谓的，”我告诉哥哥，“所有这些关于所谓‘邪恶’的说法其实都不重要，但是其他人似乎又很信这一套。”

我倒在床上，关切地看着他，“哥哥，我真的很担心你，我不能看着……”我的泪水夺眶而出，脑海中开始浮现一幅景象，崔斯坦被人抓走，扔进了冷冰冰的监狱。

“崔斯坦，求你不要告诉任何人。”

“我知道。”他温柔地说。

“我没有开玩笑。答应我，千万不要再告诉任何人!”

“我保证，我会非常小心的。”哥哥做了个保证的手势，既严肃又故作镇静，戏谑地看着自己的小妹妹。

但是我有他的这个答复就够了。

第二十六章
历　史

在接下来的几天里，伊万的态度还是那么孤傲和偏激。我非常紧张，觉得他知道了崔斯坦的秘密。我迫切地希望能够跟他私下聊聊，希望赢得他的支持。

有一天晚上，我们又在一起切胡萝卜，这是我最讨厌的活儿之一。艾里斯在隔壁的一张桌子上揉面团，她金色的头发扎成了一个漂亮的辫子。我可以感觉到她对我的“特殊关照”，目光时不时就往我这边扫过来。

我这样一个加德纳人怎么可以接近他的伊万呢。

我经常看到艾里斯和伊万在一起。他们在角落里发出阵阵笑声，他们的手臂和肩膀那么自然地碰在一起。很显然他们已经是老朋友了，或者，他们不仅仅是朋友那么简单。

他们会偷偷地在夜色中亲吻吗？深夜的时候，他们会一起跑到谷仓黑漆漆的阁楼上面吗？

我立刻打断了自己，你怎么能这么想？伊万是凯尔特人，而且他非常不喜欢你。你怎么能被一个凯尔特人吸引呢，你疯了吗？

我的脑海中突然想到了卢卡斯，脸一下子红了，要是卢卡斯知道我私底下被一个凯尔特人吸引，他该怎么想我呢？

我努力忽略了艾里斯嫌弃的神情，把刀插在面前的胡萝卜上，切这种蔬菜简直跟劈石头一样难。

过了一会儿，我松了口气，站着休息一下。这时，艾里斯擦干手，走出了厨房。现在我终于逮到机会可以跟伊万单独聊一聊了，我希望他答应我不要说出哥哥的秘密。

“你今天晚上怎么样?”我尝试用最开心最温柔的声音和伊万搭话。但他只是瞪了我一眼，然后继续集中精力，切他面前的胡萝卜了。

无奈之下，我只能喋喋不休地谈论今天的天气，吃午餐的时间，还有我能想到的所有会引起他兴趣的事情。

“我姑姑给我送了一些新衣服，估计她是因为把我安排跟伊卡利亚人做室友，觉得有点内疚，”我把切得碎碎的胡萝卜皮扔到一个大木碗里，“真是好神奇，她竟然还会给我寄礼物。”我没有停，“我估计她是想用这种糖衣炮弹来赢得我的心，因为我根本不怕她所谓的惩罚。我现在穿的就是她送的那件衣服，好看吗?”

这件衣服很美，如同暗夜般漆黑的丝绸，绣着精致的铁木花。伊万停了下来，身体僵硬得像一座雕塑。他的手紧紧握着那把刚刚磨过的锋利的刀，“你说什么?”他问道，眼睛里有迸发的愤怒。

我又重复了一遍，“我的裙子，好看吗?”伊万小心翼翼地把刀放在桌上，转过身坐在椅子上面对着我。“不好看，我觉得很恶心。”

我惊讶地眨了眨眼睛。

愤怒像一根一根小针一样刺伤了我的心。我的脸红了，盯着他，“你不要以为长得好就可以瞧不起别人!”

他的语气非常严肃，“这些衣服，是用奴隶们的鲜血和汗水做成的。”

“你胡说什么?这是姑姑从加德纳的一家服装店里买的。”

“那你知道这些华贵的裙子是谁做的吗?”

“我不知道，但是……”

他的身体朝我这边倾过来，我有点害怕地往后退了一步。

“这件衣服上复杂的刺绣都是尤瑞斯科女仆绣的，她们被关在菲亚群岛上，很多人都还是孩子，她们没有其他办法，只要反抗就会挨打。”

我怒视他，紧张地咬着嘴唇，但是他那沉重的目光丝毫没有退却，给我一种极不舒服的感觉。

他好像说的是实话。

“我，我不知道……”我仿佛在努力防守。

“你们只是不想知道而已，你们加德纳人都不想知道！”他挤出了一句话，“我非常不喜欢你的衣服，我觉得你和你的衣服都非常恶心。”

我的太阳穴突突地刺痛，胃里一阵翻江倒海，他的话直击我的心，泪水刺痛了我的眼睛。

他为什么非要这么对我呢？我干吗一开始，就自己硬把脸凑上去呢？

这些愚蠢的凯尔特人！

但是，假如他是对的呢？他说的会是真的吗？

我的脑海中掀起一阵困扰的暴风，我努力想要把眼泪忍回去。

我握紧了刀，拼命阻止自己去想刚才他说的那些话，全神贯注地切着面前的胡萝卜。

“斯密特尔教授。”第二天历史课下课的时候，我走到讲台旁边，许多加德纳学生从历史课讲堂里鱼贯而出。

“加德纳法师，”他朝我打招呼，身上散发出一股淡淡的香气，我注意到他的手臂上也戴了一个白色沃格袖章，“我有东西要给你。”

他从讲台后面拿出了一盆美丽的铁木树苗，树苗种在一个黑色的花盆里。他把它递给我。

“谢谢。”我被教授的体贴感动了。

“它可以用来净化被恶魔污染的房间，”他的身体朝我这边倾过来，好像我们都知道那个令人不舒服的秘密，“那些伊卡利亚人可能不喜欢这棵树苗，但是我觉得这棵树对你有帮助，可以舒缓你的心情。”

我的内心僵了一下，她们有名字，叫艾瑞和温特。但是我没有说出口。“谢谢。”我从他手上接过树苗，心情非常沉重。哪怕我再喜欢铁木，我也不能把它带回去。因为它会让温特觉得不舒服，哪怕是艾瑞觉得不舒服也不行。

“等它长得再大一点的时候，我会帮你重新移植的。”他笑了笑，“铁木树苗需要非常精细的照顾和很大的空间，才能不断生长繁衍。”

我再次道谢。

斯密特尔教授好像感觉到了我的不安，他朝我笑了笑，当作鼓励，“你来找我有什么事情吗？”

我有点犹豫，“教授，我最近听到了一些传闻，但是我不能确定是真的还是谣言。”

他的身体再次向前倾了一点，“这世界充满了谣言，确实需要找出真相。”

我笑了笑，“确实是这样的，”然后好奇地开始提问，“我想知道，我的衣服是菲亚群岛上的尤瑞斯科人做的吗？听说那些人过得好像奴隶一样凄惨。”

教授的表情变得严肃起来，“确实是这样的，你的衣服可能是尤瑞斯科女仆做的，但她们并没有像奴隶一样遭到虐待。事实上，在加德纳人掌权之前，尤瑞斯科人生活得非常野蛮，他们崇拜假的神明，一个男人可以娶非常多的女人。他们总是向别的种族发动战争，可以说是非常危险。现在，由于我们的干预，尤瑞斯科女性反而过着平静的生活，得到了起码的尊重。她们的工作非常辛苦吗？答案是肯定的。可如果努力工作能够帮助她们过上现在这种生活，那有什么不好呢？这对她们来说是一种帮助。”他微笑着对我说。

“那么，有没有儿童在那里工作呢？”

斯密特尔教授表情很柔和，“即便有的话，我相信，这也是为了方便照看他们，孩子可以和母亲一起生活有什么不好呢？不要难过，尤瑞斯科孩子不像加德纳孩子，他们不是圣子，他们需要努力控制自己邪恶的本性，他们缺乏智慧和情感，他们也不像我们拥有高贵的灵魂。”

我的脑海里立刻浮现了小弗恩欢乐的笑声，还有她吹泡泡的时候淘气的样子。不，她看起来就和加德纳孩子一模一样，没有什么不同。

斯密特尔教授指了指我腋下的历史书，“你要是想了解的话，可以去读一读历史课本中关于尤瑞斯科的记载，我相信，你会得到很多启发的。”

但是这本书，是教授自己写的，我已经全都读过了，我觉得看这本书并不能了解完整的历史。

我与教授告别，想要继续寻找答案。我想到了另一位教授，他不是加德纳人。我和艾瑞在餐厅争吵的时候，这位凯尔特人教授曾为艾瑞辩护过。

克里斯蒂安教授此刻正坐在他乱糟糟的办公室里，一张很破旧的小桌子前，办公室的门也开着。房间里的四面都立着破旧的木质书架，上面摆满了各种书籍，还有乱七八糟的纸张，所有的书架都被堆得满满当当的。此外，桌子上和地板上还有很多很多的书。

他正专心地写着什么，面前是几本翻开的书。他不时吸吸鼻涕，有时候用手抬一抬眼镜框。他的样子让我想到了叔叔，叔叔看书的时候也是这样，总是时不时用手推一推眼镜。

而且，叔叔的房间也是这么杂乱无章，总是堆着一堆书，还有一堆小提琴乐谱。

我故意咳嗽了两声，引起了他的注意。他抬头看了一眼，眼中有一瞬间的失神。然后他又推了推眼镜，眨了眨眼睛，“艾洛琳·加德纳法师。”

我努力想微笑，但是发现自己的嘴唇只能扭成奇怪的线条。我站在门边，他继续眨着眼睛看着我，“我，我有一个问题想请教。”我结结巴巴地说，声音不是很大，“我听说，我听说我的衣服，可能是奴隶们亲手做的，这是真的吗？”

他把头侧向一边，看起来很困惑，“你为什么要问我这个问题？”

“我想您可能会告诉我一个真正的答案。我去找了斯密特尔教授，但是我觉得他的回答还是带有偏见。”

克里斯蒂安教授轻蔑地哼了一声，摘下眼镜。他从桌子上拿起一块布，一边用布擦着眼镜，一边眯着眼睛盯着我，然后把眼镜重新戴上，坐在办公桌后，双手抱在胸前。

我还是在门口徘徊。

他看着我，“你的衣服，确实很有可能是菲亚群岛上的尤瑞斯科女仆缝制的，其中一些人很可能是孩子，靠着微薄的收入，她们几乎很难维持生计。因为受到严密的监控，她们没有自由，没有办法离开这些岛屿，过上更好的生活。也有的人被偷偷带离这些岛屿，尽管走私的价格非常高昂，但她们往往只是被送到了更加恶劣的环境中工作，熬过暗无天日的一生。还有一些人能够成为加德纳人的契约仆人离开群岛，这是最高等级的尤瑞斯科奴隶。但是，主人的一言一行就能轻轻松松威胁到她们的生命。所以，艾洛琳·加德纳，如果你问我，这些衣服是不是用最好的丝绸制成的，而且浸染了奴隶的汗水和苦难，那么我想答案是肯定的。”

我咽了咽口水，克里斯蒂安教授直言不讳的态度让我感到有一点点难过。但我也提醒自己，你来到这儿不是为了听好听的假话的。

“谢谢你，谢谢你如实相告。”我对他说，心里一想到小弗恩，还有她听到要被送到菲亚群岛时的恐惧，就感到非常羞愧。教授的表情稍微柔和了一些，他的眉毛拧在一起，眼神里充满困惑，“不客气。”

第二天我又来到厨房干活。我将一大堆脏兮兮的盘子，从餐厅的柜台搬到水槽旁边，我换上了自己平日在哈利法克斯小镇上穿的旧衣服——一件羊毛外套。外套还是加德纳传统的黑色，但是现在我看起来更像一个凯尔特人。

我的旧衣服和旧裤子，远远没有昨天的衣服那么高贵优雅。它们宽大地罩在我身上，根本不能显出我的身材。但是我终于可以自如地走来走去，大口地深呼吸了。

我的穿着已经招来了许多加德纳同胞困惑的目光，即使不是加德纳人，似乎也觉得非常不解。

艾里斯一走进厨房就看到了我，我当时正搬着一大堆盘子。她的眼睛立刻亮了，“你不是在开玩笑吧？”她灼热的目光紧跟着我，我努力忽视她，还是埋头工作。

布莱德走进来看到我的时候，手里的面粉袋差点掉在地上，“所以她现在是个凯尔特人了吗？”她朝地上吐了一口痰，嘴角露出一副厌恶的笑，非常生气地对弗里妮亚说。

弗里妮亚耸耸肩，瞥了我一眼，然后用沾满面粉的手示意艾里斯和布莱德不要再说了。

奥莉，那个薰衣草肤色的尤瑞斯科女孩，现在也在这里。她的眼睛悄悄地朝我这里看。

“不管怎么说，”布莱德抱着面粉，朝艾里斯大声嚷嚷着，她的眼睛看着我，“你就是把一只蟑螂打扮得像公主一样，她还是一只蟑螂。”

弗里妮亚严厉地瞪了她俩一眼，但是这也阻挡不了艾里斯和布莱德脸上阴险的笑容。她们俩走出厨房，一出门，就传来哈哈大笑的声音。我觉得非常生气，但还是坐在水槽旁边卖力地擦洗着这些脏兮兮的盘子。

过了一会儿，伊万终于来了。但他完全没看我，甚至没注意到我就坐在他的身边刷洗着数不尽的盘子。

最后，他终于朝我这边扫了一眼。他先是不经意地移走视线，又飞快地转过头，眼睛瞪得老大，闪过一丝惊讶。

我知道他在看我，脸唰的一下红了，不知道他会怎么想。

“我不是为了你才换衣服的，”我笨拙地解释，“我根本不在乎你怎么看我。”虽然嘴上这么说，但他昨天那些刺耳的话犹在耳旁。

他没有说话，再次往我这里瞥了一下，用力洗刷着面前的锅。

“我去问了一下克里斯蒂安教授，”我解释道，我可不想让他认为他对我有什么影响力，“教授说你说的是真的，所以，我还是穿回了自己的衣服。我从小到大都穿着这样的衣服，我觉得很舒服，这才是我换衣服的原因。”

伊万停了下来，盯着我们面前的那堵墙，脸上和脖子上的肌肉绷得紧紧的。他叹了口气，继续埋头刷着他的锅。沉默许久之后，他突然开口说：“你穿这件衣服更好看。”

我差点以为自己听错了，这是伊万在夸奖我吗？

我竟然被这句话感动到了，心里涌起一股温暖。

几天以后，我又一次来到了克里斯蒂安教授的办公室。我心里的疑团就像乌云一样，越积越大。我渴望知道历史的真相。

当我再次走进办公室的时候，克里斯蒂安教授眨了几下眼睛，抬起眉毛，好像很惊讶我又来到这里。他的身体前倾，把头探到走廊里看了看，好像是想确定有没有人跟我一起来。

但是，外面什么都没有。他又坐回椅子上，若有所思地看着我。他的脸被阴影笼罩，我看不清他的表情。他似乎眉头紧蹙，“你跟你的父亲长得很像，”他沉思了一会儿，清了清喉咙，声音有一些坚硬，“当然，你跟你的祖母也非常像。”

我惊讶地眨了眨眼睛，“您认识我的父亲？”

他的声音中带着一丝谨慎，“我听说过他，很多人都听说过他。”

原来是这样，我有点失望。

“加德纳法师你怎么又来了，还有别的问题吗？”

我点了点头。他随手对着办公桌前的椅子做了个手势，我关上办公室的门，坐在了椅子上，感觉有一点尴尬和紧张。

“自从我们上次谈话结束以后，你换了衣服。”他开门见山，眼中好像有一点点赞许的意味。

“是的，因为不管怎么说，我还是喜欢自己的旧衣服。”

他挑起眉毛，放下了手上的文件，双手抱胸，全神贯注地盯着我，“你这次有什么问题想问我？”

我深吸了一口气，“我想更加了解加德纳的历史，”我拿起自己的历史课本，“我想知道加德纳真正的历史，不仅仅是这本书里所说的那样。”

他叹了口气，“这本教材一直受到很多人推崇。”

“这是加德纳人写的加德纳历史。”我正色道。

他点点头，“那么你是在找凯尔特人写的加德纳历史吗？”

“我在找寻历史的真相。”

他抿了抿嘴，颇有深意地看了我一眼，“加德纳法师，历史，是晦涩难解的谜团。关于历史的写作，通常都是很主观的，你很难找到历史的真相。”

“那么，您心里的加德纳历史是怎么样的？”

他咳嗽了两声，尴尬地笑了，“作为教授，我不应该对此发表什么言论。加德纳法师，我心里的历史是怎样的不重要。”

“克里斯蒂安教授，”我有些激动地打断他，“这件事对我来说很重要，请您告诉我您的想法。”

他低头看着桌子，好像在思考如何更好地回答我。直到他再次对上了我固执的目光，他警告说：“这是一个很长的故事。”

“我有时间。”

他又沉默着盯了我很久，好像在看我是不是会动摇，是不是会放弃，是不是会自己走人。

“很好，”他终于开口，身体又向前倾了一下，“加德纳的故事，正好要从你们种族的第一个伟大的法师——斯蒂维乌斯·加德纳开始说起。他应该是你的曾曾曾祖父，应该往上数六代吧。”

我点点头。

“这是你的血统，”他仔细地盯着我，“你不仅有你的祖母卡尼莎·加德纳这样的黑女巫的血统，还有斯蒂维乌斯这样的高祖。你们家出了两个声名远扬的大法师。”

我同意这一点。在我没有离开哈利法克斯小镇之前，我从来不知道，我的家族是这么受人尊敬，我也从来不知道我的家族是这么招人讨厌。

“我想你知道，斯蒂维乌斯出生的那个年代，还是凯尔特人统治着整个西部王国，而他的母亲就是一个会魔法的法师。”

“我知道，当时凯尔特人非常痛恨加德纳人，他们虐待加德纳人。”我的心跳停了一拍，克里斯蒂安教授自己就是凯尔特人。

“那你知道他们为什么虐待加德纳人吗？”克里斯蒂安教授问道。

我直视着他的眼睛，“因为偏见。”

他点点头，“确实是这样。当时加德纳人生活在水深火热之中，他们受到各种虐待和凌辱，过着奴隶般的生活，有的人在一出生的时候就被杀死了，凯尔特人把他们看作是血统不纯正的杂种人。因为他们的血液中混杂了菲亚人的血统。”

我眨着眼睛，好像想到了加雷斯、蒂尔尼，也包括我自己。

他歪着头，“你有没有想过为什么你的皮肤会有微微的亮光？”

“这是圣子的标志，”我告诉他，“这是上古先贤对我们的祝福。”

他发出一声短促的笑声，好像并不惊讶，“你这个说法，的确听起来冠冕堂皇。这不过是你们自欺欺人罢了，而事实可能是你的族人是当时在边境北部森林的凯尔特人和菲亚树妖的后代。”

我目瞪口呆，“什么？菲亚树妖？您别开玩笑了，我们加德纳人是血统纯正的种族！”

“这就是为什么你们族的有些人拥有非常微弱的树枝魔法的原因，而且树妖在夜间可以闪闪发光。”他接着说。我眉头紧皱，眼神里满是怀疑。可没有人知道菲亚树妖是什么样，他们很久以前就被凯尔特人斩尽杀绝了。

“我们加德纳人拥有的是魔杖魔法，不是什么树枝魔法！”我的手抓紧了椅子的扶手。

是河枫树。

我把手从光滑的木头上拿开，放在了自己的腿上。

克里斯蒂安教授继续说：“当然，古时候的凯尔特人有充分的理由仇视菲亚树妖。两千多年前，当凯尔特人第一次踏上这片土地的时候，菲亚树妖袭击了他们，还奴役他们。但是凯尔特人很快就发现自己可以用铁制的武器，在战斗中占据上风。”

据说凯尔特人当时是逃难来到这片土地的，远在千里之外的凯尔特人的故土如今早已被滔天的海水淹没，想要再回去也不可能了。当时凯尔特人从西部王国的海岸登陆，但他们很快就被菲亚人奴役了。

过了很久，凯尔特人才发现，自己擅长制造的铁器可以置菲亚人于死地。他们后来凭借武器消灭了大部分的菲亚人，并且接管了一大片西部王国的土地。

我的脑海里突然浮现了蒂尔尼的身影，她在做实验的时候永远都要戴着手套。她在处理实验室里的铁质仪器时，总是那么的小心翼翼。

克里斯蒂安教授又往我这边靠了一点，“斯蒂维乌斯·加德纳，就是一个有着凯尔特血统的杂种人。他就是凯尔特人和菲亚树妖所生的在当时饱受歧视的混血法师。”

我的眼睛瞪得老大。克里斯蒂安教授如果在加德纳说出这么荒唐的言论，很可能会被监禁。

“您这样说话太危险了。”我立刻警告他。

他微笑了一下，眉头紧皱，“也许吧，幸好我把门关好了。”

“那我们还继续吗？”

我点了点头。

“很久很久以前，树妖就已经被斩尽杀绝了，但是他们的血统却仍然在法师间一代一代地传承，他们特有的乌黑的头发和闪闪发光的皮肤，都是他们的标志。他们的树枝魔法，也一代一代传承着，尽管这种魔法已经越来越弱了。如今，只有通过华丽复杂的魔杖使出的魔法，才能跟当初菲亚树妖通过一根简单的树枝使出的魔法一样厉害。

“当然，斯蒂维乌斯与其他所有人都不同。他的法力一点儿也不弱。他一出生，血液中的法力就比世界上任何法师都要强大。他可以召唤出前所未有的猛烈的火焰，他可以把一阵微风吹成龙卷风。

“斯蒂维乌斯八岁的时候，有一个凯尔特监工殴打他的母亲。他看到母亲血流不止，惊恐万分，一怒之下用一根闪闪发亮的魔杖杀了监工。当时凯尔特人派出士兵想要杀死年幼的斯蒂维乌斯，他的母亲为了保护他被士兵杀死。凯尔特人当时想要杀死村里的所有法师，好让他们乖乖就范。但是母亲的死使斯蒂维乌斯悲痛万分，他一怒之下杀死了在场的所有士兵。

“他继续往前走，杀死了自己村子里和其他村子里的每一个凯尔特人。男的女的，老人儿童，所到之处，一个都没有放过。斯蒂维乌斯很快就发现了暴力的好处。

“凯尔特人千方百计想要结果他，但是当时的斯蒂维乌斯无人能敌。他能够用法术召唤盾牌来保护自己，还能够发射巨大的火球。最后，凯尔特人只能从凯尔塔尼亚王国北部逃跑。曾经饱受苦难的加德纳法师在那里安家立业，繁衍生息。当然，这些混血法师都非常崇拜斯蒂维乌斯，是他解放了他们，给了他们一个家园。而他对凯尔特人实施折磨和报复的事实，也是加德纳王国历史的开端。”

我坐在那里，愣住了。一个我如此熟悉的故事，竟然还有一个这么荒诞的版本。没有任何宗教元素，听起来太奇怪了。在我们的故事里，我们不是混血法师，而是上古先贤从神圣的铁木的种子里创造出来的，我们的血统纯正，是先贤的圣子。

“当斯蒂维乌斯成年的时候，”教授继续说，“他成了一个宗教狂热分子。他拿起了凯尔特人的《上古之书》，并且认定法师不是凯尔特人和菲亚树妖的混血杂种，而是书中所说的阿夕亚大地上的圣子。这些法师，世世代代遭到殴打和凌辱，当然非常愿意接受对旧宗教的重新解读。斯蒂维乌斯声称自己是上古先贤的使者，上古先贤直接通灵与他对话。他为《先贤之书》撰写了最后一个章节，名叫《天佑法师》。他把族人称作加德纳人，把北部的凯尔塔尼亚命名为加德纳王国，并且把自己塑造成了一个高级法师的形象。”

我的心跳好像停了一拍，我们国家如此珍视的历史，就被他这么几句话，弄得四分五裂，破碎不堪。“所以你不相信斯蒂维乌斯真的是先贤的使者吗？”问完，我才突然意识到自己这个问题是多么亵渎神灵。

教授连眼睛都没有眨，“我觉得他是一个疯子。”

我内心非常挣扎，努力想要理解他所说的话。

“斯蒂维乌斯用不可思议的方式征服了整个阿夕亚大地。他以神圣法师的身份下了一条命令，所有的加德纳女子，年少时就要与加德纳男子进行缔约，以确保法力的代际传承，以及血统不受污染。斯蒂维乌斯自己一手创作了缔约时宣誓的神圣誓言，这个誓言如今在缔约时依然被使用。他规定所有加德纳女子都不可违背誓约，与非加德纳男子通婚，否则她们将受到最严厉的惩罚，被视作邪灵驱逐出去。那个男子也会被无情地杀死，男子的家族成员也将受到株连。”

“我的邻居赛格·加弗尼也被放逐了。”

“那你觉得，这件事合理吗？”他问道。

我想起了赛格血迹斑斑的手腕，她羸弱的身体和惊恐的外表，还有肖恩跟我说过，她之前的那个缔约对象是如何虐待她的事情。

“我非常困惑。”我如实说道。

“我们还要继续吗？”教授温柔地问道，好像看出了我的不适。

但我还是点了点头。

“这么多年来，加德纳人一直紧守着自己的阵地，他们的人数也越来越多，直到凯尔特战争爆发。

“是的，斯蒂维乌斯的力量日益增长，一些加德纳法师的法力也越来越强大，一代比一代更强，他率领族人占领了凯尔特人一半的土地，并且无情歼灭了这些土地上所有的凯尔特人。他原本计划继续他的征服之路，直到整个西部王国都收到他的麾下。

“就在那时，他被杀害了。

“一个污塘女巫。

“激战过后，战争才得以结束。

“加德纳人不得不割让一些他们吞并的土地，我的人民收回了他们一半以上的领土。”

他的人民？那么他的话也是带有偏见的。我心里想着。

“后来又发生了什么？”我问道，哪怕他只能说出一半的真相。

“后来是连续多年的和平年代，各个行业都获得了较大的发展，韦帕西亚再次成为东西贸易主要的十字路口，韦帕大学正式成立，而凯尔特人的社会变得更加的开放，甚至连伊卡利亚人也有容身之地。”

“伊卡利亚人是哪里来的？”我打断了他。

“这个没人能说清，几乎每个种族的历史中都有他们的身影，而几乎每个种族，都非常憎恨他们。”

确实是这样，似乎所有人都把伊卡利亚人当作魔鬼，“他们为什么这么惹人讨厌？”我很好奇。

教授耸耸肩，“他们和菲亚人一样，充满了无法预估的力量，伊卡利亚小孩的杀伤力都非常大。可能是因为他们拥有双足飞龙的血统吧。”

“飞龙，你的意思是在天上的龙族吗？”我非常好奇，“那么艾瑞和温特也是龙族吗？”

“她俩确实也有西方双足飞龙的一些特点，比如说全身的羽毛，还有黑色的翅膀，”他答道，“她们也会喷火，并且也会火焰魔法。”

双足飞龙，那她们不是恶魔呀，这一切都说得通了。“所以，伊卡利亚人是因为拥有龙族血统而遭到仇视吗？”

克里斯蒂安教授吐了口气，“我觉得可能是因为他们的翅膀没法藏起来，所以大家都很讨厌他们吧。”

“那些人带着龙族的血飞来飞去，这对其他任何种族来说都是一种潜在的危险，可能会破坏他们血统的纯正性，”他的眼神里闪过一丝戏谑，“加德纳人对于自己的血统一向非常重视，精灵族更是如此。他们宁愿把伊卡利亚人解释成邪恶的恶魔，或者在他们出生的时候就把他们杀死，也不想承认每个种族，都是各个血统的混合物。”

我握紧了杯子，思绪万千。教授往他自己的茶里添了一些蜂蜜，开始搅拌。而我，有足够的时间陷入沉思。

他坐在办公桌后，突然问，“我们刚才说到哪儿了？”

“说到了和平年代。”

“对，”他又喝了一口茶，紧紧盯着我，“所以，卡尼莎·加德纳登上了历史的舞台。”

“我的祖母。”

“是的，你的祖母是众望所归的人，她是预言中强大的魔法师，天生就比斯蒂维乌斯更厉害。那时候正逢凯尔特人收复失地，加德纳法师眼见着他们王国的疆土日益缩小，国民被凯尔特人驱逐。”

“那些凯尔特人在屠杀加德纳法师。”我喊了出来。

他严肃地看了我一眼，“没错，艾洛琳，他们的确是杀了加德纳人。”我坐在椅子上，双手抱在胸前，等着他继续，“你的祖母不仅要替法师们报仇，还要完成斯蒂维乌斯未竟的事业。在此过程中，法师们秘密建立了一支有飞龙的军队，与尤瑞斯科人和凯尔特人相抗衡。其间，加德纳人得到了尤瑞斯科草根阶层的协助。卡尼莎在入侵凯尔塔尼亚之后，迅速攻占了这个地方，然后她与阿尔法西格精灵族联手，把剩余的菲亚人，甚至任何有菲亚血统的人，都运到了她一手掌控的菲亚群岛。她和斯蒂维乌斯一样，并不准备就此罢手。那时的她已经变成了一个残酷的宗教狂热分子，她想消灭西部王国的所有种族，只留下加德纳人。”

这跟我听到的故事不一样。“祖母是为了保护我们的人民，”我反驳道，“凯尔特人想要夺回他们的土地，他们想再次奴役我们的人民。”

教授反驳道：“可能一开始是这样，但是结果一定和你所说的不同。加德纳人想要报复凯尔特人，他们想要夺走更多的土地，开辟更大的疆土。他们并不是只想要一部分领土，他们要的是整个王国！”他停顿了一下，也许意识到自己的话引起了我的不安。

他错了，一定是他错了！我的祖母并不是一个残暴嗜血、入侵别人家园的怪物，她是一位伟大的战士，她拯救了我们的人民。

“艾洛琳，”教授开口，他的表情有一些挣扎，“当时你的祖母想要杀死所有非加德纳人。”

“因为他们先攻击我们！”我的声音因紧张而颤抖，“我的父母和祖母一起战斗，他们为人民而战，他们为所有的加德纳人夺取胜利，他们是英雄！”

克里斯蒂安教授嘴巴抿得紧紧的，仿佛想要忍住不反驳。但过了一会儿，他又开口：“在你的祖母大举东进时，有一个伊卡利亚人出现了，他杀死了卡尼莎。这个伊卡利亚人是一个凯尔特治疗师，他为了收复凯尔塔尼亚献出了自己的生命。如今，这个世界依然对伊卡利亚人存有偏见，”他把茶杯放下，“后来，就有了我们今天的局面。”

后来，就有了我们今天的局面。

一个凯尔特人和一个加德纳人可以坐在这里，喝着茶，冷静地讨论着历史，至少表面上足够冷静。

我的脑海里天人交战，情绪非常混乱。

他继续说：“目前加德纳人和阿尔法西格精灵在整个王国中占据上风。当然，他们也有几个非常脆弱的环节。在东部王国和西部王国的交通要道，有污塘女巫在那里守着，为的是保证加德纳人和阿尔法西格精灵的势力范围仅限于西部王国的领土。将来，战争可能会迫使卢布林人和阿玛扎卡人结成联盟。尽管这两个部落，目前都是各自强大的对手。”

“还有一些反抗运动。”我补充道。

他眯起眼睛看着我，“是的，各地都有一些反抗运动。目前，反抗组织是唯一愿意与加德纳人和精灵作对的团体了。”

我迎着他的视线，“那您觉得，反抗运动会日益壮大吗？”

“也许吧，尤其是在马库斯·沃格准备接管加德纳魔法委员会之后，这种可能性会更大一些。”

当他提到沃格的时候，我心中的恐惧又出现了，“我见过他。”

克里斯蒂安教授看着我，“你喜欢他吗？”

我想起了那些黑色的树，那种陷入虚空的无边的黑暗，“我觉得他很可怕。”

“他确实是这样，”克里斯蒂安教授警告说，“你应该关注一下加德纳魔法委员会最近的动向了。”他揉了揉额角，回头看着我。“沃格是一个五级法师，但他不像斯蒂维乌斯和卡尼莎那样，拥有与生俱来的巨大法力。”

“所以他不是伟大的法师。”

克里斯蒂安教授摇摇头，“他不是，但是最近发生的一些事情，对于他的上任是有利的。你还记得那个预言吗？各大种族的先知，都曾说过相似的预言，每个人都感觉到了预言即将成真的恐惧。预言提到了另一位黑女巫的降生，那最伟大的法师即将诞生。预言里还谈到了另一个伊卡利亚人，这个伊卡利亚男子将挑战黑女巫的崛起。根据预言，新的黑女巫必须要杀死这个伊卡利亚人，否则黑暗时代将会重新降临加德纳。

“当然，加德纳的敌人看到这一切，一定会非常高兴。所以已经有刺客，在王国的土地上游走，他们迫切希望找到预言中所说的黑女巫，而加德纳人也非常希望找到黑女巫和这个伊卡利亚人。据传，最近一个加德纳女孩刚刚生下一名伊卡利亚男婴，而且这个婴儿和他的母亲，都从加德纳魔法委员会出逃了。”

赛格的孩子，传说中的那个伊卡利亚人，一个法力无边，无人能挡的伊卡利亚人。一个长着翅膀的恶魔。还有新的黑女巫——法伦·巴恩。

我思考了很久，和教授两个人都陷入了沉默。

“所以，下一个黑女巫，”我冒昧地问，“如果是真的呢，如果她出现了，会怎么样？”

教授平静下来，眼神严肃，“加德纳人打造了史上最强大的军队。他们军队里现在龙的数目，比任何时候都要多。如果新的黑女巫真的冉冉升起，加德纳人很可能踏平地图上的每一寸土地，可以镇压所有的反抗运动，可以让每一个不是加德纳法师的人都成为奴隶，或许只有卢布林狼人可以幸免于难吧。”他朝我靠近，声音低了一些，“艾洛琳·加德纳，这就是你想要的吗？”

我想起了小弗恩，还有她吹泡泡的样子。我用力吞了一下口水，感受到了深深的焦虑和困扰，“我只是一级法师，我不想要这样的结果。”

“可能吧，但我还是很好奇。”

“我不知道，”我感觉自己过去十几年的人生观和世界观就像流沙一样，在我的脚下，摇摇欲坠，“卢卡斯·格雷跟我说，要么支配别人，要么就被别人支配，所有的历史，都重复着这样的故事。”

他沉思良久，带着沉重的表情点了点头，“大部分历史的确是这样的，但也许还有其他办法呢。”

“比如说？”

“我不知道，我真的不知道，”他悲伤地摇摇头，“可我永远相信，有一条大道，通往正义与光明。如果没有这样的希望，我就不可能在这个世上苟活。有朝一日，假如这条大道真能被建成，那么哪怕有一点点希望，都值得我为之奋斗。”

“那您觉得有没有比战争更好的方法，来铺就这条道路呢？未来有没有其他可能的途径呢？”

“公平的未来？正义的未来？一个各国人民资源共享，而不是抢得头破血流的未来？是的，我认为有这样的途径实现这样的未来。但我认为这一切，都在于个人的选择。”

“即使是手无寸铁的普通人也有这样的选择权吗？”

“我希望是这样的。”

我叹了口气，瘫在椅子上，一切似乎都很混乱。我悲伤地看着他，“我不确定我相信您说的一切。”

克里斯蒂安教授站了起来，从他办公室的书架上抽出几本书，把它们一本一本地递给我。我看了看封面：

《凯尔特历史》，凯尔特史学家迈克尔·诺兰

《阿尔法西格精灵历史》，原著：精灵族长，译者：以塔利亚·卡玛利尔

《菲亚族通史》，原著：亚瑟·菲亚，译者：埃夫伦史学家康纳·哈德森

《阿玛扎卡概览》，凯尔特史学家迈克尔·诺兰

《卢布林社会：历史的声音》，卢布林史学家多夫·伯格

“这些是完全不同的观点，”我说，“我可能会更加困惑。”

他微微一笑，“谁说困惑是一件坏事呢？我觉得困惑可能是一件非常好的事情。你必须陷入彻底的、无尽的黑暗之中，才能看清哪怕是最细微的光。我衷心希望，你读完这些书，能够完全陷入困惑和迷茫之中。”

我对他皱了皱眉头，“我到这里是来寻找答案的。”

他笑着推了推眼镜，“艾洛琳·加德纳，好的历史教授，只会向你提问。将来，你要自己寻求答案。”

我站起来，手里抱着厚厚的书，“谢谢。”

“不用谢，真正的教育不会让你的生活变得轻松，它会让事情变

得复杂，让一切变得混乱和令人困扰。但是，每个人都有选择的权利，他们可以选择过一种不是建立在歧视和谎言上的人生。”

我咬了咬嘴唇，不是很喜欢他说的话。

他瞥了一眼桌子上的文件，坐下，继续开始写作。

我知道我应该走了，我双手紧紧抱着一大堆书，出了门。

第二十七章 达米恩·巴恩

这天晚上，我在厨房削了两个小时的马铃薯，又去药剂师实验室做了一会儿实验，然后回到了北塔。

走在寒冷的旷野里，猛烈的寒风袭击着我，我才突然想起来把克里斯蒂安教授给我的书落在了厨房里。

等我回到厨房的时候，已经过了午夜十二点。我从来没有这么晚还在韦帕大学走动。深夜的大学是如此安静冷清，只有极少数学生在街上游荡，一些散落的灯光洒进厨房。

我推开通往厨房储藏室的门。前方，安静的厨房里传来了低沉的声音。我在第二道门那里站住了。奇怪，谁这么晚还在里面？

“求求你，求求你，放我走吧。”一个年轻女子在轻声恳求着。

“现在？我为什么要放你走？”一个天鹅绒般低沉的男声回道。

我向前凑了一步，透过窗户往里看。当我看清厨房里是谁的时候，我的心跳停了一拍——法伦的哥哥达米恩。他穿着黑色的军装，披着银色斗篷，衣袖上有五条袖标。

他紧紧抓住奥莉，那个害羞的紫色皮肤的尤瑞斯科女孩。她每天晚上都在厨房清理地板。

“我得走了，求求你，让我走吧。”奥莉恳求，想要把手臂从达米恩的手里拉出来。

我顿时感到非常愤怒，心跳越来越快。崔斯坦，我应该去叫崔斯坦过来，他跟达米恩一样，都是五级法师，他虽然没有经过那么多的训练，但是依然……

“你偷了我妹妹的东西，”达米恩笑着说，“所以你必须乖乖听我的，不然我就告诉别人你是个小偷，让他们把你送回菲亚群岛。”

“我什么都没拿，我发誓。”她一边哭一边说。

“是吗？”达米恩嘀咕着，伸出手拨弄奥莉外衣的纽扣，“法伦不知道的事情，就没什么大不了的，你只要乖乖听话就没事，咱俩单独说会儿话，我们去森林里散散步。”

我觉得愤怒的血液在沸腾，这该死的五级法师！

我环顾四周，找到了一口最大的铁锅，用木柄撑起来拿在手里，然后悄悄穿过厨房，挥舞着这把临时武器冲了进去。

这时，达米恩转身惊讶地看着我。突然，他背后出现了一道模糊的人影，和达米恩撞在一起。这一下，达米恩立刻放开了女孩，呻吟着倒在桌子上。

是伊万！

他站在达米恩的身后，手里拿着达米恩的魔杖，我还没看清是怎么回事，伊万就把魔杖扔到了厨房的壁炉里。他身后的厨房后门敞开着，外边寒冷的空气不断涌进来。地上是他刚刚抱进来的一堆柴火。

原来他刚才也在门口。

我眨了眨眼，他怎么可能跑得这么快呢，这速度太吓人了。

伊万紧紧握着拳头，他的身体绷得很僵硬，好像随时准备跟达米恩一战，绿眼睛里是燃烧的愤怒。

达米恩看了看伊万，又看了看我。奥莉躲在身后的橱柜旁哭泣。

达米恩微笑着从桌上站起来，不断擦拭着他华贵的衣服，笑着问我：“这么晚了，你还来厨房干活儿？”

我的手里捧着沉重的铁锅，但是我不在乎，我现在恨不得直接把这口锅拍到他头上，“离这个小姑娘远一点！”我的声音非常强硬。我听说过他和其他士兵的那些所作所为。他们经常欺负这些尤瑞斯科女孩。

“她是个小偷，”达米恩看了看我，用手指着奥莉，“她偷了我妹妹的东西，一个陶瓷塑像，她必须跟我走。”

我的天哪，我的内心涌起一股歉疚感，想起了斗篷口袋里碎了的陶瓷塑像。

是我把奥莉害成这样的。

我把手柄抬高了一点，担心拿不住这口铁锅，“她没有拿法伦的东西，”我心跳加速，“是我拿的。”

他挑了挑眉毛，目光变得恶毒起来，他发出一声短促的笑声，“你拿了卢卡斯·格雷的陶瓷塑像？”

“是我拿的。”

“你们两个人可真有意思。”他一边说一边挤出一个阴险的微笑。

我一只手抓着大铁锅，一只手从口袋里掏出了那些陶瓷碎片，走到他身边，把碎片放到他伸出的手掌里。

他冷笑了一下，“我觉得她看到这个并不会很高兴。”

“我也觉得。”我的声音异常平静。

他转身离开了厨房，我长长地舒了一口气，转身发现奥莉和伊万都在盯着我。奥莉吓坏了，呆立在原地一动不动，而伊万的眼睛里似乎有某种情绪在酝酿。

“我把书忘在这里了。”我的声音不大，依然惊叹于伊万那非人的移动速度。

我笨拙地把铁锅放在桌上，厨房里现在安静得如同坟墓一般。

我看向奥莉，发现她的眼睛里布满血丝，嘴角周围长着许多红点。

红流感！

我已经注意这个现象一段时间了，厨房里好多工人都感染了红流感。这种病很容易治愈，但是药价很高昂。我曾经偷偷拿了一些药给他们，但他们好像都很怕我，每次都不要。也许，奥莉现在和伊万在一起，可能会接受呢？

我从斗篷口袋里拿出一个药瓶，“奥莉，这个药是给你的。”

她退缩了一下，僵硬地摇摇头，她看着伊万，眼睛里现出了惊恐的神色。

伊万转身背对着我，把手放在奥莉的胳膊上，喃喃地温柔细语，他的声音太低了，我听不清他在说什么。但他对奥莉是如此温柔，他纤长的手指亲切地梳理着她的头发，声音低沉而有磁性。

奥莉开始抽泣起来，她用纤细的手擦着自己的眼睛，殷切地看着伊万，“他也可能跟着我，万一他在外面等着我怎么办？”

“我等一下送你回去。”伊万向她保证。

“好吧。”奥莉把她的眼泪忍了回去，点了点头。

“你去收拾一下你的东西吧。”

奥莉再次点点头，脸上紧张的情绪缓和了很多，她恐惧地看了我一眼，去了后面的储藏室。

我忧心忡忡地瞥了她一眼，对伊万说：“还是你把这个药给她吧，她好像不敢从我这儿拿。”

伊万的表情还是那么严肃，他站着没有动。

“这是诺丁喷剂，你也看到她的症状了，她自己吃的那些药根本没办法治这个病，但是这个药可以。”这是药剂师实验室研发的药物，是非常昂贵的加德纳药剂，奥莉永远也买不起。

伊万站在我的旁边，眨了眨眼睛，接过了药瓶。

他温暖的手指划过我的皮肤，我的心跳加快。他把药瓶放入自己的裤袋，绿宝石一般的眼睛依然看着我，一动不动。

我这时才想起来，自己的书还没拿。我从桌子下面取了书，站起身来，发现伊万还在原地看着我。他的眉头皱得很紧，好像在思考什么。

“你刚才那样，特别勇敢。”我有点笨拙地赞扬着他。

“那你呢，准备用一个铁锅攻击一个五级的加德纳法师？”他这句话，更像是一个陈述句，而不是疑问句。

我骄傲地抬起下巴，“怎么啦，不行吗？我就是准备这么干！”

我的心扑通扑通地跳着，目光丝毫不避讳与他的眼神碰撞在一起。

过了一会儿，他好像想说点什么，但还是转过了身。奥莉走了出来，她已经披好披风，肩上挎着一个袋子，她没有看我，很快从后门躲了出去，伊万紧跟在她后面。

离开时，伊万瞥了我一眼，他的表情说明他内心在挣扎，“晚安，艾洛琳。”他坚定地说，听起来似乎没有不愉快。

这是他第一次叫我的名字，我一下子呆住了。我看着他的背影，他的肩膀又宽又直，他的身形那么高大，他突如其来的友好态度，让我大吃一惊。但我还是在感叹，他刚才移动的速度也太快了。

我知道，我该花点时间复习一下药剂学课上讲的治疗咳嗽的方案了，尤其是今天花了这么长时间和克里斯蒂安教授讨论历史，我应该赶紧补一补落下的功课。

我坐在昏暗的北塔里，书桌上摊着药剂学的课本，天就快亮了。我应该睡一会儿，但是这样就没时间学习了，而且我似乎无法专注于眼前的课本，克里斯蒂安教授送我的那些书就在书桌上静静地看着我，我发现它们有一股神奇的吸引力。

但实际上，哪怕是拿着这些书，我都感觉自己像个叛徒。特别是《凯尔特历史》这本书，凯尔特人世世代代欺压我们的人民，我怎么能看他们写的历史书呢？

我又看看艾瑞，她怀里抱着一只鸡，沉沉睡去。温特呢，她瘦削的身体被包裹在粗糙的翅膀里面，也睡着了。

我想起奥莉，她那么弱小无助。我想起伊万第一次叫我的名字。

我决定做危险的事情，而不是明智的事情。

我把药剂学课本推到一边，拿起了克里斯蒂安教授送的书……

第三卷

序　言

薇薇安·达蒙的视线，无法从马库斯·沃格身上挪开。

他掌管了魔法委员会。

他犀利的眼神如同深蓝色的火焰，扫到她的身上，激起阵阵难以名状的兴奋。

在场的每一个与他意见不一致的人都感受到了沃格眼神里的威慑力。薇薇安非常确定，他将在春季大选中获得胜利。

委员会成员的座位分布在大厅两侧的铁木树之间。天花板上，树木的枝条掩映错落。弧形的委员会大厅，一排一排地摆放着许多的座椅。

今天，大厅里坐满了法师，几乎所有人的手臂上都佩戴着白色的袖章，沃格袖章。

“那个伊卡利亚男婴在哪儿?”沃格问道，声音里没有丝毫波澜。他盯着菲尼亚斯·卡尔南法师。卡尔南是反对派票数最高的春季公投候选人，也是军事委员会的特使。

卡尔南盯着沃格，他的下巴绷得紧紧的，“到目前为止还没有找到。”

房间里顿时响起一阵窃窃私语。

“先贤的预言已经在我们的耳边响起，”沃格说道，连薇薇安都感觉到了他语气里的狂热与愤怒，“如今，预言的声音越来越响亮，越来越迫切，”沃格举起了《先贤之书》，“而你，却对先贤的预言充耳不闻。”

卡尔南法师站了起来，他愤怒地瞪着沃格，“你竟然敢质疑我的信仰？”他用手指着天花板，“没有人敢违背先贤的誓言！”

沃格也站了起来，他走路的时候无声无息，就像一条安静的毒蛇。他说话的时候，那低沉的嗓音令人恐惧，“当你把预言中的伊卡利亚恶魔放走的时候，你已经违背了先贤的誓言。当你允许异教徒的种族，像野兽一样在属于圣子的土地上生息繁衍的时候，你已经违背了先贤的誓言。当你没有宣称阿夕亚大地属于加德纳法师的时候，你已经违背了先贤的誓言。当你允许凯尔特人在我们的边境走私的时候，你已经违背了先贤的誓言。当你允许在瓦尔加德贩卖海豹人的时候，你已经违背了誓言。当你支持建立起这所任何种族，甚至伊卡利亚恶魔都能来上课的堕落的大学的时候，你已经违背了他的誓言！”

委员会的大厅里突然爆发出一阵愤怒的低吼，慢慢地，这种低吼变成了响彻整个大厅的雷鸣般的口号——

“沃格！沃格！沃格！”

薇薇安有一种头晕目眩的感觉，她扫了一眼委员会的其他成员。十二个大法师都在这里。朦胧中她看到，最高法师奥尔德斯·沃斯辛也坐在那里。白发苍苍的法师，眼睛眯成一条线，茫然地看着陷入混乱的人群。

薇薇安心里暗嘲道：不知变通的老古董。

薇薇安默默计算了一下，现在，整个委员会有五个法师是支持沃格的——她自己，加弗尼法师，格里尔法师，弗拉德法师和斯诺登法师。有六个法师是与沃斯辛法师一派的，他们的想法简直是对先贤的大不敬。

他们认为可以不再扩张边界，并且允许其他的种族和一些变异人占领原本属于法师的土地，还放宽了原本禁止与其他种族通婚的规定，甚至支持与阿玛扎卡人进行不正当的交易，支持建立种族大熔炉的大学。最令人发指的是，他们甚至允许伊卡利亚恶魔的存在。

薇薇安看向大厅的另一侧。

秃顶的阿利法克斯牧师正在那里候着，他的袖子上也绑着一条白色的袖章。

他很有希望填补魔法委员会的空缺。

薇薇安笑了。

如果沃格获胜，阿利法克斯也能够成功获得一个魔法委员会大法师的席位，那么，沃格和他的支持者在整个委员会中就占多数席位了，就是七比六这样的格局。

自此，加德纳王国将是另一番模样。

第一章
魔法委员会文件

接下来的日子，我一有空就会读克里斯蒂安教授送的历史书。但我一般都很忙，还要时刻担心法伦来找我的麻烦。

熬制止咳糖浆的时候，我会看《尤瑞斯科历史》，里面详述了残酷无情的菲亚人如何奴役尤瑞斯科人，他们用巨大的暴风卷走了尤瑞斯科的整个村庄，撕碎了尤瑞斯科的捕鱼船队。

在背诵制药公式之余，我会看《菲亚族通史》。在菲亚人笔下，那些野蛮的尤瑞斯科人的“暴行”也被一一列举，上面记载了尤瑞斯科人在双足飞龙的帮助下淹没菲亚城市的历史。那些巨龙用长爪将菲亚儿童撕成碎片，后来残酷的凯尔特侵略者又用他们的铁制武器征服了菲亚人。

搅拌蜜糖布丁的时候，我把讲述凯尔特历史的书放在炉子前面的一个架子上。我聚精会神地看着，锅里的糖汁像饥饿的鱼一样不断地往上吐泡泡，我也没注意。这本书里写到，远古时期，凯尔特人的大船遇到了菲亚侵略者，菲亚人害得他们妻离子散，全都成为奴隶。

这些历史书各执一词，我脑子里简直一团糨糊。

“你在看迈克尔·诺兰的书吗？”伊万平静地看了我一眼，把一堆木头扔在炉子旁边的柴火堆上，绿色的眼睛闪烁着光。

我没有直视他，只要我愿意，当然可以看凯尔特的历史，“是克里斯蒂安教授借我的书。”我瞪了他一眼，心跳有点快。

“你干吗理那只蟑螂？”艾里斯的声音从桌子对面传过来。

我绷紧了全身的肌肉，算了算了，别跟她计较。

伊万转过头去，“不要这样叫她。”

整个厨房都安静下来，我惊讶地看着他，艾里斯也生气地瞪着他，她的眼睛里快要喷出火了。艾里斯的嘴唇颤抖着，几乎说不出话，“你在为一只蟑螂说话吗？”

伊万的眼中露出一丝不耐烦，“我说，不要这么叫她。”

艾里斯看着伊万，眼睛里满是泪光。

“艾里斯。”伊万语气缓和了一点，向她伸出一只手。

艾里斯拼命摇着头，大颗的泪珠落了下来，她扔下抹布跑出了厨房。

伊万飞快地瞥了我一眼，大步跑出去追她了。

我的心跳得很快，厨房的工人都小心翼翼地继续做着手里的活儿，但是他们的眼睛总是往我这里瞟。

我也没缓过神，有点心不在焉，发现炉子上的一口锅开了，没戴手套就去抓这口锅的手柄。

一阵灼热，我大叫了一声，握着自己的手往后退，一个半月形的红色的烫印很是醒目。其他人好像都没听见似的，继续安安静静地干活。

我眨了眨眼睛，握着自己的手，转向炉子，不想面对他们这种伤人的冷漠。突然，我觉得有人在轻轻地拽我的衣服。转身一看，奥莉那双大大的紫色眼睛注视着我。她的眼睛里已经没有红血丝了，脸上也没有红点。看来她最终还是用了我给的药。

“给你的，”她轻声说，从长袍口袋里掏出了一个小小的玻璃容器，打开它，把药膏递给了我，“这是烫伤药。”

我内心涌起一阵感激，“谢谢你！”我一边说一边把奶油色的药膏敷在手上。疼痛立刻缓解了很多。她忽略了大家向她投来的不悦的微妙表情，给了我一个小小的微笑。

“我想要看一下本周的加德纳魔法委员会的提案和裁决的副本。”

我对加德纳档案馆的管理员说。

现在是傍晚，我的左手已经缠起了的绷带。用了奥莉给的烫伤药以后，尖锐的疼痛已经变成了令人恼怒的刺痒。

在走去档案馆的路上，我脑海里思绪万千，想起了奥莉对加德纳人的恐惧，想起了她被强制奴役，想起了她害羞的眼睛和温柔的话语。她还这么小，就成了奴隶，并且一辈子都是奴隶。

我想，克里斯蒂安教授可能是对的。我的确应该关注加德纳政府在做什么了。

加德纳档案馆，就是最合适的第一站。

档案管理员戴着眼镜，她灰白的头发绾成一个宽松的发髻，手臂上也整齐地绑着一条白色袖章。

“不好意思，加德纳法师，”她带着歉意说，“上周的档案正在被借阅。”她指了指旁边的一张桌子。一个女生正蜷缩在桌旁，认真研究一桌子的文件。

蒂尔尼。

我向管理员道谢，走到蒂尔尼的桌子旁边。

这个时候的档案馆几乎没什么人，灯光调成了柔和的琥珀色。

“你看完之后能给我看看吗？”我开门见山。

蒂尔尼抬头看看我，“我还以为你对政治不感兴趣。”

“对，但是我现在又感兴趣了。”

她锐利的眼神朝我的胳膊上瞥了一眼，“你还是没有戴袖章。”

我用手指了一下她的手臂，“你不也一样。”

她的眼睛眯成了一条缝，“我希望马库斯·沃格下地狱。”

我站在那儿，眨了眨眼睛，“我可能不会这么说，但是我也不希望他当选。”

她也对我眨了眨眼睛，没说什么，往旁边坐了一点，给我让出了一点空间，这样我们可以一起看这些文件。

魔法委员会的提议和裁决都非常无聊。有好几次我差点都要睡着了，只能不断咬自己的舌头提神。大多数提案都是关于委员会建设、航空运输军事合同、税收数据，或者土地纠纷之类令人头脑麻木的小案子。

但随后，我的目光被马库斯·沃格提出的一个议案吸引了。“看这个，”我低声说，“沃格想强制加德纳人在十八岁之前缔约。”这个议案被卡尔南法师领导的多数团体否决了。

蒂尔尼的眼神变得紧张起来，她的表情有点奇怪，“他最近几个月一直在忙活这件事，对于那些抗拒缔约的人，委员会会亲自挑选缔约对象，并强制缔约。”

我敢打赌，只要这项议案通过，我姑姑一定欢天喜地。

“你几岁了？”我犹豫地问。

她的呼吸似乎都在颤抖，“十八岁。”她的语气一下子低沉下来，似乎有一种无能为力的感觉。

我咽了口口水，一股不安的寒意沿着我的脊背往上蹿。

我低头继续看着文件，发现沃格还提出了一个议案：每一个想要进入公会的法师，都应该进行铁器魔法测试。

我看着蒂尔尼，在阴影中，我看不清她的表情。她仿佛在耐心地看着我，在等我完全梳理清楚所有的议案。

我的食指顺着文件一行一行往下滑动。

沃格还提出，处死加德纳境内所有非法务工的尤瑞斯科人。但是这项提议被否决了。他还提议处死一批由凯尔特人组成的反抗运动组织的成员，由第六师执行；处死在边境上被逮捕的两个反抗运动组织的成员，他们当时想要偷渡尤瑞斯科人。

沃格提出的最后一个议案通过：断绝与阿玛扎卡人的商业贸易往来，以报复她们赦免了那些非法工作的尤瑞斯科人。文件还引用了阿玛扎卡的领导者阿尔卡女王的话，“嘎里多尼亚山脉的阿玛扎卡人，生而自由，我们不会承认奴役女性的行为，也不会承认任何其他国家奴役女性的行为。”此外，阿玛扎卡人还做出了“煽动性和侮辱性”

的决定：她们赦免了所有有菲亚血统的人，甚至纯血的菲亚人。

我指着这条规定，充满希望地看向蒂尔尼。

她的表情还是非常紧张，她背对着我，仔细地研究议案清单。许久，蒂尔尼瞥了我一眼，“阿玛扎卡人不会赦免男性。”我几乎听不清她在说什么。

难道蒂尔尼的父亲和兄弟，也是菲亚人吗？

“不管怎么说，我们现在在韦帕，”我安慰她，“你的家人也可以来韦帕呀。”

她瞪了我一眼，“你从来不关心政治吧？”

“对，我以前没怎么关注过。”

她发出一阵疲倦的叹息，“上个月，韦帕的教学委员会进行了一次大选，现在加德纳人在委员会里占多数席位。这是有史以来，加德纳人第一次占多数席位。”

“但这里还是韦帕呀，这里包容各种文化，不同的种族都可以在这里生存，而且每个种族都不会有太大的影响力。”

“你以前不关心政治，是因为你没必要关注，”她嗤之以鼻，好像非常生气，“你太天真了！”她朝我靠过来，眼中燃烧着怒火，“你们加德纳人有庞大的族群，你们，想要掌控整个世界。”

“是我们加德纳人。”我连忙警告她，小心翼翼地打量了一下四周，还好没有人注意到，我松了一口气。

蒂尔尼垂头丧气，声音低沉，“现在在韦帕生活和定居的加德纳人越来越多，所以他们能在委员会占了大多数席位，如果沃格在春季大选中胜出的话……”

她停了下来，脸色苍白，眼中不再有希望的火苗，只剩下纯粹的恐惧，“如果他胜出，韦帕委员会的加德纳人也会听他指挥。加德纳人从不会真正效忠于其他人。而其他人，也会因为恐惧跟随他。”

“所以，假如沃格赢得了大选，他的影响力将不仅仅局限在加德纳王国境内？”

我脑海中又想起了沃格的言行，那么苛刻，那么恐怖。我想起了第一次遇到他的时候，那种黑暗的虚空的感觉。他的眼睛深深地盯着我，好像要看透我的内心，还有我脑海里当时浮现的，那棵干枯的树。

此刻，他那黑色的力量好像已经蔓延到了这间阅览室，正在缓慢吞噬一切，那么冰冷，那么可怕。

蒂尔尼的眼中充满了恐惧，“艾洛琳，如果沃格赢了，就要变天了！整个西部王国，对于任何一个非加德纳人来说，都将成为他们的地狱。沃格会先对伊卡利亚人下手，然后是尤瑞斯科人和凯尔特人……”她停了下来，没有再说下去。

我呆了半晌，帮她把剩下的话说完，“然后，他们会消灭菲亚人。”

第二章
兰道·格里森

第二天早上我到药剂师实验室的时候，发现蒂尔尼已经在实验桌旁等着我了，她的脸上还是写满了焦虑。

吉斯妮正和一群戴着白袖章的学生说着什么。我从她们身边走过的时候，四个年轻的学生都露出得意扬扬的神情。

我走到蒂尔尼的身边，看了一眼实验桌。

我的小提琴盒子放在桌子正中间，琴盒被打开了。

“蒂尔尼，”我很惊讶，“怎么回事……”

“不是我放的。”蒂尔尼紧张地说。

我只觉得胃里嗡嗡作响，全身的肌肉都绷在一起。

是法伦·巴恩，她到底是怎么把我的琴盒从我哥哥的宿舍里偷出来的。

我仔细观察了一下小提琴，“这就是她对我的报复吗？”我不屑地说，故意提高声音好让吉斯妮和其他学生听到，“把我的小提琴从一个地方搬到另一个地方，她就这么大本事？”

我给了她们一个挑衅的微笑，伸手去拿小提琴。可当我抓住琴身的时候，发现它已经被整齐地劈成了两半。

我的心直往下坠，脸色苍白。

“艾洛琳，”蒂尔尼痛苦地说，“这把小提琴对你一定非常重要。”她愤怒地盯着吉斯妮和其他学生，眼睛眯了起来，“否则法伦没必要跟一把琴过不去。”

泪水充满了我的眼眶，我几乎说不出话来，“对，真的很重要。”

我再也不能跟埃德温叔叔一起制作小提琴了，这是我们俩合作的最后一把。我什么都说不出来，悲伤的眼泪不断流下，嘴唇不停地颤抖。

吉斯妮和其他几个学生盯着我，笑得无法无天，好像早就等着要看我的笑话。

“你要怎么办？”蒂尔尼担心地问。

“没事，”泪花朦胧中，我一边说，一边拼命抑制自己的愤怒，“我想法伦现在也巴不得见到我马上就爆发的样子吧。”我强忍着颤抖，仔细地把已经破得无法修复的小提琴放回琴盒，在蒂尔尼旁边坐了下来。她一动不动地看着我，眨了眨眼，我挤出一个无力的微笑，“你知道吗，我现在决定要和卢卡斯一起去雅乐舞会。”

两天后的一个傍晚，我正和乔德·乌尔里希坐在主图书馆的一个不起眼的小自习室里复习化学笔记。面前粗糙的木桌上堆满了乱七八糟的纸张，还有四散的钢笔和墨水。现在对我来说，复习功课要比找法伦报仇重要得多，但是我的心里还是放不下那天发生的事情。

那天，在我发现小提琴被毁掉之后，我立刻跑到哥哥的宿舍，当时只有崔斯坦在。打开门的一瞬间，他看到了在狂怒中颤抖的我，崔斯坦一脸担忧。法伦总是这么厉害，她总能一举击中我的最痛处。

我走了进去，拿出小提琴的碎片给他看。他把手伸进琴盒，眼睛瞪得老大。小提琴的琴身已经散架，琴弦微微颤动着。“法伦干的！”我咬牙切齿地说。

崔斯坦拍一拍琴身，有些惊讶，“这个切口相当干净利落，”他的手指抚摸着近乎完美的直线切口，“应该是用的锯子。”

“或者是用了邪恶的魔法。”我的心里涌起了一阵厌恶。

“我当时也觉得不对劲，”崔斯坦摇着头，“那天晚上我回来的时候，觉得宿舍的门把手冰凉得吓人，一碰就有尖锐的刺痛感。”当然是冰女巫做的好事。

“但是她怎么知道我的小提琴在你这儿？”我很好奇。崔斯坦耸耸肩，“可能是清洁女工说的，她们每天在这里进进出出，而且琴盒上刻着你的名字。”

韦帕的每一个女仆都非常害怕法伦。而且我的室友又是艾瑞·海文，我把琴盒存在我哥哥这儿也是意料之中的事儿。

“她应该庆幸我没有任何法力！”

崔斯坦放下琴盒，温柔地看着我，“要不要我陪你一起去副校长那里投诉？”

“不用，”我挤出几个字，“你能不能冻住她的脑袋，或者烧了她？”

崔斯坦深吸了一口气，一贯沉着冷静的神色摆在脸上，“理论上来说是可以的，但是我会立刻被逐出大学。”

我撒娇地瞪了哥哥一眼，躺在他的床上，我知道行不通。他安静地坐在旁边，“按我说，你可以让戴安娜·乌尔里希帮你一把。”

我疑惑地看着他，崔斯坦的嘴角有一丝戏谑，“很明显，戴安娜一直想把法伦的脑袋钉在钉子上，然后挂在城门口。‘让乌鸦啄她的脑袋’，这可是她的原话。”

我忍不住咯咯笑了起来，想起戴安娜的那股子魄力，觉得又开心又解气。

乔德的钢笔嗒嗒嗒地敲着桌子，把我的思绪拉了回来。他正低头抄着我的化学笔记，他的字迹整齐而紧凑。现在，他离不开我的笔记了，因为戴安娜不把自己的笔记给他抄。

戴安娜一开始很看不起沃尔亚教授，但是现在她完全变了个人，她被教授的博学征服。同时她还非常强硬地拒绝了跟乔德分享自己的笔记，用戴安娜的话说，“趁早扔掉那些风花雪月的诗歌，把注意力集中在听课上才是正道。”

我们四个人之间发生了极其不可思议的大转换，我成了艾林恩和乔德的书记员，而他们两个继续在每节课上进行经典文学大探讨。

乔德突然抬起头，他的鼻孔伸缩着。原来是艾林恩来了，她穿过长长的书架，闯进了我们的视野。她飞快地朝我们这边走过来，神色匆匆。

“看到你们俩真好！”她气喘吁吁地说，好像有点慌乱。

“刚才兰道在找你。”我告诉艾林恩，不知道她为什么这么惊慌。

“嘘，我在躲他。”她的视线朝大厅的各个角落搜罗了一圈。

我轻轻笑出声，“但你不能永远躲着他呀。毕竟他是你的缔约对象。”

艾林恩的神色紧张起来，她低着头看地板，两只手紧紧抓着裙摆，“我知道。”

乔德静静地看着艾林恩，又转过头来直直地看着我，他的鼻孔还在伸缩着。

“艾林恩，我一直在找你！”

我转过头去，发现兰道也来了。

艾林恩的脸垮了下来，“好吧，被你找到了。”她的语气很平静，肢体语言看起来很不欢迎他。

兰道看到了我和乔德，眼神里多了一层批判的神色。“艾洛琳。”他警惕地跟我打了个招呼，又向乔德投出一副厌恶的神色，随后飞快地转向艾林恩。

眼前的这一幕可真有趣。乔德冷静地看着兰道，表情没有什么变化。

“你跟我说你在房间里。”兰道抱怨道，他穿着崭新的军校生制服。灰色的丝绸非常挺阔，袖子上有整齐的法师标记。

“我不喜欢这种被跟踪的感觉。”艾林恩面无表情地盯着他，“对不起，我不是故意的。”

“好吧。”他吸了吸鼻子，瞥了一眼乔德，一把抓住艾林恩的手臂，“跟我走！”

艾林恩一脸不情愿，“干吗？你要带我去哪儿？”

“带你离开这儿！”

艾林恩的表情变得很矛盾，我注意到，她的手里抱着一本诗集，而乔德的化学笔记下面也压着一本同样的诗集。

“那我待会儿再来找你？”艾林恩小心翼翼地对我说，她的眼神飞快地扫了一下乔德，然后又回到了我身上。

“当然可以，”我开心地说，“我就在这儿。”

我们眼瞧着兰道把她拉走了，艾林恩不住地回头看着我们的方向。

乔德还盯着他们，神色并不轻松。“那就是她要缔约的人吗？”他一脸疑惑，“不会是他吧？”

“就是他。”

“但是，她不喜欢跟他有身体接触。”

“她的确不喜欢，”我停了下来，眉头紧皱，“但你怎么知道？”

乔德耸了耸肩膀，把桌上的笔记整理了一下，“我可以从她身上闻出这种味道。”他望着他们离开的方向，“但是他并不拒绝与她进行身体接触。”

“对呀，兰道好像不是这样，”我盯着乔德，“这你都能分辨出来吗？”

他点点头。

“这真是独门秘技！”

“怎么啦，可以感觉到别人的喜恶就是独门秘技吗？”

“当然啦！但是这样你们的生活就会变得很复杂吧？因为每个人都能嗅出彼此的罗曼史，每个人的情感状态都是公开的。”

“恰恰相反，”他不假思索地回答，“我觉得事情反而变简单了，因为每个人都可以更容易地找到适合的伴侣，而不用浪费时间猜测彼此。”

“但是这有可能使人感到沮丧啊。”

“为什么会沮丧？”

“如果你喜欢一个人，但是她对你不感兴趣，那怎么办？”

“很明显啊，那我根本就不用追，因为我知道她不喜欢我。”

“万一你真的很喜欢那个人呢？”

“如果两个人不能互相吸引的话，彼此之间都会觉得不舒服的。他们的气味，他们的情绪，他们的肢体语言都不搭调。这种感觉很难受。”

“所以，如果兰道和艾林恩都是卢布林人的话，兰道就不会追逐艾林恩了吗？”

“也不是，”乔德思考了一会儿，“他不一样，我觉得即便他是卢布林人，他还是个什么都不懂，只知道瞎追的白痴。”

我哈哈大笑，而他也被自己的结论逗乐了。

乔德继续抄笔记，但我还是很难集中注意力，“我想知道他把艾林恩带哪儿去了。”我想到什么就说了什么。

乔德没有抬头，“他们还在图书馆，我可以听到那个男的在教训她。”

我屏住呼吸，贴着耳朵仔细地听，但什么都没听到。

“你可以听见他们的对话？”我不敢相信。

“他在警告她离我远点儿，他说我会攻击她，做一些龌龊的事情……”

我的嘴巴张得老大，过了一会儿，乔德终于抬头看着我，“我们的听力要比你们好多了。”

“又是一项独门秘技。”

“我也不想的，”他好像有点生气，“我曾经无数次听到加德纳女生在讨论，担心我随时会绑架她们，真是太可笑了。”

“她们之所以会这么担心肯定是有原因的，北部的卢布林部落可能跟你们那儿不同，艾林恩的父亲曾经作为大使出访过那里，他回来后讲了一些可怕的故事。”

“真的吗？那他到底看到了什么？”乔德一脸怀疑地放下笔，盯着我。

“艾林恩说，当时她爸爸看到一个男子站在整个部落的面前，抓住了一个年轻的女人，把她拖到了树林里……”后面的部分我没好意思说，用手捂住了嘴。

“你相信吗？”

“艾林恩的爸爸亲眼看见的……”

“人们永远只会看到自己希望看到的东西，永远带着他们的仇恨和偏见。艾洛琳，你现在跟两个伊卡利亚人住在一起，你没有感觉到这一点吗？”

“那不同的部落是有不同的处理方式吗？”我小心翼翼地问。

乔德直接摇了摇头，“我们部落和北方部落没有什么不同。”

“但是乔德，他真的看到了……”

“这是艾林恩的父亲看到的，”他打断了我，“当两个卢布林人决定把对方作为自己的终身伴侣时，他们中的一个会站出来，向整个部落宣布自己的婚姻大事，然后一起到树林里去。等他们回来的时候，我们会举办一场盛大的庆典来庆祝他们的相遇和结合。我觉得这跟你们加德纳的传统似乎没有什么不同。难道你们不也是，一旦两个年轻人决定在一起，就会举行某种宗教仪式，在家人和朋友面前宣布他们结为夫妻，接着同房？如果我说错了，你可以纠正我。”

我咬了咬嘴唇，脸红了，就这么直截了当地听乔德说他们那边的婚俗，确实有点尴尬。不过他说的……的确是对的。“确实差不多。”我点头承认。

“可能还有一些细节不同，”他继续说，声音有点尖锐，“我们部落要求夫妻两人真正相爱，否则整个部落都不会支持他们结合。”他靠在椅子上，琥珀色的眼睛里充满了不满的神色，“艾林恩的父亲明明看到了很纯洁唯美的事情，却把它扭曲成了病态、丑陋的东西，就为了加深他们对我们不公正的偏见！”

我又想起了我在认识乔德和戴安娜之前听到的很多关于卢布林人的故事，所以这当中到底有多少是真的，又有多少是假的呢。

“可能是你说的情况吧。”我最终妥协。

“是的。”

他又埋头抄笔记了。

“艾洛琳，我可以跟你谈谈吗？”

傍晚，我还坐在图书馆里面，艾林恩坐在我的对面。我从一大堆书和笔记中抬起头来，发现她的脸色苍白而紧张，肩膀上挎着一个书包。

“怎么了？”

我的桌子靠近窗户，但是幸好桌子离一个壁炉很近，因此非常温暖。

“兰道，”艾林恩偷偷看了四周一眼，低声继续说，“他不想等了，他希望我立刻跟他缔约。”

“你不能让他再等一会儿吗？”

“我已经让他等了一年多了。他想在雅乐舞会之后就跟我缔约，然后一毕业就举行结婚典礼。”

“那你自己希望等多久呢？”

她的脸上，有一股紧张，又有一股坚决，“我希望一辈子，都不用跟他缔约。”

我放下笔，目光盯在她的身上，“你干吗还要嫁给他呢？”

“你也知道，我没有选择，”她沉默良久，“他非要把我带到历史教学楼后面那个非常偏僻的荒地，他亲吻我，然后……”她看向远处，脸红了。

“然后什么？他伤害你了吗？”

“哦，没有，没有，他没有伤害我。他只是坚持……以前，只要接吻就可以了。现在他老是紧紧地抓着我。我非常讨厌这种感觉，好尴尬，好恶心……”

“抓着你是什么意思?”

她红着脸，“他抚摸我的胸部……”

我生气极了，摇了摇头，“艾林恩，你的父母应该给你重新找人缔约。”

“我觉得这跟缔约对象是谁没有关系，”她的声音有点激动，“我根本不喜欢这些事情，我很讨厌这种接触，我不喜欢任何一种肢体接触!”

“你有没有跟你的父母说过你的感觉?”

“我以前跟妈妈说过这件事情。”

“那她怎么说?”

“她说，所有有良知的加德纳女性都不喜欢这种事情，但是我们必须忍受这些，这样我们才能享受生孩子的喜悦。我很喜欢小孩，你也知道，我一直期待着有一天能够成为母亲，但是我又很害羞，我不想任何人碰我。要是有其他可以生孩子的办法就好了。”

我局促地笑了一声，朝她挤眉弄眼，“还有什么别的办法，像下蛋那样吗?”

艾林恩一下笑出来。看到把她逗笑了，我也很高兴。

“我觉得下蛋这个主意不错。”艾林恩凝视着窗外。黑暗的天空下，阴云笼罩着贫瘠的田野，一场冰雨似乎即将来临。她的微笑摇摇欲坠，好像在为自己的想法感到内疚，“我最近感到非常痛苦。”

“我们可以去餐厅喝点茶。”我提议。

她摇头，“不了，我还是回宿舍吧，我有点累了，回去学习一会儿，不要再想这些乱七八糟的了……”

我站起身来，抱了抱她，跟她说晚安。

她拖着失落的背影离开了。我盯着她的背影，又困惑又迷茫，要是我有办法让好朋友摆脱这种困境就好了。

第三章
埃夫伦艺术展

几天后的一个晚上，我从厨房换班回来，发现乔德和艾林恩正在北塔的走廊里等着我。温特在他们身后的窗台上慢慢走着，她用一种好奇的目光看着我们，黑色的翅膀环抱着她自己。

“你们来看我吗？”我开心地叫了起来。看到一个卢布林人，一个保守的加德纳人和一个伊卡利亚人以这样一种和平的方式相处，我竟然觉得莫名的高兴。

艾林恩耸了耸肩，“我发现我很喜欢结识新朋友，”她平静地说，“尤其是与我不同的新朋友，我厌倦了那种害怕所有跟自己不同的人的感觉。”她害羞地抬起头，看了看乔德。乔德温柔地笑着。

“我们一会儿要去看埃夫伦艺术展，”乔德手里捧着几本书对我说，“你的室友也很感兴趣，想跟我们一起去，你要一起吗？”

“我们三个刚好都很喜欢艺术。”艾林恩说。他们之间似乎有一种奇怪的三重奏正在上演。

“还有诗歌。”乔德补充道，他用下巴指了指怀里的书，期待地看着我。

我的药剂学和冶金学的课程进度都比别人慢了一些，而且我过两天还有数学考试。我要在明天之前搞清楚韦帕所有矢车菊的成分。但不知道为什么，我现在不想管那么多了。

“先让我把书扔到床上去。”

一想到要跟这么多新朋友一起去看展览，我就特别兴奋。

弯弯绕绕了好久，我们终于到了埃夫伦画廊。乔德在我们前面打着灯笼。我惊讶地发现埃夫伦建筑与我平日所见的加德纳建筑非常不同。这座画廊远在郊外，整体建筑是象牙白色，从外面看像一个巨大的贝壳。建筑的顶部是波浪形的螺旋塔楼，让我想起了蜡烛的火焰。建筑附近长着高大的松树，那些树枝从各个方向往上汇集到穹顶。不同的塔楼之间由石道相连，石道由成百上千块平整的银色宝石铺就。

温特带着我们走进最高的一座塔楼，沿着弯曲的道路穿过许多道门，这些门上都刻着我看不懂的符号。

转眼间，一个巨大的展厅出现在我们眼前。展厅的大理石地板用灰色与蓝色的石材拼接而成，镶嵌成一道道流畅的线条，我觉得自己好像置身于水中央。

大厅的墙壁也是弯曲的，墙壁上挂着埃夫伦流明石，绿色的灯光倾泻而下。墙上还挂着许多幅画，有骑在马背上的埃夫伦国王和王后，还有一些风景画，描绘了陡峭的山间景色和各式各样的象牙白色建筑。最神奇的是，这些画上的植物和石头好像漂浮在纸上似的。

有很多东西我从来都没见过。比如一些旋涡状的薄雾组成的雕像，一些图案栩栩如生的挂毯，还有一些由流动的水流构成的雕塑。

温特蹲在画廊的椭圆形窗户上，像一块雕塑一样一动不动，她的眼神跟着我们。艾林恩和乔德谈论着艺术，我跟着他俩慢慢往前走。他们两个开心交谈着，我注意到艾林恩的表情是那么富有活力，那么喜悦，而乔德的眼睛也在闪闪发光。

“你的作品在哪里呢？”乔德问温特。

她垂下头，好像在思考他的问题，“我的作品不能在这里展示，”她低声解释道，“因为它们沾染上了我的黑暗气息。”

我对温特这样故意贬低自己的言论感到非常难过。艾林恩和乔德也看着她，艾林恩的眼睛瞪大了，乔德的神色则看不清楚。

“带我们看看吧。”我也不知道怎么就开口了。

温特有些犹豫，但还是从窗台上跳了下来，带我们走出了博物馆，朝一个凯尔特式建筑的仓库走去。

仓库里非常冷，一股发霉的味道，里面摆满了旧家具，还有一些架子、废弃的帆布、复杂的织布机和一些破损的作画工具。但是，在这样一个残破的地方，在这个仓库的中央，却屹立着一座巨大的象牙白大理石雕像。

它的内部仿佛会发光一般，如此明亮洁白，它雕刻的是一个骑在马背上的小精灵弓箭手。这匹马斗志昂扬，前面的两个马蹄高高扬起，弓箭手的弓箭直指天空。整个雕塑看起来是如此逼真，我几乎不敢站在它前面，生怕马蹄落在我的头上。

我和乔德还有艾林恩绕着雕塑转了好几圈，温特静静地站在我们身后的阴影里。

我屏住呼吸，“这是你做的吗？”

“是的。”她温柔地说。

我转向她，“这是你哥哥卡尔吗？”

温特害羞地点了点头。

“他看到这个雕塑了吗？”艾林恩语气里充满敬畏，好奇地问。

温特又点了点头。

“他怎么说？”艾林恩问道。

“他非常感动，”温特的声音特别小，“他很喜欢这个雕塑。”温特伸出手，虔诚地抚摸着雕塑冰凉的白色大理石基座。

“的确非常美，”乔德说，“你还有别的作品吗？”

温特点点头。

我们仨就像寻宝人，立刻开始翻找。

揭开旧帆布，一座座雕塑、一幅幅绘画和其他艺术作品出现在我们眼前。

“看这张挂毯，”艾林恩叫了起来，“这是你织的吗？”

温特点点头。

乔德和我一起向艾林恩那边走去。即便只是快速地看了一眼这张挂毯的边缘，我也确定温特的手工是非常精细的。这无疑是一件精美的艺术品。

温特坐在雕像的底座上，她的手放在光滑的马腿上。

“这张挂毯好重啊……”艾林恩喊道。这时，乔德强健有力的臂膀伸向她，毫不费力就把挂毯拉了出来，艾林恩转过身来，非常惊讶。

“有个卢布林朋友在身边就是好。”我看着乔德，朝他微微一笑。

乔德把挂毯放到地板上，小心翼翼地铺开。这张挂毯很大，几乎有一面墙壁那么大。

挂毯上描绘的是几只白色的大鸟飞过夏天的田野。我转动着头，欣赏挂毯，我发现这几只鸟会随着我目光的移动而移动，它们的翅膀优雅地上下摆动。

是守望者。

当我盯着守望者的时候，艾林恩和乔德继续去翻看其他旧帆布下的宝贝了。

温特悄悄地向这边走了过来。

“我见过它们。”我低声对温特说。

“我知道，”她关切地看着我，“我不该看着它们，艾洛琳·加德纳。”

“为什么？”

“我们的宗教认为，只有完全神圣的人才能够直视守望者。它们是光明的化身，是光明使者定下的天选者，我这样的人盯着它们是对神灵的亵渎。”

我发现她的宗教信仰跟我完全不同，而且她的宗教对于守望者的解读这么奇怪。“那他们认为你不纯洁？”

温特低下头，一脸悲伤，“所有的伊卡利亚人都是不纯洁的，他们生而邪恶。”

我内心涌起一股愤怒，“到底是为什么？为什么伊卡利亚人会被视为邪灵？”我发现他们种族在这方面的执念倒是与我们加德纳人的偏见不谋而合。

温特平静地盯着我，仿佛在陈述一件板上钉钉的事情，“我们的宗教教义说，伊卡利亚人想要逃离我们生活的土地，飞往黑暗使者的国度。”温特的肩膀抖动了一下，她满怀深情地看着挂毯上的守望者，“我知道我不应该雕刻这些使者，也不能画它们，但是它们真的好美。我知道这对它们来说是一种亵渎，但是我觉得它们时刻召唤着我，”温特的声音越来越微弱，“它们是我的神。”她缓缓地说着，好像在承认某些不可原谅的罪行。

我瞥了一眼挂毯，突然变得固执起来，“我们应该把这些杰作都挂起来！”

温特震惊极了，赶紧摇头，“不行啊，我的作品永远不能挂在画廊里。”

“我们不挂在画廊，我们挂到北塔。”

她担忧地看着我，“我的作品都沾染了我的黑暗气息，并受到诅咒。”

“这些作品不应该被扔在储藏室的角落。而且，我们也需要一些挂毯来挡住冬天的寒气，我觉得你跟艾瑞好像都不会感冒，但是我经常被冻感冒。”

“你们可以把这些挂毯挂在楼梯上。”乔德建议道。

“而且，楼上的走廊可以挂花朵系列的挂毯。”艾林恩也加入进来。

“还可以放一些小型的雕塑。”乔德补充。

我们都转过头来看着温特，“可以。”她静静地同意了，脸上浮现了淡淡的微笑。

等我们回到北塔的时候，乔德毫不费力地把几张挂毯扛了进来，艾林恩和我还有温特抱着几幅画。

这时，艾瑞的声音尖锐地响了起来，“黑女巫，你是专门收集怪物的吗？”她的声音破碎不堪，她躺在床上，背靠着墙。她的眼睛很浑浊，嘴唇变成了纯黑色。

我现在对她这种状态已经习以为常，因为她最近一直在吃那些黑色浆果。

“你是我们所有人当中最大的怪物，”她还在说，好像在表达一种愤怒，“你最好让这条野狗离我的小鸡远一点！”

“他是卢布林狼人。”我回答。艾瑞总是用这种带有种族歧视的语言惹怒我。不过我又想起来，不久之前，我自己也是这样。

乔德把四张挂毯放在地板上，瞥了一眼艾瑞。

“我说到做到，狼族男孩！”艾瑞咆哮道，“你敢碰一下我的小鸡，我就烧烂你的屁股！”

“乔德对你的鸡不感兴趣。”我一边说一边想在墙上挂几幅画。

“他竟然还有名字？”

我没有理她，转头对乔德说：“一般她这么疯疯癫癫的时候，不理她就行了。”

乔德点点头，好像很理解这种情况。

艾瑞又靠在墙上，一会儿就安静了。她的眼中一片茫然。

艾林恩和乔德站在挂毯旁边，讨论怎么挂最好。

艾林恩把从画廊里拿出来的钩子掏了出来，递给乔德。我坐在我的床上，温特就在我的旁边，“艾瑞吃的是什么浆果？”我低低地问。我一直对那些浆果很好奇，但是没时间去搞明白。

温特瞥了一眼倒在床上的艾瑞，深深叹了口气，“这是一种非常强大的镇静剂。”

我大吃一惊，“天哪，平民拥有镇静剂是违法的，艾瑞是怎么弄到这些东西的？”

温特悲伤地摇摇头，“我也不知道，我只知道她一开始被扔到瓦尔加德收容所的时候，所有人都控制不了她，于是他们就给她吃这些东西，让她保持冷静。”

我看着艾瑞，好像明白了什么。“一旦她停止服用，就会生病，对吗？他们把她变成手无缚鸡之力的人！”

温特点点头。

“艾瑞跟你说了这些事情吗？”

“她从来没说过，只是我每次抚摸她的时候就会看到这段记忆。”温特犹豫了一下还是告诉了我，“但是每次她吃这种东西的时候，这些记忆都消失了，她的脑海里只有空白和空虚，尽管这是一种冷酷的空白和空虚。”

“你看到这一切一定非常伤心。”

“对，我真的很痛苦。”温特点点头，把自己的翅膀拉得更紧了一些。

我想起了艾瑞之前一直在温特的怀里，每当这些时候，艾瑞的记忆都会涌向温特，但是我从来没有见过温特放弃艾瑞。“你是她最好的朋友。”我感动地说。

“我爱她，”温特温柔地说，“她就像我的妹妹，我希望她能平平安安的。但是我担心，这种尼龙铁镇静剂是一条绝路，它们就像寄生虫一样一点一点磨损着她。如今她再也不能飞了，她小时候可以自由翱翔，还可以召唤出巨大的火焰。如今这团火越来越小，而这种药，渗透了她的皮肤，即便有一段时间停药了，她身上还是有这种味道。”

我想到了瓦尔加德的那几个伊卡利亚人，他们闻起来也非常臭，他们也被喂了这种药吗？他们从小就被扔进笼子里了吗？他们真的是恶魔吗，还是因为他们遭到了残忍的对待，才会那么愤怒？

“你能飞吗？”我问温特，我从来没有见过她用翅膀，除了把翅膀当作自己的披肩。温特是不是也服用了这种叫尼龙铁的镇静剂？尽管我从来没有在温特身上闻到腐臭的气味。

温特无奈地摇了摇头，举起翅膀，“我的翅膀太瘦了，飞不起来。”

我回头看了看艾林恩和乔德，他们已经拼接好了挂毯，准备开始往墙上挂了。“我们没有工具啊。”艾林恩环顾四周，感叹道。

“我有工具。”乔德说。

“你有？”

乔德犹豫了一下，“但是我不想吓到你。”

“什么意思？”艾林恩还是一头雾水。

“我的爪子……非常有用。”

艾林恩吞了吞口水，睁大眼睛看着他，“我，我不怕……”

乔德卷起外衣的衣袖，举起了他的手，看着艾林恩。我们都盯着他，眼睛一眨不眨。

只见他的手突然变成了狼爪，上面长出了长长的毛，他伸出弯曲的爪子当作钉子，走到墙边，用爪子迅速地挖空几个地方，然后他的手立刻变回了正常状态。

他把手收到袖子里，转身小心打量着艾林恩。

“还真的很有用。”她声音低低的，脸上还是错愕的表情。

乔德仔细观察了一会儿艾林恩的反应，然后继续挂了几张挂毯。艾林恩震惊的表情逐渐消失了。

午夜过后，我们都在火堆旁休息。

此刻，北塔的房间彻底变样了。每面墙壁上都挂着温暖的挂毯，走廊和螺旋式的楼梯上放着一系列的雕塑，还挂着许多的画。

北塔现在已经成了一个虽然很小但是令人印象深刻的美术画廊了。

我给大家沏了茶。艾瑞仍然躺在她乱七八糟的床上，睡得昏昏沉沉的。乔德和艾林恩轮流朗读着带来的诗歌集。过了一会儿，艾林恩的眼皮好像撑不住了，等轮到她读的时候，她一直打哈欠。乔德很自然地从她手里接过书，继续读完。

我在旁边慢慢品着茶。乔德深沉而有磁性的声音，听起来非常悦耳。

终于，艾林恩的眼睛一点一点地闭上了。她就像一朵鲜花，在夜间慢慢地合上了自己的花瓣。她终于屈服于睡意，眼睛完全闭了起来，慢慢地倒在了乔德的身上。

还在读诗的乔德突然停顿了一下，他用手臂轻轻搂住艾林恩，艾林恩好像睡着了，她吸了一口气，靠他更近了一些。乔德的手挽住了艾林恩的腰，他惊讶地挑起眉毛，僵在了原地。

他的诗歌集，就那么摊在腿上。

温特已经缩到了自己的翅膀里，可能也睡着了吧。

乔德的眼神小心翼翼地朝我这边看过来。他的谨慎不是没有根据的，看到他们靠这么近这么亲密，我的心跳加快了，我突然为我的朋友感到担忧。我多希望乔德是加德纳人，但是他不是。他是卢布林酋长的儿子，而艾林恩的家族又是加德纳最保守的家族之一。我们的种族彼此仇恨。

不行，他们这样是不行的，这是一条绝路，是一条通往悬崖的路。“乔德，艾林恩是我最好的朋友。”

他挑了挑眉毛，冷静地说：“我知道，她也是我最好的朋友。”

“我看出来了，”我一边说一边尖锐地瞥了一眼他松松地搂着艾林恩的手臂，“我只是不想看到她受伤。”

我们之间的气氛好像瞬间冷了下来，我可以感觉到一股紧张的暗流。

“那你觉得嫁给兰道对艾林恩来说就是最好的、不受伤害的结局吗？”

我不知道怎么回答他，我看着那双琥珀色的眼睛，一时无语。

这可能确实是让她不受伤的最好的结局。她和乔德是好朋友，但他们之间的浪漫爱情，会把艾林恩从她最爱的家族里拉扯出来。也许兰道并不是艾林恩最想要花时间陪伴的伴侣，但是兰道也不会做什么过分的事情。而且，艾林恩还有那么多的兴趣爱好，她的生活里还有那么多爱她、关心她的人，她的生活会很完整。

尽管我不得不承认，此刻的艾林恩看起来很享受。她躺在乔德的胳膊里，一脸恬静，我无法想象她会如此甜美地躺在兰道的怀里。

乔德的表情很复杂，他转身看着火堆，“别担心，艾洛琳，我不会这么快就把她拖到树林里。”他的话激怒了我。同时，我感到非常内疚，因为我干涉了一件与自己无关的事情，“我不是这么想的。”我焦急地澄清。

他的目光又回到了我的身上，“我知道你的担心，但我和艾林恩只是朋友。”他的眼神先是充满了苦涩，然后又变成了惯有的宁静，“我知道我们之间的一切都是不可能的。”

我盯着乔德的手指，他的眉梢、眼角都是令人心碎的温柔。

我转身离开了他们。

这无望的爱情，令我流下了悲伤的泪水。

第四章
卢布林人的眼睛

几天后的某个早晨，艾林恩和我一起吃早餐。

今天是周末，这个时候的餐厅空荡荡的，没什么人。阳光透过拱形的窗户洒在餐厅的大理石地板上。艾林恩在她的荞麦小蓝莓酱里倒了一些蜂蜜，一边搅拌着，一边开心地聊起她的家人。

她的姐姐们要来看她，她已经念叨了好几周了。今天她们差不多快到了。

我放下勺子，抬起头，发现伊万正盯着我。他一边在长桌上摆放煎饼，一边朝我这边看。他绿色的眼睛一闪而过，我心里却涌起了某种不安的渴望，这种感觉越来越强烈，越来越难以被忽视。自从那天他在厨房为我辩护开始，我们之间好像发生了一些微妙的变化。

我在干活的时候，有好几次看见他默默地凝视着我。我们总是很清楚彼此在哪里，在做什么。如果他要往我烧火的炉子里装木头，不需要他说，我就会自动让开，他立即往里面添柴火，动作灵活，配合默契。那时，他离我如此之近。我意识到自己对他产生了一种非常强烈的冲动，这种冲动非常难以抵抗，非常不理性。我真的好想要抚摸他的手，想要抚摸他栗色的头发和他宽阔的肩膀。

我不知道自己是出了什么问题。我怎么能这样，我怎么能对一个凯尔特人遐想万千？我想象了一下姑姑的反应，但是嘴上的笑容依然抹不去。伊万的眼神又回到我身上，我的心跳加快了，我努力克制自己的笑，但视线还是没办法从他身上移开，我们之间的空气似乎都凝滞了。即使隔着这么远的距离，我也能感觉到他炙热的目光，他的脸颊看起来有一丝淡淡的红润。

艾里斯从厨房里走了出来，手里端着一盘熏肉，一下子打破了我和伊万之间的宁静。她放下托盘，脸上扬起一丝微笑，一手搭在伊万肩膀上，一手放在她的翘臀上。她今天把金色的头发绑成一个松松的发髻，披在背后。

伊万开始跟她交谈，但他的双手抱在胸前，他的表情看起来和我一样，有些心不在焉。

“艾洛琳，她们来啦!”艾林恩兴奋的叫喊声打破了我的焦虑。

我脸上还泛着一丝红，转过头我发现，艾林恩的姐姐们热热闹闹地往餐厅里走来。她们周围，几个小孩子像忙碌的蜜蜂一样绕着跑来跑去，每个姐姐怀里还都抱着一个婴儿。

“艾林恩!”她们亲切地唤她。艾林恩立刻从座位上跳了起来，很高兴地冲向她们。她马上被一片拥抱和亲吻淹没了。我站起身，朝伊万的方向草草地看了一眼，有点失落地发现他和艾里斯都已经回厨房了。

别胡思乱想了，我告诫自己，你是个加德纳人，他是个凯尔特人，赶紧打住。

我叹了口气，转身走到艾林恩家人身边，她的两个姐姐都戴着白色的袖章，奇怪的是，就连这些孩子胳膊上也绑着沃格袖章。而艾林恩和我的手臂上还是空空荡荡的。不知道艾林恩的这种不支持沃格的态度，她的姐姐们会怎么看。

“艾林恩，我们真的好想你!”她高个儿的姐姐温柔地感叹道，一脸温柔地看着艾林恩。

“让我看看小朋友们都长多高了!”艾林恩一把抱过自己的外甥和外甥女，孩子们都抱着她的腿。

“艾洛琳，”她招手让我加入他们，脸上写满了幸福，“这是我的姐姐们，还有她们的几个孩子。”加德纳人一般都有很大的家族，但艾林恩的姐姐们看起来并不比她大几岁。

“你还有别的外甥和外甥女吗？”我问道，尽量让自己的语气显得友好一点。艾林恩微笑，“除了眼前这两个，奥瑞莉还有一对双胞胎儿子，他们刚和我母亲一起回瓦尔加德了。”两个三岁大的双胞胎男孩，一个抱着艾林恩矮一点的姐姐的腿，另一个则大喊着跑来跑去，嘴里模仿着马的嘶鸣。一个五岁左右的女孩儿则冷静地站在艾林恩旁边，另一个四岁的男孩儿跑过来拥抱她，她亲切地掀起小男孩的刘海。

艾林恩的姐姐像她一样，非常亲切。她们的头发卷成小小的圆形发髻，身上穿着最保守的加德纳传统的不显身材的服饰，脖子上都挂着阿夕亚银球。“艾洛琳·加德纳，你看起来简直跟你的祖母一模一样！”高个的姐姐莉丝贝特向我走来，简单介绍了自己。我们行贴面礼的时候，她热烈地拥抱了我。

“艾林恩在信里面都跟我们讲过你了，我们很高兴她能找到这样一位好朋友。”艾林恩矮一些的姐姐奥瑞莉朝我笑了笑，然后又回头看着她的孩子，小朋友一把扑进了她的怀里。

她的这两个姐姐还真是对比鲜明。莉丝贝特收拾得整整齐齐，她的孩子们和她一样精神饱满，干净整洁。奥瑞莉则是一个身材魁梧的女人，她头上几缕碎发调皮地挣脱了发髻，她的眼睛分得非常开，看起来和艾瑞倒有几分相似。奥瑞莉的孩子们看起来有点紧张，而且太瘦了。我很轻易就能区分她俩孩子的不同。那些整齐干练，大大方方的孩子，应该都是莉丝贝特的；而顶着蓬蓬的头发跑来跑去的双胞胎男孩，以及面露紧张神色的小朋友，应该是奥瑞莉的孩子。

“我们跟你姑姑很熟，”莉丝贝特开心地跟我说，“她是我们的父亲在魔法委员会里非常好的盟友，他们对于所有事情的态度几乎都是一致的。”

一提到姑姑，我整个人都激灵了一下。姑姑最近还是定时给我写信，或者给我寄礼物，大概是希望我回心转意。不知道姑姑还可以坚持多久，但我觉得她再次转换战术只是时间问题。

“艾林恩阿姨，”小女孩打断了我们，她拉着艾林恩的裙子，“你什么时候来我家玩？我养了一只小猫。”艾林恩把手放在孩子的肩膀上，向她微笑，“太棒了，我最喜欢小猫了！”

“我还烤了你最喜欢的饼干，”莉丝贝特说着拿出了一个竹篮，篮子上盖着一块蓝色的绸缎，“艾洛琳，你也来尝一点吧。”

当我们看到篮子里饼干的形状时，艾林恩和我脸上的笑容都僵住了——伊卡利亚人形状的饼干。这是一种传统的加德纳饼干，我们在吃之前一般要先把翅膀的部分掰成两段，象征着加德纳圣子有足够的力量破除邪恶。

我记不清自己已经吃过多少这种饼干了，以前我总是毫不犹豫地进行这种掰断翅膀的“仪式”。可是现在，我脑海里能想到的只有温特，还有艾瑞，当她还是个小孩子的时候，就被扔进了笼子里。

孩子们抓起饼干，吵吵嚷嚷的。“我掰断翅膀的声音可比你大！”小女孩细声细气地嘲笑旁边的一个小男孩儿，她熟练地抓住翅膀，“啪”的一声掰断了。

听到这个声音，艾林恩似乎吓了一跳，往后退了一步。她无助地看着我，脸色也一下子变得煞白。

她看到了什么？

我很好奇，顺着她的目光转过头，是乔德，他正靠在远处的墙上，静静地看着我们。

艾林恩的姐姐们也注意到了她的表情，顺着她的目光看去。“那是……”莉丝贝特惊恐地说，“卢布林男人？”

艾林恩大口吸着气。她的两个姐姐先是摸着自己的头，然后把手放在胸前，开始低声祈祷：“神圣的先贤，请净化我们的思想，净化我们的心灵，净化阿夕亚大地，保护我们免受邪恶的侵染。”

莉丝贝特转向艾林恩，面露忧色，“他有没有骚扰过你？”

“没有，”艾林恩赶紧反驳，眉头紧紧地皱起，“他总是离我远远的。”

“他现在还跟你一起上课吗？”莉丝贝特担心地问，“我记得你一开始特别害怕。”

“他从来不打扰我，”艾林恩的声音既坚定又紧张，“事实证明他对我一点兴趣都没有。”

“但他看起来非常狂野，不是吗？”奥瑞莉还是大口喘着气，看着乔德，乔德则一动不动。

“看他的眼睛！”莉丝贝特惊呼，“一看就不是人的眼睛！”艾林恩惊讶地看了我一眼，我和她都知道乔德能听到我们谈话的所有内容。

乔德面无表情地转过身去。

“小心点，”奥瑞莉警告艾林恩，“卢布林男子不尊重女性，父亲说他们就像动物一样，喜欢把女性拖到树林里，然后……”

乔德突然走开了。

“哦，他走了，”奥瑞莉松了口气，她拍了拍艾林恩的肩膀，“现在你可以不用担心了。”

“谢天谢地。”莉丝贝特也缓过神来。

“妈妈，那个男人的眼睛好奇怪。”艾林恩的外甥女叫道。

“他是坏人，”莉丝贝特一边说一边抚慰着孩子，“但是他已经走了，你不要怕。”

“妈妈，他长得好像我的玩具！”其中一个小男孩把一个木制的小雕像从他背着的小包里拿了出来。这是一个皱着眉头的卢布林人的雕像，他琥珀色的眼睛闪闪发光，手臂变成了毛茸茸的狼爪。“没错，就是他。”奥瑞莉点点头。

艾林恩的外甥把他的玩具都倒到了旁边的桌子上，一大堆木偶掉了出来：邪恶的伊卡利亚人手掌上喷着火，污塘女巫的眼睛斜着往上长，可怖的菲亚女王，勇敢的加德纳战士，还有骑在马背上的加德纳骑兵。

“我要让士兵杀了他！”男孩大声喊道，他把加德纳战士围在卢布林人旁边。“这主意听起来不错。”莉丝贝特开心地说。小女孩看起来很不安，她走来走去，“他还会回来吗?”她抓着莉丝贝特的裙子担心地问。

“亲爱的，他不敢伤害你，”她的母亲向她保证，“你看看这里这么多加德纳士兵，你很安全。等马库斯·沃格法师接任了最高法师职位的时候，像爸爸那样勇敢的士兵会消灭他们的，我们再也不用担心了。”

我们就可以幸福快乐地生活在一起了。我心里讽刺着。周围的沉默变得让人无法忍受，但是我们都不能反驳。因为我们一旦为卢布林人说话，艾林恩的姐姐们一定会对我们和乔德之间的关系产生怀疑，这时候她们一定会找艾林恩的父亲。

“卢布林人，没有打扰我，”艾林恩的声音很虚弱，她试探着说，“他和他妹妹从来都不跟我们一起玩儿，他们只能自己玩。”

“尽管如此，”莉丝贝特一边说，一边巧妙地躲开了围着她跑来跑去的小朋友，“我还是希望你赶紧跟兰道缔约。卢布林人看到一个未婚的女子会觉得她很容易得手。另外，一旦你缔约之后，很快就可以结婚，我们又可以聚在一起了!”

“我们真的很想你，妹妹。”奥瑞莉感叹道，语气里有深深的悲伤。

“我也很想你们。”艾林恩承认，她的声音很紧张。她望着她的姐姐们，就像看着一艘正在远行的船，自己被远远抛在后面。

“艾林恩阿姨，你在信里说，要跟我一起玩的呢。”艾林恩的小外甥女撒娇道，“我的新弹珠给你。”

“快给阿姨看看，”莉丝贝特热情地说，“这是在蒂尔尼家的店里买的，她家在瓦尔加德有个玻璃厂。”小女孩打开了一个带红色拉绳的黑色天鹅绒布包，我们都伸手去拿玻璃弹珠。

我们把玻璃弹珠靠近眼睛，捕捉着周围的光线。弹珠里面旋涡形状的花纹的颜色随着光线不断变化。艾林恩手里拿着一个，仔细地端详。“艾洛琳，看看这个，”她深吸了一口气，“真的很漂亮，我觉得跟什么东西很像，但是又说不上来。”

她把这颗弹珠递给我，我也拿着仔细端详，艾林恩紧紧靠在我的身边，我们两个一起研究着这个透明的琥珀色小球。

“我知道了，”她好像突然想起了什么，笑着说，“就像……”她突然顿住了，不知道想到了什么，看向了远方，她的笑容逐渐消失。

我回头看看手里的弹珠。确实很美，就像她说的那样。

和乔德眼睛的颜色，一模一样。

第五章
起　哄

几天以后，我和艾林恩正在餐厅吃午餐。

突然，我听到一阵喧闹，赶紧抬起头来。原来是一群加德纳军校生。他们全都戴着白色的袖章，法伦·巴恩在他们中间得意扬扬地坐着，她的卫兵簇拥着她。

很快，其他一些加德纳男子也加入了他们。餐厅里非常喧嚣，听起来像有一群狼在跑来跑去。

就在这吵吵嚷嚷中，戴安娜·乌尔里希向我们走来，她的下巴高高地抬起，双手各托着一大盘食物，肩膀上斜挎着一个包。

当她走过人群的时候，那些年轻人都笑着大声地议论她。

“嘿！狼女！”

“给我们表演脱衣舞吧！”

他们无耻地盯着她。与加德纳男子坐在一起的还有零零星星的几个加德纳女子，她们有意避开了这些目光，故意忽略了这些调笑。

但是法伦没有，她和这些男人一起放声大笑。

戴安娜非常轻蔑地甩了甩她的长发，就像一个女神，懒得跟那些非常讨厌的流氓多说一句话似的。“嗨，艾洛琳，艾林恩！”她一边说，一边坐在我们的桌子旁边，脸上洋溢着灿烂的笑容。她毫不客气地拿起一大块鸡肉，津津有味地啃了起来，我看了一眼她的盘子，她怎么能吃这么多！盘子里是一整只鸡啊！

过了一会儿，喧闹声越来越小，只有极少数人偶尔向我们这里瞥一眼，因为他们开始用暧昧的眼神互相暗示，眼睛里是说不清道不明的东西。

“这些人这么讨厌，你不生气吗?”我问。戴安娜漠不关心地冷哼了一声。我怨恨地瞥了法伦一眼，她正坐在人群中央，仰头大笑，还是那副不可一世的加德纳公主的模样。

戴安娜抬起头来，疑惑地看了一眼那边的人群，“我为什么要生气?”她问，嘴里的肉塞得满满当当的，她一口就把这些肉全吞了下去，“他们和法伦·巴恩那个笨蛋一样，根本不值一提。”

“但是他们朝你大吼大叫啊!”

戴安娜耸了耸肩，“他们那是情不自禁，这有什么好奇怪的。”她拿起了另一块鸡肉，用长长的洁白的犬牙开始撕咬。我和艾林恩盯着她的吃相，目瞪口呆。

“很明显，我对他们根本没有兴趣，”她的情绪没有什么变化，“这些人又软弱又可悲，我真不懂你们怎么能忍受嫁给这样的人。艾林恩，就你要缔约的那个对象，兰道，你怎么可能看上他呢?”她拿着一块骨头指了指艾林恩，“乔德说他根本就是一个白痴，根本配不上你。”

艾林恩脸色变白了，僵硬地坐在原地盯着她。

但戴安娜完全无视艾林恩的目光，继续咬着她的鸡肉，她的嘴里发出令人不舒服的咀嚼的声音，“艾林恩，你应该成为卢布林人，然后你就可以和我们的男子在一起了，他们的基因非常优越，身材高大强壮。卢布林男人都是优秀的恋人，跟你们的男人一点也不一样。从某种意义上来说，你们族的男人就像瞎子，也像白痴。我听说他们还得找海豹人来满足自己的欲望。他们这副样子，女人当然不愿意跟他们在一起了，我觉得这是完全可以理解的。”戴安娜笑了笑，又指了指我，“你也是，你也应该成为我们卢布林人。”

我差点被食物噎到，眼泪都被呛出来了。我喝了口水，转脸看着艾林恩。刚才戴安娜的那番话显然把她惊到了，她坐在那里沉默不语。

“戴安娜，你要是再这么说话，没有任何加德纳人会跟你做朋友的。”

“怎么说话？”她一边咀嚼，一边大声问。

“你在侮辱加德纳男子，我的两个哥哥，他们都是加德纳人。”

戴安娜在空中挥舞着一根被啃完的骨头，“瑞夫跟别人不同，他也应该尽快成为卢布林人，他跟这里一点也不搭。”

她可真会惹人生气。我把手放了下来，戴安娜简直是我见过的最傲慢的人。“我发现，你经常跟我哥哥在一起。”

戴安娜用一只手轻松地从那只鸡身上撕下了一个大鸡腿，“我们都很喜欢森林。”她说，注意力还是放在肉上。

我仔细端详着她的表情，“你跟我哥哥之间到底有什么？”

她抬头看着我，一半肉在手里的骨头上，还有一半塞在嘴里，好像对这个问题感到很惊讶，“我们两个只是一起徒步旅行而已。”

她的嘴里包着东西，说话含糊不清。

“有没有人跟你说过，吃东西的时候不要说话？”我越来越生气。

“为什么？”她不解。

“因为这很粗鲁。”我的声音很尖。

她放下手里的鸡腿，慢慢咀嚼完，吞下了去。然后把她纤长的沾满了油脂的手慢慢放在自己的胸前，好像在安抚一个调皮的孩子一样安抚我，“你们加德纳人稀奇古怪的规矩可真多。”

“你没有一边吃东西一边说话，我可真欣慰。”

“我饿了。这种争论可真没意思。”

“你不要再跟我哥哥在一起了，”我有点控制不住，“我觉得他喜欢你！”

“我也喜欢瑞夫，但并不是你说的那种喜欢。”

“那你是不是在跟我哥哥谈恋爱？”如果她可以这么直来直往的，那我也没必要端着了。

“当然没有，他不是卢布林人。”

“那你为什么总是跟他在一起？”

“他喜欢树林，我也喜欢树林，我们俩都喜欢打猎，都喜欢徒步旅行，”她好像有点生气，“我们在一起的时候只是远足而已。”

“就是这样？”

“你到底还想问什么？我可是都实话实说了。”

“那你是，光着身体跑来跑去吗？”

“不，当然不是，”她生气地盯着我，“既然你哥哥跟我说，我这么光着身子是对你们加德纳人的眼睛的冒犯，那我在你们面前还是穿着衣服吧。”

“你有没有亲吻过他？”

“没有，你哥哥不是卢布林人。”她现在跟我说话的语气，就像在跟一个三岁小孩说话，“我不会跟一个不是卢布林人的男人交往，所以我没有亲过你哥哥，现在我可以继续吃我的鸡肉了吗？你们还有其他荒唐的规定吗？”

“好了，吃吧。”

“谢谢。”她说，语气软了一些。

“兰道也并不是那么糟糕。”一旁的艾林恩细声细气地开口了。

“乔德说兰道就是个白痴！”戴安娜又说了一遍，继续啃着她的鸡肉，嘴里满满当当的。

“那好，”艾林恩似乎有点生气，“请你告诉乔德，我比兰道还要白痴。”

听到这话，戴安娜笑了一声，吐出了几根骨头。我多希望瑞夫可以看到她吃东西时候的样子。不管瑞夫多喜欢她，只要看她这么撕咬完了一只鸡，他对戴安娜的好感恐怕都会烟消云散。

戴安娜露出一个大大的笑容，牙齿之间还塞着一些肉，“我觉得乔德说得很有道理。”

“你告诉乔德，兰道并没有那么糟糕。”艾林恩还是那么坚持。

戴安娜指着艾林恩身后，“你自己跟他说吧。”

原来是乔德来了，他很快就发现了我们。热情地笑着走到了我们的桌子旁边。“你们好啊!”他走到这里跟我们打招呼，“一起吃东西吗?”

艾林恩转过身来，敌视地看着他。

“怎么了?”他关切地问。

“我跟艾林恩说，你说兰道是个白痴。”戴安娜冷冷地解释道。

乔德的表情变了，生硬地吞了吞口水。戴安娜好像没有注意到这一点，还是继续快速消灭着她眼前的鸡肉。她的手上和嘴上都浮着一层油。很显然，这种粗鲁不是卢布林人的特质，而是戴安娜自己的特质。

“我当时不是这个意思。”乔德对戴安娜说，他的声音很低沉。

“那是什么意思?”戴安娜问道，“反正她应该知道这一点。”

“他不是白痴。”艾林恩盯着自己的盘子低声说，听起来很伤心，好像自己都无法说服自己。

“对不起，艾林恩，”乔德道歉，他的声音低沉而友善，“我不是故意冒犯你的，我……我非常重视你，我不认为大多数男人都适合你。”

戴安娜哼了一声，“因为大多数加德纳男人都是白痴。”

乔德没有理他的妹妹，他的目光紧紧地锁住艾林恩，“我真的很抱歉……”

“快坐下吧，”我叹了口气，邀请乔德加入我们，“这是我们从桥下打的水，很好喝的。”

“谢谢。”他把餐盘放在桌上，又担忧地看了一眼艾林恩。

艾林恩看起来好像心不在焉，默默吃着自己的松饼，两眼放空。

乔德拿起一副刀叉，把他盘子里的鸡肉切成整齐的小块。戴安娜一下子停了下来，诧异地盯着他，“你什么时候也会用餐具了?”她的声音里充满了指责。

“自从我们来到韦帕以后，”他回击道，“我跟你不一样，我努力想要适应这里的生活。”

戴安娜耸了耸肩，注意力又放到了肉上，“你自己去适应吧。”

乔德转向艾林恩，“我们等会儿单独聊聊，可以吗？”

艾林恩看着她的松饼，皱了皱眉头，“可以。”她最终还是答应了，尽管她的声音里充满不确定性。

“那晚上七点见面怎么样？在图书馆。”

艾林恩对着她的盘子点了点头，还是没有看他。

“好，就这么定了。”乔德说着，朝艾林恩露出一个小小的微笑，然后继续把盘里的鸡肉切成一小块一小块的。

第六章
乔　德

那天晚上，我独自坐在书桌前，盯着哈克温教授前几天给我的一张金属粉末清单，只有艾瑞的鸡在我旁边打盹。

我现在可以毫不费力地通过冶金学考试了，我以前总是卡在及格线上。我的这位黑暗精灵教授竟然变成了我的盟友，我以前可是想也不敢想。

几周以前，哈克温教授把我叫到一边，饶有兴致地打量着我的最新打扮，“你怎么穿得像个凯尔特人？”他平静地观察着我，好像我正在策划什么见不得人的计划似的。他如明星般的眼睛闪亮得出奇，不断分散着我的注意力。

我站起身，直视着他银色的瞳孔，“克里斯蒂安教授跟我说，我那些华贵的衣服都是尤瑞斯科奴隶制作的，所以我不想再穿了，而且我自己的这些衣服穿起来更舒服。”

哈克温教授不语，盯了我很长一段时间。我内心暗自惊叹于这位黑暗精灵教授的那种充满危险的美。

“你认识朱利斯·克里斯蒂安？”他问。

“是的，您也认识他吗？”

哈克温教授突然露出了令我眼花缭乱的笑容，他洁白的牙齿与他暗夜般漆黑的皮肤形成了鲜明的对比。“朱利斯是……我的一个好朋友。”

他仔细地端详了我很长时间，然后轻声一笑，摇摇头，又坐回座位上开始改论文了。“你不用完成第二个任务了，把第一部分做完就行了。”他没有抬头，停下了手里的笔，审视了我一会儿，然后从身旁的一个文件夹里抽出一张纸递给我。

我接过这张纸，瞥了一眼，上面是一系列金属粉末的列表，我很困惑。“这些是我们要测试的金属螯合剂吗？”

他眯起眼睛看着我，“不是，这些是能够阻止冰魔法的金属粉末列表，我觉得你可能会感兴趣。”

我仔细看了一眼清单，又抬头看着教授，一股喜悦和感激之情在我心里沸腾，“我从来不知道还有这种东西，真的管用吗？”

“魔杖不是唯一的力量。”哈克温教授的声音很低沉。

他又露出了那种危险的笑容，牙齿白得令我眼花缭乱。

我坐在安静的房间里，盯着这份清单开始思考，怎么才能应对法伦那些低级但又从未间断的欺侮。

这时，一声试探性的敲门声响起，我起身开门，发现艾林恩站在门口，她的眼睛红红的。“你怎么了？”我惊讶地问。

“我想和你谈谈。”她结结巴巴地说。

我让她走进来，把门关紧。她一下子坐在我的床上，双臂紧张地护在胸前，然后开始抽泣。我坐了下来，一只手放在她的背后轻抚着她，“艾林恩，你怎么了？”

“乔德吻了我。”我的眼睛睁得老大，我知道艾林恩不喜欢亲吻。“他强迫你了吗？”我的心里生出一股强烈的保护欲，同时也坚决不信乔德会这么干。

“不，”她摇着头，“没有，但是我们确实接吻了。”

我悬着的心放了下来，“那你怎么还这么难过？”

“因为我……”她表情非常痛苦，我只能轻轻地揉揉她的背，希望能让她冷静下来。她转向我，已是满脸泪水，“因为我喜欢这种感觉。”

我眨了眨眼，很困惑，“那你为什么哭？”

她抽泣的声音闷闷的，“我在说谎，我不仅仅是喜欢，我爱这种感觉。我们接吻了一个多小时。这种感觉就像身处天堂，我以前从来不知道，从来没有这样的感觉。我以为书里说的都是编出来的，所有的浪漫故事都是骗人的，我以为没有人会真正体会这种感觉。天哪，艾洛琳，我觉得我的生活全毁了！”

我赶紧摇摇头，“怎么会毁了呢！”

“我现在怎么还会正眼看兰道呢，我已经知道跟乔德接吻是什么感觉了。为什么乔德不是加德纳人，他为什么非要是卢布林人？你知道，如果我家里人知道我跟一个卢布林人接吻，他们会怎么看我吗？他们会不认我这个女儿，我再也见不到我的母亲了，还有我的姐姐们，我的外甥和外甥女，我会一个人孤独终老。艾洛琳，我会下地狱的。所有人都会恨我！”

“你不会下地狱的，你心里也不认为乔德是邪恶的，对吗？”

“他不是坏人，”她哭着说，“可是我，我的整个世界都天翻地覆了，我不应该跟他一起上课的，现在我要怎么办？”

“他亲吻你以后做了什么事？”

“天哪，当时太混乱了。我吓哭了，”她抽泣着，“然后我就一个人跑了。”

我长长地叹了口气，“哎，可怜的乔德。”

艾林恩哭得更大声了。

“如果你的父母见到他本人会不会好一点？”我大胆地提出一个方案，“还记得我们一开始那么害怕乔德还有戴安娜，但是现在我们跟他们变成了好朋友。”

“你疯了吗？你不知道我的父母有多古板！我爸爸是加德纳驻卢布林的大使，他非常讨厌他们，他对卢布林人充满偏见。”她猛烈地摇头，“我再也不能待在乔德身边了，我要离他越远越好。”她把头埋在自己的手里，纤细的身体轻轻颤抖，微弱的抽泣声传了出来。

又有一阵敲门声，我站起来打开门，发现乔德站在走廊里。他没有哭，但是看起来好像心烦意乱。“我想跟艾林恩谈谈。”他说。

我走到走廊里，随手关上门，“我觉得她现在可能不想跟你说话。”

“那我能跟你谈谈吗？”他问道，眉头深深地皱了起来，“她应该告诉过你发生了什么事吧？”

“她确实说了，但是乔德，她不能跟卢布林人在一起，她会被逐出家门的。”

“我爱她。”

此刻，我几乎无法呼吸。我在他琥珀色的瞳孔里看到了最真挚深沉的感情，他的表情那么痛苦。我长长地叹了口气，“我尊重你的爱，我知道你们卢布林人不会轻言爱一个人。”

“这对我们来说是很严肃的事情，”他说，“我想和她在一起，一辈子，只跟她一个人。”

“但你是卢布林人，她是加德纳人，她的家人非常保守……”

“我不在乎，我不在乎她是谁，我不在乎她的家人是谁！我爱她，我一刻都忍不了。我真的爱她。”他一只手叉在腰上，另一只手揉着太阳穴，好像很头痛的样子。

他茫然地环顾四周，然后坐在走廊的长椅上，把头埋在手里，“我的生活最近也变得很复杂，你也知道，我们部落愿意接受外人，但是他们首先要成为卢布林人。如果我在她成为卢布林人之前就和她私订终身，那么，我也会被贬为庶民。我的家人虽然不会像她的家人一样把我逐出家门，但是只有等她成了卢布林人，我才能够再次回家。”

我坐在他身边，“艾林恩不想成为卢布林人。她为她的加德纳身份感到骄傲，而且她非常爱她的家人。”

“我知道。”他沉默了片刻。

艾林恩闷闷不乐的哭声传了出来。

“乔德，”我把手放在他的肩膀上，“给她一点时间，她自己也没有想到会喜欢跟你亲吻的感觉。她太震惊了，她以前总觉得接吻是一件很不愉快的事情。”

“兰道就是个白痴!”乔德咆哮着，露出了闪闪发亮的犬牙，“我一想到他以后会跟艾林恩生活在一起，就气得爆炸!”

我长长地叹了口气，“我觉得她也是这么想的。”

他恳求地看了我一眼，“你觉得在她嫁给那个傻瓜之前，她会再跟我说话吗?”

“我觉得会的，但你需要给她一点时间，我觉得她也非常喜欢你，但是她的爱吓坏了自己。”

“她是整个阿夕亚大地上，我最不想吓到的人。”

“我知道。”

“你等下可以告诉她这一切吗?”

我犹豫了。但他眼中的痛苦又让我心软，“我会跟她说的。”

他也长长地叹了口气，“谢谢。”

等我回到房里，艾林恩已经不哭了，她坐在床上，眼睛看着前方，不知道在看什么。

“他说了什么?”她的声音没有波澜。我坐在椅子上，身体前倾，面对着她，“他说他爱你，他不在乎你的家人是谁。他依然爱你，他不在乎自己的部落会不会将他贬黜，他只想要一辈子和你在一起，而且他从来不想伤害你。”

艾林恩再次抽泣起来，她紧闭双眼，慢慢地转过身去，躺在床上缩成一团，像一个婴儿一样背对着我。

我坐在那里看了她很长一段时间，我不知道我能做什么。

对着这样两个伤心欲绝的人，我眨了眨眼，但却无能为力。

他们当中任何一个人都没有一条简单的路可以选择。我吹灭桌上的灯，在艾林恩身上盖好一条毯子，然后躺在她的身边。我把胳膊放在她的身上，她紧紧地抓住了我的胳膊。

我抱了她很长时间，最后，她终于哭着睡着了。

第七章
受　困

“我很担心你，艾林恩。”

现在是一大早，艾林恩无精打采地靠着一棵树，眼睛下面挂着两个黑眼圈，看起来昨夜好像根本就没睡着。

一个礼拜过去了，艾林恩和乔德之间有一种令人不安的表面的和平。乔德接受了我的建议，给了艾林恩时间去思考，但我看得出来，他得拼了命才能忍住不去找她。

艾林恩还是会去上化学课，但是他们在课上再也不传纸条了。

艾林恩沮丧地盯着我，“我好像被困住了。”这句话，仿佛飘在空气里，一阵寒风吹过，语句都被吹散。今年真奇怪，眼见这天气一天比一天冷了，但还是没有下过一场雪。

我想说点别的来分散她的注意力，“你知道吗，戴安娜现在跟我一起住。”

我这个话题似乎选得很好，艾林恩的眉毛惊讶地挑了起来，但是表情好像更痛苦了，“怎么会这样？”

前一天晚上，戴安娜手里拎着两个大袋子，出现在了我的房间门口。

“如果我还住在那儿，保不准哪天就把她打残了。”戴安娜冲进房间，把东西扔在了我的床上。

“打残谁？”我问道。我一脸惊讶，温特和艾瑞也是跟我一样的表情。

"艾荷·弗拉德，还有我宿舍其他乱七八糟的人。所以我想跟你一起住。啊，你这还有鸡，太好了，给我做小零食吧，我饿了。"

艾瑞一下子跳到小鸡的面前，伸出手掌，戴安娜周围立刻出现了一小圈火焰。

这下子我感到非常惊讶，虽然我曾多次看到艾瑞召唤出火球点燃壁炉，但是她好像从来都没办法一下子攒这么大一团火焰。

戴安娜低下头，不屑地看了看眼前迅速消失的火圈，"她干吗这么护着这些鸡？"

"快滚出去！"艾瑞嘶吼道。

"我就不。"戴安娜的双手抱在胸前，不屑一顾。

"戴安娜，"我坚定地说，"你赶紧答应艾瑞你不会吃这些鸡，不然你就不能住在这儿。"

戴安娜转头看看我，又看看艾瑞，好像觉得我们都疯了似的，"好吧！"她哼了一声，"我保证不吃这些鸡。但是，我心里一直有一个小问题。"

我挑起眉毛看着她。

"这个大学里就没有几个正常人吗？"

我瞟了一眼蹲在小鸡面前的艾瑞，她狠狠地盯着戴安娜。那些惊恐万状的小鸡围在艾瑞的脚边，然后我又看了看温特，她缩在自己的翅膀下面。最后我迎上了戴安娜喷火的目光。她的瞳孔里是我，那个毫无魔法的、只是长相很像黑女巫的我。

身处这样荒诞的场景中，我忍不住大笑起来，"我不知道韦帕大学是什么样的，但是我们这个屋子里肯定没有正常人。"

戴安娜盯着我看了一会儿，好像有一点不屑。"我要出去会儿。"她突然怒气冲冲地说。

"去哪儿？"

"我去找点兔子，"她厉声喝道，"反正你们连这些鸡都不舍得给我。"

“后来呢，她干了什么？”艾林恩追问，虽然她现在的心情还是很暗淡，但是她好像对这个故事很感兴趣。

“一个小时以后，戴安娜赤身裸体地回来了，手上拎着一只兔子，坐在壁炉旁边，烤着吃。”

艾林恩吃了一惊，“赤身裸体？”

“对啊，一丝不挂。”

“而且我终于有机会跟瑞夫谈论一下她了，就在今天早上他到北塔去找戴安娜的时候。”

“瑞夫怎么说？”

“他说她搬进去的事儿很好玩，他觉得什么都很好玩。我跟他说我很担心他老是跟戴安娜在一起，我的意思是，戴安娜是卢布林酋长的女儿，我们两个家族根本就不合适……”我犹豫要不要继续说下去。

“继续说呀。”艾林恩说。

“我跟他说，我不想看到他为了爱情做一些非常危险的事情。”我瞥了一眼艾林恩，等她的反应。

“瑞夫怎么说？”她的声音平静了下来。

“你也知道，我哥哥就是典型的乐天派嘛，他跟我说不要太担心，他会小心的，但是他最后竟然笑了。他说他自己的确想不到，还有什么比这个更冒险的事情了。”

“听起来不是很乐观，对吗？”艾林恩不安地看着远方，然后，她的目光落在我们面前那片长长的、倾斜的田野上，那是一片荒原。远处，一个孤独的背影引起了我的注意。

我花了很长时间才辨认出那是谁。伊万。他正快速地向森林走去，这不是我第一次看到他孤身一人走到荒野里了。我以前多次从北塔的窗户看见他急匆匆地往森林里大步跑去，但总是一个人。

我看着远处强壮但孤独的背影，思考着我们之间的事情是怎么微妙地发生变化的。

在厨房里，还有数学课上，我总是能看到他，而他也不再对我表露那种敌意了。他的表情还是那么难以理解，但是每当我看到他的眼睛，他就会立刻把目光移开。

我有时候也偷偷地观察他。因为我发现，我一看到他的背影，就会打心眼儿里开心。我一直忘不掉他在对抗达米恩的时候，那超自然的速度。

我还发现，在厨房里，不管搬多重的东西，对他来说都好像一片羽毛那么轻。他的负重能力简直跟乔德一样厉害，当然，我也注意到了其他的事情。比如他衬衫的第一颗纽扣永远都不扣上，厨房的灯光总能在他的脖子上投下难以描摹的阴影。他的一举一动，总是那么轻巧优雅，从来不出错，从来不显得笨拙。他下巴的棱角是那么分明，上唇的弧线更堪称完美，那薄唇有一种令人遐想的性感。此刻，我哪怕只是想想，脸颊就开始红了。

“他去哪儿？”我疑惑地看着他，大声说。

艾林恩转向我，“你说谁？”

“伊万·古里尔，他总是像瑞夫一样到森林里去，但他又不狩猎，而且他身上什么也不带，他就是走到森林里去，就好像他是卢布林人一样。”

“那你跟着他呗。”艾林恩闷闷地玩笑道。

“你这个主意很大胆。”我笑了。

我站起来把身上的树叶抖落。

“你要去哪儿？”艾林恩瞠目结舌地耸耸肩。

“虚心接受你的建议，跟着他去看看呀。”

第八章
救　援

“艾洛琳，你干吗要跟着我？”伊万的语气有点恼火，他甚至都懒得回头看我，但好像并没有因此生气。

我就这么被发现了。

他深沉的嗓音好像有一种魔力，哪怕只是叫了我的名字，我的脸都涨得通红。

“我只是很好奇。”我的声音更像是自言自语。

“好奇什么？”他问道，没有回头，也没有放慢脚步。

“好奇很多事情呢，你为什么总是一个人到树林里去，你是不是秘密的卢布林人。”

他突然停住脚步，我也停了下来，努力不让自己的心跳得太快。

他把手叉在腰上，看起来好像在思考什么，然后转向我。他那绿宝石一样的双眸凝视着我，让人有点不安，我的思绪一下子乱了。

我们就这样盯着彼此，四周的森林一片寂静，只剩下树叶的沙沙声和断断续续的鸟鸣。

我们之间的空气，似乎都有了电流，一种阴郁的感觉随之流动着。我内心涌起一股不安的热潮，我仔细地看着他的眼睛，想知道他是不是也有这种感觉。

“那好吧，”他终于说，声音很低，眼神也暗了一些，好像在努力克制什么，“跟着我。”

“韦帕大学城的边境在哪里？”我跟着他走了很远，这好像是一条没有尽头的路。他停下来转身看着我，皱起眉头。我情不自禁地深吸一口气。还是背对着他说话比较好，他一转过来，刚毅的侧脸在灿烂的阳光下投射出一片棱角分明的阴影，太让人分心了。他的表情凝重了一些，好像有些不快。他好像能读懂我的想法似的。

“我不能越过韦帕的边境线。”我坦率地说。

他的眉头紧皱，“为什么？”

“有个伊卡利亚人要杀我。”

他吃惊地看着我。

“因为他认为我是下一个黑女巫，”我努力地解释着，“我根本不会魔法，但是那个人却不知道。”

伊万的脸色暗了下来，“艾洛琳，你看起来真的跟黑女巫一模一样。”

“真的吗？”我有点结结巴巴的，“我自己倒是没感觉。”

他的眼睛睁大了一点，仔细看了我一会儿，好像在认真观察我是不是真的像预言中的黑女巫。

我的心沉了一下，我突然感觉我们俩之间有一道不可逾越的鸿沟，我有一种强烈的想法，我多么希望能够站在鸿沟的另一边，我多希望我看起来和艾里斯一样。

但是我立刻后悔了，我严肃地提醒自己，我不是凯尔特人，我也不能有这样的想法。他也不应该这么关注我。我们两个甚至不该成为朋友，连友谊对我们来说都是一种越界。但此刻我还是那么强烈地希望，哪怕有一点机会，我们都能成为好朋友。

伊万好像读懂了我的表情，他咽了口口水，眨了下眼睛，好像在努力克制着什么情绪。

“我不会让任何人伤害你。”他坚定地说道，就像这是一个无可置疑的真理。

一股暖流传遍我的全身，刚才的焦虑全都消失了，我点点头，完全相信他。他的沉稳让我安心，不知道为什么，我就是觉得跟他在一起一定很安全。

“韦帕的边境是污塘女巫守护的吗，那些伊卡利亚人真的进不来？”

“她们在韦帕西亚的西部边境设置了一些关卡，而且在大学城的附近有更加严苛的关卡。”我解释道，“那个伊卡利亚人是从收容所逃出来的，所以我想他身上应该有病人的标记。”

伊万皱了皱眉头，花了很长的时间研究我的表情，“我要去的地方可是超出边境很远的地方。”一阵恐惧从我身上流过，我又想到了瓦尔加德的那些伊卡利亚人可怖的表情。我强迫自己不去想这些，咬紧牙关，告诉自己勇敢一点，“你说过会保护我的，”我冷静地说，“我知道你比那些伊卡利亚人更强壮，速度更快。我不怕。”

又过了一个小时，我们来到了韦帕北方脊柱山脉的南麓，伊万在一块凸出的岩石附近绕着一棵树走，然后弯腰移除了一片草皮，原来这是一条通往地下的通道。他一只脚踏进通道，然后转向我，“来吗？”

“去哪儿？这是哪儿？”

“这是通往加德纳的路。”伊万又指了指我们身后的悬崖峭壁，故意做出了一副为难的样子，“你也可以，越过山的南麓爬过去，对面就是。”

我皱起眉头，跟着他穿过草丛，进入了这样一个像海绵一样隐藏在地下的世界。他从口袋里掏出一些埃夫伦流明石，照亮了我们的路。

他到底是怎么找到这条隧道的？还有多少人知道这条路？

我们穿过了一系列洞穴。除了水滴和偶尔惊起的蝙蝠，几乎没有什么别的东西，所有的这些都融入了流明石绿色的光芒里。

我们扒开厚厚的草丛，小心拨开挡住道路的灌木的枝叶，慢慢往上爬，我默默无语地跟着他。很快，出口开始往上，我必须拼尽全力才能跟上他快速移动的步伐。突然，离我不远的地方响起了一阵尖锐的声音，前面好像有什么东西要过来了。我的脑海里警铃大作，是马群，还有一些其他奇怪的东西，我不知道是什么，但是只觉得全身汗毛都竖起来了。整个森林都在震动。

伊万停了下来，示意我待在原地，然后迅速爬上我们面前的一片陡峭的石壁。我看着他，惊讶于他的速度和冷静。

他灵巧地绕开那些树，甚至不需要抓住任何东西来保持平衡，他现在在那片石壁的顶端，蹲在一些厚厚的草丛后面，俯视着石壁下方。他向我做了个手势，示意我跟上。

我也行动起来，我的手抓着干燥的草丛，我必须时不时地抓住石壁上的小树来保持平衡，费尽千辛万苦之后，我终于赶上了他。当我看到石壁下的情景时，心一下子提到嗓子眼。

在石壁下方，庞大的加德纳军事基地布满了整片山谷，它们被树林环绕，四周是雄伟的韦帕脊柱山脉和嘎里多尼亚山脉。由加德纳士兵组成的巨大方阵，不断移动，不断变换着队形，一声声刺耳的号令延绵不绝。

士兵的周围，是无数顶黑色的帐篷，还有木制的营房，以及壮观的岩壁。

还有龙。

有好多龙，它们变换着队形。加德纳士兵骑在龙身上，手上拿着鞭子。

等我看到二十多条巨龙冲天而起的时候，我不禁用双手捂住了自己的耳朵。龙吟声延绵不绝。其他的龙跟着领头龙冲出山谷。

它们一飞冲天以后，就这样毫无预兆地突然向我们冲来。伊万伸手把我往地上一拉，我撞到了坚硬的石头。这些龙离我们咫尺之遥，然后几乎贴着趴在地上的我们向山谷那边飞去了。我的心怦怦直跳，头晕目眩。

我看过艺术家笔下的加德纳军龙，它们更像是长着翅膀的威严的马。但是这些龙如同暗夜一般可怕，它们身体精瘦，几乎能看清楚骨骼。它们的翅膀呈锯齿状，羽毛凸出，好像干燥的树叶。

天哪，我呼了一口气，一股冰冷的寒意顺着我的脊椎慢慢爬下去，“它们会喷火吗？”

伊万皱起眉，摇摇头，“不会，它们一旦被降服，就丧失了自己的能力。但是你也看到了，它们还可以飞，爪牙很尖锐，很锋利。”

“他们是在为攻击凯尔特军队做准备吗？”

“不仅仅是凯尔特人，任何阻挡加德纳军队的人，都会被攻击。不管是村庄，还是部落，他们都会大开杀戒，斩尽杀绝。当然啦，你们是永远不会知道这些的，你们只会听到一场又一场战争的捷报，”他做了个鬼脸，“你也不会知道，有无数的家庭，被这些没有灵魂的龙撕成碎片。”

“难道没有人能阻止他们吗？”我惊恐地问。

他沉重地摇了摇头，“反抗势力根本不是加德纳禁卫军的对手，他们能做的最多是拖慢禁卫军进军的步伐，尽可能让更多的人能够逃出去活命。”

我一想到那些龙成群地落在一个个村庄里，脑子就一片混乱。伊万的表情变得很痛苦。“我想，当加德纳的军队东征西战的时候，你可能在某个地方开着你的派对，庆祝你们这些邪恶之战的胜利呢！”

他的话刺痛了我，我又一次受到打击，“你怎么总是这么针对我？你误解我了，”我为自己辩解，有点口不择言，“你根本不知道我过的是什么样的生活，我要跟两只鸡住在一起，你知道吗？你知道这两只鸡整天给我弄出多少麻烦吗？”

伊万怒不可遏地盯着我，“她们有名字，她们是伊卡利亚人，不是动物。”

“什么？”我脑子慢了一拍，“我不是说艾瑞和温特，我在说艾瑞的宠物，她以前养了一只鸡，现在养了两只鸡，所以请你不要这么苛刻地评价我，你没有跟艾瑞·海文一起生活过，你就不知道我的日子有多惨，我觉得应该给我颁一张奖状。”

“也是，伊卡利亚人是这么恶心的东西。”他嗤之以鼻。

“也不是，”我反驳道，“温特就是很好的人，而且艾瑞也不像以前那么喊打喊杀的。我知道我长得很像我奶奶，但是我真的不是你想的那样，而且我的哥哥们也不是那样。”

伊万的嘴角露出一抹不友好的笑容，“是啊，你的哥哥崔斯坦，确实为你们显赫的家庭惹了一些小麻烦。”

这下，我刚才的虚张声势全都被戳破了，“崔斯坦是个好人，”我声音很低，“请你，请你不要给他惹麻烦。”

伊万脸上的愤怒消失了。他意识到他的话让我很难过，“我不会告诉别人。”他又凝视了我很长时间，突然站了起来，好像已经决定了下一步的行动路线。他滑下山坡，转而在地上等着我，我跟着他进入森林，森林里是茂密的常青树，还有厚厚的草丛。

当我们走到一个小山坡上的时候，伊万停了一下，让我跟上。

不远处，放着许多大铁笼，就在小山坡的脚下，大部分笼子零零星星地分散在树林之中。笼子的铁栏是深黑色的，弯弯曲曲。

里面全都关着龙。

当我沿着这些笼子小心翼翼往前走的时候，我不住地吞口水。我第一次这么近距离地看到龙，细长的口水从它们长长的嘴巴里掉下来。它们的嘴耷拉着，露出了可怕的锋利的獠牙。

最可怕的是，它们的眼睛是乳白色的，浑浊不清，好似被人弄丢了魂，就像瓦尔加德的那些伊卡利亚人。

这些龙也像伊卡利亚人一样遭受到了非人的折磨吗？所以它们变成了这么可怕的怪物。

从这些笼子旁边经过，我觉得有无数的恶魔在监视我。突然，伊万抓住我的胳膊，把我猛地往后拉到一个笼子后面。片刻，两个加德纳战士就从我们面前经过，他们愉快地说着什么。

伊万从口袋里掏出一块手表，等那两个人走远以后，他瞥了一眼手表，“换岗。”他低声说，我的心扑通扑通跳。

我跟着他来到另一个小山坡下，周围是一大片被烧焦的森林，这里孤零零地放着一个笼子，笼子里只有一条龙。但是它好像跟别的龙都不一样。

这条龙是黑色的，但并不是那种干枯的焦油的黑色。从任何角度看，它都像一块黑宝石一样闪闪发光。它的翅膀没有被腐蚀，也不是锯齿状，反而光滑强壮，羽毛就像刚刚抛光过的黑曜石一样坚硬有光泽。

这条龙趴在笼子的一角，当我们靠近铁栅栏的时候，它站了起来，肌肉发达的脑袋转向我们，它翠绿色的眼睛紧盯着我，我也盯着它，僵在了原地。

突然，它以可怕的速度向我扑来，伊万几乎是同时把我推倒在地，自己挡在了我的前面。这条龙猛地撞击铁栅栏，它尖锐的爪子穿过了伊万和它之间的空隙。伊万和龙对视了很长一段时间，好像认识彼此似的。

"它，它刚才差点杀了我。"

"它不会伤害你的。"伊万说，他的眼睛还是盯着这条龙，仿佛在说服它。

这条龙呼哧呼哧地喷着气，又转过头，趴到笼子的另一边去了。它给了伊万一个痛苦的眼神，然后蜷缩成一团，我注意到它身上全是血迹。

"它好像能听懂我们在说什么，"我终于回过神来。伊万的嘴角抽动了一下，"的确，龙都非常聪明。"

"那你每次进入森林，都是来这儿了？"

伊万凝视了我一会儿，最终点点头。

我深吸了一口气，心跳逐渐回归正常。"它被打了吗？"我注意到这条龙身上有许多十字形交叉的伤口。

伊万没有看我，依然注视着这条龙，"他们试图征服它。"他脸上的表情非常痛苦。

“他们会继续打它吗?”

“他们会把它和另外一条小龙关在一起，等它喜欢上这条小龙之后，当着它的面，把小龙折磨死。我之前就见过他们在这里这么对另外一条龙。”

他沉默了许久。当他回头看我的时候，我能看到他眼神里深深的痛苦。他的声音颤抖着，“我经常梦到这件事，无尽的噩梦。”他的眉头紧皱，看向了远方。

“我也经常做噩梦，是关于海豹人的!”

他惊讶地回头看我。

“我有一次在瓦尔加德的笼子里见过海豹人，她尖叫着，不知道为什么我一直对这个场面记忆犹新。太可怕了，我几乎每天晚上都梦见她。”

“我从来没有见过海豹人，虽然我听说过。”

他转向龙，眼睛扫视着笼子里的每个角落，好像在试图拼凑一个很复杂的拼图。“这些铁栅栏，”他心不在焉地说，“是埃夫伦钢铁锻造的，它想要烧断铁栏是不可能的，而且这个笼子没有钥匙，他们是用魔杖来打开笼子的。”

“你已经观察这个笼子很久了吧?”

他没有回答，注意力仍然放在笼子上。

我好像突然明白了什么，惊讶地问，“你想把它放出来，对吗?”

“你真的想这么干!”我惊叹道，“你竟然敢偷加德纳军事基地的龙!”

伊万露出一个愤怒的眼神，转身走进了树林里，我努力地跟在他后面跑，“你疯了吗，你怎么有这么大胆的想法!”

他没有回答，走得更快了，好像在尽可能拉开和我的距离。那条龙绝望的呻吟在山谷里回荡着，也缠住了我的心。

伊万和我都停了下来。

伊万的后背挺得笔直，但是他很快就控制住了自己的情绪，又继续往前走了，于是我大步地跟在后面追。

等我们终于走回韦帕境内，我们之间那种紧张的氛围好像到达了顶点。这个家伙分散了我的注意力。因此，每次我不小心被一些树枝或者杂草划伤了手臂的时候，我内心都偷偷地责怪他。

我们就这样走了一阵，远处已经能够看到一座破败的小木屋。这座小屋看起来脏兮兮的，门口散落了很多工具，屋子外面是杂草丛生的花园，还有一个看起来非常脏乱的牲口棚。

“谁住在那儿？”我对着伊万的背影问道，他走在我的前面，跟我保持着很长的距离，就像我们来时那样。

“韦帕的保安。”他简短地回答。

突然，头上的树枝轻微颤动了一下，一道白色的影子掠过。

守望者。

我的视线跟着弯曲的树木往上走，这只守望者落在了小屋不远处的一棵树的枝丫上，它的脸转向我，然后突然消失了。

我后背的汗毛都竖了起来。

那里有什么东西？那里肯定有什么东西。那个小木屋里一定有它想让我看到的东西。

我不知道守望者为什么让赛格拿着魔杖来找我，我不知道它们为什么一开始就对我有这么浓厚的兴趣。但是我意识到，每一次守望者出现的时候，都会给我带来一些重要的讯息。

我的思路好像慢慢变得清晰。

“艾洛琳！”伊万说，“你要去哪儿？”

“等我一会儿。”等我已经走到小屋附近时，一群鹅的叫声离我越来越近。我听到一片丁零当啷的声音，吓得跳了起来，然后是一个愤怒的男声。他大吼大叫着什么，然后又是丁零当啷的声音。

接着，我听到了一种奇怪的尖叫，这种声音充满着异国情调，如此令人心碎，又让我觉得如此熟悉。

不，不可能这么巧。

小木屋的门突然打开了，一个年轻女子跑了出来，她的眼神很涣散，脸上惊恐万分。她突然绊到一块石头上，失去了平衡，惊慌失措地倒在了地上。

我不由得深吸了一口气。这就是我在瓦尔加德看到的那个海豹人！就是刚刚我跟伊万说的那个海豹人。

突然，一个身材很魁梧，长着络腮胡子的男人从小木屋里紧跟着出来了。他的衣服脏兮兮的，外套一看就没有洗过，他迅速追上这个女子，脸因为极度的愤怒而涨得通红。在她站起来之前，男人用沉重的黑靴子狠狠踹了她一脚。

我握紧拳头，继续往前走。但是，我马上又犹豫了。我根本不是这么一个巨大的黑熊一样的保安的对手。于是，我只得躲在一棵树的后面，我觉得自己的心快要跳出胸膛了。

海豹人泣血尖叫，她的身子朝被踹的那一边蜷缩着。那个男人粗暴地抓着她的手臂，把她拉了起来，“闭嘴！”他一边怒吼一边猛烈摇晃着她，海豹人尖锐的尖叫又传来了。“我都说了，闭嘴，你这个婊子！”他一只手抓着她，另一只手高举起来，猛地打在她的头上。海豹人哭着倒在地上，用双手护着自己的头。她面朝一边，侧翻在地，发出诡异的呜咽。

我绝望地望着伊万，愤怒地颤抖着。伊万站在原地，好像冻住了一般。

这个残暴的男人现在站在了海豹人的身上。他双手叉腰，对着她喊：“下次老子让你做什么，你就做什么，你这个愚蠢的畜生。”他拎起挂在墙上的一串钥匙，然后风暴一样冲向海豹人，扯着她的头发把她拉了起来。

他急匆匆地把一条看起来很笨重的金属项圈拿了出来，他的膝盖顶着海豹人的背部，把她的衣领往下一扯，然后把项圈锁在了她的脖子上，又把她推到了尘土飞扬的地上。随后，他又风暴一般地把钥匙圈扔在挂钩上，嘴里嘀咕着，“该死的海豹人！”然后便进屋了。

“砰”的一声门响，他没有再出来。

海豹人躺在那里呜咽着，她的眼睛紧闭，脸上是扭曲的绝望。她脸上的泥土都已经被血染成了猩红色，原本光滑的银发现在已经打结，上面沾满了脏兮兮的泥。愤怒的泪水溢出了我的眼眶。

不管她是人还是动物，这个男人都不能这么残酷地对待她！

我脑海里突然冒出了一个疯狂想法，我转向伊万，我的愤怒几乎克制不住，“我想要救走这个海豹人！”我的心跳剧烈跳动着。

他眉毛一挑，“什么？”

我蹲下来，悄无声息地靠近那个海豹人，我觉得自己的双腿不受控制地在颤抖。“海豹姑娘。”我低声说，声音有些嘶哑。

她的眼睛瞪得大大的，像两轮惊恐的月亮，她的喉咙里冒出低低的声音。她盯着我时，表情突然变了，好像她也像我记得她一样，记得我。

我赶紧拿了钥匙冲向她。屋里面传来保安走来走去的笨重的声音。我把她的头发拨到一侧，颤抖地打开了锁。当我把金属项圈扔到地上的时候，心里有种说不出的喜悦。

“搭把手，伊万。”我把手伸向他。

她看到伊万的时候，突然又发出了一声惊恐的尖叫，然后往后倒。她的双手护在胸前，想要尽量地离伊万远点。伊万向后退了一步，蹲下，双手举过头顶。我抓住海豹人颤抖的肩膀，她瑟缩了一下，我伸出手，轻轻地抚摸她的头发，“嘘，”我低声说，“我们不会伤害你的。”她的头发美丽、奇妙极了，像温水一样柔软。

“我们会帮你逃出去。”此刻我多希望我会说海豹语。她的嘴巴微微张开，但是没有说话，脖子上的鳃一开一合，眼神中透露出她的惊慌失措。

我设法帮她站稳一点，接着悄悄远离那个小木屋。也许是由于恐惧，我和她总是时不时就跌倒。伊万还是离我们远远的，他紧绷着脸护在一侧，但一直在我们的视野范围内。

很快我们就没那么害怕了。我们迈开步子，拼命往前跑，穿过森林，穿过旷野，只记得风声和树叶的沙沙声从耳边不断扫过，一路上还得仔细提防身后有没有重重的皮靴声。

我的手紧紧抓着她的手腕，我们好像跑了一辈子那么久。我们一直跑，一直跑，我觉得自己的每一下呼吸，好像都吸进了锋利的玻璃。最后，两个人都筋疲力尽。

前方出现了一片空地，是韦帕大学的地界了。我从来不知道，我看到北塔会这么开心。

我们放慢了脚步，海豹人和我都沉重地喘着气，她的腮打开了，手腕轻盈而纤细。她无力地瘫倒下去，我赶紧搂着她，生怕她又摔在地上。

我们离大学只有几步之遥了，周围已经变得开阔起来。“艾洛琳，”我听到伊万在不远处的声音，海豹人也听到了他的声音，“你想好把她藏哪儿了吗？”伊万平静地靠在一棵大树上，仔细地盯着我，他看起来一点儿汗都没有流。

“还没有。”

“这有点太疯狂了，你不觉得吗？”

我的呼吸终于缓和下来，我瞪着他，“那你想要放了加德纳军队的龙就不疯狂吗？”我真不喜欢他现在说的这句话。

谁知他的嘴角竟然微微上扬起来。

“我们做的是对的，伊万。”

伊万点点头，表情又变得严肃起来，“我知道。”

他的表情里，又有了一些我之前从未见过的东西，一些立刻就让我溃不成军的东西。那是发自内心的尊重。

突然，我们不远处传来了马的嘶鸣，我惊呆了。

是安德拉斯·沃尔亚，他是沃尔亚教授的儿子。我转头，一个满身满脸都是文身的阿玛扎卡年轻男子就在我们不远处，他骑着一匹巨大的黑色母马，正穿过广阔的田野，直直地朝我们这里走来。

我的心里害怕极了。

突然，安德拉斯猛烈地拉着这匹马的马鬃。母马嘶鸣起来，停了下来，然后转向，不一会儿就消失在往马厩的方向。

“我的天哪，”我吸了一口气，“他应该没有看见我们，对吧？”

“我觉得他看见了。”伊万的声音很低。

“你觉得他会怎么做？”

伊万眯了眯眼睛，望着安德拉斯的背影，“我不知道，”他宝石绿色的瞳孔又转向我，“但是我们得赶紧把她藏到屋子里，免得再被别人看见了。”

第九章
拒　绝

戴安娜和我一起蹲在我的床边。

海豹人倦怠地瑟缩在我的床下。她的眼睛闪闪发光。

“我可以闻出她很害怕，”戴安娜说，“她很紧张，她觉得自己很脏。”

戴安娜站了起来，双臂交叉抱在胸前，郑重其事地说：“艾洛琳，你去把你的小提琴拿来。”

戴安娜总是这么任性，老是不分场合地提出不合时宜的要求。伊万去给她找吃的了，还好他走了，因为这个海豹人好像非常害怕男人，所以才蜷缩在床底下。

我盯着戴安娜，眉毛拧成一团，“为什么？”

“海豹人很喜欢音乐，我不记得在哪儿看过，音乐可以让她们冷静下来。”

我站了起来，怀疑地看了戴安娜一眼。

崔斯坦和瑞夫最近送了我一把二手小提琴，这已经是他们能买得起的最贵的一把了。我当然很感动。但是，这把小提琴的琴身有点歪，几乎不能调音。

一开始，我给埃德温叔叔写了封信，问他有没有备用的小提琴，能不能寄给我。但是我很快就收到了姑姑的回信，很显然她现在负责照顾叔叔，而且还全权接手了叔叔的事务。看来我写给叔叔的信直接转给她了。

我亲爱的侄女，

我很乐意给你送上瓦尔加德最好的小提琴。我的朋友在瓦尔加德交响乐团工作，我可以让他们帮你买一把最新的毛洛里安小提琴，你可以选你喜欢的颜色，你觉得怎么样？

我知道你和你奶奶一样，有超人的音乐天赋。你跟卢卡斯·格雷缔约之后我会竭尽全力培养你的音乐天赋。一旦你下定决心，请务必立刻告知我。

爱你的姑姑

我一向不喜欢质量不好的乐器，但是这把琴背后凝结了哥哥们对我的关心。于是，我只得拿起这把做工粗糙的小提琴。这个海豹姑娘今天经历了这么多，我有点怀疑，仅仅是音乐，就能让她有所好转吗？尽管如此，还是得试一试。

我坐在地板上，开始演奏，艾瑞从她的床上坐起来，疑惑地盯着我。

温特从她平日栖息的窗台上，跳到了我的书桌上。

“继续演奏，”戴安娜说，“我感觉到她的恐惧正在减弱。”

一个小时以后，我觉得手指开始发酸，脖子也有点难受，但是海豹人依然坚定地躲在床板下面。“根本没有用。”我对戴安娜说。

此时，温特竟然打开了她的翅膀，从我的书桌上轻轻地跳了下来，落在地板上。她蹲下身来，闭上眼睛，好像在沉思一样。最后，她抬起头，竟然开始咏唱高等精灵的歌。她的声音如同奔涌的小溪流，在房间里流淌。

“艾洛琳。”戴安娜惊叹了一句。

海豹人蓝白相间的手臂从床底下伸了出来，并且伸向温特。温特继续唱着歌，并慢慢地握住海豹人的手，轻轻地把她引导出来。她蜷缩成一个小球，藏在温特的翅膀下。温特轻抚着她的头发，继续唱着这首悲伤的歌。

“我们应该帮她收拾一下，”戴安娜皱起眉，转头命令道，“艾瑞，你加热一下洗澡水。”

“我看起来像你的仆人吗？”艾瑞拍打着翅膀。

“不像，”戴安娜说，“但你不是最喜欢喷火吗？”艾瑞当然不会拒绝这个玩火的机会，她快速冲到洗手间，但嘴里嘀咕着什么。

温特和我设法让疲惫的海豹人走到洗手间里，戴安娜去楼下拿来毛巾和桶。我温柔地帮她脱掉衣服，温特则轻轻摇晃着她，对着她歌唱，海豹人没有挣扎，她那双悲伤而明亮的眼睛只是看着我们，身体像布娃娃一样柔软。

当我把她的外衣拉过头顶时，我几乎喘不过气来。我的手不由自主地捂住了嘴，温特也停止了歌唱。海豹姑娘全身都是被殴打的痕迹，她蓝白色的皮肤上，都是鲜红的血痂。

戴安娜走了进来，一只手拎着一个装满肥皂水的大木桶，另一只手拿着毛巾，当她看到海豹姑娘的时候，她也僵住了，嘴巴张得老大。但她很快镇静了下来，把桶小心地放在地板上。

“我马上回来，”她说，“我要去杀了他。”她的声音这么冷漠，以至于我愣住了几秒钟。

“什么？”我结结巴巴地问。戴安娜转过头来看着我，好像我是个傻子。“是谁这么干的？我要掐住他的脖子，把他掐死！”

我立刻跳了起来，赶紧伸手去拦她，“不行不行，你不能去！”

“我想去就去！”她恼怒地说，“不过，也许你是对的，艾洛琳。掐脖子这种死法太便宜他了，”她点了点头，“他必须受到同样的折磨，他怎么虐待海豹姑娘，我就怎么虐待他。”戴安娜的眼睛里突然迸发出邪恶的光芒，“我要撕碎他！”

“你不能杀他！”

“你为什么一直阻止我？”她看起来好像很生气，“我当然能杀了他。”

“你会惹上大麻烦的！”

她嫌弃地看了我一眼，“谁敢动我？如果我妈妈在这里，她早就把那个男人撕成碎片了。”

“至少等我们和瑞夫商量过以后再说吧。”我恳求道。戴安娜把手叉在腰间，生气地盯着我，“好吧，你说的也不是完全没道理，我还是先跟瑞夫说一下吧。”

戴安娜让温特出去找瑞夫过来，令人惊讶的是，温特竟然二话不说就去了。

“你哥哥也会同意我的看法，”戴安娜向我保证，她跪下来，用柔软的布擦洗着海豹姑娘的伤口，“然后，我要把那个人大卸八块，这样，海豹姑娘就会安心了。”

几分钟以后，瑞夫和我一起坐在大厅的石凳上，看着戴安娜来来回回地走着。温特则接着照顾海豹姑娘，“戴安娜，停下，坐着。”瑞夫的声音很平静，但是有一种不可置疑的权威。

戴安娜停下脚步，面对着他，她双手叉腰，一副挑衅的神色。瑞夫很冷静，“你不能杀了他。”

“只要我想当然可以，”她说，“你们的人太差劲了。”

“没错，我知道你可以轻而易举就把他杀了。但你不可以那么做。”

“为什么？”她抬起下巴。

“假如你出去杀了他。然后呢？”

“然后我就把他扛回这里，海豹姑娘看到他死了，一定会安心的。”

“好吧，再然后呢？”

戴安娜不耐烦地哼了一声，“再然后我就把他扔到树林里喂野兽。”

“那等韦帕大学成立了调查组，查出了大学的保安神秘失踪，结果会是什么？”

“他们可以聘请一个新保安啊。”

瑞夫叹了口气，揉揉鼻子，“他们会逮捕你，他们真的会那样做。”

戴安娜哼了一声，“他们敢!”

“他们会惩罚艾洛琳偷窃，他们会用谋杀给你定罪，他们会把海豹人送还给商人，然后卖给其他人，说不定她的处境会更糟。”

“你在胡说什么？只要我跟他们解释清楚，这个男人是怎么对待她的，他们就会理解我的做法。”

瑞夫摇了摇头，“你错了，实际上这个人并没有违法，虽然他很残暴，但他并没有违法。相反，你们俩已经触犯了很多条法律。难道你现在还想再多一个谋杀的罪名吗？”

“所以我们应该悄悄地做这件事，”戴安娜固执地说，“这样便没人知道是谁杀了他。”

瑞夫难以置信地撇过脸，“我们加德纳人向来对卢布林人有偏见，认为你们是暴力的野蛮人。所以，第一个受到怀疑的就是你和你哥哥。而且，即便他们没有发现你是罪魁祸首，他们会觉得是海豹人找回了自己的皮肤，然后亲手杀死了他。我最近听人说，有人希望杀死所有被囚禁的海豹人，你知道吗？魔法委员会在这个议题上的分歧很大，假如有一个海豹人杀死了大学的保安，那么舆论就会迫使委员会通过这个议题。到时候，大规模的屠杀，谁来负责，你吗？”

“那我就杀了他，然后带着这个海豹人回我们的部落。我们部落的人知道怎么做，他们会拯救这个姑娘的。”

“那你就要退学。”

“退呗，如果必要的话。”

“乔德怎么办？他到时候别无选择，也要退学。”

“他也会走的，”戴安娜信誓旦旦地说，“他会理解我的。”

“那么，我们假设，你和乔德把她带回了你们的部落，你知道你会把你们整个部落都卷进潜在的危险旋涡里吗？”

戴安娜嗤之以鼻，“这对你们来说可能很严重，但我们不这么认为。”

瑞夫又摇了摇头，“你知道吗，现在你们部落和加德纳魔法委员会之间的关系闹得非常紧张，我们的政府认为你们的土地应该属于我们。我听说最近加德纳政府可能会派禁卫军到你们的领地上去，强迫你们……”

戴安娜不耐烦地打断了他，怒气冲冲地说：“你们的军队根本不是我们部落的对手，你们的魔法对我们毫无用处。而且，我们部落里最瘦弱的人也比你们最强壮的士兵要厉害。如果你们的人更强壮一点，你们早就把我们的土地偷走了，就像你们偷走了周围其他人的土地一样。”

“那我们来想想，那个通缉令会怎么写呢？”瑞夫继续说，“卢布林女孩杀死了韦帕大学的保安。”

“一个虐待可怜的海豹姑娘的人。”戴安娜接着他的话说。

“他们不会在通缉令上写这个，海豹人就像一个心照不宣的肮脏的小秘密，大家都避之不及。这件事只会证明人们心中的偏见是对的，卢布林人是很危险的，应该被根除，他们都是嗜血的怪物，仅此而已。你真的想把你的部落拖入这样的一个境地吗？”

戴安娜甩了甩手，好像想把沙子扔到瑞夫脸上，“无稽之谈。”

“你真的想成为这个事件的导火索吗？你真的不要先跟你的部落沟通一下？你真的不用先向酋长请示一下？”

戴安娜僵住了，一动不动。瑞夫已经劝说成功了，我也放心下来。

戴安娜生气地盯着瑞夫，最后，她向瑞夫靠近了一步，握紧拳头，“我要出去！”她咆哮道，飞快地朝大门走去。

瑞夫一闪而过，他大步向前，一把抓住她的胳膊，“你要干吗？”他问道。

戴安娜的胳膊紧绷着，她的拳头握紧了，显然，她把瑞夫的行为视作挑衅。她难以置信地低头看着瑞夫抓住她的那只手，好像不敢相信他那么大胆似的。我也怀疑瑞夫是不是疯了。

房间里紧张的气氛令人越来越压抑，一触即发的危机让人难以忍受。

突然，戴安娜抬起头，喉咙底部发出低沉的咆哮，琥珀色的眼睛带着凶狠的光芒。

我想瑞夫和我都知道，戴安娜自己也知道，她可以一秒之间，就把瑞夫撕成碎片。不费吹灰之力。我和瑞夫，根本无法阻止她。

我以前从未觉得戴安娜这么令人害怕，但是现在，我第一次感觉到了，她真的很危险。"我问你要去哪儿?"瑞夫重复，他的语气还是不屈不挠，好像完全忽略了她的威胁。

戴安娜的嘴张得更大了，她低头咆哮了一声，"我要到森林里去，"她的声音很低沉，眼睛眯成一条线，"到没人能看见的地方，我要脱光衣服，这样也不会冒犯你们这些圣人。然后，我要变身，我要跑，我要跑很长时间。因为，如果我在这多待一秒，我就会不管不顾地去杀了那个人!"

瑞夫点点头，松开了她的手臂，她狠狠瞪了他一眼后，猛地冲了出去。瑞夫望着她跑出去的方向，一言不发。

我深吸了一口气，"你觉得她会去杀了那个保安吗?"我问。

"不会的。"他的嘴唇紧绷，"她只是需要一些时间。"

"其实她做的没错，你也知道，他应该死，他可能会再买一个海豹人，继续虐待她。"

"也许吧。"瑞夫点点头，他走到窗户边，看着空旷的田野。透过窗户，我可以看到戴安娜以惊人的速度奔向旷野。傍晚的阳光给一切都笼罩上一层温和的光芒，她金色的头发看起来如同烧着了一般。

海豹人在温特的照顾下沉沉睡去。我想要去找安德拉斯·沃尔亚。如果有必要的话，我想恳求他替我保守秘密。

当我从房里走出来时，我听到瑞夫正在楼下跟别人说话。

"嗨，戴安娜。"接着是一阵沉默。

我不由得担心我哥哥的安危。"你是对的，"戴安娜脱口而出，她的声音竟然有一丝紧张，“你说的都是对的，你说的都是真的。”

“我很高兴，你冷静下来了。”

“对不起，对不起，我当时，真的很生气。”

“没关系，我接受你的道歉。”

又一阵令人不安的沉默。“我很抱歉，差点想把你的手撕碎。”她说。

我又往前走了两步。楼下，瑞夫站在戴安娜的旁边，他的手撑在旁边的石墙上，他低着头，不知道在想什么。然后他回头望着戴安娜，脸上露出一丝微笑，“谢谢你，谢谢你没有把我的胳膊撕了。”

“对不起，我从来没有见过这种事，”戴安娜抬起头，神色悲伤，“瑞夫，她的整个身体都残破不堪，他一定残忍地折磨过她。我知道，她很害怕，她的眼睛……”戴安娜泣不成声。

我惊讶得连眉毛都飞了起来，戴安娜是这么坚强又固执的人，从来没有任何东西能让她落泪。

听到她的抽泣声，我的心里更不是滋味，对海豹人的同情在我的心里翻江倒海。

“过来。”瑞夫把她拉进自己怀中。戴安娜的啜泣声变得闷闷的，“我很抱歉，”戴安娜说，“我没有想过我竟然会给你造成这么多麻烦。这是对我的第一次考验，但我失败了。我是我们部落的耻辱……”

“嘘，别这么说，”瑞夫低头亲吻着她的金发，“他们会理解你的，你不是耻辱。”

“不，我就是耻辱。”

“不，你不是。别说了，看着我。你不是耻辱，你很善良，很勇敢，只是有一点点……浮躁。”他笑着，轻轻拭去她的泪水。

戴安娜点点头，挤出一个不情愿的微笑，“你只是因为我没有撕掉你的手臂，才会对我这么好的。”

瑞夫笑了，“可能吧。”

他们都安静了一会儿，然后两个人抱在一起，“瑞夫，”戴安娜终于说，她的声音是从未有过的温柔，“我好像爱上你了。”

瑞夫的脸色立刻变得严肃起来，他深吸了一口气，“戴安娜，我想我已经沉溺于此。”他的手紧紧环抱着她腰，嘴轻轻地靠近她的唇。他们先是轻轻地拥吻，然后戴安娜开始呻吟，把自己压在了瑞夫身上，他们的吻很快变得迅速而充满激情，我赶紧躲回门后面，心脏怦怦直跳。一阵痛苦充满了我的胸腔，我的哥哥，一个加德纳人，和一个卢布林狼人……我所有的猜测都得到验证。

天哪，所有人都陷入了巨大的迷局。我偷偷带回来一个海豹人，伊万想偷加德纳军事基地的龙，瑞夫和艾林恩都爱上了卢布林人。而我，正在和一个具有反抗精神的埃夫伦伊卡利亚人成为越来越亲密的朋友。

这已经不仅仅是迷局了，我们都在一条危险的路上越走越远。

我们后面又会遇到怎样的事情呢？

第十章
安德拉斯·沃尔亚

在戴安娜和瑞夫一起离开后，我走出北塔，到马厩来找安德拉斯·沃尔亚。

我到的时候，安德拉斯正单膝跪在一匹黑色的母马面前，轻轻地给这匹马的前腿上药。他好像看见了我，但是一动也没有动，还是专注地给马敷药。反而是这匹马好奇而冷静地注视着我。

我小心翼翼地走到他身边，“安德拉斯。”看着他脸上和身上巨大的文身，异常健硕的身体，我有点害怕。安德拉斯没有抬头。

“我，我想拜托你一件事。”

“如果你是来问海豹人的事情，那你放心，我不会说出去的。”他停下手中的活儿，站了起来，俯身到马的耳朵边，轻声嘀咕着什么。这匹马正在咀嚼着干草料。“那个保安虐待她，”他眉头紧皱着，似乎想起了什么令人不安的事情，“所以你做的是对的，我本来也应该这么做。”

“她在那儿多久了？”我问。

他思考了片刻，站到露台上朝保安的小木屋看去，“大概一个多月吧。”安德拉斯的头歪向一边，仔细盯着我，好像很好奇，“卡尼莎·加德纳的孙女，竟然会拯救一个海豹人。”他把草药罐子放在地上，用抹布擦拭着双手，“你姑姑不是想杀了所有的海豹人吗？”

我惊呆了，一脸茫然地盯着他。他抬起下巴盯着我，“今年早些时候，她在你们的魔法委员会提出了这个议案。她觉得海豹人一上岸，就应该被射杀。”

对于海豹人，我觉得还有些处理方式，比把她们关起来更加人性化，比迫使她们扮演人类的角色要好。

我想起姑姑的话，原来她当时的意思是杀了他们。

安德拉斯好像读懂了我的表情，“你不知道？”

我摇了摇头，长长地叹了口气。原来我的姑姑是这么残忍的人。我坐在身后的干草堆上，无奈地揉着脑袋，这世界比我想的要糟糕得多，连我的姑姑也是这么冷血。

身后那匹母马的尾巴，从一边轻轻地摆到另一边，马厩外面，一股凛冽的风吹进来。我抬起眼睛，看到远处淡紫色的山丘和马厩外面的空地上铺着的一大片明亮的黄色落叶。

“这儿真美。”我说。

安德拉斯俯视四周，也点点头。

“这里就像另一个世界，这里让我想起了我家。”我举起手，遮住了远处的大学城，“你几乎可以假装韦帕大学不存在。”

“我有时候的确这么干。”他承认。

我转过头来看着他，“你不喜欢这里？”

他摇摇头，“我和我母亲曾经住在荒野里，我更喜欢那儿。”安德拉斯看着我的身后，却仿佛看到了其他什么东西，令他僵在原地。

我转过头，发现他的母亲沃尔亚教授正站在马厩的后门。我的心跳骤然加快，她在那儿站了多久？她听到我们的对话了吗？

我对上了她精明的目光，她的确听到了我们的对话。“母亲。”安德拉斯的声音很低。“儿子。”她简洁地应道。我们盯着对方很长时间，空气都沉默了。“加德纳法师，”沃尔亚教授终于说，她黑色的眼睛直视着我，“我刚刚接受了污塘女巫和韦帕保安非常有趣的一次盘问，看起来这位保安的海豹人好像失踪了。”

我像一只被火圈困住的小鹿，一动不动。

她的眼睛盯着我，在干草堆上坐下。她的坐姿像个男人，双腿分开，双臂交叉，“别担心，”她跟我说，“我也会保守你的秘密。”我松了口气，放心下来。

“所以，卡尼莎·加德纳的孙女竟然救了一个海豹人？”

“她全身都是鞭痕。那个保安一遍又一遍地折磨她。”我的声音很低。安德拉斯发出一阵厌恶的声音，然后转头望向远处。沃尔亚教授看起来并不惊讶，“这就是人的本性。”安德拉斯猛地回头，皱起眉，朝他母亲喊道，“虐待毫无抵抗力的女性就是人的本性吗？”

“残忍有时候就是人的本性，”她回答，“男人会不惜一切代价去主宰女人。”

安德拉斯看起来很气愤，他扔下抹布，摔门而去。他的母亲无视了他，“男人一直都是这样的。”她一边说，一边打量着我。

我不敢看她，不安地盯着身下的干草堆，“我不是很明白您的意思。”

“这很正常，”她说，“你并不知道真正的历史。虽然很可悲，但是并不奇怪。这个世界都是由圣母玛雅创造的。她创造的第一批人是三个姐妹，这才是真正的历史。”

我疑惑地望着她，她等了一会儿才继续说道：“圣母创世以后，看到三姐妹很寂寞，于是从她们每个人的拳头里拿走一块骨头造出了第一个男人。”她紧紧地握着她的拳头，思虑了片刻，继续说，“但是第一个男人并不感谢女神们对他的恩赐，反而想要诱骗三姐妹跟他一起反抗圣母，以便统治阿夕亚大地上的所有人。”她再次停了下来。

我很惊讶，这个故事和我从小到大听的根本不一样。

“三姐妹里的姐姐拒绝背叛圣母，她告诉圣母这个可怕的计划，于是圣母把这个姐姐命名为阿玛扎卡人，并且对其他人施以诅咒。”

“她是怎么诅咒的？”

“出卖圣母的两个妹妹，被派去和这第一个男人住在一起，这个男人有了她们的骨头，体格变得更健壮，他想要奴役两个姐妹，并且用各种方式虐待她们。但忠诚的阿玛扎卡人因为受到了圣母的庇佑，一直都是那么强大、那么自由，所以你看，”沃尔亚教授坐在干草堆上对我说，“男人从一开始就不可靠，他们只对残酷的权力感兴趣。”

“但是您的儿子，他看起来似乎不是这样……”

她的眼睛看起来很迷离，“他很善良。因为我们严格执行圣母要求的每一个仪式，因此圣母才会怜悯他，为他祈福，他才会变得善良。”她沉默了片刻，盯着身旁咀嚼着干草料的母马，“你该走了，”她站起来，“现在这种情况，污塘女巫发现你在这儿就不好了。”

我站起来，把外衣上的干草料拍拍干净。“祝你们好运，”她对我说，“你做了一件勇敢的事情，愿圣母与你同在。”

安德拉斯正在门外，他站在一匹高大的凯尔特骏马身边，抚摸着它的脖子，轻声对它说话。当我走近他的时候，他的眼神落到我身上，“所以我母亲又跟你说了那个被诅咒的拳头的故事吗？”

“没错。”

安德拉斯似乎对那个故事不屑一顾，继续抚摸着马的脖子。“这故事都说了多久了！”他轻蔑地说。

“我以前从来没听说过。”

安德拉斯苦涩地摇摇头，“我母亲从未停止为她的部落收买人心。尽管她已经被逐出部落十八年了，但她还是这么忠心耿耿。讽刺的是，她竟然还是一位出色的科学家，”他举起手来，仔细看着自己的拳头，“她明明知道我拳头里的骨头数量和她拳头里的一模一样，但她就是相信那些所谓的传说！”

安德拉斯坐在远处，他的母亲跨上一匹白色的精灵族的骏马，疾驰而去。“如果她一开始生了个女儿的话，那她现在还好好地在部落里呢，是我毁了我母亲的一切。”他伸手抚摸着马的脖子继续说，“所以，每逢满月之夜，我都要跟她一起去执行圣母所要求的仪式。此外，每天早上我们都要向圣母祈祷。我们遵循着阿玛扎卡的每一个传统，除了那个传统。”

“哪个？”我犹豫地问。

他的手还是放在马背上，“我母亲在我出生的时候拒绝遗弃我，但男婴是阿玛扎卡传统里的大忌，所以她一直在尽力弥补。”

他摇了摇头，深深地叹了口气，“你知道更讽刺的是什么吗？我从来没有任何想要对女性举起拳头的欲望，这跟阿玛扎卡神话里所描述的男人的特质完全相反，我唯一一个想揍的人就是大学的保安，我母亲也会支持我去揍他的。但我相信，在我找到机会之前，我母亲可能就亲手把这个人杀了。”

“其实，我觉得戴安娜·乌尔里希才是第一个想杀死那个保安的人。”

他看起来很惊讶，“那个卢布林女孩？”

我点了点头，“我们花了好大力气才说服她放弃这个念头。”

安德拉斯看了我一会儿，笑了起来，他笑起来非常爽朗，“我觉得我会喜欢这个戴安娜。”

第十一章
安　全

当我回到北塔的时候，我发现伊万竟然在楼上的走廊里等着我。

他坐在石凳上，靠着身边的一个麻袋。等我上楼的时候，他立刻注意到了我。我看到他，脚步停了下来，屏住了呼吸。我们的目光锁定彼此，我盯着他，眼睛一眨也不敢眨，他的存在好像让小小的走廊都亮堂了起来，低矮的天花板让他看起来比实际还要高一点。

“鳕鱼干，”他一边说，一边把麻袋拎起来，他的视线还是落在我身上，“给海豹人的。”我瞥了一眼袋子，又看了看他，紧张地抓住自己的大衣斗篷，感觉到我们之间的距离更近了，我不知道自己为什么会这么心慌意乱。

“我遇到了你的室友，”他语气很严肃，“戴安娜·乌尔里希。”

我耸了耸肩，“是啊，她已经在这儿住了一阵了。”

“你跟两个伊卡利亚人、一个卢布林人住在一起。”他说，好像我还没有意识到事情的严重性。“还有一个海豹人哦。”我提醒他。我完全理解他想象中的画面是多么奇特，而且隐藏着巨大的危险。并且，现在我们的走廊里又站了一个这么有吸引力的凯尔特人。

即使被偷走的海豹人坐在我的房间里，我的思绪也无法离开这个英俊的身影。他眨着绿宝石一样的眼睛，好像很惊讶，朦胧的灯光映在他的瞳孔里，闪烁着温暖的金色。他的目光敏锐，双手抱在胸前，就那么气宇轩昂地站在那里，好像一尊大理石雕像。

“我从来没有想过和这些人住在一起会是怎样，”伊万的嘴角上扬，“大概和这个房间里出现了一个海豹人一样出乎意料吧。”

我发出一声短促的笑声，“其实到目前为止，我觉得你出现在这里最让我惊讶。”我戏谑地看了他一眼。

他盯着我，嘴唇分开，好像想说什么，但却又什么也没有说。他只是深吸了一口气，瞟了一眼我的卧室，然后神色紧张地往后退了一步，清了清嗓子，好像意识到这么做有点不妥。

我也突然感觉到了这种尴尬，因为我们都明白，在我们俩彼此的观念里，这是非常不合时宜的。一个单身男性，出现在我的房门口，离我的床这么近，我们两个人面对面站在一起，而我也曾去过他的卧室，坐在他的床上。虽然大多数时候我的哥哥也在那个房间里，但是也有一次只有我跟他单独在一起，那时候我们还很讨厌彼此。

伊万突然看到了温特编织的挂毯，他的不安好像消失了。他盯着挂毯上边白色的大鸟，仿佛被深深地感染，“真美。”他感叹道。

是守望者，它们在夏季的田野上翱翔。

“温特的作品，”我跟他说，“她所有作品里我最喜欢这一张挂毯。”他点点头，依然盯着这张挂毯，仿佛陷入了沉思。

他在继续欣赏温特其他的作品，而我的目光不经意地落到他的身上，一开始还有些试探，后来就开始大胆地看他，他瘦削而纤长的身体，他精壮的肌肉，他的脖子是一条连绵光滑的曲线，他的头发蓬松，弯曲地蜷缩在他的耳后。我想那触感一定很柔软吧，尽管他全身的其他部位显得那么刚硬。不过嘴唇除外。

我突然想，跟他亲吻会是什么感觉呢？我不由得仔细盯着他性感的薄唇。伊万的头突然扭过来，他脸颊通红，嘴巴惊讶地张开着。我好像被抓住了把柄一样，心跳飞快，脸也涨得通红，我害怕他能准确地猜到我的想法，猜到这些疯狂的不合时宜的想法。

他不会读心术，我自我安慰道，他当然不会。但是，他为什么会有这种反应呢？我瞥了他一眼，觉得很尴尬，他脸上的绯红加深了，用一种热烈的目光凝视着我，让我的脸更烫了。我能清楚地听到他吞了一口口水。

“我该走了。”

我赶紧点点头，他绿宝石一样的眼睛看得我全身发烫。他把麻袋递给我，我无意间触碰到了他温暖的指尖，赶紧往后退了一步，一把抓住麻袋。

“晚安，伊万，”我强忍着脖子和脸颊上的灼热，“谢谢你的鳕鱼干。”

“晚安，艾洛琳。”他的声音低沉而温暖，像浓稠的棕色的蜂蜜。他的眼神不经意地划出一道慵懒的视线，落在我的脸上，然后他的表情有些微妙的变化，他轻轻抬起眉毛，眼睛睁大了一点，好像自己也吓了一跳似的。然后他转过头，大步下楼了。

等我回到宿舍的时候，心依然飘忽不定，神经还是有点紧张。壁炉已经完全点燃了，房间里舒适而温暖。戴安娜躺在我的床上，搂着沉睡的海豹人，艾瑞躺在自己的床上，她的眼睛生气地盯着海豹姑娘，好像在试图用意念把她赶走一样。温特跪在艾瑞的床前，低声安抚着她，温柔地包扎着艾瑞伤痕累累的手臂。

“现在我们这有这么多人，必须得加几张床了。戴安娜，她怎么样了？”我注意到海豹姑娘的表情，即使在睡梦中也是如此痛苦。

“她现在很疲惫，但是不害怕了，”戴安娜说，“我觉得她已经意识到自己是安全的了。毕竟我这么强大的人也站在她这一边。”戴安娜咧着嘴对我笑。这种标准的卢布林部落酋长女儿的笑容，让我后背发凉。

“伊万·古里尔给她带了一些吃的，”我抬起麻袋，“是鳕鱼干。”戴安娜皱起鼻子，“我知道，在你进房门之前我就闻到了。刚才我就闻到他的味道了，他一直在那儿等你。”她的这句话飘浮在空中，久久无法散去，我的脸又一次红了。卢布林人的直觉呀。

我意识到她听到了我跟伊万的所有对话，并且能够感受到我们之间微妙的情绪变化。戴安娜依旧盯着我，在这件事上她竟然一反常态地保持着沉默。

温特还在向艾瑞低语着什么，壁炉里的火光在宁静的房间里发出噼里啪啦的声响。我很感激戴安娜没有对我和伊万的事情做出评价，但是，每当我想到瑞夫，我就没办法沉默。“戴安娜，”我犹豫地说，“我，我今天早上看到你亲吻我哥哥了。”

戴安娜眨着眼睛，表情没有变化，“我想跟他在一起。”她终于说。

“但是你曾告诉我，因为他不是卢布林人，所以你不会跟他交往，我都快被你弄晕了。”

“我现在不会，只有在他变成卢布林人之后，我们才会结为夫妻。”

“我哥哥是加德纳人。”我越来越担心。

“你想说什么？”

“加德纳人不会选择成为卢布林人。”

“他会的，”戴安娜似乎很有信心，“他一定会跟我在一起。”

“成为卢布林人吗？”我的哥哥变成狼人，没错，我叹了口气，把头靠在床上，看着戴安娜和沉默的海豹人，心里涌起一股强烈的忧虑。

瑞夫选择了她。我原本的小家庭正在分崩离析，瑞夫会成为卢布林人并且离开我。崔斯坦，老天才知道他会怎么样。而我，我也不适合再待在这儿，最起码不应该和伊万在一起。

我心里难过极了，“那要怎么样才能成为卢布林人呢？”

她犹豫了一下，“月圆之夜，在他的喉管上轻咬一口，吸一口血。”

“你父亲怎么看？”我担心地问。

“我父亲会很喜欢瑞夫的，我很肯定这一点。”

我们两个人都沉默了，我拼命忍住泪水。“你知道吗，”戴安娜终于开口，“当我和你哥哥在一起之后，我们就会成为姐妹。”我转过头惊讶地看着她，“到时候你就是我的家人了，不管你是不是卢布林人，都是如此。”

孤独，恐惧，一种说不出的情绪涌上心头。

我想到自己没有办法回家，没有办法和叔叔在一起，想到母亲亲手做的那条被子，想到我们所有人正在面临的巨大的危险，想到伊万眼里的亮光，突然间所有思绪都涌上心头。我紧闭双眼，我不想就这样哭出来。我把脸埋到毯子下面。

我感觉到戴安娜的手在轻抚我的头，我更加难过了。

“艾洛琳，你们加德纳人的生活方式很不自然，”她抚摸着我的头发，“这么封闭，这么孤单。放心，我的家人会很喜欢你的。”

“他们不会！”我反驳道，鼻子被堵住了，“他们一看到我长得像我奶奶，就会非常恨我，就像其他人一样。”

“不会的，他们会相信我的意见。我很喜欢你，艾洛琳。虽然你对我来说有点奇怪，但是你救了这个海豹人，尽管你自己跟她一样柔弱，但在这件事上，你表现得非常勇敢。”戴安娜的话让我措手不及，她似乎总能感受到其他人的痛苦，她此刻的善意对我来说，是那么的难能可贵。

“我不适合再待在这里。”

“那就去我们的部落看看，暑假你就去我们家吧！”

我的眼泪因为戴安娜的邀约止住了。如果她是对的呢？如果卢布林人真的能够接受我呢？戴安娜和瑞夫结婚以后，我真的会重新进入一个大家庭吗？戴安娜和乔德好几次都提到了他们的妹妹肯德拉，她也会成为我的家人吗？戴安娜的母亲会跟我成为好朋友吗？我的内心充满希望。她的手温柔地抚摸着我的头发，我感觉自己放下了内心的一些挣扎。“你总是站在我这边，你还毫不犹豫地帮助海豹人，谢谢你。”我小声地说。

戴安娜微微点头。“如果有一天你能成为我的姐姐，我会很高兴的。”我惊讶地发现自己说这句话时是那么的恳切而真诚。戴安娜嘴角露出一个小小的满意的微笑，几分钟以后，我和海豹人一样闭上了眼睛。戴安娜的手指继续轻抚着我的头，我立刻进入了幸福的梦乡。

“艾洛琳，醒醒！”

第二天早晨，戴安娜把我叫醒，她的表情有点奇怪，目光紧盯着门。我一下子不困了。她在床下摆出了防御性的姿势。

艾瑞和温特都走了。海豹姑娘醒了，躺在我的床头一动不动，她海洋色的眼睛里满是惊恐，眼神慌张不安。我坐得更直了。

“怎么了？”

戴安娜把手指放在唇上，做了一个噤声的手势，“有人来了，我没有闻过他们的味道，是两个人。”戴安娜歪着头，好像在仔细听着什么，神色很严肃，“嗯。他们是为海豹人来的。有那个保安，还有其他人。”

“我们要怎么办？”恐惧感攥住了我的脖子。

戴安娜还是紧张提防着，她已经露出了雪白的獠牙，眼睛里闪着可怕的光芒，“谁敢动她一下，我就杀了他。”现在我只能听到三种声音，一种是戴安娜喉咙底部涌出的可怕的咆哮声，一种是走廊里越来越近的脚步声，还有就是我自己怦怦怦的心跳声。

突然，门开了。戴安娜的咆哮预示着一场灾难已经降临在我们头上。门口站着一位污塘女巫，她很年轻，身穿全黑的军装，手握银色的武器。

我注意到，她和她们的领导者温司令长得很像。她的眼睛也是斜的，颧骨也那么笔直，嘴唇很薄。但不同的是，此刻她全身上下伤痕累累，她的脸有一半都被烧伤了，一侧的头发也不见了，用一条长长的黑色围巾包着。她的一只耳朵完全被烧毁了，一道长长的伤疤从她的脖子上延伸下来，消失在她的衣服里。她的手也有些残破，看起来好像所有的手指都融在了一起。

这太奇怪了，她的一半身体坚强而可爱，而另一半却残破不全。

戴安娜慢慢地把一只手举起，迅速变成了一只狼爪。面对如此强大的威胁，这位年轻的污塘女巫眼睛眯着，很淡定地盯着她，“我是温倪，”她正式宣布，“温司令的妹妹。在韦帕大学护卫队的支持下，我对这个领域有管辖权，而且我还带了搜查令。”

“女巫，你敢靠近海豹人一步，”戴安娜警告她，“我就把你的手撕下来。”

温倪的嘴角露出一个笑容，好像在看笑话，“什么海豹人？”她问。

戴安娜脑袋猛地一歪，眉毛几乎飞了起来。

“听说大学保安的海豹人失踪了，”温倪说道，“所以他要求我陪着他彻底搜查大学的每个角落。”

“他在哪儿？”

“他不愿意上来，”温倪的眼睛里露出了算计的光芒，“我警告过他，这里住着两个伊卡利亚人，他当然很反感这里，他觉得整个北塔都很肮脏。”

戴安娜的身体慢慢变直，因为我们两个都意识到，我们竟然多了一个意想不到的盟友。于是，戴安娜收起了狼爪。

“我很高兴在你们这儿没有发现海豹人，”温倪笑了一下，对我们说，“我想你肯定不会反对我彻底搜查一下吧。”

“当然不会，”戴安娜说，“您可以随意搜，我们会全力配合。”

我感到很惊讶，整件事都出乎意料。温倪又在那里站了很长时间，直直地盯着床上的海豹人。“正如我想的那样，”许久之后温倪终于说，“这里没有海豹人，她可能被一些加德纳士兵偷走了，他们就是喜欢寻欢作乐。”

“很有可能。”戴安娜同意。

“再次感谢您的合作。”温倪愉快地说。她迈出步子，转身下楼。

“快来帮忙，她吓坏了。”

戴安娜走到外面的走廊里查看情况。我在床边蹲下，坐在颤抖的海豹人旁边，抚摸着她的头发。海豹人抬头看着我，她眼泪汪汪地恳求着我。“嘘，”我想让她放心，我把胳膊放在她瘦弱的背上，“我不会让他们把你带走的。”

她紧闭双眼，仿佛陷入了深深的恐惧里，然后她把头靠在我的肩膀上，我看不清她的脸。几分钟以后戴安娜回来了，脸上还是带着几分愁容。

“你相信那个污塘女巫吗？”我问她

她挑了挑眉毛，“我们没有其他选择。”

我露出了担忧的神色。“放轻松，”她安慰我，“我相信她说的是真的，因为她说的话似乎并没有什么恶意。”

“我觉得我们需要尽快解决这件事情，不能就让海豹姑娘一直住在这儿。万一我姑姑突然要来看我呢？”我更担心了，“她最近给我写了好多信，希望我赶紧缔约。”她永远不会妥协，永远只喜欢按她的方式办事。

“有可能。”戴安娜同意，琥珀色的眼睛看了看正在颤抖的海豹姑娘。

我们的确应该开一个短会，为她找一个更安全的地方。

第十二章
联　盟

埃夫伦人的眼睛如同流动的金属，混合着星星点点的光芒。

当然，更令人惊讶的是在北塔看到温特的哥哥卡尔和他的跟班里斯·托里姆的眼睛。此刻，温特、瑞夫、戴安娜、乔德、安德拉斯还有伊万等一大批人在北塔二层的走廊里秘密集会。

我们很快就召集了所有可以帮助海豹姑娘的人，但我从来没想到还会有两个埃夫伦精灵加入我们。

“上次你遇到我哥哥的时候，你还威胁他。”我看着卡尔闪闪发光的眼睛说。

“上次我见到你的时候，你也在威胁我妹妹。”

我眨了眨眼睛，有点内疚，“嗯……对不起，我为此感到抱歉。”

“当然，我也有错。”他的语气逐渐软下来，他用这么温柔的声音道歉，我差点还以为自己听错了。我看着坐在走廊窗户上的温特，她的翅膀整齐地叠在身后。“我妹妹跟我说了你做的事情，”卡尔解释道，“我和托里姆，我们两个一开始都有点担心这次拯救海豹人的行动会威胁到温特的安全，但是当我们看到这个海豹姑娘并且得知了她的遭遇后，”卡尔的眼神里突然充满了愤怒，他的声音越来越低，“我觉得她的境遇非常悲惨。有很多人也觉得我妹妹和她一样，不过是一只动物，这简直荒谬！所以我支持你拯救这个海豹人的行动，而拯救她的关键在于从根本上解决问题——改变人们的看法。”

我感到很惊讶，其他人也同样这么觉得，“所以，我可以假设你们现在都是盟友吗？”

卡尔的嘴巴撇了撇，“没错，我们都没有恶意。”

我转过头看着温特，她似乎很疲惫。“她怎么样了？”我问。

“艾林恩和她在一起，”温特告诉我，“她正在睡觉。”

听到艾林恩的名字，坐在我身旁的乔德突然紧张了一下。我坐在乔德和崔斯坦之间的石凳上，对乔德笑了笑，算是鼓励。乔德低头看着我，努力想要回我一个微笑。我又看了看伊万，他正靠在石墙上，目光一直跟随着我，我的脸颊因为他的注视而发烫，只好转过身去。我突然被我和伊万之间这种沉默但却强烈的暗流一样的情感感染，这就像一个危险但却令人兴奋的秘密。

瑞夫看了我们一眼，继续向前推进议程，“所以我们要怎么帮助这个偷来的海豹人呢？”

“是解救出来的海豹人！”戴安娜纠正他。

“嗯，很重要的区别。”瑞夫点头。

“她之前被那个保安囚禁，”戴安娜继续说，“如果需要的话，我会在适当的时候去把那个保安杀了。”

瑞夫看着戴安娜，好像要努力忍住不笑出来，“谢谢。”

戴安娜抬了抬下巴。

瑞夫接着说：“那么我就假设在座的各位都支持艾洛琳的这次拯救行动咯。”

“我之前看到海豹人被带到瓦尔加德的码头，”崔斯坦非常平静地说，“她们都被堆在箱子里，我觉得很奇怪。”

“我经常骑马路过那个保安的小屋，”安德拉斯插话道，“我看见他把眼前的海豹人粗暴地锁在一个地方，如果有需要的话，我也可以去杀了他。”

“谢谢你，安德拉斯，”瑞夫说，“但是我们暂时不能杀他。”他环顾四周，“我想大家都明白，我们在帮助艾洛琳违反韦帕和加德纳的法律。盗窃罪有可能会导致她暂时休学甚至被退学。”

大家都纷纷点头。

“嗯，大家要不要自我介绍一下，”我建议，“因为有些人是第一次见面。”

“艾洛琳，你不说我都忘了，”瑞夫说，“反正从开学第一天，伊万就很讨厌我，但我觉得我已经跟他很熟了。”瑞夫挑了挑眉毛。

伊万双手插在口袋里，向前走了一步，他冷冷地看了瑞夫一眼，又瞥了一眼我们所有人，“我是来自凯尔塔尼亚林顿城的伊万·古里尔，我看到那个保安折磨海豹姑娘，感到很震惊，”他转过头来看着我，“我觉得艾洛琳做的是对的。”我慌张地看向别处，突然发现乔德也在看我。他的神情大为诧异，就跟戴安娜一样。毫无疑问，他也可以感觉到我和伊万之间那种秘密的感情。

此刻我真想把身下的石凳抠出一个洞，我的害羞更明显了，于是赶紧坐直了身子，一动不动，努力想要忽视伊万，却是徒劳无益。

随后，乔德、安德拉斯、崔斯坦和戴安娜都做了自我介绍。这一次戴安娜只介绍了她的上两代祖先，一般她都会介绍五代。但我几乎没办法把注意力放在她的身上，我的视线不由自主地就会落到伊万身上，他就像一块磁铁，而我就像一个指南针。我发现伊万也分心了，他的眼睛不断地往我这里瞥。

只剩下最后一个人没有介绍自己了，大家的目光都落在了蹲在窗台上的温特。“我是温特·厄尔林，”她轻声说，“我是法尼尔和艾薇兰的女儿，卡尔的妹妹。我是受到诅咒的女孩，我给埃夫伦的所有人都带来了巨大的耻辱，我遭到光明使者的驱逐。”温特倒在一边，翅膀包裹着自己。

“你在说什么？”戴安娜很不解，“那些所谓的光明使者是谁，怎么可以对你这么残忍？”

“他们是大地的守护者，”温特说，“也是我们这个世界的创造者。”

“胡扯，”戴安娜愤愤地抗议道，“是圣母玛雅创造了这个世界。你看起来非常善良，而且你也没有得罪任何人，没有做任何错事，你为什么要侮辱自己？”戴安娜转向我们大家，“她对海豹人非常友善，她没有受到一丁点诅咒。”说完，卡尔惊讶地看着戴安娜。

瑞夫身体前倾，靠近她，“精灵族的宗教信仰跟你的不同。”

“我妹妹是埃夫伦宗教虔诚的信徒。”卡尔解释道。

戴安娜不屑地哼了一声，“那么你们的这些宗教信仰也太荒谬了，都是错的，是圣母玛雅创造了这个世界，而变形狼人是她最宠爱的孩子，其他所有人都是事后无聊造出来的罢了。但是即便如此，她也不会轻视任何人，所以刚才温特说的那些都是无稽之谈，没有人应该受到诅咒，除了那个该死的保安。”

瑞夫插话，“不同的文化对不同的种族和不同的事物都有不同的见解。”

“他们被骗了，”戴安娜反驳，“只有卢布林人是对的。”

瑞夫挑了挑眉毛，“所以你们比别的种族都要优秀吗？”

“你在嘲笑我吗？没错，我们就是很优秀，这很明显，而且我们从来不欺压海豹人，我们也不强迫别人跟他不喜欢的人上床，我们也从来不侵占别人的土地。”

“加德纳人会说，他们强大的军事力量证明上古先贤才是最强大的，”瑞夫反驳道，“精灵族会说，他们丰富的艺术、音乐和文化是他们受到光明使者特殊庇佑的证明。”

“胡说八道！”

“好吧，我道歉，我忘了你的宗教才是唯一正确的。”

“你在嘲笑我，是不是？”她转头问大家，“他嘲笑我，对吗？”乔德、安德拉斯和崔斯坦都努力地忍住不笑出来。

“没有，我怎么会呢？”瑞夫笑着说，“我只是想说明一下而已。”

“哎，我真懒得听你们两个人在这里辩论宗教，”崔斯坦哭笑不得，“我们能回到正题吗？”

戴安娜显然还在生气，她双臂交叉，“等你成了我们的人的时候，你就不这么想了。”

“等一下，”崔斯坦打断了她，眼睛瞪得老大，他的目光几乎是想杀了瑞夫，“成为他们的人？”

“我正在考虑成为卢布林人。”瑞夫直截了当。

“感谢你还通知了你的妹妹。”一旁的我发话了，虽然我很早就知道这件事，但还是因为瑞夫擅自做决定而生气。

“你想变成卢布林人？”他又重复了一遍，好像愣住了。

瑞夫看了看崔斯坦，“我并不喜欢加德纳人的身份，你也知道，我宁愿去树林里狩猎。而且我不讨厌阿夕亚大地上的每一个人。”

崔斯坦对他眨眨眼，还是难以置信，“等你告诉薇薇安姑姑你的这个决定的时候，一定要喊我去看。”

瑞夫哈哈大笑。我伸手按摩太阳穴，觉得头疼得更厉害了。

每个人都愣了很长时间。崔斯坦对戴安娜点了点头，他打量着我们所有人，又恢复了平静，好像所有的问题都解决了。

卡尔、乔德、安德拉斯和伊万都看着我和我的哥哥们，好像我们三个是什么怪物似的。

“你们三个怎么会变成这样？”卡尔很好奇，“你们怎么会是卡尼莎·加德纳和薇薇安·达蒙的后代呢？”

我和哥哥们面面相觑，不知道如何回答。

“可能是因为我们的叔叔吧，”瑞夫说，“他有点古怪，有点与众不同，是他把我们抚养长大。”

“我觉得这个人总有一天会把自己害死的。”卡尔半开玩笑地说，但是语气里还是有一些警告的意味。

我忧心忡忡地坐在那里，不喜欢他这种开玩笑的语气，“埃德温叔叔又没有得罪谁，没有人会想伤害他。”

“你们三个人的血统几乎可以算是加德纳的皇室了，但你们的这个叔叔却让你们变得如此与众不同，他竟然还活着，真是太神奇了，他一定是个很聪明的人。”卡尔接着感叹。

“不是啊，我觉得叔叔一直都很质朴，他有空的时候就会研磨草药，或者去山里面找蘑菇，他还和我的猫一起玩。这些猫甚至会趴在他的肩膀上，就在他跪在地板上摸索着去找眼镜的时候。”

“在温特的影响下，你们两个也很与众不同啊。”瑞夫对卡尔说。

“我们还是回归正题，谈海豹人吧。”一旁的乔德终于发声了。

“我们要给她取个名字，”戴安娜接着说，“我们不能一直叫她海豹人，这是一种侮辱，她要有一个自己的名字。”瑞夫也同意这一点，他脸上的戏谑不见了，“你说得对。”

“玛丽娜，”温特平静地说，“是海洋的意思，这是她想去的地方，也是她的家乡，我觉得可以叫玛丽娜。”

“这名字真美。”我告诉温特。她紧紧地用翅膀把自己包裹起来。

瑞夫环顾四周，等大家的反应，“既然我们都同意，那就叫玛丽娜吧。目前的情况是，伊万给我们带来了一些档案，其中有一些关于海豹人的信息。”

伊万从他旁边的口袋里拿出两卷羊皮纸，“有记载的内容并不多，这是我能找到的关于海豹人的所有档案。我觉得最主要的问题是找到她的皮肤，否则她就不能变成海豹的样子。她被抓的时候，皮肤一定被偷走了，否则她不会如此虚弱，海豹人只要有自己的皮肤，是和卢布林人一样强壮的。”

戴安娜直起身子，每当卢布林人被用作评判力量的标准的时候，她就很高兴。“我觉得，我可能知道她的皮肤在哪儿，”瑞夫自告奋勇，“我知道一些加德纳人经常光顾海豹人小酒馆。”

“海豹人小酒馆？”我心中有一种不祥的感觉。

“我觉得他们可能把皮肤留在那儿了，”瑞夫不确定地环顾四周，“我不知道在这里谈论这个话题合适不合适，在加德纳人或者在精灵族的观念里，都不应该当着女性的面谈论这些地方和这些事情。”

“荒唐！”戴安娜叫道。

温特把自己的翅膀拉得更紧了，“我觉得你即将要说出来的话，绝没有我直接从她的脑海里看到的回忆糟糕……”

“你是感应者吗？”伊万奇怪地看着温特。

温特点了点头。

“告诉我，你看到了什么？”瑞夫鼓励她。

她闭上眼，倒在一边，就像一棵被狂风肆虐的小树，脸上带着痛楚。“她和一些同伴被一同带到一个小酒馆里，她们被迫脱下衣服展示给那些男人看。这个保安在她的记忆里出现了很多次。这个男人看上了她，付了钱把她带走了。此后，他每天都虐待她，一遍又一遍地虐待她。”她歪着头，“还有另一个海豹人的脸，这个海豹姑娘看起来更年轻，她也是同时被抓的，但是我觉得玛丽娜好像很害怕这个海豹人。她的记忆已经被蚕食得差不多了，我也看不出其他什么。可惜啊，我不懂她的语言。”

大家都安静了。

“所以我们要找到她的皮肤。”乔德的表情很严肃。

“也许被那个保安藏在什么地方，或者已经被毁了呢？”安德拉斯说。

“不会的，一定被藏在某个地方。”伊万开口了。

“你怎么知道？”我问他。

他宝石绿的眼睛盯在我身上，“如果海豹人的皮肤被毁了，她们就会成为没有灵魂的壳，就会成为行尸走肉。”

我的汗毛一下子竖了起来，每个人脸上都是沉重的表情，我意识到我们在玛丽娜身上下的赌注要比我们想象中高得多。

“那么，我觉得问题已经很清楚了，”瑞夫试图用轻快的语调说，但他的眼神却坚定如铁，“我们一定要找到她的皮肤。”

第十三章
伪　装

在接下来的一周里，玛丽娜已经慢慢从恐惧中走出来。当戴安娜、温特、艾林恩和我在她周围的时候，她也不会害怕。

而瑞夫、卡尔、托里姆和安德拉斯之间似乎也建立起了友谊，如今他们经常一起出去打猎。伊万和我哥哥崔斯坦甚至在他们的宿舍里进行过短暂的对话。

现在，厨房里没人的时候，伊万会悄悄地跟我说上几句话，他会问问玛丽娜的情况，有时候悄悄帮我分担一些活儿。当他第一次对我微笑的时候，我的心跳飞快，差点没摔了一跤。但是我们必须偷偷摸摸地交流，千万不能让别人知道我们正在成为很好的朋友。

为了避免大家对我的怀疑，我必须更好地融入加德纳群体，因为这决定着玛丽娜的安危。我决定穿回姑姑送我的加德纳服饰。

当玛丽娜第一次看到我穿上加德纳的丝绸短衫的时候，她海洋一般深邃的目光盯着我看了很长时间。我也看着镜子里的自己，内心更加惴惴不安，我看起来简直跟她一模一样。

我看了玛丽娜一眼，我想起姑姑还有许多加德纳人对她们所做的一切，愧疚的泪水充盈着我的眼睛。我转身背对着她，开始挣扎着系上长袍后面的腰带，手指止不住地颤动。

我好恨，好恨马库斯·沃格。我多想用她的语言告诉她我内心的想法，我跟我的那些族人不一样，尽管我看起来跟他们很像，但我并不想跟他们一样。

突然，玛丽娜的手指从我的身后轻轻地绕过来，她小心地接过我手里的绑带，帮我寄了一个漂亮的蝴蝶结。终于，我忍不住流下泪来。

当我从浴室出来时，艾瑞看到了我，她向后退了一步，好像被什么击中了一样，然后用仇恨的眼神盯着我。

“我必须伪装一下，”我举起双手做投降状，向艾瑞解释道，“我必须跟他们穿得一样。毕竟我们藏了一个海豹人，我不能引起其他加德纳人的怀疑。”

我转向玛丽娜，“我必须融入这个群体，这样你才没有危险。”

艾瑞好像没有听进去，头转向窗外，我的心里又涌起一股内疚。她蜷缩在墙边，愤怒地看着远方，温特在她的旁边坐下，在她的耳边轻声劝慰着什么。艾瑞把头靠在温特的胸前，她们黑色的翅膀在身后慢慢张开。

玛丽娜正坐在壁炉旁边烤火，旁边是戴安娜。温特又转向我，给了我一个肯定的微笑，我从她银色的眼睛里读到了理解。戴安娜很自然地用双臂环抱着海豹姑娘，然后抬头看我。她抬起琥珀色的眼睛，给了我一个狡猾的却又充满赞许的笑容。

我心里有了些许慰藉，我的卢布林朋友总是这么理解我。

我拿起白色的袖章转向戴安娜，“你可以帮我把这个戴上吗？”

戴安娜还是笑着站起身来，小心地帮我戴上了白色的袖章。

当我走进历史课堂时，一丝冬日的阳光透过窗户照进教室。斯密特尔教授也露出了欣慰的笑容。

他的视线落到我身上，看到我穿着保守的加德纳服装，手臂上戴着一条白色的沃格袖章，欣慰地叹了口气。过去几周里，他一直对我穿着邋遢的黑褐色羊毛外衣感到不满。他自己一直戴着白色的袖章，以示对沃格的支持。“加德纳法师，现在的你看起来充满了智慧和勇气。”他对我说，“即使你被迫和凯尔特人还有尤瑞斯科人一起工作，即便你与伊卡利亚恶魔生活在一起，你也有勇气站出来，你的服饰自豪地宣示着你的信仰，你的袖章表达了对敬爱的沃格法师的支持，我为你骄傲！”

这跟勇气无关，我心里想，胃里开始翻江倒海，这只是伪装而已。

“你也带上了那个袖章？”

晚上，我在厨房里干活的时候，伊万在我旁边劈柴，他对我的打扮嗤之以鼻，他说话的语气毫不留情地刺痛着我。

“你不觉得这是很高明的伪装吗？”我反驳。

他没有看我，盯着炉火，下巴绷得很紧，“是挺聪明的。”他绿宝石的眼睛从我身上一闪而过，然后“砰”的一声关上了铁门，走出屋子。

我气急了。这些衣服并不能代表我，我多想对他喊出这句话。

重新穿上这些华丽的衣服以后，厨房里的其他人又对我有很大的意见。艾里斯公然地蔑视我，即便她站在屋子的那边，我也能感受到她仇视的目光。

这个白色的袖章不能代表我，这些黑色的绸缎不能代表我，甚至这张脸都不能代表我。我无言地看着伊万愤然离去的背影。

我觉得自己的心沉到了谷底。

我不是她。

我的心里有愤怒，有无奈。我的脸因为生气而涨得通红，你明明知道，我不是她。

我永远都不会成为黑女巫。

第十四章
紧张局势

第二天晚上，我刚从药剂师实验室走出来，就被卢卡斯的一个卫兵拦住了。他穿着第十二师的军服。

蒂尔尼也站在我的身边，现在她的手臂上也缠着白色的袖章，“自保。”她简洁地说。听到她这么说的时候，我也吓了一跳，看来我不是唯一一个用这种方式伪装的人了。

穿制服的卫兵递给我一个长长的包裹，“加德纳法师。”他轻轻地唤着我的名字，他的呼吸在冬日的寒风中冒出许多白气。

包裹上附着一封信，我的名字写在信封上，整整齐齐的笔迹，一看就是卢卡斯的笔迹。

自从艾瑞的事情发生以后，我早已经把卢卡斯抛之脑后了，从来没有回复他偶尔寄来的信还有礼物。因为那件事，我是真的很生气。

但是过去的几周里，我也慢慢想清楚：对于那件事，我也有错。我手里拿着这个新的包裹，很大的一个盒子，但比我想象中要轻。那位年轻的士兵快速地给我鞠了个躬，离开了。

我坐在附近的石凳上，蒂尔尼跟着在我旁边坐下。有一群学生刚刚下课，从我们的身边走过，冬日的韦帕寒风呼啸。

我把信封放在蒂尔尼手里，然后撕开了包裹，是一个黑色的小提琴盒子。我打开琴盒，深绿色的天鹅绒琴盒内衬里摆着一把毛洛里安小提琴，跟姑姑当时在晚宴上送给我的那把一模一样。

但是这把是全新的，琴身用的是阿尔法西格云杉，木料被漆成了深红色，琴身的边缘还镶了一层金边，金色的琴弦在灯光下闪闪发光。

这把小提琴一看就很昂贵，可能是我学费的十倍。我握着小提琴，突然想起来蒂尔尼手里还拿着信：

艾洛琳，如果你想要我的塑像，直接告诉我就行了。

卢卡斯

我忍俊不禁，接着又懊恼起来。我最近一直想着伊万，但是卢卡斯却一直在追求我。面对这种复杂的局势，我也不知道该怎么办。蒂尔尼的嘴角扬起一个微笑，眼睛里充满了兴奋，“这人是有点不按套路出牌，但是我还挺喜欢的。”她的笑容越发欢快了。

我仔细盖好小提琴盒子，手指都在微微颤动。再一次拿到这样的乐器，我当然非常开心，但是心里却激烈地天人交战起来。我并不打算嫁给卢卡斯，那么我凭什么要接受他的好意呢？

我决定在下次见到他的时候把小提琴还给他，并且过几天写一封信表示感谢。

最起码应该说句谢谢吧。

我感觉有人在看我，抬起头，果然吉斯妮·巴恩和她的朋友们都盯着我膝盖上的小提琴，眼睛闪闪发光。我刚才的那股兴奋劲儿消失了，担忧紧随而来，一旦法伦得知这个消息，毫无疑问，这把琴又保不住了。

“我确定，她一定会告诉法伦的。”那天晚上，当我在浴室外演奏小提琴的时候，戴安娜对我说。我已经很久没有拉这么久的琴了，手指有点酸，但是我不在乎，握着这把小提琴的感觉真是太好了。

玛丽娜在浴室洗澡，木桶里放满了水，她赤身裸体地在水中蜷缩着，悲伤的目光掠过我们。我拉完一曲，放下小提琴。戴安娜若有所思，“我觉得她可以说话，只是我们不能理解她的语言。”

玛丽娜张开嘴，她的嘴和腮同时发出多种声调的声音，随着水声而变化，聚合在一起生成共鸣，听起来像一首悲伤的歌，就像她一样悲伤。

我们的海豹人确实是个棘手的问题，有时候她动物般的举动，还有吟唱的声音，都表现出我们从未见过的野性。但是她的眼睛里却充满了好奇和智慧，我知道戴安娜是对的，她不仅仅是一个动物，她不仅仅是一只海豹。

乔德和戴安娜一直没有找到玛丽娜的皮肤，所以她迟迟没有办法回归海洋，如今她已经非常虚弱，经常生病。我写信给加雷斯，想要问他最近关于海豹人交易的消息，以及他们的皮肤可能的存放位置。但是我知道他回信一定很慢。他和其他海军军校生已经走了好几个星期，现在全都在海上，要等到凛冬的第一个月才会回来。因为那时候，所有人都不得再出海了。

每天晚上，失落的玛丽娜还是会温柔地用手指轻抚我们的头发，她的手指比任何梳子都还要有效，能够帮我们梳理打结的头发。她用我们听不懂的语言轻声嘟囔着，有时候似乎在抚慰着自己，有时候又似乎在抚慰着我们所有人。

除了艾瑞。

艾瑞还是讨厌玛丽娜，对于温特悉心照拂海豹人的事情，她看在眼里，气在心里。她激动地拍打着翅膀，像是在发脾气。幸好，如今艾瑞的注意力又被一只乌鸦转移走了，这只乌鸦和两只鸡一起住在我们的房间里。而之前的那只猫头鹰，自从被治愈后已经飞走了。乌鸦立在艾瑞的床头，艾瑞小心翼翼地在它脚上绑着绷带。艾瑞和乌鸦都沉默着，好像一场无声的黑白默剧。

我们的日子就这样一天天过去。

寒冷的深冬，韦帕大学的街道上，还有教学楼外的入口处，突然多了许多通缉令，警示路人最近发生的海豹人失窃案件，并重金悬赏她的下落。一开始看到这些告示的时候，我如同惊弓之鸟，害怕了好几天。但是随着日子推移，这些告示逐渐被撕去，飘散在无情的北风里。

有一天，我来到一个四下无人的角落，撕掉了眼前最后一张通缉令，把它塞进了我的斗篷口袋里。转头，我突然看到那位年轻的伤痕累累的污塘女巫温倪正站在街对面盯着我，手里握着一把弯弯的长剑。我的心跳到了嗓子眼，但是她却微微点头，赞许地看了我一眼，然后转身离去。

最近，蒂尔尼和我每周都会找个深夜偷偷看加德纳委员会通过的议案和裁决，尽管我们已经睡眠严重不足了。我们注意到，一份档案里也提到了一个逃跑的海豹人，并且还提出了抓捕她的重金悬赏，以及薇薇安·达蒙和马库斯·沃格共同提出的一个议案：每一个海豹人一旦进入加德纳的土地，都应该立即被射杀。虽然，这个议案最后以微弱的优势被驳倒了。

我感到头疼，揉了揉自己的太阳穴，“我可以肯定，我的姑姑不会对任何海豹人心存同情。”

“你也知道这意味着什么，对吗？”蒂尔尼低声说。我严肃地点了点头，如果沃格在春季公投里胜出，那么不仅仅是玛丽娜会遇到麻烦，所有的海豹人都需要逃回海里，否则他们可能立刻被射杀。

我们继续往后看，发现沃格还提出了一些其他议案，尽管也被否决了。例如，任何玷污加德纳旗帜的人都应当被处决；任何不尊重《先贤之书》的人都应当被处决。沃格还和委员会的其他五位议员共同提出了两项动议：向卢布林人宣战，除非他们将大部分的土地割让给加德纳人；立刻处死瓦尔加德收容所中所有男性伊卡利亚人，处死所有帮助黑暗精灵逃跑的人。并且沃格第六次提出议案：加大对加德纳人的魔法测试力度，并且在边境人口中进行铁质武器测试，以筛选出菲亚人。

“他不一定能当选啊。”我安慰蒂尔尼，她的脸色苍白。

“你难道没有看到有多少人都戴着白色袖章吗？”蒂尔尼的声音颤抖着，但是我还是抱着希望，“还没有到春天，公投还没有进行，很多事情都不可预料，他不一定会赢得大选。”

“也许你是对的，”她缓缓地说，蜷缩成一团，看起来弱小又无助，“我希望你是对的。”

药剂学课上，实验室一角突然传来一些声响。吉斯妮飞快地冲了进来，我抬起头来，发现洛瑞尔教授正歪着头，听她的助教在气喘吁吁地低声说着什么。她的表情很兴奋，我放下实验器具，好奇地盯着她们俩。

“同学们，”洛瑞尔法师宣布，她的声音竟然一反常态的激动，她似乎压抑了一些很深沉的情绪，“我们尊敬的奥尔德斯·沃斯辛法师已经永远离开了我们，投入了上古先贤的怀抱。”教室里顿时响起了一片交头接耳的议论声。“如今我们有了新的最高法师，今天上午通过公投，委员会选择了马库斯·沃格法师作为我们新任最高法师！”她的脸上露出了一丝幸福的笑容。灾难终于降临，我拼命抓住实验桌的边缘，让自己冷静下来。其他的加德纳学生沉寂了片刻，随即爆发出快乐的欢呼声，有的人笑着互相拥抱，有的人激动得眉飞色舞，有的人甚至流出了喜悦的泪水。

马库斯·沃格狡猾的面孔再次在我的脑海中闪现，我又感觉到他的手抚摸着我的头，他那蛇纹石一般的眼睛盯着我，我又想到了那棵干枯的树和无尽的黑色的虚空。

“天哪，这不是真的！”蒂尔尼一脸错愕。

“同学们，”洛瑞尔法师让大家安静下来，她泪流满面，“让我们为已故的最高法师祈祷吧。”所有人都低下头，他们把手放在胸前。蒂尔尼僵住了，她的脸一片惨白。我们身边的学生齐声祷告，他们先把手放在额前，然后放在胸前。“神圣的先贤，请净化我们的思想，净化我们的心灵，净化阿夕亚大地，保护我们免受邪恶的侵染。”

祈祷结束后，欢快的庆祝活动继续。蒂尔尼绝望地走出教室，差点把她的凳子踢翻了，她悲痛欲绝地从后门冲了出去，但是在整个教室的欢呼声里，她几乎没有引起任何人的关注。

我在洗手间找到了她，她正弯腰蹲在一个洗手池旁边。我打湿了一块毛巾，走到她身边，用手轻抚她，但我的胃里此刻也是翻江倒海。

蒂尔尼紧紧抓住洗手池，仍然僵在原地，她湿漉漉的头发还在水池里飘荡着。“他们会封锁加德纳边境，”她的声音很粗，“还会强制大家缔约。”

“我知道。”

“我们最多只有一年的时间建立我们的联盟。我们如果不这么做的话，马上就会被消灭。”

“我知道。”

“在他强制缔约之前，”蒂尔尼打断了我，依然盯着洗手池，“他一定会测试我们的种族纯度。”她转过身来，眼睛里充满了疯狂的绝望，“他会对我们进行魔法测试。”

“蒂尔尼，”我觉得我好像越来越接近真相了，“我真的想帮你，你可以告诉我真相。你是纯种的菲亚人，对吗？”

她继续盯着我，好像想开口说什么，却什么也没有说，“我不能，我不能告诉你。”

“都到什么时候了，你最害怕的事情都已经发生了，还不能告诉我吗？我想帮你！”

“你帮不了我。”她心烦意乱地从我的手里抽出了手，推门走了出去。

“蒂尔尼，等等我！”

她没有停下来，往大厅飞奔而去。我跟着她，但很显然她不想让我跟着。拥挤的大厅里一大堆带着白色袖章的加德纳人在高声庆祝，我很快就跟丢了。

我只好去找艾林恩。看到她的时候，她正靠在走廊的墙上，眼睛四处搜寻，脸色苍白憔悴。艾林恩一看到我就立刻冲了过来，走廊里的加德纳学生成群结队地庆祝，旁边站着紧张的凯尔特人和埃夫伦人，还有一小群阿尔法西格精灵站在旁边，一如往日的冷酷。

“他们正在确定军队的数量，”艾林恩走到我的身边，双手抓着我的胳膊，“他们要扩大加德纳禁卫军的数量，他们会沿着凯尔塔尼亚和卢布林荒原的边界进军，今天早上沃格发出了命令。兰道已经接到了通知，所有的军校生都要入伍，沃格要求凯尔特人和卢布林人割让他们大部分的土地，凯尔特人刚刚派了他们的首席法官到瓦尔加德去尝试和谈！”

我的脑海里天翻地覆，“但是卢布林人对我们的魔法免疫啊！”

“他们会派出加德纳军龙，”艾林恩的语气里满是恐慌，“我们有一千多条龙，如果卢布林人和凯尔特人不投降的话，加德纳就会派出这支恐怖的军队。”

沃格突然当选，所有的课堂都变得乱七八糟。沃尔亚教授费了好大的劲才让加德纳学生安静下来，才能继续讲课。斯密特尔教授干脆今天不上课了，带了一堆吃的和大家一起庆祝。冶金课上好像有一种狂欢节的气氛，一个年轻的精灵站在黑暗精灵教授的讲台旁，匆匆地翻阅着他的笔记，好像准备讲课。他是个银色头发、白皮肤的阿尔法西格精灵。

我环顾四周，心想哈克温教授去哪儿了。教室里激动的加德纳学生在高谈阔论，他们的手上都绑着白色袖章，晃眼望去，就如同恶魔般的白色杂草在教室里肆虐，连柯伦也戴着一个白色袖章，我对此深表遗憾。

“哈克温教授呢？”我问柯伦。

他正在跟另一个军校生热烈交谈着，他微笑着对我表示欢迎，张开嘴刚想回答，立刻就被打断了。“黑暗精灵当然是又要回到地心咯，”法伦烦人的声音从房间的角落响起，“他们这些怪兽，本来就该回到他们应该去的地方。”她走到教室中央，人群安静了下来，大家都盯着我们。“他可能早就跑了吧，”法伦狂笑着，“他肯定猜到接下来的事情了。”

我惊讶地张大了嘴，一股悲伤涌上心头。“天哪，艾洛琳·加德纳，你难道还为这个黑暗精灵难过吗？”周围响起阵阵笑声。我气得牙齿咯咯响，柯伦带着歉意看着我。我的内心深处还是激起了巨大的愤怒，不由得握紧拳头。法伦看到我如此气愤好像更开心了，因为她知道，即便把我惹怒了，大部分加德纳人都会站在她那边。

她的眼里是藏不住的得意，我非常害怕自己会失去理智，冲出去把她撕碎。我不断问自己，那样做值得吗？我警告自己，艾洛琳，就因为打了她这样的人而被逐出学校，值得吗？

于是，我提前离开了教室，法伦冷酷的笑在身后响起。

当我走进厨房的时候，弗里妮亚的脸上愁云满布，奥莉的啜泣声在房间回荡，伊万、布莱德和艾里斯都围在她身边，低声安慰着她。

他们看起来好像都受到了很大的打击，我低着头走过去，默默地开始削马铃薯皮，感觉全身僵硬。房间里虽然安安静静的，但我知道每个人都在看着我，我知道我的黑色丝绸长裙和白色的袖标在这里看起来是那么扎眼。在他们眼里，我的出现即象征着加德纳力量的存在，我穿着这样的衣服，更代表着我是沃格势力的延伸，那个即将毁灭他们家园的怪物。

我抬起头，感受到他们憎恨的目光。通过眼神，伊万把他内心的痛苦毫无保留地展现给我，我也是如此，这一瞬间我也毫无保留地向他展示了我的内心。让他看到了我的恐惧、我的绝望、我可怕的孤独，让他知道我的外表不能反映我的内心。我们周围的一切仿佛都消失了，我们就这样望着彼此。厨房里的其他人，烤箱里噼啪作响的火焰，所有的一切都像雾一样被吹散。

只有他和我，

只有我们。

奥莉的哭泣分散了我们的注意。我们两个之间那个巨大的气泡好像一下被戳破，整个世界又回来了。艾里斯还是瞪着我，她先是疑惑地看了一眼伊万，然后又看了看我。伊万迅速把目光从我身上移开，继续安慰奥莉。他的手放在小女孩儿颤抖的手臂上，艾里斯在伊万耳边低头说了些什么，并且朝我的方向指了指。

“我不会让他们把你带走的，”他低沉的声音，敲击着我的心房，“我一定会把你们救出去的，你和你的姐姐。”

后来大家都走了。艾里斯是最后一个走的，她向我抛来一个十分厌恶的神情，然后猛地关上了厨房的后门。

当我走出厨房的时候，我的手指因为削了太多马铃薯而痛得不行，但胸中充溢的绝望更叫人难受。太阳已经落山，浓浓夜色笼罩着一切，外面的世界只剩下点点星光。我深吸了一口气，穿过田野快速地往北塔走。旁边的小树林，在我身后投下一片黑暗的阴影，变成了漆黑的无底洞，让人发怵。

“离我的人远点！”

我吃了一惊，心跳加快，朝阴影里看去。好像是艾里斯。她靠在树干上，双臂交叉，高大的布莱德站在她的身边，看起来很生气。我的眼睛看向不远处的一条小路，这里人烟稀少，鲜有人经过。我小心打量着艾里斯和布莱德，担心她们又会一起围攻我。

艾里斯向我走来，我往后退了一步。“我注意到你看他的表情了。”她咧嘴一笑，离我的脸更近了，我的脸和脖子都红了。

“我不知道你在说什么。”

“你这个臭蟑螂，心真大呀。”布莱德冷笑道，她的声音深沉而嘶哑，眼睛愤怒地眯成了一条线。

“他是我的，”艾里斯从牙缝里挤出这句话，她的嘴唇在颤抖，眼睛里闪着仇恨的光，“回到你的卢卡斯·格雷身边去吧！从哪儿来回哪儿去！离我的伊万远一点！”

我身上的每一块肌肉都紧张起来，我紧紧握住自己的拳头，打消内心的恐惧。布莱德讥笑了一声，“伊万不会喜欢她的，”她轻蔑地看着我，“他怎么会看上她呢？她又不是凯尔特人，只不过是只臭蟑螂！”她吹了一声口哨，“也不照照镜子看自己长什么样。”艾里斯看起来并没有很高兴，但是听到她朋友对我恶语相向，还是露出了欣慰的神色。

她最后厌恶地看了我一眼，和布莱德一起走开了。布莱德走的时候还不忘回头骂了我一句，“不要脸的臭蟑螂！”

当我回到北塔的时候，瑞夫和崔斯坦已经在走廊里等我了。走廊里的灯光照亮了他们的脸，身后的窗外显得更加漆黑。我一脸阴郁，努力忍住刚才恶心的感觉，拼命想忘掉刚才发生的种种。

瑞夫没有说话，伸手递给我一张硬邦邦的折好的羊皮纸，眼神飘忽不定。我打开，发现是一张即将起草的通知。“这么快？沃格今天早上才掌权而已。”

“就好像他早已预料到会有这一天。”

“什么意思？你觉得沃格早就知道这一天会来临，他早就知道今天前一任最高法师会离世吗？”

瑞夫看着暗处，一动不动，“我只是想让你知道，这是一个天衣无缝的计划。”

我还记得沃格可怕的样子，那无尽的黑暗，那干枯的树枝。

崔斯坦今天也一反常态。他呆呆地坐在石凳上，看着走廊。他的头埋在手里，手指紧紧抓着自己的头发。“这只是草案而已，”我试图安慰他们俩，也试图安慰自己，“可能暂时还不会颁布。”

“最迟今年夏天，”崔斯坦没有抬头，他的语气显得毫无希望，“今年夏天他们就会征召我入伍，到时候我会被迫使用一件武器。”我觉得我的心快要跳出来了，我抬头看着瑞夫，“他们会把你怎么样呢？”瑞夫苦笑一声，好像这个问题非常可怕，或者非常有讽刺意味，“他们要送我去罗西尔城军事基地，”他疲惫的笑容消失了，“对卢布林人发动战争。”

又一阵恶心涌上心头，“他们要你做什么？”

瑞夫讥笑了一声，“他们让我进行目标演习，”他轻轻弹了弹这张纸的边缘，“反正魔法委员会已经通过了这个决议。”瑞夫越来越愤怒，他面向窗户，然后又转头看了看我宿舍的门，“戴安娜在哪儿？”

我指了指北边，“可能在森林里的某个地方吧。”瑞夫的嘴抿得紧紧的，他把羊皮纸卷起来，塞进了包里。“你找不到她的。”

“我知道她去哪儿了。”

“你打算怎么办？”

“加入卢布林人！”他在离开前咆哮着，“砰”的一声关上了门。我盯着他的背影，强迫自己冷静下来。瑞夫沉重的靴子踩着楼梯，发出沉闷的声音，他摔门而出，然后又是一阵沉默。

“卢布林人不会让他加入的。”崔斯坦平静地说。他的声音冷静得可怕，头依然埋在手里，手指还是揪着自己的头发，“他是黑女巫的孙子，他们永远不会让他加入部落。”

我的思绪飘忽不定，现在好像什么都抓不住。我在崔斯坦旁边坐下，把手放在他的肩膀上，让我们两个人都保持冷静。他的呼吸似乎静止了，他纤细的身体颤抖着。当他终于忍不住哭出来的时候，他用双手紧紧捂住了眼睛。我觉得自己的心都被揉碎了，这是我第一次看到崔斯坦哭，这种闷声的哭泣对我来说甚至比咆哮和哀号冲击更大。

我搂着他的手臂，他靠在我肩上，弯着腰，他的眼睛压在我的肩膀上，我把他抱得更紧了一些。“我再也不想做这样的事情了，”他的声音几乎变成了耳语，“他们让我用火药填满金属地雷，所有踩在上面的人都会被炸成碎片。他们还逼我用火药或者寒冰填充武器。”

“为什么？他们想杀谁？”

他停顿了一下，“我一想到未来就很害怕，他们早晚会发现我的，只是时间问题。”

“他们不会知道的！”

“他们当然会知道，只要我坚持不缔约……”

“你必须缔约！”

崔斯坦非常冷静，他沉默了一会儿，他的呼吸喷在我的肩膀上，“怎么缔约？”他抬起头，眼眶红红的。

“一定有办法的，你一定要隐藏好，千万别让他们知道。”

“你能跟一个女人缔约吗？”

“什么？”我吃了一惊，“当然不能！”

我突然理解了他的感受，我拼命地想找出解决办法，但是却束手无策。缔约之后还会有成婚仪式。当天晚上，新婚夫妇结合后，两人手腕上会迅速出现黑色的加德纳缔约文身，作为完婚的证明。这样做的目的是为了繁衍更多的纯种法师。崔斯坦肯定不愿意勉强自己那样做。

我们沉默了很长时间。

“我可以去诺亚，”他终于说，“他们会接受……我这样的人。”他一脸愤世嫉俗的表情，看起来像在笑，又好像没有。“但我是黑女巫的孙子，谁会真正地接受我呢？”

我站在崔斯坦的角度思考了一下，的确感到恐慌，“我也说不清，但我觉得说不定诺亚的污塘人会接纳你。”

他不解地抬头看我。

“你的祖母曾是他们的头号敌人，”我思索道，“你还是一个五级法师，你接受过加德纳最完备的军事魔法训练，而且你还与加德纳文化有着千丝万缕的联系，也许你加入污塘的军队，才是对加德纳最完美的报复。”

崔斯坦瞪大眼睛，眨了眨，“你变了，艾洛琳。”

我叹了口气，“没错，我变了。”

他局促地笑了一声，站起来擦掉了眼泪，“但我很高兴看到你这样的变化。”

“你知道，我们刚才说的这些几乎都不可能实现。”

我轻嘲了一声，“那又怎样？大概率事件就一定会发生吗？那人生的美妙之处在哪儿呢？快走吧，”我一边对他说，一边朝我的房间走去，“回去睡一会儿。等你以后成了经验丰富又武力高强的污塘士兵的时候，就回来把我和叔叔接走，到时候你可要骑着一条飞龙，把我们带到诺亚哦。”

“从此开始快乐的生活？”

“是的，从此快乐地生活在一起。”

崔斯坦无奈地笑了笑，离开了北塔。他走之后，我刚才虚张声势的架势一下子没了。北塔的大厅一片寂静，墙壁坚固无比，但是我的整个世界似乎都在晃动。

一想到我会失去我的两个哥哥，我的心就碎了。

当我打开房门时，一切都与往日不同，壁炉里没有火，一股寒气从石墙侵出来，气氛让人感到压抑。艾瑞躺在床上，她的小鸡漫无目的地跑来跑去，乌鸦一动不动地站在她的床头，一碗浆果被打翻在地，艾瑞的嘴唇被染成黑色。

海豹人蜷缩在艾林恩身边，一脸惊恐。艾林恩脸色苍白，仿佛又遭受了一次巨大的打击。“你怎么在这儿？”我问她。她的表情惴惴不安，“韦帕大学委员会今天通过了一项决议，支持马库斯·沃格……”我的心收紧了，瞥了一眼温特，发现她整个人几乎都躲进了阴影里，蜷缩在窗台上，黑色的翅膀把她的头都包了进去。

“发生了什么事？”我越来越害怕。温特探出头来，看着书桌。书桌上，我看到了一张羊皮纸告示。“门上贴了这张告示，”温特绝望地说，“学校委员会修订了一些规定。”

我拿起羊皮纸。这是韦帕发布的通告红皮书：所有的伊卡利亚人在完成今年的学业以后都必须回到自己的国家，此后再也不得进入韦帕大学。

“这个议案怎么会获得韦帕委员会三分之二的票数支持呢？”我很不解，生气地把羊皮纸扔到地上，“加德纳人也只是过半而已啊。”

“沃格当选以后，委员会的加德纳人受到鼓舞，其他种族的委员感到害怕，为了安抚加德纳人，他们选择妥协。”她答道。温特开始哭泣，艾瑞到时候不得不返回加德纳，她又要被关在瓦尔加德的收容所，而温特也会被送回精灵王国，那里的精灵至今还在为她是否算是他们的一员而争论不休。

我的恐惧迅速变成了愤怒，我生气地把书包扔到了墙上，玛丽娜一下子哭了出来。我立刻为自己的粗鲁感到内疚，我倒在床上，用手捂着脸，强迫自己深呼吸。一千多条龙，我想象着。

当我再次睁开眼，房间的天花板上，六只悲伤的守望者映入眼帘。它们立在窗户边，翅膀紧紧包裹着自己，头低沉着。温特哭得更加悲伤了。我再一眨眼，守望者就消失了。

艾林恩离开北塔的时候，我去送她。她的脸在灯光的照射下显得憔悴不堪。外面下着异常寒冷的冬雨，飘进了我们身旁的窗户里，一阵令人心寒的凉意钻进骨髓。

艾林恩停下来，“也许，她们可以试图逃走。”她试探性地说。

我很惊讶，这样一句有着强烈叛逆精神的话从一个传统而又安静的朋友嘴里说出来，真是太奇怪。

“逃走？”我已经开始在脑海里勾勒一幅逃跑的路线图。

艾林恩点点头，眉毛皱得很紧，“这些伊卡利亚人必须得走，说不定玛丽娜也得走。说不定在未来某个时刻，连卢布林人也无法幸免。”她终于说不下去了。

乔德。

加德纳人正在迫使卢布林人离开他们的土地，“这一天很快就要到了，”艾林恩再次转身看着我，“他们正在封锁边界，但是龙可以飞啊。”

“没错，龙可以飞越被封锁的边界。你还记得上次伊万·古里尔说的吗？这些龙现在都被关在笼子里，那些笼子是埃夫伦钢铁锻造的。”

她深吸一口气，“也许是时候展开解救这些龙的行动了。对了，你不是有赛格·加弗尼的魔杖吗？”

我无奈地叹了口气，“我是有魔杖，而且崔斯坦法力非常强大，但是想要打破埃夫伦精钢，很难。我想他们施的魔咒绝不是我们能轻易破解的。”

“如果我知道在哪儿可以找到他们施的咒呢？”

“你怎么可能知道？”

“有一本叫作《黑魔法》的魔法书，只有魔法委员会和军队司令才能看到，里面都是军事法术，是绝对的军事机密，我父亲的书房里有一个手抄本。他现在去北方部落会见卢布林人了，一个月之内他都不会回来。”

我难以置信地盯着她，“这太冒险了！”

艾林恩低下头，有些羞涩，有些胆怯，但随后她的下巴坚定地扬了起来。她的眼神很是坚毅，“我不怕，我会在父亲发现之前就把它放回去的。”

我为她的“胆大妄为”而震惊，但更多的是骄傲，难以言表的骄傲。“好的，”我的脸上露出一丝笑容，“是时候跟伊万·古里尔谈一谈解救他的龙的事情了。”

第十五章
龙

第二天晚上，厨房里的气氛像前一天一样压抑，每个人看起来都很愤怒。

“我想跟你谈谈。”我跟伊万说。

他弯下腰来，把木头装进炉子，热气像波浪一样涌了出来。他警惕地环顾四周，在厨房值夜班的人很少，艾里斯和布莱德正在其他地方干活儿。

“现在？”伊万问道，又把一根木头推进炉子，手臂上的肌肉紧绷着。

“过一会儿。”

他关上铁炉的门，“等一下干完活儿，我们在外面见。”

我做完了一个苹果派以后，在厨房后门的猪圈附近看到了伊万，他手里提着一盏灯。他默默地带着我绕过猪圈，绕过厨房的后花园，向着荒野里一条长长的斜坡走去。不远处，一座摇摇晃晃的小屋隐隐可见，是一个被遗弃的谷仓。谷仓很大，在夜色的笼罩下显得破败不堪。伊万为我打开门，咯吱作响的铰链声把我吓了一跳，我走了进去。

谷仓的天花板高得不可思议，几只蝙蝠在高处飞来飞去，灯光的照射下，它们在墙上投下诡异的阴影。“这是你的秘密基地吗？”我问道。伊万把他的灯放在一个布满灰尘的桶里，点了点头。

他靠在一根粗壮的梁柱旁边，看着我。

我朝他微微一笑，他的嘴角也向上扬起，但是他看着我的目光并没有变化。灯光也在他的脸上投下阴影，更衬得他的脸棱角分明。

“我想帮你放出那条龙，”我的声音里好像钢铁一般坚硬，“谁也说不准将来什么时候会需要这些龙的帮助。”

伊万的眼睛瞪得老大，但他很快就镇定了下来，“艾洛琳，这些龙没办法放出来。”

“也许你不是一个人在战斗，我们有很多人可以帮你，他们……”

伊万露不屑地笑了，“一群没有经验的天真的年轻人吗？”

“不是，是一群拥有各种各样天赋和技能的人。”

“从大学保安那里偷走一个海豹人和放出加德纳军龙天差地别。”

一种深深的挫败感袭来，“但是让大家都来帮帮忙有什么坏处呢？”

“除了被逮捕或者被处决，好像还真没什么坏处。”

我坚持，“如果这条龙能够被我们解救出来，那么以后，它说不定能带着伊卡利亚人，还有其他人，向东突围，逃离这里。”

他站在那里，听到我的话，目瞪口呆，“你在说什么，你怎么会这么想？你是一个加德纳人，而且还不是普通的加德纳人，你是卡尼莎·加德纳的孙女。你的奶奶，”他停顿了一下，好像非常生气，又好像在努力寻找合适的形容词，“是一个怪物。”

听到这句话，我立刻挺直了背，我的奶奶与其他任何种族成功的军事领导人有什么区别？“她的确在很多事情上做错了，”我反驳道，“但她也是一位伟大的法师！”

“她杀了成千上万的人。”

“那你们凯尔特人掌权的时候，不也是这样对我们的吗？”

他好像在某种强烈的情绪中挣扎着，他怒视我，终于挤出这么一句话，“你的奶奶，”我感觉他已经到了爆发的边缘，“杀死了我的父亲！”

我惊呆了，但只有片刻，我自己的内心也渗透出一股巨大的悲痛，并且迅速转化成了愤怒，“那你们的人，还杀死了我的父母呢！”

我们沉默了很长时间。我突然无法忍受这种完全将自己的悲痛暴露给他的感觉。“我知道我的奶奶做了很多不对的事情，”我终于开口，“自从来到了韦帕大学，我才知道，加德纳人以前做了很多非常可怕的事情。但是你不觉得，不管是哪个种族，他们都有可能与我们心里的那个刻板印象不同吗？即便是我这样的人也是如此。”

伊万深吸了口气，盯着我的脸，“没错，我觉得是有可能的。”

我叹了口气，滑倒在干草堆上，感觉很挫败，我告诉他，“我真的只是想要做一些对的事情。”

“我相信你。”

我们安静了几分钟，只是凝视着对方。“我很抱歉你失去了父母。”他终于开口，声音很低。泪水刺痛了我的眼睛，我努力忍回去，“我也对你父亲的事感到抱歉，”我控制自己的情绪，“你的父亲怎么了？”

伊万身体紧绷，良久，他才说：“瓦尔加德被加德纳人攻占的前几天，他在东部战场遇害。”他深吸一口气，眯起眼睛，好像在挣扎能否完全信任我，“我父亲是反抗运动组织中的杰出人物，我母亲不想被任何人知道我是他的儿子，于是我们搬到了一个非常偏远的地方，母亲在家里给我上课。”

“你一定长得很像你父亲。”

伊万笑了一下，仿佛我无意中说了一句非常讽刺的话，“的确非常像。”

我沉思片刻，“我觉得我们的经历非常相似。”

伊万轻蔑地哼了一声，“我觉得一点儿也不像。”

“真的很像，我五岁的时候，叔叔就把我们从瓦尔加德接到了哈利法克斯小镇，在加德纳北部的荒野上，周围人烟稀少，我们也在家里接受教育，就像你一样。我现在才明白，原来叔叔费尽心思也是为了保护我，因为我看起来跟我的奶奶太像了。他做的事情就和你母亲做的一样，他只是希望我平平安安长大。”

伊万又沉默良久。

“所以，你想成为一名医生吗？”我打破了沉默。

“没错，”他点点头，“就像我父亲那样。你呢？你想当一个药剂师？”

“没错，就像我母亲那样。我一直对种植草药，还有制造药物很感兴趣，但是我以前做梦也没想到我可以上大学。我多么想上大学呀，在我上学之前，我以为我这辈子会成为一个制作小提琴的匠人呢，就像我叔叔那样。”接下来的话哽咽在我的喉咙里，一想到艾德温叔叔，我的心就一阵发痛，“我叔叔他病得很厉害……”

“你会用木头制作小提琴吗？”

他的问题让我觉得很好笑，我微笑着擦干了眼泪，抬头看着他，“当然，还得有一些别的工具。”

他想了一会儿，“真厉害。小提琴总是让人感觉印象深刻。但是，委员会会答应吗？”

我耸耸肩，“他们不让加德纳女性学小提琴，但是我叔叔一直在偷偷教我。”

他脸上露出惊讶的神情，“你拉小提琴很久了吗？”

“我还是小孩子的时候就开始学了，你呢，你会什么乐器？”

他摇摇头，“我很小的时候听过一次菲亚小提琴家的演奏会，至今还印象深刻，那声音真的太悦耳动听了……”

他的最后几句话让我难以置信，我发现自己的脸红了，赶紧看向别处。当我的目光落在地上的时候，才发现有一些纸。我捡起一页，发现竟是我们的《先贤之书》的一页。我感到很奇怪，又俯下身，捡起了旁边几张，全都是《先贤之书》上的文字。“真奇怪，是谁撕毁了我们的圣书？”当我的目光再次撞上伊万，他又恢复了往日的模样，那么僵硬，那么冷漠，并且，还有一丝挑衅的神色。

“是你吗？”我慢慢地问。他一动不动，看起来是默认了。“小心啊，伊万，这在加德纳可是个大罪。”我把手里的几张纸举起来，指着他，“沃格说要处死所有玷污《先贤之书》的人，你知道吗？”

“还好我们不在加德纳。”他回答，绿色的眸子淡如寒冰。

“你的做法很危险！”

“是吗？”他反驳道，“艾洛琳，什么才是安全的？你告诉我，我也很想知道。我想如果我长得和卡尼莎·加德纳一模一样，可能更安全。”

“你的指责不公平！”

“有什么不公平的？”

“对对对，你说得对，”我酸溜溜地说，“我的生活最容易了。我这副模样给我提供了一切便利，所以我的人生都顺利着呢。”

听完我说的，他显得有些不安和内疚，他注视我良久，“我们该走了，等一下厨房的其他人发现我们俩都不见了，会起疑的。”

“为什么我们俩在一起就会很奇怪呢？”我非常生气。

伊万苦涩地笑了笑，眼睛里有一种悲怆。我伸手拽拽他的袖子，“伊万，我想帮你，我想帮你救那条龙，他们不应该那么对它。很多事情我们无法改变，但也许，这是我们力所能及的事情。”我心里想到了蒂尔尼还有伊卡利亚人所处的巨大危险，还有崔斯坦、伊万，我的决心更坚定了，“龙会飞，能够帮助大家逃跑。”

伊万深吸了一口气，抓着我的手，他的胳膊非常强健，又如此温暖。我觉得我们之间的空气仿佛被点燃，我的心跳漏了一拍，赶紧把手抽了出来。

“好吧，”伊万叹了口气，仿佛向我认输，“让我们一起看看究竟还能闯多少祸吧。”

“你想闯入加德纳军事基地，还要偷走一条龙？”

我坐在瑞夫的椅子上，正对着他的书桌。崔斯坦，瑞夫和伊万都坐在他们的床上，一起看着我。瑞夫露出一个大大的笑容，崔斯坦的表情还是如往日一样捉摸不透，而伊万好像在努力适应我们这三个奇怪的加德纳人的节奏。

“你是认真的吗？”瑞夫问。

“当然。”

瑞夫好像努力忍住不笑出声来，他摇了摇头，“好吧，艾洛琳，我觉得你在大学里变得越来越有趣了。”

“我们以前一直觉得你是一个安静又保守的小姑娘，”崔斯坦说，连他的眼睛里都露出了一丝戏谑，“现在你竟然想偷加德纳的龙，又要拯救海豹人，我觉得奶奶知道了会不高兴的。”

“我觉得崔斯坦说得对，”瑞夫点头同意，假装不赞赏地看了我一眼，“原来你是个不合格的加德纳人。”

我瞥了一眼伊万，他看着我们三个人互相调侃玩笑，眉毛飞得越来越高。和往常一样，此刻，我感觉自己在这个房间里有点奇怪，因为伊万也住在这里，这种感觉让人局促不安。

不管我什么时候来到他们宿舍，我总是忍不住观察他，他在看什么书，他在椅子上或者床上挂了什么样的衣服。每次我偷看的时候，我都努力避开他的视线，而他好像故意不看我。

“艾洛琳，”瑞夫的笑容逐渐消失，语气也严肃起来，“我想你很明白，偷一个海豹人，即便你被抓住了，最多是盗窃罪，罚你点钱也就没事了。如果你从加德纳军事基地偷走一条龙，你就会被视作反叛分子，到时候要上军事法庭，而且很可能会被处以极刑，被乱箭射死。你知道吗？”

“我觉得没人能把那条龙救出来，”伊万插话道，“在我们想出办法之前，他们就已经把它杀了。达米恩·巴恩用魔法锁住了那个笼子。”

“笼子是用什么做的？”崔斯坦问道，突然很感兴趣的样子。

“埃夫伦钢，”伊万说，“这种钢铁太坚固，能够抵御龙喷出来的火焰。”

“啊，我知道，”崔斯坦说，“埃夫伦精灵族的箭头也是用那种钢做的。这种钢铁只能在冷却之前进行铸造，一旦凝固，就再也不可能改变其形状了。”

“你能设法弄一点这种钢过来吗？”瑞夫问，他的眼睛里有一种调皮的神色。

崔斯坦耸耸肩，“我应该有办法。”他眯了眯眼睛，看着瑞夫，“你想试试？”

“说不定能用魔法打破它呢。”

“但是我们还需要一根军用级别的魔杖，”崔斯坦继续说，“这种魔杖都非常昂贵，我觉得伊万应该没有吧。”

“但你是军校生啊。”瑞夫说。

崔斯坦摇摇头，“军方是不可能让我们随意接触魔杖的，那些魔杖都锁在军械库里面，我们又买不起。”

“我有魔杖！”我脱口而出。

他们仨愣住了，“你连魔杖都偷了？”瑞夫问，他现在已经觉得没有什么事情是我做不出来的了。

“我离开哈利法克斯的那天早上，赛格给了我一根魔杖，我想应该是她从托比亚斯那里偷来的。而且，我不想给她惹麻烦，所以就偷偷把它放到我的旅行箱里面了。我到了大学城以后，就一直把它藏在我的枕头里面。”

“你的枕头里有一根魔杖？”崔斯坦难以置信。

我有点害羞，“是的。”

“那个赛格惹了什么麻烦？”伊万问。

我挣扎了一下，还是告诉了他，“她，她爱上了一个凯尔特人。”我觉得我的脸变红了，我不敢看他，但是却撞上了瑞夫的目光，他仔细打量着我。“她已经被魔法委员会带走了，”我继续说，“她跟凯尔特人在一起以后，生了一个孩子，是伊卡利亚人。”

伊万的眉毛皱了起来，“这个伊卡利亚人，”他身体前倾，专注地盯着我，“就是加德纳人苦苦搜寻的那个吗？”

“你也听说过他?”

“我听说加德纳人都在找那个男婴，他们说他就是预言里的伊卡利亚人。”

“那些瓦尔加德的伊卡利亚人还以为我是下一个黑女巫呢。他们还以为我要去杀了赛格的孩子。”

“但实际上，艾洛琳甚至连一根蜡烛都点不燃，”崔斯坦告诉伊万，“所以如果她想要杀死赛格的孩子，最起码得先过了这一关。”

“我觉得那些伊卡利亚人已经知道我非常弱小了。”

“我一点也不觉得你很弱小。”伊万的声音很低。我眨了眨眼睛，差点以为自己听错了。崔斯坦和瑞夫听到这句话，互相交换了一个眼神，两个人看起来都很惊讶，哥哥们的这种表情让我觉得很不自在，我立刻把目光从伊万那里移开了。

“崔斯坦，”多谢瑞夫转移了话题，“你去弄一些埃夫伦箭头来，艾洛琳，你去拿魔杖。”

崔斯坦摇头，“即使艾洛琳的魔杖非常强大，也需要最高等的法术才能打破埃夫伦钢铁，我不知道咒语也没用。”

“艾林恩可以告诉我们咒语。我的意思是，她可以从她父亲那里‘借来’咒语。”

瑞夫轻笑了一声，“那事情就好办了，我们有魔杖，很快又可以拿到魔咒。”他指着崔斯坦，“我们这里还有一个五级法师，不如放手一试。”

“你的意思是你和崔斯坦要帮我们把那条龙救出来吗?”我还没反应过来。

瑞夫咧开嘴，露出一个大大的笑容，“傻丫头，不然呢?”

第十六章
埃夫伦钢

“我都不知道从哪儿开始。”崔斯坦不断挥舞着白色的魔杖，施咒切割钢铁。

不远处的一段树桩上，放着锋利的埃夫伦钢箭头。

“我一直在用克制加德纳武器对应的魔法来尝试切断它。”

此刻，我们正在一片僻静的荒野之中，这里距离韦帕大学约有半个小时的步行路程，再走两步就是高耸入云的韦帕脊柱山脉，清晨的阳光穿过树林，懒懒地洒了下来，我们呼吸着寒冬冰冷的空气。

我警惕地环顾四周，感觉好像周围的树都在风里窃窃私语。我坐在苔藓覆盖的岩石上，把我的羊毛斗篷拉得更紧了一些，来抵御寒冬的凉意。伊万靠在一棵树上面对着我，他好像完全不怕冷，我从来没见过他穿羊毛斗篷。而且，每次我离他很近的时候，总能感觉到他身体里散发的热量。比如，他温热的手指碰到我的手指的时候，还有我把手放在他的手臂上的时候。

瑞夫则在翻查着咒语书。这些咒语跟当时我进行魔法测试时听到的咒语一样，都是基本的法术。戴安娜坐在瑞夫旁边，双臂交叉，一脸淡定。

乔德静静地看着崔斯坦使用魔杖，安德拉斯坐在地上，仔细地打磨着他那把看起来已经相当锋利的银色双面斧，一阵细小而有节奏的沙沙声从他那边不断传来。这是阿玛扎卡人常用的武器。这把双面斧看起来硕大无比，好像能抵御一切魔法，或者能把最硬的岩石一下子劈裂。

“你们为什么要帮我救那条龙？”伊万环顾周围所有人，突然发问，“我自己甚至都不确定能不能把它救出来，即便真的可以……”

“这个想法很危险，”安德拉斯平静地说，“我不知道我是否会加入你们，”他宽阔的下巴指了指远处的埃夫伦钢铁，“但是我会试着帮你们打断这种钢铁。假如龙能够翱翔于边境的天空，可以帮助很多人。”他黑色的眼睛盯着伊万，“我们阿玛扎卡人最痛恨囚禁野生动物的行为，”他沉默了一会儿，“我也想看一看一条没有被驯化的龙，我听说它们是非常神奇的生物。”

“的确如此。”

“我想看看你的龙，凯尔特人，”安德拉斯说，“然后我会决定要不要帮它。”

伊万轻轻地点了点头，然后看着戴安娜。

“乔德和我也很痛恨把动物关在笼子里的行为，”戴安娜激烈地说，她双臂交叉，“所有卢布林人都憎恶这种行为。”她朝我这边指了指，“艾洛琳来找我们帮忙，那我们当然要帮你喽。”

“瑞夫，你呢？”伊万问，“你为什么要背叛自己的族人？”

“我也不知道，但是马库斯·沃格简直是一头疯驴，他已经疯魔了，这些加德纳人真的越来越令人生厌。”

“你呢，崔斯坦？”

崔斯坦根本没空参与我们的对话，他还专注地研究着魔杖，正用魔杖制造一个小小的旋涡，“加德纳人的确越来越自以为是。”他不情愿地说。

“所以我不介意看到他们少了一条军龙。”瑞夫继续说。

“你永远不知道一条龙到底有多大威力。”崔斯坦表示同意。

“这倒是真的。”瑞夫笑道。

“我准备从最弱的火焰开始，然后逐步推进。”崔斯坦用魔杖指向埃夫伦钢铁。

“用什么咒语？光明术？”瑞夫好奇地问。

“没错。”崔斯坦嘴里念出了一长串咒语，他朝埃夫伦钢箭头的方向挥动魔杖。突然，一道锋利的橙色闪电从魔杖的尖端飞了出来，这道闪电的后坐力是如此之大，崔斯坦一下子摔在地上。闪电击中箭头，我也被震得往后退了几步，差点从岩石上掉下来。箭头下面的树桩立刻被烧着了，那团明晃晃的火焰惊呆了我们所有人。

瑞夫的眼睛睁得老大，“你真的只是用了光明术？”

崔斯坦点点头，嘴里嘟囔着，“艾洛琳，你从哪儿弄来的这根破魔杖？”我盯着火焰，一个几乎完全不切实际的想法闪现在我的脑海里。如果赛格的魔杖真的是传说中的白魔杖呢？这个想法太荒谬了，我自己差点都笑了，这怎么可能是白魔杖。我松了口气，但我高兴的是这根魔杖看起来比普通的魔杖好得多。

“埃夫伦钢怎么样了？”我站起来，走到火焰旁边，仔细观察。

“你们不可能使它熔断，”伊万开口了，他站在原地没动，“如果连龙焰都不能熔断埃夫伦钢，那你哥哥肯定也不行。”

果然，箭头丝毫未损，火焰没有让它产生一丁点变化。

“也许我们可以试着斩断它。”安德拉斯一边说一边抓起他的双面斧。他把箭头放在另一截树桩上，把双面斧高举过头顶，对准箭头，然后就是一阵震耳欲聋的劈砍的声音，我必须捂住耳朵。可许久过后，箭头的尖端还是完好无损，甚至都没有一点点凹陷，而安德拉斯的双面斧上已经有了一个大大的缺口。

“太不可思议了，”安德拉斯检查着自己的斧头，又带着些许敬意瞥了一眼小小的箭头，“我觉得这种钢材根本不可能被打破。”

“让我试试！”戴安娜恼火地说。她走过去仔细看着箭头，瞪着它，好像觉得它在故意违抗她的意思。她的两条腿分开，扎成马步，然后慢慢蹲下身子，她把手举过头顶，猛地往下一砸，片刻的功夫，树桩已经裂成了碎片，但是箭头依然纹丝未动。

“可恶，”戴安娜一边说一边摩挲着自己的手，看起来非常恼怒。乔德眼睛瞪大了，“我长这么大还没听过我妹妹说‘可恶’呢。”

崔斯坦调侃瑞夫，“我有没有跟你说过，你的女朋友看起来好可怕。”

“你说过很多次啊！”瑞夫笑了。他走到戴安娜身边，轻轻握住她的手，亲吻了她刚才敲击箭头的那一边。“你以后还是少惹她生气。”崔斯坦建议道。

“我一定谨记在心。”瑞夫一边微笑着，一边把戴安娜拉进自己怀中。

接下来的一个小时，崔斯坦几乎使出了他会的所有法术。不管是加热法术、分裂法术、光明法术、变形法术，还是投掷法术，甚至所有咒语的叠加，都未能伤得了那小小的箭头分毫。

大家安静注视着箭头，它插在已经快被燃烧殆尽的树桩里。

“你挑了个硬茬儿！”瑞夫盯着它说道。

乔德突然抬起头，仔细地嗅着什么。突然，他惊讶地说：“艾林恩来了。”

我环顾四周，艾林恩几天前就回瓦尔加德了。她借口周围的学生全都沉浸在马库斯·沃格执掌魔法委员会的庆祝活动之中，她刚好得空回去看看家人还有她身为魔法委员会委员的父亲。我之前已经跟她说过，我们会在这片小树林碰头，还有我们要做的事情，以及她怎么找到我们。果不其然，艾林恩的身影出现在小树林里，我也听到她在树叶上轻轻走动的脚步声，还有她裙子摩擦地面的沙沙声。

艾林恩看起来很紧张，她的脸色苍白。乔德看到她那副样子，似乎竭尽全力才忍住把她搂在怀里安慰的冲动。

“我给你们带了些东西。”她一边说一边把肩膀上的背包拿下来，抽出了一卷带黑色皮革外皮的书。我觉得我的呼吸都停住了，我惊讶地捂住嘴巴。

“天哪，你知道这是什么吗？”

艾林恩看了我一眼，把书递给崔斯坦，崔斯坦惊讶地看着她，也倒吸一口凉气，“你竟然真的偷到了！”

“这是什么东西？”安德拉斯问。崔斯坦向安德拉斯解释，“这是《黑魔法》，只有加德纳魔法委员会委员和高级军官才可以看到的军事机密，这里面不仅仅有加德纳法术，还有菲亚法术。”

崔斯坦一边说一边小心翼翼地翻阅着，“在战争期间，加德纳人获得了菲亚人的法术。加德纳人可以用魔杖念出这些咒语，从而化解菲亚人的法术。咒语全部记载在这本书里。”崔斯坦把书拿给艾林恩，“你从哪儿拿的？”

“我父亲，他的办公室里有一份手抄本，所以我，我就把它‘借’了出来，他不知道这件事。”

瑞夫轻笑了一声，“简直难以置信，这太危险了！”

“等你记住这些咒语后，我立刻就送回去。”她环顾四周，“有些事情我想大家应该知道，我听到有一些魔法委员会的成员在谈论加德纳现在拥有的武器，他们计划用这些军事力量去征服卢布林人，我非常担心，我担心……”她偷偷看了一眼乔德。

戴安娜轻蔑地说：“这么多年，加德纳人一直不死心，每次都有新花样。”

艾林恩摇头，“这次跟以前都不同，沃格掌权了，他们的信念变得前所未有的坚定。他们想杀死所有的卢布林人，想要夺走你们的土地，以威慑其他种族的人。”

“他们的魔法在我们眼里什么都不是，”戴安娜提醒艾林恩，“我们不费吹灰之力就可以把你们的人大卸八块。”

艾林恩严肃地看着她，“那又如何？”她指了指《黑魔法》，“也许这本书不仅可以帮你们解救铁笼中的巨龙。”

每个人都沉默了很久。我们的生活，我们的人生轨迹正在往从未预料过的方向疾驰而去，我们偷了魔法委员会的《黑魔法》，我们计划偷偷放出加德纳军事基地的龙，一条没有被驯服的龙。

“我该走了，”艾林恩皱起眉头，“我不想让任何人看到我和你们在一起，如果有人发现《黑魔法》失窃了，我不希望有人知道是我拿给你们的。”

“你很勇敢。”瑞夫说。

艾林恩点点头，转身要走。

“艾林恩，等一下！”乔德立马追上她。艾林恩伸出一只手阻止他靠近，她的脸上非常痛苦。“不行，乔德，求你，我必须离开。”

“我们谈谈吧。”乔德坚持说，他脸上的表情也很痛苦。艾林恩的双手抓住她的裙摆，一边摇头一边哭。乔德走向她，一把将她搂进怀里，亲吻着她的额头。艾林恩紧贴着乔德，在他宽阔的胸膛里啜泣。

戴安娜震惊地盯着他们俩，显然不知道他哥哥的生活里最近发生了什么。

乔德向艾林恩耳语了什么，她点了点头。“我想跟艾林恩私下谈谈，”乔德发现了他妹妹一脸错愕的表情，“以后再跟你解释。”戴安娜似乎没有听进去他说的话，只是直勾勾地盯着乔德，好像自己不认识他似的。

乔德领着艾林恩走开了，他们俩的身影很快就隐入了树林中。“戴安娜。”瑞夫温柔地说。

戴安娜转过脸看着他，“你早就知道了？”

“我早就知道了，这么明显。”

“那你为什么不告诉我？”

“其实他们也才在一起没多久，而且我对这件事上并没有什么特别的立场，”瑞夫有点为难，“难道你的嗅觉和触觉不是远优于我吗？”

“我觉得她的关注点似乎不是这个。”崔斯坦调侃了一下。

“那个女孩儿，艾林恩，”安德拉斯转向我，他的声音很深沉，“他的父亲是魔法委员会的成员？”

“没错。”

“这件事后果很严重，”安德拉斯摇摇头，“一个人永远不可能斩断自己的家族血缘，就像你无法打破刚才的那个埃夫伦钢箭头一样。”

我瞥了一眼依然完好无缺的那块金属，当我回头的时候，伊万火热的眼光锁定着我，眼睛里不知为何有一丝蔑视。

那天晚上，我梦到我来到了伊万的那座秘密谷仓，谷仓墙壁上的灯笼发出微弱的光，地上铺着无数被撕碎的《先贤之书》。前方若隐若现的光影里走出来一个人，是伊万。他的轮廓闪闪发光，一会儿清晰一会儿又变得模糊，过了好久，我才慢慢看清了他。他大步走向我，绿宝石一样的眼睛里是璀璨的光芒。无数的书页在他的脚下旋转，白白的纸张如同羽毛一般在空中翻飞。突然，伊万毫不犹豫地把我拉到他怀里，下一秒，他的嘴唇就触碰到了我的嘴唇。我喘着粗气，被这个意想不到的热烈的吻惊到了，我觉得自己在他的热烈的感情里融化了。我感受到他粗糙的衬衫下滚烫的皮肤，他的感觉和他的味道，就像温热的蜂蜜一般黏稠，滴落在我的身上。我伸出手，划过他紧绷的肌肤，抚摸着他柔顺的头发。

他亲吻着我的脖子，我的脸，我的头发，我的嘴唇。他仿佛一个溺水的人，而我就是他的救命稻草，我感受到了他口鼻中炙热的气息。“我爱你，艾洛琳。”他的声音并不大，但一种温暖在我的内心膨胀开来，像一个气球，那么幸福，那么饱满，那么充满生机，又脆弱得令人心痛。

跟他在一起的感觉真好，就像走过了一条漫漫长路，终于抵达终点。“伊万，”我摩挲着他棱角分明的下颚线，“我也爱你。”

突然，不知道从哪个方向吹来一阵狂风，脚下，《先贤之书》的书页在我们周围的旋风里飘扬旋转，展现出各种栩栩如生的画面，成千上万的书页在我们之间翩翩飞舞。

我感受到一股强大的力量，将我们两个分开，书页锋利的边角无情地划伤了我的皮肤。我看不见伊万，我只能看到一面白色的墙，书页在我的周围旋转，飘飞，轰隆声震耳欲聋。

我大声地喊着伊万。我尖叫，哭喊，但是一点用也没有。

在一片轰鸣声中，他听不到我的声音。

第十七章
纳　加

“所以，凯尔特人，你的龙会不会把黑女巫吃了？”当我们在树林里朝着龙的方向跋涉的时候，艾瑞问伊万。

我看到伊万的嘴角抽搐了一下，但是他依然直视着前方，“也不是没有可能。”他回答。

“说不定那条龙会喷火，把她烧死。”艾瑞兴高采烈地说。

我一边瞪了她一眼，一边小心地从地上爬起来。树林里荆棘密布，我老是被绊倒。我特别讨厌艾瑞叫我黑女巫，她自己也知道我非常不喜欢这个称呼。我已经懒得和她吵，因为艾瑞根本不可能被说服。如果跟她说我讨厌某件事情，她只会做得更起劲。

瑞夫、崔斯坦、乔德、戴安娜、安德拉斯，还有温特都默默陪在我周围。但他们不像我，他们都健步如飞。“艾瑞就是喜欢在嘴皮子上占便宜。”我小声对伊万抱怨，他的嘴角好像微微上扬了一下。

是戴安娜说服了艾瑞和温特加入我们，因为她们两个可以用意念与龙对话。艾林恩自告奋勇地去照看玛丽娜。

尽管艾瑞一直认为戴安娜是一个野蛮人，而且老是怀疑戴安娜会在某一天把她的鸡都吃掉，但是戴安娜总是能够猜透艾瑞那看起来永远都被迷雾笼罩的心情。又或许，艾瑞是败在了自己的好奇心下，而且温特也答应前往，所以她才同意与我们一起去解救巨龙。

“我可以和龙交谈，”艾瑞怒气冲冲地对我说，“我可以先让它把你撕成碎片，而且你根本不知道我在跟它说什么。听起来是不是很有趣？”

“那你赶紧抓紧时间练习一下你的意念沟通术吧。”我疲倦地回答。

艾瑞邪恶地笑着，露出长长的獠牙，“要是黑女巫没有整晚上让我睡不着的话，我也许会考虑对她好一点。”她在伊万耳边狡猾地说。

我立刻恐慌起来，赶紧停下脚步。艾瑞也放慢了速度，然后停下来，我们身边的其他人看见我们俩都不走了，也都站在原地，奇怪地打量着我们俩。“艾瑞，求你了，”我恳求道，“别说出来。”

“她晚上说梦话，”艾瑞向伊万解释道，她的笑容越来越可怕，“昨天晚上说了一整晚，特别烦人，我都睡不着。”

我马上就要哭出来了。“艾瑞！”戴安娜怒吼，向前迈了一步。

“别说了，我们该赶紧上路了，”瑞夫也打断艾瑞，“一会儿天就黑了。”

我僵硬地对着哥哥点点头。自己的秘密被室友知晓，那一刻我真觉得自己和赤裸裸地站在他们面前没有区别。艾瑞环顾四周，仔细品味着我的尴尬和痛苦，“别担心，黑女巫，”她终于说，“我不会告诉伊万你在梦里都跟他做了什么事的。”

伊万的眉头皱了起来，他惊讶地看了我一眼，然后又尴尬地别过头去。戴安娜发出低低的咆哮声，她的犬齿已经半露出来。在戴安娜的威胁下，艾瑞噤声，生怕戴安娜扑过来。

于是大家继续往前赶路，只有温特稍稍停了一下等我，对我表示同情。

我感到非常羞耻，拼命忍住自己的眼泪，跟着大部队。

所以，现在伊万知道我梦到他了。那又怎么样呢，有谁能控制自己的梦呢？

当我再次来到那条龙的身边的时候，刚才发生的事儿瞬间就被我抛到了脑后。只见巨龙躺在地上，眼睛紧闭，倒在一片血泊之中，那壮观的玛瑙一样的龙皮上覆盖着许多的血痂和鞭痕，它的一只翅膀和一条后腿弯曲成了一种奇怪的不自然的样子。我捂住嘴，这种血腥残忍至极的场面让我无法呼吸。

“天哪!”伊万喘着气朝笼子走去，他跪在笼子前面，抓住栏杆。温特看着伊万，她的翅膀紧紧包裹着她小小的身体。“我要杀了这帮畜生!”戴安娜低吼，眼中充满狂怒。乔德和安德拉斯看起来也非常气愤。艾瑞仿佛僵住了一般，她面色苍白，先是露出震惊的表情，接着愤怒地拼命扑向笼子。她的眼泪往外飙，“把它放出来，”艾瑞尖叫着说，“把它从笼子里放出来!”她瘫倒在地，脸皱成一团，她的拳头紧紧抓住铁栏。

崔斯坦走上前，对艾瑞冷静地说：“我们正准备把它救出来呢，”他很温柔，“但是如果你这样大喊大叫的，一会儿把士兵叫过来，我们就没办法救它出来了。”

伊万的手臂绕过栏杆，放在龙鲜血淋漓的背上，“它还活着。”他说，他的声音因为激动而颤抖。龙突然睁开了它绿色的眼睛，看了一眼伊万，眼神里仿佛有一片悲伤的海洋。

安德拉斯走到伊万旁边跪下，仔细检查着巨龙的伤口，“她的翅膀受伤了，腿也受伤了，失血过多。也许温特可以告诉我们，它是不是还能活下去。”他看向温特，深深地吸了口气，朝着笼子的方向跪坐在地上。

温特把苍白的双手放在龙闪闪发光的鳞片上，她紧闭双眼。龙的目光转向温特，它的表情很狰狞，“它希望我们知道它的名字叫纳加，它想要动，但是它动不了，它太痛苦了，”温特的声音仿佛是呜咽一般，“它现在非常绝望，它只是想要……想要……”她的声音断断续续，泪水滴落在她的脸颊上，“它只是想要自由地飞翔，它只是想要感受两翼生风的感觉。但是，它斗不过他们。现在，它的脑海里出现了一幅画面，伊万是它的好朋友，是它唯一的朋友。它希望自己的同类能够在被那群加德纳怪物发现之前逃离这里，它觉得伊万可以救它。但是，伊万也没有办法，虽然，伊万是一个……”温特大口喘着气，她瞪大眼睛，惊恐地转过头看着伊万。

伊万一脸诧异，他站起身来，面对着温特，“求你了，温特。”

温特怀疑地摇了摇头，深呼吸，“怎么会这样？”

“我求求你。”他恳求道。温特好像竭尽全力让自己平静下来，她的翅膀紧紧地包裹着自己。她先是紧闭双眼，然后又睁开了眼睛，冷静地看着伊万，“把你的手给我。”

她一只手放在龙身上，伸出了另一只手给伊万。

“温特，我……”

“你不要害怕。”她坚定地说，她的手依然伸着。伊万看起来很矛盾，但他挣扎了一下，还是把手交给她了。等温特读完了伊万的内心所想，还有那条龙的想法的时候，她闭上眼睛，蹙起眉头，好像置身于一场非常私密的谈话中。最后，她睁开眼睛，依然抓着伊万的手。“同情是所有秘密的守护者。”她对伊万说出这么一句话。

我茫然地看了一眼周围，乔德和戴安娜也表示难以理解，安德拉斯紧紧抓着他的双面斧，崔斯坦和艾瑞都担心地看着伊万。“我并不想打断你们，”瑞夫对温特说，“但是如果伊万有什么特质是我们不知道的话，我希望你能够告诉我们，万一有危险……”

“他对我们任何人都不会构成威胁，”温特冷静地说，“他完全值得信任。”

瑞夫看看她，又看看伊万，眉头一蹙，又对温特说：“那你能告诉我们，这条龙还能活下去吗？”

温特的目光再次放在龙的身上。“纳加，”伊万突然痛苦地呼唤着龙的名字，“是谁干的？”龙的目光再次充满了痛苦，“一个加德纳士兵，”温特翻译道，她的目光充满了畏惧，“是达米恩·巴恩。”

“天哪，”我觉得很恶心，“果然是巴恩家的人。”

“我们会想办法救你出去的，”伊万咬牙切齿地说，声音非常果决，“我们一定会找到办法的。”

“没有别的办法了，”温特翻译道，“他马上就会回来，他会继续折磨我，直到我投降或者死去。”

“我们会拦着他！”瑞夫说。

“然后他们会派出下一个士兵，”温特继续说，“没有人能阻止他们。”

崔斯坦在铁笼前后左右仔细研究，“我们一定会找到办法救你出去。”

“那你一定要尽快，加德纳人，”温特翻译着龙的话，它的眼睛里写满了绝望，“越快越好。”

接下来的几天，我们都没有看到崔斯坦，他的日程好像安排得很满。虽然我们所有人都很忙，因为期末考试马上就要到了。可即便如此，崔斯坦每天晚上都要去森林里用魔杖对着埃夫伦钢练习法术。

艾瑞经常在房间里踱步，她比往日看起来更愤怒，更忧郁。我们所有人都是如此。海豹姑娘似乎也感觉到了这一点，她像艾瑞的乌鸦一样，紧张地凝视着我们。每天晚上，她蜷缩在戴安娜的身旁睡去，似乎那就是对她最大的慰藉。

伊万对我的态度，陌生又遥远。虽然我还是像往日一样能够感觉到他对我的关注。但奇怪的是，他好像在尽量避免跟我接触，他总是跟那些凯尔特人还有尤瑞斯科女仆待在一起。他总是尽量避免单独跟我待在厨房里。他再也不像以前那样，会找机会悄悄地跟我说上几句话。

可即便如此，即便隔着偌大的厨房，我也能感觉到我们之间莫名的对彼此的吸引力。

他的态度让我不安，也让我困惑。我努力转移自己的注意力，认真学习。我时常担心，如果有人发现玛丽娜被藏在北塔，会有什么后果。我也时常担心，伊万的那条龙能不能活下来。我时常想，温特到底知道了什么。

可仔细回想起来，伊万真是太奇怪了，那天他在厨房里跟达米恩搏斗的时候，他的速度还有力量异于常人。为什么他只要注视着龙就能够跟它对话呢？为什么他看起来好像能够看透我的想法呢？为什么他的皮肤有一种异于常人的温热感呢，即便在寒冬也是如此？

他身上到底藏着什么秘密？

第十八章
伊　万

“你现在还是那么坏吗？”

夜晚，我结束了一天的工作，刚从厨房里走出来，就听到头顶上传来小朋友的声音，吓了我一跳。是小弗恩的声音，我已经好久没见过这个尤瑞斯科小女孩儿了。我很惊讶，她竟然还在这。

“你在哪儿？”我轻声地问道，害怕被别人发现她在这儿，毕竟她是从菲亚群岛偷渡过来的。

“你现在还是那么坏吗？”她的声音又传来。

我再次回想起那天卢卡斯和我一起走进厨房，威胁里面的工人们，回想起当时小弗恩脸上恐惧的泪水，不禁羞愧万分。

“艾里斯和布莱德说你是个坏人，”她沉思道，声音很稚嫩，“但是伊万说，你不是。他说你现在不是坏人了。”

“他真的这么说吗？”一种温暖的感觉涌上心头。

“我奶奶说她不知道，我也不知道你是不是坏人。”

我思考了一会儿，“我一直都没有伤害你们的意思，以前有过不恰当的行为，我非常抱歉，我希望我不是坏人。”

四下安静了下来。

“弗恩，你为什么爬这么高？太危险了！”

“我正在扮演黑女巫。”

我睁大了眼睛，惊讶地问：“黑女巫？”

“以前在菲亚岛上，只要监督员不在，我们这些孩子就玩这个游戏，有一个人当黑女巫，其他人都要躲起来。”

“如果，黑女巫抓到你们会怎么样？”我问。

“当然会被杀掉了。”

我僵在原地，“听起来是一个很可怕的游戏。”我内心充满了愧疚，这就是我的奶奶留给后人的印象吗？连在小孩子的游戏里，她都是一个杀人不眨眼的怪物。

“你真美。”弗恩突然小声说。

“谢谢。”我听到她在树叶间咯咯地笑。

“伊万也觉得你很美。”

“真的吗？”我的脸颊因为惊喜而红了。

“我跟他说，你看起来就像一个公主，而他也这么觉得。”

我还是第一次听到这样的赞美。

“他是我的好朋友，”小弗恩继续说，“他有时候跟我一起玩儿。”

“那他现在还跟你一起玩吗？”

我努力想象这样一个场景，严肃古板的伊万和一个小孩子一起玩耍。我又想起来，我第一次看到他和小弗恩在厨房里玩儿的时候，她还把肥皂水洒在他的衬衫上，我还记得他阳光的笑容，他是那么有耐心。

“他还给我做玩具呢！”

“真的吗？”

“对呀，他用木头给我做了一根小魔杖，还给我做了一个鸭子拼图。”

“听起来真好！”

“他就是很好啊。”

突然，一声闷响在我耳边响起，紧接着是小弗恩刺耳的尖叫声。我扔下书包，赶紧朝她那儿跑去。她从树上掉了下来，刚好落到放在树下的一把锄头上。

周围一片漆黑，我好不容易才看清，她的右腿断了，血液从伤口汩汩流出。天哪，我深吸了一口气，心跳得飞快。小弗恩因为疼痛而剧烈地扭动着身体，我惊慌失措，四处寻找帮助。黑暗中，我看到伊万从他的谷仓向我们跑来。

“她摔倒了，从树顶一下摔在地上的锄头上，腿断了，一直流血！”伊万跪下来迅速查看伤口的情况。小弗恩不该在这儿，如果有人发现她……

“让她安静下来。”伊万命令我。

“怎么让她安静？”

“想办法！”

我只得坐在小弗恩身后，一只手按住她的头，一只手紧紧捂住她的嘴，我不得不这么做。她小小的身体绷得紧紧的，两只手抓我的手臂。伊万卷起她的裤腿，我看见她的一块骨头露了出来，已经断了。

“艾洛琳，”伊万命令我，“稳住她。”我紧紧抱住她的头，用胳膊肘压着她的手臂。伊万按住她的腿，突然用力把她的腿拉回了原位。

小弗恩开始痉挛，她的声音充满了痛苦。“你在干吗？”我哭着说。伊万没有回我，又用手重新把小弗恩的腿拉直。他的两只手完全遮盖住了小弗恩腿上的伤口，然后闭上了眼睛，好像在冥想。“伊万，”我尖叫道，“你在干什么？我们得赶紧找一个真正的医生。”

但是小弗恩的尖叫声逐渐减弱，她整个人都慢慢放松了下来，她的手臂无力地垂下，她轻声呜咽，然后甚至不哭了。伊万还是蹲在原地，闭着眼睛，好像把他全部的精力都集中在小弗恩腿上。不远处，我看到弗里妮亚熟悉的身影匆匆往我们这里赶来。

她看到躺在地上的孙女，连忙把铁桶扔在一边。伊万睁开眼睛盯着我，“放开她吧。”我把手从小弗恩的嘴边拿开，坐在一旁，小弗恩的脑袋瘫软在我的腿上，她还在抽搐，身体还在微微颤抖，但是好像没那么痛了。

伊万慢慢从她的腿上挪开双手，他手上的血液，还有小弗恩腿上和衣服上的血液，在夜色中看起来仿佛是一摊黑墨水，泼洒得到处都是。令人难以置信的是，小弗恩突然站起身来，向她的奶奶伸出双手，扑进了她的怀里。

我坐在原地，目瞪口呆，简直不敢相信自己的眼睛。怎么会这样，我亲眼看见她的骨头断了露在外面。弗里妮亚抱着小弗恩，“我的宝贝，”她亲吻着她的额头，“发生什么事了？”

“我刚才从树上掉下来了，”小弗恩说，“是他们救了我。”

“她受伤了，但只是刮伤而已。”伊万告诉弗里妮亚。

什么？我们刚才看见的是同一个场景吗？我明明看到她的腿已经折了，骨头都露出来了，血流得满地都是。伊万看着我非常诧异的目光，表情很严肃，好像希望我能保持沉默。我瞥了一眼他的手，那上边都是血迹。我知道骨折并不难治疗，但是那需要休养好几个月，我从来没有见过病人立刻就能活蹦乱跳的。

“谢谢你！”弗里妮亚带着深深的感激对伊万说，又转向我，“谢谢你，加德纳法师。”

“艾洛琳也帮了我大忙。”小弗恩的头靠在奶奶胸前，看起来很累的样子。弗里妮亚看了看我们，我又亲了亲小弗恩的头顶。“我们给艾洛琳和伊万煮两杯茶，做几个苹果派吧。”这是她第一次叫我艾洛琳，我有点诧异，有点藏不住内心的喜悦。她又点点小弗恩的鼻子，“我给你这个小东西做一杯热的枫糖浆，好吗？”

刚说完，弗里妮亚便站起身，小弗恩乖乖地牵着她粗壮的手臂。“你们先去吧，”伊万温柔地说，“我们马上就来。”

弗里妮亚脸上闪过一丝疑虑，看了看我们，但还是转身走进厨房了。

“你是怎么做到的？”弗里妮亚走后，我低声问道。那分明是治疗魔法，但是凯尔特人并不会魔法。他没有看我，“我不知道你在说什么，她的腿只是脱臼了而已，我刚才只是帮她拉了回去。”

“那条腿明明断了，我都看到了骨头，我亲眼看见的，地上全是血，这不是刮伤！还有龙，你怎么可以跟龙说话？”我继续问，“你怎么会跟温特和艾瑞一样，仅仅用想法和意念就能跟龙交流？我还记得你当时帮奥莉打跑达米恩的时候，你的速度那么快，我几乎什么都没看清。我以前觉得是我出现了幻觉，但是现在看来，这一切不可能都是我的幻觉，你到底有什么秘密？”

“没有什么秘密，”他躲过我的眼睛，下巴绷得紧紧的，“一切都是你想象出来的，请你不要再胡思乱想了。”

我丝毫不想退让，“我不会就此作罢，除非你告诉我究竟发生了什么事。伊万，你可以相信我，告诉我这一切吧！”

他的眼中焦虑不安，经过一番挣扎，他的嘴唇张开，那一瞬间，我几乎以为他就要告诉我了。然而，我们之间突然出现了一道悲伤的鸿沟，将我们隔开，我的心跟着沉入谷底。随后，他闭紧嘴，脸上矛盾挣扎的表情也消失了，只剩下一股愤怒，“我要走了，”他冷冰冰地说，“我还有事儿。”

“伊万，”我请求道，“等等……”

但是我只能看着他转身离去，消失在夜色里。

我觉得非常不安，走进厨房发现小弗恩和弗里妮亚坐在那儿，小弗恩小口小口地喝着一杯枫糖浆。弗里妮亚刚刚帮她清理完伤口，她的腿还是笔直光滑，只是上面有一个红色的小小的疤痕。

我走进去的时候，弗里妮亚抬起头，“伊万那小伙子呢？”她问道。

我深吸一口气，“他走了，他有很多功课要做。”

“真是一个上进的孩子。”她把一条披肩搭在小弗恩的肩膀上，嘀咕着摇了摇头。弗恩放下手里的杯子，伸手在她的奶奶胳肢窝挠痒痒，把她弄得咯咯笑。“你这个小家伙！”她捅了捅小弗恩，然后把小弗恩拉到她宽阔的膝盖上坐着。

坐下以后，小弗恩又伸手去拿枫糖浆，小口小口地喝着，她的眼睛羞涩地偷偷看我。

“我误会你了。”弗里妮亚平静地说，她抚摸着孙女的头发。

“我最初也误会你了。”弗里妮亚的眼睛看了看我手臂上的白袖章，“你不是真的支持沃格，对吗?”我盯着她看了一眼，摇了摇头，她露出一种精明的神色，嘴角上扬，“我也觉得不是。”

她似乎觉得很欣慰，继续轻轻地摇晃着小弗恩，我看见小弗恩的眼皮越来越沉。最后，弗里妮亚轻轻地把她孙女手里的杯子拿出来，孩子已经在她的膝盖上睡着了。

“我很抱歉，”我低声说，“一开始到这儿的时候，我很无知，犯了一些错误。”弗里妮亚看着我，又低头看看孩子，“我接受你的道歉，”她笑着说，“喝杯茶吧。”她拿出茶壶和杯子，薄薄的蒸气从壶里冒出来，我自己倒了一些和弗里妮亚一起喝。

她轻轻地摇晃着小弗恩，一种温暖舒适的感觉围绕着我。当伊万拒绝告诉我真相的时候，我觉得很生气。但在此刻，我看着孩子睡着了，而我自己握着装满热茶的杯子，闲适地坐在一旁，那种失落的情绪消失了。

弗吉妮亚用尤瑞斯科语唱了一首温柔的摇篮曲，歌声飘散在厨房里，她温柔的嗓音好得令人惊讶。

我坐下，又给自己倒了一杯茶，享受着这难得的温存时光。尽管，我内心还是放不下伊万·古里尔隐藏的秘密。

第十九章
菲亚人

“他一定是个菲亚人。”艾林恩一边阅读镶着金边的历史档案，一边说。

她的两个精灵族的室友都不在，我们两个人坐在她房间的地板上，用宝贵的复习的时间仔细地查阅着每一本关于菲亚人的书。

我打量着她的房间，“跟两个精灵族的女生住在一起，感觉是不是很奇怪？”

她的神色黯淡下来，“我觉得这种状况不会持续太久了，现在韦帕大学的委员会已经被加德纳人控制。刚入学的时候，大学委员会一直要求不同种族的学生混住，这是一项种族融合政策。但是这项不受欢迎的政策马上就会被加德纳委员以多数票取消了，只是时间问题而已。”

身旁的壁炉里，火焰呼呼地响，地上散着一地的书。我瞥了一眼艾林恩的床。她的床一看就很精致，深绿色的床单是由华贵的埃夫伦高支棉制成的。她的衣服虽然显得比较简单，但却是由精细的丝绸和亚麻制成的，就连她的梳子和牙刷都是银制的。

但是，艾林恩干净整洁的床与她旁边的埃夫伦精灵女生一比就显得苍白了许多。精灵族少女的床是白色的，上面铺着象牙白的丝绸床单，螺旋状的白蚊帐挂得高高的，床柱上盘旋着两架葡萄藤，墨绿色的叶子上开着许多白色的小花，散发出淡淡的清香，就像春天的味道。床前铺着黑白花纹交织的地毯，显得大气，又与床单呼应。长长的书架上摆着许多半透明的水晶碗，还有几本黑色的厚厚的书，标题是埃夫伦精灵语。她们的床旁边立着一把玳瑁桃花心木的竖琴，琴身是彩色的，琴弦在灯光下熠熠生辉。

“确实有很多关于菲亚人拥有神奇的治愈能力的传说。”艾林恩对我说。

我把目光投向眼前的书本，手指着一个萨尔芬空气菲亚人的图案。她穿着飘逸的灰色衣服，骑在云上，尖尖的耳朵格外引人注目，“但伊万的耳朵并不是尖的呀。”

“他可能是进行了伪装。”艾林恩假设。

我在文中找出了一段话，“这个世界上只有三种菲亚人拥有魔法，萨尔芬空气菲亚人，雷萨尔火焰菲亚人，埃斯瑞水型菲亚人，只有他们三种。”我手里捧着一大杯热茶，小口地喝着，搪瓷杯子很重，却温暖了我的双手，“但是细想起来，伊万并不害怕接触到铁，他在厨房里总是要碰到一些铁具。”

“说不定他是混血的菲亚人呢？”艾林恩心不在焉地说，她继续往后翻着手中的书。

“不过，他也不是很喜欢铁。”我努力地回忆，伊万看起来并不会被铁制炊具影响，而且他不像蒂尔尼，他从来不戴手套。

“菲亚人也有很多种，”艾林恩沉思了片刻，“成百上千，而且每一种都不同。”

我的脑海里出现了书里面的很多插图，比如拉米那可菲亚人住在地下的水晶城堡里；山羊族霍伦菲亚人，他们的城市精雕细琢，都位于山顶；还有可以隐身的萨尔芬菲亚人。

“看这个，”我惊讶地指着一张图片，“这种菲亚人有蝴蝶一样的翅膀。”

“没错，”艾林恩点点头，“他们是莫斯菲亚人，我听说过他们，他们擅长戏剧表演，专门为王室表演节目。”

我还看到了一种叫斯葛萨的菲亚人，他们和猫头鹰一起住在深山老林里。还有北部山脉的伊米尔菲亚人，由于抗寒能力很强，他们的住所都是冰屋。

“你有没有听说过维拉菲亚人？”艾林恩问。

“他们也很可怕吗？”

她微笑着摇了摇头，“不是，他们是变色菲亚人，而且对紫罗兰色有一种天然的亲和力，可以把自己变成紫罗兰色，躲在这种色彩的东西里而完全不被发觉。赛德菲亚人以前就专门让维拉菲亚人幻化成间谍，这也是为什么加德纳魔法委员会的大厅里从来不允许出现紫罗兰色。”

“想不到他们种类这么多，而且千差万别，但是菲亚人曾是一个那么有凝聚力的集体，太不可思议了！”我揉了揉脑袋。

“只能说大多数菲亚人都比较团结，”艾林恩拿起了另一本书，“除了独居的菲亚人。”

“独居的菲亚人？”

“这种菲亚人并不臣服于赛德王朝的统治，他们离经叛道，是游牧民族。他们像树妖一样，游荡在荒野中。”艾林恩的手指停了下来，“你看，雷萨尔火焰菲亚人有非常强大的治疗能力，”她的手指又滑过几行文字，“他们能喷射火焰，是天生的理疗师，喜欢孤独地游牧。而且……他们的眼睛是绿宝石色的，非常危险。”艾林恩的嘴角露出微笑，再次抬头，“他们的身体非常有吸引力。我知道他是凯尔特人，但是他也太有吸引力了，你不觉得吗？”

我耸耸肩，“可能吧，”我不想引发艾林恩对于我和伊万之间毫无意义的关系的怀疑。“我们应该把这些记下来。”我激动地说。艾林恩低头写字，我紧紧握住杯子，让自己表现得镇定一点。

雷萨尔火焰菲亚人，伊万会不会就是这种菲亚人？

“他非常强壮，移动速度很快，总是喜欢在森林里散步。而且我之前也跟你说过，我有段时间怀疑他是秘密的卢布林人。”

这句话说出来我就后悔了，一提到卢布林人，艾林恩的眼神就变得紧张起来。“你和乔德怎么样了？”我冒昧地问。

她沉默了，只是盯着书，“我和他还说话，”她的语气犹豫不决，“但是不要再说这件事了，我已经决定了，我不可能放弃我的姐姐们还有我的母亲，所以这件事情毫无意义。”

我觉得很不安，我看着她的表情，她好像离我越来越远。最近她经常回去看望家人，几乎每个星期回去一次，一是为了掩饰《黑魔法》被偷的事情，二是为了逃避对乔德的思念。

“艾林恩，你自己的幸福也很重要，你不要只考虑家人。”

她的表情变得很痛苦，“但是如果我抛弃了我的家人，我怎么会幸福呢?”

“你不会抛弃他们的。”她摇着头，显得痛苦万分。我长叹了一口气，“我以后会很想念你的，你是极少数我可以完全敞开心扉的人。”

艾林恩听罢，揉了揉额头，“我知道，我也有同样的感觉，但你至少还有戴安娜在你身边呢。”她一提起戴安娜，一种无力的伤痛感涌上我心头，我不由得想起了前几天发生的事情。

那天我洗完澡以后，光着身子面对着那一面有划痕的镜子。加德纳人有个规矩，一般不会在浴室放镜子，因为不能看见自己一丝不挂的样子，这是不道德的。

但在那晚，当我瞥见镜子里的自己的时候，我为自己修长而白皙的酮体所震撼，我竟然把自己想象成戴安娜的样子。我试着像她一样感受赤裸着身体的感觉，害羞地把双臂高举过头顶，戴安娜平时也是这么做的，我仿佛有意识地模仿着她。

就在这时，戴安娜突然闯了进来。我立即弯下腰，双手护在胸前挡住自己。尽管戴安娜本人也是赤身裸体，但我还是觉得很羞耻，我瞪着她，责怪她又没有敲门。看到这一幕，戴安娜愣住了，她停下来，“你好美!”她赞许地说，“你本来就应该这么欣赏自己的身体，年轻和美貌是玛雅馈赠给你的礼物，你应当陶醉其中。”

我快哭了，想把她从洗手间赶出去，“进来之前先敲门，我已经跟你说过无数次了，你是聋子吗？”

“我当然不是聋子，我的听力非常好。”

“快出去！”

“但是……”

“求你了，快走。”

戴安娜不高兴地从浴室退了出去。几分钟以后，我本想原谅这位来自卢布林部落的公主，但我又听到了非常敷衍的敲门声。“什么事？”我咬牙切齿地说，责怪她怎么还没有放弃。

“我可以进来和你谈谈吗？”

“不行！”我大叫道，立马穿上了吊带背心，依然非常愤怒。

几秒以后，敲门声又一次响起。“现在呢？”她问，听起来好像真的很着急。我长长地叹了口气，要想真的对她生气还真是不容易。“进来吧。”我无奈地说。

戴安娜走进来，在洗衣盆旁边坐下，看着我。我皱了皱眉头，然后粗暴地用手梳理着自己的头发，“你想说什么？”

“我要跟你谈一谈。”她好像很难启齿，戴安娜还会有这种表情，可真是新鲜事儿。我停顿了一下，转身看着她。“我前几天给我的爸妈写信了，”她说，“我跟他们说了想把你带回我们部落的事情。”

我心里咯噔一下，那些温暖和慰藉都消失了。我已经预料到可能随之而来的痛苦和尴尬。这有什么好惊讶的，他们当然会拒绝。戴安娜竟然还觉得她的族人会不一样。真是幼稚，一个天真的傻丫头。她以为所有的事情都在她的掌控之中，她以为卢布林人真是完美的吗？

原来，高贵的卢布林人就像其他任何种族一样，都对人存在偏见。“我的父亲，”她试探着说，“他们建议让你先跟他们见一面。”换句话说，就是不欢迎我去。

我背对着她，不停地梳理着我的头发，试图以此分散注意力。“没关系，”我僵硬地说，努力地吞下被人拒绝的痛苦，“我怎么可能真的去你们部落呢？我们两个种族截然不同，我觉得我即便去了也会很不舒服的。”

“艾洛琳……”戴安娜尝试安慰我，我知道她在努力帮我，但是那一刻我心里面讨厌她的情绪战胜了理智。“请你出去，”我严厉地说，“请你尊重我的隐私。”戴安娜转身，轻轻地关上了门。她脸上一闪而过的悲伤竟让我心里产生了一丝稍纵即逝的快感。

原来这就是所谓的姐妹，我更加用力地拉扯着我的头发，泪水刺痛了我的眼睛。原来这就是她所说的，到他们的部落里去寻找朋友和家人，原来这就是虽然失去了哥哥，但是却获得了姐妹。原来我什么都没有得到，就像我一开始想的那样。

“我们不可能和戴安娜成为真正的朋友，”我直截了当地告诉艾林恩，“她跟我们截然不同，她永远不会真正理解我们。”艾林恩认真地看着我，好像能够看穿我言语背后激烈的矛盾。

我望向远处，试图抚平内心锯齿状的伤痕，我闭上眼睛用手揉了揉太阳穴，现在那里又闷闷地生疼。

过了很长一段时间，我睁开眼睛，再次看着散落一地的书，“在王国战争之后，菲亚人遭遇了什么？”我问。

“他们被带到了帕伦群岛。”艾林恩疑惑地抬起头来。

“然后呢，然后怎么了？”

艾林恩耸耸肩，她的表情越来越不安，“然后他们被重新安置到了一些地方，好像在很遥远的北部荒原。”她的声音越来越小。

“你觉得还发生了什么别的事情吗？”

此刻，我可以听到埃夫伦精灵女生床头的时钟在嘀嘀嗒嗒地敲击着，还有迷你喷泉散出的雾气飘洒在我们之间，一阵沉默。

“我也不知道，我刚才研究了所有的档案，后面的事情没有任何记录了，哪都找不到，太奇怪了。”

我向她靠过去，“我觉得菲亚人不仅仅是被驱逐到某一个荒岛那么简单，他们很可能遭遇了灭族之灾。如果真是这样的话，那就意味着每一个有菲亚血统的人，他们现在都处于危险之中。”

“而且，现在有越来越多的呼声说要消灭混血人种，”艾林恩不安地说，“如果伊万真的是菲亚人，”时钟嘀嘀嗒嗒地敲打出更密集的节拍，“那么留给我们的时间已经不多了。”

第二十章
埃斯瑞菲亚人

当我回到北塔的时候，蒂尔尼正在等着我。

她坐在二楼走廊的石凳上，壁灯在地上投下黑色的阴影，我在她面前站定，“蒂尔尼。”

“我三岁的时候来到了我现在的父母家，”她的声音低沉而坚硬，眼睛紧紧盯着地板，“我的亲生父母，他们是一个很小的菲亚族群的后裔，他们是世上最后的一批菲亚人，他们想尽一切办法潜伏着。当时加德纳人封锁了所有道路，他们没有别的办法。我的加德纳父母与我的菲亚父母是交情极好的朋友，他们都是制作玻璃的工匠，彼此非常欣赏对方的工艺，所以在那场大屠杀到来之前，我的亲生父母带着我和我哥哥找到了现在的父母。我的亲生父母在离开之前，把我拽到地上，当时我的亲生父母，还有其他埃斯瑞菲亚人都在场。

“我很害怕，我拼命挣扎，但是他们力气太大了，我感觉我的背部非常可怕地扭曲着，有人捏着我的脸，我觉得全身都在燃烧，我的头皮发麻。我当时不知道，原来，我的亲生父母为了我和我哥哥耗尽了他们的法术，只是为了让我们看起来更像加德纳人。而且，我丑陋的外表让我得以安全避开了缔结魔杖之约。

“我还记得当时我的母亲的尖叫，她在哭泣，她本来想安抚我，但是最后反而是她先崩溃了，我的父亲把她拖走的时候，我的母亲尖叫着，紧紧地抓着我的手不放。”

蒂尔尼停了下来，她的眼神沉静得像冬天的湖泊，她的目光紧紧盯着眼前的地板，“我现在的父母害怕沃格赢得大选，本来计划在春季公投之前就离开西部王国。但是现在，我们必须马上就走，可我们还没有准备好带着一大家子人，拖家带口地穿越那片危险的沙漠。”

她沉默了一会儿，“我后来再也没有见过我的亲生父母。”蒂尔尼抬头看着我，眼神中充满恐惧，“魔法委员会今天通过了决议，所有十八岁以上的加德纳人都必须强制缔约，我们有六个月的时间来完成缔约。”

听到她这么说，我的胃里翻江倒海。

“也就是说我们所有人，都要在明年缔结魔杖之约，不管是自愿的还是被迫的。”她继续说，“沃格在缔约的时候不仅会测试新婚夫妇的种族纯度，还要在缔约仪式上测试新婚夫妇还有他们的家人对于铁器的反应。”蒂尔尼的嘴唇打着哆嗦，“我和我的哥哥都是埃斯瑞菲亚人，我们就是传说中的‘水妖’，到时候他们不仅会逮捕我和我哥哥，连我的加德纳父母和兄长，我们全家人都会受到牵连。”

她抽泣起来，把脸埋在手掌里。我走到她的身边坐下，把瘦小的她拉到我的怀里，“我们一定会找到办法的，”我流着泪安慰她，我的决心越来越坚定，“我一定会找到保护你们的方法。”

即便没有别人帮助，我默默发誓，我也要解救出一条龙，让它带着你们飞越沙漠，飞到诺亚之地。

但是我需要了解更多。我必须知道那些人可能会对菲亚人做什么，他们会去哪里抓捕菲亚人，王国战争以后那些菲亚人又都去哪里了。

我知道该问谁。

“菲亚人在王国战争以后都去了哪儿？”

克里斯蒂安教授抬起眼睛，把他的笔放在桌上。

“我翻遍了所有的档案，”我固执地说，“我需要知道发生了什么事情，这样才能拯救我的朋友。”

教授的表情显得疲惫不堪，他冷笑了一声，“你在任何书里都翻不到有关这一段历史的记载。”

“我不想去书里找，”我关上门，“我想在您这里找到答案。”

他盯着我手臂上的白色袖章，严厉地看了我一眼。

“您不会真以为我支持沃格吧？”

克里斯蒂安教授的手指摩挲着他的嘴唇，思虑良久，站起身走到一个书架旁边。他先抱出前面一大堆书，然后把手伸到后面，从紧贴着墙壁的地方抽出来一本厚厚的书。

他坐回办公桌后面，把书递给我。我看着眼前这本书，皮革封面已经严重磨损，封面和书脊上的标题也已经被刮掉了。我皱紧眉头，瞥了一眼克里斯蒂安教授。

他抬了抬下巴，示意我继续。我打开了书，开始读起来。“帕伦群岛所见，塞里安·罗西耶。”

“王国战争结束的时候，”克里斯蒂安教授说道，他的声音很低，“加德纳人四处搜捕，清剿了所有他们认为是为反抗势力做宣传的文本和档案，所有写下这段历史的历史学家，即便是加德纳人，也被送到了帕伦群岛，受到和菲亚人一样的待遇。”

夜晚，我蹲在北塔的走廊里，只有一盏昏黄的壁灯闪烁着微弱的灯光。玛丽娜蜷缩在我的身旁，已是午夜时分，汹涌的疲惫感袭来，但是我努力克制住困意，集中注意力看着我眼前的书。

王国战争结束之后，塞里安·罗西耶作为一位直言不讳的批评家，被军方逮捕，并送到了帕伦群岛。他作为岛上的一名囚犯，将他目睹的一切酷刑详细记录了下来。最终，他悄悄逃离了帕伦群岛，他的作品得以向外流传。

他们把一大批菲亚人用铜镣铐铐起来，这种金属非常沉重也非常强大，足以克制住菲亚人的魔法。他们把成群结队的菲亚人赶到岛上用巨石建造的监狱里，并锁在里面，然后从上往下投掷巨大的铁块和石块。

有这样一个故事。一个蹒跚学步的三岁小女孩，她长着绿宝石颜色的蝴蝶翅膀。孩子见到她的母亲饱受折磨，于是拼命地在监狱里转圈，跑来跑去，似乎在分散加德纳士兵的注意力。加德纳人一脚把孩子踢翻在地，哈哈大笑。随后他们又觉得孩子的吵闹声越来越烦人，于是拼命地抓着她的翅膀，摇晃着她的脑袋，让她一头撞到了一堵石墙上。

书里面讲述的故事就像一个个噩梦，最终，我不得不停了下来。我突然觉得自己看不清眼前的一切，我内心感到一阵恶心和混乱。我觉得痛苦万分，我把头埋在手掌里轻声哭泣。残忍的真相如同我的眼泪一般，冲击着我。

玛丽娜纤细的手轻轻抚摸着我的头，她用自己柔弱的语言喃喃地说着什么，好像在安慰我。我倒在她身上无力地哭泣。

第二天晚上，我依旧在厨房里干活。我同时搅拌着厨房炉灶上的好几口锅，几乎忽略了周围的其他工人在做什么事情。我一心只想着蒂尔尼还有玛丽娜她们的痛苦处境，暗暗发誓，一定要把她们救出来。

虽然我现在还不知道怎么办，但我一定会想出办法，找到玛丽娜的皮肤，把她送回家。加雷斯一定能够帮助我们。我更加用力地搅拌着浓稠的炖菜。我还要救出那条被困的龙。

伊万走进厨房，抱着一大堆木材。他走到一个炉子旁边，很小心地不在公共场合让别人察觉我们很熟。但是我很沮丧地发现，他真的一眼也没有看我。我眼角的余光仔细打量着他，看他是不是不能够碰到铁质器具。

他打开炉门的速度非常快，他的手在铁把手上几乎没做任何停留，但是他看起来也没有什么排斥铁的反应。

这时，崔斯坦竟然走进来了，他身上披着厚重的羊毛大衣，书包挎在肩上。厨房里的尤瑞斯科人和凯尔特人见到这么一个不速之客，都赶紧躲我们远远的，到厨房的角落干活去了。艾里斯和布莱德警惕地看了彼此一眼。

“我给伊万带了个礼物。”崔斯坦开心地在我耳边低语，他竟然在笑，而且这不是平日里的那种带着讽刺又让人捉摸不透的笑，是一种真正开怀的笑，我长这么大还是第一次见到他这样笑呢。

崔斯坦特意看了伊万一眼，然后向后门走去。我安静地跟着他，也走出后门。过了一会儿，伊万也出来了。

在厨房后门的廊灯下，我们三个并排站着。寒冷的冬夜，我们呼出的气在空气里变成一团团白雾。

崔斯坦突然伸出拳头，然后猛地打开，就像一朵向日葵突然绽放。

他的手中是埃夫伦钢箭箭头，但是已经变成了一块块碎片。

我深吸一口气。

“你怎么做到的？”伊万也很震惊，好像不敢相信，“我还以为你没有办法呢。”

“其实埃夫伦钢也不是毫无破绽，”崔斯坦狡黠一笑，“只要你先把它冻住再击破就行了。”崔斯坦两眼放光，“我不知道你们俩是怎么想的，”他低声说，“但是我现在可是迫不及待地想要去把那个笼子打破了。”

第二十一章
寒　冰

换班以后，我匆匆赶往北塔。

我今天步伐轻快，即便是沉重的书包也不能压垮我的喜悦。崔斯坦找到了打破埃夫伦钢的办法。我真是太高兴了，甚至都没有意识到周围环境的变化。

我想到在龙的帮助下，大家都能获得平安，温特、玛丽娜、蒂尔尼，还有伊万。我们一定会把伊万的龙救出来，这样再也不会有人担惊受怕了。

我走在无人的荒野里。冬日的夜晚，万籁俱寂，一把镰刀状的月亮悬在头顶。只有寒风从旷野里呼啸而过，发出令人毛骨悚然的声音，四下却显得更加沉寂。因为是冬天，周围的树木都光秃秃的。

有人在盯着我。

我放慢了脚步，停了下来。

此刻我才意识到自己正走在荒野的中央，既远离韦帕大学，又远离北塔。周围空无一人，只有光秃秃的树枝在寒风中颤抖。我发誓，我觉得有一双眼睛在盯着我。我的脖子后面升起一阵凉意，我不安地四处打量着。

这里到北塔还有一段距离。北塔楼上的窗户里透出昏暗的光，但北塔一楼竟然有一种奇怪的光闪烁着。

是寒冰！北塔一楼被冻住了。

我不由得警惕起来，转过身，韦帕大学的灯光离我那么遥远，从这里看去，庞大的教学楼群看起来就像小孩子的玩具一样。我的心跳得越来越快。不远处的树林里，有什么东西在动。

我眯起眼睛，看出是一个女子的身影，她朝我走过来，月光洒在她的身上。我一下子认出了她，惶恐到了极点，是法伦·巴恩！

天哪，千万别是她，千万别在这儿，她怎么会在这儿！等我意识到自己身处危险，我一下子想起了塔里的玛丽娜。

玛丽娜，玛丽娜，玛丽娜。

法伦朝我越走越近，我几乎能听到胸腔里怦怦怦的心跳声。寒风席卷着我，但我的手掌心紧张得汗湿了，我能够感觉到有一些碎的冰屑飞入了我的手心。

她的警卫呢，她没有警卫从来都不出门的。我紧张地向远处瞟去，果然森林里有四个高大的身影，静静地望着我。面对这样一群人，我几乎什么办法也没有，我觉得太阳穴在充血，她一定是来报仇的，她一定是嫉妒卢卡斯送给了我一把小提琴。

我向前走了一步，心里盘算着有什么办法才能让法伦和她的警卫立刻离开这里。“你在这儿干什么？有人把你从笼子里放出来了？”我把书包放在地上，努力控制着自己的双腿不要颤抖。

法伦在我的面前停下，嘲弄地笑了笑。“哦？我想，需要笼子的应该不是我吧？”她嘀咕着，轻轻用魔杖的顶端指着北塔，“应该是那些伊卡利亚人吧？”

她歪着头，一脸期待地看着我，然后长长地吸了口气，假装很惊讶的样子，“等等，我忘了，”她的语调很快变了味，“她们好像是你的朋友？”

玛丽娜在哪儿呢？玛丽娜。

我的脑海里闪现出一幅画面，法伦和她的警卫疯狂地把玛丽娜拖出了北塔，艾瑞和温特也被拖走了，而且还被扔进了监狱。戴安娜……如果戴安娜在的话，她根本不会让这一切发生，她一定会打死他们的。

我虚张声势地朝前迈出一步，用手指了指北塔被冻住的一楼，

“你对我的宿舍做了什么?”

“我只是开个玩笑而已。”她假装道歉，薄唇轻轻翻动。她举起魔杖，喃喃地念着咒语，突然一股细细的水流在空气中凝结起来，闪闪发光，不断向北塔飞去。

“快住手!”我愤怒地喊道，向前冲过去，一把将她的手臂推开。那些冰凌立刻换了个方向，落在了田野里，晶莹剔透。

法伦反应很快，她就像一条蛇，她的手绕过我的胳膊，像老虎钳一样坚硬。她拿魔杖抵着我的喉咙，我喘不过气来，看着她恶毒的眼神，心里越来越害怕，“你想干什么？艾洛琳·加德纳法师。”她用力推了我一下，我跌倒在地。

法伦后退了一步，她拿着魔杖，对着我的胸部挥舞，咬牙切齿地念着我听不懂的咒语。

几乎是电光石火之间，她的魔杖里射出一长串冰凌，打在了我的胸前。我的外衣是用哈克温教授给的金属粉末特意定制的。一阵叮叮当当的响声，冰块四碎。

法伦的眼睛瞪得老大，非常惊讶，但是她立马就明白了什么似的，她看看北塔，又看看我，眼里闪着一丝怒火，“那个怪物也在你宿舍?”

“什么怪物?”我假装平静，但心怦怦跳得厉害。

玛丽娜，你千万不能有事。

法伦恶毒地笑着，“别装傻！那个黑暗精灵!”她的眼睛睁大了，“你让他躲在北塔里，对吗？你把你那些乱七八糟的朋友全都藏那儿了吧!”

这时我才意识到，因为我穿着的金属软甲，所以她觉得我藏匿了哈克温教授。我瞪着她，怒气冲冲地说：“哈克温教授不在那儿，只有我的两个伊卡利亚室友。”我艰难地挤出一个讥讽的笑容，“还有，卢卡斯送的小提琴。”

听到我这么说，她的魔杖中突然爆发出一长串冰凌。我的脚立刻被冻在了地上，脚趾被寒冰冻得生疼。“忘了把你的鞋武装起来了？”她阴沉地说，眼神里充满了怨恨。

她绕着我走了一圈，我拼命想要把脚拔出来，但是却毫无办法。她的眼中闪着奇异的光，“艾洛琳·加德纳，我关注你很久了，”她冷笑着说，“你住的那个地方真是什么人都有啊，伊卡利亚人、卢布林人、阿玛扎卡人、精灵族人，可能还有那个抱头鼠窜的黑暗精灵。”她的眼神像一只准备捕鼠的猫一样，盯着北塔的方向，“这群人天天在你那里，来来去去，而且去的时间总是那么诡异，”她停下来摇着头对我说，“你那里有什么呢？我很好奇。”

她若有所思地看了看北塔，“你那一定有什么好玩儿的东西吧，”她放声大笑，“让我亲自去看看。”她说完，便迈开腿朝着北塔的方向快步走去，我挣扎着想要抓住她。

就在我的手指抓着她的丝绸外衣的时候，那件衣服突然迸发出一道神奇的光芒。她的长袍和斗篷上都出现了无数奇怪的白色符文，它们发出星星点点的白光，洒在地上。

太奇怪了，我脑海里一片混乱，这是什么东西？

法伦低头看了看自己的衣服，脸上的表情十分惊恐。她向警卫们喊了句什么，所有人都飞快地朝这边冲过来。

突然，一道银色的闪电紧贴着我的右臂呼啸而过，直直地朝法伦飞去。等我定睛看清楚，才发现那是一把锋利的长刀。

刀身立刻刺穿了法伦的胸部，她的头向后一仰，发出一声吃痛的喊叫，重重地摔倒在地上。我吓傻了，简直不敢相信眼前的这一幕。

法伦痛苦地捂住她的胸部，大口地呼着气，她咬紧牙关，举起魔杖，一道明亮的水晶般的冰雾覆盖在我和她身上。

我们周围立刻出现了一道蓝色的半透明的盾牌，外部有无数的刀枪射在盾牌上，擦出一道道火花。四周的空气冻得我直打战，我此刻不得不佩服法伦，在身受重伤的情况下，她也能使出如此高超的法术。

突然，另一把闪闪发光的长刀，穿破了我们的冰盾飞了进来，我往后退了一步。两名男子从荒野中向我们冲来，他们身材高大，脸躲在阴影里，我看不清他们的长相。他们的头上罩着黑色的面具，一袭黑衣。他们一边跑一边高高举起弯曲的长剑。

与此同时，两侧的树林里传来一种诡异的号叫。突然，一阵强劲的气流，仿佛从天而降。

龙！

但是我从来没见过这样的龙。它们看起来仿佛是两条巨犬，肌肉发达，一条是黑色的，一条是红色的。

法伦衣服上的符咒闪耀得更猛烈了，那两条龙看到这些符咒，立刻调转方向，猛地朝这边跑来。恐惧笼罩着我，我拼命地把脚从被寒冰冻住的靴子里拔出来，一切都陷入了混乱。

法伦的警卫疯狂叫嚷着什么，因为交战，他们的魔杖在空气中发出接连不断的金色光芒。法伦也向刺客和龙射出了无数的冰凌。刺客的长矛锋利无比，仿佛法伦的冰盾不存在一般，直接穿透冰盾，朝她飞来。

法伦的警卫联合起来攻击这两个刺客，还有两条龙。

他们用魔杖向刺客发出火焰攻击，但是很轻易就被刺客的长剑抵挡住了。那条黑龙踩在一个警卫的身上，我看着它把爪子放到警卫的脖子上，轻轻一挑，警卫就爆发出惨绝人寰的尖叫，另一个警卫立刻把自己的长剑插到这条龙的脖子上。

这条龙长长地咆哮了一声，也重重地扑倒在地。红色的那条龙，如入无人之境，一下子就冲破了法伦的冰盾，冰盾半圆形的顶部变得四分五裂，无数的碎冰片从天而降。这头红色的怪物离我们越来越近，我可以清楚地看到它红色的肚子。但我的靴子和脚都冻得太结实了，我根本无法抽身。

我已经感觉到这个家伙的气息，它灼热的脚趾让附近的寒冰融化。法伦气喘吁吁地捂着她的胸，咬牙切齿地念出一句咒语，一只手握着魔杖指向这条龙。只见一条硕大且锋利的冰凌像矛一样飞出。这条龙摆动身躯试图躲闪，然而，冰矛似乎长了眼睛，非常聪明地刺中了龙的眼睛。这头怪物哼哼了两声，龙爪沉闷地捶了捶地，似乎忍受着巨大的痛苦。太可怕了。法伦仅仅用巨大的冰矛就杀死了一条龙。

我的头顶突然喷发出明亮的红色液体，随着无数的魔杖攻击，身后的那条龙炸裂成了一圈红色的火焰，片刻间，整个世界似乎都是鲜红色的。

法伦继续拿起魔杖，抛出一长串的冰矛攻击，但是刺客的身边早已用魔法变出的雪花武装好了。

“他们是有备而来。”法伦仿佛在自言自语，她的眼睛紧紧盯着刺客。现在，她的警卫正在疯狂地用长剑攻击刺客，一名刺客要同时跟两个警卫作战。

法伦似乎是用尽了自己最后一点力气，向两名刺客射出冰凌，然后她大叫了一声，向后仰去。她倒在地上，双手仍然挥动着魔杖，冰雹从天而降，刺穿了刺客的头骨。

刺客倒在一片血泊之中，法伦的衣服上还泛着一片亮白色的符文，她猛地看了我一眼，然后飞快地转过头去。

我脚底的坚冰终于被融化了，终于能把脚踝抽出来揉一揉，我痛苦地爬起来，跪坐在她旁边。她的胸前还插着那把刀。

我对法伦没有什么好感，但是我也不希望她就这样死了。我握着她的手，“法伦，你还能听见我的话吗？”天哪，她可不能死。

“后退！”她的一名警卫大声命令我。

我颤颤巍巍地站了起来，又向后跌坐了下去。很快，另外两个幸存的警卫也围到了法伦身边。我坐在一旁，用力揉了揉自己受伤的脚踝，还没缓过神来。

顷刻间，荒野里有一大群人向我们这边赶过来，大多数是加德纳士兵，也有一些是韦帕大学的禁卫军，还有一个埃夫伦人，三个污塘女巫，包括温司令和她的妹妹温倪。

我的目光与温倪相遇，她还是包裹着那条黑色的头巾，挡着被烧毁了一半的脸，手里握着剑。我转过头，看向身后，地上到处都是士兵和刺客的尸体，还有两条龙的尸体。

我看着法伦。太可怕了，她倒在血泊里。周围的所有人都在大声地吼着什么，一群加德纳士兵从马背上跳了下来，他们大喊大叫着，陪同一位加德纳医生和几个护士往这边赶过来。

医生背着他的医药箱，朝人群大喊："都给我让开！"他跪在法伦面前，我的视线被挡住了，只看到一大堆医护人员围着她，一个士兵举着火把，其他的士兵都站在我们周围，手里拿着武器，脸色严峻。

我现在什么都听不见了，所有的一切都变得混乱。"加德纳法师，你没事吧？"一名年轻的士兵在我面前单膝跪下。我惊恐万分，向后退了一步，我还没从刚才发生的惨剧中缓过来。

当法伦周围的人群终于散开时，我看到那个医生已经把刀取出来了。法伦的外衣已经被脱掉，她的胸膛上缠着厚厚的一层绷带，那件标记着符文的制服和斗篷被迅速带走。她没有死，她的眼睛睁开了一半，但是隔这么远，我也能看到她眼睛里深深的仇恨，她一直狠狠地盯着我。

"北塔……"她挣扎着说道，随后眼睛一闭，昏了过去。

我看到法伦的两个警卫把她抬到担架上，一群加德纳战士紧紧围在她的身边，保护着她，我又看不见她了。

"那些人是谁？"我向一个幸存的警卫问道。这个年轻人眉毛皱得很紧。我们都看到了那些刺客，他们的尸体被扔在马背上。这些人全身都是黑色的，连他们的眼睛周围都涂满了黑线，他们的脸上有一条黑线从头顶一直延伸到下巴，连他们的嘴唇也是黑色的。

我感受到一股刺骨的寒意，紧紧裹着刚才有人披在我身上的毯子。"他们是伊亚喀尔雇佣军。"警卫坚定地告诉我，"是沙漠刺客。"他用手指了指那两条龙，很多士兵正在合力把它们推到车上，"那是他们饲养的龙。”

他看了看被冻住的北塔，然后又看着我，“您应该赶紧回您的住所。”

“但是万一还有别的刺客怎么办？”我很担心地看着黑漆漆的荒野，现在连那些树影看起来都非常可疑。

“他们不是为了您来的，”他朝着法伦的方向点了点头，“他们的目标是她，我们的下一位黑女巫。”

“她的衣服，”我想起那些白色的符文，“怎么会有那些奇怪的标记？”

“他们用符咒标记了她的衣服，”他对我说，“这样就能够跟踪到她。”他的下巴指了指北塔，“除非你的宿舍里还有另一个黑女巫，否则没人会去那儿的。”

一个士兵用魔杖发出一道火焰，笼罩在北塔的门附近，法伦弄出的那些冰块融化了，他打开大门，走了进去。

我的胃一下子被揪紧了。北塔里一下子涌入了很多士兵。不到片刻，他们就搜索完毕，转而去外面的荒野继续搜索了。我惊慌失措地抬起头，看到楼上的窗户边一个伊卡利亚人的身影。我赶紧站起来，没空去管我每走一步就像被针扎一样的脚趾，磕磕绊绊地爬到楼上。一上楼我就发现温特坐在石凳上等我，而我们宿舍的门大开着。

玛丽娜，玛丽娜，玛丽娜。

我立刻飞奔了进去。艾瑞正躺在她的床上，她回头看了看我，她脚边的毛毯里好像有什么东西在动。毛毯里的小东西探出头来，抬起头，我看到了玛丽娜如海洋一般深邃的眼睛。

“艾瑞刚才把她藏起来了？”我震惊地问，一口气还没喘过来。

温特点了点头，“没错。”

“但是我不明白，艾瑞不是很讨厌她吗？”

“她的确很讨厌海豹姑娘，”温特说，然后又指了指窗外的加德纳士兵，“但更讨厌他们。”

“他们是为法伦·巴恩来的。”我对温特说，我的喉咙又干又紧。我没有继承到我奶奶的一点法力，此刻我对此感到庆幸，“他们是伊亚喀尔雇佣军，是来刺杀下一个黑女巫的。”

“但他们失败了？”温特的话更像是一句严肃的陈述，而不是一个疑问。我长长地叹了口气，然后点点头。

“为什么法伦会来这儿？”她的眼神里充满了关切，声音也压得很低，“她知道海豹姑娘在我们这儿吗？”

我摇摇头，“她不知道，但她察觉出我们这儿有些不对劲。”我的眉头皱紧了，“我们得赶快把那条龙救出来，我们没时间了，得赶紧把海豹姑娘还有几个有菲亚血统的人都带离这里，趁着法伦被治好之前。”

第二天，我听说法伦在士兵的重重护卫之下回到了加德纳，也有人说她是被秘密带到了有龙守护的军事基地去了。

沃格立刻抓住机会，以这件事为借口，封锁边界。缝制法伦衣服的尤瑞斯科女裁缝受到了审讯，所有相关人员都被送到了帕伦群岛。此外，各大边境口岸已经开始随机进行铁魔法测试。

我们得抓紧时间，赶紧离开这里。

第二十二章
打破牢笼

乔德、戴安娜、瑞夫、卡尔、托里姆、温特、安德拉斯、蒂尔尼、伊万，还有我，我们绕过层峦叠嶂的山峰和重重叠叠的草丛，终于走到了广阔的加德纳军事基地。

加德纳第四师的基地就好像是一座城市，四周被悬崖峭壁包围，基地里星星点点地散布着无数帆布搭成的帐篷，还有好多装着军龙的铁笼。

军事基地的西边有一排排木头搭建成的营房，每座营房里都亮着灯，烟囱向外吐着白白的烟。从我们这里望过去，加德纳士兵就像一只只蚂蚁那么小。我感觉我左边有东西在动，一回头，原来是乔德和戴安娜，他们蹲在我的身边。

“跟我想的一样，”乔德说，“现在军队里没剩什么人了。”

“大家都去瓦尔加德为马库斯·沃格新任命的军事司令贺喜去了。”瑞夫笑着说。

“新的司令是谁？”我问。

“达米恩·巴恩。”

我笑了一声，“那我们就给他惹点麻烦，怎么样？”

瑞夫点点头，“说不定沃格一怒之下，就撤了达米恩这位新司令，把他扔去喂龙呢。”

托里姆转向瑞夫，“他们好像连哨兵都没有布置。”这个年轻的精灵伸出一根细长的手指，指向一个装着龙的铁笼。寂静的夜色中，那个笼子显得孤零零的，周围连火把都没有。

卡尔看了一眼托里姆，他的脸紧绷着，他完全知道我们现在是冒着怎样的危险来做这件事，但是他又多么想让他的妹妹逃离西部王国。

“这次受提拔的不只达米恩·巴恩一个人，”乔德继续说，“沃格对整个军队进行了大洗牌，他提拔了一大批人，所以达米恩的得力助手现在都在瓦尔加德。”

“非常好，”安德拉斯肯定地点了点头，他的手紧紧握成拳头，放在胸前，“情况对我们来说更有利了。”

“所以现在的这些士兵都只是军校生而已嘛。”乔德也加入进来。

“对啊，太棒了！”瑞夫笑着说，“在这个寒冷的夜晚，如果猫不在的话……”

“老鼠当然要放肆一下啦。”崔斯坦也打趣道。

“还有很多为非作歹的凯尔特人呢！”乔德笑着说。

“还有尤瑞斯科酒馆的女孩。”戴安娜也来凑热闹。

“那可不。”旁边的蒂尔尼嗤之以鼻。

“今天的任务简直太容易了。”崔斯坦挂着一个轻松愉悦的笑容，他的腰带上还绑着白魔杖。

我们来到纳加身边，它的情况比上次还要糟，我们一下子就没有心情调笑了。纳加昏迷了，它的两条腿和两只翅膀都被折断了，一只耳朵也被割了去，铁笼的四周都是血迹。

温特惊讶万分，她跪在纳加身边，把手放在它的脖子上。蒂尔尼蜷缩在笼子旁边，她瘦削的手紧紧捂住自己的嘴巴，眼睛睁得大大的。

蒂尔尼现在是我们的人了，她希望能够帮助所有人反抗加德纳的军事力量，并且帮我们一起把龙放出来，确保所有伊卡利亚人和菲亚人都能够顺利逃脱。

我们的反抗队伍日益壮大，几乎所有人都聚集在这。除了艾林恩，她再次承担起了照看玛丽娜的任务。艾瑞也不在，自从我们上次潜入军事基地以后，戴安娜和乔德在森林深处挖了一个隐蔽的洞穴，艾瑞在那里熬制一些草药，我们未来可能会用到。

“它还活着。”伊万说。

“天哪！到底是谁干的！”蒂尔尼低声问。

“达米恩·巴恩，”崔斯坦简洁地说，他拔出白魔杖，指着笼子，他的表情变得严肃起来，“是时候结束这一切了。”

安德拉斯也准备好了他的斧头。我们所有人都往后退了一步。

一阵蓝色的光芒从魔杖的尖端涌了出来，与笼子的铁栅栏发生了激烈的碰撞，蓝色的光芒围绕着笼子盘旋飞翔，把埃夫伦钢铁变成了蓝白色，在咒语的作用下，铁栅栏周围生出了一层厚厚的冰霜。崔斯坦坚持了几分钟，再次念动咒语，蓝光更强烈了。

当咒语停止以后，崔斯坦后退了一步，瞥了一眼笼子，沮丧地说，“这次竟然不行，这些铁栅栏必须要变成白色才能够被击碎，这些钢可能太厚了。”

“再试一次，”我对他说，“你强化一下咒语，再好好试一试。”

崔斯坦深吸一口气，点了点头，他重新站定，再一次念动咒语，这一次白色的冰霜增长得更迅速了，钢铁也变成了蓝色的。崔斯坦身上的每一块肌肉都在颤动，他的身体也开始跟着颤抖，他的手几乎握不住魔杖了。

我赶紧伸出手稳住他。我的手刚接触到崔斯坦的背，一股巨大的能量就穿过了我，崔斯坦的法术仿佛瞬间爆发，笼子周围爆发出一个巨大的宝石蓝颜色的椭圆形光晕，整个笼子随之变成了半透明的玻璃状。又是一阵强光，震耳欲聋的寒冰碎裂的声音充斥在耳旁。我猛地往后一退，一阵剧烈的寒风几乎把我刮倒，连我的睫毛上都覆盖上了冰霜，我看到笼子的铁栅栏全都变白了。顷刻间，仿佛雪崩冰裂，冰冷的金属咔咔咔地碎裂开来，砸在地上，那声音就像一百万只水晶吊灯砸在了大理石地板上。

我还没来得及开口。不远处的森林里就传来了震耳欲聋的咆哮。“什么声音？”蒂尔尼小声问。

“好像是所有的铁笼子都被打碎了，”崔斯坦静静听着，“不可能吧……”

“这个基地一共有多少条龙？”卡尔问，他意识到了问题的严重性。

崔斯坦咽了一下口水，“一百二十三条。”

瑞夫转向卡尔，“它们会怎么做呢？”

“它们接受过特定的指令——杀死一切入侵者。”卡尔冷酷地说，“它们还会去找它们的龙族主人。”

伊万立刻瞄准了附近一棵高耸入云的松树，我还没看清，他已经一下子站到树顶了。只见他单臂搭在树干上，整个人悬在空中。我眨着眼睛，几乎不敢相信。

我绞尽脑汁也想不出来是哪种非亚人有这样迅速攀爬的能力。远处的咆哮声更响了，我听到有人在高声呼喊，又有一阵猛兽的咆哮，我脖子后面的汗毛都竖了起来。

终于，军事基地的警报响了起来，一声接着一声高亢的号角伴随着龙的尖叫和咆哮回荡在夜空中。“到处都是龙！”伊万从树上下来了。

“它们都被放出来了。”伊万一下子又落在了我的面前，他蹲在地上，祖母绿的眼睛里燃烧着愤怒。他抓住我的胳膊，一下子把我扔到了树后的草丛里。

我猛地撞在了地上，手臂刮伤了，一些树木的碎屑滑落在我脸上。我睁开眼，天空中有三条龙，它们翱翔在树梢上方，翅膀扇动着一阵又一阵的狂风。它们身上覆盖着坚硬的乌木鳞片，与它们一比，我的皮肤显得柔软脆弱，它们几乎不用费什么力就能让我粉身碎骨。

卡尔和托里姆顺势爬上了树，他们已经拿出了埃夫伦精灵的钢箭。蒂尔尼立刻蹲在一棵巨大的橡树下，隐藏好自己。我们下方的军事基地已经乱作一团，男人们大声呵斥着，女人凄厉地尖叫着，马匹惊慌失措不断嘶鸣。

“温特！”卡尔向他的妹妹大吼了一声，他指了指纳加，对她说了些什么，温特迅速滑到纳加折断的翅膀下面，从我的视线里消失了。

“我可以听到龙的脚步声。”戴安娜耸了耸肩。

“有多少条龙？”安德拉斯挥舞着斧头，他的下巴变得僵硬，手臂上的肌肉紧绷起来。

戴安娜看了他一眼，“太多了，我数不清。”

戴安娜和乔德都蹲低在地上，高度警惕。瑞夫也做好了准备。

伊万抓住了我的手，我全身紧绷，心跳加速，我又想起了那些龙，残破的羽翼和可怕的牙齿，还有它们没有灵魂的眼睛。“所有人做好准备！”戴安娜咆哮着，她的双手变成了狼爪，喉咙底部发出低低的咆哮。

我们正前方的空地上突然出现了一条龙，它的翅膀剧烈扇动着。

我倒吸一口凉气，赶紧退回伊万的身后。无数的箭头洒落，射在这个怪物的脖子上。这个家伙立刻向戴安娜狂奔而来，嘴里发出嘶嘶声，露出了锋利的龙牙。

戴安娜飞快向前，猛烈地击中了龙身的一侧，这个家伙狠狠地叫了一声，扑倒在地，我还没看清，戴安娜就跨坐在龙的身上，抱住它的脖子，顺时针一扭。只见这条龙痉挛了一下，挣扎着倒在了地上，嘴里吐出黑色的泡沫。

戴安娜和乔德都抬起头。头顶的另外两条龙还在高处盘旋，它们往下俯冲而来，撞倒了我们身边的树木。无数的树干裂开，树叶和树枝仿佛下雨一般砸了下来，还有来自各个方向的箭头，伊万把我紧紧护在身下。

“待在这不要动！”伊万大声对我吼道，他站起身来，蹲在我的前方。

安德拉斯挥舞着双面斧，与龙搏斗。慌乱中，我只听到一阵金属击打出的乒乒乓乓的声音，还有很多箭头落地的声音。戴安娜又打死了一条龙，她的喉咙里发出低低的咆哮。被打死的那条龙面目狰狞地倒在地上，但另一条龙很快从树后跑了出来，它的样子十分可怕。

崔斯坦对着这个家伙举起魔杖，只见一团火焰喷涌而出，立刻吞没了这条龙，但也殃及伊万和我。

突然，一阵冰雨从天而降，浇灭了我们周围的烈火。我打了个寒战，从一堆烟雾里站起来，揉揉眼睛。我看见蒂尔尼正在操纵另一股水流，浇在安德拉斯着火的斗篷上。

安德拉斯的斧头正砍在龙的脖子上，“你在干什么？”戴安娜对着崔斯坦大叫，“你要把我们烧死吗？”

“对不起！”崔斯坦大声呼喊着。

“火对龙是没有用的！”伊万沮丧地摇着头，对崔斯坦喊道。

突然间，又有一条龙从天而降，落在了我和伊万面前。伊万立刻冲上前去，与这个家伙搏斗，我赶紧调转头，往树林里跑，我现在头晕目眩，什么也看不清。突然我听到我的身边有沙沙声传来，转过头，我看到两只巨大的龙眼睛盯着我，一动不动。我看着这双眼睛，我想我马上就要死于它的利爪之下了。

没等我多想一刻，一只龙爪便从我身后将我推倒在地。它尖锐的爪子踩在我的背上，一种难以承受的压力压迫着我，我听到背后的咆哮声越来越低，越来越近。我扬起头，看到了这个可怕的家伙，我觉得我的整个肺都要爆炸了。

就在这时，伊万出现了，他站在我的面前，双手死死地抓住这个怪物的龙角，他咬牙切齿地控制着龙头。怪物的嘴里立刻喷出了黑色的血液，我背后的压力一下子消失了，这条龙咆哮着冲向了伊万。我立刻跳了起来，慌不择路，一个劲儿往树林里跑。我大口大口地喘着气，在无数的树木和草丛之间穿梭，根本不敢回头看。我怕那个流着鼻涕的恶心的家伙，就在我的背后紧紧地追着我。

我跑到了另一片空地上，看到另一个没有关上的笼子。突然，我的身体被拎了起来，我还没反应过来，就朝一棵巨大的树撞了过去，顿时眼冒金星。当我倒在地上的时候，我的大腿一侧传来一种可怕的被撕裂的疼痛。我想要呼救，但是却什么都说不出来。

我疼得只能尖叫，我听到伊万用一种奇怪的语言在说着什么，这些语言迅速变成了一种奇怪的嗞嗞声。我的全身疼痛不已，我转过头来，竟然看到伊万把一条龙的头扯了下来。

过了一会儿，那种灼热的疼痛已经变得麻木了，我觉得我的世界开始天旋地转，我叫不动了。“伊万……”我好不容易挤出几个字来，我看到他不顾一切向我跑来，惊恐地盯着我的双腿，绿色的眼睛此刻闪闪发亮，有一种异于常人的光芒。

他跪下来，抓住我裙子的下摆，撕下一小块。我眼前一片模糊，只能感觉到他把我的大腿用布条紧紧地包扎起来。崔斯坦也来了，“天哪！”他咆哮，眼神里充满了绝望，“现在要怎么办？我妹妹怎么了？”

“我们必须赶紧带她走！”伊万说，“她失血过多，情况很危急。”

我觉得大腿上疼痛难忍，但是却有一股热流流遍了我全身，痛苦好像在逐渐减轻。慢慢地，我的腿好像又有了知觉。但是眼前的一切变得模糊起来，我的意识越来越不清楚。

“你是怎么做到的？”崔斯坦的声音听起来非常震惊。

“这重要吗？”伊万激动地说。

“不重要，”崔斯坦踌躇着说，他的声音很冷静，“一点也不重要。”

尽管我觉得整个世界天旋地转，但我知道是伊万抱着我，我还能感觉我们在森林里飞跑，还能模糊地听到其他人的声音，尽管那些声音就像一滴水落入湖面那样轻微遥远。

“它们飞走了。”过了好久，卡尔惊讶地说。我微微睁开眼，看着他的手指着的方向。我的头转得很艰难，就好像它现在已经不在我的身上似的。

我们跑到了山上，此刻，我可以看到下面加德纳军事基地的全景。纳加失去了知觉，戴安娜和乔德抬着它，它的两只翅膀耷拉着。

刚才，军事基地里关着的那一百多条龙，好像都腾空而起，向西飞去。加德纳士兵虽然想要阻止它们，喊着口令，念着咒语，但是似乎毫无作用。“它们要去哪儿?”安德拉斯问。

“好像是瓦尔加德的方向。”崔斯坦难以置信地说。

“它们跟达米恩·巴恩心灵相通。”伊万说。他说话的时候，我可以感受到他温暖的胸腔在上下起伏，“所以它们很可能是去瓦尔加德。”

底下的军事基地已经乱成了一锅粥，士兵们大喊大叫，朝龙射箭，或者挥舞着魔杖。一大群龙，黑压压一片，仿佛一片巨大的乌云，朝瓦尔加德的方向快速移动着。

其中一条龙飞在整个龙群的边缘，它向后退，发出一声可怕的嘶吼，开始朝我们猛扑过来。我觉得很害怕，但是我现在头很晕，也很虚弱，没有别的办法，眼前的一切似乎像一个梦。

但我还是奋力伸出手搭在我哥哥的肩上，我血液里的那股潜在的力量，似乎能够增强他的法力。“崔斯坦，用洞穴咒语，在它身上戳个洞。”

当这条龙朝我们靠近的时候，崔斯坦大声念动咒语。我紧紧抓住他的肩膀，又感觉到那股力量从我的身体里涌出，直通崔斯坦的背部。白魔杖的顶端迸发出一道剧烈的白色光芒，这道光变成一把长矛，刺向这条龙，直戳它的胸部。片刻之间，这条龙就被穿透了，血肉模糊地坠落在我们面前的悬崖峭壁之下。

只听见崖下传来一阵巨石滚落的声音，地动山摇，似乎许多碎石都跟着滚落，整条山脊很快就变成了一片废墟。

“那是……”乔德的声音僵住了。

“那是达米恩·巴恩新的军事基地。”崔斯坦说。

山下的士兵像蚂蚁一样小，他们站在孤立的军营附近，沉默地盯着我们。突然，一名士兵指着我们的方向，大声喊着什么。

“他们在重整队伍，”卡尔严肃地说，“他们一定会追踪我们!”

“快走，”伊万把我抱得更紧了，“她的腿需要治疗，要快!”

“但他们会跟踪我们。”瑞夫说，他的声音也很疲倦，脸色苍白，浑身是血。蒂尔尼举起双手，闭上眼睛，开始低声哼哼着什么。突然，无数朵铅灰色的云从各个方向奔涌而来，它们就像听到主人召唤的小狗一样，在天空中不断变换着样子。紧接着，这些云聚集在我们四周，就像无数装满面粉的麻袋一样，层层叠叠。“这样他们就找不到我们了。”蒂尔尼得意地说。透过厚厚的云层，我几乎看不清她的脸。

第二十三章
后 果

我整个人意识模糊，好像漂浮着一般，我只知道伊万搂着我，我的头靠在他的肩膀上。腿上剧烈的疼痛时时来袭，一会儿疼得特别厉害，一会儿又消退了，就好像潮汐一般。我可以闻到自己嘴里的血腥味，也可以感觉到伊万脖子上未干的鲜血的温度。

我被放在一个好像很空旷的地方，躺在一块冰冷的石头上，周围的空气很潮湿，其他人说话也似乎有回音。

每个人的脸都是模糊的，但我能感觉到有一堆人围绕在我身边。戴安娜和乔德好像把纳加也抬了进来，它的鳞片在石头上刮擦着，全身散发着一股烧焦了的木头的味道，它身上的热气向我涌来，我的肌肉也放松了一些。

但我还是感觉很疼，我的视线好像被什么挡住了，什么也看不清，我只能听到伊万的声音。我痛苦地扭动着，感觉我的衣服被拨到了一边，他的手紧紧地握着我的腿，还有好多人在抓着我。我什么也看不到，只知道拼命挣扎。“艾洛琳，”崔斯坦的声音从我身后传来，“忍一忍，艾洛琳。”

我紧紧按着握着我大腿的手，我像野兽一样尖叫，我觉得有一千把刀刺穿了我的腿，这种痛苦好像永无止境。

最后不知道过了多久，疼痛终于开始消退，周围也逐渐变得清晰。我就好像一个溺水的人，在深水中经历了漫长的等待以后，终于清醒过来。

伊万看着我，脸上露出宽慰的神情。他的胳膊依然紧紧按着我的腿，勒得我大腿生疼。

“是你固定了我的腿?”我的声音很虚弱。伊万笑了，他的眼睛里有一种不顾一切的释然。崔斯坦在我的头上敷了一些东西，伊万坐在我的身边，我有些眩晕。“你流了很多血，”他温柔地说，抓着我衣服的腰带，然后快速地撕开一条缝。虽然周围黑漆漆的，但我还是觉得很奇怪，“你要干什么?”

他停了下来，“你相信我吗?”他盯着我的眼睛。我点点头，我觉得自己的头好轻，就像飘浮在空中一样。伊万的手从被撕开的缝中伸了进来，一只手在我的后背滑动，另一只手放在我的胸前。我虚弱地叹了一口气，“你的手好热……”

“嘘!”他深沉的声音令人感到心安。我小心翼翼地闭上眼，顺从地配合着他。他的指尖散发出一阵温热，从我的背部和胸前流遍我的全身，随着热量的传递，我头晕的症状消失了。

我睁开眼睛，对上他的目光，我眼前的世界再次变得清晰，身上好像也不痛了。他治疗的手法就像是一个情人的爱抚。伊万好像也察觉到了我的这种转变，立刻收回了手。我对他眨眨眼，他严肃的脸瞬间变得通红，竟然显得稚嫩而可爱。

我坐了起来，发现我的裙子被推到了大腿根部，现在大腿上只剩一个已经愈合的淡粉色的伤疤。我盯着我的腿，非常震惊，要不是地上还残留着血迹，还有伊万浑身是血，我甚至都不敢相信眼前的这一切。

托里姆也倒在石洞的墙壁上，他的外衣被卡尔用小刀割开了，上半身浑身是血，他的手臂以一个奇怪的姿势下垂着。艾瑞俯身在失去意识的龙旁边，抚摸着它残破的翅膀，温特的双手也轻抚着纳加。纳加的胸膛随着呼吸微弱地起伏着，鼻孔里有规律地喷出几团热气，变作一团团白雾上升。

安德拉斯跪在龙的身旁，轻抚着它弯曲的双腿。艾瑞立刻跳了起来，大叫道：“放开它，它可不是你的那些马。它的小跗骨和大跗骨的排列都是有一定顺序的，你这么乱来会害死它的！”

安德拉斯的手立刻缩了回去，他举起手做投降状，往后退了一步。温特轻轻安抚着艾瑞，过了一会儿，艾瑞看起来没那么狂躁了，她坐了下来，专心致志地抚摸着纳加的翅膀。

“戴安娜和乔德呢？”我看到洞口放着两套卢布林人的衣服。

“他们现在变化成了狼形，”崔斯坦说，“在放哨呢！”

太好了，他们还活着，我们所有人竟然还奇迹般地活着！

瑞夫倒在托里姆的附近，他握着自己的手臂，面色苍白，神情紧张，好像在忍受着痛苦。我整理好裙子，小心翼翼地站起来。崔斯坦扶着我，当我抬起左脚的时候，我紧紧搂着哥哥的胳膊，不敢把重量放在左腿上。可当我鼓起勇气踩下去时，却惊讶地发现，左腿似乎比以前还要有力。“瑞夫，你怎么样？”我关心地问道。

瑞夫微笑着，把脑袋侧向一边，“比以前还要好。”他看着我愈合的腿，觉得很欣慰，然后又看了看伊万，伊万现在正在给托里姆疗伤，“我觉得哪怕是我们的脑袋掉了，伊万都能帮我们再装上去，所以我一点也不担心。”

伊万的眼神从瑞夫身上一闪而过。

我们都知道你是火焰菲亚人了，我多想告诉伊万，别再伪装了。

“你可以治愈纳加吗？”我问。伊万犹豫了一下，他抓着托里姆的手停了下来，“不行，”他终于开口，“只有当它变成人形的时候，我才能治疗它。”

瑞夫和我都瞪大了眼睛，“它还能变形？”瑞夫惊讶地问。

“加德纳人用魔法捆绑住了它们，以致它们无法变回人形。”

我盯着他，非常惊讶，“你的意思是加德纳所有的军龙都是双足飞龙吗？”伊万点头。原来，加德纳军事基地里都是被困在龙形里的人，他们没有办法回归人形。

蒂尔尼靠在洞穴的墙壁上，一言不发，表情很是坚韧，她看着伊万，目光里充满了关切。

他们两个都是菲亚人。

一个水，一个火。

卡尔站了起来，他收拾好自己的武器，精灵族的弓箭，还有刀。“万一他们追杀过来呢。”他说。

我们陷入的局势有多可怕，其实现在就能看出来了。“我们摧毁了一个加德纳军事基地。”我坦率地说，连我自己都不相信这是真的。大家都转过头来看着我，我们刚才做的已经把每个人都置身于一种极端危险的情况之中，大家也都很清楚这一点。

蒂尔尼是第一个说话的人，她的声音很温柔，但她的眼神依旧坚定，“可我们做了一件对的事！”

“我们不能都待在这里，”卡尔眯着眼睛看着大家，“艾瑞可以在这个洞穴里照看纳加，伊万把托里姆治好了以后，我们所有人就应该分头行事，越快越好。”

我终于又回到了北塔，腰上系着白魔杖。我走在北塔前的旷野里，坑坑洼洼的地面按摩着我的脚底。我停下来抬头看天，黑漆漆的天空有银色的云彩，天空中好像有什么东西在移动，那东西仿佛有锐利的爪子。

一种突如其来的恐惧攫住了我，是一条龙！

我立刻躲到身后的树林里，浑身颤抖，抬头仔细搜寻着东北部的天空。再一看，原来那只是一条彩带状的云。刚才我误以为是龙的云彩已经分散，裂成了三条独立的斜线，在黑暗的天空中分外明显。

我靠在一块大石头上，努力让自己不要再去想那场与龙的搏斗，它们可怕的爪子，巨大的力量，还有山崩地裂的场面。

我们一定会被抓到的，他们一定会想办法逮捕我们所有人，然后……

“艾洛琳。”伊万的声音在背后响起，他的手搭在我的肩膀上，我瑟缩了一下。他的手很烫，他身上散发的热穿透我的斗篷，我的外衣，使我感到安全。这只是一朵云而已，不要怕，只是一朵云。我压低了自己惊恐的呼吸声。

“你还好吗？”他问道，月光下，他的脸棱角分明。“只是一朵云，”我挤出来一句话，望着天空，“刚才那朵云在移动，我以为是一条龙。”伊万抬头看着天，他的表情很严肃，他把手从我的肩膀上拿下来，看起来好像很疲惫。

“你来这儿干什么？”冬夜的寒风打在我的脸上，“我们不应该站在一起。”

“我是来谢谢你。”他说。

我摇摇头，“你不需要谢我。”

“我真的需要感谢你。”伊万坚持。

“谢谢我差点把大家都害死了？”

伊万错愕地摇了摇头，“怎么会呢？因为你，纳加才能活下来，我之前一直想救它，但是我一个人根本办不到，在你来学校之前，在我遇到你之前，”他好像语无伦次，“纳加它……”

“它是你的朋友，我知道。”我轻轻地帮伊万把话说完了，感觉到一股挫败感。

“我知道你能跟它交谈。”我疲倦地说。他变得很安静，他的表情显得小心翼翼的。我在月光下打量着他，他那双明亮的绿宝石一样的眼睛，静静地看着我。我还记得他的眼睛是如何的光芒万丈，我还记得他惊人的移动速度，我还记得他奇怪的语言，还有他可怕的嘶嘶声。“你是什么人？”

他的下巴绷紧了，也许是因为觉得筋疲力尽，也许是他那顽固的性子，也许是留在他心里的那种挥之不去的恐惧。“我真的不明白，经过了这么多事情，为什么你还不能告诉我？”

他的脸上充满了悲伤和沮丧，但他什么也没说，泪水刺痛着我的眼睛。“但是纳加知道你是谁，”我挤出这么一句话，“温特也知道，对不对？”

“艾洛琳……”

我咬了咬嘴唇，惊讶地发现自己已是泪流满面，我努力忍着眼泪，可是无济于事，我终于在他面前号啕大哭了起来。他只是呆呆地站在那里，看着我。我突然看到自己的皮肤在黑暗中闪闪发光，不由得感叹，我和他之间终究是那么的不同。

那朵云又开始移动，恐惧的感觉又涌上心头，我努力让自己不要害怕，不要打寒战。“我差点就死了。”

“你没有死。”

“但是我差点就死了，我们所有人差点就死了。”

他又一次陷入沉默。

“他们可能会抓住我们。”我坚决地说，我的声音越来越尖锐。他没有回答我，他持续的沉默让我觉得歇斯底里，“他们马上就会找到我们，逮捕我们，杀了我们！”

他的表情很严肃，他的目光变得坚毅无比，当他开口说话的时候，他的语气和他的眼神一样刚毅，“是的，他们确实会这么干。”他直截了当地说，好像已经准备好直面这种恐惧。

他的手又重新握住我的手臂，目光灼热。“你走吧，”我用手背擦了擦眼泪，指了指大学的方向，“你回去睡会儿吧，你看起来特别累。你放心吧，纳加会没事的，艾瑞虽然看起来疯疯癫癫的，但是她在治疗一切长翅膀的生物方面却是个数一数二的高手。”

他点了点头，表情非常激动，好像下一秒他就会不顾一切地说点儿什么东西，但他终究没有开口。突然，他毫无预兆地向前迈了一步，他的眼睛里好像有什么东西在燃烧，“艾洛琳……”他深吸了一口气，两只手捧着我的脸，纤长的手指穿过我的发梢。他的触摸，感觉真好，他靠近我的身体，好像下一秒就要低头吻我一样。

那一瞬间，我几乎以为他就要吻上来了。我抬起头，心跳得飞快。我已经做好了准备，迎接他的嘴唇，但是他突然好像被什么烫着了一样，他的手松开了我的脸，往后退开。

我愣在原地，不知道要怎么办。

他看起来好像在跟自己生气。

“晚安，艾洛琳。”他终于开口，声音沙哑，然后转过身，大步走了，留我一个人在这个寒冷的夜里，一脸茫然，不知所措。

我看着他黑色的身影越来越小，最后消失在大学城里。

第二十四章
革　命

第二天一大早，通缉令就贴得满街都是了。

不管是小酒馆、宿舍楼，还是教学楼的公告板上，到处都能看见这些通缉令。第一眼看到这些羊皮纸的时候，我停下了脚步。冬日的清晨，冰冷的晨风吹得我裸露在外面的皮肤如同被针扎一般刺痛。

我站在通缉令前面，戴上了羊毛手套，紧了紧我的大衣斗篷。

药剂师实验室外面的一块公告板上也贴了一张告示。街角对面有三个埃夫伦学生停下脚步，仔细研究着，他们的表情越来越严肃。

韦帕禁卫军与加德纳军队的联合军令

搜捕任何与破坏加德纳第四军事基地相关的人员，重金悬赏。

反抗、革命、叛军，当我看着这张通缉令的时候，脑海里浮现出这些词汇，每一个词都让我心惊胆战，我不由得担忧我、我的哥哥们和朋友们已经身处怎样的境地。

我的胃里翻江倒海，原来我们已经成为这样的人。我继续往下读。

如有人知晓任何与破坏军事基地相关的消息，务必直接汇报新任最高军事司令卢卡斯·格雷。

通缉令上方贴着即将举办的雅乐舞会的公告，就是下周末。他回来了。我的心跳加快。他会带我去参加舞会，他还要找到摧毁军事基地的人。我的胃更疼了，我到底要怎么样才能躲开卢卡斯呢？

我和伊万好像都在拼命避开对方。

“把蒂尔尼带到克里斯蒂安教授那儿。”伊万对我说。那天晚上在厨房里，他的声音很低，他看着我的眼神也很冷淡。我的双眼似乎在燃烧。但他不为所动，走向其他凯尔特人。我的心好痛，他现在对我避之不及的样子，已经不像是为了保护我们了，我们之间的一切好像都成了过往云烟。我们的友谊和感情好像早已不复存在。我不明白他究竟为何会这样。

那天晚上，我拖着疲惫的身子回到北塔，脑子里嗡嗡作响。

“你有一个包裹，”温特一边说一边递给我一个东西，“今天这儿来了个士兵，”她小声地对我说，“他差点发现她了。”

温特银色的眼睛盯着玛丽娜，她正胆怯地看着我们，脸上写满恐惧。我接过包裹，翻过来一看，没错，又是卢卡斯·格雷。但这次的礼物很小。我先打开了卡片：

> 艾洛琳，我们的军方好像走丢了一条龙。我过几天再去找你。
>
> 卢卡斯

温特带着好奇的目光打开了包裹，里面是一条项链。我拿着这条银质的项链，项链上的坠子在空中跳跃着，在走廊柔和的灯光的笼罩下，闪闪发光。

这是一棵树的形状，一颗雕工非常精致的白色的木质吊坠。我握住手中的吊坠深深地吸了口气，这是一棵精致的雪枫。它细密的材质好像能抚慰我的心灵，那种感觉蔓延我的四肢。这颗吊坠让我沉静舒缓下来，在我的身上激起快乐的涟漪。我松开木头，喘不过气。

“当心一点，艾洛琳。”温特警告我，她看着我的眼神就像当初她看到艾瑞吸食尼龙铁时的眼神一样。

“我知道我在做什么。”我不安地说。我努力告诉自己，我现在做的是对的，我必须留着这个吊坠，留着卢卡斯的殷勤，并且假装一切正常，假装我不知道军事基地的事情。我要每天戴着它，这样卢卡斯来的时候，就能看到了。

我的手抓着吊坠，我几乎可以想象出他的样子，他那纤长的手指在我的脖子上，引导着吊坠，落在我的胸前。他对我微笑的样子，他的手掌把玩着吊坠的样子。

一想到他，我心中涌起一股滚烫的热，我对我内心的想法感到羞耻。我把项链挂到脖子上，把吊坠放在外衣里面，努力不去想卢卡斯。

但是我能感觉到，这一小块木头在我的皮肤上轻微跃动，就像一颗温暖的、不断跳动的心脏。

第二十五章
二百五十六

当我和蒂尔尼一起坐在克里斯蒂安教授乱七八糟的办公室里时，一阵冰冷的风吹动着玻璃窗，发出哗哗哗的声音。

今天一整天，我都屏住呼吸，警惕地注意着逮捕行动，我和我的朋友们都还像往常一样干活，上课。我们所有人都尽量做到不那么引人注目，让人一看就觉得是听话的好学生。

但是我也看到越来越多的加德纳士兵和韦帕禁卫军在路上盘问教授和学生。路上的士兵越来越多，我心里的担忧也越来越重。

我们需要帮助蒂尔尼和她的家人离开这里。

克里斯蒂安教授坐在他的办公桌后面，忧心忡忡地看着我和蒂尔尼。

蒂尔尼看起来像是一只受惊的小兔子，她坐在椅子上，两只手紧紧握着，指节发白，整个人好像都僵住了。

“怎么了?”克里斯蒂安教授问我，他的眼睛看向蒂尔尼，又转回我的身上。我的心跳越来越快，我思虑片刻，终于开口，“伊万·古里尔跟我说，您可以帮助这些……”我深吸一口气，“这些有魔法的菲亚人。”

克里斯蒂安教授皱着眉头，沉默了很长时间，“你认识伊万·古里尔?”他终于问我。

我点点头，眨了眨眼睛，对这个问题感到很惊讶。我当然认识他，我有点难过，他还差点吻了我呢。

克里斯蒂安教授惊讶地说：“那就奇怪了，伊万特别讨厌加德纳人，非常非常讨厌。”我的心又被刺痛了，我努力忽略这句话。“但是我们有共同的目标，那就够了。”我坐直了身体。

“我想你所谓的共同目标是要把所有有魔法的菲亚人都带到东部王国，对吗？”

蒂尔尼和我看了一眼彼此，她眼中的恐惧，让我想到她和她的家人已经没有退路了。“没错。”我确切地回答。

教授深吸了一口气，点了点头，然后伸出手，两只手紧紧握在一起，好像在沉思。他的眼睛盯着我，“我们现在这样算是和反抗势力‘沆瀣一气’了吗？”

我努力让自己不要紧张，“恐怕我们早就跟他们是一条船上的人了。”

他的嘴里迸发出一阵惊讶的笑声，我也忍不住跟着笑了起来。我揉了揉太阳穴，回头看着他，他的眼里依然有笑意，“这话听着可不像是加德纳人说的。”他依然咯咯咯地笑着。

我无奈地叹了一口气，“我每天都觉得自己越来越不像加德纳人。”克里斯蒂安教授理解地点了点头，然后他的表情变得有些奇怪，他好像在我脸上看到了什么东西似的。他停顿了片刻，竟然……流泪了。

“怎么了？”我惊讶极了。

“没什么。”他摇着头，声音有些沙哑。他清了清嗓子，身体前倾，从他的书桌上拿起摆放的茶具，为蒂尔尼和我沏了一杯茶。他的眼睛掠过我，里面好像有一种怜惜的感觉。“你刚才让我想起了一个人，”他的语气还是有点激动，“我以前的一个朋友。”

“是谁？”我疑惑地问，“我奶奶吗？”

“不是，是别人。没什么，”他又摇了摇头，为我们倒了茶，温热的蒸汽在空气中升腾起来，令人感到温暖而宽慰。寒意从窗外透进来，空气中弥漫着的那股淡淡的茶香更显清冽。

克里斯蒂安教授把杯子推向蒂尔尼，盯着她，“你是会魔法的菲亚人？”

蒂尔尼很惊恐，瞪大了眼睛，我向她点点头。

“我可以帮助你，”他告诉蒂尔尼，他的声音低沉而善良，“你来对地方了，别担心。”

蒂尔尼茫然地望着克里斯蒂安教授，然后潸然泪下，她瘦削的肩膀起起伏伏，身体团成一团。“亲爱的，没关系。”克里斯蒂安教授站起来，靠在桌上，他的手轻轻拍打着蒂尔尼的肩膀。

蒂尔尼攥紧了手里的手帕。

“你是什么类型的菲亚人？”

“埃斯瑞……”她结结巴巴地说。

“很可爱的一种菲亚人。不过你们可能不适合待在这儿，等你和你的家人到了东部王国诺亚之后，一切就会好多了，对不对？”

蒂尔尼抬起头看着他，哭得更难过了，她痛苦地点了点头，看起来非常非常害怕。“喝点儿茶吧。”他轻轻地拍了拍她的手臂。

“谢谢您。”蒂尔尼努力控制着自己的情绪，用手背擦了擦眼睛，拿起杯子。教授又坐回了办公桌后，他把注意力转向我，表情有点奇怪，“艾洛琳，你最近一直很忙吧？”

“我就是个闲不下来的人。”我不好意思地说。

“嗯，”他用怀疑的目光看着我，“你该不会碰巧也知道，军事基地走丢了一条龙吧？”

我的呼吸一下子停滞了，他又转过头看着蒂尔尼。

“前几天加德纳第四师军事基地遭受了一场诡异的暴风雪袭击，你也不知道吗？”

蒂尔尼的眼睛也瞪大了，差点儿呛着。克里斯蒂安教授不情愿地摘下眼镜，从口袋里掏出一块手帕擦着镜片，“你们俩听说了吗，昨天晚上有一百多条加德纳军事基地的龙直奔瓦尔加德，听说是袭击了它们的主人达米恩·巴恩。”

我猛地吞了口口水，“是的，我听说了一点，真是……真是太奇怪了。”

“奇怪吗？”他的眉头皱了起来，继续擦着眼镜，“不过幸运的是巴恩法师和另外七个五级法师合力绞杀了大部分的龙，制服了剩余的龙。不过听说，巴恩法师要好好休养几个月，他的脸和脖子上被龙狠狠地抓开了一道口子。”

我努力控制着面部表情，让自己保持冷静。

“这事儿真是太丢脸了，加德纳人有意要低调处理。”教授把眼镜戴了回去，哈哈大笑了起来，“一百多条龙，想要全部制服还真是不容易，对吧？而且你说早不来，晚不来，偏偏是达米恩去瓦尔加德参加升职仪式的时候来。”

教授稍微转了转他瘦削的身体，指了指窗户，“更巧的是，那个军事基地离我们这儿也不远。”

他知道，他居然知道。我的心跳得越来越快，除了克里斯蒂安教授知道我们的事，还有别人知道吗？

一阵敷衍的敲门声。

“进来吧。”教授淡淡地说。

副校长奎伦大步走了进来，我吓得差点缩到桌子下面。

奎伦副校长好像没看到我和蒂尔尼，她优雅地把自己的大衣挂在我们挂斗篷的破旧的木架上，在教授旁边坐下了。

她黑色的丝绸裙子精致而光滑，脖子上挂着一个闪闪发光的阿夕亚银球，“什么鬼天气。”她一边说一边脱下自己精致的小牛皮手套。

“天气是不怎么好。”教授心不在焉地说。他们两个好像无视了我和蒂尔尼似的，讨论了半天，抱怨今年的冬天怎么那么冷。

最后，他们都不说话了，长时间的沉默。

副校长好像终于看到了一旁的我们，把目光投过来。

克里斯蒂安教授好像突然回过神来，转向我们，对副校长示意，“我想你们应该认识吧，这位是韦帕大学的副校长奎伦女士。”

我很惶恐地瞥了一眼蒂尔尼，她的眼睛也紧紧盯着眼前的这位副校长，看起来比我更害怕。

“放轻松，卡里克斯法师，”奎伦副校长淡淡地说，“你是我们的朋友。”她转向克里斯蒂安教授，“朱利斯，咱们在战争期间收留了多少菲亚孩子？”

“二百五十六个，”教授脱口而出，“不包括泽菲尔的话。”

我的脑子里晕乎乎的，“泽菲尔是谁？”

“我的养女，”副校长简洁地说，“她是萨尔芬菲亚人，现在住在千里之外的诺亚，跟我哥哥法恩住在一起。”

“法恩最近怎么样啊？”克里斯蒂安插话了。

“他很喜欢东边，”校长说，“他现在养了几条龙。”

“锻炼身体吗？”教授惊讶地问。

副校长调皮地笑着，“当然不是，你也知道他的，他就是养了一堆朋友，跟他做伴。”

克里斯蒂安教授咳嗽了一下，哈哈大笑。

“不管怎么说，”奎伦副校长转向我，“她在那儿会很安全。”她的目光落到蒂尔尼的身上，慢慢地摇了摇头，“但是还有很多的菲亚孩子，躲躲藏藏，不能见光，”她叹了一口气，“看来我们要想办法把你们弄出去了。”

她又摇了摇头，嘴抿得紧紧的，看着蒂尔尼，“不要担心，实际上，人生中总会遇到一些意想不到的盟友。”她又转向克里斯蒂安教授，“我听说有人打破了埃夫伦钢笼，你知道这事儿吗？”

克里斯蒂安教授的嘴角露出了微笑，“这事儿不是五级法师还真办不到。”

副校长盯着我，“加德纳法师，你哥哥是不是五级法师？”

我再次张大了嘴巴。脑海里拼命想着要怎么才能编出一个让她信服的谎话。但是她还没等我开口，就继续说：“还需要神秘的军事咒语呢！”

“这些都是军事机密吧。”克里斯蒂安教授懒洋洋地说。

"说到这个，"副校长的目光还是紧紧锁住我，"最近军方有一本高度机密的魔法咒语书不见了，他们怎么都找不到，"她的目光越来越锐利，"您知道这件事儿吗？"

我几乎不能呼吸了，我们所有的秘密，仿佛被公之于众了。

还好他们不知道白魔杖。

克里斯蒂安教授轻轻笑道，"行啦，卢克丽霞，这两个小姑娘怎么会知道这些呢？"

"也是，"副校长点头，"我傻了，他们昨天晚上一直跟我在一起呢，加德纳法师，还有她的两个哥哥。"

"他们跟你在一块儿干吗呢？"教授假装很惊讶。

"你不知道，加德纳法师到现在还没有把学费补齐，而且她二哥要加入加德纳的武器委员会，"她疲惫地摇了摇头，"我们在我的办公室里商量这事儿，直到深夜。"

"又工作到这么晚？"

副校长抬起眼睛，灵活地转了一下，又吐了吐舌头，"那当然，永远为我的事业奋斗。"

"你这么说我就放心了，"克里斯蒂安仿佛很淡定，"最近，加德纳所有的五级法师都在被调查，每个人都要汇报他们昨天晚上的行踪，加德纳法师和她的两个哥哥昨天晚上都跟你在一块儿，那就没什么问题了。"

我坐在那里，说不出话来，只能眨着眼睛看着他们俩。

奎伦副校长的嘴角露出一丝笑意，赞扬地看着我，"艾洛琳·加德纳，欢迎加入反抗运动组织。"

致 谢

有人说，一部小说的问世离不开一群人的努力。的确，我的读者、编辑，还有作家朋友们，都是一群才华横溢的人。

首先，我非常感谢我的丈夫沃尔特这么多年来对我的支持。感谢他对孩子们的照顾，感谢他阅读和编辑了整本书，感谢他给我科普这么多关于树木的知识。

感谢我的女儿威洛比，谢谢她细致且毫不留情面的真实的反馈；感谢我的女儿斯凯勒，她的想法和对文稿每一次的修订都那么棒；感谢我的女儿亚历山大和泰勒，她们两个培养了我的写作习惯，并且帮我积少成多。

感谢我的父母诺亚和玛丽，感谢他们的热情和创意，还有他们对我的鼓励。

感谢柏林顿作家小组，卡姆·佐藤、金伯莉·安·亨特、丹尼斯·福尔摩斯，这三位是我最喜欢的作家，也是才华横溢的编辑。感谢文笔令人赞叹的戴安娜·德克斯特，她是一位好编辑、好读者、好朋友。感谢令人尊敬的伊娃·甘普雷希特和小丑出版社青少年部的每一位参加这个项目的同人，感谢莉兹·祖德尔，她是优秀的读者和编辑，感谢莱斯利·沃德，谢谢他在这个项目还在婴儿时期的时候就给我的反馈和鼓励。感谢我丈夫的母亲盖尔·卡马拉斯，感谢我丈夫的妹妹杰西卡·鲍尔斯，没有她们，这一切都不会发生。感谢我的哥哥吉姆和布雷，他们俩是我最早的两位读者。感谢我聪明的朋友布朗温·弗赖，他让我的排版变得整洁。感谢安妮·勒歇尔和坦苏斯瑞·

帕莎娜，感谢杰出的作家、编辑迪安·帕克和凯恩·吉尔摩，感谢柏林顿作家出版社，感谢罗琳·本奇文戈，谢谢她杰出的编辑才能和对我的鼓励，感谢苏珊·施里夫、克里斯特尔·泽文、吉奥夫·休伊特，以及所有阅读了这本书部分或者全部章节并提出真挚建议的人。谢谢我家的懒人沙发，谢谢你让我文思泉涌。

非常感谢麦克·马考特，他是计算机专家和技术支持人员，他帮我打造了非常精致的个人网站，www.laurieannforest.com，谢谢所有提供过技术支持的人。

感谢小丑出版社青少年部的执行编辑娜塔莎·威尔森为这一系列的活动引入的商机，我非常享受跟青少年部的编辑同人们一起工作的感觉，这是一段有趣且有意义的经历。感谢劳伦·斯莫尔斯基，你是我遇到的最好的最聪明的编辑，你把这本书带到了一个全新的高度，感谢你的耐心和创意。

最后我要感谢我顽强的经纪人，卡丽·汉尼根，谢谢你帮我编撰出了一个完整的《黑女巫》编年史，谢谢你帮我改了这么多遍，你是我遇到过的最会鼓励人的、最有才华的经纪人、读者和编辑。